ACTES NOIRS
série dirigée par Manuel Tricoteaux

LE CERCLE DES CŒURS SOLITAIRES

DES MÊMES AUTEURS

MORTE LA BÊTE, Actes Sud, 2011 ; Babel noir n° 60.
LE PRIX À PAYER, Actes Sud, 2012 ; Babel noir n° 98.

Chansons :

p. 67 : *Dona Dona*, © Arthur Kevess et Teddi Schwartz, 1955
p. 276-277 : *I Dreamed I Saw Joe Hill Last Night*, © Alfred Hayes, 1925
p. 428-429 : *You'll Never Walk Alone*, © Richard Rodgers et Oscar Hammerstein, 1945

Titre original :
Ensomme hjerters klub
Éditeur original :
Gyldendal, Copenhague

ISBN 978-2-330-02506-9

LOTTE ET SØREN HAMMER

Le cercle des cœurs solitaires

roman traduit du danois
par Michèle Lamothe Nielsen

ACTES SUD

À Merete Borre
… une femme charmante et une éditrice éblouissante.

1

Mercredi 13 août, sur la place de la préfecture de police. Ciel gris, vent chaud et humide. À Copenhague, la nuit avait été calme : à peine quelques rixes dans des bars du centre, une attaque au couteau n'occasionnant que de légères blessures, un couple d'ivrognes contraint de dormir derrière les barreaux, une prostituée droguée succombant à une overdose… rien donc que de très normal pour les forces de l'ordre. À l'aube, cependant, un conducteur ivre avait dans une folle échappée à travers la ville réussi à semer les deux fourgons de police qui le poursuivaient. Roulant sur Sydhavnsgade, il avait soudain tourné à gauche dans Sluseholm, puis à droite dans Stigbordene. Jetant un regard triomphant, mais distrait, dans le rétroviseur, il avait alors appuyé à fond sur l'accélérateur et précipité sa voiture dans le port. Tout le monde espérait, sans y croire vraiment, qu'il avait eu le temps de s'extirper de sa voiture et de rejoindre la rive. Les plongeurs avaient commencé leurs recherches, et l'on imaginait bien qu'elles seraient laborieuses, tant le courant était fort à cet endroit.

Devant la préfecture de police, un garçon obèse traversa la place. Avant de s'engager dans le passage piéton, il avait prudemment regardé à droite, puis à gauche. Il avançait à pas lents, déplaçant péniblement son corps lourd et encombrant. Arrivé sur le trottoir, il marqua un temps d'arrêt, essuya ses joues et son front avec un mouchoir tiré de la poche de son pantalon et poursuivit son chemin sur Niels Brocks Gade. Ses pieds le faisaient déjà souffrir, et pourtant son supplice n'était pas terminé, car le collège était encore loin. En le croisant, quelques rares passants lui jetaient à la hâte un regard inquiet et compatissant, puis reprenaient leur marche à pas pressés. La plupart l'ignoraient.

L'adolescent avait un visage pâle et inexpressif, et les vêtements dont il était affublé n'arrangeaient rien à l'impression de tristesse qui se dégageait de lui. Ses parents avaient pourtant les moyens, mais s'il portait un jean baggy délavé, un blouson beige et des baskets blanches usées, sans doute achetées en soldes au supermarché du coin, ce n'était pas en signe de protestation. C'était juste sa manière d'être. Il avait une main posée sur la fermeture éclair à moitié baissée de son blouson, comme s'il avait eu le bras cassé… Le temps était chaud et orageux et il dégoulinait de sueur. Quant à son blouson doublé, il semblait superflu et pourtant, il avait une raison d'être, car il s'y cachait une mitraillette.

Il était huit heures seize précises, ce mercredi matin.

Si l'inspecteur Konrad Simonsen s'était levé de son siège et avait regardé par la fenêtre à ce moment-là, il aurait vu passer l'adolescent. Il n'en fit rien cependant, car il était en train d'observer la préfète de police, en grande conversation au téléphone. Mme la préfète était connue pour son goût douteux et ses tenues souvent extravagantes. Celle qu'elle portait aujourd'hui ne faisait pas exception à la règle. Voyant sa veste à carreaux bleus et verts et son pantalon rayé assorti, Simonsen se dit qu'il ne lui manquait plus qu'une écharpe en renard pour atteindre le comble du ridicule.

C'était son premier jour de travail après une interruption de huit semaines. En arrivant à son bureau, il s'était senti nerveux, mais l'impression s'était vite dissipée. D'un air agité, il jeta un coup d'œil à la photo de la reine accrochée au mur derrière la préfète et tenta de maîtriser son agacement. Esquissant une grimace à destination de Sa Majesté, comme s'il avait voulu en faire sa complice, il posa de nouveau le regard sur le dossier placé sur le bureau devant lui. Un dossier qui semblait bien maigre.

La préfète termina enfin sa conversation, lui adressa un sourire chaleureux – convenu ou sincère, nul ne le savait – puis énuméra les noms des collègues qui l'avaient contactée pour prendre de ses nouvelles en son absence.

— Certains m'ont même appelée chez moi.

— En effet, c'est incroyable.

— Absolument. Cela n'a pourtant pas l'air de vous toucher beaucoup. Vous devriez vous réjouir de voir que vos collègues s'intéressent à vous.

Il dut bien reconnaître qu'elle avait raison et lui exprima sa satisfaction.

— Je n'ai pas voulu modifier votre statut, poursuivit-elle. Vous continuerez donc d'assurer la direction de la brigade criminelle. Néanmoins, *de facto*, c'est Arne Petersen qui va...

— Arne *Pedersen*. Il s'appelle Pedersen, pas Petersen.

Arne Pedersen était l'un des proches collaborateurs de Konrad Simonsen. Pas loin de la quarantaine, l'homme était reconnu pour sa compétence et son esprit aiguisé. Tous voyaient d'ailleurs en lui le successeur potentiel de Konrad Simonsen. C'est aussi pourquoi il avait assuré l'intérim au cours des deux derniers mois.

— Excusez-moi, j'y veillerai. Bref, je disais qu'Arne va continuer d'assurer la direction sur le terrain, jusqu'à ce que vous soyez suffisamment en forme pour prendre le relais. Je suggère qu'au début, vous ne travailliez que trois ou quatre heures par jour maximum. Cela vous convient ?

Cela lui convenait. Elle répéta sa proposition lentement, en savourant chaque mot et chaque syllabe – *trois ou quatre heures par jour maximum* – et souligna qu'elle avait demandé à ses collaborateurs de lui rapporter tout dépassement d'horaire.

— Et si vous vous sentez fatigué, je vous conseille de rester chez vous. Souvenez-vous que les cimetières sont remplis de gens irremplaçables.

— Oui, je sais. Pourrai-je choisir mes horaires de travail, ou cela est-il aussi de votre ressort ?

Ignorant son trait d'humour, elle lui répondit d'un ton grave :

— Je suggère que vous en décidiez vous-même. Nous verrons ensuite si ça fonctionne.

— Parfait. Est-ce que je peux avoir le dossier ?

Elle ignora sa question.

— On a réaménagé votre bureau pendant votre absence. J'ai fait installer un sofa dans le local d'à côté pour que vous ayez un endroit pour vous reposer.

On voyait à l'expression de son visage combien elle était ravie de lui annoncer cette excellente nouvelle. Il la remercia à nouveau, d'un air gêné, ayant brusquement l'impression d'avoir pris un coup de vieux. La préfète ouvrit enfin le dossier posé devant elle.

— Il ne s'agit pas d'une affaire à proprement parler, précisa-t-elle, le regard fuyant, mais je tiens absolument à ce que ce dossier soit clos dans les règles.

Elle laissa tomber la main sur les documents posés devant elle et lui résuma brièvement l'affaire. Il l'écouta, de plus en plus étonné, et fut bien obligé de reconnaître qu'elle avait raison : le dossier était bien mince.

— Vous voulez dire que la vice-présidente de la commission des affaires juridiques de l'Assemblée s'adresse à vous pour tenter d'influencer le travail de la police ? lui demanda-t-il d'un air indigné. On n'a jamais vu ça !

— Je sais que ce n'est pas très réglo, Simon. Mais si vous pouviez auditionner quelques témoins, étudier sommairement le dossier et puis, rédiger un rapport qui…

Devant son hésitation, il termina lui-même la phrase :

— ... que vous pourrez montrer à la vice-présidente !

La préfète acquiesça et ajouta :

— Libre à vous de déléguer une partie du travail. Je ne vais pas me mêler du moindre de vos *faits et gestes*, je veux simplement veiller à ce que vous n'ayez pas trop de travail. Et ma foi, j'ai pensé qu'au début, une telle affaire vous conviendrait bien et vous permettrait de reprendre le travail en douceur.

Se saisissant du dossier, Konrad Simonsen observa :

— Effectivement, on ne peut pas appeler ça une affaire.

À cet instant, la musique qu'il avait entendue près de sept semaines auparavant lorsqu'il s'était réveillé à l'hôpital, ce refrain un peu flou, l'envahit à nouveau. L'angoisse s'empara de lui, immobilisa tout son corps, comme cela lui était arrivé si souvent depuis son opération.

— Qu'est-ce qu'il y a? Vous ne vous sentez pas bien? lui demanda la préfète de police inquiète.

Il fit un effort pour lui répondre :

— Est-ce que vous entendez aussi la musique?

Elle rit de bon cœur, et pendant un instant qui lui parut interminable, il ne sut pas si elle entendait la même chose que lui ou si elle était simplement indulgente quant aux hallucinations d'autrui. Finalement, elle se leva, se dirigea vers le mur et frappa à deux reprises du poing sur la paroi. La musique s'arrêta aussitôt.

— C'est la résonance! Nous avons une nouvelle stagiaire au secrétariat, qui a, vous savez, un de ces petits magnétophones hyper-plats, un iPod, je crois. Elle met des bouchons d'oreilles pour l'écouter, alors quand elle penche la tête vers le mur, ça résonne comme dans un haut-parleur. C'est tout simple!

Il se sentit soulagé, mais épuisé. C'était le cycle classique auquel il était maintenant habitué. D'abord venait l'angoisse, puis une indicible fatigue s'emparait de lui.

— Pourquoi ne lui interdisez-vous pas d'écouter sa musique?

— C'est évidemment ce que j'ai fait. Malheureusement, comment dire... elle a un rapport à l'autorité plutôt... lâche, et...

Konrad Simonsen cessa de l'écouter.

Le garçon à la mitraillette arriva devant le collège de Marmorgade, une petite rue coincée entre le boulevard H. C. Andersen et Vester Voldgade. C'était un bâtiment en briques rouges datant du début du XXe siècle, construit sur quatre étages et composé de trois ailes. La cour de l'établissement donnait sur la rue et seule une grille la séparait du trottoir. L'entrée principale, située au fond de la cour, était ornée d'un escalier en marbre au style pompeux et d'une lourde porte verte à double battant détonnant avec l'architecture des lieux. Le garçon s'y dirigea à pas lents.

D'une fenêtre de l'aile nord du bâtiment, son professeur le vit arriver. Elle voulait lui parler de ses retards, car il avait eu des problèmes de ponctualité l'année précédente et la situation ne s'était pas améliorée depuis la rentrée. Elle avait aussi une pile de copies à remettre aux élèves de sa classe, et se dit qu'elle allait lui confier le classeur et que cela lui éviterait d'avoir à monter au troisième – d'une pierre, deux leçons pour ainsi dire. Elle ouvrit donc la fenêtre pour l'appeler, mais fut surprise de voir qu'il ne lui répondait pas, alors qu'il passait juste sous sa fenêtre. Elle soupira en se disant que ça ne lui ressemblait pas, mais décida de ne pas lui en tenir rigueur, car elle savait qu'il n'avait pas une vie facile.

Après maints efforts, le garçon atteignit hors d'haleine le troisième étage. Au lieu d'aller jusqu'à la salle de classe, il s'assit sur un banc pour reprendre son souffle. La pause dura plus longtemps que prévu, car il était fatigué et stressé et il avait besoin de reprendre ses esprits. Il resta ainsi plusieurs minutes, mais lorsque le professeur arriva avec des dossiers sous le bras et lui adressa un sourire entendu, il se décida à entrer dans la classe.

Ses camarades ne lui prêtèrent aucune attention, ni lorsqu'il apparut, ni lorsqu'il passa devant eux pour rejoindre sa place. Il était encore très essoufflé, mais semblait ne pas vouloir s'asseoir. Debout devant sa place, il s'était adossé au mur. Même le professeur auxiliaire, qui conjuguait des verbes anglais irréguliers au tableau, l'ignora. Il tourna juste la tête, lui adressa un bref regard indifférent, puis reprit sa démonstration. L'adolescent l'observa pendant de longues secondes. Il sentait la haine envahir tout son être. C'est elle qui allait lui donner le courage dont il avait besoin.

Le professeur auxiliaire était un homme blond d'une trentaine d'années. Sa tenue décontractée, son allure de gagnant et son profil classique lui permettaient d'être populaire tant auprès des garçons que des filles. C'était par ailleurs un excellent enseignant. Comme s'il avait eu un pressentiment, il tourna de nouveau la tête en direction de l'élève. C'est alors qu'il aperçut le canon court d'une arme noire pointé sur lui. Pensées obscures, montée d'adrénaline. La rapidité de sa réaction fut saisissante. En deux enjambées, il atteignit la porte, saisit la poignée, mais à cet instant précis, les balles fusèrent en rafale.

En moins d'une seconde, trente-sept coups au total furent tirés.

Plus tard, chaque coup serait soigneusement répertorié : onze balles avaient atteint le professeur auxiliaire dans le dos, trois à la tête et une dans le bras gauche. Tué sur le coup, il s'était écroulé sur le sol. Dix-neuf coups avaient transpercé la porte à plus de deux mètres et demi du sol, preuve que le garçon – peu habitué au maniement des armes et ne sachant pas que sa mitraillette, reculant à chaque tir, entraînait le relèvement du canon – n'avait pas réussi à corriger sa position. Trois balles avaient néanmoins traversé la porte à moins d'un mètre et demi de hauteur. L'une avait poursuivi sa trajectoire et transpercé la main du professeur qui se trouvait dans le couloir. Une autre avait dans sa course arraché un copeau de bois qui était venu s'enfoncer dans son œil droit, entre le globe oculaire et la pommette, ne la blessant toutefois que superficiellement.

Au moment de l'impact, la victime n'éprouva aucune douleur mais fut étourdie. Elle porta instinctivement la main à son œil et retira le morceau de bois. Puis elle fixa sa main d'un air effaré. Souffrant d'hémophobie, elle s'évanouit aussitôt.

Dans la classe, ce fut la panique. Poussant des cris d'effroi, la plupart des élèves tentèrent de s'éloigner du tireur. Un garçon sauta par une fenêtre du fond de la classe restée ouverte. Il eut une chance inouïe, car au lieu de s'écraser sur l'asphalte de la cour, il atterrit sur le toit d'une camionnette qui était en train de livrer des fournitures au secrétariat du collège. Il s'en tira avec un poignet cassé et une méchante égratignure sur la joue. Une jeune fille alla se cacher dans un placard et parvint à fermer la serrure de l'intérieur. Recroquevillée sur elle-même, elle faisait des efforts surhumains pour tenter de maîtriser ses tremblements et ne faire aucun bruit.

Ses camarades s'étaient réfugiés dans l'angle opposé à l'estrade. La plupart assis ou couchés par terre, d'autres agglutinés contre le mur, dans une illusoire tentative pour se protéger d'un tir éventuel. Peu à peu, les cris s'atténuèrent et firent place à des pleurnichements. Tous les élèves avaient les yeux fixés sur le tueur et suivaient d'un air apeuré et consterné les moindres mouvements de son arme. Le garçon s'assit sur une chaise, dans un état de confusion extrême. Il pleurait, lui aussi.

Lorsque son rendez-vous avec la préfète de police fut terminé, Konrad Simonsen retourna à son bureau, son dossier sous le bras. En chemin, il se dit qu'il était finalement satisfait de pouvoir reprendre le travail progressivement et de n'avoir à résoudre qu'une affaire somme toute banale. Même si l'idée était un peu inquiétante, elle le rassurait.

En arrivant dans son bureau, il constata que les dires de sa supérieure étaient exacts. Pendant son absence, le local contigu avait été aménagé en salon. La pièce dans laquelle étaient auparavant entreposés papier, stylos, ordinateurs et écrans usagés avait pris une tout autre allure : murs repeints, moquette au sol, canapé en cuir (certes, vaguement défraîchi), réfrigérateur et machine à café. On y avait aussi installé un téléviseur 50 pouces, sans doute hérité de Poul Troulsen, un de ses collaborateurs récemment parti en retraite. Il remarqua d'abord la table basse rectangulaire, où trônait, à côté d'une cafetière et d'une corbeille de croissants, un énorme bouquet de fleurs. Puis son regard se tourna vers un angle de la pièce et il vit quelques-uns de ses collègues venus l'accueillir. Sa proche collaboratrice, la Comtesse, qui était aussi sa compagne dans la vie, était bien sûr présente. Depuis plus d'un an, ils partageaient d'ailleurs la propriété qu'elle possédait à Søllerød, au nord de Copenhague. En raison de ses problèmes cardiaques, il y avait sa propre chambre au premier étage. Il avait par ailleurs gardé son appartement de Valby. Elle l'accueillit en l'embrassant, fait rare lorsqu'ils étaient au bureau.

— Tu as bien gardé le secret ! lui fit-il remarquer en jetant un regard circulaire sur l'auditoire.

— Eh bien oui, on voulait te faire une surprise. Arne est au téléphone, il sera là dans un instant.

Il serra la main de ses collaborateurs et remarqua soudain la présence de Pauline Berg, qui était aussi (ou du moins avait été) une de ses collaboratrices. C'était la première fois qu'il la revoyait depuis un an. En septembre dernier, Pauline suivait avec ses collègues de la Crim une affaire de meurtre et elle et une autre jeune femme avaient été victimes d'un désaxé qui les avait enlevées et séquestrées dans un bunker près de Hareskov. L'homme avait tué la jeune fille sous les yeux de Pauline, puis avait abandonné celle-ci sur les lieux du crime en espérant qu'elle allait y mourir. On l'avait retrouvée *in extremis*. Depuis ce drame, il n'avait reçu que des nouvelles sporadiques à son sujet. Il savait qu'elle avait vendu sa maison de Reerslev et acheté un appartement situé au sixième étage d'un immeuble de Rødovre, dans la banlieue sud de Copenhague, et qu'elle y vivait seule. Après son hospitalisation, elle avait souffert pendant plusieurs mois de crises d'angoisse. Elle avait par exemple peur de franchir le pas d'une porte, et autant la présence d'un chat que l'évocation d'une cave pouvait provoquer des crises. Elle avait aussi de terribles sautes d'humeur et supportait difficilement la compagnie d'inconnus, des hommes en particulier, sauf lorsqu'elle prenait elle-même l'initiative. Il réalisa qu'elle avait dû reprendre le travail au cours des dernières semaines et eut soudain très mauvaise conscience. La gestion des ressources humaines n'était certes pas son fort, mais étant son supérieur hiérarchique, il aurait dû être plus attentif au drame qu'elle avait vécu et prendre plus souvent de ses nouvelles. Mais il est vrai qu'il avait eu lui-même sa part de tourments au cours des dernières semaines.

Il la salua aimablement, remarqua ses cheveux courts et le caractère pour le moins informel, pour ne pas dire négligé, de sa tenue. Elle se redressa, lui adressa un sourire triste et presque ironique, suivi d'un haussement d'épaules, qui disait mieux que des mots qu'elle aurait préféré un autre sort. Tout comme moi, se dit-il avant de s'adresser à l'ensemble de ses collègues :

— Merci de votre accueil, et merci pour les fleurs.

Ne trouvant rien à ajouter, il se contenta de proposer d'un air gauche :

— Nous devrions peut-être attaquer ces croissants, ils ont l'air bien bons.

Au même moment, la porte du bureau s'ouvrit et Arne Pedersen entra dans la pièce en courant, le regard noir.

Agrippant Konrad Simonsen par le bras, il s'écria :

— Venez immédiatement ! Il y a une fusillade dans une école à Marmorgade.

De son bras libre, il fit un grand geste à soixante degrés, indiquant la direction diamétralement opposée au lieu du drame.

— Un élève a pété les plombs, il a une arme automatique et tire sur tout ce qui bouge. C'est un massacre !

Lorsque Konrad Simonsen arriva dans la cour du collège, un véritable chaos y régnait. Personne ne semblait avoir la maîtrise de la situation et il était difficile de savoir ce qui s'était passé. Pire encore, en l'absence d'un coordinateur, l'évacuation de l'établissement se déroulait dans un désordre complet. Élèves et professeurs désorientés couraient à droite et à gauche. Quelqu'un avait dû déclencher l'alarme d'incendie et les professeurs avaient probablement cru qu'il s'agissait d'un exercice. Respectant la procédure prévue en la matière, ils avaient fait sortir les élèves dans la cour et tentaient, dans une pagaille indescriptible, de compter le nombre de présents dans chaque classe. Des curieux s'étaient amassés dans la rue, le long de la grille de l'école et les habitants de l'immeuble d'en face s'étaient mis à la fenêtre pour essayer de voir ce qui se passait. Une brigade de policiers était arrivée sur les lieux, mais son intervention semblait elle aussi manquer de cohérence. La plupart d'entre eux paraissaient attendre la suite des événements, le regard tourné vers les salles du troisième.

Konrad Simonsen interrogea d'abord quelques professeurs au hasard, sans obtenir d'information précise. Il eut ensuite plus de chance – une secrétaire avait parlé avec un élève qui s'était échappé par la fenêtre de sa classe. Celui-ci ayant été transporté à l'hôpital, Simonsen dut se contenter de ce témoignage indirect pour appréhender la situation. Il semblait qu'un élève de troisième, un certain Robert Steen Hertz, était arrivé au collège muni d'une arme automatique et avait tiré sur deux professeurs, les tuant sur le coup. L'adolescent était toujours dans la classe située au milieu du bâtiment, et dont les quatre fenêtres donnaient sur la cour. Il y retenait ses camarades en otages, à moins qu'il ne les ait déjà tués.

Si Simonsen n'avait aucune expérience des fusillades en milieu scolaire, il en connaissait parfaitement le mécanisme. Il savait qu'en général, les tueurs perdaient la tête et faisaient tout pour abattre un maximum de personnes, leur seul but étant de les éliminer toutes. Jetant alors un regard circulaire dans la cour, il frissonna. Si le tireur déclenchait son arme d'une des fenêtres du troisième, il ferait des dizaines de victimes.

Il fallait donc agir vite, prendre les mesures d'urgence qui s'imposaient : faire évacuer la cour, écarter les spectateurs attroupés sur la voie publique, barrer la rue et faire éloigner de leurs fenêtres les habitants de l'immeuble d'en face.

Il donna à Arne Pedersen l'ordre de faire évacuer la rue. *Fais évacuer la voie publique devant le collège, barre la rue des deux côtés*, lui cria-t-il dans l'oreille. Puis il agrippa les policiers et les professeurs qui se trouvaient à proximité et leur donna ses instructions. Tout le monde devait quitter les lieux aussi rapidement que possible mais sans courir, éviter à tout prix de se regrouper devant la grille et s'éloigner de cette rue. Il leur répéta les différents points, puis se précipita vers le milieu de la cour, formant un nouveau groupe, et donna à chacun les mêmes instructions. Un policier lui tendit un mégaphone et l'écho de sa voix vint alors retentir entre les bâtiments. *Sortez dans la rue, éloignez-vous immédiatement! Marchez vite, mais ne courez pas. Les grands s'occupent des petits. Laissez l'entrée dégagée, ne courez pas, ne vous attroupez pas. Servez-vous des bâtons ou des sprays au poivre, mais je veux cette entrée dégagée.* La dernière injonction s'adressait aux policiers présents qui, malgré son manque de clarté, saisirent parfaitement le message. Il répéta une nouvelle fois : *Sortez dans la rue, éloignez-vous immédiatement! Ne courez pas! Pas d'attroupements! Les grands s'occupent des petits. Laissez l'entrée libre, pas d'attroupements devant l'entrée.*

Les ordres furent exécutés, et la situation stabilisée. La cour du collège se vida avec une rapidité incroyable et la rue fut bientôt déserte. Konrad Simonsen lâcha le mégaphone, qui tomba sur l'asphalte et se mit à osciller comme une toupie. Debout au milieu de la cour, Simonsen dut alors penser à sa propre sécurité.

— Il faut qu'on parte, Simon.

La Comtesse se tenait derrière lui. Elle portait un gilet pare-balles et en avait un à la main. Tout en lui parlant, elle avait les yeux rivés sur les fenêtres du troisième.

— La force d'intervention attend quoi bon sang? demanda-t-il. Tu sais quelque chose? C'est pas normal qu'il leur faille trois plombes pour se mobiliser. C'est bien dans ce genre de situations qu'on…

Elle l'interrompit en posant une main sur son épaule.

— Ils arrivent dans cinq minutes.

Il regarda sa montre et constata qu'il n'était là que depuis dix minutes, mais ces minutes lui avaient paru bien plus longues.

— Il y a encore des élèves dans le bâtiment.

— On va les évacuer par une autre issue. Allez, viens.

Ils quittèrent la cour à pas rapides et il put enfin la questionner :

— Est-ce que tu sais ce qui s'est passé ?

— Il y aurait au moins deux tués, deux professeurs. Le couloir du troisième est sécurisé, mais nous n'avons pas le droit d'entrer dans les locaux, ce sont les forces spéciales qui vont s'en charger. Le corps du professeur est toujours devant la porte de la classe. Elle a été touchée à la tête, alors on suppose qu'elle est morte, mais on ne peut rien faire pour l'instant.

— Et les élèves qui sont encore dans la classe ?

— Personne ne sait rien sur eux.

— Combien sont-ils ?

— Environ vingt-cinq.

Ils se réfugièrent derrière un fourgon de police garé devant l'école. La Comtesse donna à Simonsen le gilet pare-balles qu'elle lui avait apporté. Il l'enfila et constata à son grand étonnement qu'il lui allait parfaitement.

Une certaine confusion régnait encore autour d'eux. Les deux voitures de la force d'intervention qui venaient d'arriver avaient du mal à franchir le barrage de sécurité à la hauteur de Vester Voldgade. Deux ambulances mal garées et une foule de curieux bloquaient en effet le passage. Il tourna brusquement la tête d'un air suffoqué. Derrière lui, une journaliste de *Danemark News* avait ouvert son micro et commentait d'un ton exalté la situation, évoquant les rafales de balles qui allaient de nouveau fuser, et affirmant que personne ne serait en sécurité tant que l'auteur du massacre n'aurait pas été arrêté. Elle aussi s'était recroquevillée derrière le véhicule de police, tandis que le cameraman, toujours debout, filmait d'un air stoïque la scène qui se déroulait derrière elle.

Simonsen donna à un policier l'ordre de les éloigner. Puis il demanda à la Comtesse :

— On est sûr qu'il a une arme automatique ?

— Non, mais c'est probable.

— Quel bordel !

Le garçon pleurait. Après avoir tué le professeur auxiliaire, il s'était assis dans son fauteuil sur l'estrade, totalement désorienté, incapable d'imaginer la suite du scénario. Il se leva seulement à deux reprises. La première fois, pour se mettre à la fenêtre et inspecter la cour, où les gens erraient de tous côtés, complètement perdus. La deuxième fois, il renversa le bureau, et ce geste totalement infondé sema la panique parmi les élèves qui, comme pour calmer leur peur, se pressèrent encore plus fort les uns contre les autres. Se tenant par la main, apeurés, ils suivaient le moindre de ses gestes les yeux écarquillés. Le garçon se leva, traversa la pièce et vint se poster à deux mètres du groupe. La plupart des adolescents baissèrent la tête, quelques-uns poussant des cris stridents. La scène était pitoyable. Il dirigea son arme en direction d'une élève et lui ordonna de partir :

— Fiche le camp, Maja !

La jeune fille qu'il avait désignée ne comprit pas tout de suite ce qu'il lui demandait. Alors, il répéta son injonction, mais cette fois en criant d'un air désespéré :

— Fous le camp, Maja ! Tire-toi !

Puis il retourna vers sa chaise près du tableau en se traînant péniblement et regarda la jeune fille se faufiler à pas lents le long du mur pour atteindre la porte. Elle dut la tirer fort pour pousser le corps du professeur auxiliaire et arriver à sortir. Puis elle glissa sur une mare de sang et fut presque obligée de ramper pardessus le corps du professeur gisant dans le couloir. Elle se mit à pousser des hurlements sauvages. L'instant d'après, trois de ses camarades tentèrent de la rejoindre, mais le garçon tira en l'air au-dessus de leurs têtes. Les adolescentes poussèrent des cris de terreur et retournèrent en courant à leur place dans le fond de la classe. Pourquoi les avait-il empêchées de s'en aller ? Il n'en savait rien lui-même. Peut-être parce que leur fuite constituait un changement qu'il n'avait pas prévu, une sorte de manque de contrôle. Peut-être parce qu'il les détestait. Il tira une salve en direction du corps gisant devant la porte, mais n'en éprouva aucun plaisir. Il se remit alors à pleurer, souhaitant profondément que ce drame se termine très vite.

Simonsen et la Comtesse s'occupèrent de la jeune fille, qui était venue vers eux en courant. Dans sa fuite, elle avait perdu une chaussure tandis que son jean serré, sa chemise blanche, son visage et sa chevelure blonde étaient maculés de sang. Il fallut aux deux policiers quelques instants pour réaliser qu'elle n'était pas blessée. La Comtesse posa une couverture sur les épaules de l'adolescente. Elle tremblait. De toute évidence, il faudrait l'hospitaliser.

Ils se tenaient à présent derrière le fourgon de la force d'intervention, que l'on avait coutume d'appeler la Golf, bien qu'il s'agisse cette fois d'un Mercedes Vito. Le fourgon était blindé, mais de toute façon ils n'avaient plus à craindre qu'on leur tire dessus depuis les fenêtres. Plus très longtemps en tout cas. Le chef de la force d'intervention venait d'être informé que son tireur d'élite s'était installé dans un des appartements de l'immeuble situé derrière eux. La Comtesse questionna la jeune fille avec douceur :

— Que s'est-il passé ? Comment avez-vous réussi à vous échapper ?

La jeune fille répondit d'une voix saccadée, et la Comtesse comprit qu'elle n'allait pas pouvoir l'interroger très longtemps.

— Il m'a laissée partir, mais les autres, qui voulaient me suivre, il leur a tiré dessus.

— Des élèves de ta classe ont été abattus ?

Elle mit ses mains ensanglantées devant ses oreilles et pencha la tête.

— Il les a tuées de sang-froid, ce psychopathe. Elles n'avaient aucune chance de s'en tirer. Juste parce qu'elles voulaient s'enfuir. De sang-froid.

La Comtesse avait posé son bras sur ses épaules. Elle la berçait doucement. À côté d'elles, le chef de la force d'intervention et Simonsen échangèrent un regard entendu.

— Et tes camarades, combien sont encore en vie?

— C'est difficile à dire… certains sont vivants, d'autres morts. De toute façon, il ne va pas tarder à abattre ceux qui restent. Comme des lapins…

— C'est ce qu'il dit?

Visiblement, elle n'avait pas saisi le sens de la question, et la Comtesse dut la reformuler :

— Est-ce que Robert Steen Hertz dit qu'il va tuer tes camarades?

— Il ne dit rien. Il se contente de nous transpercer de balles, quand ça lui chante. Le gros lard! Pourquoi personne ne fait rien? Vous pouvez pas lui exploser la tête?

La Comtesse fronça les sourcils, tandis qu'Arne Pedersen, qui venait de les rejoindre, dit en marmonnant :

— Tout ça ne nous avance pas beaucoup.

— Est-ce que tu peux l'accompagner à l'ambulance? demanda Simonsen à la Comtesse.

Le chef de la force d'intervention regardait en direction des fenêtres du troisième les yeux mi-clos, comme si cela lui permettait de se faire une idée plus précise de la situation. La suite des opérations dépendait de lui. Devait-il ordonner à ses hommes de pénétrer dans le bâtiment et de neutraliser le tueur? Était-il préférable, si toutefois c'était possible, de négocier avec lui? Ou bien fallait-il donner au tireur d'élite l'ordre de tirer dès que l'occasion se présenterait? Les explications de l'adolescente ne l'avaient pas convaincu. On voyait bien qu'elle était sous le choc ; ce qu'elle disait paraissait aussi plausible qu'un mauvais scénario américain. Il ne pouvait pas se fonder sur son témoignage pour faire intervenir le tireur. D'autant qu'en pénétrant dans la salle de classe, on risquait de faire d'autres victimes. Il inspecta une nouvelle fois les fenêtres et prit sa décision.

— On va lancer une grenade à choc et donner l'assaut. Espérons que c'est le bon moment.

Au même instant, la porte principale du collège s'ouvrit lentement, et une femme apparut dans l'embrasure. Même de loin, on voyait qu'elle était couverte de sang. Elle descendit en titubant les quelques marches du perron, elle avait l'air gravement blessée. Son apparition venait en fait confirmer le témoignage de la jeune fille. Elle fit quelques pas dans la cour, puis s'écroula sur le sol, inanimée. Le chef de la force d'intervention fit signe à deux de ses hommes qui se précipitèrent aussitôt pour récupérer la femme. Pendant ce temps, il ouvrit le revers de sa veste et, parlant dans le petit micro qui y était fixé, donna ses ordres à son collègue.

— Ici, Lima. Palle, si tu peux tirer, vas-y, descends-le.

Puis il cria à pleine voix :

— Appelez une ambulance.

Le tireur d'élite avait bien évalué la situation. Lorsqu'il était arrivé devant le collège avec son équipe, il avait immédiatement décidé que pour surveiller les fenêtres de la classe où se déroulait le drame, il fallait se poster au troisième étage de l'immeuble situé de l'autre côté de la rue. Il prit donc son fusil dans la Golf, se dirigea en courant vers l'entrée de l'immeuble et monta au troisième. Il y avait deux appartements sur le palier, mais une des portes était entrebâillée, ce qui facilita son choix. À l'intérieur, un policier était en train d'expliquer au résident qu'il devait se tenir éloigné des fenêtres donnant sur la rue. Le tireur avait eu du flair, car le propriétaire de l'appartement était un colonel de gendarmerie à la retraite qui, malgré ses quatre-vingts ans, pigea immédiatement la situation et les besoins de son visiteur. Le policier ouvrit une des fenêtres du séjour, sortit prudemment les deux battants de leurs gonds et les posa par terre contre un mur. Pendant ce temps, le tireur dégagea le rebord de la fenêtre. Puis les deux hommes transportèrent la lourde table en acajou devant la fenêtre. Elle arrivait à peu de chose près à la hauteur du rebord. Le tireur d'élite s'allongea sur la table et prépara son fusil. C'était un Heckler & Koch PSG1A1, un des fusils les plus précis du monde. Avec une telle arme, un tireur expérimenté tel que lui était capable d'atteindre une cible à huit cents mètres. Ce ne serait pas nécessaire aujourd'hui, puisque la distance les séparant de l'école ne devait pas dépasser les cent cinquante mètres. Il informa son supérieur qu'il était prêt.

Il avait à trois reprises jeté un coup d'œil rapide dans son viseur pour observer sa cible. Il vit d'abord le garçon renverser une table, puis aller et venir devant les fenêtres. Malheureusement, il était passé trop vite, et il n'avait pas pu identifier l'arme qu'il portait. Quelques instants plus tard, l'ordre que le tireur espérait ne jamais recevoir fut donné. Il demanda une confirmation et l'obtint dans l'instant.

Dans la classe, le garçon à la mitraillette venait de décider que la meilleure solution était de libérer ses camarades et de se rendre. Il était épuisé, angoissé, il avait faim et il voulait s'en aller. Peu importait où il irait, il voulait quitter cet endroit.

Entendant brusquement la sirène de l'ambulance, il s'approcha de la fenêtre la plus proche. La main sur les yeux pour se protéger de la lumière, il regarda dans la rue pour tenter de voir ce qui s'y passait.

Le projectile l'atteignit au front, au-dessus de l'œil gauche, ressortit à la base du crâne, et, poursuivant sa trajectoire, frôla le pied d'une table renversée, alla ricocher sur le sol, transperçant la porte du placard dans lequel la jeune fille s'était recroquevillée, toucha son genou puis transperça sa gorge avant de ressortir par la colonne vertébrale et de venir se fixer dans le mur. Les deux adolescents moururent sur le coup.

Dans la rue, le bruit du tir résonna entre les maisons. Simonsen tourna machinalement la tête dans la direction du bruit puis, d'un air grave, regarda la Comtesse en silence. Le chef de la force d'intervention s'approcha d'eux.

— C'est fini, annonça-t-il.

Il était près de midi, et la situation dans le collège de Marmorgade était à présent sous contrôle. La force d'intervention venait de quitter les lieux, les techniciens étaient à l'œuvre dans la classe, et les psychologues de la cellule de crise étaient eux aussi arrivés sur place. Tous avaient l'air abattu, et la communication entre policiers se limita à des échanges strictement professionnels.

Konrad ayant terminé sa journée de travail, Arne Pedersen insista pour le ramener chez lui. Prévoyant de revenir à son poste dans moins d'une heure, il pria tout de même la Comtesse d'assurer la direction de l'enquête en son absence, ce qu'elle accepta.

Dans la voiture, Konrad lui demanda :

— N'as-tu pas mieux à faire que de me servir de chauffeur ?

— Si, mais je voulais discuter avec toi des dispositions à prendre.

— C'est très simple. Le déroulement des faits sera clarifié dans le courant de la journée. Par conséquent, il te reste à identifier le mobile et à trouver comment Robert Steen Hertz a pu mettre la main sur une mitraillette. Il faudra aussi que tu tiennes une réunion de presse. En dehors de ça, à ta place, je chercherais en priorité à m'assurer que le garçon a agi seul. S'il a des copains qui possèdent le même type d'armes et qui nourrissent les mêmes intentions, il faut que tu le saches le plus vite possible. Encore une chose : si tu as des problèmes de budget, je crois que c'est le moment de demander une rallonge.

Ils continuèrent de discuter pendant quelques minutes. Arne avait plusieurs questions à poser à son collègue qui lui donna son avis sur chaque point. Lorsqu'ils sortirent de l'autoroute en direction de Søllerød, et qu'ils eurent clos le sujet, Pedersen demanda :

— Et toi, comment vas-tu ? Tu es sur une affaire ? Comment ça s'est passé chez la préfète ?

Il posait la question par courtoisie, mais son esprit était toujours absorbé par la fusillade du collège.

— Eh bien, oui, elle m'a donné une vague affaire.

Son collègue ne réagissant pas, il ajouta :

— Et puis j'ai entendu de la musique.

— De la musique ? Quelle sorte de musique ?

— Une musique qui permet en tout cas de sourire.

Il lui raconta l'épisode de l'écho.

— Est-ce que ça a une signification particulière ? demanda Pedersen d'un air surpris.

Il fit non de la tête, car cela n'avait effectivement aucune importance.

En revanche, lorsqu'il s'était réveillé après sa crise cardiaque, la musique avait eu un rôle crucial.

L'ouverture joyeuse et attirante sur la place du marché, où tous étaient les bienvenus. Les cors d'harmonie qui signalaient la fin d'un monde et invitaient son merveilleux public à entrer dans le futur. La chanteuse soliste, qui avait ému son âme avec son chant optimiste et léger, durant quelques instants, la douleur qui avait envahi sa poitrine. C'est comme s'il se voyait accorder une deuxième chance, la possibilité de faire de nouveaux choix, de changer sa vie, et peut-être même de la comprendre. C'est alors que la lumière se fit, son corps était lourd et il avait mal partout. Il avait en vain tenté de retenir la musique, alors que les dernières notes disparaissaient, et son geste le fit gémir. Quelqu'un lui avait pris la main et il avait ouvert les yeux.

Simonsen arriva tôt au bureau, beaucoup trop tôt à son goût, mais il avait fait le trajet avec la Comtesse, qui devait consacrer tout son temps à l'enquête sur la fusillade de Marmorgade. Il était donc obligé d'adapter ses horaires à ceux de sa compagne. Elle avait le sourire aux lèvres et était en pleine forme. *Cela te permettra de rentrer tôt, Simon, pense à ça.* Elle avait raison, mais le fait de rentrer tôt n'était pas forcément une perspective réjouissante. Les moments passés seul dans la maison de Søllerød pouvaient paraître longs, d'autant que la Comtesse risquait de rentrer tard. Il se sentit pitoyable et agacé de son propre comportement. Il réalisait qu'il n'avait pas encore réussi à modifier son style de vie depuis son infarctus. Il s'efforça de penser à autre chose.

Arrivé dans son bureau, il vit que Pauline Berg était déjà là. Elle était assise dans le canapé de son *annexe* – comme on surnommait désormais son bureau récemment réaménagé – et regardait les nouvelles du matin. Il posa son dossier sur son bureau et alla la saluer. Elle éteignit aussitôt la télévision, et ils se saluèrent sur un ton modérément cordial. Puis il l'observa un moment, toujours debout, si longtemps qu'elle se sentit obligée de détourner le regard. Il s'assit enfin dans l'autre angle du canapé.

— Tu ressembles à une SDF.

Il avait raison. Elle portait un jean avachi, une chemise d'homme bleu-gris élimée au col et aux coudes et des sandales à peine enfilées, dont le cuir était rayé.

— Si tu veux travailler avec moi, il faudra que tu t'habilles correctement.

— Je crois que j'ai un pantalon UFO au fond du placard, je pourrais le mettre demain.

Quand elle réalisa que la menace glissait sur lui, elle poursuivit :

— Je m'habille comme je veux !

— Non, à partir de demain, tu t'habilles comme *je* veux. Sinon, ce n'est pas la peine de venir. À toi de voir.

Elle lui lança un regard furieux, mais resta à sa place. Il lui tendit le dossier que la préfète de police lui avait confié.

— C'est l'affaire Jørgen Kramer Nielsen. Date et lieu de naissance : 1951 à Copenhague. État civil : célibataire. Profession : postier. L'homme habitait à Hvidovre et est décédé après avoir fait une chute dans l'escalier de sa maison. Ça s'est passé autour du 20 février, il y a donc six mois de ça environ. La date exacte de son décès demeure inconnue, car son corps est resté plusieurs jours au bas de l'escalier avant d'être découvert.

— Ben, ça arrive, lança-t-elle d'un air indifférent.

Il la regarda d'un air vaguement irrité et poursuivit :

— Le vendredi 29 février dans l'après-midi, le locataire du dessous trouve le corps de Jørgen Kramer Nielsen dans l'escalier. La mort est intervenue depuis un certain temps, car le corps commence à sentir mauvais. Le voisin du dessous appelle une ambulance, et nous sommes appelés sur les lieux, comme le veut l'usage. Un fourgon de police est dépêché. Peu après, le médecin de permanence arrive à son tour. Il renvoie les deux policiers, examine les circonstances de la mort et rédige un acte de décès précisant que Jørgen Kramer Nielsen s'est brisé la nuque accidentellement en faisant une chute dans son escalier. Ce qui signifie trois choses : un, pas d'intervention de la PJ ; deux, pas d'analyse des techniciens ; trois, pas d'enquête du médecin légiste. Le corps est envoyé illico presto au frigo et mis en bière.

— Quel idiot, bon sang !

— Oui, on peut le dire, mais il y a une explication. Le médecin revenait d'un déjeuner entre hommes bien arrosé, puait l'alcool et titubait.

— Il était soûl ?

— Complètement bourré ! Tout le monde est d'accord là-dessus. Bon, jusque-là, tout va bien, ou plutôt mal, mais la suite sera bien pire. L'un des policiers, Hans Ulrik Gormsen...

Il la regarda d'un air interrogatif pour voir si elle le connaissait. Elle fit signe que non, et il continua :

— ... avait, d'après ses dires, eu dès son arrivée sur les lieux le sentiment que le postier avait pu être assassiné. Je suis désolé, mais ce sont ses propres mots. Son soupçon reposait sur plusieurs éléments, notamment la position du corps et le fait que l'escalier dans lequel Jørgen Kramer Nielsen était tombé ne comportait que sept marches. Il fit donc une série de clichés du corps et de l'escalier avec son mobile, prit des mesures aussi précises que possible de l'escalier, et interrogea le voisin du dessous, un prêtre, le menaçant même de l'arrêter. Par la même occasion, il se mit aussi à dos le médecin, et il se peut que ça explique pourquoi le dossier a été clos d'une manière aussi inhabituelle. On avait d'une part un curieux entêtement et de l'autre une bonne dose d'alcool !

— Je pige, mais pourquoi devrions-nous intervenir ? C'est vrai que tout ça semble louche, mais tout de même, il est rare que des types que l'on retrouve en bas d'un escalier avec le cou brisé aient été assassinés.

— C'est certain. Rien n'indique que Jørgen Kramer Nielsen ait été tué, et d'ailleurs lorsque Hans Ulrik Gormsen a montré ses photos au procureur de la République et que celui-ci le lui a fait remarquer, il a été forcé de le reconnaître. Ensuite, ce fut silence radio pendant près d'un mois, jusqu'à ce que Gormsen obtienne un nouveau poste comme chef de la sécurité dans une entreprise privée. Il reprit alors l'affaire du postier, comme il l'appelle, mais cette fois en compagnie de sa belle-mère. Celle-ci, plus facile à convaincre, fut vite persuadée qu'il y avait eu crime. Malheureusement, ladite belle-mère est vice-présidente de la commission des affaires juridiques de l'Assemblée.

— Mon Dieu !

— Comme tu dis. Mais le résultat de tout ça, c'est que nous sommes censés consacrer quelques jours, une semaine au plus, au dossier Kramer, et qu'on compte sur nous pour rédiger un rapport confirmant que notre homme a fait une chute dans son escalier.

Pauline Berg essaya de deviner :

— Un rapport que la préfète de police pourra montrer à la fameuse belle-mère ?

— Exactement. Est-ce que tu es toujours intéressée ? Ou dois-je dire à Arne que tu préfères enquêter sur la fusillade du collège avec les autres ?

Elle agita ses mains en l'air d'un air irrité :

— Cet affreux obèse ? Non, merci. L'affaire est trop déprimante.

Elle ignora l'injonction de Simonsen la priant de *parler correctement*, et regarda en l'air pendant un moment. Il attendit patiemment. Elle finit par dire :

— Qu'est-ce qu'on sait sur ce postier ? On a son casier judiciaire ?

Simonsen secoua la tête.

— Presque rien, juste ça, c'est tout.

Il sortit une feuille du dossier et lui tendit.

Le 5 mars 1996, Jørgen Kramer Nielsen avait été renversé et battu sur sa route. L'agresseur, un serrurier de quarante ans originaire de Rødovre, était inconnu de la police. Il avait piétiné et donné de grands coups à la victime jusqu'à ce qu'une patrouille de police passant dans les parages eût mis fin à ses exactions. Jørgen Kramer Nielsen avait été transporté à l'hôpital de Hvidovre. Et par la suite, aucun des deux hommes n'avait voulu s'exprimer sur l'incident, le postier refusant même de déposer plainte. Le serrurier fut inculpé, mais ensuite la plainte fut retirée.

Pauline Berg s'y reprit à deux fois pour lire le mince rapport, puis le lui redonna, disant d'un air grave :

— Pour les autres, je suis taboue. Personne ne semble savoir quelle attitude adopter à mon égard, même la Comtesse a du mal. Ils me considèrent tous comme un cadeau empoisonné dont on ne peut pas se débarrasser. Je rêve d'avoir ma propre affaire, mais Arne refuse de m'en confier une.

— Ah bon.

— Le matin, quand je me lève, j'ai l'impression que c'est le dernier jour de ma vie. Et l'histoire des fringues… Celles que j'avais avant… avant ce qui m'est arrivé, je ne les supporte plus. Ça me fait peur.

— Alors, mets ton uniforme. De toute façon, tu ne peux pas m'accompagner dans cet accoutrement.

Brusquement, elle lui sourit, d'un air aimable, presque optimiste.

— Bon d'accord, dis-moi par où je dois commencer.

Les importantes ressources qu'Arne Pedersen avait mobilisées pour enquêter sur les causes de la fusillade de Marmorgade s'avérèrent utiles.

On apprit que le professeur qui avait été tué était, selon la formule de Pedersen, un beau salaud. Tobias Juul – c'était son nom – était âgé de trente-deux ans et avait une activité parallèle de revendeur de drogues. Ses clients étaient surtout des clientes, des adolescentes, dont une poignée d'élèves de sa classe de troisième. Il stockait chez lui un bel assortiment de drogues : narcotiques, ecstasy, amphétamines, méthamphétamine et cocaïne, mais ses activités souterraines ne se limitaient pas à cela. Vint en effet un moment où ses filles, comme il les appelait, étaient devenues si dépendantes qu'elles s'étaient considérablement endettées auprès de lui. Il en profita pour abuser d'elles. Il alla jusqu'à vendre leurs services à des clients.

Pedersen en informa Konrad Simonsen. Non parce que son ex-chef était concerné par cette affaire, et encore moins parce qu'il dirigeait l'enquête, mais plutôt pour recueillir son avis et avoir quelqu'un avec qui échanger. Il poursuivit son portrait du professeur.

— Mais il s'agissait d'un commerce à petite échelle, ce n'était pas un gros bonnet.

— Et quel rapport avec la fusillade ?

— Nous pensons qu'il s'agit d'un banal drame de la jalousie. Robert Steen Hertz, le garçon qui a tiré, a peut-être voulu aider une de ses camarades, cette jeune Maja Nørgaard. Elle était une des *filles* de Tobias, pour reprendre son expression. Peut-être était-il amoureux d'elle en secret, tout en sachant qu'avec son physique, il n'avait aucune chance. Peut-être a-t-il cherché à la sauver.

— On dirait que tu as déjà identifié les causes. Mais d'où tenait-il son arme ?

— Bonne question. Comment un jeune Danois de seize ans parvient-il à se procurer une mitraillette 9 mm ArmyTocx SA-5 ? Je n'en sais rien, du moins pas encore. Quant à ton optimisme sur les causes, il est sans doute prématuré. Ces deux filles, dont l'une est Maja Nørgaard, essayent de nous mettre des bâtons dans les roues. Elles prétendent ne rien savoir de ce que… eh bien, de ce que nous leur demandons. Alors, nous sommes loin de tout savoir. D'autant que les parents prennent leur parti, surtout la mère de Maja Nørgaard, qui a trouvé le moyen d'engager un avocat. C'est une femme de la pire sorte, épouvantable et d'une arrogance sans bornes. Sa fille est morte de peur devant elle et on la comprend. En réalité, c'est la mère qui bloque l'enquête, mais je ne peux pas faire grand-chose. Nous en sommes réduits à utiliser des voies détournées et à nous baser sur des témoignages de seconde main.

— Quelle est la motivation de la mère ?

— On l'ignore, mais j'imagine qu'elle aurait du mal à supporter que la vie scabreuse de sa chère petite soit étalée au grand jour. L'état réel dans lequel se trouve sa fille lui est vraisemblablement indifférent. Mais dis-moi, est-ce que ton affaire de postier avance ?

Arne Pedersen eut un petit rire sous cape en posant la question.

— Elle progresse.

— Et Pauline ? Tu as des problèmes avec elle ?

— Pas le moins du monde.

Simonsen avait commencé son enquête chez le prêtre, le voisin de Jørgen Kramer Nielsen. Il voulait examiner la villa où le décès avait eu lieu et surtout s'entretenir avec le témoin qui était susceptible de lui donner le plus d'informations. Il aurait ainsi de la matière pour son rapport.

Le prêtre avait près de quarante ans. C'était un homme aimable et observateur, et voyant le coup d'œil étonné que l'inspecteur jetait sur sa collerette, il comprit aussitôt sa réaction.

— Oui, je suis catholique. Cela étonne toujours les gens qui ne sont pas au courant, mais laissez-moi vous dire que je ne mords pas!

Il rit d'un air jovial. Simonsen l'imita et les deux hommes se serrèrent la main.

Le récit de ce qu'il avait vécu le 29 février fut vite terminé. C'est en rentrant de vacances qu'il avait trouvé son voisin du dessus mort dans l'escalier. Ils arrivèrent rapidement à la question centrale :

— Vous n'avez pas changé le corps de place ou modifié sa position avant l'arrivée de l'ambulance, n'est-ce pas?

— Pourquoi donc l'aurais-je fait? Jørgen était indubitablement mort, je ne pouvais donc plus rien faire pour lui.

— Non, je comprends bien. Et les policiers? Avez-vous constaté que l'un d'entre eux avait déplacé le corps?

— Vous voulez dire, avant qu'on l'emporte?

— Oui, évidemment.

Le prêtre réfléchit et répondit avec une certaine hésitation :

— Le jeune inspecteur a posé une boîte d'allumettes à côté du visage, puis il a utilisé la caméra de son mobile. Pour avoir une référence de grandeur, j'imagine. Et je me rappelle que cela m'a étonné qu'il ait des allumettes. De nos jours, c'est plutôt rare. En revanche, il ne l'a pas touché.

— Vous en êtes certain?

— Oui... oui, j'en suis sûr.

— Il ne s'agit d'ailleurs pas d'un inspecteur.

— C'est rassurant!

— C'est aussi mon avis. Est-ce que la porte d'entrée de la villa est toujours fermée à clef?

— Absolument.

— Qui a les clefs?

— J'en ai une, de même que mes nouveaux locataires du premier. Jørgen avait aussi la clef, je suppose qu'il en avait deux jeux, mais je n'en ai aucune certitude.

— Et personne d'autre ne l'avait ? Femme de ménage ou autre ?

— Pas à ma connaissance.

— À ce sujet, à quelle fréquence faisait-on le ménage dans l'escalier ?

— Tous les quinze jours, en principe. Nous le faisions à tour de rôle, cependant… ah oui, je suis désolé. Si vous pensez aux traces exploitables par les techniciens – enfin, j'ignore le terme que vous utilisez – on a fait deux fois le grand ménage depuis février. La première fois, c'est moi qui ai passé l'aspirateur et pris soin d'appliquer un nettoyant sur la moquette, le corps était tout de même resté là un certain temps.

Il s'arrêta, un peu oppressé. Simonsen insista :

— Et la deuxième fois ?

— Eh bien, les nouveaux locataires trouvaient eux aussi que ça sentait mauvais. Non, ce n'est pas exact, c'est la femme qui a fait allusion à l'odeur, quand elle a appris comment Jørgen était mort. Son mari et moi, nous nous sommes cotisés pour faire appel à une entreprise de nettoyage et le palier a été nettoyé de fond en comble. Pour la paix du ménage, si vous voulez.

Simonsen soupira.

— On n'y peut rien. Vous ne voyez pas d'inconvénient à ce que j'aille faire une petite inspection des lieux ?

Le prêtre n'avait rien contre.

La cage d'escalier ressemblait à toutes les cages d'escalier. La porte ouvrait sur une petite entrée carrelée, de là trois marches conduisaient à un premier palier où se trouvait la porte d'entrée de l'appartement du rez-de-chaussée et d'où partait l'escalier jusqu'au palier du dessus. C'est sur ce palier qu'on avait trouvé Jørgen Kramer Nielsen. Quelques marches prolongeaient ensuite l'escalier jusqu'au dernier palier, sur lequel donnait la porte d'entrée de l'appartement du premier et où se trouvait un grand placard. Les sols étaient recouverts de moquette et la rampe, qui venait d'être repeinte en laque noire, brillait de tous ses feux. Les murs blancs immaculés étaient décorés de quelques vagues reproductions d'un peintre qu'il ne connaissait pas. Au plafond du premier était suspendu un énorme lustre en verre blanc qui aurait eu besoin d'un bon coup d'époussetage. Quant à la fenêtre du dernier, avec ses vitres fumées enchâssées dans des baguettes de plomb, elle tranchait sensiblement avec le style petit-bourgeois des lieux. À deux ou trois reprises, l'inspecteur arpenta l'escalier à pas lents, les sens en éveil, mais il ne récolta que de terribles crampes dans les jambes.

Pauline Berg avait étudié les papiers du défunt et vint en rendre compte à Simonsen. Ayant d'emblée souligné que sa démarche n'avait pas été sans problème, elle poursuivit ensuite son récit :

— Ses affaires sont conservées dans le dépôt d'Express Flyt dans la rue Peter Adler à Hvidovre. Mais quand je suis arrivée là-bas, un acheteur était sur le point de les emporter. Alors, j'ai dû montrer les griffes et filer au tribunal de Glostrup pour prier l'exécuteur testamentaire de procéder à nouveau à l'immobilisation de ses biens, bien que celle-ci ait été levée. Ça a créé les pires difficultés administratives. Ne t'étonne pas si tu reçois des plaintes à mon encontre, mais j'ai été obligée de hausser le ton, à la commission des partages et ailleurs, pour obtenir ce que je voulais. C'est la faute de la préfète, elle aurait dû intervenir depuis longtemps.

— Est-ce que tu as aussi haussé le ton devant elle ?

— Oui, évidemment. Cela dit, ce n'est pas la pire. Mais ces mecs en complet-veston au tribunal, je peux t'assurer qu'ils ont la comprenette difficile. Figure-toi que j'ai trouvé son testament, ou plus précisément une enveloppe jaune sur laquelle était inscrite la mention *Testament*. J'ignore tout de ce qu'elle peut contenir, je ne l'ai bien entendu pas ouverte, mais je me suis empressée d'appeler l'administrateur judiciaire pour l'informer de ma trouvaille. Tu crois peut-être qu'il était content ou simplement gêné d'avoir bâclé son travail ? Pas du tout ! Au contraire, il a eu l'audace de me demander de venir déposer l'enveloppe à Glostrup. Évidemment, je l'ai envoyé paître.

— J'imagine.

Elle sourit comme pour excuser sa conduite.

— Je ne me suis pas levée du bon pied, c'est sûr, mais qu'aurais-tu fait à ma place ?

— Je serais allé à Glostrup, mais c'est secondaire. Si ça fait des vagues, je m'en charge. Puisque tu es tellement bien habillée aujourd'hui.

Pauline Berg était vêtue d'une gracieuse jupe lui arrivant aux genoux, et d'un pull à col roulé sobre, gris comme la jupe, qui auraient bien convenu à une bibliothécaire à la cinquantaine bien tassée. C'était néanmoins un progrès par rapport à ses tenues de la semaine précédente.

Elle eut un rire embarrassé.

— Sinon, tu as trouvé quelque chose d'intéressant ?

— En fait, il y avait beaucoup trop de papiers pour que je puisse les examiner en détail. Notamment un cahier rempli de calculs mathématiques, j'ai l'impression que c'était son hobby. Il conservait aussi les bons de caisse du Netto du coin, soigneusement classés par année. Certains remontent à onze ans, et tous comportent deux chiffres inscrits au dos. L'un correspond au montant du ticket, l'autre, je n'y pige rien. Mais c'est sûrement intéressant… enfin, pas vraiment, mais ce n'était pas le but, je suppose.

Il lui donna raison.

— Il y a toujours quelque chose de bizarre chez les gens, poursuivit-elle d'une voix hésitante.

Le postier avait par exemple eu un vieil appareil photographique, une visionneuse et toutes les pièces détachées nécessaires, mais elle n'avait pas trouvé de photos développées. Pourtant, elle avait constaté en examinant ses factures qu'il achetait régulièrement des télécartes. Elle avait aussi trouvé un chargeur mais pas de portable. Elle en avait conclu que l'agent des pompes funèbres l'avait pris. Simonsen en doutait, mais s'abstint de tout commentaire.

— Autre chose ?

— Il avait une consommation massive de spray pour vitres, ça apparaît aussi sur ses tickets de caisse. Je ne sais pas pourquoi, on aurait pu penser qu'il avait une serre, mais ce n'était pas le cas, bien sûr. Et puis il était riche. Lorsqu'il est mort, il restait sur son compte en banque environ un million sept de couronnes. Cela correspond au montant qu'il a reçu en 1999 lorsqu'il a vendu sa maison au prêtre. C'est aussi la date à laquelle il a commencé à louer l'appartement du premier étage. Il n'a fait aucun dépôt ou retrait d'envergure ces cinq dernières années. Il se contentait de verser un montant de quatre cent quarante couronnes par mois à sa paroisse.

— Il était donc catholique ?

Elle approuva d'un signe de tête puis regarda sa montre.

— Je suis désolée, mais j'ai un rendez-vous chez le psychiatre dans une demi-heure, et d'ailleurs, on va bientôt venir te chercher. Qu'est-ce qu'il faut que je fasse lundi ?

N'en ayant aucune idée, il lui promit de l'appeler. Elle s'en alla. Regardant sa montre, il constata qu'effectivement, on allait bientôt venir le chercher. Ses collègues alternaient pour le reconduire chez lui, il ignorait s'ils avaient établi un roulement et ne leur avait d'ailleurs pas demandé. Toutefois, il souhaitait qu'aujourd'hui ce soit le tour de la Comtesse. Ils ne se voyaient pas beaucoup en ce moment, car elle rentrait tard le soir et, le matin, il arrivait souvent qu'elle soit déjà partie quand il se levait. Le week-end approchait mais elle allait sûrement devoir poursuivre l'enquête sur la fusillade du collège. Il soupira. Vivement le jour où il pourrait reprendre sa voiture. À cet instant, on frappa à la porte, pile à l'heure. Ils prenaient bien soin de lui. C'était un jeune policier qu'il ne connaissait pas.

Le lundi suivant, Konrad Simonsen perdit une partie de la matinée à tenter d'interviewer les deux policiers qui, en février, avaient retiré le corps de Jørgen Kramer Nielsen de l'escalier. Il mit du temps à les retrouver et leur témoignage ne donna rien. Il appela aussi le médecin qui avait rédigé le certificat de décès, mais là non plus, il ne put récolter aucune information. Il ne se souvenait pas de l'affaire, Simonsen voulait bien le croire. Il ne parvint pas à contacter Hans Ulrik Gormsen et n'eut pas le temps de faire grand-chose d'autre ce jour-là. Quatre heures passaient décidément bien vite.

Le lendemain, mardi, le soleil brillait dans un ciel bleu et transparent. Il commença par s'entretenir avec la collègue de Hans Ulrik Gormsen. La policière était arrivée en uniforme, dans une tenue irréprochable, tenant sa casquette sous le bras gauche. Raide comme un soldat de plomb, elle s'arrêta au beau milieu de son bureau, toute en sueur, jusqu'à ce qu'il la prie de s'asseoir. Une fois assise, elle resta droite comme un cierge.

Simonsen l'interrogea sur l'événement sans escompter obtenir de nouvelles informations. Il s'avéra pourtant qu'elle se souvenait d'un détail qu'il avait lui-même négligé. Il avait trait au sang, ou plus exactement à l'absence de sang.

— Oui, il reposait sur le sol, mort. Il n'y avait pas vraiment de sang, ni rien, il était juste mort.

— Vous voulez dire qu'il n'avait pas saigné ?

— Non, pas à proprement parler, je n'ai pas vraiment vu de sang.

— Pas vraiment ?

— C'est ça.

Il eut envie de la secouer pour qu'elle se détende, mais ça lui parut difficilement réalisable.

— Est-ce que vous avez vu quelque chose qui ressemblait à du sang mais n'en était pas ?

La question était absurde, mais il n'avait pas trouvé d'autre formulation.

— Non, rien.

— Essayez de fermer les yeux un instant et de vous imaginer que vous êtes de nouveau dans l'escalier. Dites-moi maintenant ce qui fait qu'à un moment donné, vous vous demandiez s'il y avait du sang ou pas.

— Parce que le mort avait une blessure sur une main, dit-elle en fermant les yeux, une sorte de marque qui ressemblait à une égratignure, mais il n'y avait pas eu de saignement, seule la peau était éraflée, sûrement dans sa chute. On peut peut-être la voir sur les photos que Hans Ulrik a prises avec son mobile. J'en suis pratiquement sûre.

Simonsen prit un classeur sur l'étagère qui se trouvait derrière lui, sortit les documents contenant les photos et constata qu'elle avait raison. La marque que Jørgen Kramer Nielsen avait sur sa main droite était visible sur la moitié des photos, du moins si l'on connaissait son existence.

— Est-ce que je peux rouvrir les yeux ?

— Évidemment voyons ! Et un grand merci pour votre aide.

— Est-ce qu'on a fini?

Il remarqua qu'elle tremblait, regardant nerveusement le sol. Il n'avait jamais vu un collègue si tendu. Il posa ses mains sur le menton, l'observa un instant et dit :

— Oui, c'est fini.

Elle sortit du bureau avant même qu'il ait pu prononcer un mot. Il appela Pauline Berg pour lui parler de l'éraflure.

Berg connaissait parfaitement cette policière. Elle avait travaillé avec elle avant d'entrer à la Crim. Lorsqu'elle retrouva Simonsen le lendemain, elle lui dit :

— C'est bizarre. Je ne la connaissais pas sous ce jour, plutôt tout le contraire.

— Alors c'est dommage que tu n'aies pas été là, je n'ai jamais vu ça. Mais que t'a dit Melsing?

Il lui avait demandé de se rendre à la police scientifique pour prier son chef, Kurt Melsing, d'examiner les clichés du postier que l'agent de police avait pris sur place, afin de recueillir ses premières réactions.

— Il a regardé les photos en maugréant et a conclu en disant qu'une chute dans un escalier pouvait se produire de mille et une manières.

— C'est tout?

— Presque. Si on veut une analyse plus rigoureuse, il faudra qu'il prenne les mesures de l'escalier et qu'on lui donne les originaux. Tout ça devrait prendre environ six mois. Ils ont acheté un programme américain qui serait susceptible de nous aider, mais ils n'ont pas encore appris à s'en servir. Si on veut engager une étude officielle, il demande que toi ou Arne le lui confirme par téléphone.

L'inspecteur secoua la tête.

— Non, ce n'est pas la peine.

— C'est aussi ce que je lui ai dit. À propos, c'est moi qui te raccompagne aujourd'hui, on va bientôt y aller.

Dans la voiture, ils n'échangèrent que quelques mots.

— Ils ont trouvé comment ce gros tas s'est procuré sa mitraillette. Arne t'appellera dans la journée.

— Exprime-toi correctement quand tu parles de ce garçon. Combien de fois faudra-t-il que je le répète?

Et un peu plus tard :
— Tu es certain qu'elle tremblait ? Parce que franchement, ça ne lui ressemble pas du tout.
— Si je le dis, c'est que c'est vrai.
— Est-ce que tu m'autorises à lui parler ?
Il tourna la tête et la regarda.
— Le mobile de Jørgen Kramer Nielsen ?
— Oui !

Arne Pedersen appela effectivement Konrad Simonsen dans l'après-midi comme Pauline Berg le lui avait annoncé. Il sommeillait et répondit d'une voix vaseuse.
— Qu'est-ce que tu fais ? Tu dors ?
— J'étais en train de penser à une fille que j'ai connue il y a bien longtemps.
Son collègue s'excusa de l'avoir interrompu dans ses réflexions, un peu gêné de la nature de la réponse. Simonsen gardait normalement ce genre de confidences pour lui. Il lui fit part des dernières informations qu'il avait recueillies au sujet de la mitraillette.

Robert Steen Hertz, l'adolescent qui avait tué Tobias Juul, son professeur, dans le collège de Marmorgade, avait un copain aux États-Unis. Un dénommé Russ Andrews qui habitait à Burlington, dans le Vermont. Robert Steen Hertz l'avait rencontré un peu plus d'un an auparavant, lorsque sa classe était en camp de vacances en Amérique. Les deux ados s'intéressaient aux armes. Plus exactement ils étaient de vrais mordus. À son retour au Danemark, Robert Steen Hertz continua d'échanger avec son ami, mais cette fois sur Internet. Au mois de mars, Russ Andrews fêta ses dix-huit ans et fut donc légalement en âge d'acquérir des armes, car dans le Vermont, comme dans les États de l'Arizona et de l'Alaska, la législation en matière d'armes était une des plus libérales du pays. C'est d'ailleurs ce qu'il fit. Il acheta autant d'armes que sa bourse le lui permettait, dont une pour son copain. Les deux adolescents trouvèrent une solution judicieuse au problème que posait la livraison de ladite arme. Robert Steen Hertz adressa d'abord un paquet

– pesant le même poids qu'un ArmyTocx SA-5 et quatre cartons de cartouches – à une fausse adresse à Burlington. Un mois plus tard environ, le postier remit le paquet en retour à Robert Steen Hertz en précisant que l'adresse qu'il avait indiquée était malheureusement inconnue. Le même jour, Robert envoya un nouveau paquet, contenant le carton et tous les cachets et timbres du premier paquet – cette fois en exprès – à Russ Andrews. Celui-ci mit l'arme et les cartouches dans l'emballage du premier envoi qu'il retourna pour la deuxième fois au Danemark. Il reçut l'aide de son frère aîné, qui travaillait pour l'entreprise privée que la municipalité de Burlington avait chargée de la distribution des paquets. Comme les deux adolescents l'avaient prévu, le paquet, ayant été scanné lors du premier envoi, échappa à tous les contrôles de sécurité. C'est ainsi qu'au bout d'un bon mois d'attente, Robert Steen Hertz reçut sa mitraillette, assortie d'une recommandation du postier le priant de mieux vérifier l'adresse la prochaine fois qu'il enverrait un paquet aux États-Unis.

Pedersen acheva son explication.

— Le reste fut un jeu d'enfant. S'aidant d'un passe-partout, d'une lime métallique et d'un mode d'emploi trouvé sur Internet, l'adolescent transforma l'arme semi-automatique en mitraillette automatique dotée d'une puissance de feu de dix coups seconde.

— Les autorités douanières doivent avoir les oreilles qui sifflent.

— Oui, elles vont sûrement modifier leurs procédures en la matière, tant au Danemark qu'aux États-Unis.

— Est-ce qu'il a payé la mitraillette, ou est-ce que c'était un cadeau de son ami ?

— Non, le cadeau provient directement de la carte de crédit de son père. Il est agent de change et intervient dans des affaires un peu louches, mais visiblement il se débrouille bien, car il ne s'était même pas aperçu qu'il manquait quatre mille couronnes sur son compte. Il a dit qu'il ne prêtait pas attention à des sommes si modiques.

Simonsen le remercia de ces informations, dont il aurait tout aussi bien pu prendre connaissance le lendemain, et attendit patiemment que son collègue en arrive au vif du sujet. Comme il l'avait pressenti, il voulait lui parler de Maja Nørgaard, dont le refus de coopérer risquait de poser de sérieux problèmes, car sans sa collaboration, le mobile de Robert Steen Hertz ne pourrait être définitivement confirmé. Arne avoua être à court d'idées. Bien que ne voyant pas très bien en quoi il pourrait l'aider, Simonsen accepta de participer à une réunion sur le sujet le lendemain.

Une semaine à peine après avoir repris le travail, Konrad Simonsen acheva la rédaction du rapport concernant la mort de Jørgen Kramer Nielsen qu'il devait remettre à la préfète de police. Le rapport concluait, sans grande surprise, que la mort du postier n'était pas d'origine criminelle mais due à une chute accidentelle dans son escalier. Il imprima le document, le relut une dernière fois, corrigeant quelques détails, l'imprima à nouveau, prit les copies puis se rendit à la réunion fixée par Arne Pedersen.

— Est-ce que tu veux l'envoyer toi-même ? C'est toi qui gères la boutique en ce moment.

Pedersen refusa :

— Non, je te remercie. Moins je suis en contact avec elle, mieux je me porte.

Il faisait évidemment allusion à la préfète de police. Simonsen fronça les sourcils mais ne répliqua pas.

Les quatre policiers, dont la Comtesse, qui enquêtaient sur la fusillade du collège, arrivèrent peu après. Pedersen présenta l'objet de la réunion : le cas Maja Nørgaard. Les informations qu'il donna s'adressaient en priorité à Konrad Simonsen.

— Comme tu le sais, nous supposons que le meurtre perpétré par Robert Steen Hertz a pour cause un drame de la jalousie. Il était amoureux de Maja Nørgaard qu'il côtoyait depuis le jardin d'enfants. C'est à cause d'elle qu'il avait fait un an de plus au collège au lieu d'entrer directement au lycée. Néanmoins, il était loin d'être stupide. Il savait pertinemment qu'il n'avait aucune chance avec elle, alors il se contentait de l'aimer de loin. Mais lorsqu'elle s'est fait prendre dans les griffes de Tobias Juul, ce dont nous sommes pratiquement sûrs, il a eu comme un déclic – bien qu'il ait mis du temps à réaliser ce qui se passait. Il a commencé à recueillir des informations, bribe par bribe, en interceptant…

Pedersen fut interrompu dans son exposé par Pauline Berg, qui fit irruption dans le bureau. Elle tenait à la main un téléphone portable qu'elle alla présenter à Konrad Simonsen, sans prêter attention aux regards furieux des autres participants.

— C'est celui de Jørgen Kramer Nielsen !

Simonsen parvint à se dominer.

— Ça ne peut pas attendre, Pauline ?

Au lieu de répondre, elle appuya sur une ou deux touches du mobile, et le visage d'une jeune femme blonde et souriante apparut sur l'écran. Elle appuya à nouveau sur une touche, montrant une autre photo de la même jeune fille, dans un salon où l'on apercevait un téléviseur et un lustre derrière elle. Elle était nue et ne souriait plus.

Stupéfait, l'inspecteur s'exclama :

— Maja Nørgaard !?

C'était autant une constatation qu'une question.

— Oui, sur le portable de Jørgen Kramer Nielsen !

Ce n'était pas la première fois que la brigade criminelle enquêtait sur deux affaires qui, distinctes au départ, s'avéraient avoir un lien. Cela se produisait de temps à autre. Le mobile passa de main en main, tandis que Berg apportait des précisions :

— Tobias Juul a envoyé les photos dans des MMS datés du 23 janvier de cette année accompagnés du texte suivant : *dimanche 10 h*. Rien d'autre. Mais j'ignore où elles ont été prises.

La Comtesse le savait :

— Dans le salon de Tobias Juul. Je reconnais le lustre. Mais comment Juul et Kramer se sont-ils rencontrés ?

Pedersen eut un large sourire.

— Je n'en sais rien, en revanche je suis sûr que Maja Nørgaard donnerait tout pour que sa mère ne voie pas ces photos. Il faut que je la voie entre quatre yeux, sans sa mère ni son avocat. Comment est-ce que je peux arranger ça, Comtesse ? Tu connais ses habitudes.

La Comtesse était sûre d'elle.

— Vendredi entre six et huit au bistrot L'Œil de Biche, en face de la gare d'Enghave. Elle y retrouve d'habitude une bande de copines pour y boire un verre ou deux avant d'aller en discothèque dans le centre.

Konrad Simonsen laissa discrètement glisser son rapport dans la corbeille à papier. Puis il dit :

— Je m'occupe d'elle.

Personne ne protesta.

L'Œil de Biche était un petit bar à l'ancienne fréquenté par une clientèle d'habitués. L'unique salle de l'établissement comprenait d'un côté le bar et de l'autre une rangée de machines à sous clignotantes. Les huit tables et chaises en bois lourd brun foncé s'harmonisaient à merveille avec les hauts panneaux en acajou. Les dessous d'assiettes en plastique rouge posés devant chaque place portaient tous des marques noires de brûlures de cigarettes. Au plafond pendouillait un vieux ventilateur en cuivre. La musique d'ambiance, mise en sourdine, déroulait en continu des hits danois.

L'établissement était à moitié vide. Les clients étaient tous des hommes de plus de cinquante ans, à l'exception de trois adolescentes assises à une table au fond de la salle, qui n'avaient visiblement aucune envie de se mêler à l'autre partie de la clientèle.

Simonsen se hissa non sans mal sur un tabouret et commanda une bière. Le serveur – un homme à la quarantaine énergique, souriant et attentif –, qui était en train de faire une partie de dés avec deux clients légèrement éméchés, leva un instant la tête pour le servir. Il versa le contenu dans son verre et but à petites gorgées. Ce n'était pas ici qu'il ferait des entorses à son régime.

Quelques minutes plus tard, il fit signe au barman qui venait de finir sa partie et lui montra discrètement sa carte. Se penchant au-dessus du comptoir, il lui dit à mi-voix :

— Brigade criminelle, mais si vous êtes disposé à collaborer, vous ne serez pas inquiétés, ni vous ni votre établissement. Le barman n'hésita pas un instant :

— Je vous écoute.

Simonsen fit un signe en direction des trois adolescentes et observa :

— On ne peut pas dire qu'elles soient à leur place ici.

C'était en fait une question. Le barman lui expliqua que la fille rousse était la nièce du copropriétaire des lieux et bénéficiait donc d'un crédit et de tarifs privilégiés.

— Je vais aller m'asseoir à leur table. Est-ce que vous pourrez faire sortir les deux filles qui nous tournent le dos ? lui demanda alors Simonsen.

— Oui, si c'est ce que vous voulez.

— Tout à fait. Débrouillez-vous pour qu'elles partent loin d'ici, je ne veux pas qu'elles restent traîner dans les parages.

Le barman parut hésiter.

— D'ailleurs, elles ont l'air d'être mineures toutes les trois. Votre licence pourrait bien…

Il laissa sa phrase en suspens, et l'homme capitula en souriant :

— Je me charge de les faire partir.

Lorsque Simonsen vint s'asseoir à leur table, les adolescentes mécontentes haussèrent le ton. Sans se laisser impressionner par leurs remarques, il regarda Maja Nørgaard en silence et se dit qu'occupant la place près du mur, elle devrait se faufiler sous la table si elle voulait s'échapper. Les clients regardaient la scène d'un air intrigué, surtout quand le barman fit sortir les deux amies de la jeune fille et les obligea à monter dans un taxi.

Maja Nørgaard fut la première à parler :

— Vous êtes flic ?

Elle était perspicace ! Il lui montra sa carte.

— Je ne parlerai qu'en présence de mon avocat.

Il avait mis le mobile de Jørgen Kramer Nielsen dans sa poche et n'avait plus qu'à appuyer sur une touche pour activer l'écran. Il le mit alors devant elle pour voir comment elle allait réagir. Elle demeura silencieuse quelques instants, puis dit :

— Vous avez regardé ma photo en salivant j'imagine ? Pauvre type.

— Vous êtes libre de partir, Maja. Toutefois, je ne suis pas sûr que votre mère serait heureuse d'apprendre qu'une photo de sa fille nue circule sur des réseaux de vieux…

— Vous ne lui direz rien !

Konrad Simonsen répondit d'un ton calme :

— Peut-être que si, peut-être que non. Ça dépend entièrement de vous.

Il l'avait brisée, bien qu'elle n'en eût pas encore conscience. Sa main tremblait lorsqu'elle porta le verre à ses lèvres pour boire une gorgée de Smirnoff Red. Il fit signe au barman, qui vint aussitôt à leur table.

— Est-ce qu'on peut échanger ça contre un Coca et une eau minérale ?

Il montra leurs verres, qui disparurent rapidement. Maja ne protesta pas, mais dit d'une petite voix :

— Qu'est-ce que je dois faire ?

— D'abord, vous et moi, nous allons parler. Ensuite, vous rencontrerez Arne Pedersen et la Comt… et Nathalie von Rosen, vous les connaissez déjà tous les deux. Enfin, il faudra que vous parliez avec un conseiller socio-éducatif. Et à tout moment, il faudra dire la vérité, *toute* la vérité.

— Et vous ne montrerez pas la photo à ma mère ?

— Non, je vous le promets.

— Et si vous mentez et que vous lui montrez quand même ?

— Eh bien, c'est un risque à prendre. Il va falloir me faire confiance.

Elle réfléchit et finit par accepter sa proposition.

— Pourquoi est-ce qu'il faut que je parle avec cette espèce de conseiller ?

— Parce que vous buvez beaucoup trop, et j'imagine que vous sniffez aussi de temps en temps, quand vous en avez les moyens. Et puis, quand vous manquez d'argent, vous vous prostituez et ça vous oblige à évoluer dans de drôles de milieux. Voilà pourquoi. Et puis, vous n'avez tout de même que dix-sept ans et vous avez besoin qu'on vous aide à revenir dans le droit chemin.

De petites larmes brillèrent dans ses yeux.

— Est-ce qu'on va me punir ?

— Ça dépend de ce que vous avez fait, à supposer que vous ayez fait quelque chose de mal. Mais on dirait que vous avez plus besoin d'aide que d'une punition. Qu'en dites-vous ? Vous acceptez ou non ?

— Oui.

Avant d'aller aux toilettes, il lui précisa qu'elle n'était pas obligée de l'attendre et que si elle voulait, elle pouvait partir. Le but était double : d'abord, il ne voulait pas qu'on puisse ensuite l'accuser de l'avoir retenue contre sa volonté ; ensuite, cela lui donnait le temps de réfléchir à ce qu'elle voulait. N'ayant en réalité aucun besoin pressant, il se contenta de s'asperger le visage d'eau fraîche, puis se sécha avec une serviette en papier et compta jusqu'à trente. Lorsqu'il revint dans la salle, elle était toujours là, regardant dehors d'un air triste. Il s'assit et commença son interrogatoire en posant les questions qui faisaient mal :

— Jørgen Kramer Nielsen, Johannes Lindevej 21 à Hvidovre, le dimanche 27 janvier à dix heures du matin… ça vous rappelle quelque chose ?

Elle répondit d'une voix à peine audible :

— C'était la première fois que je venais seule, c'est-à-dire sans Tobias, et j'étais super-nerveuse.

— Tobias Juul ?

— Oui. Jusque-là, j'avais juste fait l'expérience chez lui, quand il invitait un ami…

Elle fit le signe des guillemets avec ses doigts.

— … ou peut-être deux, mais dans ce cas, on était toujours deux filles ensemble. Et alors, je savais bien qu'il fallait me taper l'un d'eux. Après, je récupérais la moitié de l'argent, et Tobias l'autre. Ça rapportait en général deux mille couronnes, trois avec un peu de chance. Des fois, il me payait avec de la coke ou des glaces, mais il était toujours très gentil avec moi et il ne m'arnaquait pas.

Simonsen se dit que ça se discutait. Il continua sur un ton tout aussi posé :

— Tandis qu'avec Jørgen Kramer Nielsen, c'était différent ?

Elle hocha la tête.

— Il voulait me payer six mille couronnes, et je devais juste rester chez lui, je pouvais regarder la télé, parler avec lui, manger, des choses très banales, mais je devais être nue. Et le soir, je pouvais rentrer tranquillement chez moi. C'est tout.

— Alors, vous l'avez fait ?

— D'abord, je ne voulais pas. Je trouvais que ça avait l'air chelou, et puis, il était vieux. Mais Tobias m'a convaincue en me promettant qu'il ne se passerait rien. Jørgen ne me toucherait pas, et il resterait tout le temps habillé, c'est ce que Tobias m'avait affirmé. Alors, j'y suis allée.

— Dans la matinée du dimanche 27 janvier ?

— C'est bien possible.

— Racontez-moi ce qui s'est passé.

— Il n'y a pas grand-chose à raconter, parce que ça n'a pas marché. Jørgen s'est contenté d'échanger quelques mots avec moi, puis il m'a renvoyée chez moi. Je crois qu'en tout, ça n'a pas duré plus d'une demi-heure.

— Vous ne lui avez pas plu ?

— Non, c'est pas ça. En fait, c'était pas sa faute. Il avait demandé une fille de dix-huit ans minimum, et à l'époque, j'avais seize ans. Tobias m'avait dit que je n'aurais qu'à mentir. Alors, c'est ce que j'ai fait. Je lui ai dit que j'avais dix-huit ans et que j'étais en première, mais il m'a tout de suite démasquée. Il m'a interrogée sur certaines matières et certains sujets et je n'ai pas su lui répondre. Alors, il m'a renvoyée chez moi. Mais gentiment, il a même été assez adorable. Et en plus de me payer un taxi, il m'a donné deux mille couronnes pour la peine.

— Est-ce qu'il vous a expliqué pourquoi il voulait que vous soyez nue quand vous étiez chez lui ?

— Non, on n'a pas eu le temps d'aborder ça.

— Est-ce que vous pensez que Tobias Juul avait trouvé d'autres filles pour Jørgen ?

— Oui, sans doute. Sinon, il n'aurait pas pu savoir tout ça sur lui. Mais je n'en suis pas sûre.

— Est-ce que vous savez d'où ils se connaissaient ?

— Tobias a fait de l'intérim dans le même bureau de poste que lui un moment. Je crois que c'était à Rødovre, mais ça fait très longtemps.

Ce que racontait la jeune fille collait avec les faits. Il la regarda fixement et lui dit :

— Jørgen Kramer Nielsen a été arrêté avant-hier. Il est soupçonné d'avoir violemment agressé au moins sept jeunes filles.

Le sang disparut de son visage et elle devint blême. Il savait pertinemment qu'une telle réaction ne se simulait pas. Une fois qu'elle eut repris ses esprits, elle dit :

— Je ne veux pas dire qu'il m'a fait du mal ou qu'il m'a agressée, parce que ce n'est pas ce qui s'est passé.

Konrad Simonsen s'excusa et lui donna la vraie version des faits. Puis il lui posa quelques questions complémentaires, mais ne put rien en tirer de plus.

— Très bien, Maja, je vous remercie. Il ne vous reste plus que deux entretiens. Si vous leur dites aussi la vérité, comme vous l'avez fait avec moi, ça devrait bien se passer.

— Je vais essayer, mais… vous pouvez rester avec moi, quand les autres arriveront ?

— Ils ne viennent pas ici. Je vais vous emmener à la préfecture de police, mais ne vous inquiétez pas, tout se passera bien. On pourrait peut-être s'arrêter en route pour que vous puissiez manger quelque chose. Et je suis d'accord pour rester avec vous pendant les entretiens, si vous le voulez.

Elle resta silencieuse pratiquement tout le long du chemin. Elle indiqua seulement, alors qu'ils revenaient à la voiture avec un sac de chez McDonald's :

— J'ai vraiment cru qu'il avait tué mes camarades. Je les ai vues de mes propres yeux, mourir transpercées par les balles ! Mais les choses ne se sont pas passées comme ça, je ne comprends pas.

Simonsen la crut. Elle était sans doute persuadée qu'elle avait été témoin de la scène qu'elle racontait, juste après avoir réussi à s'échapper de la salle de classe du collège de Marmorgade. Dans des situations de stress intense, le cerveau créait lui-même ses propres représentations. Il tenta de lui expliquer le phénomène, mais sans succès.

— Est-ce que c'est pour ça que vous avez abattu Robert ?

— Pas du tout. Nous l'avons fait parce qu'il n'y avait pas d'autre solution. Ça n'avait rien à voir avec vous.

Il jeta un regard oblique vers elle et comprit qu'elle ne le croyait pas. Ensuite, elle laissa tomber le sujet et dit :

— Excusez-moi pour ce que je vous ai dit au café.

Il avait déjà tout oublié. Mon Dieu, il avait connu bien pire !

Quand ils s'installèrent dans la voiture, elle parla à nouveau :

— Il y a une chose que j'ai oublié de vous dire tout à l'heure.

— Quoi donc ?

— C'est en fait un peu… je ne sais pas. Je devrais peut-être attendre.

Elle rougit légèrement et il devina ses pensées :

— Vous préférez parler à une femme ?

— Oui, enfin non… ça n'a pas d'importance. Quand je devais me rendre chez Jørgen, et le jour où on a pris la photo, il fallait absolument que je sois poilue. Je ne devais pas être épilée à un certain endroit, si vous comprenez. Alors, on a dû attendre que… enfin, que ça repousse.

— Intéressant, dit Simonsen, et il était sincère.

Au sein de la brigade criminelle, tous étaient convaincus que Maja n'était pas la seule jeune fille dont Tobias Juul avait loué les services pour en faire profiter Jørgen Kramer Nielsen ou d'autres clients. Par conséquent, si l'on prenait en compte cet élément, on pouvait considérer que l'agression *a priori* sans motif dont avait été victime Jørgen Kramer Nielsen en 1996 était peut-être motivée.

Konrad Simonsen trouva la femme avec qui il avait un rendez-vous assise sur un banc dans un angle d'une aire de jeux. Elle lisait un magazine féminin et, de sa main libre, balançait une voiture d'enfant. Elle relevait de temps en temps la tête pour sourire à une petite fille qui, allongée sur le ventre dans le bac à sable, y creusait énergiquement des trous avec sa pelle.

Simonsen alla s'asseoir à côté d'elle. Elle leva un instant la tête vers lui puis se replongea dans sa lecture. Il voulut trouver sa carte dans sa poche intérieure et réalisa qu'il l'avait oubliée. Il se présenta sur un ton prudent tout en expliquant son oubli.

La femme referma son magazine et le posa sous le landau, puis elle ôta ses lunettes et les remit soigneusement dans leur étui. Enfin, elle poussa un profond soupir et dit :

— Je vous ai vu à la télévision. J'imagine que c'est au sujet de Tobias Juul ?

— En partie, oui.

— Tobias est l'individu le plus odieux que j'aie rencontré dans ma vie. Je le haïssais, et il m'a fallu des années pour l'oublier. Pourtant, quand j'ai appris sa mort à la télévision, ça m'a attristée. C'est bizarre, n'est-ce pas ?

— Comment l'avez-vous connu ?

— C'est une vieille histoire qui remonte à plus de dix ans. J'avais dix-sept ans quand je me suis installée avec lui et j'en ai vingt-neuf aujourd'hui, alors vous voyez. Est-ce que mon mari doit absolument être informé de… cet épisode ? Je préférerais l'éviter.

— Ne craignez rien, je suis la discrétion même. Est-ce que vous avez vécu ensemble, Tobias et vous ?

— Oui, pendant deux ans, mais de manière officieuse. Officiellement, j'avais toujours mon adresse chez mes parents. Est-ce que je peux savoir comment vous m'avez trouvée ?

— J'ai simplement deviné. Je savais que votre père avait renversé un postier le 5 mars 1996.

— Oui, il s'appelait Jørgen Nielsen. Ce fut un épisode terrible, dont je suis responsable. Le pauvre homme est d'ailleurs mort il y a six mois et il m'arrive encore de penser à lui.

L'inspecteur lui présenta brièvement les faits, et la laissa ensuite raconter l'histoire avec ses propres mots. Son récit ressemblait en bien des points à celui de Maja Nørgaard. La seule différence résidait dans le fait que Jørgen Kramer Nielsen ne l'avait pas repoussée. Pendant deux ans, elle était venue régulièrement chez lui, le dernier dimanche de chaque mois impair. Cela lui rapportait quatre mille couronnes par visite. Et puis un jour, son père avait découvert le manège.

— Qui a informé votre père ? lui demanda Simonsen.

— La voisine, une vieille bavarde qui avait les yeux partout. Elle aussi est décédée.

— Et vous deviez juste vous promener dans l'appartement sans vêtements ?

— Oui, exactement. Je pouvais faire tout ce que je voulais, du moment que je restais là avec lui. C'était pas forcément désagréable, je m'étais très vite habituée à ma nudité. Parfois, j'avais un peu froid, mais c'était peu de chose comparé à ce que Tobias me faisait faire ailleurs.

— Kramer ne vous a jamais touchée ?

— Jamais, et il ne s'est jamais comporté de manière obscène ou ambiguë avec moi, mais j'imagine qu'il y avait tout de même un côté sexuel à cette affaire.

— Vous n'avez pas eu l'occasion de lui demander ce qu'il recherchait ? Vous deviez vous connaître assez bien avec le temps.

— C'est vrai. D'ailleurs, il me faisait des cadeaux pour mon anniversaire et pour Noël. C'était presque touchant. Pourtant, je ne lui ai jamais posé de questions sur les raisons de ma présence. Une des dernières fois où j'étais chez lui, il m'a montré son grenier. Alors, évidemment, j'ai plus ou moins compris de quoi il retournait. Je crois que j'étais une sorte de doublure, de représentation de la fille du grenier, mais il ne m'a rien dit sur elle. Le grenier était clairement son secret. D'ailleurs, j'ai dû jurer que je n'en parlerai jamais à personne, et j'ai tenu ma promesse jusqu'à aujourd'hui. J'imagine que vous l'avez vu ?

Dès qu'il eut quitté le square, il appela le prêtre et commanda un taxi.

Trois quarts d'heure plus tard, il arriva devant la villa où Jørgen Kramer Nielsen avait vécu. En le conduisant dans l'appartement du premier, le prêtre lui précisa :

— On a mis du temps à trouver la trappe. Le locataire actuel m'a aidé, mais il a dû partir travailler avant que vous arriviez. Au début, nous avons cru qu'il n'y avait pas de trappe, et puis nous sommes tombés dessus. Jørgen avait posé une simple dalle dans le plafond de la salle de bains. Je suis monté le premier dans le grenier, et quand j'ai allumé la lumière et vu ce qu'il avait installé, j'ai préféré redescendre tout de suite et attendre votre venue.

La vue du grenier était saisissante. Konrad Simonsen n'avait jamais rien vu de tel auparavant et il eut la sensation étrange d'être entré par effraction. S'aventurant avec précaution dans le local, il fit quelques pas puis s'arrêta, songeant bêtement à retirer ses chaussures. L'air abattu, il se dit qu'il n'était qu'un intrus, un profane, un voyeur qui s'immisçait par la force dans l'âme d'un défunt.

La pièce était recouverte de miroirs. De petits miroirs carrés, biseautés, pas plus larges qu'une main, étaient minutieusement installés pour recouvrir toutes les surfaces : les deux pans inclinés sous le toit, les deux côtés et même le plancher. Au plafond, une rangée de tubes fluorescents renvoyaient une lumière violente. Il n'y avait ni fenêtres ni meubles. Mais le plus impressionnant, c'était le spectacle des photos. Il se mit à les compter comme s'il avait voulu les tenir en échec : il y en avait dix-huit. Toutes avaient la dimension d'une affiche, et leur encadrement avait été fait pour recouvrir un nombre précis de miroirs. Le motif était le même sur tous les portraits, et pourtant chaque photo présentait un caractère propre. Une variation sur un thème lancinant : des montagnes sous un ciel bleu glacé avec la lumière du soleil scintillant de toute part. Et la jeune fille. Elle était partout. C'était sa pièce. Son beau visage était représenté sur chaque affiche, savamment uni au ciel, lui permettant, selon son caprice, de jouer à cache-cache avec le spectateur. Tantôt, on la voyait sourire, tantôt, lorsqu'il tournait légèrement la tête, elle disparaissait dans les nuages tout en se reflétant dans l'un des innombrables miroirs.

En se rapprochant, il observa que chaque affiche était faite de plusieurs photos. Cependant, le passage de l'une à l'autre était si finement réalisé que même en étant tout près, il devait faire un effort pour le percevoir. C'est aussi ce qui dévoilait le secret du regard si attirant de la jeune fille, changeant en fonction de l'angle qu'il formait avec les rayons du soleil. Des dizaines de petits trous percés dans l'affiche laissaient passer les reflets des miroirs, donnant à son regard une intensité mystérieuse, comme si par un effet kaléidoscopique imprévisible, des poussières de diamant étincelaient dans ses pupilles.

Konrad Simonsen ferma les yeux et se sentit replongé dans le passé. Puis il revint au présent et dit d'une voix calme :

— Qui es-tu donc ?

2

L'inspecteur Simonsen se réjouissait doublement d'avoir trouvé les traces de la jeune fille du grenier. Celle-ci présentait un incontestable intérêt pour ce qu'il considérait de plus en plus comme *l'affaire du postier*. En même temps, le portrait de l'adolescente avait une autre conséquence, il faisait resurgir une autre image, une image qui, depuis son opération, n'avait cessé de le tourmenter, bien plus que ce qu'il voulait admettre.

Sa fille Anna Mia et la Comtesse étaient avec lui quand il avait suivi sur l'écran le Dr Shear, médecin de garde, passer un tuyau dans l'artère coronaire obstruée. C'était un film qu'il ne souhaitait pas revoir : un corps étranger s'introduisant dans son cœur, commandé par deux mains étrangères, signe d'une perte de contrôle totale. Il espérait en secret que sa prochaine crise cardiaque serait plus rapide et sans signes annonciateurs, du style boum, mort, terminé. Tout plutôt que de devoir à nouveau faire l'horrible expérience de sentir les instruments du Dr Shear envahir son corps.

Quelques jours plus tard, sa vie se trouva une nouvelle fois entre les mains manucurées dudit médecin. Cette fois, il fut victime d'une attaque verbale. Le médecin en effet prit tout son temps pour lui décrire en détail les raisons de son accident, Anna Mia et la Comtesse n'hésitant pas à lui donner la réplique. Il avait oublié la relation de cause à effet, mais les mots longs et plus que désagréables étaient restés gravés dans sa mémoire : *collapsus, angioplastie, problème de circulation du sang, diabète diagnostiqué, poumons de fumeur, dosage des médicaments, période de convalescence*. Il aurait préféré quelques expressions latines un peu obscures. Anna Mia prit note de toutes ces horreurs, la Comtesse discuta avec le médecin, approuvant d'un air grave, et ne cessa de poser de nouvelles et ô combien pertinentes questions. Lui ne disait rien. Il était assis dans un vieux fauteuil roulant, vêtu d'une robe de chambre. Qui aurait pu penser de manière rationnelle ainsi accoutré ? Il fallait aussi qu'il ait le temps de saisir le message. Pour peu qu'il reste du temps.

Le jour de son départ, il reçut en cadeau une photographie en couleur, richement illustrée, de ses artères si fatalement abîmées à son arrivée, avec les commentaires du médecin obligeant, qui avait entouré au crayon les parties saines et les parties mortes. La photo : un tissu lâche rouge foncé avec des tas de petits points bleus ayant la forme de perfides cristaux, qui se développaient lentement mais sûrement et, un beau jour, finissaient par vous empêcher de vivre.

Depuis ce jour, le tissu rouge l'avait souvent hanté. Il avait un mal fou à s'endormir et devait se retenir pour ne pas descendre au rez-de-chaussée et aller s'épancher auprès de la Comtesse. Mais il gardait le silence, car il voulait à tout prix éviter de faire mauvaise figure. Et puis, à quoi bon parler. Désormais, le problème s'était résolu de lui-même, et il ne s'endormait plus avec l'image de ce fameux tissu à l'esprit. Ce qu'il voyait à présent était l'image de la jeune fille de la galerie aux miroirs. Il se demandait qui elle était et pourquoi il pensait à elle. Une sacrée amélioration.

Quant à l'enquête sur le postier, elle était au point mort.

Le fait que Jørgen Kramer Nielsen ait payé des jeunes filles pour qu'elles se promènent nues dans son appartement et l'existence d'une galerie aux miroirs dans son grenier étaient certes des éléments suffisants pour qu'il reporte la remise de son rapport à la préfète de police. Cela ne lui permettait toutefois pas de justifier la mobilisation de ressources supplémentaires pour poursuivre l'enquête dont Pauline Berg et lui-même avaient jusqu'à présent eu la charge. À ce jour, rien ne permettait d'affirmer que la mort du postier était d'origine criminelle. Il devait attendre les résultats des analyses de la police scientifique et l'évaluation de Kurt Melsing concernant les photos du téléphone portable montrant la position du corps au bas de l'escalier, et malheureusement, ceux-ci n'étaient pas près d'arriver. Son dossier était loin d'être prioritaire, chose inhabituelle pour lui. Et même s'il essayait de se convaincre que c'était bon pour sa santé, c'était une situation qui avait le don de l'irriter. Il avait tenté de faire avancer les choses une seule fois alors qu'il s'était trouvé par hasard devant le bureau d'Arne Pedersen. Après avoir parlé quelques instants de la pluie et du beau temps, il lui avait demandé d'un ton détaché :

— Au fait, est-ce que tu pourrais appeler Melsing et le prier de s'intéresser un peu plus à mon postier ? Je suis bloqué tant que je n'ai pas reçu sa réponse.

Pedersen l'avait regardé en riant et avait tout bonnement refusé.

— Est-ce que tu le ferais, si tu étais à ma place ?

Il était parti, contrarié et en proie à l'impatience. Et pour comble de malheur, il était tombé sur la Comtesse dans le couloir. Il se plaignit auprès d'elle, sans vraiment le vouloir, mais elle était pressée et elle lui conseilla de prendre deux jours de congé, puis continua son chemin.

Ce jour-là, il auditionna Hans Ulrik Gormsen, mais ce fut presque contre-productif. Il s'avéra que le téléphone portable de celui-ci était tombé dans les toilettes depuis qu'il avait pris les photos du postier au mois de février et qu'il ne fonctionnait plus. Les techniciens de la police scientifique avaient dû se contenter des photos papier en leur possession. Pour le reste, les explications du policier étaient en phase avec les autres témoignages recueillis. De plus, Hans Ulrik Gormsen était particulièrement irritant et suffisant, et il était clair pour Simonsen qu'il n'apporterait pas d'éléments nouveaux à l'enquête. Il le remercia à contrecœur, espérant ne jamais le revoir.

Ensuite, il appela Pauline Berg. Il l'avait priée de préparer le profil général de Jørgen Kramer Nielsen, tout en lui laissant le choix des modalités. C'était un moyen de l'occuper, mais elle était loin d'avoir terminé son étude. Elle fut néanmoins contente qu'il l'appelle. Lui en fut soulagé, car il avait craint qu'elle ne le prenne mal. Regardant alors sa montre, il constata qu'il lui restait encore deux heures de travail.

Dans la journée du samedi, il fit sa promenade quotidienne en compagnie de sa fille. Anna Mia était en pleine forme. Ils étaient tous les deux en jogging et baskets. La pluie de septembre tombait finement, et les villas du quartier semblaient plongées dans une douce torpeur. Quatre jeunes gens dans une vieille Chevrolet les dépassèrent en roulant très lentement, brisant le silence à coups de klaxon et de vociférations. Anna Mia, ravie de les voir, leur fit un grand signe de la main et ils la saluèrent gaiement avant de repartir en trombe, le crissement des pneus secouant un instant le calme des lieux.

— Comme c'est agréable de se promener avec toi, ça fait longtemps que j'attendais ce moment.

Sa bonne humeur était contagieuse et Konrad sourit. Il appréciait de plus en plus ses promenades. C'était le seul moment de la journée où le fait de ne pas fumer ne lui manquait pas. Le reste du temps, même lorsqu'il dormait, il lui semblait que l'envie de prendre une clope ne le quittait pas.

— Ce n'est rien pour toi ça. Tu es jeune et en pleine forme.

— C'est vrai, mais est-ce que tu as remarqué que ça t'est de plus en plus facile ?

— Non, pas vraiment.

— Au début, tu ne pouvais même pas parler en marchant, tu soufflais un peu comme un cochon. Maintenant, c'est fini.

Il n'y avait pas pensé, mais elle avait raison.

— Les cochons ne soufflent pas, les chevaux peut-être, les vaches ou encore les cerfs.

— Et les commissaires !

— Pas ce commissaire-là.

— Attends un peu que nous commencions à courir. Mais bon, chaque chose en son temps. Raconte-moi comment ça s'est passé au bureau. Tu étais content de reprendre ? Est-ce que les gens sont sympas avec toi ? Et ta chef glaciale, est-ce qu'elle t'a confié une affaire ?

Il la pria – par principe – de bien s'exprimer quand elle évoquait la préfète de police et lui expliqua sans grand enthousiasme en quoi consistait l'affaire du postier.

— Un meurtre ! Je vois. Je croyais que tu devais avoir un début cool. Est-ce que c'est paru dans la presse ?

— Ça s'est passé il y a plus de six mois et on n'est pas sûr qu'il ait été tué. C'est ce point que je dois éclaircir, si toutefois c'est possible.

— Est-ce que tu dois recueillir des preuves pour pouvoir le déterrer ?

— Ce n'est pas exactement comme ça que ça se passe. En l'occurrence, il a été incinéré.

— Ça ressemble à un cas impossible. Qu'est-ce que tu vas faire, alors ?

— Tenter de me faire une idée de l'affaire.

— Papa, qui est Rita ?

C'était typique d'elle, elle passait d'un sujet à l'autre sans transition. Sa mère était comme elle, ce qui à l'époque avait le don de l'énerver, mais avec sa fille, c'était différent.

— Pourquoi me poses-tu cette question, fillette ?

— Tu peux arrêter de m'appeler comme ça ! Si tu veux absolument dire quelque chose, tu peux toujours m'appeler par mon nom.

Il est vrai qu'elle n'était plus une gamine, mais bien une étudiante en troisième année d'école de police, qui suivait par ailleurs plusieurs matières en fac de droit, dont il avait oublié le détail. Il savait seulement qu'elle faisait partie d'un dispositif-pilote qui lui permettait de suivre un cursus à la fac de droit pendant ses études à l'école de police. Par ailleurs, elle gérait plutôt bien sa vie. Il se disait même parfois qu'elle la gérait trop bien.

— Je suis désolé. Pourquoi me poses-tu cette question, ma petite Anna Mia chérie ?

Elle ignora la taquinerie.

— Nathalie dit que tu l'as appelée Rita quand tu t'es réveillé à l'hôpital.

Anna Mia appelait volontairement la Comtesse par son nom. Elle était d'ailleurs la seule à le faire. Il tenta de clore le sujet en émettant un vague grognement.

— Nathalie te posera elle-même la question.

— Oui, j'imagine.

Elle essaya à nouveau de le cuisiner.

— Pourquoi tu ne veux jamais parler de toi ? Je veux dire, vraiment parler de toi, de tes sentiments…

— J'ai envie d'une clope. Sinon, je déteste tout ce qui est cuisine légère, élevé en plein air ou carrément bio.

— Merci du peu ! Qu'est-ce que tu peux être bête !

— Absolument pas. Est-ce que tu me parles de tes petits amis ?

Il aurait pu tourner sa langue dans sa bouche avant de parler, mais maintenant, la gaffe était faite. Décidément, ce n'était pas possible de discuter en marchant. Anna Mia réagit aussi sec.

— Ne me dis pas que tu as deux femmes ? Je m'en serais rendu compte.

— Ne sois pas ridicule. Je ne sais même pas si j'en ai une ! Il est vrai qu'il y a quarante ans, j'ai connu une fille qui s'appelait Rita, mais ça s'arrête là. Je ne me souviens de rien d'autre, et puis ça n'a aucune importance.

C'était un mensonge. Il avait pensé à elle chaque jour depuis son réveil à l'hôpital, comme si une porte fermée depuis une éternité s'était entrouverte dans son cœur. Au début, il avait cru qu'elle disparaîtrait de ses pensées comme elle y était venue, mais c'était le contraire qui s'était produit. Et après l'épisode du grenier, qui lui avait permis de découvrir la jeune fille et le secret du postier, elle ne l'avait plus quitté. C'était comme si les silhouettes des deux jeunes filles se répondaient. C'est ainsi que son visage lui était apparu, ses taches de rousseur, ses yeux pleins de vie, son nez retroussé, ses dents légèrement de travers, et s'il avait de la chance, il la retrouvait aussi dans ses rêves.

Sa fille se calma un peu, avant d'ajouter :

— Si tu te souviens de son nom, tu dois sûrement avoir d'autres souvenirs. Elle a quand même dû pas mal t'impressionner pour que tu te réveilles quarante ans plus tard en pensant à elle.

Il réussit à parer à ses questions en prétextant son manque de mémoire. Alors, elle finit par capituler, légèrement renfrognée. Il avança une nouvelle fois l'argument qu'il avait utilisé plus tôt :

— Toi, tu ne parles jamais de tes petits copains.

Ils firent quelques pas en silence, puis soudain, elle dit :

— Pendant les vacances d'hiver, j'ai rencontré un garçon qui fait des études pour devenir enseignant. Il s'appelle Kim.

Grand, silhouette harmonieuse, hanches étroites et allure artistique. Nous avons descendu les pentes ensemble...

Il posa les mains sur ses oreilles.

— Arrête ton histoire. Je ne veux rien savoir de ton petit ami.

Elle haussa le ton.

— Comment sais-tu que c'est un homme ?

— Je t'ai dit que je ne voulais rien savoir, même s'il s'agissait d'un lampadaire.

Le tour était terminé et Anna Mia le questionna à nouveau sur son travail.

— Ton affaire n'a pas l'air très drôle. Mais au fait, et tes collègues ? Est-ce qu'ils étaient contents de te revoir ?

— Je suis désolé que mon travail ne t'amuse pas. D'ailleurs, quand je rencontrerai le postier, je ne manquerai pas de lui dire que sa mort n'était pas très drôle.

— Ne plaisante pas avec ce genre de choses, papa.

Elle s'arrêta et il fit de même. Il s'en voulait de ce qu'il venait de dire.

— Ça me fait mal quand tu parles comme ça.

— Excuse-moi, ce n'est pas pour te faire de la peine, c'est plus une défense. En ce moment, je traverse une période difficile. J'ai l'impression qu'il n'y a pas eu de transition entre les jours où j'étais hospitalisé et où je luttais pour revenir à la vie et aujourd'hui, où je dépends de l'aide que les uns et les autres veulent bien m'apporter. En même temps, tout me semble nouveau et différent... c'est difficile à expliquer. J'avais imaginé que je pourrais faire une pause, mais ça ne s'est pas passé comme ça.

— Tu n'es pas content de voir que tes amis sont prêts à t'aider ?

— Si, bien sûr. Je ne me serais jamais remis sans eux, et cela me touche. J'ai simplement du mal à l'exprimer. Je n'ai jamais appris à montrer mes sentiments.

— J'ai tout de même l'impression que tu es en train de te remettre tout doucement.

— C'est facile à dire. Quand j'avais ton âge, je n'avais pas besoin de faire appel aux autres.

— Là, je crois que tu patauges un peu dans tes problèmes. Tu as simplement besoin d'une personne à aimer.

— C'est déjà le cas.

— Oui, je sais bien. Alors, il t'en faut peut-être deux.

Ils traversèrent l'allée menant au palais de la Comtesse en se tenant par la main. Le chemin était étroit, mais il était interdit de marcher sur le gazon. Il n'y avait aucune raison, c'était juste comme ça. Ils se rapprochèrent l'un de l'autre en chancelant vaguement, comme des enfants en train de jouer. Elle finit par marcher devant lui, sans lâcher sa main.

Le mardi, Pauline Berg présenta les éléments qu'elle avait trouvés au sujet de Jørgen Kramer Nielsen. Le résultat étant bien maigre et risquant de se révéler inutile, Konrad Simonsen avait du mal à se concentrer sur sa présentation, d'autant que celle-ci manquait totalement de structure. Elle se mit devant le *paperboard* et, de son écriture impersonnelle, inscrivit deux mots : *mathématiques* et *photographie*. Elle entoura chaque mot et dit :

— Je ne retourne pas dans cet entrepôt. C'est lugubre et ça me fait peur.

— D'accord.

Elle regardait en l'air, les yeux dans le vague. Simonsen ne savait pas s'il devait dire qu'il la comprenait, pour la rassurer. Elle reprit sa présentation avant qu'il ait pu intervenir.

Parmi les livres que Kramer possédait, un grand nombre concernait directement ou indirectement les mathématiques. Il avait aussi une foule de cahiers de brouillon où il avait résolu des problèmes de mathématiques avec les outils d'antan – porte-plume et buvard. Il s'agissait principalement d'équations différentielles, de calculs de probabilités et d'intégrales. Il avait acheté ces cahiers dans le centre commercial de Hvidovrevej, et le libraire se souvenait parfaitement de lui. Pour des raisons commerciales, la couverture des cahiers variait régulièrement, reflétant donc la période d'achat. Même s'il n'en aurait pas mis sa main au feu, le libraire était persuadé que les premiers cahiers de Jørgen Kramer dataient des années 1970, peut-être même d'avant. Il avait conseillé à Pauline de contacter le fabricant.

Elle s'était par ailleurs rendue à l'université de Copenhague pour montrer quelques exemplaires des cahiers à un professeur de mathématiques qui avait à cette occasion qualifié le postier de *collégien doué*. On voyait qu'il n'avait pas eu de stimulant intellectuel qui lui aurait permis de développer ses connaissances au cours de ces quatre dernières décennies. Ses calculs étaient un simple passe-temps, comme les mots croisés ou les puzzles.

Elle barra "mathématiques" sur le tableau, signalant ainsi que ce point était à présent éclairci. Simonsen bâilla discrètement.

— J'allais oublier un détail, indiqua sa collègue. Ces bons de caisse de chez Netto, qui comportaient un chiffre au dos dont je n'avais pas compris le sens, tu te souviens ?

— Évidemment, je ne suis pas sénile !

Elle rit, ce qui permit de détendre l'atmosphère.

— C'est toi qui le dis. Eh bien, le chiffre correspondait tout simplement à la longueur du ticket en centimètres. Une fois par an, il procédait à une analyse basée sur le modèle de régression linéaire à propos des produits figurant sur le bon et...

Elle s'arrêta brusquement en voyant l'expression de son visage.

— Ce n'est pas intéressant.

— Non.

Elle passa au point suivant. Le postier avait développé lui-même ses photos. Il avait eu une chambre noire et elle avait parlé avec le plombier qui avait fait les travaux.

— D'après ce que je sais, il l'a installée il y a un peu plus de six ans, au moment où il a quitté le rez-de-chaussée pour aller habiter dans l'appartement du premier. En fait, il se rendait souvent chez le photographe du centre commercial, sa boutique Master Photo est située juste à côté de la librairie.

Elle expliqua qu'il arrivait souvent au photographe et au postier de parler photo et développement professionnel dans l'arrière-boutique. Elle avait également fait une liste des articles photographiques que Kramer avait achetés au cours des dernières années, spécifiant le prix et la date d'achat de chaque produit. Ayant couvert le deuxième point, elle cocha donc *photographie*, ajoutant néanmoins d'un air semi-interrogatif :

— Mon exposé n'était pas excellent, je le sais bien.

— Non, c'est vrai.

— C'est difficile, quand on est seul.

Elle avait raison. D'ailleurs, étant responsable de l'affaire, il aurait dû l'aider à préparer sa présentation. Il avait pensé que ce n'était pas nécessaire, mais s'abstint de le lui avouer. Il jeta un coup d'œil au tableau pour voir s'il pouvait tirer de cet exposé bien superficiel quelque élément intéressant. L'exercice était difficile ! Il lui demanda s'il était possible de préciser l'angle sous lequel les photos de la jeune fille du grenier avaient été prises et si on pouvait identifier les paysages, mais Pauline n'avait pas de réponse à ces questions. Il s'attaqua alors, sans grand enthousiasme, au deuxième point :

— Est-ce que tu sais quand il a eu son bac ?

— Non. Sans doute à la fin des années 1960.

— Tu sais quelles notes il a eues en maths ?

— Non, pour la bonne raison que son diplôme ne figurait pas dans les papiers que j'ai retrouvés. Il a dû le brûler.

— Le brûler ! Pourquoi aurait-il fait cela ?

— Quand j'étais au lycée, un jour, on nous a montré en éco un film sur les années 1960 et la révolte des étudiants. Une de ces années-là, les nouveaux bacheliers brûlèrent leurs diplômes sur Kongens Nytorv pour protester contre le système de l'Éducation nationale ou contre la guerre du Viêtnam, à moins que ce ne soit pour marquer leur solidarité avec les travailleurs, que sais-je. J'ignore ce qui leur passait par la tête. Ils refusèrent aussi de porter la casquette que tout bon lycéen danois met lorsqu'il a réussi son bac.

Simonsen fut surpris de constater que ces commentaires négatifs l'irritaient vaguement. Après tout, elle n'était même pas née, que pouvait-elle bien savoir de cette époque ?

— Eh bien, si tu ne trouves pas l'attestation de son diplôme, va au ministère de l'Éducation ou aux Archives nationales. Dans quel lycée a-t-il fait ses études ? Ce ne doit pas être si compliqué à trouver. J'aimerais aussi avoir une copie de son testament.

Elle prit note de sa requête et lui demanda :

— Est-ce que c'est uniquement pour que j'aie quelque chose à faire ?

— Non, j'ai un pressentiment…

Il laissa sa phrase en suspens, car ce n'était pas vrai. Il n'avait aucun pressentiment, et c'était justement pour lui donner quelque chose à faire, même si ce n'était en principe pas à lui de l'occuper. Elle ne fit aucun commentaire et se contenta de lui poser une question qui le surprit :

— Est-ce que tu veux que je te ramène chez toi ?

Il accepta.

Lorsque, une heure plus tard, ils se dirigèrent vers sa voiture, elle se plaignit :

— Qu'est-ce que j'aimerais avoir ma propre affaire, comme toi, comme tous les autres.

Il aurait pu lui dire que les affaires gérées par la brigade criminelle n'étaient pas confiées à telle ou tel pour satisfaire ses désirs. Il aurait pu ajouter que le manque d'esprit de synthèse dont elle venait de faire preuve risquait de compromettre ses chances de se voir attribuer la direction d'une enquête. Il se contenta pourtant de faire un signe de la tête et de maugréer vaguement, puis il lui demanda d'un air dégagé :

— Que dirais-tu de faire un petit détour pour se promener un peu. Il y a quelque chose que j'aimerais voir.

— Bien sûr, je veux bien, répondit-elle d'un air hésitant, mais je ne sais pas trop…

— Qu'est-ce que je serais content de reprendre le volant.

— Oui, je comprends, mais…

Elle hésita. Elle avait envie de le suivre, mais elle semblait avoir peur des conséquences.

— Toi non plus, tu ne respectes pas tellement les ordres en ce moment, d'après ce que je comprends.

— Là, c'est autre chose.

— Tu as peur que je m'effondre et que je meure sur-le-champ ?

— Oui.

Il ne pouvait pas lui reprocher son manque de sincérité.

— Écoute-moi, Pauline, ça n'arrivera pas. Regarde-moi, ça fait longtemps que je n'ai pas été en aussi bonne forme.

Tous deux savaient qu'il exagérait.

— Alors, un quart d'heure maximum, et tu n'en parles à personne, même pas à la Comtesse.

— Promis, juré.

Elle roula en suivant ses indications et ils n'eurent aucun mal à se garer. Quand ils traversèrent Gothersgade, elle le prit par le bras et ne retira pas sa main lorsqu'ils arrivèrent sur le trottoir, et il ne dit rien. En longeant la grille de Kongens Have, ils parlèrent de choses et d'autres :

— C'est Rosenborg, ici, n'est-ce pas ?

Elle fit un signe avec sa main par-dessus son épaule, comme s'il avait pu s'agir d'un autre bâtiment.

— Absolument.

— Tu sais, dit-elle alors subitement, qu'il m'arrive d'avoir des crises d'angoisse.

— Oui, ça ne doit pas être drôle.

— Ceux qui ne sont pas passés par là ne peuvent pas comprendre. Heureusement, j'ai toujours mon médicament sur moi, du Truxal 30 mg. Un comprimé, et je m'endors au bout de vingt minutes. Le problème, c'est que si je ne l'ai pas sur moi, j'ai peur d'avoir peur, donc je vérifie au moins trente fois par jour qu'il est bien dans mon sac. Je ne plaisante pas.

Il devina ce qu'elle voulait lui demander et vint à son aide :

— Tu veux que je garde un comprimé sur moi, au cas où tu en aurais besoin ?

— Tu veux bien ?

— Bien sûr. Je vais le mettre dans mon portefeuille, je l'ai toujours sur moi.

Elle lui tendit une petite boule de papier sulfurisé.

— Est-ce qu'on peut vérifier qu'il est bien à l'intérieur ?

Il ouvrit avec précaution le morceau de papier et découvrit le comprimé noir, il était bien là.

Ils continuèrent à marcher, en gardant le silence. Tous deux étaient en panne d'inspiration.

— Dis-moi, où allons-nous exactement ? lui demanda Pauline.

Ils venaient de tourner à gauche dans Kronprinsessegade et Kongens Have se trouvait toujours à leur gauche.

— Nulle part. Nous sommes arrivés. Tu veux bien me laisser seul un instant ?

Un peu intriguée, elle abandonna son bras sans rien dire, et Konrad Simonsen s'approcha des grilles en fer du jardin. Il posa les mains sur deux barreaux et laissa vaguer ses pensées.

C'est ici que Rita avait joué de la guitare et chanté pour lui un soir d'été, ils étaient seuls dans la ville. Elle avait apporté des sandwiches et une couverture, tandis que lui avait acheté quatre bières. Elle avait une jolie voix, mais elle ne savait pas jouer de la guitare. Ce soir-là, il était plus fou d'elle que jamais. Ses chansons étaient simples, mélodieuses et elle chantait toujours en anglais.

Stop complaining, said the farmer,
Who told you a calf to be?
Why don't you have wings to fly with,
Like the swallow so proud and free?

Il avait essayé de chanter avec elle, alors elle avait chanté plus doucement pour qu'on puisse aussi entendre sa voix. Ensuite, il lui avait demandé timidement ce que *complaining* signifiait. Elle lui avait traduit le mot, mais son sourire indulgent lui avait fait mal. Elle voulait passer son bac, comme ses camarades, s'ils n'étaient pas déjà bacheliers et inscrits à l'université. Tous avaient une meilleure éducation que lui, de plus grandes opportunités. Pourquoi diable ne se focalisaient-ils pas là-dessus ? Il ne les comprenait pas.

C'est là aussi que Rita et lui s'étaient parlé pour la dernière fois. Il ne l'avait plus revue depuis. Ils s'étaient embrassés au travers des grilles. Il était en uniforme et les gens les regardaient. Un policier et une hippie s'embrassant sur la voie publique, ce n'était pas un spectacle habituel en ce temps-là. Ses anciens camarades étaient assis en groupe de l'autre côté, lançant des cris. Ils étaient bizarres, comme elle, même si elle n'était plus l'une des leurs. Elle avait choisi un autre chemin, la politique, et elle était venue pour leur dire adieu. Le groupe s'était installé sur le gazon, à deux pas d'une pancarte qui interdisait de marcher sur la pelouse. La pipe de hasch circulait entre ses membres aux yeux de tous. C'était pathétique.

Il s'arracha à ses pensées et revint vers Pauline qui passa à nouveau son bras sous le sien. Il sentait qu'il lui devait une explication.

— Il y a quelque chose qui occupe mes rêves ces derniers temps, une chose du passé. Ça peut sembler bizarre, mais pour moi, ça a un sens.

— Je ne trouve pas ça étrange, pas le moins du monde.

— Merci. C'est toujours agréable d'entendre qu'on est normal.

— Des fois, quand je rêve, on dirait des dessins animés, en couleur ou même en noir et blanc.

— C'est curieux. Tu devrais peut-être envisager de consulter un psychologue.

— J'ai déjà deux psychiatres, il me semble que c'est assez.

Elle lui donna un coup de hanche et ils rirent. Au-dessus d'eux, comme on pouvait s'y attendre un jour d'été à Kongens Have, planait un ciel bleu sans nuages.

Deux jours plus tard, vint enfin le moment où Konrad Simonsen put rencontrer la police scientifique et technique à Vanløse au sujet de son affaire.

La blessure qu'avait Jørgen Kramer Nielsen à la main fut au centre de l'entretien qu'il eut ce jour-là avec Kurt Melsing. Son bureau n'avait rien de spécial et aurait très bien pu être celui de Simonsen. Toutefois, l'immense mur en verre devant la salle des machines dévoilait un spectacle qu'on aurait plutôt imaginé voir dans un laboratoire pharmaceutique que dans une section placée sous l'autorité de la police nationale. Les techniques modernes utilisées par la police scientifique relevaient de la haute technologie et nécessitaient un savoir pointu et une formation continue. Les spécialistes aimaient à plaisanter sur le fait qu'aujourd'hui, les experts en empreintes digitales avaient troqué leur ancien nom et s'appelaient désormais dactylo-techniciens, *et tout le reste était aussi simple*. Cette circonlocution inspirée des citations bien connues du dessinateur Robert Storm Petersen ne disait pas si l'aide fournie par lesdits techniciens aux enquêteurs s'était sensiblement accrue au cours de la dernière décennie.

Kurt Melsing amena son visiteur devant un écran d'ordinateur surdimensionné et se mit à appuyer sur différentes touches, sans donner toutefois beaucoup d'explications. Il était connu pour la qualité de son jugement et le sérieux des conclusions remises par son service mais l'on savait aussi que ses compétences en matière de communication étaient assez limitées.

Pour preuve, faisant défiler méthodiquement l'ensemble des images provenant du mobile de Hans Ulrik Gormsen, il se contentait d'énumérer chaque photo à mesure qu'elles apparaissaient sur l'écran. Il faisait penser à celui qui annonce les numéros gagnants d'une partie de bingo aux participants réunis dans une salle des fêtes, la méthode en plus. À intervalles réguliers, il jetait un regard désespéré sur le mur de verre. Quand il eut enfin terminé, et que Simonsen eut examiné des données qui auraient pu lui être présentées en dix secondes, précisant qu'on avait transféré la version papier des photos du mobile à un ordinateur, Melsing expliqua la raison de son agitation.

— Un technicien va venir pour mettre tout ça à plat.

Konrad Simonsen se contenta de faire un signe de la tête.

— Je suis content que tu ne sois pas mort.

Ils restèrent tous les deux le regard rivé sur la vitre.

De retour à Søllerød, il évoqua avec la Comtesse les talents limités de Kurt Melsing en matière de communication. Ils étaient allongés sur la pelouse, et elle avait posé sa tête sur son bras. Il lui raconta qu'il avait dû attendre en compagnie de Melsing que son collaborateur arrive :

— Nous sommes restés là, le regard perdu dans le vide. Ça n'a pas duré plus de cinq minutes, mais franchement ça m'a paru une éternité.

— Je suis d'accord avec toi. Quelquefois, c'est assez pesant.

— Je l'aime bien, mais je dois dire que ce n'est pas facile d'avoir affaire à lui. Je me demande comment il peut diriger plusieurs centaines de collaborateurs, qui au demeurant sont hyper-efficaces sur tous les plans, alors que c'est tout juste s'il peut décliner son propre nom.

— Là, tu exagères.

— Pourquoi ce sourire ?

— Je ne peux pas te le dire, puisque tu ne veux pas qu'on en parle maintenant.

— Est-ce que Kurt était là quand j'ai été malade ?

— Oui.

— C'est vrai ?

— Bien sûr que c'est vrai. Tu ne te souviens de rien ?

— Je me souviens juste que je suis parti au bureau un matin et que je me suis réveillé dans une chambre d'hôpital quatre jours plus tard. Le reste est un trou noir.

— Il faut dire aussi que tu dormais la plupart du temps. Tu veux que je te raconte ça maintenant, ou tu préfères qu'on attende encore un peu ?

— Le temps est peut-être venu d'en parler.

— Nous nous trouvions à la réception d'adieu de Poul Troulsen, et tu étais là avec un sandwich et un verre à la main. D'abord, tu t'es plaint de douleurs dans la poitrine, puis de douleurs dans le dos, et soudain, tu as eu du mal à respirer. L'instant d'après, tu lâchais ton verre et tombais à genoux. Plus tard, le médecin a qualifié ton malaise d'infarctus. Un malaise qui a semé la panique dans l'assemblée, dont je faisais partie. Malte et moi avons hurlé, Poul Troulsen a desserré ta cravate, Arne Pedersen a desserré la sienne et bientôt, les bruits émis par les uns et les autres faisaient penser à un poulailler. Kurt Melsing, lui, a renversé mon sac, trouvé mon mobile et est monté sur une table en criant *silence*, si fort que sa voix a résonné dans tout le QG. Puis il a fait le 112, a demandé une ambulance spécialisée et a décrit tes symptômes d'une manière si précise et rapide qu'un avocat n'aurait pas mieux fait. Pendant qu'il parlait, un secouriste est arrivé pour te donner les premiers soins.

Le QG était le terme utilisé au sein de la Crim pour désigner la préfecture de police, elle avait donc manifestement forcé un peu le trait. La remarque était néanmoins pertinente. Il lui demanda :

— Est-ce que ça signifie que Melsing m'a sauvé la vie ?

— Personne ne peut l'affirmer. Ce que je peux dire, c'est que dans l'ambulance on t'a donné des anticoagulants et des calmants pour stabiliser ton état.

— Et c'est grâce à Melsing ?

— … dont les faiblesses oratoires ne seraient donc pas un phénomène permanent, si on se réfère au cas présent. J'ai d'ailleurs pu, lors de circonstances moins dramatiques, apprécier la qualité de son expression.

Simonsen retira son bras pour se lever, et la tête de la Comtesse tomba dans l'herbe.

— Zut ! Tu aurais pu me prévenir !

— Excuse-moi. Je suis confus, je ne l'ai absolument pas remercié, il doit se dire que je suis le type le plus ingrat de la PJ.

— Je ne crois pas, parce qu'il sait pertinemment que tu ne te souviens de rien et que tu as souhaité attendre un peu avant qu'on te parle de ta crise.

— Ça me fait plaisir d'entendre ça. Mais comment il sait ?

Simonsen s'allongea à nouveau dans l'herbe.

— Il m'appelle régulièrement pour prendre de tes nouvelles.

— Mais tu ne m'as rien dit.

— Tu ne peux pas à la fois vouloir qu'on t'informe et qu'on ne te dise rien. Donne-moi ton bras pour que je puisse m'appuyer. Sinon, comment s'est passée votre réunion ? Tu as appris quelque chose ?

— Oui, et je devrais en savoir plus d'ici peu.

Lorsque le porte-parole de Kurt Melsing fit son apparition, les choses avaient bien progressé. Le chef était aux commandes de l'ordinateur, le jeune collaborateur fit sa présentation et Konrad Simonsen fut tout ouïe. Une merveilleuse combinaison.

— Nous avons analysé longuement la marque que le défunt avait sur le dos de sa main droite.

L'écran de l'ordinateur fit apparaître un agrandissement de ladite main.

— Votre observation était tout à fait justifiée. Il est vrai qu'au début, nous ne pensions pas qu'elle serait utile, mais nous avions tort. Comme vous le savez, la qualité des photos prises avec un portable n'est pas fantastique, d'autant que nous les avons scannées à partir d'une version papier. Nous ne sommes donc pas en mesure d'avoir une vision très précise de la main et d'agrandir la photo pour en extraire des détails significatifs.

— Je comprends. L'agrandissement ne crée pas d'informations, il peut uniquement les mettre en évidence, du moins si elles existent.

— Exactement. Nous avons toutefois fait un autre exercice qui est presque aussi intéressant. En utilisant une boîte d'allumettes comme référence, on peut tourner et déplacer les objets dans la pièce en 3D et dans un processus de transformation qui…

Kurt Melsing l'interrompit aimablement.

— Toutes les photos montrent que la main a été tordue.

Il désigna le résultat.

Konrad Simonsen fut impressionné.

La marque présente sur le dos de la main de Jørgen Kramer Nielsen apparaissait clairement, comme si on l'avait photographiée à cinq centimètres de distance. On avait inséré une photo du tapis de l'escalier prise sous un angle un peu déformé. C'était un sisal tissé à plat au dessin facilement reconnaissable. Le tapis et la marque sur la main correspondaient et le porte-parole arriva à sa conclusion :

— Ces éléments montrent indubitablement que le défunt a fait une chute dans l'escalier. Nous sommes par ailleurs certains que le poids de son corps a pesé sur la main écorchée, autrement la marque ne serait pas si prononcée.

Kurt Melsing l'interrompit à nouveau.

— Mais il y a quand même un problème.

Son collaborateur traduisit :

— Malheureusement, cela nous rend encore plus incertains. Au début, nous n'avons pas prêté attention à la position du corps en bas de l'escalier, ou plus précisément, d'après notre expérience, elle constitue pour nous un avertissement.

Ce fut au tour de Simonsen de l'interrompre.

— Ce n'est pas beaucoup plus précis.

Melsing rit sous cape, mais le porte-parole ne se laissa pas impressionner.

— Ce que je veux dire, c'est qu'en nous fondant sur notre expérience, nous ne comprenons pas comment le corps de Jørgen Kramer Nielsen a pu se trouver dans la position où nous l'avons trouvé en ayant chuté d'à peine deux mètres d'un escalier ayant une pente à trente degrés. En sachant également qu'il s'est brisé la nuque en tombant, que son bras droit s'est retrouvé coincé sous lui et qu'il s'est éraflé le dos de la main contre une marche par la même occasion, et de surcroît du bras vers la main. Si au moins nous savions sur quelle marche il s'est fait cette éraflure, le problème serait beaucoup plus facile à résoudre, mais on n'a pas pu préciser ce point, car la trace des cellules de peau qu'il a dû laisser sur le tapis a disparu. Par ailleurs, il faut rappeler que la réaction normale d'un individu qui tombe est de se protéger avec la paume des mains.

— Est-ce que ça signifie que Jørgen Kramer Nielsen aurait pu être mort avant de toucher l'escalier ?

— Peut-être, mais notez bien que je me suis basé sur notre expérience, et qu'après tout, c'est un jugement non scientifique. Les corps qui tombent peuvent réagir de manières très diverses et il est possible que le cas présent soit un exemple extrême que nous n'avons jamais vu auparavant et que nous ne pouvons donc pas reconnaître.

— En d'autres mots, vous ne pouvez arriver à une conclusion définitive.

Les deux techniciens lui firent un large sourire, mais ce fut Melsing qui lui répondit.

— Si, je pense que l'on peut.

— De quelle manière ?

— Votre étudiant nous aide, et par conséquent, il vous aide aussi.

— Il me semble que ça mérite une explication.

Comme par enchantement, Melsing fit apparaître une application sur son écran, tapa deux ou trois mots, puis montra la vitre. Konrad Simonsen tourna la tête. À son grand étonnement, il vit, au fond du local, Malte Borup, qui se leva et se dirigea vers eux. L'étudiant travaillait comme stagiaire au sein de la Crim. Il aurait dû être en vacances en ce moment, mais il avait apparemment choisi de les passer au bureau !

Lorsqu'il entra dans le local, le porte-parole lui dit :

— Si tu peux ouvrir ton programme et préparer ta démonstration, je vais expliquer ce sur quoi tu travailles actuellement.

Il se retourna vers Konrad Simonsen sans attendre la confirmation de l'étudiant.

— Il y a deux mois, nous avons acheté un nouveau programme informatique du FBI, qui s'appelle *Human Object Movement Simulator*. Un nom pas possible sous lequel se cache un outil hyper-sophistiqué et complexe capable de simuler avec une précision surprenante les réactions humaines dues à des manipulations physiques. C'est le résultat d'une longue phase d'études et de développement faisant appel à plusieurs sciences, en particulier la physique et la physiologie, et c'est précisément ce dont nous avons besoin ici.

Il marqua une pause, sans doute pour reprendre sa respiration, et Simonsen réagit à ses propos :

— Mais ?

— Vous avez raison, il y a un *mais*, et il concerne le temps. L'application HOMS comprend en effet onze manuels, et nous n'avons eu ni le temps ni les ressources nécessaires pour nous familiariser avec ce programme. Je dois suivre une formation à Washington au mois d'octobre, mais ça ne vous avance pas beaucoup. Cependant, Malte a proposé de nous aider, et je dois dire qu'il a déjà bien travaillé.

— Je sais, il est doué.

— À l'évidence. Voyons donc ce qu'il a obtenu.

Malte Borup avait démarré le programme et l'écran afficha un schéma légèrement stylisé de l'entrée de la villa de feu Jørgen Kramer Nielsen. En un clic, une silhouette se matérialisa en haut de l'escalier. Le porte-parole poursuivit ses explications :

— Ça peut vous sembler peu de chose, mais vous noterez que la dimension de la pièce et la taille du mannequin sont conformes à la réalité, et je vous assure qu'il a fallu du temps pour arriver à un tel résultat. Le programme permet de laisser tomber le mannequin en lui faisant prendre toutes les positions de départ possibles, et d'intégrer ou non des réactions humaines dans le processus. Par ailleurs, nous sommes en mesure de simuler diverses influences extérieures agissant sur le corps avant et pendant la chute. Malte, essaie de le faire tomber des marches en avant.

Mais Malte n'obéit pas.

— Euh ! Je n'ai pas encore eu le temps de lire les derniers manuels…

— C'est pas grave, c'est juste pour qu'on puisse se faire une idée.

Un autre clic envoya cette fois le mannequin en arrière. Il s'éleva en l'air et alla frapper le plafond telle une mouche sur un pare-brise.

— Non, je crois vraiment qu'il faut que je lise les derniers manuels...

Kurt Melsing résuma :

— Plus tard, Simon. Nous te rappelons dès que nous sommes prêts.

Ils le rappelèrent trois jours plus tard seulement, beaucoup plus tôt que ne le pensait Konrad Simonsen. Ils avaient dû faire des heures sup. Il retourna donc dans les bureaux de la police scientifique, cette fois au volant de sa voiture, le médecin l'ayant finalement autorisé à reconduire. Il était content aussi, car il avait couru. Vingt ou trente mètres seulement, entre deux dalles cassées qu'il avait disposées pour marquer le départ et l'arrivée. Ce matin-là, il était passé de la marche à la course sur cette distance. Il avait franchi les quelques mètres lentement, sans vraiment coordonner ses mouvements, mais cela avait été un moment merveilleux.

Il fut accueilli par le technicien présent lors de leur dernière réunion. Il lui annonça que ni Kurt Melsing ni Malte Borup n'étaient présents. Il avait espéré obtenir une conclusion claire, et il l'obtint, mais ce n'était pas celle qu'il avait escomptée.

— Nous avons fait de multiples essais, lui expliqua le technicien, mais la seule hypothèse qui colle est la suivante.

Il démarra le programme. Le mannequin était toujours placé en haut de l'escalier, mais cette fois, il n'était pas seul. Un autre mannequin l'agrippait par-derrière, passait un bras autour de sa tête et lui tordait le cou. La simulation semblait vraie. Le mannequin représentant le mort fut ensuite jeté en arrière dans l'escalier en roulant sur lui-même. Dans un ralenti voulu montrant sa chute, on le voyait s'écorcher la main, puis atterrir sept marches plus bas dans une position que Simonsen ne connaissait que trop bien à travers les photos de Hans Ulrik Gormsen.

Ayant regardé l'animation à trois reprises, il demanda :

— Vous êtes sûrs ?

— Pas totalement. Il reste un petit pour cent d'incertitude.

— Et pour quelle raison ?

— Dans la version que vous avez vue, la victime est jetée assez violemment dans l'escalier et nous ne comprenons pas pourquoi on ne s'est pas contenté de le lâcher, puisqu'il était mort. Cependant, quelle que soit l'hypothèse que nous prenons, trois éléments ont dû être réunis lors de sa chute pour justifier la position dans laquelle le corps a été retrouvé : un, il était déjà mort ; deux, il avait le cou brisé ; et trois, son corps est tombé à la renverse. Comme je l'ai dit précédemment, il y a un quatrième point : il a dû en effet être lancé d'un geste relativement violent dans l'escalier. Malheureusement, ces quatre éléments ne peuvent s'expliquer que si…

Il laissa planer un doute, et Konrad Simonsen finit sa phrase en disant :

— ... si Kramer a été tué sur son palier.

3

La mort de Jørgen Kramer Nielsen fut requalifiée en homicide. Simonsen informa la préfète de police, que la nouvelle ne ravit pas, et qui n'avait plus qu'à espérer un rapide éclaircissement de l'affaire, un souhait qu'elle eut la sagesse de ne pas formuler. L'expérience lui avait prouvé qu'on n'accélérait pas la résolution d'une énigme en mettant la pression sur les enquêteurs. L'inspecteur eut cependant l'indélicatesse de prétendre le contraire lorsqu'il demanda à Arne Pedersen la mise à disposition de nouvelles ressources.

— Je vais pendant trois jours avoir besoin de cinq collaborateurs supplémentaires, et j'aimerais bien que toi ou la Comtesse puissiez m'aider. Je veux enquêter sur les grandes lignes de la vie du postier, et même sans entrer dans les détails pour le moment, Pauline et moi ne pouvons nous en charger seuls, ça prendrait trop de temps. Ensuite, il faudra mettre au moins deux hommes à ma disposition qui pourront nous aider en cas de besoin.

Pedersen transpirait et avait l'air épouvanté.

— C'est qu'elle a la commission des affaires juridiques sur le dos, ajouta Simonsen. Mais au lieu de jouer au médiateur, je ferais peut-être mieux de lui dire de t'appeler.

L'allusion à la préfète de police s'avéra efficace. Il obtint ce qu'il avait demandé.

Grâce à ces renforts, les résultats ne se firent pas attendre, et l'on fut vite en mesure d'esquisser un portrait du postier assassiné.

Jørgen Kramer Nielsen avait fait sa scolarité à Hvidovre, d'abord à l'école primaire, puis au collège et enfin au lycée de

Brøndbyøster. Après avoir passé son bac à l'été 1969, il avait été engagé au bureau de poste de Julius Framlev Allé où son père était receveur des postes. Au printemps 1972, ses parents et sa petite sœur, qui étaient son unique famille, disparurent dans un accident d'avion à Majorque. Il hérita alors de la maison de ses parents et y vécut jusqu'à sa mort. Il avait eu une vie très calme, apparemment sans beaucoup d'amis. Quant à ses collègues, ils savaient très peu de chose sur lui.

Konrad Simonsen avait aussi envoyé des hommes enquêter auprès des voisins et des commerçants du quartier. Ils avaient recueilli un certain nombre d'informations, mais celles-ci n'étaient pas d'une importance majeure. Kramer avait coutume de déjeuner en ville chaque samedi, toujours dans le même restaurant. Il commandait un steak béarnaise pommes frites, le plat le plus cher de la carte, qui coûtait cent trente-cinq couronnes. En entendant cette précision, Simonsen soupira, mais ne daigna pas la noter sur son carnet. Le postier fréquentait régulièrement la bibliothèque locale où il empruntait toujours le même type d'ouvrages : livres de mathématiques, récits de voyages – consacrés exclusivement à la Norvège, à la Suède et à la Finlande – et biographies de savants. La Comtesse, qui s'était rendue à la bibliothèque, précisa :

— Son numéro était *99.4-Nielsen.*

— Pourquoi donc ?

— 99.4 est le code que les bibliothèques utilisent pour classer les biographies. C'était une sorte de plaisanterie.

— Très drôle ! Autre chose ?

Elle n'avait rien à ajouter.

Pauline Berg fut en mesure d'apporter quelques précisions concernant la situation économique du défunt, mais le butin était bien maigre. Kramer avait utilisé une carte de retrait et réglait ses factures par virement en effectuant les paiements à sa banque.

L'air déçu, Simonsen demanda :

— C'est tout ?

Elle feuilleta ses notes d'un geste agressif.

— Quand il s'est converti au catholicisme, il a signé un contrat – procédure tout à fait habituelle en la matière – par lequel il s'engageait à verser deux pour cent de ses revenus au culte. Les montants versés sont d'ailleurs déductibles des impôts, même s'il ne s'agit pas à proprement parler d'un impôt, puisque l'on sait que, dans notre pays, les communautés religieuses ne bénéficient pas d'une égalité de traitement.

— Quand s'est-il converti ?

— Aucune idée.

— Et son testament ? Tu as des infos ?

— Oui, il l'a établi en 1989 et y exprime sa volonté de donner ce qui resterait du bénéfice issu de la vente de sa maison à une organisation de bienfaisance anglaise, Missing Children, dont le siège est situé à Londres et qui a des bureaux dans les principales villes du pays. Tu trouveras leur site sur Internet. Quant à ses meubles, aucune disposition ne figurant dans le testament, ils reviennent à l'État.

— D'où lui est venue l'idée de faire une donation à Missing Children ?

— On n'en sait rien. L'avocat qui, à l'époque, a procédé aux formalités d'enregistrement ne se souvient pas du dossier. Le contraire serait d'ailleurs étonnant.

Simonsen lui confia une nouvelle mission.

— Pourrais-tu enquêter sur ses congés ? En dehors du travail, j'imagine qu'il ne vivait pas tout le temps calfeutré chez lui. Et quant à ces filles, essaie de savoir combien elles étaient. J'ai l'impression qu'avec le grenier, elles constituent le seul élément qui puisse nous donner un portrait quelque peu nuancé du personnage.

— Je dirais plutôt un caractère quelque peu repoussant...

— C'est peut-être la raison pour laquelle on l'a assassiné.

Il aurait bien voulu lui poser d'autres questions, mais elle était déjà partie.

La chaleur de l'été pesait encore sur la ville. Une zone de haute pression recouvrait le pays et devait, selon les météorologues, rester stable au cours des jours suivants.

Il était huit heures passées, mais la canicule sévissait toujours. Dans le séjour de la Comtesse, Simonsen était en sueur. Il avait retiré veste et chemise et n'avait sur lui qu'un T-shirt et un fin short de coton. L'air conditionné marchait à fond et pourtant il transpirait. Il regarda la pendule, une pendule ancienne de Bornholm, qui trônait sur le mur du fond et dont le tic-tac permanent l'avait quasiment rendu fou les premières semaines ayant suivi son installation. Depuis, il s'y était habitué et ne l'entendait plus. L'envie le prit de faire un petit somme, mais il se reprit aussitôt, songeant que, vu l'heure, il ne dormirait plus la nuit. Il décida d'attaquer un sudoku, mais fut emporté par ses pensées à la première difficulté.

Il était obligé de reconnaître qu'il se sentait chez lui maintenant. Cela faisait d'ailleurs plusieurs semaines qu'il n'avait pas été dans son appartement de Valby, en dehors des sauts qu'il y faisait deux fois par semaine pour y prendre son courrier. Il ne savait dire si c'était bien ou mal. Tout comme lui, la Comtesse évitait d'évoquer la possibilité d'un arrangement plus élaboré, qui par exemple lui permettrait de changer d'adresse postale. Pourtant, les décisions intervenaient peu à peu. La semaine précédente, elle lui avait donné un trousseau de clefs. Jusque-là, il avait utilisé la clef de la porte de service qui était accrochée dans un endroit secret dans la dépendance. C'était un peu compliqué, il devait faire des allées et venues pour entrer dans la maison et remettre la clef à sa place. Un matin, avant de partir au bureau, elle lui avait donné un trousseau, en remarquant simplement que ce serait plus pratique pour lui, comme si elle s'adressait à un ouvrier venu faire des travaux dans la maison. Ils n'en avaient plus reparlé ensuite. Pour les mêmes raisons pratiques, elle lui avait également communiqué le code d'accès de sa banque en ligne, pour ne pas être seule à pouvoir régler les factures.

Il fixait un point de la pièce, mais il était ailleurs. À partir de quel stade pouvait-on dire qu'on vivait ensemble ? Suffisait-il d'avoir le même code postal ? Fallait-il dormir dans le même lit ? Avoir des comptes communs ? Ou pouvait-on, comme elle et lui… oui, habiter tout simplement ensemble ?

La Comtesse était en retard et il était presque neuf heures lorsqu'elle arriva. Il s'efforça de cacher son irritation pour ne pas avoir l'air stupide. Il savait mieux que personne que le travail primait sur les accords privés.

— Salut, Simon ! Désolée de ce retard, mais la réunion a duré plus longtemps que prévu.

— Je comprends, mais tu aurais pu me passer un petit coup de fil.

Ils s'embrassèrent, dans un geste un peu plus rituel que d'habitude.

— Oui, je m'excuse aussi pour ça. Est-ce que tu as préparé le dîner ?

— J'avais préparé une tarte aux poireaux… maintenant, je crains qu'elle ne soit froide.

— C'est exactement ce dont j'avais envie !

C'était difficile de rester fâché contre elle, il était heureux de la voir, même si la fameuse tarte avait pris deux heures de son temps. Le livre de recettes était obscur et il avait à deux reprises été obligé de téléphoner à sa fille, qui ne lui avait d'ailleurs pas été d'un grand secours. En dehors d'elle, il n'avait personne à qui demander conseil.

Ils dînèrent et il reçut les compliments qu'il méritait. Pendant le repas, il lui raconta fièrement le tour qu'il avait fait dans la journée.

— Je suis sûr d'avoir couru plus de cent mètres. À mon avis, j'étais proche des deux cents.

— Bravo ! Tu vas devenir un vrai athlète ! Quoi de neuf dans l'affaire du postier ?

Il avait souhaité qu'elle lui pose la question, mais avait décidé de ne pas aborder lui-même le sujet. C'était un des inconvénients de sa position actuelle. Comme il était provisoirement privé de son statut de chef, la Comtesse et Arne ne s'adressaient pas spontanément à lui et n'exprimaient pas non plus le désir de discuter de son enquête avec lui. Ils avaient des tâches beaucoup plus importantes à remplir. C'est lui qui devait solliciter leur aide s'il souhaitait les associer à l'affaire. Il était rare qu'ils proposent d'eux-mêmes de l'assister. La plupart du temps, il ne pouvait échanger qu'avec Pauline, et aujourd'hui, elle avait eu – une fois encore – sa visite chez le psychiatre.

— Je suis retourné au bureau de poste, mais chaque fois, j'entends la même histoire. Comme tu sais, la vie de Kramer était d'une banalité extrême, réglée comme du papier à musique.

Quand j'ai assisté aux obsèques de Kasper Planck et que j'ai entendu le pasteur résumer sa vie en deux minutes à peine, ça m'a vraiment fait de la peine.

Planck avait été à la tête de la brigade criminelle avant Konrad, dont il avait été l'ami. Il continua :

— Une longue vie réduite à quelques secondes d'un discours conçu par un étranger qui par hasard se trouve être prêtre, ça avait quelque chose de presque scandaleux. En revanche, dans le cas de Kramer, on a dû avoir du mal à remplir les deux minutes.

— Raconte-moi.

— Tu veux vraiment que je t'en parle ? Tu ne préfères pas te détendre ?

— Je peux me détendre et t'écouter en même temps.

Il l'adorait. Il avait mis son carnet dans la poche de son pantalon au cas où il en aurait eu besoin. Il le sortit, le feuilleta rapidement et expliqua :

— J'ai interrogé quelques-uns de ses anciens collègues. Ils font tous le même portrait : *un esprit solitaire, sérieux mais ennuyeux, ne sortant jamais avec les autres, très secret, n'ayant aucun ami au bureau de poste, jamais malade, mais jamais joyeux non plus, calme, aimable et indifférent, ne s'exprimant jamais spontanément, rentrant chez lui immédiatement après le travail, quoi qu'il arrive. Un individu qui n'avait aucun avis personnel.* Il a été employé dans ce bureau de poste pendant près de quarante ans, mais c'était comme s'il n'y avait pas été.

— Avait-il des amis, des activités associatives ? Était-il membre de clubs, avait-il des passe-temps ?

— Je n'en suis pas là, mais je sais tout de même que les maths étaient un de ses hobbies. Je te rappelle qu'au bureau, je suis entouré de gens remplis de bonnes intentions, qui veillent scrupuleusement à ce que je rentre chez moi après quatre heures de travail. Je me demande même s'ils n'ont pas engagé quelqu'un pour surveiller ça avec un chronomètre. Demain, je dois interroger un postier retraité. Aucun de ceux qui sont employés actuellement n'a travaillé aussi longtemps que Kramer. Ensuite, lundi et mardi, j'ai prévu d'examiner ses affaires. Il se pourrait bien que je découvre quelque chose à cette occasion, tu ne crois pas ? Il a forcément eu des occupations en dehors de son travail. À ce propos, Arne a promis de me donner un coup de main, mais je suis étonné qu'il ait le temps. Vous êtes tellement débordés.

Elle ne réagit pas à sa remarque sarcastique :

— C'est normal qu'il s'intéresse à ton enquête, ça fait partie de ses attributions. Cela étant, je suis de ton avis. Moi aussi, je pense qu'il ne s'est pas borné à rester chez lui pendant ses congés. Ce serait contraire à la nature humaine.

— Oui, d'autant qu'il ne regardait pas la télévision. Il n'avait d'ailleurs ni téléviseur ni ordinateur, Pauline a déjà vérifié. Il n'avait pas non plus de voiture.

— Finalement, c'est peut-être une bonne chose qu'il ait été si anonyme.

— Qu'est-ce que tu veux dire par là ? Pour le moment, je ne peux pas imaginer que quelqu'un ait voulu attenter à ses jours.

— Qu'il soit mort ou vivant n'aurait fait aucune différence ? C'est ce que tu insinues ?

— Pas sur le plan moral ou juridique, évidemment, mais sur le plan pratique, oui. Ceci étant, comme je te l'ai dit, je n'en suis qu'au début de mes investigations et il me manque encore pas mal d'éléments. Pourquoi penses-tu que c'est bien qu'il ait été si insignifiant ?

— Parce que c'est plus facile de mettre en évidence les aspects atypiques.

— Tu as raison. Tu penses à son grenier et à ces adolescentes ?

— Non, je songeais plutôt à l'accident d'avion. Le fait de perdre toute sa famille à l'âge de vingt ans peut très bien l'avoir marqué pour le restant de ses jours, en particulier s'il était – si je puis dire – prédisposé. En 1972, les psychologues de crise n'existaient pas encore et il a dû se gérer tout seul.

— C'est aussi pour ça que je veux rencontrer quelqu'un qui l'a connu à l'époque. Par ailleurs, le fait qu'il soit catholique constitue un autre facteur atypique. Il faut bien reconnaître que dans notre pays les catholiques ne sont pas légion.

— Est-ce que tu as auditionné le prêtre ?

— Non, pas encore, mais c'est prévu. Je disais donc qu'il était catholique. Il versait de l'argent à sa paroisse et est enterré au cimetière de l'église Saint-Nicolas.

— Tu crois qu'il y a un lien avec son voisin du dessous ? C'est à lui que Kramer a dû vendre sa maison. Est-ce que tu as examiné ce point ?

Konrad fit non de la tête.

— Comme je t'ai dit, je fais mon maximum, mais je ne travaille que quatre heures par jour.

— Puisqu'il s'agit officiellement d'un meurtre, tu peux demander des ressources supplémentaires à Arne.

Il les avait déjà demandées et obtenues, mais il ne les utiliserait que lorsque ce serait impérativement nécessaire. D'un côté, il n'était pas inutile de disposer d'une poignée de policiers, et c'est la raison pour laquelle il en avait fait la demande à Arne. De l'autre, il appréciait le caractère modeste de l'affaire en cours, et le fait qu'elle n'occupait pas trop de place dans les activités de la Crim. Il espérait que cela continue comme ça. Il avait établi son propre ordre du jour : d'abord, l'interrogatoire des collègues du postier, ensuite l'examen de ses affaires, enfin la rencontre avec le prêtre. Alors seulement, il verrait s'il était opportun d'impliquer un cercle plus large. Ce n'était pas impossible.

— J'ai Pauline avec moi.

— C'est vrai.

Elle avait un ton pincé et semblait presque jalouse. Il lui arrivait parfois d'être un peu possessive, un trait de caractère qu'il n'avait jamais remarqué avant de venir habiter chez elle. Il savait que de temps en temps elle épiait son ex-mari et sa nouvelle famille en faisant appel à un détective privé. Parfois, celui-ci se cachait pour les surveiller, d'autres fois, il apparaissait au grand jour, caméra au poing. C'est tout à fait par hasard qu'il l'avait découvert et il n'avait pas cru bon de lui en parler, car il estimait que cela ne le regardait pas.

Elle était partie dans la cuisine pour faire du thé. Lorsqu'elle revint dans le living, sa voix était de nouveau normale.

— En vérité, cette petite affaire, qui par ailleurs n'a pas suscité un grand intérêt dans le service, commence à t'intéresser, n'est-ce pas, Simon ?

— Il est vrai qu'elle a aiguisé ma curiosité. Dis-moi, est-ce que tu as déjà fumé du hasch ?

Il aimait bien la déstabiliser de temps en temps.

— Si j'ai déjà fumé du hasch ? Pourquoi cette question ? Et pourquoi la poser maintenant ?

— Parce que j'ai observé que tes paupières devenaient lourdes, et je me suis dit que cette question allait peut-être t'aider à te ressaisir ! D'habitude, c'est plutôt moi qui ai envie de dormir. C'est aussi parce que j'aimerais le savoir.

— Évidemment, moi je ne fais pas la sieste deux heures par jour.

— Non, j'ai une chance incroyable. Alors, le hasch ?

— Oui, j'ai déjà essayé, mais ça fait longtemps.

— Et c'était comment ?

— Drôle au début, ensuite plutôt abrutissant. Est-ce que tu pourrais m'expliquer pourquoi tu me poses cette question ?

— Je voudrais essayer, c'est tout.

Elle avait du mal à saisir ce qu'il disait. Elle l'interrogea à nouveau :

— Essayer quoi ?

— De fumer du haschich, bon sang ; de fumer un joint, un pétard, un stick !

La Comtesse se leva, les poings sur les hanches, et dans un grand éclat de voix refusa catégoriquement la suggestion.

— Konrad, il n'est pas question que tu te remettes à fumer, et que ce soit du tabac, du hasch ou bien des feuilles de hêtre n'y changera rien. Tu peux boire un thé, un point c'est tout.

Il n'y avait pas pensé. Il l'arrêta alors qu'elle se dirigeait vers la cuisine.

— Mais, Comtesse, ce n'est pas pour fumer. Il y a un tas de façons de le consommer. Juste pour essayer, c'est tout.

Elle se radoucit un peu.

— Et où vas-tu trouver ce joint ? Au Bureau des narcos ? Tu vas leur demander s'ils ont une boule qui traîne ? Juste pour le plaisir ?

— Je pensais que tu savais comment procéder.

— J'ai la tête d'un dealer ? C'est ça que tu insinues si élégamment ?

— Oui, ça se pourrait. D'ailleurs, ça fait longtemps que je te soupçonne…

Elle s'arrêta et le dévisagea, puis demanda :

— Tu es sérieux ?

— Absolument. J'aimerais bien essayer, au moins une fois.

— On va commencer par un thé. Pour le reste, on verra plus tard.

Il la suivit dans la cuisine et sortit les tasses sans autre commentaire.

Le lendemain, Simonsen se rendit dans une maison de retraite située dans la banlieue de Køge. Il voulait vérifier l'hypothèse de la Comtesse selon laquelle Kramer avait subi un choc à la suite de la disparition de ses parents et de sa petite sœur.

Après s'être présenté, il expliqua à son hôte la raison de sa visite en lui précisant qu'il l'avait retrouvé en consultant les archives du personnel du bureau de poste. Le vieil homme le dévisagea d'un air contrarié et Simonsen se dit que l'interview risquait de ne pas être une partie de plaisir. L'homme dégageait une odeur aigre à la limite du supportable. Heureusement, sa mémoire était intacte.

— Au départ, Jørgen était un garçon très actif et éveillé. C'était au début des années 1970. À l'époque, son père était directeur du bureau de poste.

— C'était durant l'été 1969.

— Vous devez avoir raison.

— Pourquoi est-il devenu postier à votre avis ? Il avait le bac, il aurait pu trouver un poste plus attrayant.

— Il ne pensait pas rester là longtemps. Je me souviens qu'il mettait de l'argent de côté, il voulait faire le tour du monde et d'ailleurs, son père ne voyait pas son projet d'un bon œil. Il aurait préféré qu'il continue ses études, qu'il s'inscrive à l'université. Jørgen, lui, était très excité et, pendant plusieurs années, il ne parla que du tour qu'il allait faire et des contrées exotiques qu'il allait visiter. Nous, ses collègues, nous étions fatigués de l'entendre ressasser son histoire. Peut-être par envie, diable, nous n'avions pas les mêmes possibilités que lui. Notre salaire servait à payer le loyer et à entretenir la famille, lui n'avait évidemment pas toutes ces charges.

— Jusqu'à cet accident d'avion ?

— Oui, ça a sacrément changé la donne.

— On dirait presque que ça vous a fait plaisir. Vous ne l'aimiez pas ?

Le vieil homme branla la tête et eut les larmes aux yeux. Simonsen avait presque envie de lui trouver un mouchoir, et d'en profiter pour se reculer un peu, mais il n'en fit rien.

— C'est mon problème, ça ne vous regarde pas, dit le vieillard d'un ton amer.

— Oui, je comprends, mais comment a-t-il réagi après l'accident d'avion ?

— Ce n'était plus le même homme, il était totalement brisé.

— Vous pouvez préciser ?

— Du jour où il apprit la nouvelle, il ne fut plus que l'ombre de lui-même. On aurait dit qu'il avait perdu toute envie de vivre sans avoir pour autant la force de mourir.

L'homme souligna ensuite, comme les autres témoins, le peu d'engagement social de Kramer. Il raconta une série d'épisodes dont certains lui étaient déjà connus. Les quelques nouveaux éléments ne faisaient que confirmer ce qu'il savait déjà.

Après avoir posé quelques autres questions au vieillard, Simonsen prit congé, heureux de pouvoir respirer à l'air libre, même si, compte tenu de l'atmosphère orageuse, il faisait plutôt chaud. Il n'aimait pas beaucoup ce vieil homme et ce sentiment semblait réciproque. Néanmoins, l'entretien valait le déplacement et allait lui permettre de dresser un tableau plus précis de la vie de Jørgen Kramer.

Il ne lui restait qu'une heure de travail, mais Simonsen retourna à son bureau. Il y trouva Pauline Berg, assise dans le canapé et plongée dans la lecture d'un journal. Elle passait presque plus de temps sur ce sofa que chez elle. Il semblait qu'en son absence, l'attitude de Pauline gênait ses collègues. Il avait entendu des remarques à la cantine ou ailleurs. On lui conseillait de se procurer un cadenas, pour éviter que n'importe qui puisse entrer dans son bureau en son absence. Personne ne le formulait directement, mais il était clair que ce *n'importe qui* visait Pauline. Jusqu'à présent, il avait ignoré ce conseil amical. Après tout, c'était son bureau et il était assez grand pour refuser s'il l'estimait nécessaire la présence d'éventuels intrus, ou pour interdire l'accès à son bureau en son absence. Ses collègues n'avaient pas à se mêler de ses affaires. Il passa la tête dans l'annexe et la salua, puis alla s'asseoir et alluma son ordinateur. Il n'eut pas le temps de se brancher sur Internet, car Pauline arriva dans le bureau.

— J'ai trouvé quelque chose à propos de ses vacances, dit-elle.

— Tu parles de Jørgen Kramer ?

— Évidemment ! Qui d'autre ? On pouvait déjà se dire qu'il n'était pas du style à réserver ses vacances auprès d'une compagnie de charters. Alors, j'ai eu l'idée de contacter DSB et là, j'ai eu une sacrée chance. La femme au guichet de la gare à Hvidovre – enfin l'assistante commerciale chargée de la vente des billets aux passagers – à qui j'ai montré une photo de Kramer l'a tout de suite reconnu. Elle m'a expliqué qu'il achetait chaque année un billet aller-retour pour Esbjerg, dans le Jutland. Elle a ajouté que son voyage avait toujours lieu aux mêmes dates : il partait de la gare de Copenhague un 19 juin et reprenait le train à Esbjerg deux jours plus tard.

— Il connaissait des gens à la DSB ?

— Non, je crois pas. Je les ai contactés en désespoir de cause. Je me suis dit que s'il ne prenait pas l'avion, il y avait des chances pour qu'il voyage en train. Et la chance m'a souri.

— Parce que la guichetière le connaissait ?

— Oui, enfin de vue.

— C'était un client habituel ?

— Oui, même si, d'après elle, il ne venait qu'une fois par an.

— J'ai interrogé une foule de témoins, mais je crois qu'elle mérite le premier prix. Comment expliquer qu'elle se souvienne d'un client qui ne vient qu'une fois par an ?

— Justement, il y a une raison. Elle se souvient de lui parce qu'il ne voulait pas attendre au milieu de la queue et avoir des gens derrière lui. C'est ce qui avait attiré son attention la première fois qu'elle l'a vu. Il allait tout le temps se remettre en bout de queue et elle n'avait jamais vu ça. Le hasard a voulu qu'elle se trouve au guichet l'année suivante et elle a été une fois de plus témoin de l'attitude éminemment altruiste de Jørgen Kramer. Elle pense que les deux épisodes remontent aux années 1996 et 1997. Depuis, il lui est arrivé plusieurs fois de lui vendre des billets. Elle précise quand même qu'elle ne l'a pas vu tous les ans, loin de là. J'ai voulu vérifier ce point auprès du directeur de son bureau de poste. Il m'a confirmé que si Kramer était très flexible quant à ses dates de congé, il tenait toujours à prendre quelques jours durant cette fameuse semaine de juin qui couvrait le 19 et les jours suivants. Bien sûr, ces jours lui étaient accordés sans difficulté.

— Pourquoi ne voulait-il pas faire la queue ?

— C'est un mystère. Peut-être par timidité. La femme du guichet suppose qu'il ne souhaitait pas que d'autres puissent l'entendre quand il commandait ses billets. Mais ce n'est qu'une *supposition.*

— Qu'est-ce qu'il allait faire à Esbjerg ? Tu as une idée ?

Elle indiqua d'un signe de tête qu'elle n'en savait rien. Il prit soin de la féliciter pour ses investigations, mais les compliments glissèrent sur elle comme si elle n'avait rien entendu. Il faut dire que, selon son humeur, de telles marques d'attention pouvaient la ravir ou, comme aujourd'hui, la laisser totalement indifférente.

— Est-ce que tu as collé un blâme à cette gourde ? lui demanda-t-elle.

La gourde en question était la policière mal à l'aise qui s'était approprié par inadvertance le téléphone portable de Jørgen Kramer. Suivant Hans Ulrik Gormsen dans l'escalier qui conduisait au corps du défunt, elle avait vu que son collègue avait marché sur le mobile sans s'en apercevoir. Elle l'avait alors ramassé et gardé dans la main pendant que son collègue prenait des photos de la victime, évoquant un *crime évident* et se querellant avec le prêtre. Puis elle avait machinalement mis l'appareil dans sa poche et – compte tenu des événements – l'avait oublié jusqu'au lendemain. Arrivée au poste de police de Glostrup, elle l'avait mis dans un sac en plastique destiné à la collecte des preuves, sans toutefois lui attribuer de numéro. Elle s'était contentée de décrire brièvement sa bévue et avait remis le sac dans le tiroir de son bureau. Plus tard, elle informa son supérieur direct de l'affaire par mail, en lui demandant quelles dispositions elle devait prendre et ce qu'elle devait faire du téléphone. Elle ne reçut cependant jamais de réponse et le portable de Jørgen Kramer Nielsen resta au fond du tiroir. Quelques mois plus tard, lorsque Simonsen voulut l'interroger, cet oubli se transforma soudain en une sale histoire, qu'elle tenta de cacher. Le même scénario se reproduisit lorsque Pauline Berg dut l'auditionner ; elle mentit ouvertement, ayant peur des conséquences si elle disait la vérité. Cependant, le fait d'être soupçonnée la rendit nerveuse et irritable, d'autant qu'en son for intérieur, elle ne souhaitait pas retenir des preuves qui concernaient un assassinat. Finalement, son mari réussit à lui faire avouer son acte et après une longue discussion, ce fut lui qui contacta Pauline. Plus tard, il s'était aussi rendu à la préfecture de police pour y déposer le fameux portable.

D'un air furieux, Pauline pointa le doigt vers Simonsen.

— Cette idiote m'a fait perdre un temps fou.

Simonsen lui donna raison, toutefois sur un ton modéré et conciliant, espérant que cela aurait un effet calmant. À sa grande surprise, sa stratégie fut efficace. Elle lui confia :

— Je sais bien que je dois me calmer, mais…

Soudain, ses yeux se remplirent de larmes, mais elle serrait les dents. Elle reprit vite le contrôle d'elle-même et dit d'une voix éteinte :

— Ça va, tu peux continuer.

— Est-ce qu'on sait où elle a trouvé le portable ?

— Sur le palier, là où on a retrouvé le corps, tout près du mur sur la droite. Seul le dos du téléphone était visible et, comme tu le sais, il avait pratiquement la même couleur que celle du tapis.

— Tu en es sûre ?

— Non, c'est le policier qui me l'a dit, pas cette idiote…

Simonsen réfléchit un instant, puis lui dit :

— Contacte ta chère amie et va à Hvidovre avec elle. Demande-lui de t'indiquer précisément l'endroit où elle a trouvé le portable. Ensuite, je parlerai à son chef.

L'attitude de Pauline Berg montrait clairement la confiance qu'elle accordait à ses affirmations.

Le mois de septembre était déjà bien avancé et l'on aurait pu s'attendre à voir la pluie et le vent balayer les rues. Pourtant, la canicule était toujours là, tandis que sur la scène mondiale de graves événements se produisaient. Alors que l'on assistait à l'effondrement des marchés financiers, de nouvelles expressions entraient dans la langue danoise, telles que *subprime mortgages, collateralized debt obligations* et *hedge funds*. Autant de termes que le citoyen ordinaire n'aurait en temps normal pas eu besoin de connaître, mais auxquels il fut néanmoins, et bien malgré lui, confronté. Car soudain apparut la crise financière, les banques durent se faire aider par les pouvoirs publics et l'État-providence se trouva menacé, ne disposant plus des moyens suffisants pour répondre aux besoins.

Un matin, à Hvidovre, alors qu'une chaleur insupportable avait envahi les locaux de l'entreprise de déménagement Express Flyt, quelques pièces vinrent compléter le puzzle de la vie de Jørgen Kramer Nielsen, sans pourtant apporter la moindre information sur un coupable éventuel.

L'inspecteur Simonsen et Arne Pedersen travaillaient ensemble, le chef de la brigade criminelle bénéficiant ainsi de l'assistance de son remplaçant. Et bien que l'affaire soit désormais du ressort de la Crim, Simonsen devinait qu'Arne l'avait accompagné plus pour voir comment il se portait que pour l'aider dans les recherches en cours. Il ne lui posa toutefois aucune question, ne voulant mettre aucun d'eux dans l'embarras. Par ailleurs, c'était plus agréable d'être deux pour procéder à l'examen des biens de Kramer. La tâche était en effet ennuyeuse et la chaleur extrême des locaux dépourvus de système de ventilation n'arrangeait rien. Ils étaient en sueur et ne savaient pas ce qu'ils devaient rechercher. Dans de telles conditions, le risque était grand de négliger un détail.

La société de déménagement avait aimablement mis une table à leur disposition, une épaisse plaque de contreplaqué de la taille d'une table de ping-pong posée sur deux solides tréteaux. Ils s'y étaient installés pour travailler. Le propriétaire des lieux venait de temps en temps leur apporter thé, café et eau fraîche. Le deuxième jour, un mardi, la chaleur étant encore plus oppressante que la veille, il leur avait même apporté une rallonge et installé un ventilateur de table. Celui-ci tournait lentement sur son axe, apportant une vague impression de fraîcheur.

Pedersen avait un appareil photo dans la main.

— … Leica M4, un fantastique appareil à la fin des années 1960, il a dû coûter une petite fortune et il doit encore valoir cher aujourd'hui. C'est une pièce rare, regarde l'équipement. Simonsen leva la tête des documents qu'il était en train d'examiner, sans d'ailleurs pouvoir en tirer beaucoup de renseignements utiles.

— Qu'est-ce que tu dis ? Tu sais, ma connaissance de la photographie est assez limitée…

— Cette pièce-là est un agrandisseur. Si je ne m'abuse, il est de la même époque que l'appareil. Et là, il y a tout l'équipement dont on a besoin dans une chambre noire : lentilles, supports, projecteurs, et ici les cuves, le manchon de chargement, un révélateur, un fixateur, un chronomètre, des pinces et du papier pour le tirage des films. Il développait donc ses photos lui-même en utilisant la méthode traditionnelle. Aujourd'hui, tout est numérique, c'est l'ordinateur qui s'en charge.

— Je le savais, mais je n'ai trouvé aucune photo, en dehors de celles qui sont dans son grenier, bien sûr. Et je n'ai pas non plus vu de négatifs, mais ça va peut-être venir.

— C'est certain. Nous n'avons plus qu'une centaine de caisses à examiner !

— Ne m'en parle pas.

Un peu plus tard, son collègue évoqua à nouveau le sujet.

— Si on a une chambre noire, on a besoin d'eau courante, et donc d'un écoulement. Ce n'est pas compliqué de vérifier s'il en avait une. Les déménageurs qui ont vidé son appartement doivent le savoir, tout comme le photographe de son quartier, d'ailleurs.

— Arne, nous sommes *absolument* sûrs qu'il en avait une, Pauline a déjà vérifié ce point. Ce qui nous manque, ce sont ses photos et ses négatifs.

Pedersen prit note de l'information sans avoir l'air très étonné et dit :

— Si tu veux, je peux t'affecter deux hommes vingt-quatre heures sur vingt-quatre. Tu ne peux pas tout gérer.

Simonsen avait l'impression d'entendre la Comtesse, qui venait régulièrement lui suggérer de demander du renfort. Il estimait cependant que, pour l'instant, ce n'était pas opportun. Il eut donc recours à son argument habituel.

— Mais j'ai Pauline, dit-il en jetant un regard oblique en direction d'Arne, lequel eut du mal à cacher son irritation, témoignant ainsi de la détérioration de ses relations de travail avec la jeune femme, qui ces derniers temps avait eu un comportement souvent provocateur. Il doutait qu'Arne ait compris ce qui la tourmentait. Lui, en tout cas, avait à plusieurs reprises vu sa collègue sortir les yeux gonflés des toilettes ou de l'annexe. Et une fois au moins, il avait remarqué qu'elle commandait un taxi, sans doute contrainte de rentrer chez elle après une crise d'angoisse que le fameux petit comprimé n'avait pas réussi à apaiser.

— Comment ça se passe avec elle ? demanda prudemment Pedersen. La collaboration est bonne ?

— Elle est excellente.

C'était un moyen de clore le sujet. Cependant, Arne poursuivit :

— Son comportement est insupportable, et ça n'a pas l'air de s'arranger.

— Pas à mon égard.

Simonsen continua stoïquement de travailler.

— Tu sais ce qu'elle fait quand elle a peur d'être seule la nuit ? Elle ramasse un mec dans le bar d'un hôtel ou dans un bistrot et elle le ramène chez elle.

— Non, je ne le savais pas et j'aurais somme toute préféré ne pas le savoir.

Il avait haussé le ton et regardait fixement son ancien subordonné.

Une longue pause s'ensuivit. Pedersen accusa le coup. Puis, l'air fébrile, il voulut reprendre la conversation et montra du doigt la pile de documents de Simonsen.

— Dis-moi, est-il vrai que notre homme n'avait ni passeport, ni permis ? Ni aucun autre document permettant de l'identifier ?

— Ni passeport, ni permis, c'est exact. Et à moins qu'on ne trouve quelque chose maintenant, aucun autre document d'identification.

— Il commence à m'agacer. Je me demande comment il a pu vivre toute une vie dans une telle solitude. C'est presque un péché.

— Les apparences sont peut-être trompeuses. Qui sait si l'une de ces caisses ne dévoilera pas son univers dans toute sa splendeur ?

— J'ai toujours envié ton optimisme, Simon. Mais là j'ai un doute.

— Tais-toi, s'il te plaît.

Une pensée fugitive venait de passer dans son esprit, quelque chose d'important qu'il ne parvint pas à saisir. Il avait le sentiment d'avoir fait un lien, mais ce qui l'avait provoqué venait de lui échapper. Il tenta de revenir en arrière.

— Tu peux répéter ce que tu viens de dire ?

— J'ai dit que j'avais toujours envié ton optimisme.

Il se concentra, mais il était trop tard. Il renonça, espérant que l'idée lui reviendrait plus tard. Cela lui arrivait souvent, et dans ces cas-là, il savait qu'il était inutile de trop insister.

— C'était un aphorisme, mais il s'est évanoui. En tout cas, je crois que cette catastrophe aérienne l'a complètement brisé.

— Quelle catastrophe ?

Simonsen se dit qu'on ne pouvait pas reprocher à Arne de passer trop de temps à la lecture des rapports. Il préféra néanmoins maîtriser son irritation et lui raconta calmement l'histoire.

Trois heures et une trentaine de caisses plus tard, les deux hommes avaient presque terminé. Le résultat de leur travail était plutôt maigre. L'examen des affaires et papiers personnels de Jørgen Kramer Nielsen n'avait servi qu'à confirmer son goût pour les mathématiques et à mettre en évidence le fait que ses photographies et négatifs restaient à ce jour introuvables.

Simonsen essaya pourtant de se persuader qu'ils n'avaient pas galéré pour rien. Ils avaient en une seule journée découvert une multitude de petits détails qui, replacés dans leur contexte, se révéleraient peut-être importants plus tard. C'est du moins ce qu'il espérait.

Le bon climat entre les deux hommes fut vite rétabli et ni l'un ni l'autre ne se hasarda à mentionner l'intermède consacré à Pauline Berg. Ils n'évoquèrent pas non plus le fait que Konrad avait largement dépassé les quatre heures réglementaires pendant lesquelles il était censé travailler. Il faut dire qu'ils n'avaient aucune envie de continuer le lendemain.

Simonsen ouvrit l'avant-dernière caisse. Elle était remplie de livres, beaucoup trop remplie, si l'on songeait au dos du déménageur qui avait eu la lourde tâche de les transporter. Toutefois, comme c'est eux qui les avaient remplies, ils ne pouvaient s'en prendre qu'à eux-mêmes. Il souleva péniblement la caisse et la posa sur la table, l'ouvrit et se figea.

— Bon sang, on est vraiment des abrutis.

Son collègue leva la tête.

— Comment ça ?

— Eh bien, que contient normalement un appareil photo ?

Ils prirent le Leica et constatèrent qu'il contenait quatre photos.

— Si la police scientifique doit mettre deux semaines pour les développer, je préfère les confier à Master Photo, dit Simonsen.

Arne lui promit de voir ce qu'il pouvait faire.

C'est un jeudi après-midi comme un autre, assis sur la pelouse de leur maison de Søllerød, que le très sérieux directeur de la Crim, Konrad Simonsen, fit sa première expérience du cannabis. Ce ne fut pas un grand succès. L'expérience n'était pas vraiment à la hauteur de ses attentes. Les trois gâteaux au cannabis que la Comtesse lui avait procurés – et dont elle se refusait à donner la provenance – n'avaient aucun goût et ne semblaient pas produire beaucoup d'effet. Elle n'avait pas souhaité participer aux réjouissances, alors il s'était installé seul dans le jardin en attendant que l'euphorie s'empare de lui. Il se demandait si les pâtisseries ne venaient pas tout droit du boulanger du coin. Cette hypothèse lui paraissait d'autant plus plausible que sa compagne se les était procurées en un temps record.

Un peu plus tard, il décida de se plaindre. Il allait se rendre chez le boulanger et lui dire qu'ils avaient oublié le cannabis dans leurs gâteaux. Debout au beau milieu de la boutique, il leur dirait : *Vous êtes tous démasqués !* Il voyait déjà la scène, imaginait la réaction de la vendeuse, et il pouffa. Ou bien devrait-il se contenter de prononcer le mot clef *croûtons* à voix haute, de le répéter avec autorité d'un air entendu : *les croûtons*, *les croûtons*, laissant à la jeune fille le soin de deviner la suite. Pardessus le marché, ils vendaient les journaux du dimanche, il faudrait qu'il en prenne un exemplaire, pour qu'elle se rende compte qu'il était périmé. Il rit de plus belle et essuya du revers de la main les larmes qui coulaient sur ses joues. Les autres clients lui donneraient sûrement raison. De vieux journaux, quels idiots. *Est-ce que je n'ai pas raison ? Vous voulez qu'on vote ?* Il riait tellement qu'il dut s'allonger dans l'herbe. Puis il se calma et se mit à contempler les plates-bandes de la Comtesse, dont les fleurs vues d'en bas paraissaient immenses. Un peu plus tard, la pelouse avait initié un délicieux mouvement de balancier, il s'était alors imaginé voguant dans un canoë qui flottait doucement sur les eaux d'un fleuve dans une contrée exotique, les grappes de fuchsias se profilant à l'arrière-plan s'étant pour l'occasion métamorphosées en mandariniers alignés le long des berges. Et lorsqu'il voulut goûter du bout de la langue la légère brise qui agitait les flots, celle-ci avait un goût de marmelade. Ce fut la fin de l'aventure. Il avait espéré apercevoir quelque fille posée sur un diamant au-dessus des nuages ou plus encore. Il estimait qu'il la méritait, mais elle n'avait pas fait son apparition. Alors, il était tombé dans un profond sommeil.

Avec l'arrivée d'une basse pression par l'est, le temps sur Copenhague avait changé, et les températures étaient redevenues normales pour la saison. Les feuilles des arbres commençaient à jaunir et les passants avaient ressorti vestes et blousons. À la brigade criminelle, Simonsen eut enfin l'opportunité de prendre connaissance de la nature des photos prises par Jørgen Kramer. La pellicule que l'on avait trouvée dans l'appareil photo du postier avait été développée et, assisté de Pauline Berg, il était en train de les montrer à Pedersen. Celui-ci prit tout son temps pour examiner la première photo, signifiant ainsi son vif intérêt pour la chose. La photo était belle, presque trop, et suscitait de ce fait un certain ennui. Elle représentait un paysage sauvage de rochers déchirés surplombés par un soleil déclinant, dont les rayons se reflétaient dans un fjord au gris profond. Le temps immobile était immortalisé dans cette journée. Pedersen jeta un coup d'œil rapide aux autres photos qui ressemblaient à la première, même si les motifs étaient différents. Puis il regarda l'heure dans le coin droit de son ordinateur et dit d'un air interrogatif :

— J'ai vu ces photos récemment. Elles étaient dans…

— Un des livres de sciences naturelles illustrés que Kramer avait empruntés sur la Norvège ; il est toujours dans l'entrepôt d'Express Flyt.

— Des photos des îles Lofoten.

— Il a pris des photos à partir de photographies ?

— Exactement, ce qui témoigne d'ailleurs de sa grande expertise.

— Pourquoi a-t-il pris ces photos ?

— Pour les mettre dans son grenier, j'imagine. Il les intégrait à des photos de la jeune fille décédée sur des affiches qu'il accrochait ensuite là-haut. Il a certainement caché les négatifs, mais pour l'instant, nous n'avons rien trouvé.

— Pourquoi dis-tu qu'elle est morte ?

— Pour moi, c'est évident. Qu'en pensez-vous ?

Pedersen n'en pensait rien. Quant à Simonsen, il dut bien reconnaître qu'il partageait son avis.

4

Ils firent l'amour, avec des gestes familiers, tendres et délicats.

Ni l'un ni l'autre n'éprouvait le besoin d'en parler après. L'acte avait été prévisible et ils savaient que les mots pouvaient facilement désunir les amants. Des mots qui en l'occurrence ne s'imposaient pas.

La Comtesse s'assit dans le lit et mit un coussin dans son dos. Machinalement, elle tira le duvet vers elle pour recouvrir sa poitrine, puis passa la main dans ses cheveux pour se recoiffer.

La matinée, en ce dimanche de septembre, était déjà bien avancée.

Simonsen avait une furieuse envie de fumer, ce qui ne lui était pas arrivé depuis longtemps. Une promenade, voire une petite course à pied, remplacerait opportunément la cigarette. Il pouvait à juste titre utiliser ce terme, car il courait désormais un tiers du temps lors de ses tours. Il pourrait aussi faire un petit somme, mais cela n'était pas très réaliste. Il se demandait s'il allait devoir quitter sa chambre du premier et dormir dans le lit de la Comtesse. Si c'était ce qu'elle escomptait, ce ne serait pas facile de lui faire comprendre qu'il préférait dormir seul. L'idée qu'elle aussi pouvait avoir un tel souhait ne l'effleura pas un instant. Il retira sa main qu'il avait posée sur son genou. Elle était chaude et moite et il la passa discrètement sur le drap sans qu'elle s'en aperçoive. Puis il posa ses mains derrière la nuque et leva le regard vers elle.

— Est-ce qu'on t'a déjà envoyée dans une manifestation ? lui demanda-t-il alors.

— Tu penses à une manifestation violente ? Parce que des manifestations, j'en ai connu pas mal.

— Oui, une de ces grandes manifestations violentes, où le désordre est tel qu'on finit par ne plus penser qu'à sauver sa peau.

— Non, pas vraiment. D'abord, dans ma jeunesse, et même si ça restait implicite, nos chefs veillaient à ce que les policières soient en retrait lors de tels événements. Ensuite, je dirais que ma génération n'a pas connu ces grandes manifs rassemblant des foules entières comme celles que tu as dû vivre.

Elle avait parfaitement raison.

À l'époque où il était jeune policier, à la fin des années 1960 et au début des années 1970, il y avait en permanence de gigantesques manifestations. C'est le souvenir qu'il avait, en tout cas. On manifestait pour des hausses de salaires et de meilleures conditions de travail, pour l'égalité des droits hommes femmes, contre l'énergie atomique un jour, contre l'entrée du Danemark dans la Communauté économique européenne le lendemain, et contre les missiles de moyenne portée le surlendemain. Et bien entendu, les étudiants manifestaient aussi. Leurs critiques visaient toujours le ministre de l'Éducation en place, quel qu'il soit et quelles qu'aient été ses décisions. Si c'était une femme, c'était exactement la même chose. Et puis on manifestait pour toutes sortes d'autres causes, contre l'apartheid en Afrique du Sud, pour le peuple palestinien, pour les opprimés d'Amérique latine, pour défendre Christiania ou mille autres valeurs. À Copenhague, une manifestation réunissait facilement plus de cinquante mille personnes, en général des jeunes. C'était dans l'air du temps, et le phénomène était bien sûr loin de se limiter aux frontières nationales. Partout en Occident, on retrouvait le même schéma, mais souvent les effets y étaient pires, se soldant par la mort de manifestants et de policiers. La manifestation devant le Deutsche Oper à Berlin-Ouest en 1967 avait précédé la révolution des étudiants qui avait frappé Paris en mai 1968 et celle de la Kent State University dans l'Ohio en 1970.

Elle avait amorcé la discussion et il s'empressa de saisir la balle au bond, car on l'avait effectivement envoyé surveiller de grandes manifestations.

— Les pires étaient les manifestations contre la guerre au Viêtnam. Celle organisée lors du sommet de la Banque mondiale fut aussi terrible, et je me souviens que j'avais sacrément peur. Mes genoux tremblaient et je craignais que mes collègues ne s'en aperçoivent. J'imagine qu'ils avaient autant la frousse que moi, mais sur le moment, cette idée ne m'a pas traversé l'esprit, parce que j'étais là au premier rang avec casque, bouclier et matraque, comme un soldat dans une guerre à laquelle je ne comprenais rien. C'était terrible.

— Mais ça faisait partie de la mission.

Il comprit au ton de sa voix que sa remarque était bienveillante, pourtant il réagit violemment.

— Pour moi, ce job était un choix. J'aurais pu changer d'avis, démissionner et trouver un autre travail. Personne ne m'avait obligé à entrer dans la police. Il n'y a aucune excuse.

Elle caressa le haut de son crâne, là où il était dégarni.

— Est-ce que tu as besoin d'une excuse ?

Il ignora sa question et poursuivit d'un air sombre :

— *Sale flic*, *laquais*, *fasciste*, ce sont ces mots qu'ils nous balançaient à la figure.

— Ce n'était pas tout le monde.

Il détestait ces manifestants qui passaient leur temps à les insulter. Il abhorrait leurs cheveux longs, leurs panneaux et leurs bannières, leur éloquence et leurs idées de solidarité. Ce qu'il détestait par-dessus tout, c'était leur irrévérence pharisaïque, la manière dont ils condamnaient avec mépris tout ce en quoi il croyait, tout ce pour quoi ses parents avaient durement lutté tout au long de leur vie. Il ne supportait pas de les voir anéantir les modèles anciens l'un après l'autre en triomphant joyeusement. Non, il se trompait, en réalité c'est surtout leur courage et leur engagement qu'il avait haïs.

— Les manifestants n'avaient pas peur. Ils luttaient pour une cause, ils étaient tous solidaires.

Il n'y avait aucune haine dans sa voix à présent, plutôt de l'étonnement.

La Comtesse comprit l'ambiguïté de ses propos :

— Et toi, tu n'as pas pu participer à leurs luttes, parce que tu défendais l'ordre établi.

— Oui, je le défendais. Devant l'ambassade américaine, on avait vue sur un océan agité de cibles en colère criant contre les erreurs commises par d'autres. Mais moi, je n'avais jamais lancé de napalm sur des enfants, ni jeté des *bombs* sur des villages.

Et puis il y avait ces éternels drapeaux rouges. Parfois un simple bout de chiffon piqué sur une tige de bambou, parfois de vrais drapeaux, rouges aussi, fournis par les syndicats. Il n'était pas favorable à l'engagement des États-Unis au Viêtnam, mais quoi qu'en disent ces bandes de hippies privilégiés, c'était un pays démocratique, pas l'Union soviétique. Là-bas, la jeunesse ne manifestait pas, ne protestait pas contre le pouvoir en place. Cet État communiste si attirant se chargeait de les en empêcher. Les affiches, pamphlets et tracts des manifestants montraient à l'envi des images d'enfants vietnamiens prisonniers dans l'enfer de la guerre. En revanche, les photos des chars soviétiques entrés en Tchécoslovaquie pour anéantir le Printemps de Prague étaient rarement distribuées. Il ne fallait pas oublier non plus que la liberté de ces jeunes avait été acquise grâce au tribut payé par de jeunes soldats américains et par les dollars US à peine vingt-cinq ans plus tôt, pendant la Seconde Guerre mondiale. Pourtant, aucun d'entre eux n'y songeait. Il raconta :

— Je me souviens que le Premier ministre suédois était allé manifester contre les bombardements de Noël sur Hanoi et là, j'étais d'accord avec lui. *On ne peut pas sauver un village en l'anéantissant, en brûlant les champs, en détruisant les maisons, en emprisonnant ses habitants ou en les exécutant.* Ses paroles avaient un sens, et pourtant les États-Unis ont fait la sourde oreille. La guerre du Viêtnam était une sale guerre, mais je ne comprenais pas en quoi la police danoise devait se sentir responsable, et je ne l'ai toujours pas compris. Mais dis-moi, pourquoi souris-tu ?

Il se releva et elle l'embrassa sur la joue.

— Pour rien, je te jure.

— Mais si, dis-moi.

— Les bombardements de Hanoi ont eu lieu en 1972, mais c'est en 1968 qu'Olof Palme a manifesté contre la guerre du Viêtnam. À l'époque, il était ministre de l'Éducation. Il n'est devenu Premier ministre que l'année suivante. Mais tu as raison, son engagement a suscité la colère de Washington et le président Johnson a rappelé son ambassadeur en Suède.

Parfois, il avait du mal à supporter sa culture générale qu'il trouvait un peu trop étendue, d'autant qu'à l'époque, elle devait encore fréquenter le jardin d'enfants ! Elle savait tout sur tout, c'était insupportable. La Comtesse apporta sans le vouloir un démenti à ses pensées en lui demandant :

C'est quoi, ces *bombs* dont tu parles ?

Il secoua la tête d'un air désolé.

— Pourquoi est-ce que je parle de tout ça, ce n'est vraiment pas le moment.

— Mais si, Simon.

Elle le regarda et soutint son regard.

— Si, je t'assure.

Il était conscient que depuis sa crise cardiaque son mental avait été bien secoué et qu'il s'était passé bien des choses dans sa tête. Toutefois, il se demandait pourquoi il pensait à des événements si terribles, enfouis pendant des années au fond de sa mémoire, en ce moment précis. Il aurait été plus opportun de lui montrer un peu plus d'intérêt, un peu de tendresse. Il fallait aussi qu'ils retournent à leur petit-déjeuner qu'ils avaient quitté subitement. Il réalisa soudain pourquoi il évoquait ces sombres souvenirs. Il sourit en son for intérieur et dit :

— Je ne sais pas pourquoi je te raconte toutes ces histoires anciennes. C'est depuis mon opération…

— On ne peut pas tout expliquer.

Elle avait peut-être raison, comme souvent.

— Il y a deux mots associés à cette période qui me font froid dans le dos, dit-il calmement, deux mots anglais. L'un d'eux est *bombs*, ces mines antipersonnel qui ont la taille d'une balle de tennis et qui ressemblent presque à un jouet.

— Quelle horreur !

— Je ne te le fais pas dire. L'autre terme, c'est *crowd control*.

Lorsqu'il était jeune policier, il était retourné sur les bancs de l'école pour suivre ce qu'ils appelaient si joliment un cours, mais c'était un drôle de cours. Un cours sur le *crowd control*, un concept nouveau et astucieux qui, vu de la salle de classe, semblait passionnant. La police devait contrôler la foule… Bonjour les dégâts ! Les jolis termes perdaient vite leurs sens quand il se retrouvait à trois mètres des grilles de l'ambassade des États-Unis, risquant à chaque instant de se faire écraser, et la foule en face, trois mètres plus loin. Le *crowd control* n'était alors plus qu'une question de survie, ce que le haut de la hiérarchie savait pertinemment. C'était le but. Il ne le comprit que beaucoup plus tard. *Crowd control*, mon cul…

Il soupira d'un air dédaigneux.

— Ils auraient mieux fait de parler de *generation control*, au moins on aurait compris ce qu'on attendait de nous.

Il rejeta le duvet sur le côté et se leva.

— Cette génération était aussi la tienne, tu avais le droit d'être là.

— L'inclusion n'était pas la principale qualité de l'époque, alors la tolérance, ils l'exigeaient, mais ils ne la pratiquaient pas. Tu viens prendre une douche ?

La Comtesse réagit d'un air surpris à sa proposition, puis se mit à rire.

— Oui, pourquoi pas ! Parle-moi d'abord de cette manifestation.

Il dit presque tristement :

— C'est là que j'ai commencé à fumer, et là, je fumerais bien une clope.

— Est-ce que tu fumais pendant la manif ?

— À ton avis ? Bien sûr que non, mais la cigarette était un effet secondaire.

— Explique-moi.

— Plus tard. Demain, je crois que je vais avoir toute l'Église catholique contre moi. Comme tu vois, un adversaire de taille ! Alors, une bande de jeunes aux cheveux longs n'a pas sa place dans cette discussion. D'ailleurs, tu pourrais peut-être m'aider un peu, avec toute ta science ? Pour toi, la lecture est un amusement, et moi, je n'ai pas encore préparé mon entretien.

— Oui, si tu arrêtes de me regarder comme ça.

Elle fut la première sous la douche et prit la meilleure place.

Le prêtre accueillit Konrad Simonsen sur sa terrasse, où le thé était préparé sur une table de jardin. Pendant que son hôte lui en servait une tasse, Simonsen eut le temps de jeter un coup d'œil au petit jardin bien entretenu, se demandant si le bruit du vent dans les branches du saule pleureur n'allait pas faire un bruit de fond gênant dans son dictaphone. Puis il s'installa confortablement et regarda le prêtre droit dans les yeux. En d'autres circonstances, la visite aurait pu s'avérer agréable, mais la déclaration de son interlocuteur établit d'entrée de jeu une barrière invisible entre eux :

— Je dois vous dire d'emblée que nous risquons de nous heurter à un problème de fond. Comme vous le savez sûrement, Jørgen Kramer Nielsen était un de nos paroissiens. Naturellement, en tant que prêtre, on me confie des choses qu'il m'est impossible de divulguer.

C'était clair et net. Simonsen fronça les sourcils et garda la même mine sévère lorsque le prêtre tenta de revenir sur son affirmation, en l'assurant qu'il souhaitait sincèrement pouvoir aider la police dans le cadre de l'enquête en cours.

— Il faut que vous sachiez que, si je ne réponds pas à une question, ce n'est pas de la mauvaise volonté, précisa-t-il.

Il sourit en prenant un air désolé, mais compte tenu du ton ferme sur lequel il avait proféré son avertissement, l'inspecteur estima qu'il était inutile d'insister.

— Bien entendu. C'est une contrainte, et je l'accepte comme telle.

La réserve du prêtre n'était pas surprenante et il avait déjà intégré cet élément dans sa stratégie. Toutefois, il aurait de loin préféré que l'argument soit présenté dans le cours de l'entretien et non d'entrée de jeu. Compte tenu de cette nouvelle donne, il devait essayer de gagner du temps.

— Est-ce à dire que vous ne pouvez toujours pas vous exprimer aujourd'hui, plusieurs mois après sa mort ? Je pensais que votre devoir de confidentialité ne concernait que les vivants.

— Ce n'est pas ça qui compte.

Simonsen ne répondit rien et réfléchit. Le prêtre attendit calmement et, prenant une attitude cordiale, rendit la pause moins désagréable. Un corps assis à deux mètres de vous dans un fauteuil de jardin pouvait-il exprimer une attitude bienveillante ? Le prêtre avait en tout cas ce don. L'homme invitait à un comportement ouvert, mais refusait de s'ouvrir aux autres. C'était assez impressionnant. Finalement, il reprit son interrogatoire :

— Vous n'ignorez pas que refuser de communiquer des informations importantes concernant un crime peut entraîner des poursuites judiciaires ? Vous n'êtes pas protégé par la législation danoise, vous savez ?

— Oui, je sais.

L'homme semblant garder son calme, Simonsen décida de commencer par des questions d'un tout autre ordre que celles qu'il avait d'abord envisagé de poser. Une stratégie qui, si la chance lui souriait, pouvait se révéler efficace et lui permettre d'obtenir des réponses aux points qu'il jugeait essentiels. Il s'agirait peut-être de réponses indirectes, mais ce serait mieux que rien. Cela valait la peine d'essayer.

— Pouvez-vous me parler de la confession ?

Le prêtre n'eut pas l'air surpris par la question.

— Que voulez-vous savoir ? C'est un sujet dont je peux parler pendant des heures, mais ce n'est sans doute pas ce qui vous intéresse.

— Non, ce sera pour une autre fois. Ce que je veux savoir, ce sont les thèmes que je peux aborder avec vous et ceux qu'il faut éviter. Puisque vous avez évoqué le sujet, cela semble logique que vous en donniez aussi les règles.

— Vous pouvez naturellement me poser toutes les questions que vous souhaitez, il va sans dire que ces règles ne vous concernent pas.

— Oui, je sais bien. Je me suis peut-être mal exprimé. Je ne vous cache pas que je ne suis pas habitué à ce genre de situation. Je ne parle pas du fait que des témoins gardent pour eux des informations – comme vous venez de le dire ouvertement – car j'ai évidemment été confronté à ce problème à maintes reprises. Ce qui est nouveau, c'est que je doive renoncer à une confrontation parce que j'ai le sentiment que je ne pourrais pas en ressortir gagnant. Pourriez-vous tout de même m'expliquer dans quels cas vous êtes théoriquement lié par ce devoir de confidentialité ?

En entendant la question, le prêtre sourit et exprima une joie tranquille. Puis il évoqua la confession des péchés, le nécessaire repentir, le pardon et *l'absolution*, qui permettait au pénitent de recouvrer la grâce de son baptême.

— Une confession peut se dérouler de plusieurs manières. Notamment – ce qui nous intéresse sans doute ici – à l'église devant un prêtre désigné à cet effet.

— Par exemple, vous.

— Oui, je peux confesser, parce que je suis prêtre et que j'ai l'autorisation de mon évêché.

— Et ce qu'on vous dit est couvert par le devoir de confidentialité ?

— Absolument, tout aveu est couvert par le sceau du secret.

Il leur servit une deuxième tasse de thé et Simonsen le remercia aimablement, tout en réfléchissant à la manière de poursuivre. Il s'agissait de trouver le bon moment et d'avoir un peu de chance. Il opta pour un ton moins formel.

— Maintenant, je souhaiterais vous demander si vous acceptez que j'ouvre mon dictaphone pendant l'entretien qui va suivre ?

— Je vous en prie, ça ne me pose aucun problème.

— Merci. Cela va me faciliter la tâche. Je vais faire un essai pour vérifier qu'il n'y a pas trop de bruits de fond.

Il désigna du doigt le saule et le prêtre lui renvoya un regard entendu. Il mit en marche le dictaphone et demanda d'un air un peu distrait :

— Pouvez-vous me dire auprès de qui vous vous confessez, le cas échéant ? Vous ne pouvez pas vous absoudre vous-même, j'imagine ?

— Non, bien sûr. Dans ce cas, je contacte mon évêque.

— Et ainsi de suite jusqu'en haut de la hiérarchie ?

— Oui, c'est l'usage.

Simonsen se débattait encore avec son dictaphone qui semblait récalcitrant.

— Est-ce que vous vous confessez souvent ? Je comprends bien que ça dépend des péchés, si je puis m'exprimer ainsi, mais à quelle fréquence vous confessez-vous ? En moyenne ? Par exemple, vous êtes-vous confessé au cours du dernier semestre ?

Le prêtre rit. Il était difficile de parler de moyenne en la matière. Heureux de constater l'intérêt que suscitait son Église, il tint cependant à répondre avec sincérité.

— Non, je ne me suis pas confessé ces derniers temps. En fait, ça fait des années. Remarquez tout de même que les prêtres sont censés montrer le bon exemple, bien que ce ne soit pas toujours le cas.

Simonsen saisit l'expression de son visage. Le sourire calme était sincère, sincère comme une bonne vieille vérité. Le prêtre regarda longuement le saule. Simonsen était certain qu'il venait de remarquer ce qui s'était passé – vingt secondes trop tard. Il remit dans son cartable le dictaphone qui n'était là que pour faire diversion et ne servait plus à rien. Il observa le visage affligé du prêtre et ressentit une certaine honte. C'était surprenant. Il avait souvent employé des méthodes bien pires avec des témoins mais aujourd'hui, il était pris de remords, alors que trois mois auparavant, cela ne l'aurait pas préoccupé. Il essaya de se persuader que sa manipulation était justifiée, en réalité pour le bien même du prêtre. Il était très important de l'éliminer de la liste des suspects. D'ailleurs, il avait dû se rendre compte lui-même qu'en tant que voisin et propriétaire des lieux, il était un meurtrier tout trouvé – qui avait pu agir seul ou collaborer avec d'autres. En tout cas, lorsqu'il évoquait ses vacances, on voyait qu'il ne cherchait pas à se trouver un alibi. Et puis son devoir de réserve justifiait qu'il ne puisse pas répondre aux questions de la police. Il n'avait donc aucune raison de se sentir confus, et pourtant il l'était.

— Était-ce bien nécessaire ? dit le prêtre au bout d'un moment.

— C'est mon job. Je vous ai exclu de la liste des suspects.

— Vous avez surtout gâché une rencontre entre deux êtres humains. Vous n'aviez qu'à me le demander.

Il essaya de prendre une attitude plus dure. *La rencontre entre deux êtres humains*, sortez les violons ! Et puis ces yeux de chien battu. Bon sang, il enquêtait sur un meurtre ! Les prêtres n'étaient tout de même pas au-dessus de la loi.

Ses excuses ne servirent à rien, les paroles de l'homme l'avaient blessé.

— On pourrait peut-être en rester là pour aujourd'hui ?

— C'est une excellente idée.

— J'imagine que je peux compter sur vous pour faire un saut à la préfecture un de ces prochains jours. Nous n'avons probablement pas encore épuisé le sujet.

— Oui, en fait, nous n'avons même jamais commencé. Je viendrai, soyez-en sûr. Appelez-moi, on trouvera toujours un moment.

— Je suis désolé que les choses se soient passées ainsi.

Ils se saluèrent brièvement. L'inspecteur avait envie de rentrer chez lui et le prêtre devait aller travailler.

Dans la soirée, Arne Pedersen vint faire une partie d'échecs. Il avait à peine tombé la veste qu'il demandait déjà à son hôte comment s'était passé son entretien avec le prêtre. Simonsen conduisit son invité dans la cuisine, où ils pourraient parler sans être dérangés. Il avait déjà installé la pendule, les pièces et l'échiquier. Il sortit une bière du réfrigérateur pour Arne et se servit une tasse de thé. Puis il dit :

— Le prêtre n'a rien à voir avec ce crime.

Il lui résuma son entretien avec le témoin et conclut :

— Il n'a pas réalisé ce qui se passait, ni au début, ni lorsque je lui ai posé la question cruciale et demandé s'il s'était confessé récemment et qu'il m'a répondu par la négative. Il n'a même pas saisi que je l'observais à ce moment-là. Je suis absolument sûr qu'il n'a pas tué Kramer et je mettrais ma main au feu qu'il ne connaît pas non plus le coupable.

— Sans aucune réserve ? Modestie totale quant à tes qualités intrinsèques ?

Konrad n'avait jamais prétendu savoir identifier les menteurs. Certains individus étaient certes des menteurs invétérés qui pouvaient tromper tout le monde, lui le premier. Toutefois, dans certains cas, dans des situations précises, il était possible de savoir si un individu disait la vérité dans la mesure où la personne croyait à ce qu'elle disait. Comme c'était le cas avec le prêtre. Déterminer s'il s'agissait de la stricte vérité, c'était autre chose.

Pedersen le complimenta :

— C'est du beau boulot – coincer un mec en utilisant sa propre rhétorique…

Simonsen songea que les choses ne s'étaient pas passées ainsi. Les mécanismes de défense du prêtre étaient basés sur son devoir de confidentialité, et pas sur sa propre personne, et pourquoi d'ailleurs aurait-il dû s'y référer ? Il estimait simplement qu'il n'avait aucune raison d'être sur ses gardes, puisqu'il n'avait rien fait de mal. Mais lui, Simonsen, ne pouvait pas le deviner. *La rencontre entre deux êtres humains* – n'importe quoi ! Il ne considérait pas s'être comporté de manière immorale vis-à-vis du prêtre, mais il préférait oublier cet entretien. Il répondit à son collègue en émettant un vague son nasal qu'on pouvait interpréter comme on voulait. Celui-ci poursuivit :

— Au séminaire, ils suivent des cours de scolastique pendant des années. Ils en connaissent les moindres subtilités.

— Oui, si l'on réduit l'Église catholique à une secte obscurantiste qui procède au lavage de cerveau de ses fidèles. Ici, ce n'est pas le cas. Il a fait sept ans d'études au centre pastoral Saint Michael à Dublin et passé des examens dans diverses matières, des examens parfaitement reconnus, quelles que soient les références académiques que l'on prenne. Dans un tel centre, on ne peut pas se contenter de prières et de textes appris par cœur.

— Tu en connais des choses sur le catholicisme. Tu as dû bien réviser !

— Oui.

— Il a certainement compris qu'il était le premier suspect, et pourtant, il refuse de répondre à tes questions. Qu'est-ce qu'il s'imagine ? Que les prêtres bénéficient d'une immunité judiciaire ?

— Mais non, et puis ça ne s'est pas du tout passé comme ça. Pour moi, c'est quelqu'un de bien, il n'a pas imaginé un instant qu'on pouvait le soupçonner d'un crime, encore moins d'un meurtre. De tels actes sont trop éloignés de son univers.

— Parce qu'une âme honnête est toujours honnête.

— Eh bien, tu vois, c'est tout à fait ça.

— Alors, vous êtes arrivés à une conclusion ?

— Pas le moins du monde, j'ai interrompu l'entretien. Je vais le reprendre à la préfecture, sans doute avec la Comtesse ou avec Pauline. Je te dirai ça.

Arne Pedersen le remercia et lui demanda :

— Est-ce que tu sais quand tu vas reprendre ton poste? Bientôt, j'imagine.

Simonsen n'en savait rien lui-même. *A priori*, cela dépendait du médecin, mais il était persuadé que la Comtesse ne se priverait pas de donner son avis. Il ignora la question et montra l'échiquier.

Les parties d'échecs entre Konrad et Arne s'étaient transformées en one man show. Du temps de Kasper Planck, l'ancien chef de Simonsen, les deux hommes avaient fait de nombreuses parties au fil des années, et y avaient pris plaisir, car ils avaient à peu près le même niveau. Après le décès de Planck, Arne avait pris la relève. Au début, Konrad gagnait, mais cela n'avait pas duré longtemps. À présent, c'était son collègue qui l'emportait haut la main presque chaque fois. Il n'était pas un passionné d'échecs, mais il était doué. Il jouait pour passer un moment agréable, ce en quoi il était tout le contraire de son adversaire.

Simonsen réfléchit longuement au coup qu'il venait de perdre et demanda enfin, espérant encore un miracle :

— Quoi que je fasse maintenant, ça ne changera rien, n'est-ce pas?

— Non, je ne crois pas.

Ils se serrèrent la main, un rituel qu'ils respectaient scrupuleusement, mais uniquement à la fin de la dernière partie.

— Tu ne finis pas par trouver ça ennuyeux à la longue? demanda Simonsen. Je ne suis plus vraiment en mesure de contrer ton jeu.

— Non, pas du tout. Au contraire, je me réjouis toujours autant de passer ces soirées avec toi. J'espère que tu n'envisages pas d'y mettre un terme, simplement parce que je gagne un peu plus souvent que toi.

L'ancien chef reprit sa phrase en l'imitant :

— Plus souvent que moi, tu plaisantes! Tu gagnes chaque fois.

— Bon, d'accord. Enfin, presque chaque fois. L'autre fois, tu as tout de même obtenu qu'une partie soit remise.

— C'était lors de notre avant-dernière rencontre, et tu étais mort de fatigue.

Pedersen remit les pièces sur l'échiquier, ils rejouèrent la partie et il expliqua à son adversaire l'endroit où il avait déplacé la mauvaise pièce.

La soirée avait été très agréable, c'était bien mérité. La Comtesse passa la tête dans la pièce, mais cela ne cassa en rien l'ambiance. L'opération de son compagnon l'avait rapprochée d'Arne. C'était nouveau, car jusqu'alors ils ne s'entendaient pas trop en dehors du cadre professionnel.

Arne Pedersen prit congé juste avant minuit. Toutefois, avant de partir, il avait quelque chose à leur annoncer. Autant profiter de l'occasion, comme il disait. Il s'apprêtait à resserrer son nœud de cravate, quand il réalisa qu'il n'en avait pas. Il refit une tentative de l'autre main, mais le résultat fut le même.

Simonsen et la Comtesse se regardèrent, ne sachant que trop bien ce que ce geste signifiait. Simonsen lui dit :

— Tu ferais un piètre joueur de poker, Arne. Qu'est-ce qui se passe ? Crache le morceau.

— Rien de grave. Je voulais en parler demain, de toute façon. Eh bien, elle est venue dans mon bureau, sans crier gare, et en fait, j'ai l'impression qu'elle me surveille, à l'affût de la moindre erreur. Et puis, elle est restée là à me scruter avec son regard d'acier…

Simonsen l'interrompit.

— Arrête un peu.

Arne se tut et son collègue poursuivit :

— J'imagine que quand tu dis *elle*, tu veux dire notre chef.

— Vous pourrez dire tout ce que vous voulez, mais elle me cherche.

La Comtesse se leva et posa sa main sur l'épaule de Pedersen.

— Écoute-moi, Arne. En réalité, tu t'es révélé excellent comme chef de la Crim, bien meilleur que ce que tous, y compris moi, avaient imaginé, et la préfète est très satisfaite de la manière dont tu as rempli ta mission. J'en suis certaine. Elle serait bête de penser le contraire.

— Elle n'est pas bête, elle est méchante. Je sais bien que c'est mon problème, pas le vôtre. Bref, elle m'a annoncé que tu pouvais désormais décider toi-même de ton temps de présence au bureau, Simon. Nous devons juste nous assurer que tu ne travailles pas trop. Elle m'a dit qu'elle y veillerait personnellement. Elle a ajouté que tu ne devais pas exercer de fonctions de direction. Je suis le premier à le déplorer, mais je comprends très bien son souci.

Simonsen et la Comtesse durent se retenir pour ne pas éclater de rire. Cela faisait deux jours qu'ils avaient pris connaissance de la *nouvelle* d'Arne Pedersen : la Comtesse avait appelé la préfète. Avec l'assentiment de Konrad.

Lorsque la porte se referma sur leur invité, la Comtesse dit :

— Il faut que tu fasses quelque chose, Simon. Il se laisse complètement impressionner par elle. Je ne pensais pas que c'était à ce point.

— Je suis d'accord, ce n'est pas une situation idéale.

— C'est de la paranoïa, oui ! Deux individus dans le service qui voient des fantômes, ça fait beaucoup, non ?

— Tu penses à Pauline.

— Évidemment.

Elle avait raison. Il lui promit de réfléchir au problème.

En tant que chef de la brigade criminelle, Konrad Simonsen était régulièrement contacté par des individus qui souhaitaient le rencontrer. Les mails, lettres ou appels téléphoniques qui lui étaient destinés étaient donc nombreux. Certains venaient même en personne à la préfecture de police dans l'espoir d'obtenir un entretien sur-le-champ. Traitées par le personnel administratif, la plupart de ces demandes ne parvenaient que rarement jusqu'à lui. Il était donc rare qu'il se trouve directement impliqué. Et lorsque cela arrivait, il s'arrangeait en général pour charger un de ses jeunes collaborateurs d'y répondre.

Ces interventions provenaient typiquement de quatre groupes de personnes. D'abord, des malades mentaux voulant à tout prix partager avec lui leurs folles aventures. Lui raconter par exemple qu'un présentateur télé les regardait d'un mauvais œil pendant son émission et menaçait de les tuer. Ensuite venaient les âmes bien intentionnées, persuadées qu'elles avaient, grâce à leur ingéniosité et leur esprit de réflexion, résolu une affaire en cours, en général un meurtre.

Puis les menteurs qui, adorant être auditionnés par la police, inventaient n'importe quelle histoire et étaient souvent prêts à faire un faux témoignage. Le dernier groupe était pourtant le pire de tous : des proches qui refusaient d'accepter qu'un membre de leur famille, un ami ou un compagnon, fût mort et s'imaginaient que leur disparition était due à un crime. Ces malheureux déployaient souvent une incroyable énergie dans le seul but de se voir accorder un entretien avec un policier. Et lorsqu'ils parvenaient à leurs fins, il était ensuite bien difficile de s'en débarrasser.

Lorsque Simonsen arriva à son bureau ce mardi matin, il fut justement confronté à deux individus appartenant à cette dernière catégorie. L'assistant de police posté à la réception l'appela sur son mobile pour le prévenir qu'il était attendu. Il eut donc le temps d'accéder à l'immeuble par une autre entrée.

Dans son bureau, il trouva une pile de dossiers que quelqu'un avait astucieusement placés contre le clavier de son ordinateur – impossible donc de les ignorer. Sur la première page, un post-it précisait que ces documents avaient été envoyés par les deux visiteurs qui l'attendaient à l'entrée principale.

Il les feuilleta rapidement. Les premières feuilles étaient une copie des trois longs mails qui lui avaient été adressés mais qui n'avaient jamais atteint sa messagerie. Un assistant dont il ignorait l'existence y avait poliment répondu. Le même message indiquait à trois reprises que la police de Copenhague n'était malheureusement pas en mesure de traiter ladite affaire. L'assistant renvoyait à la circonscription de police du Zealand du Nord et concluait en affirmant laconiquement que *le commissaire divisionnaire Konrad Simonsen se voyait par conséquent dans l'impossibilité de participer à une quelconque réunion dans le cadre de cette affaire*. Affirmation au demeurant tout à fait correcte.

Sous ces feuillets, il trouva la copie d'un rapport d'autopsie et tiqua à la lecture du nom de la défunte, *Juli Denissen*, qui lui était familier. Environ un an plus tôt, il avait recueilli son témoignage dans l'affaire qui avait entraîné le kidnapping de Pauline Berg et la jeune femme lui avait fourni de précieuses informations. Une fois le dossier clos, Simonsen et la Comtesse avaient même fait un détour jusqu'à Frederiksværk où elle habitait pour lui offrir le mobile de la Comtesse, un jour où ils rentraient de Hundested. Simonsen savait que le mobile de la jeune femme ne marchait plus et il avait estimé qu'elle méritait bien cette récompense. Il avait d'ailleurs été assez fasciné par elle. Depuis, il n'en avait plus entendu parler et elle lui était sortie de l'esprit.

D'un air vaguement irrité, il roula les feuillets, mais à l'instant même où il allait les jeter à la corbeille, son regard se porta sur le lourd ciel gris d'automne. Ce n'était pas un temps à rester des heures dehors. Pourtant, ils allaient certainement attendre, et ils reviendraient le lendemain, comme le voulait la norme. Alors, il se ravisa et sortit dans le couloir, bien décidé à s'en décharger sur le premier collaborateur de qualité qu'il rencontrerait. Par malchance, il croisa Pauline Berg.

Konrad Simonsen passa pratiquement toute la journée de ce sombre mardi d'automne à lire les rapports des officiers de police judiciaire qui s'étaient rendus à Hvidovre pour interroger commerçants et voisins dans le cadre de l'enquête sur Jørgen Kramer Nielsen. Il y avait bien une ou deux notes qu'il voulait approfondir, mais les autres documents ne faisaient que le confirmer dans l'idée qu'il avait déjà du dossier. En début d'après-midi, il avait eu avec la préfète de police un entretien qui s'était admirablement bien passé. Elle fut tout bonnement ravie de l'idée qu'il lui soumit. Avant qu'il ne prenne congé, elle lui dit :

— Puisque vous êtes là, Simon, j'ai reçu un message il y a une heure à peine dont vous devez absolument prendre connaissance. Je voulais vous l'envoyer par mail, mais autant que vous le lisiez tout de suite.

Elle tourna l'écran de son ordinateur et le laissa lire. Il s'agissait d'un message du directeur général de la police nationale, qui semblait plaider pour un renforcement des règles visant au respect par les circonscriptions de police de leurs domaines de compétences respectifs. Simonsen était dubitatif, ce qui n'était pas surprenant. Il réagissait toujours ainsi à la lecture des messages du directeur général de la police. Et il n'était pas le seul.

— En quoi cela me concerne-t-il ?

La préfète s'accouda sur son bureau, les mains réunies et les index posés sous son menton.

— À vrai dire, en rien. Mais Arne Pedersen a l'air débordé, alors j'ai pensé que vous pourriez peut-être vous en occuper ?

— M'occuper de quoi ? Ne vous faites pas plus incompréhensible que notre chef.

— Appelez le commissaire de police de Frederikssund, si possible aujourd'hui. Il vaut mieux qu'il vous raconte l'histoire lui-même. Moi, je ne pourrais que répéter ce que j'ai entendu.

La recommandation aurait dû allumer quelques clignotants, mais ce ne fut pas le cas. De retour à son bureau, Konrad Simonsen jugea que l'entretien avec le commissaire pouvait bien attendre le lendemain, et il rentra chez lui.

Dans la soirée, Simonsen et la Comtesse avaient à nouveau des invités.

Malte Borup, le stagiaire préféré de la Comtesse, et sa petite amie, Anita Dahlgren, étaient venus dîner, et la soirée fut beaucoup plus sympathique que Simonsen ne l'aurait imaginé. La Comtesse avait pour l'occasion engagé un cuisinier spécialiste de la cuisine légère. Son compagnon avait fini par s'habituer à ses extravagances, et même si le physique dudit cuisinier ne laissait pas présager de la légèreté de ses plats, il estima qu'elle n'avait pas gâché son argent. Le dîner fut un délice. Au menu, huîtres présentées sur des toasts de pain grillé, tournedos servis avec une sauce à la crème, du riz et des poivrons, et sorbet au cassis fait maison avec des fruits entiers.

Simonsen apprécia chaque plat avec gourmandise et sans aucune mauvaise conscience. Après ces orgies, les deux femmes disparurent et il se retrouva seul avec Malte Borup qui, porté par un enthousiasme communicatif, lui expliqua le fonctionnement des applications HOMS, ce programme auquel il avait consacré la majeure partie de ses vacances. À l'entendre, il recelait d'énormes possibilités et constituerait à coup sûr un outil essentiel dans les enquêtes du futur.

Plus tard dans la soirée, ils firent une partie de Ludo à quatre. La partie fut acharnée et sans merci. Chaque joueur avait son style propre. La Comtesse tenta des alliances passagères, tandis que Konrad fonda tout son jeu sur de simples calculs de probabilités. Quant à Malte, il trichait, mais était chaque fois démasqué. Néanmoins, il continuait de plus belle, les règles du jeu n'ayant visiblement pour lui qu'une valeur indicative. C'est ainsi qu'Anita remporta très facilement la partie ! Elle avait décidé que c'était son jour de chance, une stratégie gagnante qui lui permit de balayer ses adversaires à deux reprises...

La Comtesse raccompagna le jeune couple en voiture. À son retour, elle constata que Konrad avait tout rangé. Il était assis dans le sofa, devant les pions du Ludo qu'il avait disposés en rang au bord de la table basse. Il paraissait perdu dans ses pensées.

— Est-ce que tu décimes les troupes parce que tu as perdu ? Dans ce cas, il va nous manquer un pion.

Il ne l'entendit pas.

— Nous étions alignés, prêts à assurer la défense de l'ambassade, pendant que nos chefs se trouvaient en sécurité à mille lieues de nous dans leurs voitures. Mais ils nous avaient bien appris la leçon, les bougres, le plat du jour c'était la soupe à la matraque.

— Les manifestants n'étaient pas non plus des anges.

— Non, mais aujourd'hui, on essaie de calmer la violence, tandis qu'à l'époque, on nous demandait de nous battre.

— Je crois pourtant avoir entendu parler de cocktails Molotov, de lames de rasoir cachées dans des pommes de terre.

— Ça, c'était la manifestation contre la Banque mondiale. Ce dont je te parle là, c'étaient les manifs contre la guerre du Viêtnam. Dieu sait que les manifestants n'étaient pas des anges, ils étaient même effrayants, dix mille personnes criant en cadence *Ho ! Ho ! Ho Chi Minh, Ho ! Ho ! Ho Chi Minh.* C'est pour ça que je déteste le foot. Le jeu et la joie des spectateurs, c'est parfait, mais les cris de combat des supporters, je ne supporte pas.

— C'est dommage, Simon. Un jour, il faudra que je te montre un beau match.

— J'avais surtout peur des mouvements de foule. Ils auraient pu nous anéantir en moins de rien. Ceux qu'on appelait nos adversaires étaient beaucoup plus forts que nous, mais évidemment, ils ne le montraient pas. C'est comme notre formateur en *crowd control*, quelles bêtises il a pu nous prêcher !

Qu'est-ce que j'aurais voulu refuser, au lieu de ça j'ai fait l'autruche comme tout le monde et j'ai passé ma colère sur cette bande de hippies provocateurs. La peur et la colère, ça donne un mélange explosif, surtout quand on est grand et costaud comme moi… et qu'on a une matraque à la main.

La Comtesse acquiesça, bien qu'elle eût du mal à le suivre.

— *Der Staat ist auf dem rechten Auge blind* – l'État est aveugle de l'œil droit. Et la jeune génération de l'époque était aveugle de l'œil gauche. Ça devait mal tourner, c'était écrit.

— C'est certain.

Il regarda fixement devant lui, perdu dans ses pensées. Puis il dit d'une voix calme :

— Et puis cette fille est arrivée. Elle distribuait des roses. Le sourire aux lèvres, comme si elle trouvait ça naturel de se promener entre des policiers armés jusqu'aux dents et de leur offrir une rose, alors qu'autour d'elle, la haine et la colère bouillaient dans les esprits. Tous refusaient de prendre la fleur qu'elle nous tendait, et pourtant elle continuait de s'avancer dans la rangée. Quand elle est arrivée à ma hauteur, elle a laissé tomber son bouquet. On l'avait peut-être bousculée, je ne m'en souviens plus. En tout cas, les fleurs ont atterri entre moi et mon voisin, quelques centimètres derrière nous, dix, vingt, cinquante peut-être ; mais c'était suffisant. En se baissant pour les ramasser, elle a franchi la ligne et je l'ai frappée, de toutes mes forces, sur l'épaule. Elle s'est effondrée, et moi j'ai continué, je lui ai donné un coup de pied sur la hanche. Elle avait dix-sept ans, et elle voulait m'offrir une rose.

— Oh non.

— Si. Ensuite, l'enfer s'est déchaîné et on s'est tous mis à frapper, conformément aux ordres. Et le lendemain, on m'a félicité pour mon implication.

Ils restèrent un moment silencieux, puis la Comtesse s'allongea contre lui et dit :

— Ça faisait longtemps que tu voulais raconter cette histoire.

— Oui, mais je n'avais personne à qui la raconter. Et puis je ne croyais pas que j'en étais capable, mais on dirait que c'est devenu plus facile de parler… de ces choses-là.

— Ces choses-là s'appellent des sentiments.

— Va pour les sentiments. Donc, que c'est plus facile d'en parler depuis qu'on est ensemble, et surtout depuis que…

— Depuis que tu m'as débauchée.

La remarque le fit sourire.

— Tu as une manière de réécrire l'histoire, et d'ailleurs, ce n'est pas ce que je voulais dire.

— Tu mens.

— Pas du tout.

— Tu mens, avoue-le.

— D'accord, j'abandonne, passons. Écoute plutôt l'idée que j'ai eue au sujet d'Arne. Tu sais que le prêtre vient à l'audition de jeudi avec l'évêque. J'ai donc réfléchi à une solution qui nous permettrait de faire d'une pierre deux coups. Tu veux l'entendre ?

— Si ce n'est pas long.

La Comtesse avait trouvé l'idée de Konrad à la fois excellente et originale, et elle n'était pas femme à abuser des superlatifs. En revanche, lorsque Pedersen en fut informé mercredi dans la matinée, il se montra nettement plus réservé. L'entretien se passait dans le bureau de Simonsen.

— Tu as perdu la tête ? C'est hors de question. C'est un non catégorique.

Simonsen leva les bras en signe de conciliation.

— Calme-toi. Je comprends qu'il te faille du temps pour digérer ça.

— Je n'ai rien à digérer. Quelle idée stupide ! D'ailleurs, en quoi pourrait-elle être utile ? Elle est juriste, directrice de surcroît, elle n'y pige que dalle en matière d'auditions. Et puis elle n'a pas de temps à consacrer à ce genre de choses, Dieu soit loué, d'ailleurs !

— Elle prendra le temps et elle s'en réjouit à l'avance. Mais elle a bien compris qu'elle devra garder le silence et n'intervenir que si tu lui fais un signe en ce sens.

Pedersen se leva de sa chaise et fit les cent pas dans le bureau. Une lueur d'espoir fut vite déçue :

— Tu veux ma mort, Simon. Je dois avouer que c'est drôle, mais c'est bien une plaisanterie, n'est-ce pas ?

— Je me suis entretenu avec elle hier après-midi et elle m'a demandé de te féliciter pour cette brillante idée.

— Ça, c'est le comble ! File-moi une boîte de tes calmants, tu veux ?

— Il est vrai que je prends une flopée de médicaments, mais les calmants ne font pas partie de la panoplie.

— De l'alcool, alors ? Tu n'as pas un petit flacon dans le coin ?

— Déplorable idée, elle s'en rendrait compte dès que tu ouvriras la bouche. C'est que votre entretien a lieu cet après-midi, entre quinze heures trente et seize heures. Mais ne t'inquiète pas, je l'ai déjà noté sur ton agenda.

— À l'aide ! J'ai besoin qu'on m'aide.

— Je savais que tu serais d'accord.

Ils travaillèrent énergiquement durant les trois heures qui suivirent, bien décidés à aboutir à des résultats. Pedersen se montra particulièrement efficace. Il était hyper-concentré et le fait de devoir présenter leurs conclusions à la préfète semblait le stimuler. Leur discussion fut animée et leur permit de se mettre d'accord sur les cinq grandes questions qu'ils souhaitaient poser le lendemain lors de l'audition du prêtre et de l'évêque – le prêtre ayant insisté pour qu'il soit présent.

Pedersen rédigea les questions qu'il imprima sur un nouveau document et voulut qu'ils les relisent ensemble. Simonsen, qui se sentait un peu las après cet exercice, accepta à contrecœur.

— Le premier point a trait à la relation qu'entretenait le prêtre avec Jørgen Kramer Nielsen, et à ce qu'il savait de lui en dehors des sujets qu'ils abordaient dans le confessionnal.

— Exactement. Le point de vue du voisin ou du propriétaire des lieux, tout ce qui ne concerne pas la religion.

— La deuxième étape vise à examiner de manière aussi complète que possible la vie religieuse du défunt. Il se peut que le sujet soit soumis au secret. Néanmoins, nous voulons savoir pourquoi Kramer s'est converti, s'il entretenait des relations personnelles avec certains membres de sa paroisse et qui était présent à son enterrement.

— À ses obsèques : il a été incinéré.

— Peu importe. Donc, qui était présent à ses obsèques, c'est-à-dire l'attention portée par certains amis ou relations…

Attends un peu. Dis-moi, Simon, quelle est la différence entre un enterrement et des obsèques ?

— C'est très simple. En cas d'enterrement, le corps est inhumé. Ici, il s'agissait uniquement d'une cérémonie religieuse à la suite de laquelle a eu lieu l'incinération.

— Que se passe-t-il si le défunt n'a ni famille ni amis ? Il sera inhumé ou incinéré ? Je veux dire, on ne peut pas lui demander son avis.

— Je pense qu'on procède à son inhumation.

— Sauf que Kramer a été incinéré.

Simonsen réfléchit longuement avant de répondre. Puis il dit lentement et tout en poursuivant sa réflexion :

— Je vois ce que tu veux dire. Mais dans son cas, c'est l'Église catholique qui a pris en charge cet aspect et en a donc déchargé l'État danois, et j'ignore si elle a d'autres règles. On peut aussi imaginer que c'est précisé dans son testament.

— Que Pauline a trouvé six mois après la date de crémation. On peut donc éliminer cette hypothèse. Il me semble que si la procédure normale a été écartée, quelqu'un devait connaître la volonté du défunt, et ce n'est possible que si cette personne a parlé avec le défunt de sa mort. Il doit donc s'agir du prêtre.

— Intéressant. Je peux essayer de te faire un topo demain matin, qui te permettra peut-être de poser une question pertinente à ce sujet. Passons aux points suivants, je commence à fatiguer.

Ce n'était pas vrai, mais il avait le sentiment que si on ne l'arrêtait pas, Arne allait continuer de passer en revue le moindre détail jusqu'à l'heure de l'entretien, et il n'en avait aucune envie.

— Le troisième point concerne les confessions de Kramer. Sur quoi portaient-elles ? Le prêtre sait-il des choses que nous devrions savoir ? Y a-t-il un lien entre son meurtre et ses attachements religieux ? Il faut creuser tous les points sur lesquels on peut supposer que le témoin va se montrer résistant.

— Nous voulons en premier lieu savoir si le prêtre pense qu'on aurait pu élucider ce meurtre, s'il avait été en mesure de nous communiquer les informations en sa possession.

Pedersen résuma.

L'essentiel de l'audition consisterait à traiter les hypothèses, les négations et les relations indirectes, et en sa qualité de responsable de l'audition, il devrait être capable de distinguer un *non* d'un *je ne peux pas répondre*. Une hésitation, un regard ou une non-concordance entre les deux témoignages devraient lui apporter les réponses qu'il attendait. Par ailleurs, la cadence à laquelle il poserait ses questions était aussi un facteur capital. Le timing était un élément majeur pour la réussite de l'audition.

Simonsen approuva la présentation de son collègue et songea qu'elle ne concernait pas l'audition, mais plutôt le compte rendu de la phase préparatoire qu'il allait présenter à la préfète de police. Pedersen reprit :

— Des questions rapides et logiques, c'est la clef.

— Oui, tu as raison. Passons au dernier point.

Le dernier point concernait les liens ayant pu exister entre Kramer et la fille du grenier. Il s'agissait de savoir qui elle était, pourquoi il avait jeté son dévolu sur elle, etc. Si toutefois le prêtre connaissait la jeune fille, ce qu'il fallait tout d'abord chercher à savoir.

Pedersen précisa, plus pour en avoir la confirmation :

— La question essentielle, c'est bien de savoir qui est cette fille.

— Ou bien était. J'ai longuement réfléchi à cette affaire et je crois, comme Pauline, qu'elle est morte. Ce grenier ressemble à un véritable mausolée, on dirait qu'il a voulu l'aménager en son honneur. Si vous arrivez ne serait-ce qu'à savoir si elle est morte ou encore vivante, ce serait formidable. Et à ce propos, Kurt Melsing a promis de t'envoyer une photo d'elle demain matin. Les techniciens ont fait un montage des affiches du grenier. Bien, nous avons fait le tour. Désormais, Arne, tu maîtrises complètement le sujet. Et moi, je vais aller casser une croûte.

— Euh ! un instant. Qu'est-ce qu'on fait avec elle ?

Quand il disait *elle*, il faisait bien sûr allusion à la préfète de police. Son collègue demanda ce qu'il devait dire si *elle* disait telle chose, si *elle* lui posait telle question ou, pire encore, si *elle* croyait que…

Simonsen mit fin à cette énumération :

— Arrête ces bêtises, Arne. Tu es très bien préparé et, de plus, je ne serais pas étonné qu'elle consacre la majeure partie de votre entretien à te confirmer qu'elle ne te veut que du bien.

— Pourquoi ça ?

— À ton avis ?

— Tu n'as tout de même pas été lui raconter que j'avais peur d'elle ?

— Parce que ce n'est pas vrai ?

— Si, mais… mais elle n'… et qu'est-ce qu'elle a répondu ?

— Elle n'était pas spécialement fière. Il n'y a pas de quoi, d'ailleurs. C'est pas bon que tu sois stressé comme ça, Arne. Des gens en meurent.

5

L'automne était arrivé. En face de l'immeuble de la Crim, sur Niels Brocks Gade, la vigne vierge de l'hôtel de ville changeait peu à peu de couleurs. Les feuilles vertes épuisées disparaissaient sous le feuillage jaune et orange qui souriait joyeusement sous la fine pluie d'octobre. Bientôt, il se métamorphoserait à nouveau et flamboierait d'un rouge éclatant, marquant ainsi, d'après le calendrier de Konrad Simonsen, la fin de la période estivale. Il leva la tête et regarda au-dessus des toits. Des nuages gris et tristes – que l'on avait du mal à distinguer du bleu pâle du ciel – progressaient lentement vers l'est, telle la fumée sortant d'une cheminée.

Il était arrivé plus tôt que d'habitude au bureau. Il avait fait le trajet avec la Comtesse qui, débordée, souhaitait disposer d'une longue journée de travail sans être obligée de rentrer trop tard. Il songea que cela ne l'empêcherait pas de rentrer tard…

Sa réflexion fut interrompue par une note fixée sur l'écran de la télévision dans le local à côté de son bureau. Elle l'avait collée avec du scotch et il sut d'emblée qu'elle en était l'auteur. Personne d'autre que Pauline Berg n'aurait eu l'idée saugrenue de coller une note à cet endroit, d'autant qu'elle était seule à savoir qu'il commençait désormais sa journée en zappant sur la table des matières du télétexte pour être informé des dernières nouvelles avant de se mettre au travail.

Il retira la note de l'écran et inclina la tête d'un air contrarié en remarquant la petite marque formée par un reste de colle. Elle aurait tout de même pu utiliser le cadre ! Il lut le message, étonné de son contenu. Elle l'informait en quelques mots qu'elle ne viendrait pas au bureau aujourd'hui, car elle allait à Frederikssund enquêter sur "l'affaire Juli". Rien d'autre, à part la signature plus personnelle *Bien à toi, Pauline.* Il ne savait pas si elle avait laissé le message la veille avant de quitter le bureau, ou si elle était passée le matin même pour l'écrire. Il regarda la note en fronçant les sourcils. *L'affaire Juli ?* Et puis, soudain, il recolla les morceaux du puzzle et appuya sa tête sur son poing.

— Oh non ! Ce n'est pas vrai.

Une longue conversation avec le commissaire de Frederikssund confirma pourtant ses soupçons.

Heureusement, le commissaire était un homme sensé. Quand Konrad Simonsen lui eut expliqué la raison du comportement de Pauline Berg, autant qu'il soit en mesure de l'analyser du moins, l'homme se montra tout à fait disposé à collaborer. Il comprenait très bien la position de Simonsen, mais jugeait inacceptable le fait qu'une banale assistante de police judiciaire se balade dans sa circonscription pour enquêter sur une affaire inexistante – le décès de la jeune femme étant, outre son caractère certes tragique, sans aucun doute possible dû à une cause naturelle. Simonsen se devait de donner raison à son collègue. Le comportement de sa collaboratrice était pour le moins regrettable. Il promit de le rappeler dans le courant de la journée et de faire tout ce qui était en son pouvoir pour arrêter la course de sa subordonnée. Au moment même où il prononçait ces paroles, il songea que la mission s'annonçait difficile. Il en eut très vite la confirmation : il essaya d'appeler Pauline sur son portable, mais tomba sur son répondeur. Il la pria de rentrer immédiatement au QG, sans détour. Il se demanda un instant si le contact officieux que la Comtesse avait dans le secteur de la téléphonie serait en mesure de tracer son mobile, pour au moins savoir où elle se trouvait. Puis il se raisonna, une telle démarche serait exagérée. Il réfléchit encore un moment et décida d'essayer de s'entretenir avec le directeur général de la police nationale.

Lorsqu'elle eut pris connaissance de la raison de son appel, la secrétaire du directeur général se montra catégorique :

— Aujourd'hui, c'est impossible, Simon. Pas une minute de disponible, à moins qu'il ne s'agisse d'une question de première importance.

Il la connaissait bien. C'était une femme aimable, efficace, toujours correcte envers les gens. Il lui répondit d'un air désolé :

— Non, je ne peux dire cela.

Elle pivota sur sa chaise et le regarda :

— C'est au sujet de Pauline Berg ?

Le fait qu'elle soit bien informée ne le surprit pas. Il se contenta de confirmer.

— J'ai entendu dire qu'elle enquêtait seule, mais s'il s'agit de sanctions disciplinaires, je vous conseille d'abandonner l'idée. Si elle ne fait rien d'illégal et ne met pas en danger sa propre vie ou celle des autres, elle bénéficiera du titre A. Et il n'est assorti d'aucune réserve.

Encore une fois, Simonsen ne fut pas surpris, il connaissait bien ces dispositions. Mais dans ce cas, il avait un problème et elle allait sans doute pouvoir l'aider.

Elle lui répondit sur un ton un peu affecté, presque coquet : Que pouvait-*elle* donc faire ?

Il lui expliqua ce qu'il savait. Pauline Berg s'était elle-même arrogé l'affaire qu'elle avait tellement souhaité se voir confier. Sa propre affaire. Sauf qu'il n'y avait en réalité aucune affaire, mais que le cas présentait certains parallèles évidents avec celle qu'il suivait, ce qui la stimulait sans doute encore plus.

— Votre affaire de postier assassiné ?

— Oui, mon postier assassiné. Mais la femme décédée dans la circonscription de Frederikssund n'a pas été assassinée. J'imagine que c'est déjà une épreuve difficile pour sa famille. Alors, s'ils doivent en plus être interrogés dans le cadre d'une enquête criminelle inutile et non autorisée…

Il exagérait, mais sans en faire trop, pour ne pas éveiller les soupçons.

— Vous ne pensez pas que Pauline Berg va obéir, si vous la rappelez à l'ordre ?

— J'en doute. Elle a l'habitude de faire ce qui lui chante, et visiblement elle peut se le permettre.

— Tout à fait. Qu'est-ce que je peux faire ?

Simonsen montra du doigt la porte fermée du directeur général.

— Demandez-lui de me transférer l'affaire du décès de cette femme. Je verrai ce que je peux faire pour clore le dossier.

— Comment puis-je vous transférer une affaire inexistante ?

— Je n'en sais rien, mais j'ai l'impression que vous excellez dans ce genre de missions, quand vous y mettez un peu de bonne volonté.

— Et que va dire la circonscription du Zealand du Nord ? Ils vont nous prendre pour des idiots.

— J'irai m'entretenir avec le commissaire de Frederikssund dès demain matin. Je lui expliquerai le problème en tête à tête.

Elle réfléchit. Sa réserve quant à sa propre influence avait disparu. Elle conclut :

— Entendu, Simon. Vous recevrez sa confirmation écrite au plus tard demain.

La journée avait mal commencé et Simonsen était de mauvaise humeur. Il se calfeutra dans son bureau pendant une bonne partie de la matinée, et se plongea dans la lecture de deux rapports d'Interpol qu'il avait plusieurs fois eu l'intention d'étudier, laissant de côté l'affaire du postier. Il essaya aussi d'appeler Pauline sur son portable, mais ne parvint pas à la joindre.

En revanche, son humeur changea du tout au tout lors de l'audition du prêtre et de l'évêque. Ce fut en effet un moment de grâce qui témoignait d'un savoir-faire de la police tel qu'il ne l'avait pas observé depuis longtemps.

Juste avant l'arrivée des deux distingués représentants du clergé, il alla voir Pedersen, qui le surprit par son calme relatif. Puis la préfète arriva, souriante, détendue et impatiente. Elle était vêtue en jaune vif, comme un poussin de Pâques. Un poussin malheureusement muni d'un téléphone portable dont la sonnerie retentit dès qu'elle eut pénétré dans le bureau. Konrad et Arne se regardèrent. Ils ne connaissaient que trop bien ces chefs qui, théoriquement présents, passaient la moitié de leur temps au téléphone, contraints de répondre à des appels extrêmement urgents. Ils avaient tort cependant de croire qu'elle était indifférente, car son coup de fil concernait l'audition à venir. Après un bref échange, elle indiqua :

— Je m'en doutais. C'est la réception, nos visiteurs sont arrivés. D'après ce que je comprends, nous allons avoir droit à une présentation de la liturgie de l'Église en bonne et due forme. Mais j'ai moi-même prévu quelques petits tours. Je reviens dans cinq minutes. Ne vous inquiétez pas, l'assistant à la réception les fait patienter. Ils auront l'accueil qu'ils méritent.

Sur ces mots, elle disparut.

— C'est quoi cette histoire ? demanda Pedersen.

— Je crois qu'il est question de code vestimentaire, mais je n'en suis pas sûr. Nous aurons la confirmation d'ici peu. Tu es nerveux ?

— Hier, j'aurais pu t'étrangler… aujourd'hui je t'adore.

— J'espère que tu trouveras un juste milieu. Veille cependant à ne pas forcer les choses. Tu as parfois tendance à être trop impatient.

La préfète revint dans le bureau vêtue de son uniforme. Elle avait une allure impressionnante, encore renforcée par une silhouette menue. Sa tenue était impeccable, et les médailles et décorations qu'elle portait auraient pu déstabiliser même les plus profanes. En bons initiés, les deux policiers se levèrent aussitôt. La symbolique avait valeur de démonstration : des épaulettes couvertes de décorations à la casquette qu'elle tenait sous le bras, et sur laquelle la feuille de chêne brodée d'or rejoignait la couronne royale, les signes étaient la marque évidente du pouvoir. Elle dit avec emphase :

— Ne devrions-nous pas aller à la rencontre de nos visiteurs, Arne ? Je crois qu'ils arrivent. Ce ne sera pas la première fois dans l'histoire du Danemark que la croix et la couronne croisent le fer. Nous verrons qui des deux tirera la courte paille.

Elle tint la porte à Pedersen, qui s'empressa de sortir.

Simonsen attendit dans le bureau jusqu'à ce qu'il entendît la porte de la salle d'audition se refermer. Il se précipita alors dans le local contigu, d'où il put suivre les entretiens au travers d'un miroir sans tain.

L'évêque portait l'habit ecclésiastique. Âgé d'une quarantaine d'années, il avait un visage charnu et ouvert et un regard ferme. Sa robe en soie violette tombait droit sur un corps enrobé et sa calotte cachait opportunément une légère calvitie que l'inspecteur aperçut cependant lorsque le prélat la souleva pour se gratter le dessus de la tête. Le plus frappant néanmoins était le grand crucifix soutenu par une épaisse chaîne en or qui ornait sa poitrine. Et puis ce calme imperturbable qu'il arborait.

La préfète invita ses visiteurs à s'asseoir et leur proposa café, thé et eau minérale. Puis elle se présenta et dit également quelques mots sur Arne Pedersen. Elle posa ensuite sa casquette devant elle et ouvrit la réunion, remerciant ses visiteurs de leur venue et assurant que leurs convictions religieuses seraient strictement respectées. Simonsen nota qu'elle s'adressait en priorité à l'évêque et que, pendant qu'elle parlait, Arne examinait attentivement le prêtre. Elle prit tellement soin de souligner l'importance du principe de collaboration et de respect mutuel, que son discours n'avait rien à envier à un toast de banquet.

L'évêque ne resta pas insensible à ses propos, et c'est avec une sincérité non feinte qu'il confirma son souhait de collaborer avec la police, dans la mesure du possible. Et au moment où l'on s'attendait à ce que la préfète laisse la parole aux véritables acteurs, elle se mit à narrer le voyage à Rome qu'elle avait effectué au printemps. L'évêque l'écouta d'un air intéressé puis, sans que personne ne puisse leur indiquer que le temps qui leur était imparti était épuisé, les deux chefs s'engagèrent dans une conversation animée sur le Colisée, la place d'Espagne et son escalier et les ruelles aux maisons ocre. Pendant ce temps, leurs collaborateurs fixaient le plafond et échangeaient des regards impatients. Simonsen posa la tête dans ses mains et se jura de ne plus jamais faire appel à une juriste dans le cadre d'une audition.

Vingt minutes s'écoulèrent ainsi, pendant lesquelles la préfète parla de ses petits-enfants, l'évêque décrivit son ordination, et tous deux se pâmèrent d'admiration en évoquant la chapelle Sixtine, sous les bâillements de leurs collaborateurs. Simonsen réalisa alors qu'il s'agissait d'un jeu convenu. De là où il était, il vit en effet Pedersen tapoter discrètement la cuisse de sa supérieure. Il savait que personne dans toute la hiérarchie ne se serait permis un tel geste sans autorisation préalable. Son visage, jusque-là désespéré, s'illumina aussitôt dans un sourire approbateur. Les souvenirs de vacances et échanges personnels avaient une raison d'être. Cette conversation à bâtons rompus avait permis d'établir une relation entre supérieurs et entre collaborateurs. Elle avait aussi eu l'avantage d'affaiblir les mécanismes de défense du prêtre qui avaient dû être à leur paroxysme au début de l'entretien. Il était difficile d'être sur ses gardes et de s'ennuyer en même temps.

La préfète termina son exposé en quelques mots et Pedersen en profita pour lancer une bombe :

— Qui a décidé de procéder à l'incinération de Jørgen Kramer Nielsen ?

L'intonation était ferme lorsqu'il s'adressa à l'évêque. La préfète, qui était restée dans l'expectative, demanda d'un air surpris :

— Il a été incinéré ?

À son intonation, on aurait pu imaginer qu'on l'avait naturalisé pour le vendre. Elle se corrigea aussitôt :

— Excusez-moi, je ne vais plus intervenir.

Pedersen ne dit rien. Il resta silencieux si longtemps que ce fut l'évêque qui posa la première question au prêtre :

— Oui, en fait, qui a décidé qu'il devait être incinéré ?

Le prêtre resta silencieux, et Pedersen sut fort à propos redistribuer les cartes.

— Ce n'est peut-être pas par là qu'il faut commencer. Reparlons-en plus tard.

Il regarda le prêtre.

— Puis-je vous demander de nous raconter avec vos propres mots tout ce que vous savez sur Jørgen Kramer Nielsen, sans sortir bien entendu de votre devoir de réserve ?

Le récit du prêtre n'apporta pas beaucoup d'éléments nouveaux, mais permit de confirmer que Kramer était un solitaire. Leurs relations avaient été cordiales, sans jamais prendre un caractère privé. Pourtant, les deux inspecteurs obtinrent des réponses aux questions qu'ils s'étaient posées la veille, négatives pour la plupart. Le prêtre confirma que le postier n'avait, à sa connaissance, aucun contact avec les membres de sa paroisse. Par ailleurs, il ne savait rien sur l'accident d'avion et il n'avait vu qu'une seule personne rendre visite au postier, en l'occurrence un plombier. Il pensait aussi avoir entendu à de rares occasions les voix de deux personnes dans l'appartement… mais il n'en était pas certain. Un point méritait peut-être l'attention, celui concernant la conversion du défunt au catholicisme. Pedersen indiqua d'un air intéressé :

— Pouvez-vous nous en dire plus…

— Cela a été le fruit d'une longue réflexion, que Jørgen avait déjà engagée avant mon arrivée. Sa réalisation a été accélérée par un fait extérieur. Il a mis sa maison en vente et j'ai été l'un des nombreux acquéreurs potentiels à faire une offre. Celle-ci aurait certainement été rejetée si elle avait été jugée uniquement sur des bases financières. Ne croyez pas, cependant, que j'ai eu la maison pour rien, loin de là, mais j'imagine que vous avez déjà vérifié ce point.

Pedersen confirma :

— Bien entendu, et nous savons que tout s'est passé en bonne et due forme. Et effectivement, compte tenu des prix de l'immobilier à l'époque, ce n'était pas donné.

Simonsen sourit. Son collègue ne savait pas de quoi il parlait.

— Certains avaient fait une offre supérieure, mais je ne pouvais pas suivre. Tous les acheteurs ont été conviés à un entretien individuel qui s'est déroulé au bureau de poste. Il voulait s'assurer que la cohabitation avec le futur propriétaire serait possible. Dès qu'il a compris que j'étais prêtre – donc, catholique – il m'a fait part de son intention de se convertir au catholicisme. Je lui ai promis de l'aider s'il le souhaitait, en soulignant aussi clairement que possible que je l'aiderais dans tous les cas, qu'il décide ou non de me vendre sa maison. Toutefois, j'ai le sentiment que cet aspect a joué un rôle décisif dans son choix.

— Est-ce que vous savez pourquoi il a voulu s'installer au premier ? Connaissez-vous les raisons de la vente ?

— Oui, il m'a expliqué qu'il n'avait plus envie de s'occuper du jardin.

— Il n'est pourtant pas très grand.

— Non, mais c'est la raison qu'il m'a donnée. Et pour répondre à votre deuxième question, il a vendu parce que son locataire du premier devait emménager dans une résidence protégée.

Simonsen songea que cela correspondait à l'époque où, neuf ans plus tôt, Kramer avait aménagé sa pièce aux miroirs, si toutefois l'on se référait à ses bons de caisse de chez Netto, faisant état de l'achat de produit à vitres par flacons entiers. Même si certaines des affiches mettant en scène la jeune fille avaient été réalisées plusieurs années auparavant.

Pedersen demanda au prêtre :

— Vous dites que Kramer envisageait depuis longtemps de se convertir ?

— Oui, depuis très longtemps.

— Pourquoi ?

— Je ne peux pas vous répondre.

— Parce que vous n'en savez rien ?

— Je ne peux pas vous répondre.

Les deux serviteurs du Seigneur secouèrent la tête d'un air confus, et Konrad prit note du fait que le dernier *je ne peux pas vous répondre* correspondait à un *non* catégorique. Pedersen fit un bref résumé de la première partie de l'entretien et le prêtre confirma les informations qu'il contenait. Pedersen fit de nouveau un signe discret à la préfète en poursuivant :

— C'était la phase des généralités. À présent…

La préfète l'interrompit.

— Au fait, vous aviez promis de nous expliquer pourquoi Jørgen Kramer Nielsen a été incinéré.

Elle se tourna cette fois encore vers l'évêque. Simonsen savoura la scène. La question qui visait au départ à préciser qui avait pris la décision de l'incinération s'était transformée en une interrogation sur la raison de cette décision, et semblait maintenant impliquer une promesse de réponse. De plus, elle était posée à l'évêque, qui ne connaissait rien à l'affaire.

— Oui, c'est juste. Pourquoi avons-nous opté pour une incinération ?

Le prêtre répondit après avoir longuement réfléchi :

— C'est moi qui ai pris la décision. Jørgen Kramer Nielsen souhaitait être incinéré.

Après un silence pesant, l'évêque demanda :

— C'est lui qui vous l'a dit ?

Le prêtre n'était pas très à l'aise. Il répondit à contrecœur :

— Non, pas directement, mais c'est ce que j'ai compris. Il avait peur… des ténèbres.

Il avait à peine achevé sa phrase que Pedersen jeta une photo sur la table.

— Est-ce que ça avait un lien avec elle ?

— Oui, mais je ne puis en dire plus.

— Vous la connaissez ?

— Non.

— Vous ne savez même pas son nom ?

— Non.

Pedersen submergea le prêtre d'une pluie de questions, tout en soutenant son regard.

— Vous savez quelque chose sur elle ?

— Je ne peux pas vous répondre.

— Si vous ne saviez rien sur elle, auriez-vous pu répondre ?

— Alors, il n'y aurait rien à dire.

— Donc, vous aviez le droit de répondre ?

— Oui.

— Si je vous demande si elle est morte, pourrez-vous me répondre ?

— Je voudrais bien, mais je ne peux pas.

— Est-elle morte ?

La porte s'ouvrit et une stagiaire rousse venant du secrétariat de la préfète entra avec un plateau de boissons fraîches. Elle retira les bouteilles vides et en mit de nouvelles sur la table, sans rien dire, le sourire aux lèvres, telle une vraie serveuse. Puis elle s'en alla. Même Simonsen ne prêta pas attention à cet épisode. Les procédures n'étaient pas toujours respectées à la lettre lorsqu'un supérieur participait à l'audition. Pedersen réitéra la question :

— Est-elle morte ?

— Je ne peux pas vous répondre.

La réaction de la préfète de police ne se fit pas attendre. Devançant l'évêque, elle dit en s'adressant à son subordonné :

— Il y a quelque chose qui cloche.

L'évêque renchérit :

— Oui, c'est aussi mon avis.

Le prêtre, qui n'avait pas été mécontent de cette pause, ne comprenait visiblement pas ce qui se passait. Pedersen semblait en être au même point. Il demanda à l'évêque :

— Quel est le problème ?

— Eh bien, le problème est qu'elle vient de passer.

Il montra la porte par laquelle la stagiaire était sortie. La préfète rappela son subordonné à l'ordre d'une voix pincée :

— Essayez de mieux gérer vos photos, Arne. Vous nous mettez dans l'embarras.

Pedersen feuilleta calmement son dossier. Il laissa la photo de l'élève devant le prêtre. Puis il dit :

— Je suis désolé. Il y a effectivement une différence de trois ou quatre ans. L'autre jeune fille n'a jamais atteint l'âge de celle-ci.

Le prêtre regarda pour la première fois la photo avec attention. Ses yeux attristés étaient perdus dans le vague lorsque l'inspecteur reprit la photo et la remplaça par celle d'une jolie jeune fille que l'équipe de Kurt Melsing avait dû sortir de nulle part.

— Ne serait-ce pas plutôt celle-ci qui est morte ?

L'évêque secoua lentement la tête.

— Cela commence à être un peu trop compliqué pour moi. Mais n'avez-vous pas obtenu une réponse, jeune homme ? Je ne crois pas que nous puissions vous aider davantage.

Pedersen laissa tomber le sujet. Il entreprit ensuite d'un air dégagé d'évoquer un instant le palier où l'on avait trouvé le défunt, puis déclara qu'il n'avait plus de questions. Il ne restait plus à la préfète qu'à remercier les témoins de leur collaboration, ce qu'elle fit avec autant de style qu'à leur arrivée. En sortant, elle s'excusa :

— Je suis désolée de cet incident avec la photo. Peut-être pouvons-nous en reparler quand nous en saurons plus ?

Pedersen rougit comme un vrai novice. Heureux de constater que l'audition s'était déroulée dans un esprit de coopération mutuelle, l'évêque était enclin au pardon.

— Ce sont des choses qui arrivent, mais j'espère que nous avons pu vous aider, malgré tout.

— Bien sûr, absolument. Et c'était très plaisant. J'espère que nous avons respecté votre foi, même si je ne suis pas sûre de bien saisir la frontière entre ce dont vous pouvez parler et les sujets tabous.

Le prêtre lui répondit en esquissant un sourire :

— Je crois que moi aussi, je vais devoir mettre de l'ordre dans mes photos.

Simonsen passait l'après-midi à peindre. Il prenait du plaisir à le faire et se mettait au travail aussitôt rentré.

Il avait emprunté une aile de la maison d'amis pour en faire une galerie provisoire où il pourrait exposer les affiches de Kramer. L'argument qu'il avait trouvé pour justifier cet accrochage privé n'était pas très plausible. Il prétendait qu'il fallait les installer dans un bel espace pour pouvoir les montrer aux psychologues, spécialistes du comportement et amateurs de photos censés donner leur avis sur la signification de ces clichés. Personne ne croyait à ses explications, mais nul n'ayant envie d'analyser ses véritables motivations, lesdites photos avaient été transportées directement à Søllerød, une fois que l'équipe de Kurt Melsing les eut inspectées. Il les avait entreposées dans un coin, avant de pouvoir les accrocher dans la pièce qui leur était destinée. Des ouvriers avaient déblayé le local et procédé à quelques réparations. Toutefois, Simonsen avait tenu à se charger lui-même des travaux de peinture. Il venait justement d'attaquer le troisième mur lorsque la Comtesse rentra. Elle resta un moment à la porte à l'observer. La radio passait une vieille chanson de variété danoise, et il la chantonnait gaiement, tout en faisant glisser méthodiquement le rouleau sur le pan de mur devant lui. De temps en temps, il se reculait pour vérifier le résultat de ses efforts. Lorsqu'il la vit, il éteignit aussitôt la radio.

— Est-ce que tu m'épies ?

— Tout à fait ! Comment s'est passée l'audition d'Arne ?

Il lui expliqua tout, le rouleau à la main.

— Alors, ils étaient fiers d'eux ?

— C'est le cas de le dire. Tu les aurais vus. Ils se pavanaient littéralement, bras dessus bras dessous comme deux tourtereaux, ils se vantaient en savourant les applaudissements du public. C'était écœurant.

— Et le public, c'était toi !

— Oui, et au bout du huitième rappel, c'est devenu un peu monotone. Mais je dois avouer qu'ils ont fonctionné ensemble à la perfection, et qu'ils m'ont fourni quelques belles informations.

— Bien.

— Le prêtre a tout simplement supposé que la photo qu'on lui montrait était celle de la fille du grenier et a répondu en conséquence. Il n'y a pas de doute qu'il en avait déjà entendu parler.

— Et Arne, il n'a plus peur de notre chère préfète ?

— Tu plaisantes ? Il l'appelle Gurli et la serre contre lui comme un doudou.

— J'aurais bien voulu voir ça.

— Tout a été enregistré. Ils étaient si heureux de leur moisson qu'ils ont oublié d'arrêter l'enregistrement et comme ce n'était pas mon audition, je n'ai pas voulu m'en mêler. Attends de voir ça, c'est quelque chose.

— On pourrait très bien s'en servir lors d'un déjeuner de Noël, si je comprends bien… Je venais voir si ton travail avançait et te demander quand tu voulais passer à table.

La Comtesse jeta un regard circulaire dans la pièce.

— Ce sera très… coloré, j'ai l'impression. Je vois que tu as choisi des couleurs primaires plutôt intenses.

— Tu aimes ? Ce n'est pas encore terminé.

Elle s'avança vers lui, sans s'approcher trop près. Qu'une aile de sa propriété soit transformée en arc-en-ciel ne lui posait pas de problème, mais elle ne tenait pas à ce que son nouveau cardigan subisse le même sort.

— C'est toi que j'aime. Ça te plaît de peindre ?

— Oui, beaucoup.

— Est-ce que tu es allé courir ?

— Évidemment ! Et d'ici peu, je n'aurai plus à marcher.

— Je suis fière de toi, Simon. Mais il y a quelque chose dont il faudra qu'on parle.

Il se raidit imperceptiblement. Une telle phrase venant de la bouche d'une femme ne laissait présager rien de bon.

— De quoi s'agit-il ?

Elle lui expliqua ce qui se disait dans son dos, ainsi que dans celui de Pauline Berg, que ses collègues évitaient parce qu'ils avaient du mal à la cerner. Était-il possible que le chef de la Crim se trompe complètement ? Il s'obstinait à orienter les recherches sur le meurtre du postier sur son passé. Et si c'était un voleur inconnu surpris en flagrant délit ? Ou des jeunes défavorisés persuadés que le vieil homme avait une fortune sous le matelas ? La Comtesse ajouta prudemment :

— Les scénarios possibles sont nombreux, mais tu les négliges, tu t'es uniquement focalisé sur le passé de Kramer.

Sa réponse nébuleuse avait de quoi inquiéter :

— Je bouche un trou là où la pluie s'infiltre, je rebouche une crevasse que j'aurais dû traiter depuis longtemps.

— Chez toi ?

Il posa le rouleau dans le bac et expliqua :

— Le fait de savoir si j'ai tort ou raison n'a pas une grande importance. Il s'agit peut-être d'une impasse, mais pas forcément. N'oublie pas que personne ne s'intéressait à Kramer de son vivant. Alors, je m'intéresse à lui maintenant qu'il est mort. Et en ce qui me concerne, je dirais que je prends le temps de faire des choses que je négligeais auparavant. La réalité et les circonstances ont fait que j'en ai subitement l'opportunité. Je ne sais pas où cela me conduira, mais tant que je suis avec toi et que j'ai Anna Mia, ce n'est pas grave.

Soulagée, la Comtesse éclata de rire et décida de sacrifier son vêtement. Il s'agissait sûrement d'une peinture à l'eau facile à retirer, dans le cas contraire, elle aurait une bonne excuse pour aller s'acheter un nouveau cardigan. Ou peut-être même deux.

— Comme c'est gentil. J'avais peur que tu ne saches plus faire la part des choses.

— J'en suis parfaitement capable, mais pour le moment, je n'en ai aucune envie.

La Comtesse lui donna un baiser dans le dos, puis elle se libéra et dit :

— On dit que tu as des problèmes avec Pauline.

C'était vrai, mais il avait décidé de remettre la question au lendemain. Et puis, il était tombé de haut. D'un côté, on pouvait estimer que sa jeune collègue faisait comme lui. De l'autre, il y avait de réelles différences. Mais quelle que soit la situation, il fallait attendre. Il n'avait aucune envie de s'occuper de son cas maintenant.

La Comtesse accepta sa position, qui lui parut sensée. Il était aussi important qu'il n'en fasse pas trop. Montrant les affiches posées dans le fond de la pièce, elle lui demanda :

— Et cette fille, là ?

Il regarda dans la même direction.

— … je vois que je n'ai pas intérêt à être jalouse.

— Qu'est-ce que tu veux dire ? Je ne la connaissais pas. D'ailleurs, Arne a réussi à faire dire au prêtre qu'elle était morte. Le grenier, c'était en somme son mausolée.

— Et toi, tu veux lui en construire un nouveau ?

Il ne répondit pas tout de suite, et quand il le fit, il essaya, sans grand succès, de plaisanter et de prendre un air dégagé :

— Elle est habituée à la lumière.

— Et Rita ? Elle était aussi habituée à la lumière ?

Le nom fusa entre eux. Elle avait tout deviné, il devait s'y attendre. Il ne savait pas quoi répondre. Alors, il resta silencieux.

— La fille aux fameuses fleurs, celle que tu as cognée dans une manif – tu l'as revue plus tard, n'est-ce pas ?

— Oui.

— Elle s'appelait Rita ?

— Oui, mais c'est mon histoire, et je la raconte quand je veux. Pour le moment, je veux finir de peindre ce mur.

Cela lui paraissait raisonnable, mais la Comtesse ne voulut rien entendre.

— Elle est vivante ?

— Je n'en sais rien, je pense que oui. Mais si tu t'imagines que j'accroche ces tableaux en souvenir d'elle, tu te fourvoies complètement. C'est ce que tu pensais ?

— Je dirais plutôt *ce que j'appréhendais*.

Il alla se mettre devant les affiches et, observant le premier tableau, tenta d'entrer en contact avec le visage dans le ciel. Lorsqu'il l'eut trouvé, il dit :

— Elle était plus belle que Rita.

— Elle était plus belle que beaucoup d'autres femmes.

— Suis-je déclaré sain d'esprit ?

— Oui, tout à fait. Ta récompense sera composée de brocolis, chou-fleur et tomates, servis dans une demi-heure chrono.

— Et dans le cas contraire ?

— Brocolis, chou-fleur et tomates, dans une heure.

Il avait revu Rita deux jours après la manifestation. À l'époque, il vivait dans un appartement à Brønshøj. Il se souvenait qu'il était en train de faire la vaisselle de la veille lorsqu'on avait sonné à la porte. Un coup de sonnette long et agressif. Il avait ouvert et s'était retrouvé face à deux jeunes ados. Aucune des deux n'avait voulu lui dire comment elles avaient trouvé son nom et son adresse et, au début, elles avaient même refusé de décliner leur identité. Elles étaient venues lui montrer ce qu'il avait fait. Trente-cinq ans plus tard, Simonsen se souvenait nettement de son embarras lorsque Rita avait, sans mot dire, passé sa chemise au-dessus de la tête pour lui montrer ses bleus. À l'époque, le soutien-gorge n'était pas très à la mode. Mais les voisins ne suivaient pas forcément la mode, alors quand il avait entendu une porte claquer à l'étage du dessus, et des bruits de pas dans l'escalier, il s'était empressé de faire entrer les deux adolescentes chez lui en refermant vivement la porte derrière elles. Dans les immeubles de la ville de Copenhague, imprégnés des idées de l'État-providence, on ne plaisantait pas avec ce genre de comportement impudique. Encore moins si l'on était policier et que l'on était censé être le rempart protégeant la société contre le travail de sape morale et politique de la jeunesse contestataire.

Il eut bien du mal à faire comprendre à ces visiteuses malgré elles que les coups qu'il avait donnés avaient été provoqués par la peur. Elles avaient d'abord cru qu'il mentait. Les flics étaient de sales fascistes qui recevaient des ordres secrets du gouvernement pour cogner sur un maximum de manifestants. *Sortez les matraques et frappez, sortez les matraques et frappez.* Ne se souvenait-il pas de cette voix stridente hurlant dans le mégaphone, tandis que la foule se faisait matraquer et que le sang coulait ? Il n'en démordit pas, il détestait les manifestations, comme d'ailleurs la plupart de ses collègues. Et dans cette rangée, avant de la frapper – il ne se souvenait pas de la dernière fois où il avait eu aussi peur. Ou plutôt, si, lors de la démonstration précédente. Elles avaient fini par le croire, mais il n'avait pas pu s'en tirer à si bon compte. *Et qu'est-ce qui se passe pour le peuple chilien ? Est-ce qu'il n'a pas peur lui aussi ? Peur de Pinochet et de ses bourreaux, maintenant que la CIA a renversé et assassiné Salvator Allende ?* Ou était-ce les Chiliens eux-mêmes ? Il ne s'en souvenait pas précisément. Rita avait toujours un peuple opprimé en réserve. Peut-être s'agissait-il des Palestiniens, eux avaient certainement eu peur. Ils discutèrent de nouveau, mais il fallait bien qu'elles comprennent que, quel que soit le niveau d'oppression subi par le peuple palestinien, cela n'empêchait pas un policier d'Østerbro d'avoir lui aussi peur. Elles finirent par accepter son explication et il présenta ses excuses à Rita. Il était désolé, sincèrement désolé.

L'affaire étant entendue, elles allaient pouvoir partir, du moins c'est ce qu'il croyait. Mais au lieu de cela, elles se mirent à fureter d'un air curieux dans tout l'appartement. Sans scrupules, comme si fouiller dans les affaires d'un inconnu était la chose la plus naturelle du monde. Quand Rita se dirigea vers sa chambre et se mit à inspecter ses placards, il s'empressa de la suivre et ramassa en hâte les sous-vêtements qu'il n'avait pas encore eu le temps de mettre dans la corbeille de linge sale. Son amie demanda en criant où il rangeait le sel. Elle avait faim et avait mis du riz à cuire. Il l'avait rejointe pour l'aider, quand soudain des cris leur parvinrent du living. Rita avait mis son uniforme. Il était évidemment beaucoup trop grand et elle nageait dedans, mais cela ne semblait pas la troubler. Elle s'était mise sur le balcon et arrêtait des passants au hasard. Il essaya de la tirer à l'intérieur, mais elle s'agrippa à la rampe et les gens le huèrent. Il sourit d'un air forcé, s'excusa auprès du voisin qui était aussi sorti sur son balcon, et à cet instant, le riz déborda. Il voulut aller dans la cuisine, mais l'amie lui barra le passage. *Est-ce que c'est une photo de toi petit ? Qu'est-ce que tu étais mignon !* Elle s'était emparée de son album de photos de famille. Il baissa le feu et réussit à sauver le riz. Pendant ce temps-là, Rita avait improvisé une vente aux enchères et proposait sa casquette de policier aux passants qui s'étaient attroupés en bas. *Le bénéfice ira exclusivement à la société de protection des chats. Qui veut faire une offre à vingt couronnes ? Une offre à vingt couronnes, qui veut enchérir ? Qui propose vingt-cinq couronnes ? Peut-être toi, le type à la cravate ; tu as l'air d'avoir les moyens, tu peux bien sacrifier vingt-cinq couronnes ?*

Elles étaient ingérables. Alors, il capitula.

Dans la soirée, ils avaient bu du thé en regardant la télévision. Une télé en couleur ! Le poste était sa fierté. Peu importe que Rita l'ait qualifié en riant de caisse scintillante en couleur pour prolétaires embourgeoisés avant le début du film. Son téléviseur, un Arena 21 pouces avec un cadre en teck, avait un son sublime qu'on entendait tout aussi clairement de la cuisine. Il l'avait acheté à crédit deux ans plus tôt pour voir l'arrivée des Américains sur la Lune. Le premier pas de l'homme sur une autre planète. Il était convaincu que cette image de sa jeunesse serait celle dont il se souviendrait pour ses vieux jours. Il avait vu la retransmission en direct et en couleur. Mais pour l'instant, ce n'était pas le premier pas, petit et grand à la fois, de Neil Armstrong sur la Lune dont il se souvenait le mieux. C'était d'une tout autre image, et l'ironie du sort voulait qu'elle fût en noir et blanc.

La Comtesse le sortit de ses pensées.

— Tu as de la peinture jaune dans les cheveux, Simon. Il faudra que tu prennes un bain avant d'aller te coucher. Je n'ai aucune intention de voir ma chambre repeinte en jaune.

Il lui promit de s'exécuter, mais remarqua qu'elle reparlait bizarrement de *sa* chambre. En d'autres occasions, par exemple lorsqu'il fallait faire les lits, c'était *leur* chambre.

— Tu es perdu dans tes pensées. À quoi songes-tu ?

Après le dîner, ils s'étaient installés dans le sofa – elle, avec un livre et lui, avec le journal qu'il ne lisait pas.

— À une image qui me revient en mémoire.

La photo montrait un homme de profil, agenouillé sur un escalier, dont la tête aux tempes dégarnies et les mains croisées contrastaient avec le long pardessus noir et les chaussures cirées. Derrière lui, on apercevait des photographes, quelques vagues spectateurs et un officier aux épaulettes ornées de décorations et portant casquette. Tous, les yeux fixés sur lui, gardaient une certaine distance en signe de respect, comme s'ils avaient déjà compris que cet instant allait entrer dans l'Histoire. À l'arrière-plan, on apercevait des maisons, des blocs d'immeubles gris et tristes, témoins d'une ville où tous les bâtiments avaient été reconstruits après la guerre. La photo de Willy Brandt, agenouillé devant le mémorial du ghetto de Varsovie, fit le tour du monde et le chancelier allemand fut d'ailleurs le seul homme politique que Rita et lui s'accordaient à considérer avec respect. Comme des millions d'autres. L'Allemagne avait un chancelier qui créait l'unité et non la division, un succès au temps de la révolution estudiantine. L'année suivante, l'homme sur l'escalier se vit attribuer le prix Nobel de la paix, une récompense qui fut rarement aussi méritée.

La Comtesse lui demanda :

— De quelle image s'agit-il ?

— Celle d'un homme d'État, le plus grand de son temps.

Elle devina de qui il s'agissait. Ce n'était pas bien difficile. Il alla prendre un bain.

Dès que le réveil sonna, Simonsen ouvrit les yeux et songea qu'il aimerait que la journée soit déjà passée. Ce sentiment ne fit que se renforcer plus tard dans la matinée, lorsqu'il essaya en vain de contacter Pauline Berg et fut confronté à sa messagerie pour la énième fois. Pendant le petit-déjeuner, il arbora un air boudeur et la Comtesse le laissa tranquille. Elle avait appris à interpréter ses réactions et savait s'adapter à ses humeurs quand cela l'arrangeait. Ce matin-là, elle était prête bien avant lui et il eut à peine le temps de l'embrasser qu'elle était déjà partie. Il rangea les affaires du petit-déjeuner, consacra sans enthousiasme un quart d'heure à la lecture du journal du matin et partit ensuite pour Frederikssund.

Fort heureusement, le commissaire de police était un homme sensé et agréable. Il accueillit Simonsen dans la salle de garde du commissariat, car son bureau était en pleins travaux. Ils s'installèrent dans un coin tranquille et le commissaire donna à Simonsen des précisions concernant le décès sur lequel Pauline Berg avait décidé d'enquêter, considérant qu'il s'agissait d'un meurtre.

Le 10 juillet, Juli Denissen, une jeune femme de vingt-quatre ans résidant à Frederiksværk, avait été trouvée morte aux confins de Melby, dans une ancienne zone d'entraînement militaire située le long du Kattegat, entre Asserbo et Hundested. L'endroit, qui faisait partie du parc national couvrant le Nord de l'île, était une zone protégée. Les circonstances de la découverte du corps étaient macabres. Ce furent en effet les pleurs répétés de sa petite fille de deux ans qui avaient attiré l'attention d'un joggeur courant dans les bois alentour. Le décès avait un caractère insolite, en raison du jeune âge de la victime et surtout du lieu perdu où il s'était produit. La police de la circonscription avait en conséquence mené une enquête approfondie, mais elle n'avait trouvé aucun élément suspect. Le rapport d'autopsie avait confirmé que la mort était due à une violente hémorragie cérébrale. L'affaire avait donc été qualifiée de mort naturelle, ce qui avait entraîné la clôture du dossier. La cérémonie religieuse avait eu lieu le 2 août à l'église de Kregme.

— C'est la version courte, dit alors le commissaire. Il existe bien entendu toute une série de détails qui figurent dans les deux dossiers que je possède sur l'affaire. Vous pourrez les emporter si vous voulez les lire.

Simonsen secoua énergiquement la tête.

— Non, c'est inutile. Je ne doute pas un instant qu'il s'agisse d'une mort naturelle.

— Tant mieux. Néanmoins, le directeur de la police nationale vous a confié le dossier sur les circonstances de cette mort. Nous avons reçu un mail hier, mais vous devez déjà le savoir. J'espère que nous ne serons pas obligés d'allouer de nouvelles ressources à cette affaire ; à mon sens, ce serait une perte de temps.

Il assura le commissaire que ce ne serait pas le cas, lui précisant que ce transfert n'était intervenu que pour permettre à la police de sa circonscription de s'adresser à lui au cas où quelqu'un viendrait mettre le nez dans le dossier. Il n'avait pas trouvé une meilleure expression, mais le commissaire rebondit dessus aussitôt :

— Oui, on peut le dire comme ça. Cependant, la seule personne qui met le nez dedans, c'est votre assistante de police judiciaire, Pauline Berg.

— Oui, malheureusement. Racontez-moi ce qu'elle a fait.

— Je n'ai rien à ajouter à ce que je vous ai dit hier au téléphone. De toute façon, maintenant, ça ne me concerne plus.

— J'aimerais que vous soumettiez ces deux dossiers à visa. De cette manière, nous aurons l'assurance que toute demande de consultation ne pourra être acceptée qui si elle est visée par l'un de nous deux.

— D'accord. Vous n'arrivez toujours pas à la joindre ?

— Je crains que ce ne soit un peu difficile.

Il tendit une main devant lui et dit pour sa défense :

— ... et je sais que ça sort un peu du protocole, mais comme je vous l'ai expliqué, sa situation sort aussi de l'ordinaire.

— Est-ce qu'elle souffre d'un SSPT ?

Le syndrome de stress post-traumatique, Simonsen y avait bien pensé. Au bureau, Pauline avait parfois des comportements quasi autodestructeurs. Elle se mettait dans des situations dans lesquelles elle risquait – c'était difficile à formuler – d'être remise à sa place, négligée ou même ignorée. Il savait que pour certains individus, c'étaient les signes avant-coureurs d'une seconde phase – l'automutilation. Les deux comportements visaient à étouffer la situation traumatique qu'ils avaient vécue. Cependant, il n'était pas psychiatre et n'était donc pas compétent pour faire un diagnostic médical.

Il répondit très ouvertement :

— Je ne sais pas. Elle est parfois complètement désaxée, tandis qu'à d'autres moments, elle travaille comme elle le faisait avant son kidnapping. Nous espérons évidemment qu'avec le temps, elle va retrouver un certain équilibre. Cependant, je crains fort qu'à ses yeux la mort de cette jeune femme représente une possibilité d'enquêter sur sa propre affaire. Il y a un autre facteur : quand elle s'est trouvée prisonnière dans le bunker, cette femme m'a contacté pour me communiquer une information qui a permis de localiser l'endroit avant qu'il ne soit trop tard. Je crois que Pauline associe les deux événements et s'estime redevable, si je puis dire, à son égard. Ce sont de simples suppositions, car nous n'avons pas évoqué le sujet ensemble. Je crains cependant qu'en ce moment, elle ne fasse tout pour m'éviter et pour fuir ses autres supérieurs.

Le commissaire comprenait très bien le problème. Il n'était d'ailleurs pas totalement insensible à la situation dans laquelle se trouvait Pauline Berg, dont il connaissait le passé. Cela étant, les forces de police du pays ne disposaient pas toutes de ces informations.

— Elle a un rendez-vous cet après-midi qui doit lui permettre d'inspecter le lieu où la femme est décédée, précisa-t-il.

— Avec qui ? J'ose espérer que ce n'est pas avec vous.

— Avec la famille de la jeune femme, son beau-père et sa sœur.

— D'où tenez-vous cette information ?

— Du mari de la sœur, qui nous a appelés hier. Il était frustré de voir… comment dire, *l'engagement* dont fait preuve sa femme et il voulait savoir sur quelles bases juridiques nous avions décidé de rouvrir le dossier. Notez bien qu'elle dit être sa sœur, mais qu'en réalité, elle n'a aucun lien de parenté avec elle.

Le commissaire montra à Simonsen le lieu du décès sur une carte et celui-ci l'en remercia. Ils bavardèrent encore quelques minutes, évoquant d'autres affaires, des relations communes et la nouvelle réforme de la police.

Alors que Simonsen s'apprêtait à quitter la salle et qu'ils s'étaient serré la main, le commissaire lui demanda :

— C'est vrai que vous la connaissiez ? Je veux dire cette jeune femme ?

Il répondit en hésitant :

— Non, je ne la connaissais pas.

Simonsen essaya d'entrer dans son GPS les indications que le commissaire lui avait données pour trouver le lieu où Juli Denissen était décédée, mais il ne réussit pas à les enregistrer. Il songea un instant à faire demi-tour pour demander des précisions, mais décida finalement de s'arrêter à Frederiksværk. Il y trouva sans difficulté la maison de la culture, qui abritait aussi l'office du tourisme. Il en profita pour manger un burger allégé très correct, accompagné d'une salade un peu tristounette, et se fit remettre un petit dépliant qui contenait en son milieu une carte de l'endroit où il voulait se rendre, sur laquelle la femme à l'accueil avait dessiné le trajet au feutre. De retour dans sa voiture, il suivit ses recommandations et quitta la route nationale juste après l'entrée dans Asserbo. Il s'engagea alors sur un chemin forestier fort mal entretenu, où il fut contraint de slalomer pour éviter les plus gros trous. Au bout de dix minutes, il arriva sur un grand parking et alla se garer dans l'angle le plus éloigné, tout près de la plage. Il regarda autour de lui. L'emplacement, comportant en son centre une rangée de jeunes chênes abîmés par le vent, était entouré de pierres de granit peintes en blanc, et il observa que deux autres voitures étaient garées là. Il pleuvotait à peine, mais il tint à prendre le parapluie qu'il avait rangé dans le coffre. Il s'engagea sur une des dunes. La pente était raide, et il dut à maintes reprises s'accrocher à quelque touffe d'élyme des sables pour pouvoir avancer. Arrivé au sommet, il contempla la mer sublime devant lui, verte et agitée, et l'écume blanche qui en se soulevant au rythme des vagues modelait en permanence le champ de vision jusqu'à l'horizon, là où le ciel et la mer se rejoignaient. À sa gauche, la côte dessinait un arc régulier se terminant en pointe. Plus loin, elle semblait réapparaître, sans que l'on puisse distinguer les détails, mais il devinait les toits rouges de quelques maisons en direction de Hundested. Le vent sifflait dans ses oreilles, et lorsqu'il se retournait face à lui, il entendait alors comme un claquement de voiles poussées par son souffle, et le bruit était si fort qu'il couvrait le grondement des brisants bouillant à ses pieds.

Il resta là un moment, admirant le paysage, puis il alla sur le sable en direction du nord en traversant la zone d'entraînement qui s'étendait entre les dunes et la forêt à perte de vue. Il était maintenant à l'abri du vent, mais la pluie s'était mise à tomber et il dut ouvrir son parapluie. Le chemin qu'il suivait se résumait çà et là à de vagues traces de pas. Il arriva devant une pancarte, un cercle jaune portant en son centre une demi-bombe noire qui propulsait ses éclats stylisés dans un arc rouge. Le graphisme était certes déplorable, en revanche, on ne pouvait se tromper sur le sens. La zone étant un ancien terrain d'exercices militaires, on y circulait sous sa propre responsabilité. Il continua. Montant et descendant les douces collines, où la bruyère touffue ne laissait que çà et là place à de modestes groupes de petites fleurs cachées dans le sable. Il regarda autour de lui et ne vit que le spectacle de la nature. Il s'arrêtait par moments pour vérifier si quelqu'un n'avait pas cherché à s'abriter de la pluie dans la plantation située sur sa gauche. La lisière de la forêt était principalement composée de vieux pins maritimes qui, avec leur écorce tachetée de rouge et leurs troncs frêles, ressemblaient à une image en couleur d'un de ses livres de contes, à la fois attirants et inquiétants. Il n'y avait pas âme qui vive.

Ayant marché pendant dix minutes, il atteignit le haut d'une colline et aperçut alors deux silhouettes dans le lointain. Il fit demi-tour et se dirigea vers elles. En s'approchant, il reconnut sa collègue. Il ralentit et se dit qu'il allait appréhender la situation sans s'énerver. Il ne gagnerait rien à se mettre en colère.

Les deux femmes n'avaient pas des vêtements de saison et étaient toutes mouillées. Comme si de rien n'était, il salua aimablement Pauline, puis se présenta à l'étrangère. Elle fit de même et ils se serrèrent la main.

Linette Krontoft était une jeune femme blonde d'une vingtaine d'années, corpulente, les yeux bleu très vif, et le sourire triste vraisemblablement dû aux circonstances. Simonsen, tout en remarquant la régularité exceptionnelle de ses jolies dents blanches, se dit qu'un petit régime ne lui ferait pas de mal. Il songea surtout que ce n'était pas un endroit pour une telle rencontre. Il était pourtant là.

— Alors, où a-t-elle été retrouvée ? demanda-t-il d'un air placide.

Linette Krontoft lui montra le fond d'une cavité qui se trouvait à leurs pieds. Il fit cadeau de son parapluie aux deux femmes qui en avaient plus besoin que lui. Puis il descendit de côté dans le trou et y resta un instant. Il observa d'abord les dunes autour de lui, puis la terre sableuse qu'il gratta légèrement du pied. Ensuite, il remonta et, croisant le regard de sa collègue, il eut le sentiment que ses yeux durs n'annonçaient pas un atterrissage en douceur.

— Vous n'êtes pas venu pour nous aider, dit Linette Krontoft. Vous voulez nous mettre des bâtons dans les roues, empêcher Pauline de travailler, n'est-ce pas ?

Il ne lui répondit pas, tournant la tête vers l'une puis vers l'autre, ayant surtout une terrible envie de fumer. Il réfléchit soigneusement à ce qu'il allait leur dire :

— Il y a deux solutions. Vous voulez savoir lesquelles ?

Elles acquiescèrent d'un air sceptique, Pauline limite hostile.

— Soit vous continuez vos recherches sans moi. Dans ce cas, vous verrez que vous n'obtiendrez ni aide ni réponse des services de police. De plus, j'adresserai une lettre à tous ceux qui ont apporté leur aide le 10 juillet, lors de la mort de Juli Denissen, en leur demandant de ne pas vous recevoir au cas où vous auriez le mauvais goût de les contacter. Soit nous trois prenons, de manière officieuse et à titre privé, contact avec un très bon pathologiste que je connais. Sachez cependant que ça peut prendre du temps d'avoir un rendez-vous, je vous demanderai donc de ne prendre aucune initiative entre-temps. Si le pathologiste, à l'étude du rapport d'autopsie, exprime le moindre doute quant à l'exactitude des conclusions indiquant qu'il s'agit d'une mort naturelle, je m'engage ici, devant vous, à faire rouvrir le dossier. Dans le cas contraire, vous devez me promettre de la laisser reposer en paix.

— C'est au professeur Arthur Elvang que tu penses ? demanda Pauline.

C'était la première fois qu'elle s'exprimait depuis le début de la rencontre. Il se tourna vers elle. Oui, c'était à lui qu'il pensait.

— Je vais retourner à ma voiture et attendre un quart d'heure, précisa-t-il. Si vous vous mettez d'accord avant que je parte, on se reparle tout à l'heure. Sinon, appelle-moi ce soir, Pauline.

Il s'en alla sans attendre leur réaction et leur laissa son parapluie.

La réponse lui parvint dans la soirée. Pauline Berg l'appela pour lui dire qu'elle avait discuté de sa proposition avec le groupe, et qu'ils avaient décidé de l'accepter, sous réserve de pouvoir terminer les prises du film qu'ils étaient en train de faire dans l'appartement de Juli, celui-ci devant prochainement être vidé. Mon Dieu, quels termes ! le *groupe*, et puis cette façon insensée de dire *Juli*, sans nom de famille. Il secoua la tête tout en la félicitant d'avoir pris une décision raisonnable. Et puis soudain, tandis qu'il lui demandait avec le plus de tact possible si elle viendrait travailler lundi, elle se mit à pleurer. Elle n'était bonne à rien, elle le savait bien. On ne pouvait rien lui confier. Elle s'accusait des pires choses et il ne savait pas quoi dire. Il se demandait encore comment il avait survécu à la demi-heure qui avait suivi. Quand elle eut enfin fini, s'excusant en reniflant de tout et de rien, il se servit pour la première fois depuis des mois un petit verre de cognac qu'il avala cul sec et sans le moindre état d'âme. Ensuite, il éteignit son portable, alluma la télévision et s'endormit.

Il fut réveillé une heure plus tard par la Comtesse qui, rentrant du bureau, le vit allongé et sentit aussitôt les effluves d'alcool. Elle le réprimanda violemment, il savait bien que sa santé ne lui permettait pas de tels écarts. Quand donc le comprendrait-il ? La journée se termina comme elle avait commencé, dans une atmosphère maussade. Le soir, il alla dormir dans sa chambre au premier.

L'été qui s'était prolongé au début du mois par une canicule insupportable était à présent bien terminé. Un temps instable et un vent violent lui avaient succédé, et les matinées étaient déjà fraîches. Simonsen dut à nouveau faire un effort pour aller faire son jogging qu'il commençait pourtant à apprécier. Courir contre le vent et par mauvais temps n'était pas une partie de plaisir.

L'enquête sur le meurtre du postier piétinait. Il décida donc de convoquer Pedersen et la Comtesse pour faire le point sur le dossier et relancer les investigations. Cela lui paraissait plus que nécessaire.

La réunion eut lieu le mercredi 24 septembre au matin dans le bureau d'Arne.

Il ouvrit la réunion en faisant un résumé de ce qui s'était produit depuis leur dernière rencontre. Ce n'était pas encourageant.

On avait envoyé des petits morceaux du papier de chacune des dix-huit affiches pour les faire analyser par un laboratoire allemand. Cela devait permettre de comparer le papier utilisé pour les photos avec ceux de différentes périodes et en conséquence de déterminer à quel moment les affiches avaient été réalisées.

— Je voudrais surtout pouvoir dater la première, mais il est possible qu'il faille attendre un certain temps. Le seul élément nouveau dont nous disposons est la confirmation du fait que la jeune fille sur la photo ne représente ni sa mère jeune, ni sa sœur cadette.

Ses deux collègues reprirent en chœur *ni sa mère, ni sa sœur cadette*. Voilà un point qui était éclairci. On voyait à leur attitude qu'ils pensaient avoir d'autres chats à fouetter, mais ils s'efforçaient pourtant de trouver les répliques appropriées.

— Et puis, conformément à ce qu'on m'avait demandé, j'ai étudié les types de cambriolage survenus dans le quartier.

Rien n'indiquait que le meurtre avait pour origine un cambriolage ou un vol à main armée qui aurait mal tourné. D'autant que la situation de la villa laissait penser qu'un cambrioleur ou un voleur choisirait de préférence une maison plus retirée.

Il ne s'agissait donc ni d'un cambriolage, ni d'un vol. Que dire de cela ? La Comtesse fit un vague commentaire, Pedersen regarda sa montre et Simonsen continua d'énumérer les points de sa maigre liste.

— Ce qui me contrarie le plus, c'est que je ne parviens pas à trouver les négatifs des photos qu'il a prises de cette fille. Ils doivent pourtant être quelque part. Une hypothèse consisterait à penser que celui ou ceux qui l'ont assassiné ont pris ces négatifs. En tout cas, ils ne sont pas là. On a à quatre reprises fouillé le bureau de poste, son appartement et toutes ses affaires, sans aucun résultat hormis… Oui, il est vrai que vous connaissez cette histoire.

Il avait constitué trois équipes de deux hommes chacune. Des hommes compétents, précis, qui ne trouvèrent rien à redire quand il leur demanda pour la quatrième fois de tenter de mettre la main sur les négatifs qu'aucun d'entre eux ne croyait plus pouvoir trouver. Heureusement, le jeune couple qui habitait à présent dans l'appartement de Kramer était disposé à les aider. Ils avaient donné une clef aux policiers avant de partir travailler.

Malheureusement, l'équipe qui devait fouiller l'appartement avait eu la déplorable idée de laisser un des chiens participer à l'investigation. Le locataire de l'appartement avait appelé Simonsen dès son retour. Sa femme était allergique aux poils de chien, et il fallut loger le couple à l'hôtel aux frais de la Crim le temps que l'appartement soit totalement nettoyé. Pour comble de malheur, le locataire avait également rapporté une autre… irrégularité.

Simonsen avait donc convoqué les deux policiers à un entretien informel. Il fit d'une voix forte une longue introduction et conclut en ces termes :

— La pauvre femme renifle, éternue et est oppressée, simplement par votre faute. Mais je dois avouer que l'idée était astucieuse. Un chien spécialiste des films et pellicules, pourquoi pas ? À propos, qui en est le propriétaire ? Un des deux hommes indiqua que c'était lui. L'entraînement était en cours et semblait prometteur. En dépit de la situation, il était clairement fier de son chien.

— Je lui ai fait renifler un rouleau de négatifs, puis des photos. Ensuite, nous avons inspecté murs, portes, plafonds, rebords de fenêtre, etc. tous les endroits où nous n'avions rien trouvé jusqu'alors.

— Votre chien est-il en rut ?

— Non, pourquoi cette question ?

— Vous faites erreur, il est en rut. Et il a trouvé quelque chose. Ma source ne comprend effectivement pas comment on a pu mettre un tel désordre dans une boîte comportant des photos à caractère très privé. En réalité, des photos tout à fait confidentielles. Je lui ai expliqué que nous ne prenions pas des empreintes pour affirmer ce genre de choses. Et c'est vrai, mais c'est aussi de la chance, car le fait est que le chien était si lubrique qu'il n'a pu s'empêcher de mettre ses pattes sur la boîte contenant lesdites photos.

Les deux policiers, le regard bas et les joues rouges, s'abstinrent de tout commentaire.

— Pas un poil de chien. Pas un seul poil invisible de ce chien en rut. Aux aspirateurs, comme si toute votre carrière en dépendait. Dehors, maintenant !

La Comtesse demanda à Konrad Simonsen :

— Est-ce qu'ils ont réussi à enlever tous les poils de chien ?

— Je crois. Sinon, l'histoire risquait de nous coûter cher.

— Mais l'idée du chien n'était pas stupide. As-tu essayé au bureau de poste et dans l'entrepôt où se trouvent les affaires de Kramer ?

— Oui, j'y ai pensé et je viens de laisser un message sur le répondeur du maître-chien. Il doit rentrer de vacances la semaine prochaine. Il m'appellera certainement d'ici mercredi.

— Arrêtons les paris, remarqua sèchement Pedersen.

Simonsen ne fit pas attention à lui et continua sa déprimante présentation.

— Le dernier point concerne les photos qui, pour le moment, sont accrochées à Søllerød.

La Comtesse l'interrompit :

— Dans ta galerie.

Arne rit, mais sans se moquer. Simonsen joua l'indifférent et leur raconta que des experts de divers domaines étaient venus examiner les photos de la fille dans le ciel. Des techniciens photo professionnels et un spécialiste du comportement avaient longtemps pesé le pour et le contre sans jamais arriver à une conclusion.

— Laisse-moi deviner. Il aurait fallu d'autres psychologues pour parvenir à une clarification ?

C'était la Comtesse qui venait d'intervenir et de formuler une excellente conclusion.

— En somme, ma galerie, comme vous dites, a été un fiasco, observa Simonsen.

— Et ta parapsychologue, tu ne l'as pas conviée ?

Au sein de la brigade criminelle, le fait que Konrad Simonsen faisait de temps en temps appel aux conseils d'une médium dans le cadre de ses enquêtes était un secret de Polichinelle. Dans certains cas, cela avait permis d'aboutir à des résultats surprenants, alors qu'en d'autres circonstances, cela avait été un fiasco.

— Elle vient d'être opérée de la hanche, mais je peux peut-être lui lancer une invitation dès qu'elle aura terminé sa rééducation.

Ses deux auditeurs l'approuvèrent. Ce serait un complément utile, et puis cela ne ferait de mal à personne. Il croisa les mains comme dans un élan d'optimisme.

— Voilà, je crois que j'ai terminé. L'un d'entre vous a-t-il une proposition sur la manière dont je pourrais faire avancer ce dossier ?

Les idées originales ne semblaient pas être légion. Un silence pesant s'ensuivit. Pedersen fut le premier à s'exprimer :

— On peut peut-être y réfléchir, Simon ?

Le lendemain, Pauline Berg apporta une contribution concrète dans l'affaire du postier. Certes rien de capital, mais Konrad Simonsen avait fini par se contenter de peu. Quand il arriva à son bureau ce jeudi matin, elle l'attendait. Elle lui annonça fièrement qu'elle avait un cadeau pour lui, qui n'était cependant pas emballé.

Après son escapade malheureuse au nord de Copenhague la semaine précédente, elle était arrivée au bureau lundi matin comme si de rien n'était, et ils n'avaient pas cru bon d'évoquer l'incident. Elle lui avait rapporté les documents qu'il lui avait remis sans faire de commentaires. Il les avait rangés dans son dernier tiroir, mais il savait bien qu'il allait devoir contacter le professeur Arthur Elvang pour lui demander de lire le rapport d'autopsie. C'était en effet ce qu'il lui avait promis presque une semaine plus tôt sur le terrain vague de Melby. Elle n'avait pas essayé de faire pression sur lui, n'avait même pas évoqué la promesse qu'il lui avait faite, mais il savait bien qu'elle n'oublierait pas son engagement et qu'il allait bientôt devoir prendre rendez-vous avec le distingué professeur.

Contrairement à ce qu'il avait prévu, au cours de la semaine écoulée, elle avait été plus joyeuse que d'habitude. Il avait presque l'impression de retrouver la Pauline Berg d'avant son agression. Elle était aussi plus sociable, non seulement avec lui, mais aussi avec les autres.

Il regarda le cadeau qu'elle lui présentait.

— L'attestation du baccalauréat de Jørgen Kramer Nielsen. Alors, on l'a enfin dénichée. Mais où l'as-tu donc trouvée ?

— Elle était accrochée dans le bureau de son père au bureau de poste jusqu'à l'arrivée d'un nouveau directeur. C'est pourquoi elle est sous verre. Deux des anciens postiers se souviennent qu'elle était accrochée en face du portrait du roi Frédéric IX, et sans doute l'a-t-on laissée encore quelques mois après l'accident d'avion de 1972, suspendue en face du portrait de la reine Marguerite, mais personne ne s'en souvient précisément. Nous l'avons trouvée dans la cave du bâtiment.

— Le père était donc fier que son fiston ait réussi son bac.

— C'est clair. Le père était aussi le premier au bureau de poste dont la progéniture obtenait un tel diplôme, donc il avait de quoi être fier. Mais regarde ça.

Elle lui tendit quelques feuillets et expliqua :

— C'est une correspondance entre Tom Kramer Nielsen et le ministère de l'Éducation qui date de 1969. N'hésite pas à me féliciter : tu ne t'imagines pas le nombre d'appels téléphoniques que j'ai dû passer pour obtenir ces copies. De toutes les institutions les plus bureaucratiques, c'est le ministère que je déteste le plus. Alors qu'ailleurs, on essaie de vous aider quand vous prononcez le mot *affaire de meurtre* ou *urgent*, dans l'administration centrale, ça semble avoir l'effet contraire.

— Oui, je connais ces lourdeurs. Je te félicite.

Elle lui résuma son action.

Jørgen Kramer Nielsen ne s'était pas présenté à son dernier examen, un oral de mathématiques. On n'en connaissait plus guère la raison, car son père avait donné plusieurs explications au fil du temps. En tout cas, conformément aux règles, son fils ne pouvait être admis au bac et devait passer l'examen de rattrapage. Mais cela ne s'est pas passé ainsi. Simonsen demanda d'un air étonné :

— Pourquoi donc ?

— Je n'en sais rien, mais le père se plaint énormément, arguant du fait que si son fils pouvait se voir attribuer un zéro, ça lui permettrait d'obtenir son diplôme. Jørgen Kramer

Nielsen avait en effet obtenu des notes largement au-dessus de la moyenne, et un zéro dans une des matières ne l'aurait pas empêché de l'avoir. Il y a donc un échange de correspondance entre le père et le ministère de l'Éducation. Toutefois, le ministère maintient sa position, ce qui est d'ailleurs conforme au règlement.

— Mais il a eu son diplôme ?

— Oui, nous sommes au Danemark, ne l'oublie pas. Il faut que tu saches qu'un des camarades de service militaire de Tom Kramer Nielsen a fait carrière au bon endroit. Il est devenu président des écoles supérieures d'enseignement pour adultes du Danemark. Alors, on sait bien que d'anciens camarades s'entraident. Et voilà comment Kramer a eu son diplôme. Essaie de sortir le document de son cadre et regarde la signature au dos.

Tout en s'exécutant, Konrad Simonsen dit :

— Tu as bien creusé dans l'histoire contemporaine. Qui t'a raconté tout ça ?

— Le président de cette institution lui-même, très vert malgré ses cent ans. Il m'a parlé pendant deux heures. C'était très sympa et tout à fait passionnant. Alors, qu'est-ce que tu dis de la signature ?

— Je crois bien que c'est Helge le Méchant.

— Pourquoi l'appelles-tu comme ça ? Il y a quelque chose qui m'échappe, je crois.

— Ce surnom est un peu injuste. Helge Larsen a été un ministre de l'Éducation des plus compétents, mais il a aussi été la cible de la révolte des étudiants, alors il s'est trouvé très exposé. Aucun homme politique n'aurait pu être populaire pendant ces années-là. Mais dis-moi, Kramer avait obtenu d'excellentes notes.

— Oui, regarde surtout ses notes à l'épreuve écrite de maths et en physique.

— Et malgré ça, il ne s'est pas présenté à l'oral de mathématiques et n'a pas voulu faire d'études supérieures. Je me demande pourquoi.

— Moi aussi. Mais je me suis trompée d'année quand je t'ai parlé des étudiants qui brûlaient leurs diplômes, c'était en 1970, sur Kongens Nytorv.

Elle s'arrêta un instant, puis dit, songeuse :

— J'aurais bien voulu vivre cette époque. Ça devait être super-intéressant ?

Konrad Simonsen secoua la tête.

— Pas pour moi. Je travaillais et d'ailleurs, je n'ai jamais été étudiant.

Les quelques éléments qui contribuèrent à faire avancer l'affaire du postier vinrent d'une source inattendue et, au demeurant, à un moment peu opportun pour l'inspecteur. Profitant d'un solde de vacances, il avait pris son lundi et son mardi, et voulait s'en servir pour élargir le champ de ses exercices physiques. Quand il faisait mauvais, il avait bien du mal à faire son jogging quotidien. Et d'ici deux mois, il y aurait peut-être de la neige et du verglas sur les trottoirs, et il serait alors absurde de vouloir parcourir le trajet habituel. Il avait donc fait l'acquisition d'un vélo d'appartement qu'il avait installé dans sa galerie. Et ce lundi matin, alors que pour la deuxième fois il s'entraînait et suait à grosses gouttes, observé par la fille inconnue, il fut interrompu par un visiteur étranger.

Klavs Arnold venait d'Esbjerg. Proche de la quarantaine, c'était un homme grand et robuste. Une poitrine large et musclée et pas un gramme de trop sur le corps, ce qui laissait à penser que, dans le bistrot de son quartier, il était rare qu'on se risque à le provoquer. Il portait des vêtements pratiques qu'il devait avoir depuis un certain temps et des bottes en cuir tout adaptées à la saison si l'on devait faire un exercice militaire. Les ayant déposées à la porte, il frappa et entra dans la pièce.

— Excusez-moi, vous êtes bien Konrad Simonsen, le chef de la Crim ?

Konrad Simonsen ralentit la cadence et observa l'homme qui inclina légèrement la tête pour pouvoir franchir le seuil.

— À qui ai-je l'honneur ?

— Ah, désolé, j'aurais dû me présenter… Klavs Arnold, officier de police à Esbjerg.

En guise de salut, il tendit la main et secoua énergiquement le bras de Simonsen, avant de baisser la vitesse du vélo.

— C'est beaucoup trop serré pour vous. Il faut le régler à trois maximum. Vous êtes débutant ?

Simonsen avoua d'un air un peu bourru. Il remarqua d'emblée que l'homme avait raison et arrêta de pédaler, tout en restant assis sur la selle.

— Parce que vous êtes expert ?

— Non, ce serait beaucoup dire, mais je tiens des permanences au centre de fitness de mon quartier, pour me faire un peu d'argent.

Il tendit à Simonsen la serviette posée à côté de lui.

— Je ne vais pas vous déranger longtemps. Ma femme et moi, nous sommes venus à Copenhague pour trouver un logement, nous déménageons cet automne. Alors, j'ai pensé que je pouvais en profiter pour régler un problème qui m'a préoccupé ces dernières semaines. Je me suis rendu à la préfecture de police, mais votre petite amie m'a dit que je vous trouverais ici.

— Et quel est votre problème ?

— Eh bien, voilà. Vous m'avez demandé de rechercher l'endroit où une personne qui vient chaque année en ville – je veux dire à Esbjerg – passe la nuit. Mais je ne dispose que d'un nom et je ne suis arrivé à aucun résultat. C'est pourquoi je vous ai adressé des mails et je vous ai téléphoné pour avoir un peu plus d'informations, son âge, une photo, que sais-je ? Je n'ai pas eu de réponse, et puis quelque temps plus tard, j'ai reçu un message dans lequel vous indiquiez la date probable d'arrivée et de départ de l'intéressé à la gare d'Esbjerg.

Il marqua une courte pause et poursuivit :

— Il est évident qu'Esbjerg n'est pas aussi vaste que Copenhague, mais tout de même, ce n'est pas possible.

Simonsen voyait bien le problème. Il lui demanda d'un air grave :

— Avec qui avez-vous été en contact ?

— Non, non, il n'est pas question que je vous le dise. Des collègues m'ont prévenu que vous pouviez vous montrer assez dur quand ça vous prend, et je ne suis pas venu pour demander la tête de quiconque, j'ai juste besoin d'un peu d'aide.

— Alors, vous ne voulez pas me répondre ?

— Niet.

— Et si je vous l'ordonne ?

— Impossible. Je suis en congé, et vous aussi.

Simonsen se contenta de regarder le torse de son interlocuteur. Ce n'était pas facile à voir, mais il avait un œil pour ce genre de choses. Il lui dit d'un air méfiant :

— Je vois que vous êtes armé.

Le Jutlandais hocha la tête.

— Pourquoi ?

— J'ai reçu des menaces au printemps, ma famille aussi. C'est plutôt désagréable... alors, depuis, je me protège. Nous avons aussi investi dans l'achat d'une armoire à fusils, donc nous respectons la loi. Mais n'allez pas vous imaginer que je suis du genre cow-boy, ce n'est pas le cas.

L'homme passa la main sur sa veste au niveau de la bosse qui cachait l'étui d'épaule. Simonsen lui demanda :

— Bière ou eau minérale ?

La présentation que fit Simonsen de l'affaire fut rapide et décevante, ce que son visiteur ne manqua pas de relever avec une sincérité agaçante :

— Vous n'avez pas grand-chose. Est-ce que je peux regarder les tableaux ?

L'homme inspecta lentement la pièce sans mot dire.

Simonsen le suivit, tel un gardien de musée. Quand il eut fait le tour, le Jutlandais demanda :

— Quel est le premier tableau ?

Konrad Simonsen fit un geste de la main.

— Nous pensons que c'est l'un de ces deux-là.

Ils se mirent devant. Il resta à nouveau silencieux, puis indiqua :

— C'est difficile de le dire en les observant à l'œil nu, mais un technicien pourrait certainement nous aider.

— À quoi pensez-vous ?

— J'ai l'impression que la première photo est une photo qu'il a prise lui-même, pas une image qu'il a découpée dans un livre, comme vous le dites. Et il l'a sans doute rencontrée à cette occasion, à moins qu'elle n'ait été tout le temps présente. Il s'agit peut-être du célèbre express côtier de Bergen à Tromsø. N'avez-vous pas dit qu'il économisait en vue d'un voyage ?

Konrad Simonsen était impressionné. Il le fit savoir, mais aurait dû s'abstenir. L'homme ignora le compliment et demanda :

— Qui a peint cette pièce ? C'est vous ? C'est très réussi, mes enfants adoreraient.

— Merci bien. Tout le monde me dit que c'est trop vif. Combien d'enfants avez-vous ?

— Cinq, mais les deux derniers sont des jumeaux, alors je n'ai rien pu y faire.

Il eut un sourire charmeur.

— Pourquoi vous installez-vous à Copenhague ? Besoin d'un changement d'air ?

— Sûrement pas ! Non, mais ma femme a un nouveau job, alors les petits et moi, on est bien obligés de suivre ! Je dois dire que ça a été dur pour me faire muter. Personne ne veut avoir un mec aux bottes crottées comme moi, mais finalement, ça a marché.

— Où serez-vous affecté ?

— À Helsinge, entre…

— Je sais où se trouve Helsinge. Que fait votre femme ?

— Elle a été élue à l'Assemblée. Oui, j'espérais qu'elle serait battue, elle était suppléante, mais le parlementaire en titre est tombé malade et s'est retiré.

— Combien de jours restez-vous à Copenhague ?

— Je repars ce soir. Je reprends le travail demain matin.

— Non. Demain, vous venez me voir à mon bureau. J'en parle à votre commissaire.

— Pourquoi donc ?

— Parce qu'il y a des gens que je veux vous faire rencontrer.

6

Le restaurant Sult, situé sur Vognmagergade au cœur de Copenhague, était clair et agréable et proposait au visiteur des tables espacées et une ambiance chaleureuse. C'était du moins l'opinion de Konrad, qui, arrivé à l'heure au rendez-vous, se doutait que sa compagne, partie faire des courses, ne serait pas forcément du même avis. Et son pressentiment s'avéra juste. Il s'était assis à une table près de la fenêtre, avait commandé un thé et regardait dehors d'un air distrait, tout en tournant la cuillère dans sa tasse où il n'y avait pourtant ni lait ni sucre. C'était l'heure de sa pause déjeuner, et il avait un peu mauvaise conscience car, ayant déjà pris deux jours de congé après un long arrêt maladie, il s'accordait maintenant un moment de liberté qui, pour peu que la Comtesse se fasse désirer, risquait de durer largement plus d'une heure.

La matinée avait réservé à la fois de bonnes et de mauvaises surprises. Pour commencer par les mauvaises, on risquait de devoir attendre longtemps avant de pouvoir effectuer une fouille des affaires de Kramer avec un chien policier. Il n'avait toujours pas trouvé les négatifs qu'il était sûr de trouver là, et le chien avait attrapé un rhume. C'est en tout cas ce que lui avait affirmé le propriétaire lorsqu'il l'avait contacté ce matin. Il supposait cependant qu'il lui avait menti pour se venger du savon qu'il avait passé aux deux policiers la semaine précédente. Mais que pouvait-il y faire ? Exiger que l'on conduise ledit chien chez le vétérinaire parce qu'il les soupçonnait de tirer au flanc ? Il aurait pu demander un autre chien, mais le temps d'attente était assez long. Et puis le chien malade présentait un avantage certain : son entraînement n'étant pas terminé, il ne faisait pas encore partie de la brigade canine et on pouvait en temps normal en disposer rapidement. Peut-être faudrait-il attendre la semaine des quatre jeudis, c'était frustrant. Il avait mis Pauline sur l'affaire, et espérait qu'elle saurait calmer le maître-chien et faire en sorte que le chien se remette un peu plus vite.

Le cas de Klavs Arnold avait été beaucoup plus simple à régler. Le commissaire d'Esbjerg avait, à sa demande, accepté de prolonger de quarante-huit heures le séjour à Copenhague de son adjoint. Celui-ci put donc disposer d'une journée libre et jouer au touriste en toute tranquillité. Cela s'imposait. Au début, il se sentait complètement perdu, même sur la grande place de l'Hôtel-de-Ville. Aujourd'hui, il l'avait présenté à ses collègues et cela s'était globalement bien passé. Il avait beaucoup plu à la Comtesse, ce qu'elle n'avait pas manqué de clamer haut et fort avant de partir faire son shopping. Il semblait aussi que le courant passait entre Arne Pedersen et le Jutlandais, on ne pouvait donc rêver mieux. Il avait craint que les deux hommes ne s'affrontent et que chacun ne cherche à marquer son territoire, mais ses craintes s'étaient révélées injustifiées. Au contraire, Arne avait pris le temps de lui montrer les locaux de la préfecture. Il avait également accepté qu'un policier accompagne Arnold à Esbjerg, pour qu'il ne soit pas seul à enquêter sur les lieux où l'on supposait que Kramer avait résidé lors de ses séjours annuels dans la ville. Sa mission s'était concrétisée par la remise d'une photo du postier. Konrad s'était engagé à trouver le policier idoine, mais ne l'avait pas encore choisi. En revanche, il avait déjà recueilli l'avis de Pauline. Le couperet était tombé, *plouc et banal.* Il songea un instant qu'il devrait peut-être l'envoyer à Esbjerg avec lui, puis il se ravisa.

Sentant une main se poser sur son épaule, il crut un instant que c'était la Comtesse.

— Vous ne pourriez pas arrêter ce bruit ? C'est agaçant.

C'était le client de la table voisine qui s'adressait à lui, en montrant sa tasse. Il mit du temps à comprendre de quoi il retournait ; c'était le bruit de sa petite cuillère, qu'il continuait de remuer machinalement dans la tasse.

Il s'excusa et reposa la cuillère dans la soucoupe. Puis il jeta un coup d'œil à sa montre, ignorant la pendule accrochée au fond du restaurant. Au même instant, on frappa sur la vitre devant lui. Il leva la tête et vit la Comtesse sur le trottoir, chargée comme une besacière. Qui aurait eu beaucoup d'argent.

Ils réussirent à glisser ses paquets sous la table et passèrent leur commande. Konrad lui dit :

— J'envisage d'engager le Jutlandais ; ou plus exactement, de demander à Arne de l'embaucher. Qu'en penses-tu ?

— Je pense que c'est une bonne idée. Il est compétent ?

— C'est ce que prétend son patron. En tout cas, il avait raison de remettre en cause le fait que les paysages figurant sur les premières affiches consacrées à la jeune fille avaient été tirés d'autres photos.

— Mais il a eu tort ?

— Malheureusement, oui. Melsing l'avait déjà vérifié, sans que je puisse expliquer comment il procède. Je trouve néanmoins que son idée était intéressante.

— Je suis d'accord. Mais n'est-ce pas tout de même une base un peu maigre pour asseoir une telle décision ?

— Je me suis fait envoyer son dossier, je l'aurai demain. Je crois qu'il s'intégrera bien dans l'équipe, c'est l'essentiel. Il devra évidemment effectuer une période d'essai. Mais rien ne presse, on a le temps.

La Comtesse était d'accord avec lui sur les deux points.

Après le déjeuner, Konrad eut le droit de découvrir les achats de rentrée de sa compagne, sans disposer toutefois du moindre droit de renonciation. Chacune de ses trouvailles fut sortie de son sac, dépliée et commentée avant de retrouver son étui. Cela prit un certain temps, on voyait bien que sa carte de crédit avait pris l'air. Konrad fit de son mieux, mais à mesure que le temps passait, il avait de plus en plus de mal à varier commentaires et compliments et dut aller à la chasse aux superlatifs. Mal lui en prit. Car s'il n'avait pas des mots assez admiratifs pour qualifier par exemple un pull, il était condamné à revoir le précédent. *Tu préférais peut-être le pull mauve à rayures ?* En vérité, il l'avait oublié depuis longtemps. Mais si elle s'en apercevait, elle ressortait aussitôt le fameux pull, qui méritait bien un rappel. Il était ainsi en mesure de comparer les deux. Quel est celui que tu préfères ? Et il n'était pas question de répliquer *Je les aime tous les deux*, car une telle réponse n'était pas recevable. Cela pouvait durer longtemps. Mais la fin arriva cependant. Il ne restait plus qu'un paquet, et ce n'était pas un vêtement. La Comtesse le sortit du sac en plastique et le posa fièrement sur la table. C'était un appareil photo, un Nikon F6, un reflex argentique, pouvait-on lire sur la boîte. Il demanda néanmoins :

— Qu'est-ce que c'est ?

— Le cadeau d'anniversaire d'Anna Mia. Tu as oublié que nous avions envisagé de lui offrir un appareil photo ? C'est ce qu'elle voulait, d'ailleurs.

Effectivement, il se souvenait de leur discussion. Il regarda le paquet d'un air méfiant.

— Si on veut lui donner son cadeau avant son départ pour Bornholm, il est logique de l'acheter maintenant, précisa-t-elle. N'est-ce pas la semaine prochaine qu'elle part ?

— Oui, tu as raison, mais il a l'air coûteux.

D'un geste, elle exprima que cela lui importait peu. Cela n'était pas si surprenant. Elle avait hérité la plupart de son argent de son père qui avait, selon ses propres dires, construit sa fortune sur des combines et astuces toutes légales : son activité était basée sur l'achat d'appartements qu'il revendait après les avoir fait sommairement retaper. Elle était ainsi devenue riche sur le tard, et ne s'était jamais habituée à ce trésor, ce qui la conduisait à intervalles réguliers à jeter l'argent par les fenêtres sans que cela entame le moins du monde son capital. Il arrivait parfois que cette extravagance dépasse les bornes. Comme par exemple aujourd'hui. Il lui dit d'un air vaguement maussade :

— Si je donne un cadeau à ma fille pour son anniversaire, je veux savoir combien il coûte. Et je veux aussi en payer la moitié.

Elle eut un léger mouvement de tête et énonça le montant d'un ton sec :

— Quatorze mille pour l'appareil, et quatre mille pour l'objectif que je devrais recevoir demain.

Une fois qu'elle eut prononcé ces mots, ils surent tous les deux qu'il y avait un problème. Ils s'observèrent un instant comme s'ils voulaient prendre leur élan. Puis Konrad dit d'un ton catégorique :

— Ce n'est pas possible, il faut que tu le rendes.

— Tu peux m'expliquer pourquoi ? Est-ce que tu refuses de dépenser neuf mille couronnes pour ta fille ?

Il se sentit offensé et répondit fermement :

— Évidemment que non. Mais dans notre famille, on n'a pas l'habitude d'offrir des cadeaux d'anniversaire aussi extravagants. Par ailleurs, on risquerait d'humilier sa mère et son demi-frère, quand ils vont se pointer avec leurs petits cadeaux à cinq cents couronnes.

— Eh bien, tu leur expliqueras que cela compense le fait que tu ne lui as rien donné pour sa confirmation. À propos, depuis quand t'intéresses-tu aux états d'âme de ton ex ?

Rougissant, il dit sur un ton grincheux :

— Je suis capable de la fréquenter sans chercher à l'importuner sciemment.

La Comtesse murmura :

— Qu'est-ce que tu entends par là ? Tu veux bien m'expliquer ?

— Tu sais très bien ce que je veux dire.

Elle rassembla ses sacs avec des gestes hargneux et efficaces et sortit du café la tête haute et le corps droit. Elle avait laissé sur la table le paquet contenant l'appareil photo.

Une heure plus tard, il arriva à la préfecture de police avec la boîte sous le bras. Toujours de mauvaise humeur, il était maintenant disposé à trouver une solution en reprenant la discussion sur un ton plus calme. Il alla dans son bureau, mais elle n'y était pas. Il croisa Pedersen dans le couloir.

— Bonjour, Simon. C'est une idée géniale de vouloir envoyer la Comtesse à Esbjerg.

Il resta bouche bée. Arne aperçut la pub sur le paquet.

— Mince, un Nikon F6, pas mal ! Je peux y jeter un œil ?

Il lui tendit le sac.

— Je t'en prie. Si tu as des questions, adresse-toi à la Comtesse, c'est à elle.

Quand il arriva dans son bureau, il y trouva Pauline confortablement installée sur le sofa en train de lire une note. Elle était de bonne humeur.

— Tu t'es fait désirer, mais maintenant que tu es là, il faut que je te dise : j'ai pris rendez-vous avec le maître-chien. Tu as attendu demain à dix heures dans l'entrepôt d'Express Flyt à Hvidovre.

Il la pointa du doigt.

— Sors de mon bureau !

Elle poussa un rire et lui fit remarquer qu'elle était contente de voir que lui aussi faisait des caprices. Puis elle s'en alla en claquant la porte. Il s'installa aussitôt dans le sofa et songea que tout ça était merdique.

Le temps s'était rafraîchi, les matins étaient froids et humides, et dans le jardin de la Comtesse, des toiles d'araignée vinrent s'installer entre les branches des roses grimpantes plantées près du garage. Une toile élégante, décorée d'une myriade de perles de rosée, étincelant aux premiers rayons du soleil, que Konrad prenait le temps de contempler quelques instants avant de partir.

L'économie danoise s'était elle aussi refroidie. Ne sachant ce que l'avenir leur réservait, les gens épargnaient. La conscience de la crise se faisait plus aiguë et le climat d'insécurité s'aggravait. Pendant ce temps, le directeur de la police nationale conviait tout le personnel à quelques réjouissances dans le centre d'exposition et de congrès Øksnehallen de Copenhague. Une vidéotransmission était prévue pour les personnels des onze circonscriptions de police de province qui n'auraient pas la chance d'y participer. On les invitait à considérer la période de crise actuelle, les économies, les réductions d'effectifs comme un challenge susceptible de déboucher sur la création de nouveaux processus, une opportunité unique pour développer l'innovation. Au sein de la brigade criminelle, le sujet de conversation de cette semaine se résuma à une question : comment trouver une excuse pour ne pas y aller.

En l'absence de la Comtesse, Konrad s'ennuyait. La veille au soir, il avait eu une longue conversation téléphonique avec elle, et ils s'étaient mutuellement excusés. Elle pensait toutefois qu'une séparation de deux ou trois jours ne leur ferait pas de mal. Il confirma qu'il partageait son avis, mais ce matin au réveil, se retrouvant seul, il avait eu du mal à voir l'aspect positif de cette géniale idée. Il prit un bain rapide et un petit-déjeuner sommaire. Une heure après s'être réveillé, il était déjà dans l'entrepôt d'Express Flyt à Hvidovre, encore tout ensommeillé, mais heureux de se mettre au travail. Une manière de ne plus penser à elle.

Dans l'entrepôt, il retrouva un maître-chien morose et un chien joyeux, un jeune labrador très joueur qui se comportait encore comme un chiot. Quatre costauds en combinaison bleue étaient en train d'apporter les meubles de Jørgen Kramer Nielsen au centre du local et les disposaient sur le sol devant eux. Ils travaillaient efficacement et en silence et avaient presque terminé. Konrad songea qu'Arne allait recevoir une belle facture de la société de déménagement, mais que ce n'était heureusement pas son problème. Quelques instants plus tard, Pauline fit son apparition, parvenant à caresser le chien et à charmer le maître, tout en savourant le yaourt qu'elle tenait à la main. Elle était d'excellente humeur.

Le chien dut flairer une pellicule et reçut l'ordre de commencer sa recherche. Il se faufila entre les meubles en remuant la queue et s'arrêta devant une étagère vide qu'il gratta énergiquement. Le maître-chien lui donna une petite tape, puis il prononça ses premières paroles de la journée :

— Il a trouvé quelque chose.

Les trois policiers inspectèrent attentivement l'étagère en teck, dotée d'un dos et de six tablettes. Chaque centimètre carré fut examiné. Ils retournèrent l'étagère et vérifièrent le fond, mais sans succès. Le chien s'était couché. Il remuait la queue qui venait taper le sol en cadence, et suivait dans l'expectative les gestes de son maître. Ils soulevèrent les tablettes de leurs crans en métal, les inspectèrent une par une avec la plus grande minutie, tournèrent et retournèrent l'étagère dans tous les sens possibles et imaginables, allant même jusqu'à retirer les crans de leurs trous pour les scruter au plus près. En vain. Simonsen regarda le chien d'un œil mauvais. Au bout d'un quart d'heure de recherches toujours infructueuses, ils abandonnèrent le meuble et le maître-chien donna un ordre bref à son chien pour le remettre au travail. Il fit un bond de cinquante centimètres et esquissa un pas de danse sur une des tablettes qu'ils avaient posée par terre. Son maître réagit sur-le-champ :

— Il a trouvé quelque chose.

Simonsen et Pauline examinèrent à nouveau l'étagère.

— Est-ce que vous voyez quelque chose ? demanda le maître-chien.

Simonsen lui répondit d'un ton sec :

— Oui, une tablette en bois de teck laminé, de soixante centimètres sur trente environ, de douze ou quatorze millimètres d'épaisseur, avec des rainures à chaque extrémité pour enfoncer les tasseaux.

— Autre chose ?

— Oui, sur l'une des surfaces, il y a des éraflures, on dirait des pattes de chien.

C'était un trait d'humour, mais Pauline Berg perdait son temps, car le maître-chien persista :

— Il y a quelque chose dans cette tablette.

— Il n'y a rien du tout.

— Essayez de les mélanger, tout en gardant un œil sur la première.

Il tira le chien à quelques mètres de là et leur tourna le dos. Visiblement, il s'agissait de ne pas sous-estimer les capacités intellectuelles de l'animal. Simonsen s'exécuta donc consciencieusement. Pauline Berg avait renoncé au projet. Elle exhorta le maître-chien :

— Attention à la triche.

— Soyez tranquille.

Konrad Simonsen était prêt, le chien reçut son ordre. Il se précipita sur-le-champ vers son étagère qu'il gratta cette fois-ci de l'autre côté.

— Il a trouvé quelque chose, déclara Simonsen.

Il se mit alors à examiner minutieusement la tablette, puis secoua la tête. Il était lui aussi prêt à abandonner. Il tendit la tablette au maître-chien qui parut en savoir plus sur les tablettes en bois que lui.

— Elle n'est pas en bois plein, affirma-t-il. Il y a deux feuilles de placage en teck de trois millimètres à l'extérieur et quatre millimètres de panneaux de particules au milieu. Par conséquent, on peut avec un peu de patience extraire la couche centrale avec les dents d'une scie égoïne. Les panneaux sont plus tendres que le placage, c'est donc très facile. Ensuite, on a une belle petite cachette. Ça s'est déjà vu.

Il sortit son portable de sa poche intérieure, et Pauline lui demanda d'un air ingénu :

— Vous demandez un autre chien ?

Il ne répondit pas et éclaira l'une des rainures.

— Je crois qu'il y a une fente, indiqua-t-il alors. Il est possible qu'il ait taillé un morceau dans un autre panneau de particules, qu'il glissait à l'intérieur quand il voulait cacher le trou. Est-ce que vous auriez un objet pointu et flexible ? Une agrafe ou un bout de fil de fer ?

Simonsen fut obligé de s'aventurer au fin fond de l'entrepôt pour trouver, derrière un mur en verre, un bureau. Il était vide. Il se faufila et subtilisa une poignée d'agrafes du support magnétique qu'il trouva sur un des bureaux. En revenant, il les tendit au maître-chien. Celui-ci ouvrit l'une des agrafes pour en faire un petit crochet et laissa tomber le reste par terre. Il tendit ensuite son mobile à Pauline pour qu'elle éclaire l'endroit et, avec une extrême concentration, fit pénétrer son outil dans la rainure. Dès le premier essai, la manipulation réussit et il dégagea un étroit morceau de bois. Il éclaira la cachette.

— Il y a une enveloppe à l'intérieur.

Simonsen souligna en souriant :

— Nous laissons ça aux soins des techniciens. Notre travail s'achève donc ici. J'étais sceptique au départ, mais je dois reconnaître que vous avez fait du beau travail avec votre chien.

Avant de partir, le chien eut droit à une récompense et Simonsen se dit qu'il aurait dû en apporter une pour son maître, qui l'avait bien mérité. Pour compenser cet oubli, il lui donna deux tapes amicales dans le dos.

Simonsen dut patienter quatre longues journées avant de savoir si la nouvelle tant attendue allait enfin permettre de faire progresser son enquête. Il en profita pour vérifier un point qui le tracassait depuis longtemps.

Le postier retraité à qui il avait rendu visite dans sa maison de retraite lui avait menti. En 1969, les jeunes n'épargnaient pas pendant des années pour voyager. Ils emportaient un casse-croûte et s'en allaient sur-le-champ. Cependant, le fait que Kramer n'ait jamais eu de passeport était encore plus significatif, car ça correspondait mal à l'image d'un jeune fan de voyages. Il avait déjà eu cette idée lorsqu'il avait inspecté les affaires du défunt avec Arne, et puis elle lui était sortie de l'esprit. Bien plus tard, un beau matin, alors qu'il se trouvait dans sa salle de bains – le cerveau était une étonnante machine – l'association d'idées lui était revenue à l'esprit. Il avait alors prié un policier d'enquêter sur la vie du retraité d'un peu plus près et les pièces du puzzle s'étaient mises en place.

Il retourna donc à la maison de retraite et mit le vieillard face à ses contradictions :

— Vous m'avez menti, la dernière fois qu'on s'est vus. Vous m'avez assuré que Jørgen Kramer mettait de l'argent de côté pour faire un tour du monde. C'est faux.

Le vieil homme se retrancha derrière l'excuse de l'âge :

— Je ne m'en souviens pas.

— Vous m'avez aussi fait le portrait d'un garçon très vif et aimant la vie avant l'accident d'avion dans lequel ses parents ont péri. C'est également faux.

— Ça fait bien longtemps que nous nous sommes parlé. Je me souviens à peine de votre visite.

— Encore un mensonge. Votre mémoire est excellente.

— Comment le savez-vous ? Ça peut arriver à tout le monde de se tromper.

— Est-ce que vous aimez la police ?

Le visage acerbe du vieillard se renfrogna. Il ne répondit pas, mais secoua la tête d'un air peu aimable.

— N'avez-vous pas essayé à plusieurs reprises d'entrer dans la police quand vous étiez jeune ?

— Oui, mais j'étais trop petit. C'était totalement injuste.

— Est-ce que c'est pour ça que vous avez menti ? Ou était-ce parce que vous aviez une dent contre le postier ? Vous n'aimiez peut-être pas son fils non plus ?

— Je n'aime personne.

Cela, au moins, avait le mérite de paraître vraisemblable, se dit Simonsen. Il sortit alors deux cartouches de cigarettes de son cartable. Il avait réfléchi à une manière de motiver le vieil homme et en était arrivé à la conclusion que lui faire miroiter une petite carotte serait sans doute la meilleure solution.

— D'après ce que je sais, lui dit-il, un retraité qui ne dispose pas d'épargne personnelle ou de retraite par capitalisation peut avoir du mal à joindre les deux bouts… Le directeur m'a dit que c'était votre marque préférée.

Il posa les sèches sur la table et ajouta :

— La vérité, sans fioritures, c'est tout ce que je veux.

Fixant des yeux les deux cartouches, le vieux renonça aussitôt à lutter contre ses démons :

— Dès son premier jour de travail, Jørgen a eu un comportement bizarre. Et puis je n'aimais pas son père, un sale vantard. Le fils, lui, ne faisait rien de mal, mais il ne faisait rien de bien non plus, il se contentait d'être là.

— Je connais le refrain.

— Tout le monde le trouvait bizarre, même son père. Bizarre, mais inoffensif.

— Et il n'avait pas du tout l'intention de faire un voyage.

— Non, je ne crois pas qu'il aurait pu avoir une telle idée. Il n'était pas comme les autres.

— Les autres ?

— Les jeunes qui ont été embauchés durant cette période. Ceux-là, je ne pouvais pas les supporter, des mecs aux cheveux longs et sales, qui ne respectaient rien. Ils voulaient tout détruire, ils ne savaient rien faire d'autre. D'un jour à l'autre, il fallut que tout le monde se dise *tu*. Le passé était liquidé. C'est des coups de bâton qu'ils méritaient.

— Et vous étiez partant pour les leur donner ?

— Bon sang, qu'est-ce que j'aurais voulu être là ! Mais je n'ai pas eu cette chance. La société entière les admirait. Brusquement, toutes sortes de cochonneries pornographiques ont été autorisées, personne ne défendait plus la morale de bon sens, sans parler de valeurs traditionnelles comme l'honnêteté et la décence. Et qu'est-ce qui est arrivé ? Eh bien, tout s'est écroulé comme un château de cartes, à cause de notre maudite tolérance. Et ce n'est pas tout. Car pendant que le Flower Power se transformait en terreur rouge, que les narcomanes se multipliaient, que le bruit remplaçait la musique, et que les féministes danoises de tendance Redstockings se réunissaient sur leur île débile, nous les pauvres types, il ne nous restait plus qu'à débourser…

Simonsen l'interrompit.

— D'accord, ça suffit, je crois avoir compris. Essayons de revenir à des choses plus terre à terre. Est-ce que le postier était lui aussi tolérant ?

— À l'époque où j'ai été embauché, pas du tout. C'est tout juste s'il ne voulait pas vérifier chaque matin la propreté de nos oreilles. Mais dix ans plus tard, c'était presque le contraire, c'était au tour des jeunes employés d'être agressifs. Ils entraient même dans son bureau sans frapper ; alors, il a bien été obligé de s'adapter aux nouvelles mœurs.

— Et son fils ? Avait-il aussi les cheveux longs et l'allure négligée ?

Le vieux réfléchit. On voyait bien qu'il faisait de son mieux pour mériter ses cigarettes.

— Non, Jørgen n'avait pas les cheveux longs. Il était coiffé en brosse. Je m'en souviens très bien. Est-ce qu'il avait l'air crasseux ? Oui, sans doute, ils étaient tous crasseux à l'époque, alors…

— Est-ce que Jørgen était aussi bizarre lorsqu'il était enfant ?

— Aucune idée. Je ne l'ai pas connu avant qu'il vienne travailler à la poste.

— Avez-vous autre chose à me dire à son sujet ?

Il réfléchit à nouveau, puis demanda :

— Est-ce que vous me donnerez les cigarettes dans tous les cas ?

— Bien sûr que oui, elles sont à vous.

— Alors, je n'ai rien à ajouter. Si, il y a tout de même une chose. C'est curieux, mais il aurait remué ciel et terre pour obtenir des jours de congé en juin, toujours à la même période. Je ne me souviens plus des dates, mais je sais qu'il partait faire de la voile pendant une semaine. Où allait-il ? ma foi, je l'ignore.

— Parce qu'il vous disait qu'il partait faire du bateau ?

— Non, mais il avait des marques de bronzage caractéristiques. Il était par exemple bronzé sous le menton ; et ça, c'est quand le soleil se réfléchit dans l'eau.

— Intéressant. Autre chose ?

— Non.

Simonsen se leva.

— Pour finir, j'aimerais savoir si c'est à cause de la police ou du postier que vous m'avez caché la vérité la première fois.

— Vous savez, les flics, ce sont de sacrées fripouilles, parce qu'il ne me manquait que deux centimètres.

— Pour avoir carte blanche et cogner du hippie ?

— Qu'est-ce que j'aurais aimé ça. Vous vous rendez compte, pour deux ridicules centimètres.

— Il vous manquait neuf centimètres. Par ailleurs, vos notes au collège étaient mauvaises. Alors, ne vous imaginez pas que je vais croire à votre histoire de voilier. D'ailleurs, vous évitez mon regard quand vous mentez. Vous savez, c'est la première chose qu'on apprend aux policiers qui doivent s'occuper d'affaires d'escroquerie.

Sur le chemin du retour, Konrad Simonsen tenta en vain de se débarrasser du sentiment d'amertume que lui avait laissé le vieil homme. Pourtant, des souvenirs qu'il avait des années durant enfouis au fond de sa mémoire refaisaient surface. *Le Flower Power qui s'était transformé en terreur rouge* – d'une certaine manière, le retraité avait raison, même si d'autres pays avaient été nettement plus touchés que le Danemark. Mais il est vrai que l'élite, l'avant-garde, le fer de lance de la révolution – quel que soit le nom qu'ils se donnaient – ne manquait pas de volonté. *Les hippies aux cheveux courts*, c'est l'expression qu'il avait trouvée pour définir les amis de Rita, car pour eux les fleurs, le hasch et la musique n'étaient plus suffisants. Ils voulaient aussi faire la révolution. C'était ainsi que, surfant sur la vague du départ, le Petit Livre rouge dans la poche, l'idée de la révolution avait progressivement envahi l'esprit de la jeunesse. Ou plus précisément séduit les jeunes issus des classes moyennes, suffisamment doués pour fréquenter les universités de Copenhague ou d'Aarhus. La démocratie fut jetée avec l'eau du bain et la merveilleuse dictature du prolétariat frappait à notre porte… mais il fallait encore attendre, et pendant qu'on attendait, les fleurs pourrissaient.

Avant de s'installer à la résidence universitaire, Rita occupait une chambre au sous-sol de la maison de sa mère, à Gentofte. Subitement, les idoles du rock trônant sur ses murs avaient disparu, remplacées par des affiches de propagande en faveur des groupes de guérilla du monde entier. Rita lui expliquait qu'il fallait se mobiliser contre la bourgeoisie et l'État fasciste. À l'entendre, on aurait dit qu'elle récitait le bottin. Elle avait donné sa guitare et remplacé les chants par des livres qu'il ne comprenait pas et qu'elle lisait sans joie.

Un jour de juin, il était allé à vélo jusqu'à Louisiana, le musée d'Art moderne situé à Humlebæk, au nord de Copenhague. Il y avait acheté une affiche de *Guernica*, le tableau de Picasso symbole des horreurs de la guerre civile espagnole. Sur le chemin du retour, il avait essuyé une averse et le rouleau contenant l'affiche avait été trempé, mais il n'avait pas les moyens d'en racheter une autre. Et puis il était déjà à Vedbæk et n'avait aucune envie de refaire le trajet. Deux jours plus tard, il avait offert l'affiche à Rita pour son anniversaire. Le cadeau lui avait fait plaisir et elle l'avait accroché sur sa porte, la place d'honneur pour une affiche. La pluie ayant gondolé le poster, le tableau avait pris un aspect encore plus passionnant que celui voulu initialement par le peintre. Il était resté là deux semaines et puis, un beau jour, il avait disparu. Remplacé par un poster de Leïla Khaled, la belle pirate de l'air palestinienne, représentée avec son keffieh, son AK-47 et son regard si plein d'amour, qui donnait l'impression qu'elle admirait un nourrisson dans son berceau. Rita lui avait expliqué que le cubisme était un art dégénéré produit par la classe moyenne qui détruisait la révolution prolétarienne. Et puis le musée de Louisiana, d'où venait l'affiche, était détenu et dirigé par un baron du fromage, capitaliste et nazi de surcroît. Il lui avait alors demandé d'un air narquois :

— Est-ce que ça signifie que lorsque la révolution vaincra, le musée sera détruit ? C'est dommage, parce qu'il y a pas mal de gens qui le fréquentent.

Mais elle avait aussi une réponse à cette question : Le peuple était ignoré, dupé par l'idéologie bourgeoise et la presse capitaliste lui lavait le cerveau. C'était l'argument auquel elle avait recours chaque fois que le peuple ne correspondait pas à ses propres théories et à celles de ses amis.

Ils avaient fait l'amour.

Il la soupçonnait vaguement de vouloir compenser ainsi le fait de s'être débarrassée de son cadeau d'anniversaire. Plus tard, elle avait posé sa tête sur sa poitrine, l'air absent. Il l'avait alors taquinée :

— Il y a quelque chose que je ne comprends pas, Rita. Pourquoi un directeur de musée nazi monte-t-il une exposition consacrée à Kandinsky et Klee, deux artistes qui ont justement été pourchassés par les nazis ? Ils sont vraiment futés, ces néonazis. C'est terrible.

Elle lui avait expliqué que c'était ce qu'on appelait la *tolérance répressive*. Il l'avait embrassée dans les cheveux et lui avait suggéré calmement de s'intéresser un peu plus à Kandinsky et Klee et un peu moins à Marcuse et Habermas. Elle s'était levée du lit. Lui qui n'avait que son brevet et un passé de flic, qu'est-ce qu'il pouvait comprendre à ces débats ?

À la fin du mois, elle avait eu son bachot.

Les obscures pensées du passé continuèrent à le submerger pendant tout le trajet, jusqu'au moment où il arriva à Søllerød et se retrouva dans le garage. Il réalisa alors qu'il n'avait pas du tout eu l'intention de rentrer. Il avait fait l'expérience plusieurs fois dans sa vie, mais jamais aussi intensément qu'aujourd'hui. C'était assez angoissant, car il avait été plongé dans ses réflexions et ne se souvenait plus du trajet qu'il avait pris. Il resta quelques instants assis dans la voiture, sans pouvoir décider s'il devait faire ou non demi-tour. Finalement, il décida d'aller se changer et partit faire son jogging, bien décidé à battre son précédent record. Malheureusement, il força un peu trop et enregistra le plus mauvais temps de ces dernières semaines. Puis il déjeuna rapidement et se rendit à l'immeuble Telium, siège d'un des départements de l'hôpital central de Copenhague. Il se demandait où il allait atterrir.

Le professeur Elvang avait, après une longue carrière à l'institut médicolégal, été mis à la retraite. Il avait été nommé professeur émérite et, à ce titre, avait le droit de venir à l'institut quand bon lui semblait. Le personnel indiqua à Simonsen que le vieux professeur n'avait pas abusé de cet avantage, ce qu'ils déploraient, car il demeurait l'un des plus brillants pathologistes du pays. Il allait devoir lui rendre visite chez lui. Simonsen partit donc pour Klampenborg, au nord de Copenhague, curieux – et presque inquiet – de voir comment il allait être accueilli. Il savait en effet que l'amabilité d'Arthur Elvang était parfois limitée. On racontait même qu'il pouvait se montrer plutôt grossier.

Il trouva sans problème la villa du professeur, située dans une rue transversale à Klamperborgvej, près du parc de Dyrehaven. Après s'être donné un temps de réflexion, il sortit de sa voiture, se dirigea vers la villa et sonna à la porte. Un long moment passa, puis la porte s'ouvrit et il vit apparaître le visage décharné et la maigre silhouette du professeur. Les formules de politesse que Simonsen avait préparées restèrent coincées dans sa gorge, et Elvang eut tout le temps de l'observer au travers de ses épaisses lunettes.

— Qu'est-ce que vous me voulez, bon sang ?

L'inspecteur poussa un soupir de soulagement. Il craignait que le vieux professeur ne lui claque la porte au nez. Maintenant, le contact était établi. Il lui expliqua l'essentiel de ce qu'il savait, et Elvang l'écouta, la tête penchée sur le côté, la mine sceptique. Lorsqu'il eut terminé, le professeur ordonna :

— Répétez !

Il reprit son exposé et se rendit compte que son histoire était quelque peu… atypique. Sur le fond, le professeur partageait clairement cet avis, sur la forme, il fut nettement plus direct :

— Je n'ai rien entendu d'aussi absurde depuis que je fréquentais l'école du dimanche. Venez avec moi !

Elvang sortit et fit le tour de la maison, et Simonsen le suivit. Le vieil homme trouva dans une remise un râteau qu'il lui tendit et en profita pour saisir les documents que celui-ci tenait à la main. D'un doigt crochu, il lui montra sa pelouse, recouverte de feuilles provenant du châtaignier situé entre son jardin et la propriété mitoyenne.

— Ratissez donc toutes ces feuilles pendant que je regarde vos papiers, je n'ai pas l'habitude de travailler gratuitement.

Il fallut une heure à Konrad pour terminer sa tâche, alors que cinq minutes avaient suffi au professeur. Ils se retrouvèrent sur la terrasse. Elvang dit :

— Si vous avez soif, allez prendre un verre d'eau dans la cuisine.

Simonsen le remercia, indiquant qu'il n'avait pas soif. Il préférait connaître la conclusion du professeur sur le rapport d'autopsie de Juli Denissen. Il dut cependant patienter. Le professeur lui dit en effet en ronchonnant :

— Une rumeur court en ce moment à votre sujet. On dit que votre deuxième femme est sur le point de vous quitter.

Simonsen apporta un ferme démenti à ses dires, mais ne put s'empêcher de rougir. *La Comtesse était en mission à Esbjerg, c'était la seule raison de son absence.* Il se demandait d'ailleurs d'où le professeur pouvait bien tenir ses informations. Puis il lui demanda :

— Quelle est votre conclusion provisoire ?

— Ma conclusion provisoire ? C'est aussi ma conclusion définitive, et d'ailleurs, c'est la seule conclusion qui s'impose. Mais je croyais qu'avant cela, vous souhaitiez revenir avec les deux femmes. N'est-ce pas ce que vous rabâchiez il y a un moment ?

— Si, mais j'aimerais tout de même connaître votre réponse au préalable.

— Ma réponse est claire : cette jeune femme est morte d'une *hæmorrhagia cerebri*, une hémorragie cérébrale. C'est écrit noir sur blanc, mon brave. Un étudiant en médecine de première année aurait pu vous le dire.

Dix minutes plus tard, Simonsen se promenait sur les sentiers du parc de Dyrehaven qu'il connaissait comme sa poche, songeant à ce qu'une étudiante en première année d'architecture à l'Académie des beaux-arts aurait pu lui dire. En ce jour de 1972, ils avaient marché dans ces allées, chacun de son côté. Il s'en souvenait comme si c'était hier et se rappelait même la date. C'était un 2 novembre.

Elle avait son long manteau afghan en peau de mouton, aux bordures brodées de fleurs rouges et vertes, et dont les poils sortaient des coutures, comme si le fabricant n'avait pas eu le temps de terminer le vêtement. Le manteau que portaient tous les gens honnêtes à la campagne. Certes, il lui avait coûté une petite fortune, car elle l'avait acheté chez Janus, une boutique située sur Larsbjørnstræde à Copenhague, mais ce qui comptait, c'était bien entendu la valeur symbolique de l'habit. Il adorait la voir porter ce manteau, et en même temps, il lui trouvait un aspect risible, car il se fermait avec des agrafes, et quand il faisait froid, elle gelait carrément. Peut-être fallait-il être solidaire avec le peuple travailleur des campagnes, mais en novembre, un tel manteau n'était pas des plus efficaces.

À sa demande, ils s'étaient rendus à vélo à Dyrehaven. Il y avait quelque chose dont elle voulait parler avec lui. Quand elle l'avait appelé, il avait compris à sa voix que c'était sérieux et s'était déjà fait à l'idée qu'elle allait le quitter. C'était peut-être une bonne chose, d'ailleurs. L'année écoulée avait été difficile, et tant de choses les séparaient. Il lui arrivait de l'adorer et de la haïr en même temps, et il éprouvait les mêmes sentiments à l'égard de son milieu. Très réservé un jour, follement jaloux le lendemain, du moins vis-à-vis des gens qu'elle connaissait depuis longtemps, car il n'enviait aucunement ses nouveaux amis politiques.

Rita avait fait ses débuts à l'école d'architecture, où elle se coltinait l'économie marxiste et la théorie léniniste. En ce temps-là, ne faisait pas partie de l'élite révolutionnaire qui voulait. Elle avait trouvé une chambre à la maison des étudiants de Grønjord dans le quartier d'Amager. De son studio, situé au septième étage et donnant sur le terrain communal, on apercevait au loin les tours et les flèches dominant les toits de la ville. Il l'avait aidée à repeindre la pièce et à déménager. Il avait fabriqué sa bibliothèque, calculant chaque fois le nombre de centimètres, en hauteur, en largeur, en diagonale et ainsi de suite. L'exercice était facile et rapide, et le résultat très moyen. L'étagère occupait tout un pan de mur, mais il fallait bien de la place pour tous ses livres. En les installant sur les rayons, il avait remarqué quelques titres, et s'était demandé qui allait construire les maisons du futur dans le pays si les étudiants en architecture n'acquéraient plus le savoir-faire nécessaire.

1972 fut une année riche en événements. Rita et lui étaient le plus souvent en désaccord, mais ce fut lors du massacre de Munich que leurs dissensions furent les plus fortes. Lors des Jeux olympiques d'été dans la ville allemande, onze athlètes israéliens avaient été assassinés par des membres de Septembre noir, un groupe de terroristes palestiniens. La nouvelle ébranla le monde, lui compris. Après un jour de deuil, les Jeux avaient repris. Mais le jeu était fini, la compétition n'avait plus de sens et il avait cessé de regarder la télévision. Il s'était opposé à elle, et pour une fois il n'y était pas allé par quatre chemins. *Félicitations, Rita. Tes amis ont gagné une belle victoire. Onze athlètes sans défense, j'espère que tu es fière*. Elle avait écarté les bras. Elle se fichait de ce qui s'était passé à Munich. Tant que les camarades de la prison de Stammheim resteraient maintenus en quartier d'isolement et seraient torturés, dans l'indifférence générale de l'opinion publique internationale, elle ne daignerait pas s'en faire pour une poignée de sportifs qui avaient malencontreusement trouvé la mort à Munich. Il était entré dans une colère noire. Les *camarades de Stammheim* – les Andreas Baader, Ulrike Meinhof, Gudrun Ensslin et Jan-Carl Raspe, tous des meurtriers. Ils pouvaient bien crever dans leur cellule. Plus tard, il s'était procuré une affiche – un avis de recherche – auprès d'un collègue en poste à la police des frontières à Kruså. Cela n'avait pas été difficile, car ces affiches étaient placardées sur tous les bâtiments officiels de l'Allemagne de l'Ouest. Vingt portraits de jeunes imprimés en noir et blanc dans des couleurs bien contrastées. Le titre était sans ambiguïté : Terroristes. Il avait, à l'aide d'un épais feutre noir, mis une croix sur ceux qui étaient morts ou emprisonnés. Puis il avait profité de son absence pour accrocher l'affiche sur la porte de sa chambre à la résidence. Elle y resta presque une journée. Et quand elle finit par la voir, elle suffoqua de colère, mais il nia sur toute la ligne. *Lui ? Absolument pas. Ce devait être un de ses copains étudiants. L'un d'entre eux ne partageait peut-être pas ses prises de position. Avait-elle pensé à cela ?*

Alors, le 2 octobre, le vote majoritaire du Danemark en faveur de l'entrée du pays dans l'Union européenne avait constitué pour elle et ses gauchistes d'amis une gifle cinglante. Il les avait invités à venir voir les résultats à la télévision. Il triomphait ouvertement, mais elle ne réagit pas comme il l'avait escompté. L'échec n'avait pas l'air de la toucher. Six mois plus tôt, elle s'était engagée avec passion dans le Mouvement populaire contre l'Union européenne, pourtant tout cela semblait à présent lui être égal. Non pas parce qu'elle avait perdu, mais visiblement pour une autre raison. Une raison inquiétante. Ce soir-là, il eut pour la première fois l'impression que quelque chose n'allait pas. Qu'elle avait peur.

Le chêne au pied duquel ils s'étaient assis était toujours là. Il aurait pu le reconnaître parmi des milliers d'autres. Il s'assit par terre. Comme autrefois. Il avait presque l'impression de sentir sa présence à ses côtés. En fait, son amour pour elle s'expliquait peut-être par le fait qu'elle savait le surprendre. Elle était souvent imprévisible, elle sortait parfois des propos tout à fait inattendus, elle ne ressemblait à personne. Au moment où il pensait la connaître, il se rendait aussitôt compte qu'il se trompait. Ce jour d'automne, trente-cinq ans plus tôt, ne faisait pas exception à la règle. Elle avait posé sa tête contre son épaule. C'était la première fois qu'ils étaient ainsi l'un contre l'autre depuis longtemps. Il se disait que tout était fini entre eux, et elle lui dit calmement :

— Konrad, je suis enceinte.

Mille pensées fusèrent alors dans sa tête. Des grands mots – mariage, responsabilité, finances. C'était trop. Un enfant, il allait être père.

— Je ne suis pas sûre qu'il soit de toi. Je crois, mais… je ne sais pas.

Il ne se souvenait pas de ce qu'il avait dit alors ou si même il lui avait répondu. En revanche, les paroles qu'elle avait ensuite prononcées étaient restées gravées dans sa mémoire :

— Je ne veux pas de cet enfant. C'est pas possible, pas maintenant.

Il avait protesté, sans grand enthousiasme. Elle l'avait ignoré.

— Serre-moi contre toi.

Il avait mis ses bras autour d'elle, comme elle le lui demandait. C'était juste un an avant la légalisation de l'avortement au Danemark.

Lorsqu'il était seul à Søllerød, la maison lui paraissait bien grande. La Comtesse lui manquait. Il n'y avait aucune raison de se le cacher.

Le samedi, il travailla sur l'affaire du postier, histoire d'avoir une occupation sensée. Il relut quelques-uns des rapports qu'il avait emportés, et passa une bonne partie de l'après-midi à vérifier les bons de caisse du défunt pour voir s'il y avait d'autres informations intéressantes en dehors de celles que Pauline avait trouvées, mais ce fut sans succès. Il songea un instant à rendre visite au prêtre – il en avait tout simplement envie, car l'homme lui avait fait bonne impression – mais se borna finalement à lui envoyer un mail. Il lui demandait s'il avait été en contact avec l'organisation britannique Missing Children que Jørgen Kramer avait couchée sur son testament. Une heure plus tard, le prêtre lui répondit en lui donnant un lien vers le site Internet de l'organisation, le remerciant poliment pour leur précédente rencontre et lui envoyant son meilleur souvenir. Le lien ne lui fut d'aucune utilité, car il avait déjà consulté le site en question.

En fin d'après-midi, il se produisit un petit épisode qui lui fit chaud au cœur. On sonna à la porte, une sonnerie discrète, songea-t-il. Il alla ouvrir et se trouva face à Maja Nørgaard, un sourire gêné aux lèvres et un énorme bouquet de fleurs à la main. Il ne l'avait pas revue depuis plus d'un mois, depuis le jour où il avait procédé à son audition dans le bar d'Enghave. Elle semblait en forme, très présente et le regard vif, comme il se doit à son âge.

Elle le remercia d'un air gauche, lui tendit la main et se mit à lui parler en bafouillant un peu, alors qu'elle avait certainement répété ce qu'elle voulait lui dire avant d'arriver. En dépit de sa confusion, le message était clair : elle avait maintenant mis de l'ordre dans sa vie, ne buvait plus que de l'eau en semaine et avait décidé de ne plus se droguer, au moins jusqu'à ce qu'elle ait atteint cent ans. Elle avait été aidée dans sa démarche par sa mère, un psychologue et un assistant social. Konrad s'assit sur les marches du perron. Il ne souhaitait pas la faire entrer, car cela lui semblait déplacé. En même temps, il ne voulait pas non plus la refouler si elle avait envie de parler. Elle s'installa de l'autre côté de l'escalier et, d'un air hésitant, comme si elle voulait paraître cohérente, elle déclara :

— C'est drôle. Pendant toute ma scolarité, j'ai entendu dire qu'il ne fallait pas harceler ou injurier ses camarades. Pourtant, c'est seulement aujourd'hui que je réalise combien c'est vrai. J'aurais pu être plus gentille avec Robert, nous aurions tous dû faire plus attention à lui. Il était amoureux de moi, il n'y avait rien de mal à ça. J'aurais dû voir plus loin que le bout de mon nez, au lieu de me dire qu'il était obèse. J'aurais dû parler avec lui, lui dire que je l'aimais bien quand même. J'aurais pu faire ça sans… sans…

Elle s'arrêta, ne trouvant plus ses mots. Alors, elle ajouta simplement :

— Ça aurait sûrement fait une grande différence pour lui.

Konrad lui répondit calmement :

— Certainement, Maja. Mais dites-vous bien que vous n'êtes pas responsable de ce qui est arrivé.

Elle sourit timidement. Il évoqua d'autres cas où des individus avaient commis des fautes qu'il était impossible d'imputer à leur entourage. Elle l'écouta d'un air reconnaissant, tandis qu'il en rajoutait un peu pour que ses histoires paraissent plus convaincantes. Puis il se leva et elle fit de même.

— Le psychologue dit comme vous que ce n'est pas ma faute.

— Eh bien figurez-vous que c'est vrai !

Il la remercia pour ses fleurs, et elle s'en alla discrètement. Et puis, au bout de quelques pas, elle prit son courage à deux mains, se retourna, courut vers lui et l'entoura de ses bras. Ils restèrent ainsi un instant, puis elle repartit en lui faisant au revoir de la main en courant vers la voiture qui l'attendait. Elle semblait heureuse.

Dimanche, Anna Mia passa le voir à l'improviste. Ils devaient dîner ensemble le lendemain et il avait promis de l'inviter au restaurant. Pour surprenante qu'elle fût, sa visite n'en était pas moins agréable. Assis dans la cuisine, il regardait sa fille vider le réfrigérateur – elle avait une petite fringale. Tout en beurrant une tartine, elle lui demanda :

— Si tu as déjà acheté mon cadeau d'anniversaire, est-ce que je pourrais l'emporter aujourd'hui ? Ça m'éviterait d'avoir à le traîner avec moi demain quand nous sortirons.

Il était dans de beaux draps. Après sa prise de bec avec la Comtesse, il n'avait plus voulu penser à l'anniversaire et, pour comble de malheur, elle interpréta dans un éclair son expression d'étonnement :

— Papa ! Tu n'as pas oublié mon anniversaire ?

Le terrain était miné. Il y avait eu tellement d'anniversaires où son souhait le plus cher avait été de recevoir un cadeau de son père. N'importe quoi, mais un cadeau. Elle eut les larmes aux yeux et posa son couteau. Il ne lui restait plus qu'à lui dire la vérité.

Elle sécha ses yeux et se calma, puis lui demanda :

— Et il est où cet appareil, alors ? J'aimerais bien y jeter un coup d'œil.

Il avait mis le paquet et l'objectif qui avait été livré par porteur deux jours plus tôt dans la maison d'amis. Il avait à peine répondu que les paquets se retrouvèrent sur la table de la cuisine devant lui. Elle prit l'appareil dans ses mains.

— Ouah ! C'est super !

Il finit de tartiner son pain pendant qu'elle examinait l'appareil. Ils discutèrent un peu. Elle dit qu'elle pourrait peut-être en payer une partie, s'il acceptait qu'elle fasse des règlements échelonnés. Il refusa sa proposition et, conscient que la conclusion était depuis longtemps évidente, alla chercher du papier, de la ficelle et des ciseaux.

Elle lui demanda tout de même :

— Mais papa, est-ce que tu as les moyens ?

Bien sûr qu'il avait les moyens. Il avait un très bon salaire. Il est vrai que depuis qu'il vivait chez la Comtesse, il avait souvent l'impression que ses revenus étaient évalués à l'aune des siens, et là, il ne pouvait évidemment pas suivre. Cela étant, il n'utilisait actuellement pas tout son salaire pour la vie courante, car la Comtesse se chargeait de l'essentiel et refusait de faire la moindre comptabilité et de perdre son temps à de telles futilités. Bien entendu, il ne donna pas toutes ces précisions à sa fille. Il se contenta de la version courte :

— Oui.

Ils firent le paquet cadeau de concert, avec du papier de Noël, car c'était le seul qu'il avait pu trouver.

— Et ta mère, alors ? lui demanda-t-il.

Tout à l'heure, en l'écoutant parler, elle avait bien vu où le bât pouvait blesser. Elle lui avait en partie donné raison lorsqu'il avait dit que leur cadeau ne devait pas être trop luxueux par rapport à ceux des autres. Alors, la solution semblait d'une simplicité enfantine.

— Je prends seulement l'objectif.

Bien sûr qu'elle allait emporter l'objectif. C'était si simple !

Le lundi matin, en arrivant au bureau, Simonsen trouva sur son bureau une enveloppe de la police scientifique et technique. Il l'ouvrit avec appréhension et disposa le contenu devant lui. Comme il s'y attendait, le courrier contenait douze grandes photos en noir et blanc, visiblement des souvenirs de vacances. Il les examina toutes, mais s'arrêta plus longuement sur l'une d'entre elles. Les photos représentaient des adolescents occupés à des activités quotidiennes dans une résidence de vacances, tant à l'intérieur qu'à l'extérieur de la maison. Il reconnut aussi la jeune fille du grenier : elle était présente sur toutes les photos et on la voyait seule sur six d'entre elles. Il y avait également une petite enveloppe contenant des négatifs que l'on avait découpés pour pouvoir les imprimer à plat. Il en prit un au hasard et le regarda à la lumière. Il eut la confirmation qu'il correspondait bien à une des photos et que le nombre de négatifs était égal à celui des photos.

L'information la plus surprenante et *a priori* la plus intéressante venait d'une page de journal. La feuille était pliée en deux, et il la déplia avec précaution. Il nota les coordonnées de la coupure : *Jyllands-Posten*, première page de la deuxième section, dimanche 17 février 1974. La photo d'une jeune fille souriant à la caméra dominait l'article qui était intitulé *Le prix de la révolte*, et la légende indiquait le nom de l'adolescente : *Lucy Selma Davison, qui a quitté le domicile de ses parents à Liverpool en mai 1969, a été vue pour la dernière fois à Harwich, le 14 juin de la même année*. Konrad Simonsen prononça son nom à mi-voix :

— Lucy Selma Davison.

Il resta là un moment à contempler le portrait de la jeune fille. Elle ne devait pas avoir plus de quinze ou seize ans sur cette photo, tout au plus dix-sept. Elle avait un visage doux et un nez légèrement pointu parsemé de taches de rousseur. On lisait dans ses yeux une lueur ironique. Ses cheveux longs blond foncé tirés en arrière étaient tenus par deux barrettes rouges, une de chaque côté, et une longue frange droite venait presque cacher ses sourcils. Elle n'était pas maquillée, d'ailleurs ce n'était pas utile.

Tout doucement, presque comme s'il avait fait quelque chose d'interdit, il laissa glisser le bout des doigts sur la photo, tout en murmurant :

— Comme tu es belle, Lucy.

Puis il replia la page et réfléchit à ce qu'il savait de Liverpool. Pratiquement rien, en réalité. Il se souvenait grâce au film que le *Titanic* était parti du port de Liverpool, et que les Beatles étaient originaires de la ville. Ni l'un ni l'autre de ces événements n'avaient ici d'importance. C'était le Liverpool de mai 1969 qu'il fallait connaître. Que s'y passait-il à l'époque ? Il était face à une page blanche, un excellent point de départ.

Soudainement, le fait que la Comtesse ait reporté la date de son retour du Jutland au mercredi l'arrangeait bien. Cela lui laissait le temps d'organiser son travail librement et il avait justement quelques affaires à régler. Il lui raconta au téléphone ce qu'il avait trouvé. Elle pensait comme lui qu'étant en possession de ces nouveaux éléments, il était d'autant plus urgent de clarifier les raisons de la présence de Kramer dans cette province éloignée du Jutland lors de ses vacances annuelles.

Elle y menait justement l'enquête avec Klavs Arnold, mais ils n'avaient pas encore trouvé de faits significatifs.

Lorsque leur conversation fut terminée, il réalisa qu'il avait oublié de lui dire comment il avait réglé la question du cadeau d'Anna Mia. Il hocha la tête. *Réglé*, c'était beaucoup dire pour qualifier ce qui avait été un échec total. Alors, il songea qu'il n'aurait pas le temps de voir sa fille en fin de journée et qu'il ferait mieux d'annuler immédiatement leur dîner. Fort heureusement, elle ne répondit pas à son appel et il put se contenter de laisser son message et ses excuses sur son répondeur. Ensuite, il se mit au travail.

Mardi matin, Pauline Berg apparut dans son bureau, fraîche et joyeuse. Il était content de la voir. Il allait ainsi pouvoir lui faire part des résultats de ses recherches, qui commençaient à prendre forme. Et puis il avait fini par s'habituer à son attitude parfois provocante et à son comportement quelque peu anarchique.

— Bonjour, Pauline. J'espère que tu n'es pas trop occupée, parce que j'ai pas mal de choses à te raconter. Par ailleurs, je vais avoir besoin de ton aide sur un point précis.

Pauline Berg s'assit et regarda autour d'elle d'un air sceptique. Les panneaux d'affichage étaient recouverts de photos ; une pile de dossiers suspendus poussiéreux était posée sur une table et le tableau blanc était couvert de diagrammes.

— La Comtesse t'a appelé. Pourquoi est-ce que tu ne réponds pas au téléphone ?

— J'ai passé presque toute la journée dans une cave, je t'expliquerai. Au fait, est-ce que tu es bonne en anglais ?

— Je me débrouille. Arne a aussi essayé de t'appeler, sans arriver à te joindre. *Idem* avec ta fille ; elle dit que tu n'es pas venu à votre rendez-vous, hier soir.

— Ce rendez-vous, je l'ai annulé.

Elle lui lança un regard désapprobateur et attendit qu'il poursuive.

— Bon, d'accord. C'est vrai que je suis rentré un peu tard, mais j'ai quelque chose à te demander. Je voudrais que tu téléphones en Angleterre dans la journée. Mon anglais n'est pas terrible et, au téléphone, j'ai du mal à comprendre ce qu'on me dit. Pour l'instant, je ne suis pas encore en mesure de te dire qui tu devras contacter, je n'ai pas eu le temps de préparer. Mais je vais te trouver quelqu'un de haut placé et il faudra l'appeler en premier. L'un d'entre nous doit bien connaître quelqu'un qui pourrait nous aider, peut-être à la direction de la police. Je m'en occupe.

— Qu'est-ce qu'il faut que je fasse ?

— Trouver un maximum d'infos sur une adolescente de dix-sept ans qui a disparu durant l'été 1969. La fille s'appelait Lucy, elle vivait à Fairfield, un quartier de Liverpool.

— La fille qui est sur tes affiches ?

— Exact. On en sait beaucoup plus maintenant. Elle a été identifiée, elle s'appelait Lucy Davison. On sait aussi qu'elle a été en relation avec Kramer avant de disparaître.

— Parce qu'elle est morte ?

— C'est ma conviction, mais je ne peux pas encore l'affirmer avec certitude. Tu devras donc être prudente quand tu appelleras ton contact en Angleterre. Je n'ai pas envie que sa famille se fasse des illusions. D'autant qu'il est très possible que ses parents soient encore en vie.

— Sur quoi veux-tu que j'enquête exactement ?

Il fallait en tout premier lieu vérifier si Lucy Davison n'était pas rentrée à Liverpool vivante finalement ou si on n'avait pas trouvé une explication à sa disparition. Il avait en effet examiné des mètres de dossiers concernant des enfants et des adolescents ayant disparu au cours de l'année 1969 et des années suivantes, sans résultat. Il poursuivit :

— J'ai cependant douze photos d'elle, ou plus exactement des photos sur lesquelles elle figure. Elles ont été prises par Kramer et je serai bientôt en mesure de les dater. Demain, je vais aux Archives nationales pour examiner les listes d'examens et les signatures des examinateurs. Figure-toi qu'ils gardent ces documents *ad vitam æternam* ! Mais en réalité, je n'ai aucun doute sur les dates.

— Les congés annuels de Kramer en juin ?

— Oui, sûr à presque cent pour cent.

— Je vois que tu as bien avancé !

— Oui, à la sueur de mon front. Si tout marche comme prévu, je pourrai dès notre réunion de demain présenter les premières conclusions. Je suppose que tu as vu ma convocation. En principe, la Comtesse sera rentrée. Quant à Arne, il devrait aussi pouvoir se libérer.

— C'est quoi ces caisses, là ?

— Les compositions de danois et les devoirs du bac des terminales du lycée de Brøndbyøster en 1969. J'ai photocopié les premières aux Archives nationales ; quant aux autres, ils viennent des sous-sols du lycée. Et les deux caisses vertes contiennent les exemplaires du journal du lycée, *Le Témoin*, dans les années 1967-1969.

— Et il faut que tu lises tout ça d'ici demain ?

— Non, je vais juste les survoler. La plupart de ces documents sont sans intérêt.

— Tu m'excuses, Simon, mais j'ai quelque chose à faire. Je reviens dans un quart d'heure.

Le quart d'heure passa sans que Pauline ne réapparaisse. Konrad l'attendait toujours et ne remarqua la présence de la préfète que lorsque celle-ci se fut assise en face de lui.

— Bonjour, Simon. Vous travaillez tard ces jours-ci !

— Euh, oui... Bonjour. Je peux vous aider ?

— C'est moi qui viens vous proposer mon aide. Si j'ai bien compris, vous avez un problème de communication. J'ai croisé Pauline Berg, qui m'a dit que vous aviez besoin d'informations en Angleterre, à Liverpool, je crois.

Sa tirade suscita l'intérêt de Simonsen.

— Oui, mon anglais n'est pas fameux. Par ailleurs, il me faudrait un contact sérieux là-bas, quelqu'un qui puisse nous ouvrir quelques portes.

— Alors, je suis la bonne personne, même si mon anglais n'est pas parfait. Je me rappelle que j'ai assisté un jour à une conférence à Liverpool, et j'ai bien vu la manière dont les gens parlaient. Je ne comprenais strictement rien. Espérons que mon interlocuteur saura se mettre à mon niveau.

— Vous feriez cela pour moi ? Ça m'aiderait beaucoup. Est-ce que vous avez le temps ?

— Je vous avoue que cette semaine, il ne s'est pas passé grand-chose. Nous devions préparer la réunion du personnel qui va avoir lieu à Øksnehallen, mais nous sommes prêts depuis longtemps. Et puis, ayant suivi votre affaire de loin, je suis curieuse d'en savoir plus.

— Parfait. Je vais préparer la liste des questions que nous souhaiterions leur poser. Vous l'aurez demain matin sur votre bureau.

— Pas question, Simon. Il y a un léger changement de programme. Au lieu de faire cette liste, vous allez m'expliquer ce que vous voulez savoir sur cette jeune fille. Ensuite, vous rentrerez faire vos bagages.

— Mes bagages ? Pourquoi diable ? Où voulez-vous m'envoyer ? Vous savez que j'ai une importante réunion demain.

— Non, elle est annulée, ou plutôt reportée à la semaine prochaine. C'est formidable ce qu'ils peuvent faire au département informatique quand il y a une urgence.

— Une urgence ? Je ne vous suis pas.

Il devait se rendre à une conférence d'Interpol, ou à un séminaire, elle ne savait plus très bien. Elle venait de réaliser que la police de Copenhague disposait de trois places et non de deux à cette réunion et considérait qu'il était important, dans ce genre de manifestations, de marquer la présence de la police danoise. Tant pis si c'était parfois une perte de temps. Et puis le séminaire avait été programmé durant un week-end, Dieu sait pourquoi. Quoi qu'il en soit, heureusement qu'il était disponible, sinon elle n'aurait pas su qui envoyer. D'un ton amical mais résolu, elle ajouta :

— Vous avez un vol à douze heures trente et il faut que vous soyez à l'aéroport de Kastrup deux heures avant le départ.

— Quelle destination ?

— Nessebar, sur la mer Noire, en Bulgarie. Un joyau culturel, où le visiteur stressé peut aussi profiter d'une multitude d'établissements thermaux. L'idéal pour se détendre après une longue matinée d'exposés.

— Et le sujet ?

Les sujets étaient nombreux et tous d'une grande importance. La coopération internationale, le travail transnational, les ateliers d'autoformation virtuels, tout autant de thèmes essentiels, notamment pour le Danemark qui avait émis des réserves dans le domaine de la coopération européenne. Il ne voyait cependant pas le lien entre Interpol et l'Union européenne. Elle lui expliqua qu'il s'agissait de développer des contacts personnels – l'alpha et l'oméga de la coopération internationale –, en particulier de renforcer les relations avec les représentants des principaux pays membres de l'UE. Son enthousiasme était communicatif, et il l'écouta avec intérêt.

— Vous allez avoir le programme. Le secrétariat est en train de vous préparer un document.

Simonsen jeta un coup d'œil sur son tableau et la préfète saisit son regard.

— Oui, Simon, il faudra qu'elle attende une semaine de plus. Vous savez le rôle majeur que joue la coopération policière internationale et l'importance que notre direction y attache. De plus, la Bulgarie ayant récemment intégré l'Union européenne, il est d'autant plus important d'y être bien représenté. N'avez-vous d'ailleurs pas coutume de dire qu'*Interpol est notre colonne vertébrale*?

— Si, si, mais c'est un peu excessif... et pendant ce temps-là, mon affaire... en même temps, bien sûr, ça peut attendre une semaine.

— Pauline va vous conduire à l'aéroport demain, vous aurez donc le temps de la briefer. Je pourrai ainsi compter sur elle ou sur vos autres collègues pour préparer votre réunion de la semaine prochaine. Et si ce n'est pas possible, vous serez obligé de la décaler à nouveau d'un jour ou deux.

— D'accord, on fait comme ça.

— Merci infiniment, Simon, je suis contente que vous puissiez prendre le relais. De mon côté, je ferai mon possible pour obtenir les informations dont vous avez besoin en Angleterre. Comme on dit, c'est un prêté pour un rendu.

Son large sourire était communicatif.

— Maintenant, parlez-moi de cette jeune fille.

Il détacha une des photos de son tableau et la posa devant elle. Puis il chercha l'article du *Jyllands-Posten*. La préfète examina la photo.

— C'était une très jolie fille. Vous connaissez son nom ?

Il passa rapidement en revue les quelques données factuelles dont il disposait, puis lui résuma l'article.

Comme le titre le laissait deviner, cette bravade contre la révolution estudiantine et les conséquences négatives qu'elle avait eues mettait l'accent sur tous les jeunes qui avaient quitté leurs familles pour s'installer dans les grandes villes. Notamment à Copenhague, dans le quartier de Christiania, que l'article appelait avec une logique certaine “la caserne de Bådmansstræde”. Il précisa :

— En vérité, le but était d'exercer une pression sur le nouveau gouvernement pour le contraindre à nettoyer le *quartier du hasch* – même si ce n'est pas aussi simple que cela – mais vous me comprenez.

— Je comprends très bien. Ce cher Poul a dû faire appel aux bulldozers.

C'était exact. C'était aussi ce qu'espérait le journal. Néanmoins, pour lui, c'était l'histoire des démolisseurs qui était intéressante. À l'époque comme aujourd'hui, c'était ce genre d'histoires personnelles qui faisait vendre les journaux, et non les statistiques sur le nombre de jeunes disparus – même si leur nombre était important durant ces années – ou les malheureux qui payaient le prix fort du développement de la société et s'enfonçaient dans la drogue et la prostitution. En revanche, le fait qu'un vieux couple brisé, issu d'une famille respectable de travailleurs de Liverpool, vienne chaque été faire le tour de villages danois et suédois pour retrouver la trace de leur fille disparue, voilà un événement dont on parlait dans les modestes foyers du Jutland.

— Vous pensez aux parents de Lucy ?

— Oui, George et Margaret Davison. Tout au long de l'année, ils essayaient tant bien que mal de faire des économies sur leur modeste salaire pour pouvoir financer leur voyage annuel. Ils distribuaient des prospectus et posaient des affiches qu'ils avaient eux-mêmes fabriquées pour essayer de recueillir des renseignements sur leur fille. Ils étaient catholiques – il faudrait peut-être dire *sont* – bien que j'ignore s'ils sont encore vivants.

— Tout cela commence à prendre forme, n'est-ce pas, Simon ?

— J'espère. On va voir ça. Dans tous les cas, les parents ont dû accepter l'éventualité que leur fille soit morte, et s'ils sont encore vivants, ils prient certainement le ciel pour que sa dépouille puisse être rapatriée et que leur fille soit enterrée dans la terre bénite de son pays natal.

— Les pauvres gens.

— Oui. Ils auraient sûrement souhaité que le pouvoir des fleurs, l'amour libre et tous les débats sur l'Histoire et la micro-histoire se produisent à l'autre bout du monde. Écoutez ça.

Il retira ses lunettes et se mit à lire un extrait de l'article.

— *Un mercredi, nous avons trouvé une brève lettre d'adieu. Ça a été le plus terrible matin de notre vie. Elle était partie, elle avait disparu, notre petite fille. Des larmes coulent sur les joues de M. Davison, qui ne fait cependant rien pour les essuyer. Il est assis sur une chaise, impuissant, et il pleure. Mme Davison continue le récit de son mari. Nous ne comprenons pas ce que nous avons fait de mal. Nous lui avons donné tout ce que nos moyens nous permettaient. Comment a-t-elle pu nous traiter ainsi, sans réfléchir à ce qu'elle faisait ? Comment a-t-elle pu nous faire une chose pareille ? La question reste posée. Qui peut y apporter une réponse ?*

Bon, et ainsi de suite… *influence néfaste d'éléments destructeurs*… ensuite, il y a un passage sans intérêt. Ah, attendez, il y a un autre passage ici.

Nous savons que, deux jours plus tard, elle est partie avec un garçon du garage de notre quartier. Il l'a conduite à Harwich, où elle avait l'intention de prendre clandestinement le ferry à destination du Danemark et nous pensons qu'elle a réussi, d'une manière ou d'une autre. Mme Davison fait un signe de la tête. Elle était gentille et toujours gaie, tout le monde la trouvait charmante. C'était une enfant facile, mais les dernières années, elle a eu de mauvaises fréquentations, rencontré des hippies et des musiciens de rue. Puis *Jyllands-Posten*, vous l'imaginez, raconte tout un roman et la fin de l'article est à nouveau consacrée à l'exposé des faits.

Il fit glisser son doigt sur le texte et trouva rapidement le passage qu'il cherchait.

— *Nous avons reçu une carte postale de Suède qui portait le cachet de la poste d'Orsa en date du 22 juin 1969. L'année suivante, en avril, ils ont retrouvé sa tente et son sac à dos près de Lycksele, une petite ville située dans le Nord de la Suède. La tente était montée au beau milieu d'une forêt. Mme Davison reprend à nouveau le récit, son mari pleure et s'excuse de ne pas arriver à se calmer. La police suédoise avait pris l'affaire de Lucy très au sérieux. Elle a fait une enquête et mené des recherches dans la forêt. Beaucoup de gens ont participé à ces fouilles – policiers, bénévoles et soldats de l'armée suédoise (Hemvärnet, la défense civile, réd.), mais ils n'ont rien trouvé. Plus tard, la police en est venue à considérer que Lucy n'avait jamais été en Suède, que d'autres personnes avaient dû monter sa tente et envoyer la carte pour faire croire que c'était elle qui l'avait postée. Malheureusement, la police danoise a toujours refusé d'ouvrir une enquête. Nous avons fait plusieurs démarches, notre prêtre est également intervenu, mais nous nous sommes chaque fois heurtés à un refus. Nous espérons que le fait de raconter l'histoire de Lucy dans le journal aura une influence.*

— Il y a une chose que je ne comprends pas, remarqua la préfète. Comment peut-on envoyer une carte en donnant l'impression qu'elle venait d'elle ? Ce ne doit pas être très difficile de vérifier si c'est elle qui l'a écrite.

— Non, évidemment. Ça m'a aussi interpellé et c'est une des questions qu'il faudra poser à la police anglaise, si toutefois elle dispose d'éléments sur l'affaire. Je me disais qu'il serait sans doute préférable de ne pas informer la famille du fait que nous pourrions être en possession de nouveaux renseignements. Ils ont déjà assez souffert.

— Je partage tout à fait votre avis, Simon. Mais *quid* de la police suédoise ? On dirait qu'ils ont des informations à son sujet. Est-ce que vous les avez contactés ?

— Ils m'ont promis de m'envoyer une copie des conclusions aussi vite que possible.

— Faut-il que je les relance, pendant que j'y suis ?

— Je ne crois pas que ce soit nécessaire. D'habitude, ils sont assez efficaces. Cela étant, notre collègue de la police criminelle suédoise a souligné que nous avions déjà reçu ce rapport, fin 1972 selon ses dires. Je n'ai pas pu en retrouver la trace et j'ignore ce que nous en avons fait. Il paraît toutefois vraisemblable que le journal dise la vérité. Nous n'avons sans doute rien fait.

— Vous pensez qu'elle n'a jamais été en Suède ?

— Oui. Selon moi, Lucy Davison a été tuée en 1969, entre le 15 et le 19 juin, dans une maison de campagne située près de la mer du Nord. Jørgen Kramer Nielsen et cinq de ses camarades de la classe de terminale du lycée de Brøndbyøster l'ont cachée dans un endroit secret. Je pense aussi que Kramer a payé cet acte criminel de sa vie.

7

Lorsque l'avion décolla de Kastrup, il se mit à penser à Lucy. Il s'autorisa l'espace de cinq minutes à l'appeler par son prénom et se mit à la chercher parmi les nuages qui défilaient sous ses yeux tel du pop-corn taille XL, puis il n'y songea plus. La préfète avait eu raison de lui assurer que d'autres pourraient travailler sur son dossier en son absence, d'autant qu'il avait fait le point avec Pauline Berg avant son départ. Il s'endormit au bout de quelques instants et fut réveillé, au moment où l'avion allait amorcer sa descente, par l'hôtesse qui le priait d'attacher sa ceinture.

Pendant la conférence, il ne reçut qu'une seule fois des informations sur l'affaire du postier. Après une matinée épuisante, il avait profité de la pause du déjeuner pour se relaxer dans le grand jacuzzi de l'hôtel, assis entre un Argentin et un Coréen. Il avait posé son mobile sur le bord du bassin derrière lui, au cas où la Comtesse l'appellerait. Lorsque la sonnerie gronda, il n'eut pas le temps de s'en saisir, mais un des serveurs particulièrement attentionnés vint aussitôt à son secours. Il se pencha pour attraper l'appareil et le lui tendit. Il appuya sur la touche mais il n'y avait pas de connexion. Il dit son nom deux ou trois fois, sans succès. À côté de lui, l'Argentin se mit à lui donner un flot d'informations dans une langue qui lui sembla proche du volapuk, en montrant son portable du doigt. Il lui donna l'appareil, mais l'homme refusa de le prendre et continua à parler. Le Coréen joua l'interprète, sans toutefois daigner ouvrir les yeux :

— C'est un message que vous avez reçu, pas un appel téléphonique.

Simonsen avait une sainte horreur des textos. Il avait par conséquent strictement interdit à ses collaborateurs de communiquer avec lui sous cette forme qu'il considérait comme totalement puérile. Même sa fille respectait son souhait, bien qu'elle le trouvât ridicule. Il parvint péniblement à faire apparaître le texte sur l'écran. Le message venait de Pauline Berg.

Salut, Simon. J'espère que tu t'amuses bien à ta "conférence" :) Suis avec Arne à une réunion de crise. Aucun intérêt. Réjouis-toi d'être loin. Rapport reçu d'Outre-Manche. Lucy D. jamais en Suède. Plus d'infos ? Ai tt mon temps.

Il répondit d'un modeste oui, qu'il mit cinq minutes à écrire et envoyer. Trente secondes plus tard, le deuxième texto arriva.

Les Suédois ont fait une enquête béton en 1969. La tente installée en pleine forêt. Personne ne voudrait dormir là. Loin de la route, de la ville. Aucune activité dans la tente. Que son sac de couchage, déplié, et son sac à dos, rangé. À suivre…

Il attendit un instant, ne sachant pas s'il devait répondre à son message. Le suivant arriva peu de temps après.

Douze billets neufs de 10 cour. suédoises ds son porte-monnaie. Viennent d'une banque à Copenhague ! Pas de monnaie suédoise. Pas d'empreintes sur les billets. Ni les siennes ! Technique d'analyse des empreintes pourtant toute nouvelle à l'époque.

Cette fois, il ne bougea pas. Trente secondes à peine s'écoulèrent.

Carte postale avec motif d'Esbjerg. Écrite de sa plume, mais envoyée d'Orsa avec timbre suédois. Rien sur une venue en Suède. Dit seulement qu'elle veut aller au cap Nord, voir le soleil de minuit. Timbres (motif de Vasa) vendus seul. par carnet de dix. Carnet non trouvé chez elle.

Simonsen sourit à l'Argentin. Ce malappris suivait avec curiosité l'arrivée des messages et il se demandait ce qu'il pouvait y comprendre.

*Oublié de dire que Gurli (*dixit *Arne) nous fait envoyer carte postale originale et autres docs de GB. Autres indices indiquant que Lucy D. jamais en Suède. Le plus convaincant, la signature du rapport. Ce n'est pas une plaisanterie. Tu devines ?*

Il jura en silence et se mit à taper *non.* L'instant d'après, il regarda fixement le nom qui apparut sur son écran : c'était celui du policier de PJ le plus célèbre de Scandinavie, connu dans le monde entier. L'Argentin le souligna d'ailleurs en pointant l'écran du doigt et en faisant un petit plongeon :

— *Es mi héroe grande. Un hombre fantástico.*

Le Coréen ouvrit un œil. Konrad lui expliqua d'un air fier :

— *I just received a message from a legend.*

L'homme approuva de la tête et referma sa paupière.

— *Lucky you.*

La voix optimiste de l'hôtesse annonça que l'atterrissage à Kastrup était prévu une demi-heure plus tard environ. Le temps à Copenhague était frais et venteux, et la température était d'environ douze degrés.

Konrad, qui somnolait, fut réveillé par l'annonce de légères turbulences. Il se frotta les yeux et regarda par le hublot. L'avion volait dans une épaisse couche de nuages grisâtres et on ne voyait pas le sol. Il se sentait bien, il s'était changé les idées. En Bulgarie, il n'avait pas eu le temps de penser à son postier. Ses flash-back avaient également disparu et il avait oublié Rita, ce qui d'ailleurs le contrariait un peu. Ils avaient tout de même partagé beaucoup de choses, des bonnes et des mauvaises, à une époque… mais de quelle époque s'agissait-il ? Ni du passé, ni du présent. *Frais et venteux*, n'était-ce pas ce que l'hôtesse avait dit ? En tout cas, ce n'était pas un temps à porter un manteau afghan.

À Copenhague, le vent froid qui soufflait dans les rues de la ville s'engouffra en hurlant sous la voûte. Rita était gelée. Elle s'appuya contre le mur, claquant des dents. Konrad regarda en direction de la porte de l'escalier de service à la peinture verte écaillée. Un livreur portait du charbon au sixième. Un hectolitre de charbon par sac, un sac à la fois. Le garçon maigrelet avait une démarche hésitante et ployait sous le poids de la charge. Il disparut derrière la porte. Son vélo Long John était à deux mètres, et il lui restait deux sacs à livrer.

Ils devaient encore attendre un quart d'heure avant de monter, car ils étaient attendus à onze heures précises, ni avant ni après. Il avait eu la femme au téléphone, et c'était l'instruction qu'elle lui avait donnée. L'entretien avec l'avorteuse avait duré moins d'une minute, mais c'était assez pour la trouver antipathique. Elle parlait un danois approximatif agrémenté de mots qu'il ne comprenait pas. C'était peut-être la raison de la mauvaise impression qu'elle lui avait faite.

Ils n'avaient pas eu de mal à trouver de l'argent. S'il le fallait, il était prêt à vendre son téléviseur, piocher dans l'argent de ses congés et même contracter un prêt auprès de sa banque. Il avait des revenus fixes, ils trouveraient bien une solution. Rien de tout cela ne fut nécessaire. En effet, trois amies de Rita, comme elle étudiantes à l'école d'architecture, avaient sans rien lui dire fait une collecte dans la classe et dans la résidence où elles vivaient. Pour ces étudiants, la solidarité n'était pas juste un mot, et en moins d'une semaine, elles avaient réussi à récolter la somme nécessaire. La plupart de ceux qui avaient contribué à la collecte ignoraient qui était Rita, et celles qui avaient recueilli l'argent n'avaient pas donné de précisions à son sujet, se contentant de dire qu'une de leurs camarades était fauchée… Pourtant, le chapeau passait rarement de main en main pour rien ; mon Dieu, on pouvait toujours se passer d'un billet de dix couronnes. C'est ainsi que les quatre mille couronnes – le prix d'un avortement illégal à l'époque – furent récoltées en un temps record.

Ils ouvrirent la porte de service et Rita s'engagea dans l'escalier. Konrad la suivait, la tête remplie de ces effroyables histoires d'aiguilles à tricoter si peu hygiéniques, d'injections d'eau savonneuse dans l'utérus et de doses excessives de quinine mettant en danger la vie des patientes. Rita frappa à la porte. Trois coups suivis d'une pause, puis trois nouveaux coups. La peine de prison pour charlatanisme pouvait atteindre huit ans, on ne plaisantait pas avec la justice.

La femme qui vint ouvrir et les conduisit dans le salon en leur faisant traverser une petite cuisine correspondait exactement à l'idée que s'en faisait Konrad. C'était une femme d'âge mûr, petite et corpulente, un visage servile et une expression cupide dans ses yeux presque noirs. Ils s'assirent, et la femme exigea immédiatement son dû. Rita lui tendit une enveloppe, qu'elle s'empressa d'ouvrir. Elle compta les billets à deux reprises, ce qui permit à Konrad d'étudier ses mains et ses ongles. Il tourna la tête et regarda Rita. Elle était blême. Alors, il se leva d'un air décidé, récupéra l'argent des mains de la femme, prit Rita par le bras et s'en alla.

Ensuite, ils étaient allés dans une cafétéria pour discuter de la situation et il avait tenté de la convaincre de trouver une autre solution. Peut-être faire adopter l'enfant, si elle ne souhaitait pas le garder. Elle avait refusé, rejetant toutes ses suggestions et l'avait assuré qu'elle allait trouver un moyen, sans savoir très bien lequel. Ce n'était pas comme si les médecins avorteurs clandestins étaient répertoriés dans l'annuaire. Il fallait avoir des relations et il n'en avait pas. Pourtant, peu de temps après, le problème put être résolu très simplement.

Deux jours plus tard, d'après ses souvenirs, il fut appelé sur les lieux d'un suicide au gaz. Les mois de novembre et décembre connaissaient généralement un pic de suicides. L'une des méthodes les plus populaires consistait à ouvrir le gaz et à s'allonger dans la cuisine devant la gazinière. Une méthode efficace. Si les voisins ne sentaient pas les émanations de gaz suffisamment tôt, la moindre étincelle pouvait en un instant transformer l'escalier en un enfer brûlant. Il avait été témoin de ce genre de catastrophes à deux reprises et avait entendu beaucoup de récits similaires. Cette fois, comme cela arrive souvent, le voisin de l'étage au-dessous avait découvert le danger à temps. Les habitants du palier avaient donc pu être évacués et les pompiers étaient entrés dans les lieux, ouvrant sur-le-champ portes et fenêtres, brisant celles qui résistaient.

Simonsen s'était assis en haut du perron, devant l'entrée sur rue. Dans ce genre d'accidents, la police était systématiquement appelée pour assurer le maintien de l'ordre et permettre aux pompiers de travailler. Et bien sûr pour chasser les éventuels badauds au moment où le Samu sortait le corps de l'immeuble. Ce jour-là, la rue étant vide, il s'était mis dans un coin devant la porte pour se protéger du froid et attendait impatiemment que les pompiers aient achevé leur travail pour pouvoir rentrer à la préfecture et boire un café bien chaud.

Entendant quelqu'un s'approcher de lui, il releva la tête. À la vue de l'homme – quarante ans à peine mais visage marqué, regard intelligent et air autoritaire – Konrad se leva. Pendant un instant, l'homme laissa glisser son regard sur lui, indiquant clairement qu'il n'était pas ravi de cette rencontre. Puis il enfouit sa main dans la poche intérieure de sa veste en cuir et lui montra d'un geste bref sa carte de police, qu'il s'empressa de remettre à sa place avant de refermer sa fermeture éclair.

— Je passerai vous prendre, vous et votre amie, demain vers midi. Attendez-moi en bas de chez vous.

Il leva la paume de sa main en l'air.

— Et pas de questions, je vous prie.

Puis il s'en alla comme il était venu. Perplexe, Simonsen le suivit en courant.

— Mais pour l'argent ? Nous n'avons que quatre mille couronnes. Et où nous conduirez-vous ? Il faut bien que je sache. Et comment savez-vous que nous…

L'homme s'arrêta et l'interrompit.

— Dans un hôpital, évidemment, et ce sera gratuit. Je vous ai vus monter chez elle, cette espèce de sale avorteuse. On la surveille dans le cadre d'une grosse affaire. Le reste ne vous regarde pas. Retournez donc travailler avant que je vous dénonce pour négligence professionnelle. Et évitez de vous rasseoir, vous ne bossez pas dans une association de retraités.

L'homme tint parole. Le lendemain, à midi, il arriva dans son Opel Rekord sous les fenêtres de Simonsen. Il dit aimablement bonjour à Rita, le salua d'un air bourru et les fit monter à l'arrière. Pendant le trajet, il garda le silence. Il roula vers le sud sur la route nationale en direction de Køge, et arriva à l'hôpital de la ville qui se trouvait être l'hôpital de région. Il passa devant les urgences, contourna un abri pour vélos et s'engagea lentement sur un petit chemin où la voiture passait tout juste. Il se gara enfin sur une pelouse devant un bâtiment bas. Il donna un petit coup de klaxon puis se retourna et expliqua à Rita :

— Vous avez de forts saignements irréguliers.

Rita l'interrompit :

— Mais je ne saigne pas du tout.

— Non, bon sang, c'est ça qui est irrégulier. Dans un instant, une femme va venir vous chercher, c'est ma sœur, elle est médecin en chef du département de gynécologie. Elle va vous faire admettre dans le service ambulatoire pour un curetage. Nous vous attendons ici à la même place à dix heures. C'est compris ?

Rita avait saisi. Elle le remercia. L'homme ajouta :

— Veillez à vouvoyer ma sœur, elle n'est pas adepte des familiarités actuelles.

Cinq minutes plus tard, Rita fut effectivement appelée et Konrad resta seul dans la voiture avec l'homme dont l'amabilité avait disparu. La colère se lisait sur son visage, et il lui dit soudain, les mâchoires serrées :

— Dites-moi, les préservatifs, ça vous dit quelque chose abruti ?

Ce fut le premier savon qu'il reçut de Kasper Planck, mais pas le dernier.

Plus tard, Rita retourna l'argent de la collecte, ce qui s'avéra problématique. À qui donner cet argent maintenant ? Après de longues discussions, il restait deux candidats : une organisation qui soutenait la lutte contre la junte militaire grecque ; ou une organisation qui œuvrait contre la répression fasciste du général Franco. Il y eut des échanges animés dans la résidence universitaire tout au long des vacances de Noël, sous forme de réunions de groupes et de réunions plénières. Finalement, ce fut la junte qui l'emporta. Si Konrad avait eu son mot à dire – ce qui n'était pas le cas –, il aurait proposé de verser l'argent à l'association d'aide aux mères de famille.

Dans le hall d'arrivée de l'aéroport de Kastrup, Simonsen fut accueilli par la Comtesse. Cela faisait bientôt deux semaines qu'ils ne s'étaient pas vus et les retrouvailles furent tendres. Elle lui donna un baiser pour le remercier de la petite statuette qu'il lui avait rapportée et un autre pour le magnifique bouquet de fleurs qui l'attendait à son retour d'Esbjerg. Simonsen envoya une pensée émue à Maja Nørgaard et savoura le compliment. La Comtesse précisa :

— Arne, Pauline et Klavs t'attendent à la préfecture, au cas où tu voudrais tenir une réunion aujourd'hui. Mais si tu es fatigué, ils sont aussi disposés à revenir demain.

Il n'était aucunement fatigué, bien au contraire. Il avait l'impression de ne pas avoir été en si bonne forme depuis des années. Elle sourit :

— Très bien, dans ce cas, on va directement à la préfecture. D'ailleurs, il s'est passé beaucoup de choses en ton absence.

Lorsque Pedersen ouvrit la réunion qui se déroulait dans son bureau, Simonsen, assis entre la Comtesse et Pauline, le visage bronzé, l'écouta avec intérêt. Dans le fond de la pièce, Malte Borup était aux commandes de l'ordinateur.

Arne Pedersen avait l'air nerveux, ce qui surprit Simonsen. Son collègue avait en effet été à maintes reprises rapporteur dans des présentations de ce genre et il connaissait depuis longtemps les gens présents, à l'exception de Klavs Arnold, mais il n'y avait vraiment pas de quoi être inquiet. À moins que Pauline ne fût dans ses jours de crise, il n'avait pas eu le temps de s'enquérir de son état auprès de la Comtesse.

— Tout d'abord, Simon, nous sommes heureux de te revoir parmi nous. J'espère que ton voyage s'est bien passé et a été intéressant.

Simonsen répondit brièvement par l'affirmative. En même temps, il constata qu'Arne avait du mal à soutenir son regard. Cette impression s'accentua encore lorsque son collègue tenta, dans une longue tirade, de le convaincre qu'il n'avait aucunement l'intention de reprendre l'affaire du postier. En son absence, ses collaborateurs de la Crim s'étaient bornés à faire une synthèse des données que Simonsen avait lui-même recueillies et de celles qui étaient arrivées au cours des derniers jours. Il tenait à souligner ce point. Ce qui le conduisit, d'une manière encore plus confuse, à réitérer ses propos… ou presque. Klavs Arnold parvint à l'interrompre. Le policier jutlandais se tourna vers Simonsen et expliqua :

— C'est toujours votre enquête, mais il faudrait passer à la vitesse supérieure. Il s'agit vraisemblablement d'un double meurtre. Par conséquent, on compte sur vous pour nous mobiliser et pour activer toutes les ressources dont vous disposez. C'est ce qu'on a fait savoir à Arne Pedersen en haut lieu, et je les comprends.

Pedersen confirma ses dires dans une formulation quelque peu plus diplomatique. Puis il regarda Simonsen et obtint quelques instants plus tard la réponse que tous espéraient :

— Je n'y vois aucun inconvénient, du moment que les décisions me reviennent. Toutefois, je préférerais qu'on ne vienne pas me court-circuiter, si tu vois ce que je veux dire, Arne. Si tu participes à l'enquête, c'est sous mon autorité.

Les deux hommes tombèrent facilement d'accord sur ce point, et Arne Pedersen parut soulagé.

— Nous avons fait appel aux services de Klavs Arnold pendant un certain temps, indiqua-t-il. Une partie de l'affaire se déroulant à Esbjerg, cela paraît logique, puisqu'il est le mieux placé pour suivre ce volet. Comme vous le voyez, j'ai fait installer un nouveau tableau blanc. Il s'agit d'un tableau intelligent, qui comprend à la fois un écran d'ordinateur et un tableau ordinaire. C'est le même que celui qui est installé dans la grande salle de réunion, en moins sophistiqué. Malte est aux commandes aujourd'hui, car je ne sais pas encore m'en servir.

Il y eut quelques rires sous cape lorsque, à l'instant même où Arne évoqua son nom, Malte Borup fit apparaître comme par magie une photo de lui-même sur l'écran. Le sérieux revint néanmoins très vite lorsqu'une autre photo, un portrait de Lucy Davison, remplaça la première.

Lucy Selma Davison était née le 20 avril 1952 à Liverpool. Son père, George Davison, aujourd'hui retraité, avait travaillé comme mécanicien. Sa mère, Margaret, était une ancienne serveuse. Ils avaient deux autres enfants, un fils et une fille, tous deux plus jeunes que Lucy. L'adolescente avait quitté le foyer familial le 28 mai 1969 et laissé un banal message d'adieu. La police du comté de Merseyside – district de Liverpool – avait rouvert l'enquête à la suite de l'intervention de la police danoise. Elle avait mené ses recherches discrètement, sans informer la famille, et était en mesure de confirmer que Lucy Davison n'était jamais rentrée chez elle et que personne en Angleterre n'avait entendu parler d'elle depuis quarante ans.

Pedersen poursuivit :

— Nous ne connaissons pas les raisons précises qui l'ont poussée à fuir le domicile familial. Toutefois, on peut supposer qu'elle a été séduite par le mouvement d'émancipation qui s'est emparé de la jeunesse dans ces années-là. Elle venait d'un milieu catholique de la petite-bourgeoisie et les tentations ne manquaient sûrement pas dans la ville des Beatles.

Ils étaient aussi en mesure d'affirmer que Lucy Davison s'était trouvée à Harwich le 14 juin 1969 et qu'on pouvait donc considérer qu'elle était arrivée à Esbjerg le 16 ou le 17. Elle voulait se rendre dans le Nord de la Norvège et voir le soleil de minuit. C'est ce qu'elle disait sur la carte postale qu'elle avait écrite. *I want to see the midnight sun*. À Esbjerg, elle était entrée en contact avec six élèves de terminale du lycée de Brøndbyøster qui étaient partis à la campagne pour réviser la dernière matière qu'ils devaient présenter au bac. Il s'agissait en l'occurrence d'un oral de mathématiques qui devait avoir lieu le vendredi 20 juin.

Pedersen but une gorgée d'eau et la Comtesse glissa à Simonsen :

— Nous les appelons la Bande des Six.

Il accepta, bien qu'il n'aimât pas tellement ce nom trop accusateur qui risquait de les conduire à des conclusions erronées. Arne reprit :

— D'après nous, Lucy Davison est morte dans la maison de campagne et la Bande des Six a caché son cadavre. Deux d'entre eux se sont ensuite rendus à Lycksele, un village suédois situé dans la province de Västerbotten, soit environ à mille kilomètres à vol d'oiseau de Malmö, et ont monté sa tente au fin fond de la forêt. À mi-chemin, ils ont posté la carte postale dans la ville d'Orsa. Il y a cependant trois points essentiels que nous ne sommes pas encore en mesure d'élucider : la cause de sa mort, l'endroit où se trouve son corps et l'adresse de la maison de campagne. Des questions ?

Il se tourna vers Simonsen, qui souhaitait quelques précisions.

— Est-ce que ses parents sont toujours en vie ?

— Oui.

— J'imagine que nous connaissons la composition de cette Bande des Six ?

— Absolument. Je reviendrai sur ce point dans un moment.

— Et les autres anciens élèves de cette classe de terminale ? Est-ce que nous savons où ils se trouvent actuellement ?

— Non, pas vraiment. Nous n'avons rien fait dans ce domaine. Tu penses qu'ils peuvent nous intéresser ?

À la grande surprise de l'assemblée, ce fut Klavs Arnold qui répondit à Arne.

— C'est rudement bien vu. Nous manquons d'arguments contre ces péteux.

— Je ne vous suis pas, dit alors Pauline.

La Comtesse intervint :

— Oui, c'est juste. Si nous n'en savons pas assez sur la vie de la Bande des Six à l'époque du lycée, nous n'avons aucune chance de pouvoir juger de leurs témoignages lors des auditions. C'est sans doute pour ça que j'ai passé des heures à examiner les compositions de danois des élèves de cette classe et lu les numéros du journal du lycée couvrant les années 1967-1969, pendant que tu faisais tes bains de boue sur une plage de la mer Noire ? Tu aurais pu me le préciser, quand nous avons fait le point.

Simonsen n'y était pour rien :

— Comment pouvais-je savoir que tu lisais ces compositions ? Je ne lis pas dans tes pensées. As-tu trouvé quelque chose d'intéressant ?

Ils se mirent à parler tous en même temps, et Pedersen, fort embarrassé, ne savait pas s'il devait participer à la discussion, attendre qu'elle soit finie ou leur demander de se taire. Malte

Borup vint à sa rescousse. Une inscription digne d'un film muet apparut sur l'écran. *Taisez-vous, écoutez Arne*, disait-elle. La sirène d'ambulance fut plus efficace. Tous arrêtèrent de parler et Pauline mit les mains sur ses oreilles.

Pedersen adressa un regard reconnaissant à Malte, puis reprit son propos comme si de rien n'était :

— Je désigne deux hommes pour enquêter sur les autres élèves de la classe. Ça te convient, Simon ?

— Oui, mais uniquement pour le recueil des données. Les entretiens, on s'en occupe nous-mêmes.

— C'est entendu. Passons aux photos, maintenant.

Kramer était selon toute vraisemblance l'auteur des photos. Il n'était présent que sur un des douze clichés, en l'occurrence une photo de groupe qui avait dû être prise avec le déclencheur. En outre on avait retrouvé les négatifs chez lui. Lucy Davison figurait sur toutes les photos, peut-être parce que Kramer n'avait conservé que celles qui la concernaient. C'était une supposition logique, d'autant que les analyses montraient qu'il avait utilisé ces douze photos pour réaliser ses affiches. En revanche, la Crim n'avait pas la certitude que tous les membres de la Bande des Six avaient été ainsi immortalisés. Théoriquement, il pouvait s'agir d'une bande de sept ou de huit. Un des membres avait peut-être refusé de participer à la photo ou Kramer avait pu éliminer les photos où il ou elle était présent, que Lucy Davison y figurât ou non. C'était une hypothèse peu probable, mais pas impossible.

Pedersen prit à nouveau une gorgée d'eau et ne fut plus interrompu. Il se racla la gorge, puis déclara :

— Ces photos nous donnent des éléments fort intéressants. En premier lieu, l'identité des membres du groupe. Nous avons un certain nombre de données, et il en arrive régulièrement de nouvelles. Jørgen Kramer Nielsen, évidemment, nous le connaissons déjà. On peut donc passer au suivant, bien qu'il y ait peu de chose à dire sur lui.

Malte fit apparaître le portrait d'un gamin boutonneux arborant des oreilles décollées et un sourire nigaud.

— Il s'appelle Mouritz Malmborg.

Pauline ricana sans raison apparente et Arne la regarda d'un air surpris.

— Qu'est-ce qui te fait rire, Pauline ?
— Excuse-moi. Non, c'est juste… Mouritz Malmborg – et avec ce physique. Les fées n'ont pas dû se pencher sur son berceau. Pauvre gosse.
Elle étouffa un nouveau rire.
C'était exact. Le passage de Mouritz Malmborg sur terre avait été bien court. Il était mort en 1973 des suites d'un accident de moto, alors qu'il était étudiant en biologie à l'université d'Aalborg. Pedersen proposa de classer son cas et de se consacrer aux vivants.
Une nouvelle diapo apparut à l'écran. Cette fois, il s'agissait d'une fille charnue, sans charme.
— Elle est bien en chair.
C'était à nouveau Pauline qui sévissait. Personne ne lui répondit, mais la Comtesse lui décocha une grimace réprobatrice.
Hanne Brummersted avait obtenu son diplôme de médecin en 1977 et passé en 1982 sa thèse consacrée aux anomalies chromosomiques. Elle était actuellement médecin-chef à l'hôpital de Herlev, où elle dirigeait le département de génétique médicale, et vivait à Roskilde. Aujourd'hui divorcée, elle était mère de deux enfants qu'elle avait eus assez tard, deux filles âgées respectivement de dix-huit et quinze ans. Elle était aisée et son casier judiciaire était vierge. *Le suivant, Malte.* La photo d'une autre adolescente apparut à l'écran. Celle-ci avait des traits grossiers et ingrats et d'épaisses lunettes à monture en corne. Pedersen feuilleta ses notes.
— Helena Brage Hansen. Nous ignorons si elle a fait des études. Elle a aujourd'hui la nationalité norvégienne et réside à Hammerfest. Elle est célibataire et exerce diverses activités. Par exemple, pendant la saison touristique, elle travaille en tant que guide. Nous ne connaissons pas sa situation financière et n'avons pas encore d'informations sur son casier judiciaire, mais nous les avons relancés. *La dernière photo, Malte.*
Deux photos furent soumises à l'attention de l'assemblée. Celle d'un garçon au regard sympathique et dont le sourire mettait en évidence une dentition éclatante. À côté, celle d'une fille au visage pâle et maladif.

— Je les passe en même temps, parce qu'ils sont mariés, même si bien sûr ils ne l'étaient pas à l'époque. Lui s'appelle Jesper Mikkelsen, et elle Pia Muus.

Pauline eut un sourire méprisant, mais cette fois, Pedersen perdit patience :

— Ça suffit. Ils n'ont peut-être pas ton physique, mais si ça te gêne, garde-le au moins pour toi.

Pauline Berg lui fit un doigt d'honneur et demanda, impassible :

— Qu'est-ce qu'il a sur le visage ?

— Une tache de naissance, une morsure de cigogne.

— La cigogne devait avoir un sacré bec.

— Tu permets ?

— Je t'en prie.

Pia Muus s'appelait aujourd'hui Pia Mikkelsen et le couple habitait Aalborg. Ils avaient tous les deux commencé des études de sociologie à l'université de la ville, mais ni l'un ni l'autre n'avaient obtenu de diplôme, ils avaient abandonné au bout de trois semestres. Ensuite, ils avaient géré un magasin de disques dans le centre d'Aalborg, Au Disque Ancien, pendant plusieurs années. La boutique était spécialisée dans les musiques des années 1960 et 1970 et vendait des vieux 33 tours. Aujourd'hui, elle n'existait plus, en revanche, leurs ventes en ligne sur Internet connaissaient un vrai succès et l'année dernière, ils avaient réalisé un chiffre d'affaires de près de quatre millions de couronnes. N'ayant pas d'enfants, il allait sans dire que leur situation financière était confortable.

La police avait plusieurs fois été appelée chez eux pour cause de tapage, mais ils n'avaient jamais voulu porter plainte, et les rapports indiquaient qu'ils étaient aussi doués l'un que l'autre pour donner des coups. On savait par ailleurs qu'ils avaient peut-être des liens avec les milieux de la drogue et de la pornographie d'Aalborg, mais les services de police de la ville avouaient ne pas avoir de certitude à ce sujet. Le casier judiciaire du couple ne faisait d'ailleurs état d'aucune inculpation ou condamnation.

Pedersen reposa ses notes.

— Voilà ce qu'on peut dire, en résumé, de la Bande des Six. Vous avez des commentaires ?

Klavs Arnold leva le doigt, ce qui collait mal au personnage. Cependant, il attendit poliment qu'Arne lui donne la parole :

— Klavs, c'est à toi.

— Oui, j'ai un peu peur de l'ambulance de Malte, mais qu'est-ce que tu entends par "milieu de la pornographie d'Aalborg" ? S'agit-il des bordels, des films ou d'autre chose ?

— Des films, ce qui est d'ailleurs tout à fait légal. Ils semblent tous les deux avoir un intérêt particulier pour les toutes jeunes filles. Cependant, la police n'a aucun élément concret à leur sujet, ce sont de pures suppositions.

Simonsen se leva et leur dit :

— Je demande un instant de silence. Malte, est-ce que tu as une photo qui montre tout le groupe, y compris les deux qui sont morts, mais sans Lucy Davison ?

L'étudiant secoua la tête.

— Est-ce que tu pourrais en faire une sur ton ordinateur et nous la montrer ? Ce n'est pas grave si c'est une photo trafiquée.

C'était tout à fait possible. Malte se leva et quitta la pièce.

En son absence, Simonsen laissa voguer ses pensées et ses collègues s'abstinrent de parler pour ne pas perturber sa réflexion. À l'exception de Klavs Arnold qui, à un moment donné, laissa échapper un *oui, bien sûr*. Au bout d'un moment, le jeune informaticien revint avec une photo à la main, et leur présenta le résultat de son montage. Simonsen se rassit et demanda à sa collègue :

— Pauline, est-ce que tu peux nous dire à quoi tu penses quand tu regardes cette photo ?

Prenant ses précautions, Pauline dit simplement :

— Eh bien, je vois six lycéens très normaux…

Simonsen la reprit aussitôt :

— Non, Pauline. Dis-nous ce que tu penses vraiment.

Elle rougit légèrement. Elle pouvait se permettre de plaisanter avec Arne Pedersen, mais avec Konrad Simonsen, c'était différent. Elle accepta le défi d'une voix hésitante :

— Eh bien, je sais que je suis un peu dure, mais ils sont du genre *plus moche que moi, tu meurs*. Regardez les photos, je suis désolée, mais c'est vraiment un tas de losers. S'ils sont les dignes représentants de ce que les années 1960 pouvaient produire, alors, je suis heureuse de n'être…

Simonsen l'interrompit.

— Merci, Pauline. Ça me suffit. J'ai entendu ce que je voulais.

— C'est-à-dire ?

La Comtesse essaya d'expliquer :

— Qu'à l'époque, ils étaient déjà des outsiders, et je peux vous donner quelques précisions en ce qui concerne Jesper Mikkelsen. Dans le journal du lycée énumérant les lauréats du baccalauréat, on l'appelle Yes-Yes-Yes-Jesper. À l'époque il bégayait terriblement.

— Nous avons besoin de savoir quels étaient leurs liens, dit Simonsen. Constituaient-ils un groupe très soudé ? Il faut que nous puissions préciser ce point avant de les auditionner, si toutefois c'est possible.

— On bossera jour et nuit.

C'était Klavs Arnold qui voulait signaler que le ton était devenu un peu trop autoritaire à son goût.

Ils firent une pause-café de dix minutes, pour laisser à chacun la possibilité de se dégourdir les jambes. Dans le couloir, Pauline passa devant Simonsen :

— Je sais que tu viens de rentrer, mais qu'en est-il de la réunion que tu nous as promise avec Arthur Elvang ? Le groupe commence à s'impatienter, et moi aussi.

Le groupe ! Il avait espéré que le groupe n'existait plus.

Il lui répondit d'un air quasi absent :

— Et combien de personnes y a-t-il donc dans ce *groupe* ?

— Nous sommes cinq.

— Ah, très bien. Dans ce cas, tu peux dire à ton *groupe* que tu auras la date la semaine prochaine. Toutefois, le *groupe* n'ira pas chez Elvang. Tu seras seule à y participer avec ton amie de Melby – je ne veux personne d'autre.

La Comtesse reprit la présidence de la réunion. Elle présenta, sans se lever, diverses informations relatives à la maison de campagne.

Elle avait, en compagnie de Klavs Arnold, enquêté dans la ville et les environs d'Esbjerg pour trouver où logeait Kramer lorsqu'il venait chaque année passer trois jours dans la région. Après plusieurs jours de labeur infructueux, ils étaient finalement parvenus à identifier le lieu. Le postier résidait chaque année au même endroit, à l'auberge de jeunesse de Nørballe. Son premier séjour remontait à 1980, mais personne au sein de l'auberge ne connaissait les raisons de sa venue. Fidèle à lui-même, il restait dans son coin. Cependant, il louait en général un vélo, et la Comtesse supposait qu'il se rendait sur la tombe de Lucy Davison, et ce bien que la fleuriste d'Esbjerg ne l'ait jamais vu dans sa boutique. Par conséquent, s'il apportait des fleurs, il les avait sans doute cueillies lui-même. Ils avaient également tenté de savoir si, pendant ses séjours, Kramer retrouvait certains membres du Cercle. La Comtesse était persuadée que ce n'était pas le cas, mais rien n'était sûr. En tout cas, il n'avait certainement pas rencontré tous les membres du groupe le même jour. Elle se tourna vers Klavs Arnold.

— Est-ce que tu veux dire quelque chose sur la maison de campagne ?

— Non, je t'en prie. Tu as une voix si charmante.

— Merci pour le compliment. Bien, c'est donc moi qui vais vous en parler. Cela étant, il n'y a pas grand-chose à dire.

Sachant que Kramer avait l'habitude de louer un vélo lorsqu'il résidait à l'auberge de jeunesse, ils avaient décidé d'enquêter dans un rayon de quinze kilomètres. Il y avait cependant un petit problème : il existait dans cette zone des centaines de maisons de campagne, et le descriptif physique réalisé à partir des photos étant relativement limité, l'examen de chacune d'entre elles représenterait un véritable travail d'Hercule. De plus, il n'y avait sur ces photos aucun repère, par conséquent il ne suffirait pas d'examiner chaque maison, il faudrait aussi faire une étude préliminaire qui seule permettrait d'en éliminer une partie. Pour comble de malheur, de nombreux changements étaient intervenus dans la région d'Esbjerg dans le secteur des résidences de vacances. Pour être clair, l'examen de chaque maison exigerait des ressources humaines et financières tout à fait exceptionnelles. La Comtesse précisa :

— Les photos ne nous permettent pas de déterminer s'il s'agit d'un endroit situé sur la côte ou à l'intérieur des terres. Il semble donc plus réaliste de vérifier si, parmi les proches des membres de la Bande des Six, certains avaient une résidence de vacances dans la région. Ce travail est en cours. On pourrait aussi envisager que Klavs se rende chez les entrepreneurs, les charpentiers, les menuisiers ou autres professionnels du coin et leur demande d'examiner les neuf aperçus plus ou moins détaillés que nous possédons de la maison.

— Si on se trouve devant la maison et qu'on a les photos en main, demanda Simonsen, est-ce qu'on peut établir une correspondance ?

— Sans aucun doute, répondit Klavs Arnold.

— Ce qui signifie que, si les enquêteurs sont très précis, l'examen maison par maison peut donner des résultats.

— Absolument. Oui, ce serait sûrement le cas, mais c'est une méthode qui prend du temps, et un processus qu'on ne peut pas confier à n'importe qui. Par ailleurs, comme le souligne la Comtesse, ça risque de coûter très cher. Mais ça reste une possibilité, c'est certain.

— Est-ce que tu pourrais diriger une telle enquête ?

— Oui.

— Alors, vas-y.

— D'accord, à condition que vous vous chargiez de tout l'administratif.

— Aucun problème. Comme Arne l'a indiqué en introduction, nous sommes peut-être confrontés à un double meurtre, nous ne devons donc pas lésiner. Que dirait la presse si elle avait vent de ça ?

Pedersen objecta sans grand enthousiasme, rappelant le budget et les ressources nécessaires.

Pauline le fit taire :

— Là, je crois que Simon a raison, Arne. Les journaux du matin assassineraient Gurli. On pourrait avoir de drôles de premières pages.

Pedersen se résigna et revint à son rôle d'animateur de la réunion. Sur l'écran apparut alors la photo agrandie d'un homme qui souriait à la caméra. Il était difficile de déterminer son âge.

— Ils ont aussi eu un invité. Il est présent sur deux des photos, et comme vous pouvez le constater, il est atteint du syndrome de Down. Nous supposons qu'il a entre vingt-cinq et trente-cinq ans. Nous ignorons s'il joue un rôle dans l'histoire et ne savons pas non plus s'il était invité pour les vacances ou s'il vivait dans la région. Dans cette dernière hypothèse, il est possible qu'il puisse nous aider à retrouver la zone où la maison était située. Il a pu théoriquement faire partie du voyage, mais nous ne le pensons pas, notamment en raison de sa tenue. On n'a pas d'autres éléments sur lui pour le moment.

Simonsen intervint alors :

— Pendant que j'y pense, je voulais juste vous préciser que Kramer a dû aller chez le coiffeur peu de temps après son retour à Copenhague et avant de commencer à travailler au bureau de poste de son père. C'est un détail, mais vous voilà informés.

Pedersen en profita :

— Alors, avant de regarder la dernière photo, sans doute la plus intéressante, j'en profite au passage pour vous dire ceci : selon nous, c'est Jørgen Kramer Nielsen et Hanne Brummersted qui ont transporté les affaires de Lucy en Suède, car tous deux ne se sont pas présentés à leur dernier examen. Remarquez toutefois que Hanne Brummersted a passé le sien plus tard, alors que comme vous le savez Kramer n'a jamais réussi son bachot. Par ailleurs, elle était la seule du groupe à avoir son permis.

— Quelle a été la durée de leur séjour en Suède ? lui demanda la Comtesse. Lycksele est quand même situé très au nord.

— Au moins trois jours, sinon quatre. À moins qu'elle n'ait conduit sans arrêt ou qu'il ne l'ait relayée, bien qu'il n'ait pas de permis. Nous savons que les parents de Hanne Brummersted avaient une voiture, mais nous ignorons si elle l'avait empruntée. Elle a pu aussi en louer une, elle était majeure. Autre chose ?

Ils n'avaient rien à ajouter.

— Alors, passons à la dernière photo, certainement prise avec le déclencheur. Regardez-la attentivement et essayez de nous dire ce que vous en pensez.

Sept adolescents apparurent sur l'écran. Ils étaient debout l'un à côté de l'autre, se tenant par l'épaule. La scène se passait dehors et les adolescents étaient plus ou moins dévêtus. Sur la gauche, on voyait Kramer et, à droite, Lucy Davison. Les trois garçons étaient nus mais avaient gardé aux pieds chaussures ou sandales. Hanne Brummersted, elle aussi nue, avait essayé de se cacher de l'objectif et avait la main posée sur son sexe. Les deux autres jeunes lycéennes portaient un slip. Quant à Lucy Davison, elle posait nue sous son manteau afghan qu'elle avait laissé entrouvert, jouant malicieusement avec la caméra. Les autres avaient le visage baissé. Le temps était aussi triste que la photo.

La Comtesse fut la première à briser le silence.

— Eh bien, il me semble qu'il ne faut pas être psychologue pour comprendre que ces jeunes n'étaient pas spécialement heureux de poser de cette façon. Ils ont l'air si pudiques, enfin, à part Lucy Davison. Qu'est-ce que c'est, cette inscription sur le ventre des garçons ?

— *No study*. Nous pensons que la marque a été faite à la peinture rouge, et regardez l'index de Lucy Davison.

— Je comprends qu'ils se soient sentis gênés, remarqua Pauline. J'aurais été mal à l'aise aussi. Qui ne le serait pas ?

Klavs Arnold marmonna avec son accent du Jutland :

— Ce n'est pas la question. La question, c'est de savoir si tu l'aurais fait.

— Pour rien au monde ! et en plus, devant le photographe.

— Mais eux, ils l'ont fait.

Placide, Simonsen ajouta :

— Oui, quand ils ont rencontré la belle étrangère, la jeune hippie venue d'ailleurs. Bonjour les années 1960. On peut dire qu'elle y a laissé la vie, mais pourquoi ? Jalousie, sexe, drogues ?

Pauline surenchérit :

— Les champignons, ou peut-être les amanites ? Ils le faisaient aussi à l'époque.

Une nouvelle fois, Klavs Arnold la reprit :

— Un peu tôt pour les amanites en juin. À l'époque aussi.

La Comtesse s'en mêla :

— Je vois bien les tensions qui ont pu surgir. Les membres de la Bande des Six ont pu aussi être marginalisés par leurs camarades de classe, ce qui n'a pas dû arranger la situation. C'est d'ailleurs un aspect intéressant que nous devrons creuser. Néanmoins, avant que nous entrions dans le vif du sujet, je voudrais dire que je ne crois pas un instant que ces six jeunes aient pu brusquement en tuer un septième. Un seul, deux maximum pourraient le faire par accident, mais six, c'est impensable. J'ai lu leurs compositions, et même s'ils n'ont pas tous été gâtés par la nature, cette lecture me fait penser qu'ils ont l'air de lycéens tout à fait normaux. Il est inimaginable qu'ils se soient mis d'accord pour tuer un des leurs, et s'il s'agit d'une mort accidentelle causée par l'un d'entre eux, il est peu probable que les autres aient accepté de couvrir leur camarade. En tout cas, pas après avoir eu le temps de réfléchir, une fois rentrés chez eux. Il a dû se passer autre chose, une chose à laquelle nous n'avons pas pensé.

Cette déclaration déclencha dans l'auditoire des mouvements de tête approbateurs.

Simonsen mit du temps à réaliser que tous les regards étaient tournés vers lui dans l'attente d'une conclusion. Pedersen aussi comptait sur son intervention. Il se leva donc pour indiquer que la réunion était terminée, tout en donnant les grandes lignes des prochaines étapes :

— Il faut que nous poursuivions l'enquête aussi discrètement que possible pour essayer de recueillir un maximum d'informations, surtout sur la maison de campagne. On va interroger leurs camarades de classe et voir si on peut en tirer de nouveaux éléments. Pour l'instant, ce que nous avons est trop maigre pour pouvoir les auditionner.

Ils étaient tous d'accord avec lui sur ce point. Malte conclut la présentation en fanfare en projetant un clip de Disney sur l'écran. Le général des *Aristochats* répétait en boucle :

Je suis le chef, c'est moi qui décide quand le film doit finir. Je suis le chef, c'est moi qui décide quand le film doit finir. Je suis le chef…

La Comtesse lui fit signe d'arrêter. Il éteignit l'ordinateur et quitta la salle en premier.

Après la réunion, Konrad Simonsen rentra à Søllerød pour défaire ses valises et mettre en marche une machine. Puis il alla faire son tour, qui ne se déroula pas aussi bien qu'il l'avait espéré. Il remarqua que la gastronomie bulgare avait laissé des traces, mais se persuada que deux ou trois jours d'exercice allaient lui permettre d'éliminer tout ça. Le temps était gris et humide, un temps parfait pour l'exercice physique : il pouvait courir plus vite sans avoir trop chaud et marcher sans avoir froid. Une voiture le dépassa, une Jaguar bleue, et il y jeta un coup d'œil distrait. Il se dit qu'elle allait sûrement se garer dans la cour de la villa devant laquelle il se trouvait. Mais la voiture continuant de le suivre, il la regarda plus attentivement et réalisa qu'il connaissait le conducteur. Il s'agissait de Helmer Hammer, conseiller dans les services du Premier ministre et appartenant de ce fait à l'élite de l'administration d'État. Cet homme de quarante-cinq ans était aussi passé maître dans l'art de la dissimulation et y recourait volontiers lorsque cela s'avérait nécessaire. La voiture s'arrêta et le conducteur baissa sa vitre.

— Montez. Je n'ai qu'une demi-heure, ensuite je dois retourner à mon bureau. Heureux de vous revoir !

Confus, il s'assit sur le siège arrière, et Hammer s'expliqua :

— Je suis venu voir cette galerie dont tout le monde parle et j'ai aussi une information à vous donner.

Helmer Hammer fit lentement le tour de la pièce, prenant le temps d'examiner chaque affiche. Quand il eut terminé, il questionna Simonsen sur la jeune fille.

— Elle s'appelle Lucy Davison, lui indiqua celui-ci, elle est originaire d'Angleterre. Aujourd'hui, elle est sans doute décédée.

Hammer hocha la tête d'un air compatissant, comme s'il s'attendait à cette réponse. Puis il ajouta :

— Un de mes amis est avocat à Copenhague, il a acquis une certaine renommée. On fait des parties de squash ensemble une fois par semaine, et la semaine dernière, il m'a raconté qu'il venait d'être contacté par un *officialis* anglais, c'est-à-dire le président du tribunal ecclésiastique d'un évêché, autrement dit un personnage important.

Simonsen l'écouta en maugréant.

— Cet *officialis* lui a demandé de prendre contact avec l'exécuteur testamentaire de la commission des partages du tribunal de Glostrup et de lui adresser une offre pour vos affiches.

Il a également précisé que si une offre supérieure était présentée, ledit exécuteur devrait prévenir mon ami avant la mise en vente des affiches. Mon ami avocat a donc été mandaté par l'autorité religieuse pour offrir si nécessaire une somme relativement élevée, voire très élevée.

— Est-ce que le Vatican a l'intention d'acheter mes… les affiches de Jørgen Kramer Nielsen.

— Le Vatican ? Non, tout de même pas. Mais un représentant de l'Église catholique, c'est probable.

— Qui donc ? Et pourquoi ?

— Ma foi, je n'en sais rien.

— Vous pourriez creuser la question ? J'aimerais bien le savoir.

— Je ne pense pas que ce soit possible. L'Église catholique n'est pas une institution particulièrement transparente. Par ailleurs, je ne le souhaite pas. Si je mets mon nez dans cette affaire, je risque d'avoir des problèmes.

Simonsen était bien obligé d'accepter son refus.

— Combien veulent-ils payer ?

— Pas une grosse somme au départ. Dois-je comprendre que vous voudriez les garder pour vous ?

Sincère, il répondit :

— Oui. Au moins, une, et si possible, toutes.

— Je vous comprends, ce sont de belles affiches.

— Vous ne m'avez pas répondu. Quel serait le montant de leur offre ?

— Cinq cents couronnes par affiche, par conséquent huit mille cinq cents au total, pour les dix-sept tableaux.

— Dix-huit, il y en a dix-huit. Donc, cela fait neuf mille couronnes… C'est plutôt raisonnable.

— Comme je viens de vous le dire, ils sont disposés à monter leur offre, si cela s'avère nécessaire. Cela étant, Simon, arrêtez de prétendre que je ne sais pas compter. Il y a en dix-sept, et c'est ce chiffre que je vais communiquer à mon ami, qui vient justement de me prier de le lui préciser, il ignorait combien il y en avait.

Lorsque Hammer l'eut quitté, Simonsen passa à son tour rapidement devant les affiches et songea que l'accrochage n'avait pas été totalement inutile. Il était heureux de cette installation. Par ailleurs, l'existence de la galerie lui avait permis d'obtenir une information concrète et non dénuée d'intérêt. Il décida d'en profiter pour appeler le prêtre et lui demander ce qu'il en était. D'homme à homme. Il pourrait l'inviter à Søllerød, si l'occasion se présentait. En dernière analyse, il avait toujours la ressource de faire appel à Madame, sa médium. Par conséquent, il aurait été prématuré de considérer l'accrochage de ses affiches comme un fiasco. Non, bien sûr, pas de *ses* affiches… puisqu'il s'agissait des affiches de la succession. Il les avait seulement empruntées. Malheureusement. Il eut un petit sourire en regardant la porte par laquelle Helmer Hammer était sorti. Il les avait empruntées, ces dix-sept affiches.

Les jours suivants, l'enquête de Konrad Simonsen ne fit que de minces progrès. C'est par un temps d'automne gris et pluvieux que les policiers, s'aidant des documents qu'ils avaient apportés, fouillèrent méthodiquement les environs de l'auberge de jeunesse de Nørballe et le quartier de résidences secondaires situé à proximité. C'était un travail fastidieux, et dont on pouvait douter qu'il produise des résultats. À deux reprises, Klavs Arnold voulut refaire le tour de la zone concernée.

Le papier utilisé pour la réalisation des affiches fut examiné avec une précision toute germanique. La première affiche sur laquelle figurait Lucy Davison datait de 1973. Ce renseignement, qui avait exigé beaucoup de travail et d'énergie, était à présent superflu. Il en fut de même d'un rapport de Kurt Melsing qui, se basant notamment sur le ciment qui avait été utilisé pour fixer les miroirs dans le grenier du postier, avait permis de déterminer que la pièce avait été aménagée autour de l'année 2000. Encore une information si prévisible que Konrad Simonsen avait, dans un haussement d'épaules, archivé le document dans le dossier qui épaississait à vue d'œil.

Dans le même temps, les policiers de la brigade criminelle continuaient l'enquête sur la Bande des Six. Les questions étaient multiples : quand avait-elle été constituée ? Avaient-ils eu un chef, formel ou informel ? Organisaient-ils des réunions ? Quel était leur but ? Le fait de pouvoir y répondre permettrait évidemment de se faire une idée plus précise de la vie qu'avaient menée ces adolescents au cours de l'année 1969.

Voulant élargir son rayon d'action, Simonsen rendit visite aux anciens élèves de terminale de Brøndbyøster qui résidaient de plus en plus loin de Copenhague, mais cela ne donna aucun résultat. Tous avaient depuis longtemps oublié leurs années de lycée et les seuls flashes qu'ils en avaient ne concernaient en rien la Bande des Six. Il venait d'interroger l'un d'eux à Ringsted et devait aussi aller à Nykøbing Falster. S'il continuait sur sa lancée, ses investigations risquaient de l'emmener dans des villes aussi lointaines que Detroit ou Wellington, ce qui ne serait évidemment pas réaliste. Qu'il s'agisse ou non d'un double meurtre. Au lieu de cela, il dut pendant deux jours lutter contre une belle angine et accepter l'idée que son affaire ne progressait pas d'un pouce. Le lundi 21 octobre, il se rendit comme prévu sur l'île de Falster.

Une femme d'une cinquantaine d'années lui ouvrit la porte. Il avait à peine eu le temps de se présenter qu'elle lui envoyait déjà une bordée d'injures à la figure.

— Vous pouvez prendre votre carte de police et en faire des confettis. Si vous n'avez pas de décision du juge, vous pouvez aller vous faire foutre. Ça fait plus de dix ans qu'il est sorti et vous avez quand même l'audace de vous pointer chez nous. Fichez-moi le camp !

Elle avait ouvert les bras pour l'empêcher de passer et il valait mieux ne pas sous-estimer ses intentions. Une voix d'homme retentit à l'intérieur.

— C'est qui ?

— La police.

— Dis-leur que c'est pas moi.

— Je l'ai fait, mais il a la comprenette difficile, il est toujours là.

L'homme apparut dans l'entrée. Plus tard, Konrad raconta la scène à la Comtesse :

— Quand il est apparu, je n'en croyais pas mes yeux. Mais c'était bien Pelle Olsen qui était là devant moi, tout aussi charmeur qu'avant. Imagine, Pelle l'escroc en personne, le roi d'Elmegade.

— Je me souviens de lui. Je l'aimais bien…

— Tout le monde l'aimait, y compris ceux qu'il trompait. Et c'était un sacré escroc. On racontait qu'il était capable de vider les poches de n'importe quel homme et de faire tomber la culotte de n'importe quelle femme.

— Il me doit d'ailleurs trois cents couronnes.

— Hmm, il a dû faire une exception.

Konrad reçut un coup de coude dans les côtes pour sa remarque.

— Il a pris sa retraite ?

— Presque, enfin pas tout à fait. Si tu peux arrêter de m'interrompre, je te raconterai volontiers toute l'histoire. Donc il m'a invité à entrer…

L'ambiance s'était vite réchauffée. La mégère qui lui avait ouvert la porte s'était soudain transformée en une hôtesse accueillante à la voix chaleureuse. Elle avait mis la table pour le déjeuner pendant que les deux hommes évoquaient le bon vieux temps. Konrad avait violé le règlement et pris un petit schnaps avec son hareng.

— Je vois bien que vous pensez qu'il y a anguille sous roche, déclara Pelle Olsen. Mais je peux vous assurer que j'ai mon certificat d'hypnotiseur et qu'il n'est pas fait maison. Ça m'a coûté trois ans de dur labeur, malgré mes dons. Vous me croyez ?

Simonsen rit.

— Bien entendu, je vous crois. C'est d'ailleurs le problème, tout le monde vous croit.

Sa femme renchérit. Elle expliqua sans aucune agressivité :

— Nous traitons les cures de désintoxication, les phobies – lorsqu'elles ne sont pas trop prononcées – et quelques cas de transes. Les derniers veulent entrer en contact avec leur vie antérieure et on leur donne un enregistrement de ce qu'ils racontent pendant la crise. Ni plus ni moins. Nous refusons carrément de traiter tout ce qui touche de près ou de loin à un semblant de traitement. Il ne s'agit pas de tromper les gens qui ont déjà des problèmes. Là, vous n'êtes pas obligé de me croire, mais c'est comme ça.

Cette fois, Simonsen exprima de manière plus spontanée son sentiment.

— Ça a toujours été comme ça avec toi, Pelle. C'est d'ailleurs pour ça qu'on t'aimait bien. Tu soulageais le commerçant, mais jamais ses employés.

— On a quand même une morale. Vous voulez que je vous raconte le truc qu'on a fait à deux juges de la cour d'appel ? Je crois que c'était dans les années 1984-1985. Vous n'avez jamais dû en entendre parler.

Il fallut du temps à Simonsen pour arriver au sujet qui l'avait amené ici. La femme était disposée à l'aider, mais comme ses autres camarades de classe, ses souvenirs étaient glorifiés et imprécis.

— Oui, mes années de lycée ressemblent à une corne d'abondance pour ce qui est des événements. La seconde en 1967, l'année du *Summer of Love* et de *Sgt Pepper*, le 33 tours indispensable. La première en 1968, l'année de la révolte des étudiants à Paris. Le bac en 1969 avec le premier pas sur la Lune et Woodstock. C'était une époque géniale, on ne pouvait pas rêver mieux, de sacrées années du début à la fin. Mais vous savez de quoi je parle, vous les avez vécues aussi.

— Oui, bien entendu.

— Reconnaissez que c'était génial.

— Peut-être, je n'en suis pas sûr. Je suis partagé. Quand quelqu'un, comme vous à présent, me dit *mai 1968 à Paris*, je pense au *Printemps de Prague*. En revanche, à ceux qui grognent contre *ceux qui n'ont pas quitté leur clocher*, je réplique *amour* et *révolution culturelle*. En vérité, j'ai du mal à me situer.

Pelle Olsen vint aussitôt à sa rescousse.

— Si vous voulez, vous pouvez faire un tour sur mon divan, on vous aidera à résoudre votre problème.

— Je crois que je vais faire l'impasse.

— Je m'en doutais. Je ne vais pas dire que je comprends tout ce monde académique, mais il y a une chose que je sais, c'est qu'à l'époque, c'était rudement facile de remplir sa musette. Je circulais dans la foulée de l'homme perroquet, qui vendait ses livres dans un landau.

— Otto Sigvaldi, le poète ? C'est lui qui vendait ses histoires pour enfants, *Mousse framboise et pattes de mouche*, sous forme de cahiers.

— Oui, et moi je vendais des bracelets de perles en bois que j'avais achetés pour rien dans une boutique de jouets à Østerbro. De l'artisanat tibétain provenant du Lhassakya, le monastère le plus haut de l'Himalaya. Sigvaldi vendait bien, et moi aussi. Les gens étaient si crédules à l'époque, c'était un plaisir. On avait l'impression qu'ils ne savaient pas encore ce que les temps nouveaux allaient apporter et qu'ils ne distinguaient pas le bon grain de l'ivraie. Moi, je portais une perruque et j'allais avec ma guitare chanter devant les facs et les endroits fréquentés par les étudiants. J'étais tellement mauvais que ça me faisait mal aux oreilles, mais les pièces tombaient quand même dans mon chapeau.

Il fit semblant de gratter sur une guitare en chantant comme une casserole :

— *Papa et maman, z'étaient travailleurs tout le teeeeeeeeeemps.*

La Comtesse sourit en entendant le récit de Konrad, surtout en voyant le plaisir qu'il éprouvait à raconter son entretien.

— Mais est-ce que sa femme se souvenait de quelque chose ?

— Pas le moins du monde. Quand je lui ai posé des questions concrètes, elle a séché comme les autres. Elle ne se rappelait aucun des noms de la Bande des Six, et la vue de leurs photos n'a été d'aucune aide.

— Tu as encore tiré un billet perdant, n'est-ce pas ? Je crois, Simon, que tu devrais renoncer à ce projet.

— Non, attends deux secondes. En fait, j'allais dans la région pour une tout autre raison. Je m'étais simplement dit que comme j'étais dans le voisinage, je pourrais voir si elle était chez elle, et c'était le cas. Ensuite, je me suis rendu à Rødby.

— Pour y faire quoi ?

— Tu sauras ça plus tard, mais écoute ce qui m'est arrivé. En arrivant au commissariat de Rødby, j'ai emprunté un de leurs ordinateurs et, histoire de passer le temps pendant que j'attendais, j'ai voulu vérifier le site Internet du cabinet d'hypnose de Pelle Olsen. J'ai repensé à ce qu'il m'avait dit et à la proposition qu'il m'avait faite pour m'aider à retrouver ma voie et, en rentrant, je suis repassé devant chez eux.

— Tu n'es pas en train de me dire que tu t'es fait hypnotiser?

— Non, tu es folle! Mais j'ai pensé qu'on pourrait peut-être hypnotiser sa femme.

Pelle Olsen avait longuement réfléchi à sa proposition. Au bout d'un long moment, il lui avait répondu :

— Ça ne va pas être donné. Ce type d'hypnose exige de longues préparations et, en plus, je ne peux pas vous garantir le résultat. Ça risque d'être de l'argent perdu.

— J'espérais obtenir un petit rabais.

— Bien entendu, Simonsen, bien entendu. Entre vieux amis, c'est bien normal. Mais je ne peux pas descendre au-dessous de quatre mille, ce serait dévaluer mes services. Ou bien alors, deux mille cinq cents de la main à la main, si vous me comprenez. Ah non, suis-je bête, ce n'est pas possible.

— Cela me paraît raisonnable. Pour le même prix, vous me donnerez bien un bocal de pastilles au ginseng, celles qui facilitent le sevrage tabagique. J'ai récemment arrêté de fumer et je suis sûr que le soutien d'un produit homéopathique certifié bio ne me ferait pas de mal. Elles sont bien certifiées, c'est bien ce que vous dites sur votre site?

— Bon, écoutez, Simonsen. Vous avez toujours été correct avec moi, alors, disons…

Il regarda son visiteur.

— Mille?

Simonsen regarda au plafond sans rien dire.

— Bon, allez, pour vous, ce sera gratuit.

— C'est très généreux de votre part.

— L'amitié c'est l'amitié. Que dites-vous de mercredi après-midi? Ça me donnera le temps d'habituer ma femme à l'idée.

Au commissariat de Rødby, Konrad Simonsen avait dépassé une limite psychologique, sans savoir si c'était une bonne chose.

Cela concernait le nom de Rita. Ils avaient passé deux ans ensemble. Certes, leur relation avait connu des hauts et des bas et avait à certains moments été plus intense qu'à d'autres. Le fait d'avoir souvent pensé à elle ces derniers mois, parfois même rêvé d'elle, ne lui posait aucun problème. L'expérience avait été agréable et n'engageait à rien. Le fait était qu'il ne se souvenait que de son prénom. Elle demeurait ainsi dans sa mémoire, comme une voix de sa jeunesse, sans faire pour autant partie de sa vie.

Il indiqua ouvertement que sa démarche avait un caractère privé, mais le policier de garde n'hésita pas à le faire passer derrière le comptoir et le conduisit dans un des bureaux.

— Je peux revoir votre carte ? Rappelez-moi aussi la raison de votre visite.

Il sortit sa carte.

— C'est une démarche strictement personnelle, je n'ai besoin d'aucun traitement de faveur.

— Oui, c'est entendu. Vous cherchez qui exactement ?

— Une femme, mais je ne connais que son prénom, Rita. Elle a un nom tout à fait ordinaire, du style Jensen, Hansen ou Petersen. Elle avait aussi un drôle de patronyme, dont je ne me souviens pas. On l'avait arrêtée pour tentative de trafic de devises en novembre ou décembre 1972.

— 1972 ? Ça fait un bail !

— Oui, je sais bien. Mais je ne recherche que son nom, l'affaire ne m'intéresse pas.

— Il se peut que vous ayez de la chance, car nous avons eu, les années passées, deux étudiants en archivistique qui ont fait leur service civil chez nous – personne d'autre ne voulait d'eux. Ils ont été chargés de rénover une partie de nos archives. Je ne sais pas exactement… enfin, elles se trouvent dans l'ancienne cave là-bas.

— J'ai apporté trois bonnes bouteilles de vin, si ça vous intéresse.

Il revint au bout de dix minutes.

— Bon sang, c'était pas compliqué, *Rita Metz Andersen*. Les RG ont été sur le coup, mais ensuite, on a abandonné les poursuites.

Le prêtre vint à Søllerød dans la matinée du mardi, sous un ciel ensoleillé. Il faisait beau, l'air était transparent et une légère brise jouait avec les tas de feuilles sèches que l'on avait amassées dans les rues du quartier, sur le chemin qu'empruntait Konrad pour courir. Il s'était promené le long des rues, comme un vieux monsieur posé, et avait plusieurs fois réprimé l'envie de donner un coup de pied dans un amas de feuilles, comme il le faisait enfant. C'était sans doute exagéré de parler d'exercice physique, mais cette promenade le mit d'excellente humeur, et l'on disait bien que la marche contribuait à prolonger la vie. De retour à la maison, il eut juste le temps de porter une petite table de jardin carrée, deux chaises, l'échiquier et les pièces dans la galerie avant que le prêtre ne vienne frapper à la porte. Il était venu à vélo de Hvidovre et ses joues avaient pris de belles couleurs. Ils se saluèrent, Simonsen indiquant avec beaucoup de sincérité qu'il était content qu'il ait accepté de venir. Le prêtre assura à son tour qu'il était ravi d'être là. À dire vrai, les deux hommes s'appréciaient tout simplement. Le prêtre retira son blouson et le posa sur le vélo d'appartement de Konrad. Puis il indiqua :

— Eh bien, j'avoue que je suis impatient de savoir ce que vous avez trouvé. La dernière fois, je me suis bien laissé manipuler.

Il n'y avait aucune amertume dans ses paroles. Konrad Simonsen lui répondit sur un ton tout aussi léger et détendu :

— Pas question de fantaisies, aujourd'hui. Comme je vous l'ai précisé au téléphone, j'ai pensé que vous aimeriez peut-être voir les affiches de Jørgen Kramer Nielsen en détail. Par ailleurs, je souhaiterais vous poser quelques questions à ce sujet, mais j'imagine que vous vous en doutez ?

— Oui. Quoi qu'il en soit, je suis heureux d'avoir la possibilité de les voir. Je n'ai pas voulu entrer dans le grenier de Jørgen, du coup, je n'en ai eu qu'un aperçu. Même si j'avoue être resté un bon moment à les regarder par la trappe, le jour où nous avons découvert leur existence.

Il montra du doigt la table installée au centre du local.

— Vous avez sorti votre échiquier. Alors, vous avez dû bien creuser dans mon passé, parce que ça fait pas mal d'années que je ne joue plus.

— Deuxième place aux championnats universitaires de Grande-Bretagne en 1985. Un tel résultat ne s'improvise pas. C'est pourquoi j'ai invité Arne Pedersen, l'officier de police qui a procédé à votre audition dans les locaux de la brigade criminelle. Il est nettement plus doué que moi pour les échecs. Il a dû être retardé, alors il va falloir que vous vous contentiez de moi. Vous voulez bien ? Ou vous préférez voir les photos d'abord ?

Le prêtre s'assit, ils tirèrent au sort et ce fut le prêtre qui obtint les blancs.

— J'ai fait l'impasse sur la pendule, dit Simonsen. J'ai pensé que nous pourrions bavarder un peu tout en jouant.

— Avec plaisir.

Ils commencèrent la partie mais n'eurent pas beaucoup le temps de parler pendant l'ouverture. Comme Konrad l'avait pressenti, et bien qu'il s'efforçât d'avoir un jeu défensif et prudent, le prêtre était bien plus fort que lui. Après avoir joué une vingtaine de coups, alors que sa position était déjà affaiblie, il lui dit :

— D'après mes sources, votre Église veut acquérir les affiches. Cette idée ne peut venir que de vous, n'est-ce pas ?

Le prêtre fit un coup et répondit :

— C'est une honte.

— Pourquoi ?

— Je vous expliquerai ça lorsque nous aurons acheté les tableaux.

— Vous ne pouvez pas me le dire maintenant ?

Simonsen joua à son tour, et le prêtre fit de même dans la foulée.

Il dit d'une voix calme :

— Je pourrais sans doute, mais je trouve qu'il vaut mieux attendre.

— Un *officialis*, vous avez des relations on dirait.

— Oui, on pourrait le penser, mais son statut n'a aucune importance ici. Les raisons sont tout autres.

— Vous savez bien que les tableaux ne seront pas restitués avant la clôture de l'enquête. Ça risque d'être long.

— Nous sommes patients.

Arne Pedersen fit alors son entrée. Il les salua et les pria d'excuser son retard, dû à un problème de démarrage. Il regarda ensuite l'échiquier et posa une main sur l'épaule de Simonsen.

— J'ai l'impression que ce n'est pas gagné, Simon.

Ils jouèrent dix coups de plus avant que l'inspecteur ne jette l'éponge.

Ensuite, les trois hommes firent lentement le tour de la galerie pour regarder les affiches. Au début, ils restèrent silencieux. Le prêtre examina méticuleusement chaque tableau, se déplaçant pour les observer de divers angles. Arrivant devant la quatrième affiche, Pedersen dit d'un ton provocateur :

— D4.

Le prêtre répliqua du tac au tac : D5, Pedersen, rapidement : Cavalier en C3. Simonsen fit un pas en arrière. Il ne pouvait pas suivre, une partie éclair à l'aveugle, c'était au-dessus de ses capacités.

La partie d'échecs fut terminée avant même que le prêtre ait atteint le dernier tableau. Pedersen en sortit vainqueur, et le prêtre le félicita sans rancune. Simonsen en éprouva une certaine joie, mais prit soin de ne pas le montrer. Arne restait impassible.

Ils s'installèrent dans le living et burent du thé et du café. Le prêtre évoqua les missions à caractère social qu'il exerçait. Les deux policiers racontèrent le voyage qu'ils avaient effectué l'année précédente au Groenland dans le cadre d'une affaire en cours, rappelant les problèmes climatiques que l'on rencontrait actuellement dans toute la zone de la calotte glaciaire, qu'ils avaient d'ailleurs pu toucher du doigt à cette occasion. L'ambiance était cordiale, notamment parce que les policiers évitèrent subtilement de mentionner l'enquête en cours.

Lorsque le prêtre eut quitté les lieux, Pedersen avoua :

— Je suis sûr qu'il m'a laissé gagner. Tu ne crois pas ?

Simonsen secoua la tête.

— Je n'en sais rien. Je n'ai rien pigé à votre jeu.

— À la fin, j'avais un cavalier et un pion qui menaçaient sa tour, et il aurait pu capturer mon cavalier en un seul coup. Au lieu de ça, il a pris mon pion et s'est retrouvé prêt à exécuter une banale fourchette. Tu veux que je te montre ?

Simonsen acquiesça. Ils rejouèrent la partie et purent conclure qu'effectivement le prêtre avait sans doute fait exprès de perdre.

— Dieu sait pourquoi, dit Pedersen avec étonnement.

— Il n'avait pas envie de gagner deux fois de suite, répondit Simonsen. Je crois que ce n'est pas dans sa nature tout simplement.

— C'est un homme bizarre.

— Je dirais plutôt que c'est un homme sympathique, mais qu'il ne faut pas sous-estimer.

Le prêtre était peut-être un homme bizarre, mais l'invitée qui lui succéda dans la galerie était encore plus originale que lui. Simonsen avait en effet convaincu Madame, sa médium et conseillère, de venir lui rendre visite à Søllerød. En général, c'était lui qui allait chez elle à Høje Taastrup lorsqu'il avait besoin de lui soumettre un objet – par exemple un vêtement ou la montre d'une victime – qui concernait une enquête en cours. Dans le cas présent, ce n'était pas possible, car il n'était en possession d'aucun objet ayant appartenu à Lucy Davison.

Curieuse de voir comment Madame procédait, Pauline avait exprimé le désir de participer à leur entretien, et il avait accepté. Elle arriva au moment même où Pedersen prenait congé. Konrad remarqua la manière dont elle le salua, d'un bref *salut, Arne*, alors que lui eut droit à un baiser et à un sourire. Il raccompagna son collègue jusqu'au portillon du jardin. Lorsqu'ils furent hors de portée de voix, il lui demanda :

— Alors, vous êtes de nouveau brouillés ?

Pedersen hésita un instant avant de répondre :

— Pour être brouillés, on l'est. Chaque fois qu'elle n'obtient pas ce qu'elle veut, elle prend son air revêche, je commence à être habitué.

— Qu'est-ce que tu lui as refusé ?

— Que ta voyante l'aide dans la fausse affaire Denissen. J'ai déjà du mal à financer tes fantaisies, alors s'il faut que je soutienne les siennes, pour une affaire qui n'existe pas…

Il avait raison. Chaque fois, le problème se posait de savoir comment comptabiliser les services de Madame. Et Simonsen ne tenait pas à ce que l'on puisse dire que la brigade criminelle utilisait l'argent des contribuables pour financer les conseils d'une voyante. Alors, il s'était arrangé pour soustraire quelques sommes ici et les imputer là, de telle sorte que les honoraires de Madame ne soient pas trop visibles dans le budget. Il ajouta simplement :

— Tu as vu comment elle est habillée. Ce sera bientôt pire que la préfète.

Pauline était revêtue d'un tailleur gris qu'on aurait bien vu sur une comptable proche de la retraite. Comme si elle avait voulu compenser sa tenue trop stricte, elle avait enroulé autour du cou un foulard bariolé bon marché. Pedersen demanda d'un air surpris :

— Qu'est-ce que tu as à redire à la tenue de Gurli ? Je la trouve très dynamique.

Dix minutes plus tard, Madame arriva dans une camionnette Mercedes aménagée pour pouvoir accueillir un fauteuil roulant. C'était son mari, Stephan Stemme, qui conduisait. Simonsen ne l'aimait pas beaucoup, et il n'était pas le seul.

De la fenêtre du living, ils le virent sortir de la voiture et scruter la maison.

— J'espère qu'il ne va pas l'accompagner, remarqua l'inspecteur. Viens, allons accueillir notre invitée.

Dehors, ils saluèrent Stephan Stemme qui leur expliqua que son épouse s'était fait une fracture de la hanche et que son articulation s'étant infectée après l'opération, elle avait l'interdiction de marcher. Elle allait même devoir être hospitalisée à nouveau. Il ajouta qu'ils avaient d'ailleurs loué la voiture pour la journée et que les frais correspondant figuraient sur la facture. Il tendit alors une enveloppe à Simonsen. Puis il fit le tour du véhicule, ouvrit le hayon et utilisa une télécommande pour déplier la plateforme élévatrice et la positionner à l'horizontale. Il pénétra avec difficulté à l'intérieur de la voiture, poussa le fauteuil où se trouvait sa femme sur la plateforme et fixa les sangles avant de la faire lentement descendre. Puis il passa le relais à l'inspecteur.

Le terrain étant en pente et l'aile des invités surplombant la villa, Simonsen dut, aidé de Pauline, porter le fauteuil en haut de l'escalier en pierre du jardin pour pouvoir conduire Madame dans la galerie. Madame était une femme sèche, à la voix monotone, et dont le regard gris semblait vous transpercer. Son mari était resté dans la voiture, ce qui convenait parfaitement à Simonsen. Quand il leur avait confié le fauteuil de sa femme, il avait saisi Pauline par le bras pour exiger qu'on lui apporte un café. Elle avait dit entre ses dents *Pas question*, et *Bas les pattes!* Il était reparti tout penaud s'asseoir dans la voiture. Sans doute habituée à ce genre d'incidents, Madame n'était pas intervenue.

À l'instar des autres visiteurs venus voir sa galerie, Madame prit le temps d'observer attentivement chaque tableau. Dans l'expectative, les deux policiers s'étaient reculés pour ne pas la déconcentrer. Ils n'eurent pas à attendre longtemps, car elle réagit dès la première affiche. Les esprits étaient sans doute avec elle. Elle branla la tête d'un air irrité et dit :

— C'est quoi cet enfant qui crie? On ne s'entend plus ici.

Elle s'était couvert les oreilles pendant un moment, puis soudain, elle poussa les rayons d'une des roues de son fauteuil qui pivota et, d'un air accusateur, désigna Pauline du doigt.

— Enlevez-moi ce foulard, sortez-le de cette pièce, sur-le-champ.

Sans protester, celle-ci quitta la galerie à grands pas. Madame demanda alors :

— Où est la dix-huitième affiche?

Simonsen tenta un mensonge :

— Dans ma chambre, je suis en train de l'examiner. Et puis, je compte la faire encadrer. Vous voulez que j'aille la chercher?

— Non, ce n'est pas la peine. Mais vous racontez des histoires, vous cherchez tout simplement à l'escamoter.

Lorsque Pauline revint dans la pièce sans le foulard, Madame était en train de poursuivre l'examen des affiches. Un moment plus tard, elle décrivit ce qu'elle voyait :

— Il s'agit d'une jeune Anglaise, elle s'appelait Lucy, mais elle est décédée. Sa mort remonte à longtemps. Elle est venue au Danemark avec un motard, à moins que… non, elle a aussi pris un bateau, elle est arrivée à Esbjerg.

Simonsen confirma la véracité de ses affirmations. Elle poursuivit :

— Elle est heureuse que l'Église ait acheté ses affiches et elle se réjouit des nouveaux locaux. Cela ne lui pose pas de problème qu'une des affiches manque.

— C'est quoi cette histoire ? Il manque une affiche ? demanda Pauline.

Apparemment, Madame lui en voulait toujours d'avoir essayé de l'influencer en portant un foulard ayant appartenu à Juli Denissen. Elle pria l'inspecteur de la faire taire. Celui-ci envoya un regard entendu à Pauline, espérant qu'elle allait se tenir tranquille. Puis il demanda à Madame :

— Pourquoi l'Église catholique veut-elle acheter ces affiches ? Le sait-elle ?

Un moment s'écoula avant que Madame réponde. Elle regardait dans le vague, dans un mouvement ascendant puis descendant. Enfin, elle dit :

— Il est rare que je les voie si distinctement. Comme elle est charmante. Oh ! mais elle vous taquine. *Vous aimeriez bien le savoir.* Voilà ce qu'elle dit, avec un sourire.

Simonsen sentit une ardeur l'envahir, un sentiment qu'il n'avait plus éprouvé depuis longtemps. Et ce que lui dit alors Madame de sa voix la plus sérieuse le fit presque rougir :

— Oui, il y a beaucoup de jeunes filles autour de vous en ce moment, Konrad. Toutefois, vous êtes peut-être en train de passer à côté de la plus importante d'entre elles. Et cela risque de vous être fatal.

Elle passa la main sur le tableau qu'elle était en train d'examiner et dit d'un air interrogatif :

— Lucy est enterrée sur le sol danois, dans le sable noir. C'est ce qu'elle dit. Elle a été assassinée dans sa tente.

Elle s'arrêta et regarda un instant dans le vague, puis elle continua :

— Ce n'était pas sa tente, c'était une tente qu'elle avait empruntée à son ami, l'ami à la moto.

— Est-ce que c'est cet ami qui l'a tuée ? demanda Simonsen.

Madame l'ignora et dit d'un ton calme :

— Elle a été violée… ou bien non, enfin si… je crois qu'elle a été violée. Je n'en suis pas sûre. En tout cas, elle a été agressée. Elle a été victime d'une agression sexuelle. Mais quel capharnaüm, deux filles mortes et puis ce mioche qui pleure.

Elle recula son fauteuil d'un mètre et les observa avec l'intérêt modéré d'un général passant ses troupes en revue :

— Promettez-moi d'écouter cet homme pieux que vous n'aimez pas beaucoup, Konrad.

— Oui, oui, c'est entendu. Mais comment est-elle morte ?

— Je n'en sais rien. Je ressens soudainement une certaine angoisse, une peur panique. C'est terrible.

Au bruit qu'émit Pauline, l'inspecteur se retourna. Elle était figée, son visage était livide et elle gargouillait comme si elle était sur le point de vomir. Les yeux à fleur de tête, elle le regardait fixement sans le voir, les mains devant son cou, comme si elle luttait contre un ennemi. Elle tendait les bras vers lui, d'un air désespéré et pitoyable. Il cria : *Qu'est-ce que tu as ?* Puis : *Pauline, qu'est-ce qui se passe ? Parle-moi. Est-ce que je dois appeler une ambulance ?* Elle ne réagit pas.

Madame le rassura :

— Ça ne sert à rien de paniquer, Konrad. Calmez-vous, elle n'est pas à l'article de la mort.

L'information était précieuse. Cependant, il était maintenant évident qu'il allait falloir interrompre la séance avec Madame. Il fallait s'occuper de Pauline. Il sortit de la pièce avec Madame et réussit tant bien que mal à franchir les marches du perron avec le fauteuil, puis il la confia à nouveau à son mari. Il se précipita ensuite vers la galerie, où il trouva sa collègue assise contre un mur. Recroquevillée sur elle-même, les genoux repliés contre son menton, ses épaules relevées marquant une tension extrême. De minuscules gouttes de sueur perlaient sur le haut de son front et sur sa lèvre supérieure. Elle ne réagit pas à ses questions. Il posa une main protectrice sur son épaule, mais elle s'écarta, comme s'il l'avait brûlée. Il envisagea de nouveau d'appeler une ambulance, mais eut l'idée de lui donner le calmant qu'il avait conservé dans son portefeuille à sa demande. Il alla chercher un verre d'eau et dut presque la forcer à boire. Peu après, il vit à son regard qu'elle retrouvait ses esprits et comprit qu'il pouvait à nouveau tenter d'entrer en contact avec elle.

— Est-ce que le comprimé fait effet ? lui demanda-t-il prudemment.

Elle secoua la tête.

— Qu'est-ce que je peux faire ?

C'était très simple. Elle voulait rentrer chez elle. Oh non ! Elle protesta violemment. Il ne devait surtout pas appeler un médecin, elle voulait juste qu'il reste avec elle. Elle saisit sa main.

— Ne me laisse pas, je ne veux pas rester seule. Promets-le-moi.

Il lui promit de ne pas la laisser, il n'avait rien d'autre à lui proposer. Même si, selon lui, elle devrait consulter un psychiatre, voire être hospitalisée.

Dans la voiture, elle tomba brusquement de fatigue, et l'angoisse disparut peu à peu. Et dans l'ascenseur de son immeuble, elle appuya sa tête contre l'épaule de Konrad. Lorsqu'ils arrivèrent devant la porte de son appartement, elle lui donna ses clefs. Elle ne tenait plus sur ses jambes et il fut obligé de la soutenir tout en ouvrant la porte.

C'était la première fois qu'il se trouvait chez elle. L'appartement méticuleusement rangé lui fit penser à une bibliothèque. Il l'aurait imaginée plus désordonnée. De la fenêtre du living, la vue était particulièrement triste : deux autres blocs de béton semblables à son immeuble s'élevaient à côté des voies ferrées de la ligne du métro express régional qui, songea-t-il, devait relier les gares de Rødovre et de Brøndbyøster. Il accompagna Pauline dans sa chambre, l'aida à retirer ses chaussures et la mit au lit. Elle lui redemanda de ne pas la laisser, et il réitéra sa promesse. À peine eut-elle posé la tête sur l'oreiller qu'elle s'endormit, sa main serrant celle de Simonsen, qui s'était assis sur le lit à côté d'elle. Puis il se leva et alla chercher dans le living un fauteuil qu'il apporta dans la chambre. Une fois assis, il remit sa main dans celle de Pauline, puis alluma un petit téléviseur qui était posé sur une commode au bout du lit mais coupa le son, tout en sachant que son sommeil était si lourd que même un coup de canon ne pourrait la réveiller.

Plus tard, il appela la Comtesse. Ils avaient prévu d'aller au cinéma, mais ils allaient évidemment devoir reporter leur projet. Elle lui donna des conseils, lui indiqua qu'il devait veiller à mettre Pauline sur le côté, plus deux ou trois recommandations pleines de bon sens qu'il écouta d'une oreille distraite. Elle lui proposa même de venir le remplacer, mais il refusa.

Alors qu'il entendait la respiration régulière de sa collègue, il réfléchissait à ce que Madame lui avait dit. Non pas à propos de l'enquête elle-même, il verrait cet aspect demain. C'était sa remarque sur les jeunes filles dont il était entouré qui le rendait songeur. Le fait que, selon elle, il négligeait la plus importante. Lucy, Rita, Anna Mia, peut-être fallait-il aussi inclure Maja Nørgaard et – dans la pénombre, il jeta un coup d'œil vers le lit – Pauline Berg. Il négligeait la plus importante ? De qui pouvait-il bien s'agir ?

La soirée fut longue, tout comme la nuit.

La séance d'hypnose fut l'occasion pour Simonsen de découvrir une face cachée de Pelle Olsen. Pour leur réunion du jeudi, il avait abandonné un peu de sa jovialité au profit d'un professionnalisme plus marqué. Sa femme s'installa dans un fauteuil et, en l'espace de quelques minutes, elle atteignit un état de relaxation mentale que l'inspecteur aurait qualifié de demi-sommeil. Puis Pelle Olsen la fit penser à ses années de lycée, comme si les quatre dernières décennies s'évanouissaient en un clin d'œil.

— Où es-tu à présent ?

— Je suis dans notre classe. C'est notre cours de maths, avec le Dragon.

— Tu es en quelle classe ?

— En première. La section la plus géniale de l'école.

— Quel jour sommes-nous ?

— Le jeudi 14 mars 1968.

D'un ton calme, Olsen dit à Simonsen :

— Je vais m'entretenir un peu avec elle sur ce qu'elle fait dans la classe. Ensuite, vous pourrez lui poser des questions, de préférence par mon intermédiaire. Ça vous convient ?

Simonsen opina du chef, malgré son scepticisme et le sentiment d'être victime d'une bonne mise en scène. Puis il posa prudemment une question :

— Pouvez-vous lui demander s'il y a des animaux dans la classe?

Si Pelle Olsen sentit sa méfiance, il n'en laissa rien paraître.

— Tu vois des animaux dans la classe?

— Non. Uffe est malade, alors évidemment, Silver est aussi absent.

— Le Dragon, c'est votre professeur?

— Le proviseur Henderson. On l'appelle le Dragon à cause de son hobby : il est champion de cerf-volant, c'est pour ça qu'on reçoit un groupe de Japonais, il est très connu au Japon.

Elle eut un rire étouffé qui aurait pu être celui d'une adolescente, puis elle continua :

— Il peut toujours essayer de nous le faire croire. Il la ramène un peu, mais sinon, il est sympa. Les autres disent qu'il est hyper-sévère aux examens, mais je les crois pas. Ils disent ça de tout le monde, les terminales, mais c'est pour nous faire peur.

— Tu peux me parler des Japonais?

— Ils ne sont pas là pour le moment. Ils sont en visite à Kronborg. C'est le Dragon qui a organisé leur séjour au Danemark. Chez eux, ils sont élèves dans une école d'acrobatie, où ils ont aussi des matières classiques comme nous. C'est un groupe de sept élèves, il y a six garçons et une fille. Ils habitent dans des familles d'élèves. On les aime bien, mais ils parlent mal anglais, alors c'est pas facile de communiquer. Samedi, on fait une présentation avec eux, pour ceux qui sont intéressés.

Un sourire plein d'espoir illumina son visage.

— Tu te réjouis de cette journée?

— Ça va être génial! Ils ont un show fantastique. Ils sautent sur des trampolines tout en jonglant avec des torches, et les torches sont allumées! Et puis ils se mettent l'un au-dessus de l'autre, comme si la pesanteur ne les concernait pas. C'est en l'honneur du Dragon, alors évidemment, lui et sa famille seront au premier rang. Nous aussi, on fait un spectacle, enfin certains d'entre nous. On va danser le quadrille des Lanciers, mais seulement trois figures – les tiroirs, les saluts et les lanciers.

— Tu vas danser ?

Elle eut à nouveau un petit rire étouffé.

— É-vi-dem-ment, mon cheval.

— Pourquoi tu dis ça ?

— On n'arrête pas de le dire, des fois c'est même un peu trop. Ça finit par être fatigant. C'est notre professeur d'anglais, qui est aussi notre prof de musique. Il dit tout le temps *of course, my horse*. Alors, on a traduit. Pendant quelque temps, on l'a appelé le Cheval, mais ça n'a pas eu beaucoup de succès. Alors, maintenant, on l'appelle juste Henry et on le tutoie. C'est pas tous les profs qui le permettent, mais Henry est plus jeune que les autres. Il nous apprend à danser le quadrille. Avec sa femme, ils participent à des concours de danse et samedi, juste après notre numéro, ils vont danser une valse de Vienne.

Olsen fit un signe de tête à Simonsen.

— Demandez-lui si elle voit Jørgen.

Elle prit un air indifférent et haussa les épaules, puis répondit sans attendre la question qu'allait lui poser son mari.

— Jørgen Kramer Nielsen, il n'y a rien à dire à son sujet. Il est là, c'est tout. Il fait partie des Cœurs.

— C'est quoi, les Cœurs ? Tu en fais partie aussi ?

Indignée, elle frémit de rage.

— Le Cercle des cœurs solitaires. C'est tellement banal qu'on les appelle les Cœurs. C'est Helena qui les a réunis. Il y a Jørgen, Jesper, Hanne, Pia et deux ou trois autres qui viennent d'autres classes. Sans oublier Mouritz, quand il est là ; je veux dire Mouritz le débile.

— Que font-ils, ces Cœurs ?

— Rien, ils sont ensemble, c'est tout. Je crois bien qu'ils préféreraient être avec nous. Mais nous, on ne veut pas d'eux.

— Pourquoi ?

Elle marqua une pause avant de répondre.

— Helena n'est pas comme les autres, et personne ne l'aime. Elle va partir trois semaines aux États-Unis, parce qu'elle a gagné un de ces concours débiles que l'ambassade américaine a organisés. Sur sa table, on a écrit US GO HOME et puis on se moque d'elle en lui disant que ses amis vont se faire battre par le Viêt-công lors de l'offensive du Têt. Sainte Helena ! je ne peux pas la supporter. On l'appelle aussi la Vierge Helena ; ça la fait rougir, c'est sûrement parce que c'est vrai. Elle est moche et desséchée, en revanche, j'avoue qu'elle n'est pas bête.

— Et les autres qui participent aux Cœurs ?

Elle donna l'impression de ne pas avoir entendu la question et poursuivit son récit, sur un mode un peu plus exalté qu'auparavant. Son mari fit des gestes à Simonsen pour lui indiquer qu'il allait reprendre la situation en main.

— Elle a sa propre rubrique, où elle traite de thèmes qui nous concernent, nous les jeunes. Et ses cheveux, genre coupe au bol. Et puis elle met des soutiens-gorge, pourtant elle est plate comme une limande. Un jour, on a voulu cacher son soutien-gorge pendant le cours de gym. Eh bien, figure-toi qu'elle en avait un autre dans son sac.

— Est-ce que tu peux me parler des autres ?

Elle refusa de nouveau de s'exprimer. Simonsen eut l'impression que les choses ne se déroulaient pas tout à fait comme prévu. Sa voix était plus agitée. D'un signe du pouce et de l'index, Olsen lui indiqua qu'il ne leur restait que peu de temps.

— Le jour de la pièce de théâtre, son père s'est pointé en uniforme avec des tas de médailles. C'était tellement ridicule qu'on ne savait plus où se mettre. Dans ces conditions, je préfère encore mes parents, même s'ils sont souvent soûls. Et quand on a joué et…

Il l'interrompit en la réveillant d'un geste léger. Elle resta un instant comme abasourdie, puis elle dit :

— C'était horrible, Pelle, à la fin, c'était vraiment horrible. Je ne me sens pas très bien. Je te l'avais dit.

— Du calme, mon chou, je suis là.

— Je ne le referai pas. On savait bien ce qui allait se passer.

Il posa son bras sur ses épaules et fit signe à son invité qu'il était temps de prendre congé. Konrad Simonsen s'esquiva discrètement. De retour dans sa voiture, il prit quelques notes relatives à l'audition. Sur la route qui le ramenait à Copenhague, il ne savait plus s'il était triste ou joyeux.

8

Le début de l'automne avait été difficile. La hausse du chômage, l'effondrement des marchés immobiliers et le prix élevé des produits alimentaires avaient entraîné des millions d'individus dans la pauvreté. On n'avait même plus envie de regarder les informations.

À Søllerød, la Comtesse éteignit la télévision et alla dans la cuisine préparer un thé glacé pour son chéri. Elle avait vu une recette dans un magazine d'art de vivre : infusion de coing, jus de sureau bio, jus de citron et d'orange bio. Elle répartit les doses dans trois grands verres, qu'elle décora d'une tranche de fraise et de quelques myrtilles. Chaque verre étant muni d'une longue paille argentée, elle pouvait maintenant les servir.

Dans la véranda, Konrad était, une fois encore, dans le pétrin.

Il balançait lentement la tête d'un côté puis de l'autre, cherchant désespérément une issue. Il ne lui restait que deux pions et il ne parvenait plus à faire communiquer ses tours. Une attaque bien pensée et redoutable avait mis son roi en échec, et il risquait de perdre la partie. Il considéra encore un instant ses options limitées, avant de devoir admettre que c'était sans espoir. Alors, se calant dans le fond de son fauteuil, il déclara très sérieusement :

— Dieu, que j'aime les échecs ! C'est comme si vos pensées intimes et le monde extérieur fusionnaient dans un *amour du jeu* – oui, je n'hésite pas à employer cette formule – *universel.*

Arne Pedersen rit, laissant Simonsen poursuivre sa tirade :

— Oui, je pense aussi à tous ces individus qui se cachent derrière un mur d'illusions et qui ne parviennent à la vérité que lorsqu'il est trop tard, beaucoup trop tard. Sur cette terre, nous devons tous savoir partager, partager avec les autres, pour que chacun d'entre nous puisse être tout à la fois perdant et gagnant. C'est la seule manière de trouver la paix intérieure. C'est l'esprit même des échecs.

La Comtesse entra dans la véranda avec son plateau, qu'elle posa à côté de l'échiquier.

— Qu'est-ce que tu racontes ? demanda-t-elle.

— Il essaie simplement de réclamer la nulle, mais il en faudra plus, dit Pedersen.

— Si tu veux être en paix avec toi-même, vaincre le monde n'a pas de sens si tu dois y laisser ton âme. Ce n'est pas ton genre, Arne. Je me trompe ?

— Bon, d'accord, j'abandonne, tu l'auras ta nulle. Tu m'as fait cadeau d'une partie la dernière fois, on sera quittes comme ça.

Ils se serrèrent la main et Konrad se dépêcha de ranger pièces et échiquier. Puis il jeta un œil sceptique sur les verres et leur contenu :

— Qu'est-ce que c'est que ça ? De la vase… avec des fraises ?

— Du thé glacé au coing. C'est bon pour ta santé.

— C'est exactement ce que je craignais. Je ne sais même pas ce qu'est un coing.

Arne se mit à boire, tandis que Simonsen l'observait d'un air intrigué. La Comtesse prit aussi son verre.

— Dites-moi, c'est excellent, dit Pedersen. Simon, tu devrais goûter. Je t'assure que tu ne le regretteras pas.

— Est-ce qu'il y a des antécédents ? Je veux dire, est-ce que des gens ont ingurgité du coing avant nous, quelle que soit sa nature ?

Il but cependant une petite gorgée, puis une autre. Son collègue n'avait pas tort, c'était très bon. Il saisit le regard de la Comtesse qui lui fit un signe. Il but encore une gorgée, reposa son verre et déclara :

— Hier, Arne, je suis allé à l'hôpital. Les médecins considèrent que, si tout se passe comme prévu, je pourrai reprendre mon poste au début de l'année. Enfin, je veux dire que je pourrai commencer à exercer à nouveau certaines des fonctions que tu as assumées en mon absence.

— Je suis heureux de l'apprendre, Simon. Et de savoir que tout va bien et que tu vas retravailler à plein temps.

— Oui. Cela étant, on n'est pas obligé d'opter pour cette solution.

— Qu'est-ce que tu veux dire ?

Il avait discuté longuement avec la Comtesse et il y avait aussi réfléchi de son côté. Il était arrivé à la conclusion qu'Arne Pedersen pouvait très bien continuer à assurer la direction de la brigade criminelle. Une telle décision comportait évidemment autant d'inconvénients que d'avantages. Il avait notamment du mal à envisager la perte de prestige que cela impliquait, mais il serait libéré de tellement de tâches qu'il n'affectionnait pas particulièrement, comme le budget, la direction du personnel, les fonctions de représentation, sans oublier les mails du directeur général de la police nationale. C'est la raison pour laquelle la Comtesse et lui avaient invité Arne ce soir. La partie d'échecs n'était qu'un prétexte.

— La situation actuelle me convient parfaitement, Arne. Par conséquent, si tu veux, tu peux continuer de diriger la Crim, sous réserve que nous ayons la confirmation de la hiérarchie, mais je ne pense pas que ça pose de problème.

Pedersen garda le silence. Simonsen et la Comtesse lui laissèrent le temps de réfléchir. Un moment plus tard, il finit par s'exprimer :

— Je ne vous cacherai pas que la proposition est tentante. Est-ce que vous êtes sûrs… enfin, est-ce que tu es sûr de vouloir envisager une telle solution ?

— Oui, nous sommes tout à fait sûrs.

Arne éprouva à nouveau le besoin de réfléchir avant de formuler sa réponse.

— J'avoue que je me sens à l'aise dans le poste, mais je crois que je vais tout de même refuser la proposition. Je pense que c'est prématuré, je préférerais attendre le moment où tu prendras ta retraite, et sans vouloir te blesser, ça ne va pas prendre des années.

Le sort en était jeté. Il avait pris sa décision, il n'y avait rien à ajouter.

Konrad confirma :

— Inutile de le cacher, j'ai l'intention de me retirer à soixante-quatre ans. J'ai commencé à travailler à la préfecture de police à l'âge de vingt-cinq ans. J'ai été muté à la brigade criminelle lors de sa création, j'avais alors trente-six ans. Et quand j'en ai pris la tête, j'en avais quarante-neuf.

Pedersen semblait soulagé. Il est vrai qu'une telle décision n'était pas facile à prendre et qu'il avait été tenté d'accepter.

— J'ignorais que tu étais aussi numérologue, dit-il. Mais dans ce cas, je suis partant pour te succéder sur le trône, si toutefois ils veulent bien de moi en haut lieu. Cela me semble une solution beaucoup plus attrayante. D'ailleurs, lorsque je travaille avec toi, sous tes ordres en somme, comme dans l'affaire du postier, je me sens très bien. Je crois par conséquent que c'est une bonne chose que j'attende quelques années avant d'avoir à manager des équipes.

La Comtesse but son thé glacé et reposa son verre sur le plateau à côté de celui de Konrad, qui était vide depuis longtemps. Puis elle dit :

— Puisque nous en sommes aux questions administratives, que penses-tu de Klavs Arnold ? Pour ne rien te cacher, avec Simon nous avons déjà évoqué son cas et nous pensons la même chose.

— Tu me demandes si j'estime qu'on devrait le recruter ?

— Précisément. Quel est ton avis ?

Pedersen regarda Konrad.

— Et tu ne songes pas seulement à l'engager. Tu veux aussi l'intégrer dans ton cercle restreint de collaborateurs. N'est-ce pas ?

— Oui, c'est l'idée.

— Je crois que c'est une bonne idée. Il est sympathique, méthodique et travailleur, précis et pas trop autoritaire. Mais je ne sais pas ce que Pauline en pense. Et d'ailleurs, a-t-elle son mot à dire ?

— Oui, elle a son mot à dire, répondit froidement Simonsen. Tout comme vous, ni plus, ni moins. À ce propos, j'ai pensé qu'elle pourrait dans les prochains jours faire un tour à Esbjerg pour voir comment se passent les fouilles que Klavs Arnold a entreprises dans les maisons de vacances et que l'un de vous deux pourrait l'accompagner. Ce serait une manière de lui montrer, et de montrer aux autres, que nous prenons l'affaire au sérieux et…

— On comprend, Simon, c'est pour envoyer un signal. J'irai avec elle, car j'imagine qu'Arne n'a pas le temps. Ça fait aussi un certain temps que je n'ai pas parlé avec Pauline en tête à tête. En fait, je crois que si Klavs effectue une enquête satisfaisante, ce qui semble être le cas, nous pourrons bientôt considérer que nous avons terminé son évaluation.

Simonsen partageait son sentiment.

— Est-ce qu'il te reste un peu de ce jus de coing ? demanda-t-il alors.

Le lendemain matin, la Comtesse et Simonsen prirent leur petit-déjeuner de bonne heure. La veille au soir, la Comtesse avait arrangé en toute hâte le déplacement à Esbjerg qu'elle devait faire avec Pauline Berg. Et il était évident que si elles voulaient faire l'aller-retour dans la journée, elles devaient partir tôt.

La Comtesse lisait le journal de la veille, car celui du jour n'était pas encore arrivé. Konrad buvait son café. Il lui demanda d'un air dégagé – histoire de dire quelque chose et de montrer qu'il s'intéressait à elles – si Pauline devait passer la prendre. Oui, répliqua la Comtesse d'une voix froide. Puis elle replia le journal.

— Quand tu t'es rendu à Rødby, est-ce que c'était pour trouver le nom de famille de Rita ? Elle s'appelle Rita Metz Andersen, n'est-ce pas ?

Il confirma, sans d'ailleurs très bien comprendre ce qui se passait. Durant la pause qui suivit, il réalisa soudain qu'elle avait connaissance de choses qu'il était impossible qu'elle sache, à moins que…

— Dis-moi, est-ce que tu as enquêté dans mon dos ? Comment as-tu eu vent de son nom de famille ?

La Comtesse poursuivit son interrogatoire, d'un air sinistre de grand inquisiteur.

— Tu veux la retrouver, c'est ça que tu veux, non ? C'est quoi l'histoire ?

Elle fit valser une brochure sur la table avec le plus grand mépris. Il s'en saisit et la feuilleta sans rien comprendre. Au bout d'un moment, il se souvint que c'était un dépliant qu'on lui avait donné à l'office du tourisme de Frederiksværk, le jour où il était à Frederikssund et devait se rendre à Melby pour retrouver Pauline. Le centre du document comportait une carte qu'il avait utilisée pour la fin du trajet. Il l'avait ensuite glissé machinalement dans la boîte à gants de sa voiture, prévoyant de le mettre à la poubelle à l'occasion. Et à présent, il était là devant lui, telle une preuve accablante.

— *Chansons pour ma grand-mère*, page 3.

Hier, tout allait bien, elle avait été gentille et douce, avait préparé le repas, lui avait fait un bon thé, puis ce matin, subitement… Il ne comprenait rien aux femmes et ne savait pas ce qu'il était censé faire de cette brochure. Il choisit donc de l'ignorer et essaya plutôt de la raisonner. Ce n'était pas possible. Elle devait lui faire confiance, si elle voulait que leur relation fonctionne. D'ailleurs, il ne voulait même pas savoir d'où elle tenait ses informations sur lui, ou en l'occurrence sur Rita. Il l'adorait, il adorait vivre avec elle et oui, bien sûr, il comprenait bien qu'elle avait peur de le perdre. Sans le dire explicitement, il faisait allusion à l'époque où elle avait perdu un enfant, évoquant par sous-entendus *son histoire* et *son passé*. Il la comprenait parfaitement, il ne fallait pas en douter un instant, mais… il répéta les mêmes mots, avec de plus en plus d'intensité et en s'aidant de moult gestes.

Elle attendit qu'il eût fini sa tirade. Puis, d'un air rasséréné, et d'une voix mélodieuse, presque avec tendresse, comme si c'était lui, et non elle, qui avait un problème :

— Oui, c'est vrai. On le sait.

Ce qu'ils savaient exactement ne fut pas approfondi et il ne posa pas de questions. Après quelques instants, elle poursuivit :

— Tu fais évidemment ce que tu dois.

Puis elle se leva, finit de boire son thé debout et lui dit au revoir en l'embrassant, comme si de rien n'était. La porte claqua derrière elle, plus fort que d'habitude, lui sembla-t-il.

Il se retrouvait ainsi seul, avec son thé tiède et le sentiment de ne plus savoir où il en était.

Plus tard, en route pour la préfecture, il brancha son GPS, alors qu'il connaissait le chemin par cœur. La voix féminine emplit l'habitacle. *Prenez à droite.* Une voix autoritaire, qui avait le contrôle de la situation. *Après six cents mètres, prenez à gauche.* Il se mit à crier : Tais-toi, connasse. Ça faisait du bien d'être grossier. Il finit par éteindre le GPS et la voix se tut. Il put alors concentrer ses pensées sur le passé.

— Est-ce qu'on ne pourrait pas se contenter d'aller à Vordingborg ?

Il se souvenait avec précision de la question qu'elle lui avait posée, à l'aube de ce dimanche gris d'avril. Cette année-là, en 1973, ils habitaient au septième étage de la résidence d'étudiants de Grønjord. Croyant qu'elle dormait, il avait essayé de se lever et de s'habiller sans faire de bruit, car il n'y avait aucune raison de la réveiller. Il devait aller travailler et il voulait d'abord passer chez lui. Il avait donc réglé son réveil sur cinq heures, mais s'était réveillé avant que la sonnerie se déclenche. Il avait juste eu le temps de mettre ses chaussettes et s'était rallongé un instant près d'elle, savourant la chaleur de son corps, tout en sachant que l'instant serait éphémère.

— Tu veux dire le 1er Mai ?

Elle confirma.

Sa proposition était si surprenante qu'il lui reposa la question à deux reprises. La veille au soir, ils avaient discuté de ce qu'ils pourraient faire ce jour-là. Sans se disputer, juste en bavardant. Cela changeait de l'année précédente, où il n'avait absolument pas fait partie du décor. Le 1er Mai devait être célébré par une manifestation unitaire au Fælledparken avec les camarades, pas avec lui. Mais cette année, c'était différent. Son enthousiasme n'était plus le même. Peut-être pouvaient-ils simplement passer la journée ailleurs dans le parc avec quelques bières, sécher la manif.

Maintenant elle n'avait plus envie d'y aller tout court, elle préférait aller à Vordingborg.

Les six mois qui s'écoulèrent entre son curetage à l'hôpital de Køge et son émigration, à la suite de laquelle il perdit tout contact avec elle, furent une période étrange. Par moments, ils ne s'entendaient pas du tout, c'était même effroyable parfois.

À d'autres moments, ils étaient plus proches que jamais. Leurs différences idéologiques ne les séparaient plus comme avant. Leurs querelles étaient rares et concernaient de moins en moins la politique. Les questions ironiques qu'il avait coutume de lui poser ne lui faisaient plus d'effet.

— Rita, qu'est-ce qui va m'arriver après la révolution ?

Un an plus tôt, il pouvait s'estimer heureux s'il échappait au coup de fusil dans la nuque et était envoyé en camp de rééducation. La question suscitait en général une longue discussion où elle ne s'apercevait jamais qu'il la charriait.

— Et combien de temps dure en général une rééducation de ce genre ?

Rien n'était précisé pour l'instant, la décision serait prise au cas par cas.

— Est-ce que je pourrais t'avoir comme éducateur ? Ce serait sympa.

Elle en doutait, mais ne pouvait pas non plus l'exclure.

L'humour n'était pas le fort de ces logiciens critiques du capitalisme.

En revanche, s'il lui posait la question à présent, elle lui répondait simplement qu'elle n'en savait rien. D'un air mélancolique, sans éprouver aucune joie au sujet de sa révolution. On aurait dit qu'elle ne voulait plus y penser.

Ils avaient trouvé un refuge à onze kilomètres de Vordingborg, près de la pointe de Knudshoved, dans un collectif qui avait racheté une petite ferme désaffectée. Rita et lui pouvaient y aller quand ils voulaient. Au début, Rita connaissait un des habitants, mais il était parti depuis longtemps. Ils continuaient tout de même à y venir et personne ne trouvait ça bizarre. Konrad avait aimé cet endroit. Un refuge pour hippies, figé dans le temps depuis cinq ans, une sorte de Klondike anarchique où tout n'était que désordre, où rien ne fonctionnait selon un plan déterminé, et où tout le monde se sentait bien. Quand on arrivait, on mettait l'argent qu'on pouvait dans la caisse commune posée sur une étagère au-dessus de la grande table : une boîte en fer-blanc de la marque de café Cirkel, avec le profil d'une femme africaine. À supposer qu'on ait de l'argent ; sinon, ça n'avait pas d'importance. Quand on avait faim, on allait piocher dans le réfrigérateur ce qu'on y trouvait. Le matin, on pouvait prendre une paire de chaussettes propres dans la corbeille commune. Il était impossible de trouver une paire assortie et il fallait s'estimer heureux si la taille correspondait plus ou moins à sa pointure.

À côté du collectif vivait le gérant du magasin coopératif et la sage-femme du secteur, un couple de quadras qui se tenaient par la main lorsqu'ils se promenaient ensemble et s'appelaient par des noms tendres un peu ridicules. Ils avaient acheté une propriété rurale désaffectée et l'avaient rénovée de fond en comble. Lui était un type jovial apportant presque tous les jours à ses jeunes voisins plusieurs cartons de produits périmés. Il fallait bien s'aider entre voisins et puis de toute façon il ne pouvait pas les vendre. Il répétait son refrain chaque fois qu'il arrivait avec ses cartons, riant de bon cœur en attendant qu'on lui propose un thé. Sa femme, qui avait un visage anguleux et un corps robuste, faisait preuve d'une amabilité qui pouvait surprendre à la première rencontre. Pourtant, la vue des hippies – c'est ainsi qu'elle avait coutume de les appeler – prenant des bains de soleil à poil sur le gazon devant leur maison la faisait systématiquement bondir. Elle se précipitait alors dans l'allée, marchant à grandes enjambées et agitant les bras. À quoi cela rimait-il de se prélasser ainsi tout nus, alors qu'Arnold devait passer les murs à la chaux ? Ils pourraient au moins s'installer dans le jardin derrière la maison, non ?

Konrad adorait ce couple. Il restait des heures à contempler leur belle maison, tandis que Rita, allongée à côté de lui, était plongée dans ses lectures. Il rêvait qu'un jour, Rita et lui vivraient aussi une vie tranquille, dans un bel endroit paisible. Elle serait professeur au lycée de Vordingborg, et lui… eh bien lui serait flic, après tout, ce n'était pas si mal. D'ailleurs, qu'est-ce qu'il pourrait faire d'autre ? Et puis ils auraient des enfants, trois joyeux gamins se suivant de près, qui courraient pieds nus et rempliraient la maison de leur gaieté et de leurs rires cristallins. Il pourrait aussi apprendre à faire de la voile, et ils auraient un petit voilier et feraient des croisières dans les eaux du Smålandsfarvandet.

Rita leva la tête de son livre :

— À quoi tu penses, Konrad ? Tu as le regard dans le vague.

Il lui raconta ses rêves. Elle soupira :

— Ça pourrait être sympa, c'est sûr.

Elle soupira à nouveau, essuya peut-être une larme à la dérobée et essaya de retrouver sa concentration.

Lorsqu'il faisait beau, ils partaient faire de grandes promenades sur la pointe de Knudshoved. C'est sans doute là qu'ils avaient passé leurs meilleurs moments. Ils flânaient au milieu de collines morainiques bordées de plaines marécageuses. Ils rencontraient le balbuzard pêcheur et le milan, écoutaient le rare chant du crapaud au ventre de feu sonner dans les mares. C'était le temps où l'aubépine fleurissait et où Copenhague semblait loin, tellement loin.

Contrairement à Simonsen, très en forme, Arne Pedersen ne semblait pas aller très bien. Lorsqu'ils se retrouvèrent dans son bureau, le chef provisoire de la Crim avait travaillé une partie de la nuit et paraissait vaguement fébrile. Dès qu'il aperçut Simonsen, il lui dit :

— Commençons immédiatement, Simon.

Mais à peine avait-il eu le temps de prononcer ces mots que Malte Borup, tout essoufflé, fit irruption dans la pièce et interrompit leur conversation :

— Je ne voulais pas vous déranger, mais tu m'as écrit que c'était hyper-urgent.

Pedersen toucha nerveusement son nœud de cravate, puis lui répondit d'un air résigné :

— J'avais espéré que tu sois là avant Simon.

— Ah, je suis désolé. J'ai fait au plus vite, mais j'ai dû faire la vaisselle avant de partir, sinon Anita sera furieuse en rentrant ce soir. Je lui avais promis, alors…

— Bon, d'accord. Je vais être obligé de vous montrer la bêtise que j'ai faite, je sais que c'est ridicule, mais je n'ai pas réussi à faire marcher ce foutu Smart Board, alors…

Il se leva et enleva la toile qui recouvrait le tableau.

— J'ai utilisé un feutre normal et je n'arrive pas à l'effacer.

Simonsen lut avec grand intérêt les trois points que son collègue avait inscrits sur le tableau.

– Rubrique = journal / dans quelle réd. ?
– Uniforme du père : duquel s'agit-il ?
– Simon n'est-il pas en train de faire fausse route ?

Les deux premiers points étaient clairement empruntés au rapport qu'il avait lui-même rédigé l'avant-veille.

Pedersen poursuivit sa confession :

— J'ai tout essayé, mais ça ne part pas.

Simonsen lui demanda d'un air narquois :

— Tout essayé, tu veux dire *de l'eau* ?

— Et du produit vaisselle. Bon, je sais bien que l'alcool fait des merveilles. Malte, je suis vraiment désolé, mais quand c'est arrivé, j'ai eu un coup de stress. Tu n'as pas eu le temps d'acheter du Coca, j'imagine ?

— Ben non, j'ai pas eu le temps.

— Eh bien, vas-y maintenant, et achète aussi un flacon d'alcool. Quand Simon et moi aurons terminé, tu pourras nettoyer le tableau et lui montrer le clip que tu as trouvé sur Mouritz Malmborg. C'est bon ?

Malte s'en alla, et Arne Pedersen passa à la vitesse supérieure.

— Oui, je n'avais pas l'intention de te montrer le dernier point, mais ce qui est fait est fait. Je propose que nous examinions ça en dernier. En lisant ton compte rendu de l'hypnose à laquelle tu as assisté à Nykøbing Falster, j'ai remarqué que Helena Brage Hansen, je te cite, *a une boîte à lettres*. Je suppose qu'il faut comprendre qu'elle a sa propre rubrique dans un journal, mais tu l'avais sûrement rectifié. Un autre élément ressort de l'hypnose : le fait que son père portait l'uniforme. Nous ne savons pas de quel type d'uniforme il s'agit et, sincèrement, je doute que ça ait de l'importance. Néanmoins, j'ai trouvé un nouvel élément. En effet, Helena Brage Hansen a un frère aîné. Je sais bien que tu ne veux pas qu'elle s'aperçoive qu'on la surveille, mais… en fait, tu le connais bien, il s'agit de Finn B. Hansen, le juge stagiaire du tribunal de première instance de Næstved. Je n'ai bien entendu aucune idée des relations qu'il entretient avec sa sœur, mais je suppose que, si on lui demande, il ne lui dira rien. En revanche, acceptera-t-il de nous parler ? Ça, c'est une autre question.

Simonsen était d'accord.

— Je pense que ça vaut la peine d'essayer. Tu m'accompagnes ?

— Si tu veux, mais je n'ai pas beaucoup de temps, alors si je viens, il faudra qu'on termine notre discussion assez vite.

— D'accord. C'est quoi cette histoire ? Pourquoi dis-tu que je fais fausse route ?

Arne lui exposa son doute sans aller par quatre chemins.

À son avis, Konrad avait depuis longtemps eu la confirmation du fait que les six élèves concernés n'étaient pas en odeur de sainteté dans leur lycée.

— Actuellement, on dirait que le moindre détail te semble digne d'intérêt, précisa-t-il. Un père en uniforme, une boîte à lettres ou un courrier des lecteurs. Pourquoi ne pas simplement les auditionner ?

— Et si aucun des quatre ne se souvient de rien ? Amnésie collective. On fait quoi ?

— On fera comme d'habitude dans ce genre de situations, on tentera de les dresser les uns contre les autres. On trouvera de minuscules failles dans leurs témoignages, et puis on creusera jusqu'à faire tomber leur défense, en utilisant tous les moyens à notre disposition, menaces, duperies, pièges... on connaît ça par cœur.

— Et quand as-tu pour la dernière fois enquêté sur un crime vieux de près de quarante ans, dis-moi ?

Pedersen hésita un instant, mais maintint sa position.

L'argument temporel de Simonsen était sans doute valable, c'était d'ailleurs pour cette raison qu'au début de l'affaire, ils avaient d'un commun accord tenu à mener une enquête approfondie sur la Bande des Six. Mais il estimait que cette partie de l'enquête était maintenant achevée.

— Il arrive un moment où il faut bien se rendre à l'évidence et reconnaître qu'on a une vue d'ensemble suffisante. Au lieu de ça, tu t'obstines et tergiverses. Pire, tu n'es absolument pas sûr que le meurtre de Kramer ait un lien avec la disparition de Lucy. Ce n'est qu'une hypothèse, et de surcroît une hypothèse qui manque de fondement. Je t'en prie, Simon, il est temps de procéder à leur audition, ça vaudra mieux que de rêvasser pendant des années sur ton passé.

Simonsen accepta le conseil sans aucune amertume. La Comtesse lui avait déjà fait les mêmes recommandations.

— D'accord, Arne. Allons à Næstved interroger Finn B. Hansen. Je vais voir si on peut avoir un rendez-vous aujourd'hui. Ensuite, on pourra procéder aux auditions, à moins bien entendu qu'il ne se produise un événement qui vienne tout bouleverser. Ça te va ?

— Tout à fait, tant que c'est moi qui juge de l'importance de l'événement en question.

— Pas de problème. Je vais dans mon bureau lire mes mails. Appelle-moi quand ton tableau remarchera et que je pourrai venir voir mon film.

Lorsque Konrad Simonsen vit la vidéo, il fut obligé de reconnaître que l'intervieweur ne manquait pas de talent. Derrière ses cheveux longs et ses lunettes en métal, se dégageait un humour certain, qu'il était difficile de ne pas apprécier, même si l'individu en question l'utilisait sans vergogne à l'encontre des deux adolescents qu'il avait choisis comme cibles. Mouritz Malmborg se tenait derrière lui, en compagnie d'une jeune inconnue. L'intervieweur commença l'entretien dans un style châtié :

On reproche souvent à la rédaction de notre journal La Jeunesse *de ne pas s'intéresser suffisamment à des adolescents normaux, et de donner la priorité aux provocateurs, aux fumeurs de hasch, aux militants pour la paix ou à quelque petite racaille. Je me suis donc rendu au stade de Hvidovre et y ai trouvé deux jeunes tout à fait normaux. Un jeune garçon ordinaire et une jeune fille tout aussi ordinaire. Et vous-même, mademoiselle, paraissez être la personne la plus ordinaire des deux. Comment vous appelez-vous ?*

— Susanne.

— Eh bien, Susanne, vous faites le tour du stade en courant en quelques minutes à peine, et deux tours vous prennent juste un petit peu plus de temps, n'est-ce pas ?

— Euh ! oui.

— *Et un jour, vous espérez certainement être aussi bonne que l'équipe féminine d'athlétisme d'Allemagne de l'Est. Selon vous, font-elles un meilleur temps parce que l'État est-allemand,* à l'inverse *de l'État danois, offre à sa jeunesse des facilités sportives exceptionnelles et lui donne une éducation socialiste saine, ou bien est-ce simplement parce que les terrains sont plus courts ?*

— *Je ne sais pas… non, les terrains ne sont évidemment pas plus courts* à l'étranger.

— *Cela méritait d'être dit. Et vous, Mouritz, dites-moi comment vous vous appelez.*

— *Mouritz.*

— *C'est bien ce que je pensais. Vous pratiquez le lancher de javelot. Pourriez-vous montrer aux spectateurs comment vous faites pour lancher un tel engin ? Non, restez là. Faites comme si vous aviez le javelot à la main et étiez sur le point de le lancher.*

Mouritz Malmborg fit ce qu'on lui demandait. On aurait cru qu'il enfonçait un clou dans le plafond.

— *Un peu plus vite, faites défiler les lanches.*

Il accéléra le rythme et répéta son mouvement plusieurs fois avant que l'intervieweur ne continue :

— *C'était superbe, Mouritz. Et tout à fait ordinaire. Susanne, est-ce que vous voulez bien applaudir Mouritz pendant que je m'adresse aux spectateurs ?*

La jeune fille applaudit, et l'intervieweur mit fin à l'interview.

Konrad était impressionné. Il s'adressa à Malte Borup :

— Un véritable mercenaire, dis donc. Ça date de quand ?

— Du 10 avril 1969, je l'ai trouvé sur Google. C'est utile ?

— Ça ne fait aucun doute. Je te remercie.

— Pourquoi était-il si désagréable ? Les ridiculiser comme ça, sans raison. Ils ne lui avaient rien fait.

— Je n'en sais rien. Peut-être parce qu'il le pouvait, tout simplement, que c'était un vrai salaud. C'était une autre époque, Malte.

Lorsque Simonsen voulait mettre un terme aux évocations du passé, il employait toujours cette expression : *c'était une autre époque*. C'était vrai, mais n'était-ce pas le cas de toutes les époques ? Cette fois-ci, sa parade ne marcha pas. Malte avait beau réfléchir, il avait du mal à comprendre un tel comportement, même à une autre époque. Il demanda, étonné :

— Est-ce qu'on trouvait ça drôle à l'époque de mettre des gens dans l'embarras ?

Que pouvait-il répondre ? Oui, quelque part c'était drôle. C'était difficile à expliquer.

Dans la voiture roulant en direction de Næstved, Pedersen s'était plongé dans une pile de relevés de compte et de feuilles de calcul qu'il vérifiait, muni d'une calculette et d'un stylo. Il ne dit rien de tout le trajet, se contentant d'émettre de temps à autre un vague soupir. Konrad était lui aussi muet. Comme ce matin, se remémorant son passé, il songeait aux dernières semaines de sa relation avec Rita.

Il y avait des périodes où Rita s'absentait. Il ne savait généralement pas où elle allait, et, souvent, elle ne le prévenait même pas. À son retour, elle refusait de répondre au flot de questions qu'il lui posait. Il avait donc mis du temps à réaliser qu'on l'utilisait comme coursier et qu'on la chargeait de transporter des fonds du Danemark vers l'Allemagne ou la France. Ces fonds, recueillis en Scandinavie, étaient destinés à soutenir le mouvement de lutte pour la libération de la Palestine. Il n'était jamais parvenu à déterminer avec précision quelle organisation se trouvait derrière. Il pensait qu'il s'agissait du FPLP, le Front populaire de libération de la Palestine, mais aujourd'hui encore, il n'en avait aucune certitude. Il y avait à l'époque une multitude d'organisations et tellement d'idiots qui n'avaient eux-mêmes aucune idée du groupement pour lequel ils travaillaient. Rita était un modeste pion dans un jeu très sérieux qui devint en ces années de plus en plus abominable. On observa une accélération des actes de terrorisme – détournements d'avions, assassinats, kidnappings. La réplique était tout aussi violente : le Mossad, l'agence de renseignement israélienne, dépista et liquida un à un les terroristes responsables du massacre de Munich.

Au printemps 1973, Rita s'absenta pendant près de deux semaines. Elle rentra bronzée et déprimée, refusant comme d'habitude de lui expliquer ce qu'elle avait fait. C'était difficile à supporter, alors leur relation marqua une pause, comme c'était déjà arrivé, pour reprendre quelque temps plus tard. Finalement, ils ne pouvaient pas vivre l'un sans l'autre. Pensaient-ils.

Ce printemps-là, il eut la preuve noir sur blanc que sa compagne s'était engagée sur une pente glissante. D'après ses souvenirs, c'était lors d'un festival organisé au Fælledparken par *Land & Folk*, le journal du PC danois. Un festival qui réunissait des dizaines de milliers de participants et qui était le symbole même de l'organisation parfaite. Mais il était aussi possible que ces festivals n'aient été organisés que plus tard, vers le milieu de la décennie. Quoi qu'il en soit, il était sûr qu'il s'agissait d'une manifestation organisée par les communistes danois et qu'il y avait été envoyé pour assurer le maintien de l'ordre. En dépit de son aversion pour le Parti, il devait reconnaître que l'ordre régnait chez ses cadres. Chez les communistes, il n'y avait jamais de chahut, encore moins de cris contre la police. La plupart du temps, on l'ignorait, mais il arrivait aussi qu'on lui offre un café.

Deux hommes, deux ouvriers d'âge moyen, très posés, étaient entrés en contact avec lui. Ils s'étaient assis sur un banc, dans une tente, lui semblait-il. Il se souvenait en tout cas précisément de la nappe à carreaux rouges et blancs, comme celles que l'on trouvait dans les petits bistrots de Copenhague. Les deux hommes avaient posé deux photographies presque identiques devant lui. Sur ces photos, on voyait Rita sur la passerelle d'un avion. Elle avait une jambe dans le plâtre et s'appuyait sur des béquilles. L'avion d'El Al était en partance pour Tel-Aviv.

Les deux hommes s'étaient montrés aimables, mais n'avaient pas voulu lui dire d'où venaient ces photos, ni comment ils avaient eu vent de ses liens avec Rita. Ils lui avaient simplement conseillé, sur un ton tranquille, de sortir sa compagne de l'ornière dans laquelle elle s'était mise. Il ne sut jamais s'ils étaient envoyés par leur parti, ni d'ailleurs s'ils étaient communistes, ou s'ils avaient agi de leur propre gré, par pure décence et honnêteté.

Pendant deux journées entières, il tourna et retourna le problème dans sa tête, puis se décida à en parler au PET, le service de sécurité et de renseignement. À l'époque, le QG du PET se trouvait au premier étage du commissariat de Bellahøj. Trois de ses collègues s'entretinrent avec lui, notèrent sa déclaration et lui demandèrent de préciser la nature de sa relation avec Rita. Ils lui remirent une liste de questions complémentaires auxquelles il devrait tenter de répondre. Avant de partir, il reçut bizarrement le même conseil que celui proféré par les deux communistes. *Sors-la de cette merde, et grouille-toi, c'est urgent.* Ensuite, il était allé au bistrot. L'audition aux RG lui avait laissé un goût amer. Car il avait beau trouver toutes les justifications possibles, se dire qu'il avait fait son devoir, et qu'au demeurant, ils n'étaient plus ensemble, il avait l'impression d'avoir trahi Rita.

Le juge stagiaire Finn B. Hansen avait pendant de nombreuses années assuré la gestion quotidienne de la quinzième chambre du Vestre Landsret, où il était responsable de la préparation des affaires civiles de la Cour. Cependant, dix ans plus tôt, après un congé de six ans dû à un gros problème d'alcoolisme, il avait été nommé au tribunal de première instance de Næstved. Depuis, il avait réussi à reprendre sa vie en main, mais sa carrière avait pris un coup et il avait dû s'avouer qu'il ne serait jamais juge. L'homme était grand avec des cheveux blancs clairsemés et un visage aux traits lourds. Il accueillit aimablement les deux policiers et leur fit signe de s'asseoir devant son bureau, où deux chaises Bauhaus les attendaient. Simonsen hésita un instant. Bien qu'il appréciât le style de ces sièges, il n'aimait pas tellement s'y asseoir. Quand il y était contraint, il s'y installait toujours en éprouvant une certaine inquiétude à la vue de la fine structure en acier et de l'absence de deux pieds.

— Eh bien, que puis-je faire pour vous ? J'avoue que je suis impatient de savoir ce qui vous amène.

Simonsen tenta sa chance et s'assit sur une des chaises, puis expliqua la raison de leur venue. Sa sœur cadette avait, il y a bien longtemps, passé quelques jours avec des camarades de lycée sur la côte ouest et ils avaient eu la visite d'une jeune Anglaise qui avait ensuite disparu. Il présenta au juge plusieurs photos, sans lui montrer celle où les élèves étaient à demi nus.

Le juge stagiaire, qui jusque-là s'était montré jovial, prit soudain un air réservé. Il étudia excessivement longtemps les photos et demanda :

— Vous pensez que cette jeune Anglaise est morte ?

La conclusion était logique, il ne fallait pas oublier qu'ils étaient de la Crim. Simonsen confirma qu'ils supposaient effectivement que Lucy Davison était décédée. Finn B. Hansen hocha lourdement la tête et remarqua d'un air distrait :

— Ça fait longtemps. Dites-moi, vous voulez boire quelque chose ? Un café, un verre d'eau ?

Il était évident que le juge stagiaire avait besoin de faire une pause pour digérer les informations qu'on venait de lui communiquer. Pedersen déclina l'offre, puis tenta de lui expliquer avec beaucoup de délicatesse la possible implication de sa sœur dans l'affaire. Il rappela ensuite brièvement les faits relatifs au meurtre de Jørgen Kramer Nielsen. Dès qu'il eut terminé, Simonsen reprit la parole :

— Si vous souhaitez ne pas collaborer, nous le comprendrons parfaitement. Je ne sais pas quelle serait ma réaction si j'étais à votre place, mais sachez que, quelle que soit votre décision, il n'y aura pas de trace écrite, ni officiellement, ni dans les registres internes. Toutefois, nous vous serions reconnaissants de ne pas informer votre sœur de cet entretien.

Le juge stagiaire branla la tête, comme s'il avait pu par ce geste éliminer le problème. Ses cheveux blancs se dressèrent sur son crâne. Au bout d'un moment, il dit :

— Il y a donc deux personnes qui sont mortes ?

— Oui, il n'y a aucun doute sur ce point.

— Et dans le pire des cas, ma sœur risque d'être inculpée pour meurtre ?

— Dans le pire des cas, oui. Néanmoins, c'est peu probable en ce qui concerne l'affaire d'Esbjerg. Nous ne pensons pas qu'il s'agisse d'un meurtre prémédité, et tout autre élément serait prescrit, mais vous êtes encore mieux placé que nous pour le savoir. En revanche, s'agissant de l'affaire du postier, il est certain que…

— En tout cas, Helena n'a pas pu tordre le cou d'un postier. Vous savez bien qu'elle vit dans le Nord de la Norvège, n'est-ce pas ?

— Oui, oui, tout à fait.

— Vous ne voulez pas aller faire un tour ? J'ai besoin de réfléchir un peu à tout ça.

Il se leva. Cela leur laissait peu de choix. En sortant, il tint à les rassurer :

— Et n'allez pas croire que je vais la contacter. Je ne le ferai pas.

Ils quittèrent son bureau et Arne se replongea dans sa comptabilité. Il y avait au moins un avantage dans le fait d'avoir beaucoup de travail, on avait toujours de quoi s'occuper pendant les temps d'attente. Konrad fit les cent pas dans les couloirs du tribunal. C'était un bâtiment récent, et sur les murs de brique rouge étaient accrochés des tableaux, sans doute peints par les membres de l'association d'art du personnel. Les œuvres étaient dans l'ensemble difficiles à comprendre et assez fades.

Il fallut un peu moins d'une demi-heure à Finn B. Hansen pour prendre sa décision.

— Je veux bien vous aider, si je peux. En définitive, ce sera mieux pour Helena, du moins, je l'espère. Avez-vous des questions concrètes ?

Pedersen lui posa les premières questions :

— Votre père portait l'uniforme au lycée de Brøndbyøster. Est-ce que ça vous dit quelque chose, ou bien faisons-nous erreur ?

— C'est sûrement vrai. Il a été commissaire général chez les scouts. Je ne me souviens pas si l'uniforme était vert, bleu, gris ou à rayures. Par contre, je me rappelle qu'un temps, il le portait à tout propos. Qu'est-ce qu'on se disputait à l'époque. J'étais à la fac de droit et quand on interrompait les cours pour occuper le bureau du recteur ou qu'on fumait du hasch sur le perron de l'université avec tous ces écrivains, mon père ne supportait pas…

Simonsen donna un coup de pied à son collègue pour l'empêcher d'intervenir. Ayant recueilli les souvenirs des élèves de terminale du lycée de Brøndbyøster, il savait que la plupart considéraient qu'ils avaient participé à tout. Cela rendait les faits un peu plus flous, car les événements étaient souvent avancés ou reculés d'un an ou deux pour correspondre aux souvenirs approximatifs de la personne, et le juge stagiaire ne faisait visiblement pas exception à la règle.

— ... alors mon père portait l'uniforme en réaction aux tendances de l'époque. Aujourd'hui, je me dis qu'il était courageux, mais en ce temps-là, je pensais qu'il était fou.

— Votre sœur était-elle scout aussi ?

Il réfléchit un moment avant de répondre.

— Je ne m'en souviens pas, mais c'est très possible. En tout cas, elle et moi étions très différents. Peut-être parce qu'on était fille et garçon, mais aussi parce que je m'opposais à mes parents alors qu'elle s'opposait à moi. Si elle avait été mon aînée, ça aurait peut-être été le contraire. Lorsqu'on est jeune, c'est souvent le hasard et de simples détails qui conditionnent notre avenir.

— Donc, vous ne vous souvenez pas exactement ?

— Non, je suis désolé. Elle était plus jeune que moi, vous comprendrez donc que je ne m'intéressais pas tellement à ses fréquentations et à ses centres d'intérêt.

— Durant ses années de lycée, elle a rédigé une rubrique dans un journal. Est-il possible que ce soit dans un journal du mouvement scout ?

— C'est tout à fait possible. J'ai gardé des affaires de mes parents chez moi et je dois pouvoir vérifier à quel mouvement mon père appartenait. Vous pourriez essayer de les contacter.

— Ce serait parfait. Qu'est devenue votre sœur après le lycée ?

— Elle a été atteinte d'une maladie mentale, peut-être pas immédiatement après le bac, mais en tout cas dans cette période, et elle a mis plusieurs années à se rétablir, si l'on peut parler de rétablissement. Quand je repense au passé, je me souviens surtout qu'elle n'allait pas bien du tout. Et puis me reviennent à l'esprit quelques flashes de notre enfance. Elle est passée par un tas d'institutions et cela a évidemment occupé une place importante dans la vie de la famille, surtout dans celle de mes parents, et bien sûr dans la sienne.

Il marqua à nouveau une pause, et ils attendirent patiemment. Konrad constata avec étonnement que rien pendant l'enquête préliminaire n'avait permis de mettre en évidence la maladie mentale de Helena Brage Hansen. C'était une lacune dont il devrait en dernière analyse assumer la responsabilité.

Finn B. Hansen reprit ses explications :

— Je crois comprendre les questions implicites que vous vous posez, mais j'ignore si ses souffrances sont liées à ce séjour à Esbjerg que vous évoquez ou si c'est à ce moment-là qu'elle en fut délivrée. Par conséquent, votre jugement doit être aussi valable que le mien. Quoi qu'il en soit, sa santé a fini par se stabiliser. Il me semble que ça a été grâce aux progrès de la pharmacologie. Les psychiatres ont trouvé des médicaments qui lui permettaient de calmer ses angoisses. Dans les années 1980, elle résidait dans une communauté agricole, à Bornholm, et je lui avais rendu visite. Après le décès de nos parents, respectivement en 1984 et 1986, nous avons hérité d'une certaine somme d'argent et elle a utilisé ce pécule pour s'établir en Norvège. D'abord à Bergen et, plus tard, tout au nord, à Hammerfest, où elle travaille aujourd'hui comme guide touristique et conseillère nature et écologie. Elle a aussi pris la nationalité norvégienne, mais je ne me souviens pas de la date.

— Et elle n'a ni famille ni enfants ?

— Non, mais je pense qu'elle a un compagnon.

— Êtes-vous en contact avec elle ?

— De manière sporadique. On s'envoie un mail de temps à autre, mais il peut s'écouler des mois entre deux échanges.

— Vous ne vous voyez jamais ?

— Elle est venue pour mes soixante ans, et mon fils cadet lui a rendu visite lorsqu'il était en Laponie il y a deux ou trois ans de ça. Quand j'y pense, je l'appelle à Noël. Voilà, c'est à peu près tout.

Les deux policiers n'avaient pas d'autres questions à lui poser, hormis peut-être un petit détail susceptible d'avoir une certaine importance. Ils s'étaient entendus pour que celui qui aurait le meilleur contact avec le juge lors de l'entretien fasse une tentative. Simonsen se lança donc :

— Vous l'aurez compris, nous allons être amenés à avoir un entretien avec votre sœur. L'idéal serait évidemment que cette rencontre puisse avoir lieu au Danemark, car nous ne pouvons interroger une citoyenne norvégienne sans en informer la police locale. Mais nous n'avons pas besoin de vous faire un dessin.

— Je vais voir ce que je peux faire. Quand l'entretien aura-t-il lieu ?

— Nous vous appellerons. Ce ne sera sans doute pas avant une ou deux semaines, car nous allons d'abord auditionner ses camarades de classe. Il est d'ailleurs possible que cet entretien ne soit pas nécessaire.

— Espérons-le.

Les deux policiers de la Crim étaient à peine sortis du tribunal que Konrad s'arrêta, comme changé en statue de sel.

— Qu'est-ce qui se passe ? lui demanda son collègue d'un air inquiet, ça ne va pas ?

— Si, mais le cerveau est de plus en plus long à la détente. Viens, on y retourne.

Finn B. Hansen accepta cette intrusion un peu soudaine. Quelque peu essoufflé, Simonsen lui demanda :

— Il y a une chose que j'ai oubliée. Le mouvement scout dont votre père était membre avait-il une colonie de vacances dans la région d'Esbjerg ?

— Vesterhavsgård. Je me souviens de la mer du Nord, nous y sommes allés quelquefois enfants. Cela étant, je ne pourrais pas vous dire si la colonie était près d'Esbjerg ou de Blokhus.

Ils le remercièrent. Soudainement, le juge stagiaire se recroquevilla, comme s'il venait de réaliser l'importance que pouvait revêtir l'information qu'il venait de leur donner. Alors, il dit très calmement :

— J'ai bien peur qu'il ne s'agisse d'une zone assez vaste.

Même si la propriété appartenait à présent à la commune d'Esbjerg et que, de surcroît, l'endroit avait changé de nom, l'information sur l'existence de Vesterhavsgård valait son pesant d'or. Sur les photos de Kramer, il était impossible de voir si l'endroit où avait résidé la Bande des Six était ou non une colonie de vacances et les policiers qui avaient mené leurs recherches dans les environs de l'auberge de jeunesse de Nørballe avaient reçu l'ordre de trouver une maison de vacances. Ils avaient donc négligé la colonie de vacances, jusqu'au moment où Simonsen téléphona à Klavs Arnold.

Les photos correspondaient. Klavs Arnold avait apporté un appareil et s'était empressé d'envoyer une des photos par mail à l'inspecteur. Il n'y avait aucun doute possible : on reconnaissait le mur en planches, l'angle et la pente derrière la maison tels qu'ils étaient quarante ans auparavant. L'extrémité de la girouette était taillée, sans doute avec un couteau de scout, comme une tête de dragon stylisée et, bien que la photo noir et blanc soit floue, on l'apercevait déjà sur la photo de 1969. En outre, on avait retrouvé les traces de l'homme souffrant du syndrome de Down. Il avait habité dans la ferme voisine jusqu'en 1991, l'année de sa mort, mais les vieux du voisinage se souvenaient très bien du pauvre Troels, une âme joyeuse et inoffensive qui n'était plus de ce monde. Le seul problème était bien la dimension du terrain, que le juge stagiaire Finn B. Hansen n'avait en rien exagérée. Il s'étendait sur plus de trente hectares de terres accidentées où poussaient herbes sauvages, bruyère, genêts, conifères et ronceraies impraticables.

Simonsen et Pauline Berg allèrent sur Google Earth pour examiner la zone concernée. Ce n'était pas l'endroit rêvé pour trouver un cadavre.

Pauline secoua la tête en apercevant la colonie vue du ciel.

— On ne peut pas faire de percements alors qu'on ignore où se trouve le corps. Ils ont pu l'ensevelir dans n'importe quelle sapinière.

— Je ne crois pas qu'ils aient porté son corps très loin, lui répondit Konrad Simonsen.

— C'est possible, mais si nous ne savons pas où ils l'ont caché, c'est compliqué. Elle est peut-être enterrée à dix mètres de la porte d'entrée, mais sans indications, on n'a aucune chance de la trouver.

— Tu as raison. Pour le moment, nous n'avons rien.

— Est-ce qu'il n'existe pas des scanners capables d'identifier les restes humains ? Un peu comme les détecteurs de métal, mais pour trouver des cadavres. Est-ce que Kurt Melsing n'a pas ce genre d'instruments ?

— Pas pour sonder le sable, et de toute façon, après si longtemps, c'est impossible.

— Dommage. Qu'est-ce qu'on va faire, alors ?

— Lire.

Il avait trouvé les journaux de *La Jeunesse scoute* couvrant les années 1967-1969 et les avait posés sur son bureau. Helena Brage Hansen y avait été rédactrice d'une rubrique et Simonsen estimait que la lecture de ces revues allait leur permettre d'étudier sa personnalité.

Pauline le suivit en traînant les pieds. Elle n'avait pas très envie de se plonger dans la lecture de journaux scouts vieux de quarante ans, mais pour une fois, elle fit ce qu'il lui demandait.

Simonsen fut long à réaliser qu'il avait confié à sa jeune collègue une mission impossible. Après une heure et demie de lecture, elle lui dit brusquement :

— Je ne sais pas si j'ai bien compris ce que je suis censée faire.

Il leva la tête du journal dans lequel il était plongé.

— Tu dois, à partir des conseils qu'elle donne à ses lecteurs, te faire une idée de sa personnalité, essayer de définir quel type d'individu elle est, ses idées, ses opinions, sa morale, ses rêves, etc., etc. Elle se réfère souvent à sa propre expérience quand elle répond aux jeunes qui l'interrogent.

— Elle aussi était jeune.

— Oui, et alors ?

— Alors, je trouve ça bizarre qu'elle leur donne tous ces conseils. D'habitude, c'est quelqu'un de plus âgé qui tient ce genre de rubrique. Sinon, elle écrit très bien.

— Elle voulait être journaliste.

— Comment le sais-tu ?

— Je viens de le lire dans une réponse que tu as lue toi aussi il y a dix minutes.

Pauline se frotta les yeux.

— Je crois pas que je sois bonne pour ce genre d'exercice. Est-ce que tu pourrais me donner un exemple ?

— De ?

— D'un élément important que tu as trouvé.

Konrad feuilleta son bloc et arriva à la page qui l'intéressait.

— Écoute ça. Elle répond à une jeune fille qui n'arrive pas à trouver de petit ami et se sent rejetée par sa classe. Je cite : *Tu dois rester toi-même. Je sais bien que c'est parfois difficile, mais ça ne sert à rien de faire partie d'un groupe si le billet d'entrée suppose que l'on renonce à être soi-même. Le marché peut être tentant, mais le prix à payer est trop élevé.*

— Oui, bien sûr, dit Pauline. Mais qu'est-ce que tu veux dire par là ?

Il laissa tomber son exemple et en trouva un autre :

— Ici, c'est un garçon qui a été réprimandé par son chef de troupe parce qu'il a déclaré qu'il désapprouvait la guerre au Viêtnam.

— Personne n'aime la guerre.

— Il veut dire l'engagement des États-Unis au Viêtnam. Je te lis une partie de sa réponse : *Tu as le droit de penser ce que tu veux, c'est ce que tu dois dire à ton chef de troupe. Néanmoins, tu dois aussi réfléchir à la chose suivante : le régime du Nord-Viêtnam est une dictature, tout comme le régime du Sud. La Chine est aussi une dictature, tout comme l'Union soviétique. Ce n'est pas populaire de le dire, mais c'est vrai. Essaie un instant de t'imaginer que les États-Unis sont aussi une dictature. Je sais, c'est difficile, mais fais tout de même un effort, et réfléchis à la situation qui serait la nôtre ici au Danemark. Cela ne demande pas beaucoup de courage de cracher sur un rempart, quand on sait que cela ne le détruira pas.*

— Ça paraît sensé. Tu n'es pas d'accord avec elle ?

— Il ne s'agit pas de savoir ce que je pense, bon sang. Ce qui est intéressant, c'est de savoir ce que ses camarades ont pensé d'elle.

— Comment est-ce que je peux le savoir ? Ce sont uniquement des scouts qui lui écrivent.

— Elle a probablement produit l'effet de la cape rouge.

Sa collègue ne répondit pas, et Simonsen crut comprendre qu'il avait enfin réussi à orienter sa réflexion dans la bonne direction. Quelques instants plus tard, en entendant son raisonnement, il dut pourtant admettre qu'il n'en était rien :

— Je crois que je comprends ce que tu veux dire. Elle aurait peut-être dû faire un peu plus attention à elle-même. Évidemment, elle ne pouvait rien faire à son physique, mais elle aurait pu être plus soignée, se mettre en valeur. Ça ne coûte pas grand-chose. Quoique… à l'époque, c'était peut-être cher.

— Laisse tomber, Pauline, c'est pas grave.

— Et les autres ? Pourquoi est-ce que tu t'intéresses tant à elle ?

— Parce que c'est sur elle que nous avons des renseignements, et surtout parce qu'elle a dû jouer un rôle de leader au sein du groupe.

— Leader du Cercle des cœurs solitaires ?

— Oui, en quelque sorte.

— Au fait, d'où vient ce nom ridicule ?

Simonsen ne daigna pas répondre.

Puis, lorsqu'elle eut rassemblé sa pile de revues par ordre chronologique, il lui demanda :

— Et Klavs Arnold ? Faut-il aussi qu'il prenne mieux soin de lui ?

Cela faisait longtemps qu'il voulait lui poser la question, non pas de son apparence physique mais de l'opportunité de le recruter, et le moment présent lui semblait approprié. En entendant sa réponse, il regretta d'ailleurs de ne pas l'avoir interrogée plus tôt.

— Avec la Comtesse on s'en occupera une fois que tu l'auras engagé.

— Comment sais-tu que je vais l'engager ? La Comtesse t'a dit quelque chose ? À moins que ce ne soit Arne ?

— Non, mais est-ce que ce n'était pas dans l'air ? Tu ne vas pas l'engager ?

— Si, je vais le faire, et sans tarder. Enfin, s'il accepte.

Dans la matinée du samedi, Konrad et la Comtesse allèrent faire des courses dans le centre commercial de Lyngby. La Comtesse remplissait le caddie. Dans un supermarché, elle avait un comportement impulsif qui la conduisait à se saisir des produits au fur et à mesure qu'elle passait devant les gondoles. Mais elle voulait aussi donner l'impression que chaque prise était l'objet d'une mûre réflexion. Au début, il s'était laissé prendre à son jeu. Mais c'était au début. Aujourd'hui, il n'hésitait pas à repêcher tel ou tel produit pour le remettre à sa place, ce qui ne semblait pas la gêner. Parfois, il ne faisait aucun commentaire. En d'autres occasions, il accompagnait son geste d'une explication, soulignant par exemple que le placard de la cuisine regorgeant de paquets de café, il ne voyait pas l'intérêt d'en acheter trois de plus. Elle agitait alors la main d'un air indifférent et roulait le caddie vers le rayon suivant. Ce jour-là, après avoir réglé, ils avaient pris l'ascenseur jusqu'à sa voiture qu'elle avait garée dans le parking souterrain. Pendant qu'ils mettaient leurs courses dans des sacs en plastique et rangeaient les sacs dans le coffre, la Comtesse en profita pour préciser :

— Je sais bien que j'ai exagéré avec cette brochure de Frederiksværk. Je n'aurais pas dû te reprocher ton passage à Rødby. Excuse-moi, ce n'était vraiment pas dans mon intention de te dire tout ça, je suis désolée.

Il murmura une vague réponse et elle continua à développer le refrain qu'il connaissait si bien. Il réalisa cependant qu'elle avait réfléchi à ce qu'elle allait dire cette fois. Bien que son divorce ait eu lieu près de cinq ans plus tôt, elle ne s'en était pas encore remise. Elle n'était plus amoureuse de son ex-mari, mais elle demeurait très jalouse de sa nouvelle vie de famille et de ses enfants. Quand elle était dans la rue, elle se sentait parfois mal à l'idée de se trouver nez à nez avec eux, ou pire encore, de les rencontrer avec leur petit dernier dans son landau. Elle avouait volontiers qu'elle était obsédée et sans doute un peu mesquine, mais elle n'y pouvait rien.

Songeant à son passé qu'il connaissait mais ne pouvait évoquer avec elle, car c'était un sujet tabou, il assura qu'il la comprenait. Des années plus tôt, elle avait perdu un enfant, son seul enfant. Il n'en savait pas plus, mais c'était déjà beaucoup. L'ombre de cet enfant disparu planait à présent sur leur relation et il se demandait ce qu'il pouvait faire. Rien, sans doute. Simplement espérer que la douleur se calmerait avec le temps. D'une voix qu'il voulait ferme, il lui demanda :

— Comment as-tu appris que je m'étais rendu au commissariat de Rødby pour faire des recherches sur Rita ?

Elle eut un sourire ironique.

— Simple déduction. Jeudi matin, quand tu étais dans la salle de bains, j'ai écouté le message qu'un policier de Rødby avait laissé sur notre répondeur. Il t'avait apparemment informé que les RG avaient enquêté sur Rita Metz Andersen lorsque celle-ci avait été arrêtée en 1972 pour trafic de devises. Alors, il voulait te prévenir que c'était inexact, car en réalité, les RG n'étaient venus que deux mois plus tard. Enfin, quelque chose de ce genre, mais tu peux écouter le message, il est toujours sur le répondeur.

Il était heureux de l'apprendre, car il avait craint une explication plus désagréable. Ils finiraient bien par trouver une solution au reste.

Dans la voiture, elle dit simplement :

— J'aimerais bien que tu la retrouves assez vite pour qu'on puisse tourner la page, Simon.

Elle faisait clairement allusion à Rita. Il ne lui promit rien, se contenta de hocher la tête, ce que l'on pouvait interpréter de mille manières.

En approchant de la maison, l'excitation qui les avait animés s'estompa peu à peu, comme en témoignèrent les quelques remarques qu'ils échangèrent sur le temps et la circulation.

— Au fait, dimanche, je suis invitée au théâtre, indiqua-t-elle. Le Deutsches Theater est en tournée et donne une représentation du *Faust* de Goethe au Théâtre royal de Copenhague.

Konrad Simonsen flaira de nouveaux problèmes, moins insurmontables néanmoins que ceux auxquels il avait été confronté une demi-heure plus tôt.

— Pas avec moi. Ce soir-là, j'ai décidé de rester tranquille.

— Rassure-toi, tu n'es pas invité. J'y vais avec Stella.

— Qui est Stella ? Ce nom ne me dit rien.

— Stella est une femme très énergique, mère de cinq enfants – elle a coutume de dire *six* – qui va bientôt devenir membre de la commission des affaires culturelles de l'Assemblée. C'est sans doute à ce titre qu'elle dispose de billets gratuits pour ce genre de manifestations. Son mari étant, j'imagine, aussi peu amateur que toi de ce type d'événements, elle m'a invitée.

— Ah, d'accord. Quelle est son appartenance politique ?

— Je n'en ai aucune idée, et je ne lui ai jamais posé la question. En l'occurrence, ça me paraît accessoire.

— Sans doute. Alors, tu l'accompagnes ?

— Bien entendu. Je l'aime bien.

— Au fait, je voudrais qu'on parle aussi de Klavs. Comment a-t-il mené son enquête ? Est-ce que tu l'as trouvé compétent ?

— Absolument, et bien que Pauline se soit montrée très réservée, pour ne pas dire muette, il était content que nous venions en renfort.

— Donc, globalement, tu l'estimes qualifié. Je pense bien sûr à la journée d'hier, mais également aux jours précédents où tu as eu l'occasion de travailler avec lui.

— Travailler avec lui ne pose aucun problème, c'est clair. Il est vrai qu'au début, on a eu quelques accrochages, mais il fallait bien qu'il comprenne que la collaboration fonctionne dans les deux sens, y compris quand on travaille avec des femmes. Ensuite, tout s'est bien passé.

— Tu es un peu sur la défensive, non ? C'est tout ce que tu as à dire ?

— Je le trouve compétent, méthodique et créatif. C'est mieux ?

— Beaucoup mieux !

— Il y a une chose qui m'a étonnée et dont je ne crois pas t'avoir parlé. La première fois que j'étais là-bas, j'avais pris avec moi une photo de Kramer faite à partir d'un montage. C'était très mal fait. On ne pouvait pas voir qu'il était mort, mais son regard paraissait bizarre, presque effrayant.

— Le technicien a été obligé d'ajouter des yeux ouverts sur la photo, par-dessus ses paupières.

— Oui, sur le plan anatomique, on peut dire que c'était bien fait, mais concrètement, ça n'a pas facilité notre travail : quand on présentait la photo aux témoins potentiels, ils détournaient aussitôt la tête, la plupart inconsciemment, d'ailleurs. En tout cas, Klavs a remarqué leur réaction et, dans un deuxième temps, a fait réaliser un dessin qu'on a utilisé à la place de la photo. Figure-toi que ça a permis à la gérante de l'auberge de la jeunesse de Nørballe de reconnaître Kramer, alors que la photo ne l'avait pas aidée. Bref, assez parlé boulot pour aujourd'hui, Simon. Je n'en peux plus.

— Bon, d'accord. Dans ce cas, je vais appeler Klavs et lui demander s'il a le temps de passer à la préfecture ce soir,

— Ce soir ? Tu es sûr que ça ne peut pas attendre ? D'ailleurs, a-t-il vraiment besoin de se déplacer ? Vous pouvez aussi faire ça par téléphone, non ?

— Oui, bien sûr que ça peut attendre, bien sûr que je peux l'appeler, mais je n'en ai pas envie. S'il vient ce soir, tu peux venir avec moi si tu veux.

Elle accepta qu'il contacte le Jutlandais, si c'était ce qu'il préférait. Aujourd'hui, il aurait décidément du mal à trouver des points de désaccord.

Cela se confirma deux heures plus tard, alors que la situation aurait pu donner matière à discussion. Pendant qu'il passait l'aspirateur dans leurs voitures et les lavait, elle s'était assise sur une chaise pliante et lisait. Elle profita du moment où il éteignit l'aspirateur pour lui dire :

— Puisque tu veux essayer de retrouver Rita…

Il l'interrompit :

— J'ai dit que ce n'était pas sûr.

— Et moi, je dis que tu ferais mieux de terminer tes recherches le plus vite possible.

— Je ne suis absolument pas sûr qu'elle vive au Danemark. En fait, je ne le crois pas.

— Pourquoi pas ?

— Elle est partie aux États-Unis. Elle rêvait de s'installer à San Francisco.

— Et d'être loin du Danemark ?

— Oui, ça aussi. Ça aussi.

Un jour, il avait annoncé à Rita qu'il savait qu'elle s'était rendue en Israël avec une jambe dans le plâtre. Il avait été sans pitié avec elle. Détourner des avions et tuer des innocents uniquement parce qu'ils étaient américains ou israéliens, en prétextant la crise au Moyen-Orient à laquelle aucune de ces victimes ne pouvait rien, était-ce ce genre d'actes orduriers auxquels elle participait ? Oui, elle pouvait hurler autant qu'elle voulait, il s'en fichait complètement. Est-ce qu'elle souhaitait vraiment être responsable de la mort de pauvres innocents qui n'avaient jamais rien fait de mal, ni à elle, ni à personne ? Il l'avait aussi frappée sur le crâne du plat de la main, alors qu'elle avait enfoui sa tête dans ses mains, en pleurs. Il avait tapé fort, à plusieurs reprises, exigeant qu'elle lui réponde. Et il avait obtenu quelques précisions. Elle ignorait en fait pour qui elle travaillait. Il y avait deux hommes, un Danois et un étranger, sans doute un Syrien, disait-elle. Ils se rencontraient dans des cafés, et c'est là qu'elle recevait ses ordres. Lors du voyage en Israël, elle était censée surveiller le contrôle de sécurité et surtout voir s'ils inspectaient le plâtre qui entourait sa jambe.

Il l'avait harcelée de questions et avait noté au fur et à mesure ses réponses, sans se préoccuper de savoir ce qu'elle en pensait. À la fin de l'interrogatoire, elle avait cessé de pleurer, mais était restée assise, comme pétrifiée, le regard dans le vide. Puis soudain, elle avait dit :

— C'est impossible de quitter l'organisation. C'est pas comme ça que ça marche.

Il ne se souvenait pas de sa réponse, ni à ce moment-là, ni lorsqu'elle avait ajouté :

— Quittons tout ça, Konrad. Partons aux États-Unis. Là-bas, on pourra tout recommencer, ils ne me retrouveront jamais.

Le lendemain, il avait appelé les RG pour les informer de l'affaire. Ils l'avaient remercié en précisant qu'ils avaient besoin d'en savoir plus. Il avait refusé.

L'intonation positive de la Comtesse le fit revenir à la réalité.

— Je crois que Rita est rentrée.

Il vida les cendriers de la voiture – qui étaient remplis de vieux mégots datant de l'époque où il fumait encore – dans un sac en plastique.

— Tu ne vas pas me dire que tu as mené ta propre enquête.

— Calme-toi, Simon. Je n'ai rien fait du tout, mais tu as l'air d'avoir tellement de mal à la retrouver. Il suffit peut-être de vérifier son nom dans l'annuaire.

— C'est possible, mais je ne suis pas certain que c'est ce que je veux. Pourquoi penses-tu qu'elle est au Danemark?

— Elle n'avait ni frères, ni sœurs, n'est-ce pas?

— Non. Et alors?

— As-tu jeté un coup d'œil à la brochure que tu as rapportée de Halsnæs ?

Il secoua la tête. Il s'en était débarrassé dans un geste de colère et ne l'avait pas vue depuis. Elle alla la chercher et l'ouvrit à la bonne page.

— Demain après-midi, à Frederiksværk, les écoles de musique donnent leur concert annuel à la maison de la culture, et je crois que sa petite-fille sera sur scène. En effet, dans l'un des morceaux, intitulé *Chansons pour ma grand-mère*, une certaine Teresa Metz Andersen va interpréter trois chansons de Joan Baez. Il est tout à fait possible que ta chère Rita soit la grand-mère de cette Teresa.

Konrad Simonsen regarda l'annonce et dit lentement, comme s'il savourait chaque mot :

— Ma foi, c'est tout à fait possible.

Le soir même, l'embauche de Klavs Arnold fut confirmée, du moins de façon informelle. Konrad l'avait fait venir à la préfecture sous prétexte de discuter avec lui de la stratégie à adopter pour la fouille du terrain des scouts. Le Jutlandais avait eu beau arguer à plusieurs reprises que la stratégie était assez simple, le Copenhaguois avait maintenu son invitation. La réunion fut fixée à huit heures, car il n'était pas possible de l'organiser plus tôt. Arne Pedersen protesta vivement quant au fait de devoir venir au bureau un samedi soir, estimant que le cas à traiter n'était pas si urgent et aurait très bien pu être examiné au début de la semaine suivante, pendant les heures de service. Simonsen avait une position neutre. Il avait certes organisé cette réunion dans un élan impulsif ; toutefois, il n'avait obligé personne à y participer. Il avait eu le sentiment que ce serait bien d'arrêter dès à présent le principe de l'embauche de leur collègue jutlandais. Le sentiment, un nouveau mot dans son dictionnaire personnel, mais c'était bien cela qui l'avait conduit à prendre une telle décision. Ses collaborateurs devaient s'adapter ou bien s'abstenir.

Pauline Berg arriva dans des habits de fête ; elle était en beauté. Elle avait un rendez-vous après la réunion, mais se refusa à en dire plus. C'était agréable de la voir ainsi, de nouveau gaie et excentrique. On ne pouvait espérer qu'une chose : que cela dure !

La nuit était tombée avant même l'arrivée de Klavs Arnold. Les jours avaient nettement raccourci, et les trombes d'eau qui durant une semaine s'étaient déversées sur la ville avaient apporté avec elles une certaine mélancolie.

Lorsque le personnage principal arriva, Simonsen alla droit au but, laissant à peine à Klavs Arnold le temps de s'asseoir.

— Que dirais-tu de travailler chez nous de manière définitive, plutôt que d'aller bosser à Helsinge ? lui demanda-t-il aussitôt.

Tout le monde pensait qu'il s'attendait à la question. Mais en voyant son air ébahi, ils comprirent que, à moins de jouer la comédie, ce n'était pas le cas.

— Vous êtes sérieux ?

Pauline rétorqua d'un ton pincé :

— Non, c'est juste histoire de parler, et si on est là ce soir, c'est aussi parce qu'on n'a rien d'autre à faire.

Elle se calma toutefois lorsque Klavs Arnold contre-attaqua en lui faisant un compliment :

— Vous êtes bien belle. Qui est l'heureux élu ?

— Merci. Eh bien, euh, c'est un homme que je connais.

— Il en a de la chance… Eh bien oui, je serais bien entendu très heureux de travailler ici, si vous voulez bien de moi.

Tout était dit. Arne et Pauline se précipitèrent vers la sortie et la Comtesse prit également congé. Puisqu'elle était là, elle allait en profiter pour régler un ou deux détails. Konrad l'attendit. Il songea soudain que si un jour Arne Pedersen lui succédait, le cercle restreint qu'il avait constitué n'existerait plus. Un instant plus tard, Pauline réapparut dans la pièce.

— Je n'ai pas eu l'occasion de te le dire plus tôt, parce que j'avais la tête ailleurs, mais je suis ravie que tu sois embauché.

Et elle s'en alla à nouveau.

Les deux hommes la suivirent du regard sans faire de commentaires, puis Konrad lui demanda :

— Vous êtes là pour combien de temps ?

— Jusqu'à demain. Je croyais qu'on allait discuter du terrain des scouts toute la nuit, bien que le sujet soit vite épuisé.

— Parce qu'on n'arrive pas à la trouver ?

— Je n'y ai passé qu'une heure. Ma femme est tellement débordée en ce moment que je suis obligé de l'aider avec les enfants. Hier, une de nos filles était malade et j'ai dû rester à la maison une partie de la journée. C'est la première fois que cela m'arrive.

— Quel est ton avis ?

— Que nous n'avons pas la moindre chance de la retrouver si nous ne savons pas où nous devons orienter nos recherches.

— C'est la deuxième fois que j'entends cela aujourd'hui. Je t'accompagne à Esbjerg demain. Je veux voir les lieux.

9

Le concert se déroulait dans un cadre idéal. Gjethuset, la maison de la culture de Frederiksværk, se détachait finement dans le soleil d'automne de ce frais dimanche après-midi. Le bâtiment composé de trois ailes était à l'origine une fonderie de canons, et la salle de concert était donc la combinaison originale d'un local industriel datant du XVIIIe siècle et d'une scène de théâtre moderne à l'acoustique parfaite.

Simonsen et Klavs Arnold avaient fait la route ensemble. Ils devaient, après le concert, se rendre à Esbjerg pour pouvoir consacrer toute la journée du lundi à l'inspection du terrain entourant Vesterhavsgård. Ils se garèrent sur le parking devant la maison de la culture et virent arriver la foule. Simonsen demanda pour la troisième fois :

— Tu es sûr que tu ne veux pas venir ?

Son nouveau collègue en était certain. Avec cinq gosses, dont trois d'âge scolaire, il avait depuis longtemps développé une aversion totale envers les spectacles d'enfants, qu'il s'agisse de théâtre, de jeux à la crèche, de cirque d'enfants ou de représentations musicales. Pourtant, Simonsen était contrarié de savoir qu'il allait devoir les attendre :

— Qu'est-ce que tu vas faire pendant ce temps ?

Klavs Arnold sourit.

— Au revoir, Simon. On se retrouve dans deux heures.

Le public continuait d'affluer et, bientôt, la salle se trouva remplie, essentiellement de parents venus admirer les qualités musicales de leur progéniture. En entrant dans la salle de concert, Konrad réalisa vite que, dans un tel cadre, les chances de rencontrer Rita étaient minimes. À supposer qu'elle soit présente et qu'il parvienne à la reconnaître. De toute façon, il n'avait pas l'intention de la chercher. Ses recherches progressaient à petits pas, et à force, il aurait bien un jour la chance de la retrouver.

Il s'installa à sa place, dans le fond à gauche, loin de la scène, heureux de cet anonymat parfait dans une foule en attente.

Ce fut au maire de la commune de Halsnæs que revint l'honneur de présenter le programme. Simonsen fut frappé par la personnalité de ce quinquagénaire à moitié chauve dont l'aisance naturelle montrait son habitude des discours, et ému par l'intensité de sa voix. Il avait pourtant imaginé que cette introduction serait une simple formalité. Le maire évoqua l'histoire du bâtiment : autrefois usine où des générations d'ouvriers avaient passé leur vie devant la forge à canons, aujourd'hui lieu de culture, de fraternité et de musique – un langage que tout le monde pouvait comprendre.

Un discours heureusement bref, suivi d'applaudissements enthousiastes. Enthousiastes, parce que les spectateurs avaient envie d'applaudir, et non parce qu'ils s'y sentaient contraints. Simonsen joignit ses applaudissements à ceux de la foule, car l'homme les méritait. Le décor étant ainsi planté, le concert put commencer.

Teresa Metz Andersen, qui devait interpréter ses *Chansons pour ma grand-mère*, figurait en deuxième place sur le programme. Quand elle arriva sur l'estrade, Simonsen fut suffoqué. Sa réaction fut si violente qu'il fut, pour la première fois depuis des mois, inquiet pour sa santé et dut pendant quelques instants détourner le regard de la scène. Il ne savait pas dire s'il adaptait son souvenir de Rita à la silhouette de sa petite-fille, ou si celle-ci ressemblait effectivement comme deux gouttes d'eau à sa grand-mère. Quoi qu'il en soit, la ressemblance entre sa compagne des années 1970 et la jeune fille sur scène était troublante.

Elle chantait depuis deux ou trois minutes déjà lorsqu'il fut enfin en mesure de l'écouter. L'adolescente, qui avait une voix de soprano claire et précise, s'accompagnait d'une guitare acoustique à douze cordes qu'elle faisait vibrer avec une grande aisance technique. *Sweet Sir Galahad* entra de nouveau par la fenêtre de la petite sœur de Joan Baez, cette fois dans une interprétation parfaite, bien qu'un peu frêle, qui reçut les applaudissements mérités de la salle. Le programme annonçait que les deux numéros suivants étaient également des chansons de Joan Baez, ce qui était un peu une ruse. En dépit de ce détail, la chanson qu'elle entama transporta Konrad dans son passé. Tandis que Teresa rêvait de Joe Hill, l'inspecteur rêvait de Rita. La petite-fille donna une belle interprétation mélodieuse de la chanson consacrée à l'exécution de l'ouvrier et syndicaliste suédois. Mais elle chantait d'une voix faible et neutre, qui ne ressemblait en rien à celle de sa grand-mère. Soudain, les souvenirs remontèrent à la surface, comme cela lui était arrivé si souvent au cours des dernières semaines.

En 1972, Rita et lui avaient bravé la froidure de février et étaient allés à vélo au Reprise Teatret, un des plus anciens cinémas de la région. Là, ils avaient regardé deux films de Bo Widerberg dans la même soirée. D'abord, *Ådalen '31*, basé sur un conflit social qui avait eu lieu en 1931 à Sandviken et Utansjö dans la région de l'Ådalen, et avait entraîné le meurtre de cinq travailleurs, tués alors que l'armée avait ouvert le feu sur les manifestants. Dès l'entracte, avant la projection du deuxième film, ils s'étaient disputés. Négligeant sans vergogne les quarante ans écoulés depuis cet événement, Rita avait affirmé avec véhémence qu'un tel accident pourrait très bien se produire au Danemark. On ne pouvait en aucun cas exclure l'éventualité d'un assujettissement des syndicats danois par un pouvoir militaire. Pour sa part, il trouvait le film excellent, mais en aucun cas actuel. Il avait donc fait remarquer à sa compagne que les représentants du mouvement syndical danois tenaient régulièrement des réunions de coordination avec le gouvernement et ne risquaient pas leur vie, même en cas de changement de majorité. Ils s'étaient cotisés pour se payer quatre francforts et elle en avait avalé trois. *Parce qu'il était si bête.* Il avait protesté. *Est-ce que le fait de jeûner allait le rendre plus intelligent?* Elle avait fini de manger et lui avait donné un baiser en guise de réponse. Ils étaient encore très amoureux à cette époque.

Après la deuxième projection, la situation empira. Ils venaient de voir *Joe Hill*, le film dans lequel Bo Widerberg dresse un portrait saisissant de ce syndicaliste américain d'origine suédoise. Joe Hill, à la fois syndicaliste, observateur critique de la société de son temps et auteur de chansons satiriques, fut exécuté en 1915 dans l'Utah aux termes d'un simulacre de procès. En sortant de la salle, Rita avait les nerfs à fleur de peau. On aurait dit qu'elle cherchait à ce qu'ils aient un désaccord, pour avoir quelqu'un sur qui déverser sa colère. Ce quelqu'un, c'était évidemment lui. Il était furieux. Elle et ses amis gauchistes n'avaient tout de même pas le monopole pour exiger des procès justes. Lui aussi était contre les erreurs judiciaires. De plus, flic ou pas, il n'avait aucune raison de se sentir responsable de l'exécution de Joe Hill.

Ils avaient ainsi continué à se disputer sur le chemin du retour, et en arrivant à Sorgenfri, elle avait profité qu'il s'absente pour aller uriner pour crever une roue de son vélo. Elle avait pendant plusieurs kilomètres roulé sur l'autre côté de la chaussée, en chantant la chanson de *Joe Hill* :

I dreamed I saw Joe Hill last night,
alive as you and me.
Says I "But Joe, you're ten years dead".
"I never died" said he,
"I never died" said he.

Sa belle voix puissante s'élevait dans la nuit d'hiver, et s'il avait pu l'attraper, il l'aurait volontiers arrêtée pour trouble à l'ordre public. Mais quand d'une fenêtre, une voix en colère lui cria de se taire, elle se mit à chanter de plus belle. Il avait commencé à neiger et elle s'en était allée à bicyclette, et lui dut traîner son vélo, furieux de son sabotage et triste de son absence. Bizarrement, et même s'il ne voulait pas se l'avouer, il était aussi jaloux de son engagement. Soudain, elle apparut de nouveau. Arrivant à Lyngby, il avait reçu une boule de neige dans la nuque. Elle s'était cachée dans un abribus et lui avait déclaré qu'elle avait décidé d'avoir pitié de lui. Il n'était qu'un flic sans instruction et ce n'était pas sa faute s'il avait des idées si fausses. Elle voulait bien qu'il rentre avec elle, avec ce froid. Ils avaient fixé les deux vélos ensemble, marché enlacés, en humant les frimas près des réverbères et en oubliant le froid. Ils avaient descendu Klampenborg Bakke à vélo. Ou plus précisément, lui avait pédalé avec Rita sur le porte-bagages tout en tenant son propre vélo à côté, espérant qu'aucun de ses collègues ne patrouille dans les parages. Comme on pouvait s'y attendre, cela se passa mal. Arrivant presque au bas de la colline, le vélo dérapa dans un tournant. Ils glissèrent sur la chaussée dans une cascade de neige. Ils n'étaient pas blessés, mais ils étaient restés longtemps assis par terre, et leurs rires avaient longtemps résonné dans le bois. Et puis Rita avait pris sa tête entre ses mains et s'était de nouveau mise à chanter. Cette fois, sa voix était douce et tendre, et elle ne chantait que pour lui.

From San Diego up to Maine,
in every mine and mill,
where working men defend their rights,
it's there you'll find Joe Hill,
it's there you'll find Joe Hill.

À présent, alors que sa petite-fille était en train de chanter la même chanson, si parfaitement qu'aucun professeur de chant n'aurait pu lui faire le moindre reproche, Konrad continuait d'être envahi par des associations d'idées qui mélangeaient des sentiments enfouis dans sa mémoire et un présent peu agréable. Il vit un instant devant ses yeux les beaux paysages de Bo Widerberg filmant l'Amérique et la Suède, mais ceux-ci furent très vite remplacés par celui du sol sablonneux d'une plantation forestière près de la mer du Nord, représentée sur la photo que Klavs Arnold lui avait envoyée après avoir trouvé la maison des scouts. Une colère inexplicable s'empara de lui – était-ce contre la jeune fille sur scène qui chantait si bien, contre sa grand-mère, qui avait crevé son vélo, ou bien contre Lucy Davison qui était enfouie quelque part dans les profondeurs sablonneuses. Ou bien en voulait-il aux trois ?

Teresa Metz Andersen entama sa dernière chanson, *We Shall Overcome*. Un choix qui l'excluait définitivement de la catégorie des chanteuses engagées. Elle montrait à tous sagement et honnêtement que son lien le plus proche avec un champ de coton était dû à sa tunique Patrizia Pepe qui lui allait d'ailleurs à merveille. Elle salua le public d'un air timide, reçut un tonnerre d'applaudissements, et le génie suivant monta sur scène.

Pendant l'entracte, Konrad envisagea d'abord de s'en aller, puis il se ravisa et alla boire un café très allongé dans un coin d'où il pouvait observer le public. Il resta à l'écart, se contentant de jeter quelques coups d'œil à la ronde.

Quand il revint à sa place, il s'aperçut que quelqu'un avait déplié son programme et l'avait posé sur le dos de son fauteuil. Il le saisit et quand il remarqua que l'on y avait griffonné en hâte une adresse et un horaire sur la droite du feuillet, il changea d'avis et quitta le théâtre, non sans avoir pris soin d'emporter le programme.

Le lundi matin, eut lieu à la mairie d'Esbjerg la première étape de l'enquête que s'apprêtaient à mener Konrad Simonsen et Klavs Arnold. Ils furent accueillis par la secrétaire générale adjointe, aimable malgré son caractère taciturne, qui leur remit une carte des services techniques créée spécialement à leur intention et les habilitant à inspecter le terrain de la colonie autour de Vesterhavsgård en vue de détecter une éventuelle pollution du sous-sol. C'était un prétexte que Klavs Arnold jugeait inutile, mais que Konrad trouvait opportun. Compte tenu de la situation, il n'avait nulle envie d'avoir la presse à scandale à ses trousses, et il savait d'expérience qu'il suffisait de bien peu de chose pour voir se pointer un journaliste bien résolu à vous poser les questions les plus indiscrètes et chronophages.

Pendant trois bonnes heures, ils passèrent en revue le terrain de la colonie qui était parsemé d'une foule d'allées et de petits chemins que d'innombrables pieds d'enfants avaient piétinés et entretenus pendant des générations. La colonie avait des visiteurs, et l'on voyait à intervalles réguliers surgir dans les endroits les plus inattendus la tête d'un curieux. Puis les enfants se lassèrent de leur travail d'espion et les laissèrent en paix.

De temps en temps, lorsque Klavs Arnold l'estimait utile, ils s'adressaient la parole, mais ce n'était en général que pour échanger une phrase ou deux.

Simonsen était renfermé sur lui-même et si concentré qu'il donnait l'impression de vouloir découvrir la tombe de la jeune fille, simplement en inspectant le terrain le plus minutieusement possible. Son collaborateur, visiblement plus habitué aux environnements naturels, vérifiait en permanence le lieu où ils se trouvaient par rapport à la colonie et aux chemins avoisinants. Avec le temps, et alors qu'ils étaient passés trois ou quatre fois sur leurs propres empreintes, Simonsen commença pourtant à se repérer. Le Jutlandais affirma :

— Une chose est sûre, nous pouvons faire l'impasse sur les zones où il y a de grands pins, car en raison de leurs fortes racines, il est impossible de creuser le sol à cet endroit. Ce n'est donc pas la peine de se donner ce mal.

— Sais-tu au moins de combien de centimètres pousse un pin en quarante ans ?

— Ça dépend de la variété, mais il faut compter environ dix centimètres par an.

— D'où tiens-tu cette info ?

— J'ai cherché sur Internet ce matin, pendant que tu ronflais.

Simonsen avait dormi dans une chambre d'amis chez son collègue, et avait été réveillé par deux gamins de sept ou huit ans aux yeux curieux qui l'avaient d'entrée de jeu assailli de questions dès que l'absence de leur père – parti préparer leurs casse-croûte dans la cuisine – les eut aidés à vaincre leur timidité. *Est-ce que c'est vrai que vous êtes passé à la télé ? Est-ce que c'est vous qui commandez papa ? Vous n'avez pas de voiture ?* Klavs Arnold les avait envoyés chercher leur cartable et sortir leurs vélos et Simonsen avait enfin pu attaquer son petit-déjeuner.

Plus tard, après une autre demi-heure de marche, son collègue prit de nouveau la parole :

— À mon avis, il faut chercher dans les zones sableuses non boisées situées à moins de cinquante mètres de la colonie.

— Il y en a pas mal.

— Oui, malheureusement ; beaucoup trop.

— Et si on cherchait sous une des maisons, suggéra Konrad. Elles comportent un soubassement. On doit pouvoir s'y introduire sans trop de difficulté, en se recroquevillant un maximum.

— Non, ça aurait laissé des traces pendant des années. Je parie pour les zones sableuses, c'est une hypothèse plus vraisemblable à mon avis.

Ils s'assirent sous les pins et mangèrent de bon appétit le casse-croûte que Klavs Arnold avait préparé. Le temps était ensoleillé, mais lorsqu'un nuage cachait un instant la lumière du soleil, il faisait vite froid. Simonsen cherchait à travers les arbres le moment où l'astre allait réapparaître. Très haut dans le ciel, une vague d'oiseaux migrateurs s'envolaient vers le sud, en longs sillons qui brusquement changeaient de forme, mais en gardant toujours un mouvement coordonné parfait, comme s'ils suivaient un seul cerveau.

Simonsen se leva, et ils reprirent leur travail.

Et puis, tout d'un coup, après avoir plus ou moins erré au hasard pendant près de trois heures, ils recueillirent le fruit de leurs efforts. Dans l'angle le plus lointain du terrain, près de la digue, à côté du chemin qui menait à la route, Klavs Arnold s'arrêta soudain, tel un fauve à l'affût qui sent la nourriture et là, entre l'empêtre, la mousse et la tourbe, au-dessus des petites touffes de bruyère des marais qui balançaient imperceptiblement leurs fleurs lilas, Simonsen la vit aussi, cette pierre qui sortait anormalement de l'alignement des autres pierres de la digue et reflétait une lumière mate singulière. Les deux hommes se courbèrent et Klavs Arnold gratta la pierre avec un doigt :

— Stéarine.

Quelques instants plus tard, ils trouvèrent le sac. Il était enfermé dans un épais sachet en plastique transparent et enfoui dans une cavité formée dans la digue, à quelques mètres de la première pierre. Ils enfilèrent des gants, et Klavs Arnold prit sa caméra.

— Est-ce qu'on fait venir les techniciens ?

Simonsen secoua la tête.

— Non, mais fais attention.

— Je fais toujours attention dans ce genre de situations.

C'était vrai. Il ouvrit lentement le sac et archiva un à un les objets qu'il contenait dans les sacs pour pièces à conviction qu'ils avaient apportés : une boîte de bougies pour photophores, trois cylindres en verre pour protéger les bougies du vent, un rouleau de sacs en plastique, une bible et un petit coussin. À vingt mètres à peine, dans un fourré de framboisiers, ils trouvèrent un bouquet de fleurs fanées tenues par un élastique rouge.

Klavs Arnold commenta :

— Il date sûrement de deux ou trois ans. Je crois que si on fouille le fourré, on trouvera d'autres bouquets qui ont dû être emportés par le vent d'ouest.

Simonsen montra la pierre portant des marques de stéarine.

— Tu crois qu'elle est là ?

— Non, je pense qu'il n'a pas osé aller plus loin. Ici, il a pu s'agenouiller et prier sans être vu ni de la maison, ni du chemin. Mais nous n'avons pas le choix, n'est-ce pas ?

— Non, tu as raison.

La lente progression de la pelleteuse qui, peu à peu, pénétrait dans le sol sablonneux, avait de quoi irriter. Le contenu de chaque benne était apporté à deux mètres d'eux et jeté avec difficulté sur l'amas de terre qui s'accumulait derrière, du côté du fourré. Chaque fois que l'ailette s'enfonçait de quelques centimètres, les deux hommes fixaient leur regard sur la terre et retenaient un instant leur respiration. Ils se tenaient au bord du trou, la tête courbée, espérant et craignant tout à la fois que les restes de Lucy Davison apparaissent soudainement sous leurs yeux. Une rude épreuve, qui dura près de deux heures et au terme de laquelle les deux hommes avaient les nerfs à fleur de peau. Ils finirent par interrompre les travaux et laissèrent le chauffeur combler le trou.

Konrad Simonsen était suffisamment réaliste pour reconnaître que les chances de la retrouver étaient de plus en plus minces. Le fait d'avoir trouvé le lieu de prière de Kramer n'était pas d'une importance fondamentale. De la même manière, le livre d'or de la maison des scouts, datant de 1969, qu'il trouva sur son bureau quand il arriva à la préfecture de police le lendemain matin, sans d'ailleurs savoir qui l'avait apporté, ne pouvait pas non plus être considéré comme un progrès radical. Certes, en ce dimanche 15 juin 1969, les membres de la Bande des Six avaient tous scrupuleusement inscrit leur nom et apposé leur signature sur le livre. Par ailleurs, on avait pu vérifier que personne d'autre n'avait utilisé la colonie durant cette semaine-là. Toutefois, ces divers éléments ne le rapprochaient nullement de la tombe de Lucy Davison. Aucune de ces informations ne pouvait en tout cas justifier un nouveau report de l'audition des quatre suspects. Il pouvait d'ailleurs facilement s'appuyer sur le soutien de la Comtesse, d'Arne Pedersen et de Pauline Berg pour franchir cette nouvelle étape. Ayant solennellement promis à Arne de commencer les auditions, il estimait qu'il était grand temps de montrer qu'il tenait ses promesses.

La possibilité de consacrer une semaine ou deux de plus à enquêter sur la Bande des Six se présenta pourtant, grâce à un appui inattendu. Ayant convoqué une nouvelle réunion, Simonsen avait fait l'impasse sur le résumé des faits les plus récents, dont tous avaient déjà eu connaissance. Il annonça donc, d'un air contraint, la décision que tous attendaient depuis longtemps :

— Nous allons les auditionner. D'abord, Hanne Brummersted, et ensuite Pia et Jesper Mikkelsen, si possible séparément. On interrogera Helena Brage Hansen en dernier, si toutefois on réussit à la faire venir au Danemark. Je me suis entretenu avec son frère hier et je lui ai demandé d'appeler sa sœur à ce sujet.

Pedersen voulut se faire l'interprète de ses collègues :

— Il me semble qu'il était temps, mais mieux vaut tard que jamais.

Pauline et la Comtesse étaient totalement d'accord avec lui. Klavs Arnold, en revanche, exprima un sentiment tout autre :

— À mon avis, c'est une erreur. Ils vont simplement refuser de se laisser interroger. C'est quoi le plan B ?

Le Jutlandais semblait avoir besoin de quelques jours de vacances. Il avait eu pas mal de déplacements ces derniers temps et de plus, il devait organiser son déménagement et s'occuper de toute sa petite famille.

La Comtesse lui répliqua :

— Comment peux-tu affirmer qu'ils refuseront de nous répondre ?

— Et vous, comment pouvez-vous être sûrs qu'ils accepteront ? N'importe quel avocat de la défense vous le dirait, nous n'avons rien, absolument rien.

Il avait indubitablement une manière franche et directe de s'exprimer, songea Simonsen. Et bien qu'il soit nouveau dans le groupe, on prit en compte son argumentation.

Néanmoins, la Comtesse n'était pas convaincue.

— Si on devait attendre d'avoir des preuves incontestables pour procéder à des auditions, il y aurait pas mal d'affaires qui ne seraient jamais éclaircies. Dans ce cas, qu'est-ce que vous voulez faire ? Je dis *vous*, car nous connaissons déjà le point de vue de Simon. Alors, la question se pose à nouveau, n'est-ce pas ?

Pauline soupira :

— Bon sang, vous avez fini ?

Konrad Simonsen la regarda d'un air las. Ses sautes d'humeur étaient insupportables, mais il avait à la longue appris à interpréter ses états d'âme. Les jurons indiquaient en général qu'elle avait ses règles – ou n'en était pas loin. Plus tôt dans la matinée, il s'était mis d'accord avec elle et la femme de son groupe ridicule, dont il avait d'ailleurs oublié le nom, pour rencontrer Arthur Elvang le lendemain à l'institut médicolégal. Il se conformait ainsi à la promesse qu'il leur avait faite à Melby. Il avait espéré qu'elle déclinerait l'offre, considérant que cela n'avait plus d'importance, mais il n'en fut rien. Et voilà que maintenant elle jurait et était de nouveau maussade. Il se demanda si sa mauvaise humeur était due à la visite du lendemain. *A priori*, il ne semblait pas y avoir de lien entre les deux, mais avec elle, on ne savait jamais. Alors, il regarda ses autres collègues et décida de trancher :

— On les auditionne.

Klavs Arnold n'était pas de nature bougonne et accepta la décision. Le temps dirait si elle avait été opportune.

Il appartenait à présent à Simonsen de désigner les responsables de chaque audition. Il élimina d'emblée Arne qui était trop occupé par ailleurs. À moins de faire appel à des policiers ne faisant pas partie de son cercle restreint, il restait donc la Comtesse, Pauline et Klavs Arnold.

Un mois seulement auparavant, le choix aurait été aisé. Toutefois, des bruits avaient commencé à courir ces derniers temps, selon lesquels le convalescent de la Crim avait à enquêter sur un double meurtre. L'affaire qui, au début, n'était qu'une mission de peu d'envergure, concernant la mort accidentelle d'un postier, était rapidement devenue une enquête passionnante susceptible de susciter l'intérêt de tout officier de police un tant soit peu ambitieux. Le fait de participer à l'éclaircissement d'une affaire de meurtre vieille de quarante ans n'était pas donné à tout le monde. La Comtesse lui avait d'ailleurs subtilement indiqué en privé qu'elle serait heureuse de participer aux auditions. Elle avait fait allusion à l'affaire à plusieurs reprises. Ses remarques n'appelaient pas de réponse, mais le message était clair. Pedersen avait, quant à lui, essayé de jongler avec son emploi du temps pour y trouver quelques créneaux, mais sans y parvenir.

Par conséquent, tous attendaient avec une certaine appréhension la décision de Simonsen. Une décision mûrement réfléchie, qu'il s'était efforcé de prendre en tenant compte uniquement des aspects strictement professionnels. Une décision logique et indiscutable.

— La Comtesse et moi allons nous occuper de Hanne Brummersted et de Helena Brage Hansen, si toutefois celle-ci peut quitter la Norvège. Klavs et moi irons à Aalborg après-demain pour voir Pia et Jesper Mikkelsen de plus près. Si nous pouvons les auditionner séparément, la Comtesse et moi interrogerons Pia Mikkelsen et je me chargerai seul de Jesper Mikkelsen, à moins qu'Arne n'ait du temps.

Pauline protesta violemment :

— C'est totalement injuste ! Je bosse sur cette affaire depuis le début, et quand ça commence à devenir intéressant, on me met au rancart. En plus, je passe mes soirées à lire ces foutus journaux poussiéreux et toutes sortes d'autres merdes.

Simonsen tenta de la calmer :

— Mais Pauline, c'est pas ça du tout. Il est essentiel que tu aies des connaissances actualisées du dossier. D'abord, parce qu'un imprévu est toujours possible et que l'un d'entre nous peut très bien avoir subitement un empêchement. Et puis, si l'on est obligé de faire un deuxième round, j'aurais peut-être besoin de remplacer la Comtesse. Il est aussi possible que tu aies à me remplacer.

Sa collègue montra d'un geste plutôt louche ce qu'elle pensait de son prêchi-prêcha. Klavs Arnold parvint à la neutraliser.

— Bon sang, Pauline, attends un peu. La proposition de Simon est raisonnable ; on devrait tout de même être capables d'en discuter entre adultes.

La Comtesse eut un large sourire, en voyant Konrad Simonsen, tout décontenancé, regarder son collègue. Proposition ? Discussion ? Il n'y avait pas matière à discussion, il venait de leur expliquer le scénario prévu. Il fut contraint de le rappeler à son nouveau collaborateur :

— Klavs, je dois t'avouer que je n'ai pas envisagé de t'associer à ces auditions. Pour le moment, j'ignore encore tout de tes techniques d'interrogatoire et je n'ai guère envie d'improviser dans cette affaire. Et puis, tu n'es pas encore habitué à nos modes de collaboration.

Klavs Arnold prouva à nouveau qu'il savait faire la part des choses.

— Parfait. J'aurais pris la même décision à ta place. Cela dit, Pauline et moi, on pourrait peut-être creuser un peu plus dans la vie de Hanne Brummersted ? Par ailleurs, tu as oublié de préciser que Pauline allait aussi à Aalborg.

— Euh, tu crois ?

Il savait trouver les bons arguments. Le couple qui vivait à Aalborg, en particulier Jesper Mikkelsen, avait des intérêts dans le milieu des boîtes de nuit du centre-ville, dans le quartier situé autour de Jomfru Ane Gade. Ils détenaient cinquante pour cent du night-club Rainbow Six, un lieu fréquenté par les jeunes de la région, mais il était possible qu'ils soient aussi impliqués dans les milieux du crime et du sexe. C'est précisément sur ce point qu'ils devaient enquêter. Dans un tel contexte, il aurait été dommage de se priver de la présence de Pauline, qui pourrait plus facilement qu'eux passer inaperçue dans le décor d'une discothèque.

Voilà ce que pensait le Jutlandais.

Simonsen s'inclina. Il était exact que… qu'il avait oublié de dire que Pauline faisait partie du voyage.

En colère l'instant d'avant, Pauline Berg sourit. Il songea qu'elle utilisait parfois sa maladie pour jouer le rôle de la sale petite pimbêche et se promit de le lui faire remarquer à l'occasion.

La Comtesse demanda à Klavs Arnold :

— Tu parles de creuser dans la vie de Hanne Brummersted. Qu'est-ce que tu veux dire par là ? Et surtout, pourquoi elle ?

— C'est elle qui était en Suède avec Kramer. Et puis, des quatre, c'est aussi elle qui a le plus à perdre.

La Comtesse l'attaqua aussitôt.

— Pourquoi donc ? Le couple d'Aalborg a un business qui vaut des millions !

— Oui, mais ils peuvent vendre leurs disques de chez eux, pratiquement sans avoir de contacts avec l'extérieur. Tandis qu'elle, la médecin-chef, doit protéger son image, assurer le respect de ses filles, et peut-être préserver son poste. Elle est sûrement prête à tout pour éviter de se retrouver à la une des journaux. Une telle nouvelle aurait un effet énorme sur son image dans les deux conseils d'administration dont elle est membre.

— C'est possible, mais je crois que tu sous-estimes les intérêts de la famille Mikkelsen. À condition évidemment qu'ils n'aient été impliqués ni dans le meurtre de la jeune fille, ni dans celui de leur ancien camarade de classe.

— Les intérêts ? Qu'est-ce qu'ils auraient à y gagner, selon toi ?

— Tout ce que j'ai entendu à leur sujet semble indiquer que leur vie de couple est bancale depuis des années. Pourquoi restent-ils ensemble à ton avis ?

Klavs Arnold s'inclina à son tour.

— Tu veux dire qu'ils parleront si on leur en donne l'occasion, histoire de faire le ménage dans leur passé et dans leur présent. Ma foi, l'idée n'est pas inintéressante.

Pensif, Simonsen dit :

— Il se peut que Kramer ait rompu une sorte de pacte que les autres respectaient encore ; si ça se trouve, les quatre autres sont restés en contact toutes ces années.

— Il se peut que tu fasses trop de suppositions, déclara Klavs Arnold.

Pauline secoua la tête d'un air résigné, mais bienveillant :

— Si, au cas où, et dix fois peut-être. Je ne comprends vraiment pas pourquoi on n'envoie pas la carte postale qu'on a reçue d'Angleterre à Kurt Melsing pour qu'il fasse effectuer un test ADN. On pourrait déterminer s'il correspond à cette fameuse médecin-chef. Il y a cinquante pour cent de chances pour qu'elle ait léché le timbre.

Tous restèrent silencieux et la regardèrent avec des yeux écarquillés. Elle retrouva alors son manque d'assurance d'avant son agression :

— Pourquoi est-ce que vous me regardez comme ça ? J'ai dit une bêtise ? Ce n'est peut-être pas possible après tant d'années ? Peut-être qu'on l'a déjà fait ? Je n'ai pas lu les tout derniers développements. Mais non, excusez-moi, c'est vrai que nous n'avons pas de quoi faire une comparaison. Quant à Hanne Brummersted, elle peut très bien refuser de se soumettre au test. Désolée, continuez.

La Comtesse rompit le silence. Elle se tourna vers Klavs Arnold.

— Voilà ton plan B.

Simonsen eut un large sourire.

— Mais tu es géniale, Pauline, tout à fait géniale.

Ce fut à nouveau la Comtesse qui intervint, pour poser la question que personne ne voulait entendre :

— Est-ce possible de faire un prélèvement d'ADN au bout de quarante ans ?

Le sourire de Konrad Simonsen s'élargit encore.

— Je n'en sais rien.

— Pourquoi ça te fait rire ?

— Parce que si je ne le sais pas, Hanne Brummersted ne le sait pas non plus.

— Tu as raison. Cela peut éventuellement nous servir de moyen de persuasion. Cependant, dans un procès, ça n'aurait aucune valeur, sauf si elle accepte de se soumettre à un prélèvement, ce qui permettrait de faire une comparaison.

— Non, Comtesse. Nous trouvons un élément provenant notoirement d'elle, si possible sans qu'elle le sache, et on fait un test d'ADN. La méthode sera acceptée.

— Qu'est-ce que tu nous racontes ? N'importe quel juge la rejetterait d'emblée.

— N'importe quel juge danois, peut-être. Mais que dirait un juge suédois ou anglais ? Le caractère légal ou non d'une pièce à conviction se rattache à la juridiction, pas à la pièce elle-même.

— D'accord, c'est astucieux, peut-être même trop.

— C'est possible, mais si elle a collé le timbre avec sa salive, je crois que notre médecin-chef distinguée risque d'avoir de sérieux problèmes. Dans l'hypothèse où elle ne l'ait pas fait, il est néanmoins probable qu'elle ait oublié ce détail.

Dans la soirée, la Comtesse tira les conclusions positives de la discussion, du moins sur le plan privé, car elle ne souhaitait apparemment pas traiter des aspects professionnels. Cela lui arrivait de temps en temps, et Konrad respectait son désir, y compris lorsqu'elle outrepassait de son propre gré l'interdiction qu'elle avait établie, quand cela lui convenait.

Ils étaient dans la cuisine. Konrad était en train de couper le chou, une discipline dans laquelle il était devenu expert ; la Comtesse coupait les betteraves tandis qu'Anna Mia, assise sur une chaise, leur apportait son soutien moral.

— C'est bien que tu aies fait un compliment à Pauline tout à l'heure, remarqua la Comtesse. Ça lui a fait plaisir, elle en avait bien besoin.

— Elle le méritait. C'est étonnant que personne n'ait pensé à cette histoire d'ADN sur le timbre plus tôt.

— Ça tombait bien que ce soit elle qui y pense. Depuis l'arrivée de Klavs Arnold, les choses ne sont pas faciles pour elle, et ces difficultés s'ajoutent à celles qu'elle avait déjà.

— Klavs Arnold n'est pas désagréable avec elle.

— Non, il s'est admirablement adapté, mais je crois qu'elle a l'impression d'être la cinquième roue du carrosse, alors qu'elle n'est plus la dernière arrivée dans l'équipe.

— C'est bien le cas.
— Oui, je sais, mais ton compliment ne lui a pas fait de mal.
— Et vous ? Pourquoi vous ne lui en avez pas fait ? Ça ne coûte rien de faire un compliment !
— Konrad Simonsen, tu dis n'importe quoi.
Anna Mia était d'accord avec elle. En train de grignoter sa deuxième carotte, elle s'adressa à son père en agitant le morceau restant d'un geste accusateur.
— Toutes les enquêtes montrent que les employés qui sont contents travaillent mieux.
— Pas du tout, elles montrent que les employés qui travaillent bien sont contents. Mais une telle conclusion ne correspond pas à la sensiblerie des femmes sur le lieu de travail ; on a donc inversé cause et effet. Et au demeurant, on a créé des milliers de postes administratifs supplémentaires pour mesurer, évaluer et maintenir toutes ces sornettes.
La Comtesse appuya la tête contre son épaule.
— Tu n'en penses pas un mot, et nous ne marcherons pas dans ton jeu. Nous te connaissons trop bien, Simon. Mais dis-moi, combien de mètres cubes de choux as-tu l'ambition de nous faire manger ?
— Ça m'amuse. Le chou et le couteau décident pour moi.
— Pauline n'était pas très en forme ces derniers temps. Depuis que tu lui as dit d'arrêter la lecture du courrier des lecteurs, elle passe ses soirées sur Internet à faire des recherches sur les années 1960.
— Oui, j'ai cru comprendre cela. Toutefois, si je lui ai retiré cette tâche, cela n'a rien à voir avec sa connaissance des années 1960 ; c'est plutôt qu'elle est incapable de se mettre dans la peau des individus qu'elle doit étudier et de comprendre leur personnalité.
La Comtesse fit semblant de ne pas l'entendre et poursuivit :
— Elle est aussi contrariée d'avoir dû te demander si elle pouvait assister à ton entretien avec Madame, lorsque celle-ci est venue voir ta galerie – à ce propos, je te signale que tu vas bientôt devoir redonner les tableaux à la succession. Tu avais convié tous les autres, sauf elle. Je te signale par ailleurs qu'elle sera bientôt en mesure de participer de nouveau à des

enquêtes sur le terrain. Ses psychiatres ont indiqué que c'était nécessaire.

— Parfait. Remarque que tu aurais pu aussi la ramener à la maison et lui montrer ma… enfin, les tableaux.

— Ne sois pas bête, ça n'aurait pas été la même chose pour elle. Parfois tu ne réalises pas l'effet que tu produis sur les gens.

Anna Mia chipa une carotte et donna sa propre interprétation :

— *Parfois*… Je dirais *toujours*. Le bruit court que tu as fait des compliments à un maître-chien. C'est un de tes collègues de Glostrup qui s'en vante. Tu es au courant ?

La Comtesse en rajouta :

— Même la direction chérit tes compliments, sans oublier Arne, qui brusquement s'illumine lorsque tu daignes exceptionnellement le féliciter de la qualité de son travail.

Indifférent à ses propos, Konrad haussa les épaules. La Comtesse se tourna alors d'un air résigné vers Anna Mia, qui secoua la tête et déclara :

— Il ne comprendra jamais. Pouvez-vous éplucher un peu plus de carottes, parce qu'on va bientôt en manquer ?

— Il y a du chou, si tu veux.

Konrad se tourna vers la Comtesse et lui demanda avec une gravité surprenante :

— Tu ne parles que des autres, mais toi, est-ce que tu es aussi… quand je te fais des compliments ?

En guise de réponse, elle l'enlaça. Anna Mia siffla.

— Ce sont les cloches de mariage qui sonnent ?

— Tu demandes si ton père songe à faire de moi une femme honorable ? En tout cas, il n'a pas encore fait sa demande, dit-elle d'une voix légère et joyeuse. Les deux femmes guettèrent la réaction de Konrad, mais leur inquiétude était infondée. Sa réponse fut sincère et directe.

— Est-ce que tu auras encore besoin de moi quand je serai à la retraite ? Est-ce que tu accepteras que je reste à la maison, quand toi, tu iras travailler ?

Elle l'entoura à nouveau de ses bras.

— J'adorerais ça. Je te vois déjà aménager la cave, tondre le gazon et désherber nos plates-bandes. Peut-être auras-tu aussi le temps de réparer la prise de courant de la dépendance, comme tu me l'as promis il y a près de deux semaines. N'oublie pas que je vais vieillir moi aussi. Je m'installerai dans un fauteuil à bascule près de la cheminée et je te tricoterai un bonnet bien chaud, qui te couvrira bien les oreilles et cachera ta calvitie.

Anna Mia jubilait.

— Papa, si tu veux rester ici pour toujours, tu n'as plus qu'à prononcer les mots magiques !

La Comtesse tourna la tête, tout en la maintenant appuyée contre le dos de Konrad. Elle sourit et regarda Anna Mia d'un air taquin.

— Non, attends, je me suis trompée. Je tricoterai un petit gilet pour ton troisième petit-enfant.

Konrad sursauta et se retourna vers sa fille, en fixant les yeux sur son ventre. La Comtesse retira ses bras et suivit son regard. Anna Mia se leva, irritée de voir la tournure que prenait la discussion.

— Eh ! vous n'avez pas le droit de vous mêler de ma vie privée ! Je vais mettre la table.

Finn B. Hansen, le frère aîné de Helena Brage Hansen, était venu à Copenhague dans l'unique but de rencontrer Simonsen à son bureau. Le magnétophone qu'il avait apporté était posé sur la table. Celui-ci fonctionnait parfaitement, malgré sa taille préhistorique.

— J'espère que vous ne direz pas à Helena que je l'ai enregistrée, si vous avez l'occasion de lui parler.

— Je ne lui dirai absolument rien ; cela restera bien entendu entre nous.

— Je reprends la bande en partant et je la détruis.

— C'est votre enregistrement.

— Oui, je sais. Je voulais juste vous prévenir.

— Pourquoi l'avez-vous enregistrée ?

— Parce que je me suis dit que si à tout hasard elle me disait où est enterrée la pauvre fille… je risquais de ne pas m'en souvenir précisément et…

— Oui, je comprends.

— On passe directement à l'entretien. Le début de la bande est privé et ne présente donc aucun intérêt pour vous.

— Entendu.

L'homme réaffirma, sur un ton plutôt agressif :

— Je ne vous passe que les extraits qui sont intéressants pour vous ; je ne changerai pas d'avis sur ce point.

— Nous sommes d'accord.

Il appuya sur une touche, et Simonsen écouta attentivement :

— Helena, j'ai quelque chose à te dire. La brigade criminelle de Copenhague est en train d'enquêter sur un voyage que tu as fait avec tes camarades de classe il y a bien longtemps. Vous étiez allés à Esbjerg.

Il y eut une longue pause, puis elle répondit d'une voix tremblante :

— Ah bon.

— Est-ce que ça te dit quelque chose?

Il y eut une nouvelle pause.

— Helena, tu es toujours là?

— Non.

— Tu dis non à quel sujet?

— Au sujet d'Esbjerg.

— Ils ont des photos de toi. Des photos anciennes sur lesquelles tu figures. Vous habitiez dans une colonie de vacances qui appartenait aux scouts. Notre père avait loué l'endroit pour que vous puissiez y réviser vos examens. Et tu faisais partie de ce groupe.

— Je n'ai été dans aucun groupe. Je n'ai jamais été en colonie de vacances chez les scouts. Je ne suis jamais allée à Esbjerg. Je ne suis sur aucune photo. Et je n'ai tué personne!

— Pourquoi tu dis ça? Que tu n'as tué personne?

— Parce que c'est vrai.

— Helena, tu ne crois pas que tu devrais venir à Copenhague?

— Je ne veux pas venir à Copenhague. Je suis norvégienne, vous ne pouvez pas m'obliger.

— Une jeune fille a perdu la vie, une jeune fille de votre âge, qui n'a eu que dix-sept ans à vivre.

— Je ne veux pas t'écouter.

— Helena, tu ne peux pas fermer les yeux.

— *Si. Le Danemark est loin, très loin.*
— *C'est faux, Helena. Tu vas être obligée de…*

Il arrêta la bande et déclara :
— C'est là qu'elle a raccroché.
Simonsen regarda l'appareil. Le juge suivit son regard.
— Je ne vous le donnerai pas.
— J'ai bien compris.
— D'ailleurs, ça ne vous serait pas d'une grande aide.
— Pourquoi ça ?
— Parce que vous ne pourriez pas l'utiliser comme pièce à conviction. Par ailleurs, si vous faites pression sur elle, vous risquez de la faire craquer et ensuite, vous aurez du mal à rétablir le contact. Je sais de quoi je parle, je l'ai souvent vécu quand nous étions jeunes. Ni vous ni moi ne souhaitons en arriver là.
— Non, ce n'est dans l'intérêt de personne. Ainsi, vous me conseillez de la laisser tranquille.
— Je crois que c'est mieux.
— Elle a déclaré qu'elle n'avait tué personne bien avant que vous ayez fait allusion à Lucy… hum, Lucy Davison, la jeune Anglaise. Évidemment, vous… vous savez ce que cela signifie.
Le juge stagiaire inclina la tête en signe d'approbation et le supplia presque :
— Est-ce que vous ne pourriez pas tenter d'interroger d'abord ses camarades ?
— Si.
— Vous envisagez de la faire extrader ?
— Je préférerais l'éviter. Je ne le ferai qu'en dernier recours.
— J'espère que ce ne sera pas nécessaire, ça ne ferait qu'aggraver son état.
Simonsen indiqua qu'il le regrettait, mais que si elle continuait à se comporter de la sorte, il y serait peut-être contraint. Puis il ajouta :
— Je suis obligé de garder cet enregistrement, mais vous l'aviez compris dès le début, n'est-ce pas ?
— Oui, mais j'espérais que ce ne serait pas nécessaire.

Simonsen aurait préféré que le rendez-vous à l'institut médicolégal soit annulé, et il avait jusqu'à présent évité d'y penser.

Irrité, il ouvrit le dernier tiroir de son bureau et en sortit le dossier qui s'y trouvait, puis, comme s'il répugnait à l'ouvrir, feuilleta rapidement quelques pages. Comme il s'en doutait, la mort tragique de Juli Denissen dans la prairie de Melby y était présentée de telle manière qu'elle suggérait une conspiration entre la police de Frederikssund, le Samu et le sens commun. Une note absolument ridicule présentée en dix points – comme par hasard, dix et pas onze ou douze – jetait le doute sur la thèse d'une mort naturelle. Il parcourut la liste et la trouva risible. Il décida cependant de prendre son courage à deux mains et d'appeler le commissaire de police de Frederikssund, ce qui lui permit d'obtenir immédiatement une réponse sensée à la plupart des questions évoquées dans ladite liste. *Pourquoi n'a-t-on jamais pu préciser comment la femme était venue avec sa fille à Melby dans cette zone de pâturage ?* La réponse était limpide. Elle avait emprunté la voiture de son amie et avait au demeurant été remarquée par deux conducteurs qui avaient noté sa conduite lente et hésitante, due au fait qu'elle venait juste de passer son permis. *Comment expliquer que le coureur qui avait trouvé le cadavre de la jeune femme ait pu appeler le 112, alors qu'il n'y avait pas de couverture sur la zone de la prairie ?* Parce que son opérateur disposait d'une excellente couverture, contrairement à d'autres sociétés de téléphonie mobile plus importantes.

Une des questions posées constituait aussi une énigme pour Simonsen : pourquoi Juli Denissen avait-elle quitté le parking et marché si longtemps, pendant presque deux kilomètres, dans la prairie, alors qu'elle était avec sa petite fille de deux ans ? Cela avait de quoi surprendre, mais il ne pouvait que constater le fait. De plus, il estimait que la question perdait de son intérêt quand on savait qu'elle était morte des suites d'une hémorragie cérébrale. Il regarda sa montre, toujours irrité, même plus irrité qu'avant. Il avait d'abord envisagé de se rendre à l'institut médicolégal à pied, mais il avait pris du retard et il allait devoir s'y rendre en voiture. Il jeta son dossier dans le tiroir, qu'il referma avec le pied, et s'en alla.

Il réussit à trouver une place de parking dans Trepkasgade, et arriva à l'institut dix minutes avant l'heure fixée pour leur rendez-vous avec Arthur Elvang. Sur le perron de l'entrée, trois personnes l'attendaient. Il salua brièvement Pauline, qui lui sourit, visiblement heureuse de le voir. Puis, un peu froidement, il serra la main de la femme qu'il avait déjà rencontrée dans la prairie de Melby et dont le nom, Linette Krontoft, lui revint tout d'un coup à l'esprit. Elle ressemblait à quelqu'un qui ferait mieux de rentrer se coucher : des marques rouges autour du nez et sur les joues, des yeux brillants comme après une bonne virée. Sa poignée de main était molle et il essuya sa main sur sa manche en espérant qu'elle n'avait rien de contagieux. Puis il se tourna vers l'homme qui les accompagnait.

Jeune – la trentaine environ –, mince, de taille moyenne, il avait un physique quelconque. Il tendit la main à Konrad Simonsen d'un air crâneur.

— Vous êtes Simon, j'imagine. Je m'appelle August, je fais partie du groupe qui doit déterminer les causes du décès de Juli.

Simonsen le salua sèchement, en le détaillant de la tête aux pieds en silence. August poursuivit d'un air légèrement excité, comme s'il pressentait ce que signifiait ce non-dit.

— Oui, en fait, je vis à Helsinge, mais j'ai une fromagerie à Frederiksværk, à côté de la voie ferrée, à gauche quand vous arrivez en train de Hillerød, entre le fleuriste et la boutique de sandwiches, vous ne pouvez pas la rater.

Songeant que jusque-là tout s'était bien passé et qu'il allait faire de son mieux pour que cela continue, Simonsen ne répondit point. Le fait qu'il garde le silence contraignit l'homme à apporter d'autres précisions.

— Juli travaillait chez moi deux jours par semaine. Elle habitait à trois cents mètres à peine de la boutique, c'était bien pratique...

Il mit un doigt devant la bouche comme s'ils étaient en train de préparer un complot et continua d'un air très peu charmant :

— Ben oui, je la payais au noir évidemment, ne le dites à personne, hein. Et pendant un temps, j'ai été assez proche d'elle, on peut même dire très proche… si vous voyez ce que je veux dire.

Il adressa un clin d'œil effrayant à Simonsen qui réalisa qu'il avait rarement rencontré un individu donnant une première impression aussi répugnante. Apercevant l'alliance du fromager, il observa :

— *Juli* et *August*, comme c'est drôle. Juli comme *juillet* et August comme *août*, cela a dû beaucoup vous amuser quand vous vous êtes connus. Vous étiez faits pour vous rencontrer… Dieu sait, cependant, si votre épouse a été aussi ravie que vous. Il est d'ailleurs possible que j'aie le loisir de le lui demander, dans l'hypothèse toutefois improbable où l'on déciderait de rouvrir le dossier.

L'homme rougit et, reculant d'un pas, se glissa derrière Linette Krontoft, comme s'il voulait se cacher. C'est relativement facile, il y avait largement de quoi faire. Brusquement, Konrad Simonsen se raidit. Le fromager avait baissé la fermeture éclair de son blouson et son col de chemise était grand ouvert, comme pour montrer qu'il n'avait pas peur du froid. Il portait autour du cou une chaîne en argent avec un poisson. La croix, le poisson et le labarum surmonté du chrisme, le monogramme du Christ, c'étaient les trois symboles de la chrétienté. Lui revinrent alors à l'esprit les mots qu'avait prononcés Madame dans la galerie, lorsqu'elle lui avait conseillé d'écouter le chrétien qu'il n'aimait pas. Peut-être que ce rendez-vous n'était pas une pure perte de temps. Souriant intérieurement, il désigna Linette Krontoft du doigt et dit d'un air faussement sévère :

— Il était convenu que vous veniez à deux. C'est d'ailleurs ce que j'ai dit au professeur. Alors, s'il émet des réserves, c'est vous qui partirez, et sans rechigner. On est bien d'accord ?

Semblant totalement déconcertée, elle fit signe que oui.

La pièce dans laquelle le professeur Arthur Elvang les reçut était pratiquement vide. Les murs venaient d'être repeints en blanc et le parquet avait aussi été récemment poncé et verni. Il régnait encore dans l'air une odeur de peinture, de vernis et de pin. L'ameublement parcimonieux contrastait nettement avec l'apparence d'une pièce rénovée. Cinq vieux pupitres d'élèves en bois grossier, banc intégré, tels que Konrad les avait connus quand il était écolier, étaient disposés en demi-cercle autour d'une chaire plus récente. Sur celle-ci étaient posés un tas de documents, élégamment rassemblés et alignés aux bords du meuble. À côté, on apercevait un objet de forme cylindrique d'environ trente centimètres de haut, recouvert d'un cache noir qui empêchait d'en voir le contenu.

Arthur Elvang était assis à ce bureau.

Le professeur les salua aimablement et les pria de s'installer. Ils allèrent donc s'asseoir, non sans difficulté, sur leurs bancs. Pour l'inspecteur et Linette Krontoft, la tâche fut proche de l'exploit. Le professeur ne précisa pas où il avait fait cette trouvaille archaïque, mais on pouvait sans trop se tromper imaginer qu'il était allé les extraire des profondeurs des sous-sols de l'institut. Lorsque tous eurent finalement pris place, le professeur commença par se présenter.

Simonsen avait l'intime conviction qu'Arthur Elvang avait fait installer ces pupitres pour l'humilier. C'était une manière ironique d'exprimer le caractère ridicule de la situation. Il avait pensé qu'Arthur Elvang ne se donnerait pas la peine de convaincre son modeste auditoire, mais ce ne fut pas le cas, bien au contraire. Le professeur se présenta, puis énuméra quelques-uns de ses nombreux titres ainsi que les postes qu'il occupait au sein de divers conseils d'administration. Simonsen n'en avait jamais entendu parler, car si l'on pouvait le critiquer sur quantité de points, on ne pouvait pas reprocher au vieux professeur d'être snob ou imbu de lui-même. Sa présentation produisit en tout cas l'effet voulu, et Linette Krontoft leva le plus respectueusement du monde le doigt en l'air, attendant que le professeur lui donne la parole.

— Est-ce que vous nous autoriseriez à enregistrer votre exposé sur notre dictaphone ? Il y a des gens qui seraient contents de pouvoir l'écouter.

Simonsen voulut s'y opposer, mais sa tentative se révéla bien inutile, car le professeur cria plus fort que lui et confirma qu'ils pouvaient enregistrer tout ce qu'ils voulaient. Linette Krontoft s'extirpa alors de son banc et alla poser un dictaphone sur son bureau. L'examen du rapport d'autopsie de Juli Denissen put ainsi commencer et Elvang énuméra, de sa voix fluette, les éléments factuels :

— Juli Denissen est décédée à l'âge de vingt-quatre ans le 10 juillet 2008 dans la prairie de Melby, située dans la commune de Halsnæs. Son autopsie a été effectuée les 11 et 12 juillet par Hans Arne Tholstrup, médecin-chef au service médicolégal de l'hôpital de Hillerød.

Clignant des yeux en direction du rapport, il indiqua à l'inspecteur – lequel fut satisfait de cette précision – que toutes les autopsies concernant la région est du Danemark étaient en principe effectuées à l'hôpital national à Copenhague. Toutefois, dans les périodes de pointe, il était possible de s'adresser à d'autres hôpitaux, notamment à celui de Hillerød. Il répondait ainsi à une des dix incohérences soulevées par le groupe sur la fameuse liste.

Le professeur leva les yeux et tenta, au travers de ses épaisses lunettes, de scruter chacun de ses auditeurs, sans toutefois y parvenir. Il dit alors d'un ton grave :

— La validité de ce rapport d'autopsie est indubitable.

Comme s'il avait voulu s'en convaincre lui-même, il opina du chef puis reprit sa présentation, tout en feuilletant ses notes :

— Plusieurs prélèvements ont été effectués, notamment vaginal et anal, mais aussi oral – au niveau du pharynx et de la cavité buccale, dite *cavum oris*. Par ailleurs, on a pratiqué des biopsies de sa peau, de son foie, de ses reins et de la glande thyroïde. Enfin, nous disposons d'examens sanguins et de prélèvements capillaires. Ces examens ont été effectués grâce à la présence de deux étudiants qui, dans le cadre de leur cursus, avaient été associés à l'autopsie. On peut donc affirmer que le corps de la victime a été examiné de manière très approfondie. Cependant, les analyses qui ont été faites à partir de ces tests ne témoignent d'aucun signe d'empoisonnement ni d'aucune autre irrégularité.

Le professeur s'arrêta un instant sur une page du rapport – impossible pour Simonsen de voir laquelle – et secoua la tête d'un air irrité. L'inspecteur comprit par son geste que quelque collaborateur avait sans doute mal fait son travail. Aucun des autres participants ne remarqua l'irritation du professeur, d'autant qu'il fit alors part de sa conclusion d'une voix ferme :

— Il est certain que cette femme n'a pas été empoisonnée. Par ailleurs, je voudrais souligner qu'il n'existe pas de poison ni d'action chimique susceptible de provoquer les effets qui ont conduit à sa mort, à savoir une hémorragie intracérébrale d'une exceptionnelle gravité.

Il précisa minutieusement le processus par lequel l'hémorragie avait fait pression sur ses poumons et entraîné l'arrêt de sa respiration. Puis il consacra un moment à expliquer qu'en réalité, un pour cent environ de la population était née avec ce type d'anévrisme – ou renflements en forme de poches sur les artères du cerveau – soulignant que ces poches pouvaient éclater en cas de pression physique ou psychologique trop forte, par exemple lors d'une compétition sportive ou pendant un rapport sexuel.

— Les principaux symptômes sont en général un puissant mal de tête, un raidissement de la nuque, des vomissements, souvent suivis de perte de conscience et de la mort du patient. Dans le cas qui nous occupe, la mort est intervenue très rapidement, sans doute au bout d'une ou deux minutes. Cela est dû au fait que l'hémorragie a été d'une abondance rare, mais non inédite.

Il regarda à nouveau ses visiteurs et déclara :

— J'ai demandé à l'hôpital de Hillerød de me fournir des photos de l'autopsie. Celles montrant le crâne ouvert, une fois qu'une partie du cerveau eut été prélevée, font apparaître clairement l'hémorragie. Mais je ne suis pas sûr que vous ayez envie de voir ça ; j'ai donc apporté un exemple analogue, plus neutre.

Il fit un signe en direction du cylindre recouvert d'un drap noir.

— Qu'est-ce que vous préférez ? Voir les photos originales de Juli Denissen ou bien la préparation chimique qui est ici sur mon bureau ?

Simonsen sourit intérieurement. Le professeur avait vraiment décidé de lui donner des informations détaillées en échange de l'aide qu'il lui avait fournie en ratissant sa pelouse. N'ayant obtenu aucune réponse, Elvang prit lui-même la décision et retira le tissu noir qui cachait le cylindre. La tête dans le bocal présentait une coupe qui permettait de voir l'intérieur du cerveau. L'inspecteur ne put s'empêcher de se réjouir à la vue du fromager August, qui blêmit comme un linge. Les deux femmes durent aussi ravaler leur salive. Le professeur prit un stylo dans la poche de sa blouse et s'en servit comme baguette lors de son explication :

— Cet homme avait vingt ans au moment de sa mort, qui remonte à 1903. Et sa mort a également été provoquée par une hémorragie massive, qui…

Il passa un quart d'heure à décrire le processus qui avait conduit à sa mort. Son exposé avait pour seul objectif de produire sur ses auditeurs un effet suffisant pour qu'il puisse établir solidement le caractère naturel du décès de Juli Denissen. Lorsqu'il eut terminé, il regarda d'un air fatigué sa petite classe.

— Est-ce que vous avez des questions ?

L'attitude qu'il avait adoptée était en l'occurrence plutôt dissuasive. Toutefois, le fromager tenta prudemment sa chance :

— Entre le moment où ce… névrisme s'est rompu et le moment de sa… le moment où Juli est morte, est-ce qu'elle a eu le temps de penser ou de ressentir quelque chose ?

Arthur Elvang scruta l'homme à travers ses verres épais.

— Comment voulez-vous que je le sache ? Je ne suis jamais passé par là.

Ils durent tous admettre que l'argument du vieil homme était sensé. Konrad Simonsen eut d'ailleurs un instant de franc optimisme, persuadé que la réunion était terminée. On pouvait fermer le dossier, le groupe – peu importait le nom qu'ils se donnaient – pouvait se dissoudre et, surtout, Pauline Berg pourrait réaliser que son engagement personnel dans l'enquête sur la mort de Juli Denissen n'avait été qu'un coup d'épée dans l'eau.

Ses illusions s'évanouirent en l'espace de cinq secondes à peine, car alors qu'il s'apprêtait à interrompre la présentation et à remercier Arthur Elvang, Linette Krontoft posa une question :

— Comment pouvez-vous affirmer que Juli n'a survécu que deux minutes à son attaque ? Vous avez dit que c'était rare.

— Nous le savons par les mesures d'adrénaline qui ont été effectuées, d'une part dans son sang, d'autre part dans les amas de sang qui se trouvaient dans son cerveau. L'adrénaline disparaît rapidement du sang lorsqu'elle s'oxyde, mais le sang issu de l'hémorragie n'a pas été oxygéné, puisqu'il n'a pas circulé dans le corps. On est donc en mesure de calculer ces diverses données et d'estimer ensuite avec une relative précision le temps qui s'est écoulé entre la survenance de l'hémorragie et la mort. Dans le cas présent, les calculs indiquent que ce laps de temps n'a pas excédé deux minutes.

— Mais pourquoi avait-elle de l'adrénaline dans le sang ? C'est normal ?

La question venait de Pauline et le professeur y répondit aussitôt :

— Comme vous le savez certainement, c'est courant lorsqu'on a peur. On mesure normalement le contenu d'adrénaline dans l'urine, et Juli avait 11,55 micromoles d'adrénaline par litre d'urine, ce qui est énorme. C'est plus de soixante-quinze fois supérieur à la valeur moyenne et un des pourcentages les plus élevés que j'aie jamais vu. Elle a probablement été victime d'une crise d'angoisse d'une exceptionnelle violence, et c'est vraisemblablement ce qui a provoqué sa rupture d'anévrisme. Mais on peut aussi considérer qu'en raison de cette anomalie de naissance, elle serait sans doute décédée un jour ou l'autre.

— Mais de quoi Juli a-t-elle bien pu avoir peur ?

Le fromager remarqua à son tour :

— Oui, c'est juste. Personne n'a peur pour rien.

Le professeur regarda d'un air résigné Simonsen, lequel comprit qu'il lui laissait le soin de répondre.

— Ce n'est pas une question d'ordre médical, dit-il. Par ailleurs, il est impossible de le savoir, on pourrait élucubrer à l'infini.

Pauline ajouta d'une voix presque enjouée :

— En tout cas, quelque chose lui a fait peur, on vient de nous le dire.

— Oui, mais il est impossible de savoir quoi. Ce peut être une pensée, la vue d'une vipère s'approchant de son enfant, un coup de tonnerre… que sais-je. On peut tout imaginer, mais personne ne peut le savoir avec certitude.

Simonsen vit le fromager tourner son regard vers Linette Krontoft et nota que tous deux secouèrent la tête. Il était évident que l'exposé du professeur avait eu un effet sur son public, hormis sur Pauline. Il lui adressa un regard excédé. Elle soutint son regard et répéta :

— D'accord, Simon, mais il y a bien quelque chose qui lui a fait peur, reste à savoir quoi.

Il secoua la tête en se disant qu'à présent, elle avait en tout cas perdu ce qu'elle appelait son *groupe*. Il réfléchit un instant à ce qu'avait déclaré le fromager. *Personne n'a peur pour rien.* C'étaient les seuls propos sensés que l'homme avait prononcés, si tant est que l'on pût les qualifier ainsi. *Personne n'a peur pour rien.* En quoi cela pouvait-il lui être utile, bon sang ?

Hanne Brummersted, médecin-chef à l'hôpital de Herlev, accueillit la Comtesse et Simonsen dans une salle de réunion qui ressemblait fort à celles qu'il avait vues à l'hôpital national à Copenhague. Ils allaient se heurter à un mur d'amnésie.

Hanne Brummersted ne se souvenait pas d'avoir été à Esbjerg, n'avait aucun souvenir de ses camarades et prétendait n'avoir jamais rencontré de jeune fille anglaise. Elle était incapable de dire si elle avait été en Suède, et avait tout oublié sur l'existence d'une éventuelle tente. Rien non plus sur l'envoi d'une carte postale. Elle ne se souvenait pas non plus d'avoir été à un examen de rattrapage en mathématiques en terminale. Bien entendu, elle ignorait pourquoi elle ne s'était pas présentée à la session ordinaire. Elle ne pensait pas avoir été en contact avec ses anciens camarades de lycée depuis la fin de leur scolarité, sans pouvoir l'affirmer avec certitude. Elle ignorait qui était Jørgen Kramer Nielsen. Et elle n'avait absolument aucune idée de la raison pour laquelle il ne s'était pas présenté à son examen de maths.

Elle psalmodia ainsi les exemples d'une mémoire qui flanchait dans une longue tirade apprise par cœur qui mettait en évidence le fait qu'elle s'était certainement préparée depuis des années à un tel entretien. Et lorsqu'elle eut fini sa longue énumération et que la Comtesse lui demanda s'il y avait d'autres points qu'elle avait oubliés, elle répliqua simplement, sans la moindre autodérision, qu'elle ne s'en souvenait malheureusement pas!

Simonsen posa devant elle quatre photographies de Vesterhavsgård, la maison d'Esbjerg.

— Vous êtes sur ces photos. La mémoire vous revient?

— Je ne dis pas que je n'y suis pas allée, je dis que je ne m'en souviens pas.

Elle s'adressait à lui comme si elle devait expliquer un problème compliqué à un enfant.

— Si vous regardez ces photos, cela va peut-être vous rappeler des souvenirs.

— Ce n'est pas la peine. Je me connais suffisamment pour savoir que ça ne servira à rien.

— Est-ce que le nom de Lucy Davison vous dit quelque chose? Lucy Selma Davison?

— Pas le moins du monde.

— C'est le nom de la jeune Anglaise qui est avec vous sur ces photos.

— Si vous le dites! Je ne me souviens pas d'avoir rencontré de jeune Anglaise.

— Vous et vos camarades l'avez tuée et enterrée.

— Pas que je me souvienne, je n'y crois pas une seconde.

— Et vous avez brisé le cou de Jørgen Kramer Nielsen.

— Je n'ai pas tué Jørgen Kramer Nielsen, qui qu'il soit.

Simonsen lui fit remarquer qu'elle semblait bizarrement ne pas se rappeler si elle avait tué Lucy Davison, mais qu'en revanche elle se souvenait très bien de ne pas avoir tué Jørgen Kramer Nielsen. Elle expliqua froidement avec le plus grand naturel que le mécanisme de la mémoire était complexe. Que pouvait-il y faire?

— Parlez-moi de votre enfance.

— Non, je ne veux pas.

La Comtesse lui dit sans chercher à l'épargner :

— Bien sûr que si, vous allez nous en parler. À moins que vous ne préfériez que nous appelions un fourgon de la police et que deux policiers en uniforme viennent vous arrêter et vous reconduisent les menottes aux poignets.

Simonsen et la Comtesse notèrent un léger tremblement sur sa lèvre supérieure. Elle s'adressa à Simonsen :

— J'ai eu une enfance tout à fait ordinaire. J'habitais à Vallensbæk, où mon père était boulanger et ma mère aidait dans la boutique. Moi et mon grand frère, nous vivions avec nos parents dans un appartement.

— Quelle école avez-vous fréquentée ?

— L'école de Gammel Vallensbæk.

— Comment s'appelait votre institutrice ?

— Nous en avions deux, Mlle Juncker les six premières années, et ensuite Mlle Guldbrandsen.

— Est-ce que vous étiez bonne élève ?

— Oui, plutôt bonne.

— Vous êtes entrée au lycée, après le collège ?

— Oui.

— Au lycée de Brøndbyøster, dans la section maths-physique.

— Oui, mais je ne me souviens de rien de ces années-là.

— C'est possible, néanmoins vous avez des souvenirs de vos premières années d'école ?

— Oui, c'est juste.

— À quand remontent vos souvenirs plus récents ?

— À la période de la fac de médecine.

— Ce qui veut dire que le lycée est pour vous un trou noir.

— Tout à fait.

— Vous apparteniez à un groupe qui s'appelait le Cercle des cœurs solitaires, ou simplement les Cœurs.

— Je ne m'en souviens pas.

— Il me paraît invraisemblable que vous ne vous souveniez de rien qui concerne la période du lycée.

— Soit, mais c'est ainsi. Je ne me souviens de rien. Je crois que je fumais du hasch à l'époque, mais même ça, je ne m'en souviens pas vraiment.

Simonsen se leva, le visage contrarié.

— C'est très ingénieux, ce que vous avez inventé. J'imagine que vous vous demandez ce que je vais faire.

Il s'approcha de la fenêtre, en se donnant l'air de réfléchir. Puis il ouvrit la fenêtre et alluma une cigarette. Elle avait un goût infect de savon.

— Vous n'avez pas le droit de fumer ici, observa la médecin-chef.

— C'est trop tard, je fume déjà.

Il la vit hésiter, puis décider qu'elle ne souhaitait pas provoquer de confrontation. Elle ouvrit le tiroir de son bureau, mit un cendrier devant elle et alluma une cigarette. Simonsen revint s'asseoir.

— Nous n'en fumons qu'une, après, c'est fini.

— Je fumerai autant que je veux. Regardez plutôt cette photo.

Elle examina la photo et, au bout de quelques instants, demanda :

— C'est quoi la question ?

Ce fut la Comtesse qui lui répondit.

— Il n'y a pas de question.

— Est-ce que ça signifie qu'on a terminé ?

— Non, nous n'avons pas terminé. Je crois surtout que vous avez peur.

Elle ne répondit rien et la Comtesse continua :

— En votre for intérieur, vous savez très bien que tout votre prestige, vos longues études, votre appartenance à des associations prestigieuses, vos relations, vos amis – rien ni personne ne vous aidera. Et que, par conséquent, la seule chose à laquelle vous pouvez vous raccrocher, c'est votre pauvre mémoire.

— Je n'ai pas peur du tout.

— Je n'en suis pas convaincue. Vous avez – entre mille autres choses – une peur bleue que tout le monde sache que vous avez fort opportunément invoqué votre mémoire défaillante.

— Comment cela pourrait-il se faire ? Vous n'avez pas le droit de…

— Ah ! Je crois que je viens de mettre le doigt sur la plaie. Vous avez la voix qui tremble. Le fait est quc, si nous sommes impuissants face à vos trous de mémoire, de votre côté, vous n'avez aucune influence sur ce que disent les journaux.

— Vous n'oserez pas !

Cette fois, ce fut au tour de la Comtesse de se lever. Elle saisit le cendrier et jeta le contenu par la fenêtre.

— Mon Dieu que ça sent mauvais. Bon, où en étions-nous ? Ah oui… eh bien, si vous croyez que nous sommes des gens décents et fiables, qui n'auront jamais l'idée de balancer quelques informations bien troussées aux journaux à scandale, pour leur faire miroiter une affaire des plus sérieuses touchant une médecin-chef, alors je peux vous dire que vous êtes naïve. La grande question est évidemment de savoir s'il y a quelque chose qui pourrait vous aider à retrouver la mémoire ?

— Ne me dites pas que vous me menacez ?

— Eh bien si.

La femme resta un instant les dents serrées, regardant en l'air. Puis elle dit :

— Je ne me souviens de rien.

La Comtesse changea de sujet.

— Lucy Davison avait dix-sept ans, cela ne vous émeut pas ?

— Je ne sais pas de qui vous parlez.

— Ses parents sont toujours en vie. Ils habitent Liverpool. Pendant des années, ils ont voyagé pour tenter de la retrouver, priant sans cesse et faisant des économies pour pouvoir repartir l'année suivante. À présent, ils sont trop âgés pour cela, mais ils n'ont pas perdu l'espoir de rapatrier la dépouille de leur enfant avant de quitter ce monde.

— Il faut leur dire que Dieu a sans doute décidé que leur fille devait reposer ailleurs.

La Comtesse eut un regard fulgurant, puis elle s'approcha tout près de la médecin-chef et, la regardant droit dans les yeux, lui dit d'un ton glacial :

— Un jour, vous regretterez ce que vous venez de dire.

10

— Je vous saurais gré de me mettre en relation avec un de vos collègues susceptible de bien connaître Jesper et Pia Mikkelsen.

Simonsen avait parlé d'une voix ferme, qui témoignait cependant d'une légère fatigue. Il se trouvait dans une salle de réunion qu'il avait réservée à l'hôtel Budolfi d'Aalborg. D'un côté, il avait vue sur le Limfjord, de l'autre, il faisait face à deux policiers d'un commissariat de la ville. Les deux hommes avaient pendant une bonne demi-heure évoqué la vie nocturne de la cité qu'ils semblaient bien connaître. En revanche, ils ne savaient rien sur le sujet qui l'intéressait, à savoir le couple Mikkelsen. Pauline Berg, qui l'accompagnait, était nonchalamment assise dans un fauteuil.

Elle compléta son propos :

— Nous n'avons rien contre vous. Ce n'est pas votre faute si on vous a donné l'ordre de venir ici et si vous ignorez tout des individus qui nous intéressent. Néanmoins, on nous a promis un entretien avec des collègues qui les connaissent, et il est évident que ce n'est pas vous.

Elle aurait pu ajouter qu'il n'était pas surprenant qu'Aalborg, quatrième ville du pays avec une population d'environ cent vingt-cinq mille habitants, rencontre des problèmes de violence, de drogue et de prostitution. Cependant, elle n'en fit rien. Au contraire, elle marqua une pause avant de revenir à la charge pour leur faire le bilan de la situation :

— Je vous conseille de retourner à votre commissariat et de dire à vos chefs que vous n'êtes bons à rien. Dites-leur aussi que si personne ne daigne lever le petit doigt illico, ils peuvent compter sur le directeur de la police nationale pour…

Simonsen l'interrompit.

— Merci, Pauline. Cela suffit, je crois que tout le monde a saisi le message.

D'un air peu enthousiaste, il remercia les deux policiers pour leur présentation et les raccompagna à la porte. Avant de franchir le seuil, l'un d'eux indiqua :

— Est-ce que vous avez prévu de travailler ce soir ? Si vous envisagez d'interroger des gens de la nuit, il vaudrait mieux que vous ayez des renforts.

— Oui. Eh bien, merci de votre proposition. Si nous avons besoin d'aide, nous vous le ferons savoir. Mais pour l'instant, notre priorité est d'enquêter sur le passé de Jesper et Pia Mikkelsen.

— Si nous devons faire une descente au Rainbow Six, ce ne sera pas avant demain ou samedi. Il y a d'ailleurs beaucoup plus de jeunes qui viennent en discothèque ces jours-là, le jeudi est plutôt un jour creux.

Pauline pivota et fit glisser ses jambes du bras du fauteuil, poussa un grand soupir, puis déclara :

— Une descente de police ne nous servira à rien. Bon sang, c'est pourtant pas compliqué. Ce qu'il nous faut, ce sont des informations fiables.

Les policiers s'en allèrent. Simonsen jugea qu'il n'avait pas géré la situation avec beaucoup de doigté. Il était essentiel de pouvoir compter sur la coopération et le soutien actif de la police locale, d'autant que personne n'appréciait les Copenhaguois arrogants qui se prenaient pour les rois du monde. Mettant sa réaction sur le compte de la fatigue, il se promit d'appeler dans la journée le policier de garde du commissariat d'Aalborg est auquel les deux policiers étaient rattachés, pour lui présenter ses excuses. Puis, voyant Pauline, il se corrigea… pour excuser la conduite de sa collègue. Il lui demanda alors d'une voix calme :

— Comment tu vas en ce moment ?

Il avait pensé la questionner dans l'avion, comme il l'avait décidé avant de partir de chez lui. Mais ensuite ils avaient eu des places séparées et il avait estimé que le parcours en taxi n'était pas le moment idéal pour parler. Maintenant, il avait le temps, car l'arrivée de Klavs Arnold, parti d'Esbjerg en voiture, n'était pas prévue avant l'heure du déjeuner.

Pauline releva la tête, le regarda fixement et il crut un instant qu'elle n'allait pas lui répondre. Puis elle dit d'une voix lente :

— Pas terrible, mais je te remercie de t'en soucier.

Il y eut une longue pause. Sur le quai devant l'hôtel, une grue était en train de décharger un conteneur d'un navire. Simonsen aperçut la silhouette minuscule d'un homme faisant de grands gestes avec ses bras, sans pouvoir en saisir la signification.

— La nuit, je rêve qu'elle m'appelle, dit-elle enfin.

Il se figea et eut un imperceptible tremblement de tête.

— J'aimerais tellement que tu puisses renoncer à cet… cette affaire.

— Moi aussi, à certains moments. À d'autres, je suis persuadée qu'il y a quelque chose qui cloche. Un élément qui ne colle pas, mais sur lequel on n'a jamais enquêté.

Aucun d'eux ne prononça son nom, comme s'ils préféraient l'éviter. Pourtant, ils savaient bien de qui ils parlaient. Il était question de l'affaire, ou de la non-affaire, Juli Denissen, que Pauline avait visiblement du mal à oublier.

Simonsen regretta de l'avoir questionnée.

— Je sens que cette affaire va me poursuivre longtemps, dit-elle d'un air abattu. Elle me colle à la peau, et pourtant, je voudrais bien m'en débarrasser, sortir cette histoire de mes pensées. Mais si ça peut te rassurer, je suis seule désormais, personne n'a envie de perdre son temps sur ce cas.

— Je te demandais plutôt comment tu allais globalement ?

— Je sais bien. Je dirais que ça va souvent mal. Ces dernières semaines, j'avais tout le temps peur de me mettre à pleurer au bureau, tu sais, de fondre en larmes tout d'un coup sans raison. Et même maintenant.

— Mais pourquoi ? Ce n'est pas grave.

Elle rit sèchement et lui lança un regard grave.

— Hypocrite ! Toi qui ne peux pas supporter de voir une femme pleurer.

Elle avait raison. Il lui sourit et se dit – contrairement à ce qu'il pensait un instant plus tôt – que par moments le courant passait bien entre eux. Elle poursuivit :

— Je lis des documents sur les années 1960, je regarde aussi des films d'époque. Tu comprends, ça me permet de mettre un peu de distance entre moi et cette affaire. Samedi dernier, j'ai été en bibliothèque pour lire les journaux de 1969 sur microfilm. Ils sont situés au sous-sol, et là où j'étais, il y avait un néon qui clignotait tout le temps, c'était hyper-agaçant.

— C'est parce que je n'ai pas pu t'utiliser pour la rubrique scoute de Helena Brage Hansen ?

— Non, pas du tout.

Elle regarda dans le vague, puis continua :

— Quand je fais quelque chose, j'ai souvent tendance à exagérer, jusqu'à l'extrême. C'est le même schéma avec les hommes, mais j'imagine que ce n'est pas un sujet qui t'intéresse, je me trompe ?

— Si, ça m'intéresse beaucoup.

Qu'aurait-il bien pu répondre d'autre ?

— Je sais bien que je suis une peste. Ma vie ressemble à un rêve torturé, une tempête dont je ne peux m'échapper. La nuit, il est rare que je dorme plus de cinq minutes d'affilée, à moins de prendre des comprimés, et je dois sans cesse augmenter les doses pour que ce soit efficace. Par ailleurs, j'ai du mal à me concentrer, ma mémoire est fragile et puis, il y a cette angoisse plus ou moins intense qui est là en permanence. Je crois qu'elle ne me quittera plus.

Elle s'interrompit un instant, puis ajouta sans s'apitoyer :

— Je me sens impuissante.

— Je comprends, personne n'a peur pour rien.

Elle ignora ses mots de réconfort.

— Il m'arrive de penser… à cette nostalgie qui est en toi, mais qu'en est-il de moi, ici et maintenant, en 2008 ?

Simonsen croisa les bras, la regarda et jura intérieurement.

Elle se mit à pleurer. Et pourtant sa voix était calme lorsqu'elle lui dit :

— Tu peux t'en aller ; laisse-moi seule un moment. On se voit au déjeuner.

Lorsqu'il eut refermé la porte derrière lui, il se demanda s'il n'aurait pas dû aller lui chercher un mouchoir. Toutefois, en réfléchissant bien… elle l'avait prié de la laisser tranquille. Il avait envie d'une cigarette, il se sentait lâche et gai en même temps, un curieux mélange. Personne n'a peur pour rien, c'étaient les paroles du fromager à l'institut médicolégal, et à présent, il saisissait leur sens.

— Nous pouvons faire disparaître son angoisse, Lucy. Ça la fait souffrir depuis bientôt quarante ans, elle nous accueillera les bras ouverts. Toi et moi, nous allons nous rendre en Norvège. Évidemment! c'est ce que tu as toujours voulu. J'aurais dû suivre tes conseils plus tôt, douce petite fille aux diamants.

C'était la première fois qu'il lui parlait, ça lui faisait du bien.

Après le déjeuner, un nouveau policier arriva, nettement plus au fait de la vie du couple Mikkelsen que les collègues qui l'avaient précédé. Elle travaillait dans une section responsable de la surveillance et du contrôle des jeunes défavorisés, tant dans la ville d'Aalborg que dans le reste de la circonscription de police. Elle avait par conséquent une connaissance approfondie des activités nocturnes, et de ce qui se passait dans les bistrots, boîtes de nuit et discothèques de Jomfru Ane Gade et des rues adjacentes, principal siège de la vie nocturne de la ville. Elle était aussi familière avec le Rainbow Six, la discothèque dont Jesper et Pia Mikkelsen détenaient cinquante pour cent des parts. Et l'on voyait qu'elle avait pris le soin de bien réviser sa leçon.

Les Mikkelsen s'étaient mariés en 1973. En 1978, ils s'étaient installés à Aalborg et avaient la même année ouvert une boutique de disques anciens. En 1986, ils avaient acheté une villa dans le quartier de Hasseris où ils habitaient toujours. En 1993, ils avaient dégoté une petite résidence de vacances sur la côte, dans le très sélect Gammel Skagen. Aussi bien Jesper Mikkelsen que sa femme avaient un casier judiciaire vierge et, hormis quelques épisodes de tapage nocturne, qui n'avaient jamais donné lieu à aucune inculpation ni de l'un ni de l'autre, ils n'avaient jamais eu affaire à la policc. En 1994, ils avaient fait l'acquisition de la moitié de la discothèque et du night-club Rainbow Six, ainsi que de l'appartement situé au-dessus, dans lequel Jesper Mikkelsen avait installé un petit bureau, les autres pièces servant à entreposer les disques. Jesper et Pia avaient des comptes séparés, tant sur le plan privé qu'en ce qui concernait leurs deux entreprises, et chacun payait son dû aux impôts.

Pia Mikkelsen allait souvent à Copenhague, et y rendait visite à son frère ou aux enfants de celui-ci. Elle était par ailleurs folle du chanteur Hansi Hinterseer et assistait au moins deux fois par an à ses concerts. Le mari n'avait pas de hobbies connus de la police. En revanche, on le voyait souvent – surtout les jeudis, vendredis et samedis soir – accompagné de très jeunes filles. Cependant, il était difficile de déterminer s'il se produisait des actes illégaux dans ce cadre et le fait serait encore plus difficile à prouver. C'est pour cette raison qu'il n'intéressait pas spécialement la police, qui avait des affaires plus graves à traiter.

Bien que la plupart des renseignements fournis par la policière soient des faits connus de la brigade criminelle, Simonsen la laissa poursuivre son exposé. Faisant allusion à sa dernière remarque, Pauline souligna d'un air scandalisé :

— S'il abuse de jeunes adolescentes, on ne peut pas qualifier cela de bagatelle.

Klavs Arnold était d'accord avec elle. Il était assis sur un fauteuil, la tête appuyée contre le mur et prêt par moments à sombrer dans le sommeil. La policière précisa :

— Non, bien sûr. Si c'était le cas, vous auriez raison. Néanmoins, rien n'indique que nous avons affaire à des abus au sens du Code pénal. Je ne suis d'ailleurs pas certaine que la raison pour laquelle Mikkelsen s'expose en compagnie de ses jeunes partenaires soit de nature sexuelle. Si c'est le cas, la question se pose de savoir s'il s'agit d'une relation consentie, et par conséquent parfaitement légale, ou – ce qui est plus probable – s'il est question d'un acte payant. Pour être honnête, nous avons d'autres chats à fouetter et préférons utiliser nos ressources à d'autres fins.

Simonsen nota l'hésitation de la policière lorsqu'elle décrivit les escapades de Jesper Mikkelsen – si l'on pouvait les qualifier ainsi.

— Vous ne pensez donc pas qu'il abuse de ces adolescentes ? lui demanda-t-il.

La policière fit une réponse détournée :

— Tous les mois, j'entends parler de toutes sortes d'histoires d'humiliation, de violence et de cruauté. Des récits tous aussi abominables et effrayants les uns que les autres. Cependant, à ma connaissance – et cela fait tout de même près de sept ans que je travaille dans ce milieu –, Jesper Mikkelsen n'a jamais été impliqué dans aucune d'entre elles. Cela m'étonnerait que je ne sois pas au courant s'il avait…

Elle ne termina pas sa phrase.

— Est-ce qu'il y a de la drogue dans son night-club ?

— C'est évident. On trouve cette merde partout, mais le club a des caméras vidéo ; de plus, s'ils mettent la main dessus, croyez bien que le manager et le personnel n'y vont pas par quatre chemins. Je crois que ni lui ni elle ne sont impliqués dans des affaires de drogue. Mais je connais les rumeurs qui ont couru à une époque, et qui provenaient sans doute du fait que le mari aime bien s'entourer d'un et si possible de deux gardes du corps, quand il se promène en ville la nuit, et même parfois le jour.

Klavs Arnold se réveilla :

— Des gardes du corps… vous pouvez préciser ?

— Enfin, des gorilles, quoi, du style motards.

— Professionnels ?

— Pas le moins du monde.

— Armés ?

— Je ne crois pas. Non, ils ne sont pas armés, mais ils ont une bonne droite.

Ils continuèrent leur entretien avec la policière pendant une demi-heure, mais n'apprirent rien de nouveau. Ensuite, Klavs Arnold monta dans sa chambre faire une petite sieste. Pauline demanda à son chef :

— Qu'est-ce que tu vas faire maintenant ?

Simonsen n'avait rien de prévu. Peut-être allait-il faire un petit tour. Elle avait envie de l'accompagner, ce qui eut le don de l'irriter.

Le Rainbow Six était situé dans Gabrielsgade, une rue proche de Jomfru Ane Gade. Konrad et ses deux collègues observèrent d'abord la façade du night-club. Il était plus de onze heures du soir, il faisait froid et Pauline était gelée. Elle avait fait quelques remarques discrètes visant à faire part de son impatience, mais son chef les avait ignorées. Il porta son regard sur le devant de la discothèque située sur le trottoir d'en face. Un portail avançant sur le trottoir était surmonté d'une publicité lumineuse en forme d'arc-en-ciel, dont les différentes couleurs clignotaient à moins d'un quart de seconde d'intervalle. C'était laid, mais suffisamment efficace pour attirer l'attention des passants. Sous le portail étaient postés deux portiers. Ils évoluaient dans une lumière bleuâtre qui faisait penser au gyrophare d'une voiture de police secours et donnait aux deux hommes une apparence maladive, presque toxique. Ils étaient vêtus de noir et sur leur dos était inscrit en grandes lettres blanches le mot *Security*.

Des jeunes gens arrivèrent en petits groupes et se mirent dans la queue sous le portail, en attendant que le portier les laisse entrer. Simonsen remarqua que celui-ci faisait signe à certains clients pour les faire entrer directement. Pour pouvoir passer le barrage de la sécurité, les autres devaient se soumettre à une fouille minutieuse de leurs sacs et justifier de leur identité. À deux reprises, l'accès des lieux fut refusé à des clients. La première fois, deux adolescentes qui avaient essayé de se faufiler dans la queue furent promptement chassées par un des portiers, à grand renfort de gestes hargneux. Le deuxième incident fut plus sérieux et aurait pu facilement mal tourner. Trois adolescents faisant partie d'un groupe de huit ou dix, que l'inspecteur avait identifiés comme des chahuteurs, se virent refuser l'entrée. Le *dress code* de la discothèque excluait visiblement sweat-shirts à capuche, casquettes et pantalons baggy. Ils s'affrontèrent bruyamment, mais bientôt quatre autres portiers vinrent porter main-forte à leurs collègues et les gamins quittèrent aussitôt les lieux.

— Ils sont très jeunes, observa Klavs Arnold.

Pauline leur expliqua que la fréquentation du club variait en fonction du jour. Le jeudi, la moyenne d'âge des clients était de dix-sept ans, le vendredi de vingt ans, et le samedi de vingt-trois ans. Et comme ces ados n'avaient aucune envie de faire la fête avec des plus jeunes qu'eux mais préféraient être avec leurs aînés, peu de clients de ce soir avaient plus de dix-sept ans. Elle ajouta en s'adressant à Konrad :

— Je peux aller faire la queue, maintenant ? Je ne sens plus mes orteils.

Simonsen accepta qu'elle entre dans la discothèque et lorsqu'elle les eut quittés, il fit remarquer d'un ton sec à Klavs Arnold :

— Est-ce que ce n'est pas toi qui avais dit que, dans un tel milieu, elle se fondrait facilement dans la foule. En fait, elle ne passe pas plus inaperçue que nous.

— J'ignorais que le jeudi était la soirée des teenagers.

— C'est vrai, tu ne pouvais pas le savoir. Tu es armé ?

— Oui. Pourquoi ?

— Si ces hommes musclés veulent te fouiller, montre ta carte. Je ne veux pas créer d'incident. De toute manière, on se distingue déjà tellement des autres que le fait de décliner notre identité ne changera pas grand-chose.

Simonsen avait pensé qu'ils pourraient discrètement se faire une idée de l'endroit avant de monter au premier pour interroger Jesper Mikkelsen, si du moins celui-ci était là, ce dont ils n'étaient pas certains. Cette première étape semblait à présent bien compromise, mais il tint à maintenir tout de même son ordre du jour. Dix minutes après avoir vu Pauline entrer dans le night-club, il traversa la rue et se dirigea vers l'entrée, Klavs Arnold à ses trousses. Cela faisait bien trente ans qu'il n'était pas entré dans une discothèque.

Les portiers les avaient apparemment repérés depuis longtemps, car ils leur firent signe d'avancer avant même qu'ils se soient mis dans la queue. Le plus jeune demanda à Klavs Arnold :

— Qu'est-ce que vous voulez ?

— Entrer.

L'homme échangea quelques mots avec son collègue, qui se tourna et les examina, puis il leur montra la porte du doigt et ils purent entrer sans faire la queue.

Ils pénétrèrent dans une salle aux lumières tamisées, comportant sur sa gauche un haut bar noir, derrière lequel se tenait une femme qui vendait les billets. Konrad nota que l'entrée coûtait quatre-vingts couronnes. Une fois que les clients avaient payé, on leur mettait un cachet sur le poignet. Il régla les deux entrées et, d'un signe de la tête, indiqua qu'ils se passeraient de cachet. Pendant que Klavs Arnold allait déposer leurs manteaux au vestiaire, Konrad Simonsen vérifia le contenu du certificat des pompiers suspendu dans un cadre au mur ; les locaux étaient prévus pour cent cinquante personnes. L'homme du vestiaire, qui l'observait d'un regard inquiet, fut encore plus surpris quand Konrad retint le Jutlandais, et qu'il vit les deux hommes s'appuyer un instant sur le comptoir noir et regarder les jeunes monter et descendre les quelques marches du large escalier qui conduisait aux toilettes. Il s'agissait surtout de filles, qui allaient sans doute se remettre du gloss ou retoucher leur mascara.

Quelques instants plus tard, ils franchirent une porte voûtée et entrèrent dans un grand local à moitié vide. Les clients étaient tous très jeunes. Les filles étaient en robes extra-courtes, jambes nues, et talons hauts rendant la marche difficile. Les garçons, cheveux gominés et chaîne autour du cou, étaient pour la plupart vêtus d'un jean et d'une chemise à moitié déboutonnée. Le décor était triste : papier brun à fleurs jaunes stylisées au mur et lumière douce provenant d'une rangée de lustres en cristal suspendus au plafond. Sur l'un des côtés se trouvait un espace lounge, aménagé avec des meubles en cuir et de lourdes tables en bois massif. Klavs Arnold s'avança en premier vers le fond du local et leur trouva un canapé libre. Bientôt, ils eurent aussi la table pour eux, car les deux adolescents qui y étaient installés s'en allèrent dès qu'ils les virent arriver. Simonsen promena son regard dans le local. En face d'eux, se trouvait la piste de danse, formant comme une grotte obscure dans le mur. Un DJ, invisible de l'endroit où il était assis, mais qu'il entendait présenter chaque nouvel extrait, enchaînait les morceaux, néanmoins le son n'était pas aussi fort qu'il l'avait craint, c'était supportable. Une poignée de jeunes s'agitaient sur la piste, les uns en couple, les autres seuls. À intervalles réguliers, les danseurs se trouvaient entourés d'une fumée blanche écœurante et indéfinissable.

Un videur à la taille de géant s'approcha d'eux. Il était en smoking blanc, courtois mais le regard froid :

— Vous voulez quelque chose ?

Les jeunes clients devaient eux-mêmes aller commander au bar situé à l'autre bout de la salle, mais le service réservé aux policiers était apparemment d'un tout autre niveau. Klavs Arnold l'envoya paître.

— La paix, lui répondit-il.

L'homme s'en alla d'un pas ferme, le visage impassible.

— Est-ce que tu vois une porte allant au premier ? demanda Simonsen.

Klavs Arnold montra celle qui était juste derrière lui d'un signe du pouce. La porte tapissée s'intégrait parfaitement dans le mur et n'était donc pas facile à trouver. Konrad Simonsen esquissa un sourire, puis il prit la carte des boissons, un carton plastifié aux caractères blancs sur fond noir, posé sous la lampe, une imitation de bougie. Il voulait demander si l'endroit servait des boissons non alcoolisées, car plus de la moitié des clients avaient moins de dix-huit ans. Il lisait la carte, mais n'arrivait pas à saisir tous ces noms exotiques. Klavs Arnold lui donna quelques indications avisées :

— Aucun de ces ados ne se paye de *Mai Tai* ou de *Caïpirinha* à cent couronnes, alors qu'il peut commander une *Tequila Sunrise* ou un *Sex on the beach* à moitié prix. Ils aiment les boissons décoratives et colorées, aux noms amusants...

L'inspecteur l'interrompit et fit un signe en direction de l'entrée, où Jesper Mikkelsen venait de faire son apparition en compagnie d'une très jeune fille. Klavs Arnold se tut et ils virent le propriétaire du night-club accompagner sa partenaire jusqu'au bar, puis revenir avec elle vers eux. Elle avait à la main un grand verre contenant une boisson bleutée et une paille et lui un demi pression. Simonsen songea que l'homme paraissait plus âgé que ce qu'il avait imaginé et avait l'air fatigué. Le couple improbable traversa la salle. Klavs Arnold sortit son mobile et les filma ouvertement. Jesper Mikkelsen l'ignora, se contentant de lui jeter un bref regard étonné. Le couple s'arrêta à deux mètres de la porte camouflée, et le propriétaire donna un baiser sur la joue à la jeune fille avant de s'engouffrer dans l'escalier, son verre à la main.

Simonsen observa la fille qui était à deux mètres à peine de leur table et avait l'air perdue. Elle portait une robe noire très courte sans être vulgaire, dont les deux grandes poches sur le devant accentuaient encore le volume. Ses cheveux longs étaient laqués à l'excès. Elle ne devait pas avoir plus de seize ans. Quelques instants plus tard, il la vit retourner vers le bar. Ses talons étaient si hauts qu'elle arrivait à peine à marcher. À moins qu'elle ne fût ivre, c'était difficile à savoir. Elle s'assit au bar sur un haut tabouret et Simonsen hocha la tête, comme pour se dire qu'il approuvait les intentions de Pauline Berg qui s'approchait d'elle.

— *Smoky eyes*, paillettes aux joues, style Bimbo ultra-trashy, dit Klavs Arnold.

— C'est effrayant de voir ce que tu sais sur les discothèques, répondit-il distraitement.

Klavs Arnold sourit :

— Ancien portier à Esbjerg, pendant deux saisons. Je me sens presque chez moi.

— Policier, portier et spécialiste de fitness… dis-moi, combien de boulots as-tu exercés en même temps ?

Il n'eut jamais de réponse. L'homme qui avait voulu les servir traversa la salle accompagné d'un collègue tout aussi armoire à glace et les deux s'avancèrent vers eux. L'homme n'avait plus son expression aimable, mais toujours son regard froid.

— Suivez-nous immédiatement, ordonna-t-il.

Le collègue ouvrit la porte calfeutrée qui était fermée à clef et y demeura jusqu'à ce que les deux policiers en aient franchi le seuil. Puis il les suivit, poussant brutalement Simonsen dans le dos pour le faire avancer, en sifflant quelque chose d'incompréhensible. Ils durent monter l'étroit escalier un par un. Le premier videur devant, l'autre derrière eux. L'escalier débouchait sur un petit couloir au bout duquel se trouvait une pièce où on les fit entrer.

Ladite pièce avait la taille d'un petit salon. En l'absence de fenêtres, le local était éclairé par deux néons suspendus au plafond. Trois pans de mur étaient recouverts d'étagères en métal remplies de dossiers multicolores de toutes tailles. Face à la porte, Jesper Mikkelsen, assis à son bureau, regarda ses visiteurs d'un air réprobateur. Il avait devant lui son verre de bière, qu'il n'avait pas encore touché.

L'inspecteur eut du mal à saisir ce qui se passa dans les secondes qui suivirent. Donnant l'impression de ne pas comprendre la situation, Klavs Arnold fit un pas en avant vers le bureau, mais il fut aussitôt rejoint par les deux malabars. Puis sans crier gare, il se retourna avec la rapidité de l'éclair et expédia de violents coups de poing en pleine figure de l'un des videurs. Son nez se brisa dans un bruit fracassant. Dans le même élan, il donna un coup de pied en arrière et atteignit l'autre individu entre les jambes. L'homme tomba à genoux, puis partit à la renverse. L'instant d'après, il donna cette fois un coup de pied dans les jambes du premier, qui n'ayant même pas eu le temps de porter la main à son nez tout en sang, s'écroula sur le sol.

— Ne bougez pas d'un poil.

Klavs Arnold avait son pistolet à la main, comme sorti par un tour de magie, raconta plus tard Simonsen. Il pointa le canon sur la poitrine de Mikkelsen, et lorsqu'il fit pivoter le barillet, on entendit un petit bruit métallique. D'une voix tranquille et sinistre, Klavs Arnold répéta l'ordre, tout en soutenant son bras droit tendu à l'aide de sa main gauche.

— Du calme, pas de gestes intempestifs. Et sortez votre main du tiroir, doucement !

L'intéressé obéit. Il dégagea son bras et porta les mains sur sa tête, sans même en avoir reçu l'ordre. Klavs Arnold vint se mettre à côté de lui, le fit se lever en le tirant par sa cravate, le fouilla rapidement pour vérifier qu'il n'était pas armé et le fit s'allonger entre ses deux gardes. Il reverrouilla ensuite son arme et la remit dans son holster d'épaule.

Simonsen se faufila alors derrière le bureau et fouilla dans le tiroir resté ouvert. Il y avait un mobile. Il vérifia l'écran et vit que Mikkelsen avait eu le temps de taper le numéro du commissariat de police d'Aalborg. Au même instant, quelqu'un frappa à la porte. Klavs Arnold alla ouvrir et Pauline Berg entra dans la pièce, suivie de la jeune fille, qui lança des yeux effarés autour d'elle lorsqu'elle réalisa que son ami gisait sur le sol. Elle s'accroupit près de lui et se mit à pleurer. Pauline regarda aussi autour d'elle et dit :

— C'est quoi ce bordel ?

Simonsen réussit à démêler les fils. Le cas des deux gardes fut vite résolu. Il tomba d'accord avec Mikkelsen pour considérer que les torts étaient partagés, et que le fait de clore l'incident serait raisonnable pour les deux parties. Alors que les hommes sortaient de la pièce en clopinant, il jeta un regard furieux à Klavs Arnold. Le Jutlandais baissa les yeux, sachant pertinemment qu'il pouvait s'attendre à un savon des plus cordiaux pour sa réaction démesurée. Pauline recommanda à la jeune fille de raconter son histoire, ce qu'elle fit d'une voix hachée et hésitante.

Un an et demi auparavant, elle s'était trouvée totalement déboussolée. Elle avait quitté le collège après le brevet, était partie de chez elle et, après deux ou trois sauts à l'étranger, avait atterri à Aalborg et s'était installée chez son petit ami. À l'époque, elle se droguait et chez son copain la situation s'était encore aggravée. Ces abus coûtaient chers et elle s'était mise à faire le trottoir une ou deux fois par semaine dans les parages de Gøglergade. Quand elle n'était pas trop sous l'emprise de la drogue, elle faisait aussi des remplacements dans un salon de massage de Nørresundby. Au mois de novembre dernier, elle avait dû être hospitalisée à l'hôpital d'Aalborg en raison de son état d'ébriété. C'est là qu'elle avait pour la première fois été en contact avec Jesper Mikkelsen, mais elle avait refusé son aide. Trois semaines plus tard, de retour à l'hôpital, cette fois après une vague tentative de suicide, elle avait de nouveau reçu sa visite et, après une longue conversation, avait fini par accepter le soutien que sa femme et lui étaient disposés à lui proposer.

Deux dossiers trouvés sur l'étagère du bureau de Mikkelsen confirmaient ses dires. Elle n'était pas la première que le couple aidait, ils en avaient secouru bien d'autres avant elle. Simonsen feuilleta l'un des dossiers et Klavs Arnold l'autre. Il s'agissait de jeunes filles de la région qui un beau jour avaient atterri à Aalborg. Des filles qui avaient touché le fond ou qui étaient sur le point de couler. Dans les cas où cela s'imposait, le couple leur faisait faire une cure de désintoxication dans un établissement privé à Viborg, puis ils leur trouvaient un logement et un travail ou leur faisaient suivre une formation. Très souvent, si la fille retrouvait ses anciens penchants, ils étaient obligés de reprendre le processus à zéro. Mais lorsqu'ils avaient choisi d'aider quelqu'un, ils veillaient généralement à ce que leur soutien aboutisse et n'hésitaient pas à prendre en charge les dépenses nécessaires au succès de leur entreprise. Klavs Arnold remit son dossier en place, et Konrad fit de même.

— Impressionnant, dit-il en regardant Jesper Mikkelsen.

Le propriétaire de la discothèque resta silencieux. Simonsen poursuivit :

— Vesterhavsgård, juin 1969, révisions de vacances.

L'homme soutint son regard sans crainte.

— Demain matin à huit heures, ici dans mon bureau, en présence de ma femme et de mon avocat.

— J'ai des photos de vous avec Lucy Davison.

Mikkelsen ne répondit pas. Simonsen changea le lieu du rendez-vous, indiquant qu'il aurait lieu au commissariat et précisa qu'ils sauraient retrouver la sortie.

Le lendemain matin à huit heures, Pia et Jesper Mikkelsen se présentèrent comme convenu pour l'audition, accompagnés de leur avocate qui, dès le début de l'entretien, déclara qu'elle désirait lire une déclaration au nom de ses clients. Simonsen et la Comtesse furent soudain pleins d'espoir. Peut-être la Comtesse n'avait-elle pas pris le premier vol du matin en vain. Mais leurs espoirs furent déçus, car l'avocate sortit une feuille de son dossier et lut à voix haute :

— Pia Mikkelsen et Jesper Mikkelsen ne souhaitent pas s'exprimer devant la police. S'ils devaient à un moment ultérieur être mis en détention, séparément ou ensemble, dans le cadre de cette affaire, ils désirent que je sois immédiatement contactée et qu'aucune question ne leur soit posée avant mon arrivée.

— Nous n'avons pas encore dit de quelle affaire il s'agissait, dit l'inspecteur étonné.

L'avocate ignora sa remarque et continua d'une voix monotone :

— Mes clients indiquent que Lucy Davison, la jeune Anglaise qu'ils ont rencontrée lors de leur voyage à Esbjerg en 1969, a pris le car en direction de Varde le mercredi 18 juin dans l'après-midi et que, depuis, ils ne l'ont pas revue. Ils n'ont pas d'autres commentaires à faire. Allez-vous placer mes clients en détention?

La Comtesse secoua la tête :

— Non, mais nous voulons…

L'avocate se leva. Le couple fit de même.

— Venez, on s'en va.

C'est ce qu'ils firent.

Il n'était pas facile de faire des compliments sur commande. Simonsen se sentait comme un acteur ayant oublié sa prochaine réplique. Il y renonça donc et se contenta de suivre Pauline qui s'avançait en silence, prenant le temps d'examiner chaque affiche, tel un acheteur chez un galeriste. L'inspecteur avait bizarrement l'impression qu'il s'agissait de ses propres œuvres et éprouvait une certaine gêne qu'il essaya de cacher :

— Tu m'as dit hier que tu lisais des documents sur les années 1960. Qu'est-ce que tu y trouves exactement ?

Pauline avait été contente qu'il lui propose de venir revoir sa galerie, et ils étaient rentrés à Søllerød directement de l'aéroport.

— Rien de concret, dit-elle. Mais j'apprends une quantité de choses que j'ignorais.

— Par exemple ?

— Que votre musique était absolument fantastique, et que vos livres en revanche étaient plus qu'ennuyeux.

Votre musique, *vos* livres, Konrad Simonsen acceptait d'en être le détenteur, songeant qu'il ne l'aurait pas fait un mois auparavant. Pauline s'arrêta à côté du tableau qu'elle venait d'étudier. Elle fixait le sol à l'endroit où, près de dix jours auparavant, elle avait été victime d'une crise d'angoisse. Au bout d'un long moment, elle dit :

— Quand j'ai senti ma gorge se serrer, j'ai cru que c'était Juli Denissen qui avait été étranglée. Maintenant, je sais que c'était Lucy Davison.

La voix rassérénée, elle donnait l'impression d'avoir évoqué un fait banal mais néanmoins important pour elle. Simonsen resta silencieux, ne sachant quoi dire, et lui répondit d'un simple haussement d'épaules. Elle détourna alors son regard et le porta à nouveau sur les tableaux, examinant l'affiche suivante tout en continuant à parler :

— Je sais quel poster tu avais dans ta chambre lorsque tu étais jeune.

— Non, tu n'en sais rien.

Il tenta en vain de croiser son regard.

— L'image de Marilyn Monroe avec des cheveux blonds comme les blés, des lèvres lilas et des paupières turquoise, signée Andy Warhol, 1962.

Konrad Simonsen se crispa un instant, il se souvenait parfaitement de cette affiche et se rappelait aussi qu'il avait un temps envisagé de l'acheter, mais ne l'avait pas fait, sans doute par manque d'argent.

— Je dois reconnaître que tu n'es pas tombée loin.

— Tu croyais que j'allais dire Che Guevara, hein ? Le fameux médecin qui fut un piètre guérillero.

— Tout à fait.

— Qu'est-ce que tu avais au mur, alors ?

— Rien de l'époque, je crois… enfin si, je devais avoir une affiche électorale du référendum sur l'entrée dans la CEE, mais ça n'avait rien d'artistique, il n'y avait que deux mots CE – NON écrits à l'encre rouge.

— Le référendum sur l'Europe n'a pas eu lieu dans les années 1960. N'était-ce pas en 1972 ?

— Oui, mais j'ai mis du temps à m'intéresser à la politique.

La conversation cessa, car elle se concentra sur l'affiche devant laquelle elle se tenait et l'inspecteur ne trouva rien à dire pour meubler le silence.

— *Non* était la réponse classique, dit-elle un instant plus tard. On disait *Non* à ceci, et *Non* à cela. Mais j'imagine que tu as voté *Oui* à l'entrée dans l'Europe.

— Effectivement, mais il fut un temps où j'étais contre. Et c'est une fille que je connaissais qui a accroché l'affiche.

— Rita ?

Il ne se rappelait pas avoir cité son nom devant elle, mais il avait pourtant dû le faire. À moins qu'elle n'ait parlé avec la Comtesse. Il laissa tomber le sujet, c'était sans importance.

— Oui, affirma-t-il d'un ton bref.

— Et elle a voté non ?

— Elle n'a pas voté du tout.

Silence à nouveau, mais il ne restait plus que trois tableaux, c'était surmontable. Lorsqu'elle eut terminé, elle retourna vers une des affiches :

— Il y a une chose que je ne pige pas, dit-elle, c'est votre vantardise. On dirait qu'aucune autre génération n'a droit de cité à vos yeux, tout est évalué à l'aune de vos sacro-saintes années 1960 et jugé inintéressant.

Elle prononça ces mots sans agressivité, c'était un simple constat. Konrad Simonsen lui sourit d'un air malicieux.

— À moins qu'il ne se produise d'énormes changements dans les vingt ans à venir, dans trois cents ans, nous serons encore la seule génération dont on se souviendra. Et remarque bien que je dis *la seule*. Nous resterons dans l'Histoire comme une génération unique et sans précédent.

S'il avait un instant songé à la provoquer, il se trompait.

— Tu vois ? C'est insupportable.

— Nous sommes la première génération dans l'histoire du Danemark à n'avoir connu ni la guerre ni la famine. J'espère sincèrement qu'il y en aura d'autres, mais je n'en suis pas si certain.

Elle finit par se tourner vers lui et il vit qu'elle avait les larmes aux yeux. Il eut peur qu'elle n'ait une nouvelle crise, mais comprit l'instant d'après qu'elle était simplement émue de ce qu'elle venait de voir. Elle ne fit d'ailleurs rien pour cacher son émotion lorsqu'elle remarqua :

— Je comprends bien que tu veuilles à tout prix la retrouver, et je suis contente que tu m'aies laissée venir. Ça m'a fait plaisir de revoir cette salle et aussi de constater que… eh bien, que je n'ai pas eu peur.

— C'est ce que tu craignais ?

La question était stupide, et elle n'y répondit pas.

Ils s'assirent sur deux chaises que Konrad avait dénichées dans un des salons de la Comtesse. Le vélo d'appartement était juste à côté d'eux. Par distraction, il appuya sur une des pédales qui se mit à tourner tandis que Pauline s'essuyait les yeux.

— Une collègue d'Aalborg a appelé tout à l'heure, dit-il ; elle se porte garante du témoignage de Pia et Jesper Mikkelsen, donc le doute les concernant est levé.

— Ils recueillent des adolescentes qui sont au bout du rouleau ou sont en passe de sombrer et les aident à refaire surface, c'est ça ?

— Exact. Et ils utilisent l'argent qu'il faut à cet effet. Désintox, formation, logement, solution à leurs problèmes d'endettement, et tutti quanti. Et note que leurs projets – si on peut les qualifier ainsi – réussissent.

— Et les gorilles de Jesper Mikkelsen ?

— Simple protection. Tout le monde n'estime pas que les ados que sa femme et lui soutiennent méritent de se voir offrir un nouveau départ dans la vie.

Pauline hocha la tête. Elle en était arrivée à la même conclusion.

— Mais ils ne voulaient pas parler de Lucy ? demanda-t-elle. Tu crois qu'ils ont tué Kramer ?

— C'est possible, je n'en sais rien. Mais en tout cas, je suis sûr qu'un de nos quatre témoins l'a fait.

— Il faut qu'on interroge celle qui habite en Norvège.

— Helena Brage Hansen, oui, c'est évident.

La deuxième audition de Hanne Brummersted eut lieu à la préfecture de police de Copenhague le vendredi 31 octobre 2008 à dix-sept heures et, cette fois-ci, les gants de velours ne faisaient pas partie du décor. Konrad et la Comtesse se demandaient si elle allait se présenter seule, comme elle le pensait, ou accompagnée de son avocat, comme il le pariait. La Comtesse avait vu juste, car la médecin-chef arriva seule, prit place les lèvres pincées et attendit qu'ils l'interrogent. Elle n'avait franchement pas l'air à son aise, mais ne donnait pas non plus l'impression de quelqu'un sur le point de s'effondrer. Simonsen posa un sac en plastique devant elle.

— Vous devinez ce que c'est ?

— Un mégot de cigarette.

— Exact. Plus précisément votre mégot.

Elle réalisa en un quart de seconde la relation qu'il voulait établir.

— Vous n'avez pas le droit. C'était mon mégot, c'est tout à fait illégal.

— Vous dites des bêtises, et au demeurant, trop tard. Voilà l'analyse d'ADN qu'on a faite, et voilà une analyse de la salive que l'on a réussi à prélever du timbre collé sur la carte postale que Lucy Davison aurait soi-disant envoyée à ses parents le 21 juin 1969 et que vous avez vous-même postée.

— Vous croyez vraiment que vous allez m'impressionner ? Je ne vous ai pas donné mon accord pour effectuer une analyse de mon ADN. Est-ce que je peux voir la décision qui vous y autorise ?

— Non, car nous n'en avons pas, mais je peux vous montrer les résultats de l'analyse. Vous êtes médecin, vous savez donc de quoi il s'agit.

Il posa deux documents devant elle.

— Je n'en ai aucune envie, vous n'avez pas d'autorisation, c'est donc comme si tout ça n'existait pas.

— Pas du tout ! ça existe bel et bien. Regardez aussi où l'analyse a été faite.

Elle jeta un œil sur le document et s'écria d'un air surpris :

— En Suède !

— Exactement. Et plus précisément à l'université de Lund, où ils ont un excellent laboratoire, aussi bon que ceux que nous avons chez nous. Les Suédois aimeraient bien vous rencontrer. Je ne vous cacherai pas que les juristes sont en train d'analyser l'affaire, mais il est fort probable que nos chers voisins vont demander votre extradition. Vous savez que, s'agissant de crimes, il n'y a pas de prescription.

La médecin-chef ne répondit pas. Ils remarquèrent qu'elle tentait de digérer ces informations, qui n'étaient d'ailleurs que pure fiction. Elle essaya de trouver la parade et, malheureusement, elle y parvint.

— Je me rendrai volontiers en Suède et si l'on peut prouver que j'ai léché ce timbre, alors c'est que je l'ai fait. Il me semble qu'on pourrait trouver toute une série d'explications très naturelles, mais ce n'est pas à moi de clarifier ce point. Comme je l'ai déclaré lors de la dernière audition, je ne me souviens de rien. Je vous le redis à présent et c'est aussi ce que je dirai aux Suédois.

— Le bureau de poste d'Orsa se trouve tout de même à plus de cinq cents kilomètres de la frontière suédoise. Ce n'est pas un voyage qu'on oublie si facilement.

— Faites attention de ne pas exagérer votre conclusion. Mon ADN me rattache au timbre, pas à la ville d'Orsa, à moins que je n'aie aussi collé des timbres là-haut.

— Auriez-vous alors l'obligeance de nous indiquer comment ça a pu arriver ? Personnellement, je ne vois qu'une explication.

— Il n'en est pas question. Ce serait pure spéculation, et c'est un domaine que je vous laisse.

Simonsen sentit que son arsenal s'amenuisait sans qu'il parvienne à vraiment toucher la médecin-chef. Ayant déjà pas mal joué avec la vérité, il décida d'avoir recours à un nouveau mensonge.

— À l'époque, la police anglaise a relevé les empreintes digitales qui se trouvaient sur la carte postale. On en a évidemment trouvé un certain nombre, mais elles ont toutes leur explication, à une exception près. Nous souhaiterions prendre vos empreintes.

La femme réfléchit longuement avant de répondre.

— Je vous en prie, faites.

— Il y a aussi des empreintes dans l'entrée de Johannes Lindevej à Hvidovre, que nous ne parvenons pas à identifier.

— Je ne sais pas de quoi vous parlez.

— Vous êtes sûre que ça ne vous dit rien ? Jørgen Kramer Nielsen a habité à cette adresse jusqu'en février dernier, quand vous l'avez tué.

— C'est faux, je n'ai tué personne.

— Vous êtes une femme grande et robuste, une femme ayant des connaissances en anatomie. Un bras autour de sa tête par-derrière, un bon coup oblique vers le haut et vous n'aviez plus qu'à pousser le cadavre jusqu'en bas de l'escalier.

— Je n'ai tué personne et mes empreintes ne se trouvent ni sur la carte postale, ni dans l'escalier.

Elle tendit sa main en avant et poursuivit :

— Et avant que vous souligniez d'un air triomphant que je viens de dire que mes empreintes n'étaient pas sur la carte postale alors que je déclare ne rien me rappeler de cette affaire, j'attirerai votre attention sur le fait que vous venez de m'accuser de meurtre. N'importe qui perdrait son sang-froid dans une telle situation.

Simonsen essaya de lui poser quelques questions supplémentaires, mais elle trouva chaque fois une parade. La Comtesse prit à son tour la parole :

— Nous jouons là un petit jeu amusant, chère Hanne. Vous mentez, vous le savez, nous le savons et vous savez que nous le savons. Alors, cessez de faire comme si vous ne compreniez pas, parce que vous savez parfaitement de quoi il est question.

— Je comprends très bien et je ne mens pas. J'ai oublié pas mal de choses, je l'avoue, mais je n'ai jamais tué personne, et puis arrêtez, je vous prie, de m'appeler *chère Hanne*. Appelez-moi Hanne Brummersted ou docteur Brummersted.

— Docteur Brummersted, comment éduquez-vous vos enfants ?

— Mes enfants n'ont rien à voir avec ça.

— Je suis sûre que vous les éduquez normalement. Vous leur procurez sécurité et amour, et leur transmettez de bonnes valeurs. Ne pas mentir, être bon envers autrui, être responsable de ses actes et tirer les leçons de ses propres erreurs. N'ai-je pas raison ?

— Mes enfants n'ont rien à voir avec ça.

— Pendant ce temps-là, vous portez votre secret épouvantable, si lourd à porter, un secret dont vous ne pouvez vous défaire, quoi que vous fassiez. Vous êtes exactement le contraire de ce que vous avez appris à vos enfants. Chaque jour de votre vie a été empreint de mensonge – votre morale, votre éthique, et même les sentiments que vous commencez à partager avec votre aîné – tout n'a été qu'un abominable mensonge.

— Mes enfants n'ont rien à voir avec ça.

Sa voix tremblait, ils le remarquèrent tous. La Comtesse augmenta la pression :

— Lorsque la vérité éclatera au grand jour, le prix à payer sera immense. Vous allez les perdre ce jour-là et la seule chance qui vous reste de vous faire pardonner les péchés que vous avez commis dans le passé, vous êtes en train de la gâcher.

La Comtesse marqua une longue pause, espérant peser ainsi sur le moral de son interlocutrice. En vain.

— Le choix est simple. Soit vous nous racontez ce qui s'est passé lors de votre escapade entre lycéens, soit vous nous laissez le soin de vous faire avouer et ensuite d'expliquer à vos enfants pourquoi vous aviez gardé le silence.

Hanne Brummersted ne réagit pas. Seul un muscle trembla sous un de ses yeux.

— L'enfer consiste à s'habituer à lui.

La médecin se reprit.

— Vous avez dû longuement y réfléchir, n'est-ce pas ? Ça sonne bien, mais en réalité, c'est du n'importe quoi. Vous voulez établir une comparaison avec un absolu, mais c'est impossible.

— C'est possible. Je ne mets pas en doute votre intelligence, mais votre morale.

— Dans ce cas, comment pouvez-vous penser que je viendrais à votre convocation sans avocat si j'avais tué Jørgen Kramer Nielsen ?

— C'est nous qui posons les questions. La dernière fois aussi, on avait dû vous le rappeler. Vous vous apprêtiez à nous parler de votre morale.

— Non, pas du tout, mais laissez-moi vous en parler tout de même. Toute ma vie, j'ai travaillé dur… Ce que je dirais à mes enfants ? Peut-être qu'il faut tenir ses promesses… que j'ai fait un serment…

Elle finit par craquer. Un petit hoquet, puis un autre, et les larmes se mirent à couler sur ses joues, y laissant des traces d'eye-liner. Simonsen était prêt à prendre la relève. Il voulait en savoir plus sur cette fameuse promesse, mais avant de pouvoir s'exprimer, elle avait déjà marqué un point, les laissant bouche bée comme de vrais novices. Elle releva son visage plein de larmes vers la caméra vidéo qu'il avait fait installer pour faire pression sur elle. Hanne Brummersted dit à la Comtesse :

— La dernière fois, vous m'avez menacée de filer cette histoire à la presse si je n'avouais pas des faits dont je ne me souvenais pas. Bizarrement, ça n'a pas été enregistré sur votre magnétophone. Vous m'avez également promis de me faire pleurer, eh bien, vous avez réussi. Avons-nous terminé ?

L'adresse que l'on avait remise à Konrad Simonsen lors du concert à Frederiksværk était celle d'un parking. Le gardien était un homme aimable et lorsqu'il entendit le nom et l'objet de sa visite, il dit à Simonsen :

— Elle vous attend. Un instant, je vais voir si je la trouve.

Il consulta une rangée de moniteurs qui se trouvaient à sa gauche.

— Elle est au quatrième étage ; je vais essayer de la contacter, mais c'est pas sûr que ça marche. On a des problèmes de communication ces temps-ci, par moments la liaison disparaît, c'est depuis qu'ils ont démoli l'immeuble d'à côté. Allez savoir pourquoi.

Simonsen l'arrêta.

— Ça ne fait rien, je vais y aller directement.

L'homme réfléchit, l'air sceptique.

— Si vous ne la trouvez pas, vous n'aurez qu'à redescendre. On nous a demandé de vous aider, on nous l'a presque ordonné, alors.

— C'est elle qui commande ici ?

— C'est clair, c'est la propriétaire des lieux. L'ascenseur est là-bas à droite, vous n'avez qu'à suivre les pancartes.

— Je crois que je vais monter à pied, ça me fera faire un peu d'exercice.

— Comme vous voulez, mais rappelez-vous qu'il y a des voitures, il arrive que les gens l'oublient.

À sa grande satisfaction, il monta la rampe à bonne allure et parvint au quatrième pont sans être essoufflé. De là, il se dirigea vers le bureau, qui était vide et, brusquement, il se sentit embarrassé. Il s'arrêta et regarda autour de lui. La lumière blanche du jour filtrant des petites fenêtres du local venait se mélanger avec le jaune froid du plafonnier, donnant aux éléments en béton préfabriqué un aspect sale et irréel. Ici ou là, un tuyau en zinc rompait la monotonie du décor et les voitures sporadiques scintillaient alors comme des bijoux dans ce monde de silence et de mort. Rita n'était pas là. Lorsqu'il eut parcouru cet espace ô combien déprimant, et alors qu'il s'apprêtait à retourner voir le gardien, il l'aperçut. Elle était debout derrière une Passat noire, un bloc à la main, et remplissait un imprimé dans son petit carnet blanc, tel un gardien de parking zélé. Simonsen eut largement le temps de l'observer.

Le temps ne l'avait pas épargnée. Son visage était marqué, presque rabougri, et ses lèvres exprimaient la colère, comme si elle avait voulu dire au monde qu'elle n'était pas à plaindre. Ses cheveux lisses et ternes ressemblaient bien peu aux boucles folles blond cendré de sa jeunesse. Même son regard avait, avec l'âge, perdu de son charme. Ses yeux avaient vu ce qu'il y avait à voir et n'avaient plus envie d'y consacrer du temps. Avec son manteau kaki, style poncho, qui lui arrivait aux chevilles et la vieillissait terriblement, et son sac gris qu'elle portait à l'épaule, elle faisait penser à un officier congédié.

Konrad était consterné. La jeune fille de sa jeunesse n'existait plus. Elle n'avait existé que dans son imagination, figée dans le temps comme une illusion chérie, et son image était à présent effacée par celle d'une femme qu'il ne connaissait pas. Et puis, elle fit doucement un pas en arrière et obliqua vers la sortie. Elle leva la tête et le vit. Et le miracle se produisit. Son sourire vint en un instant balayer les années, comme si celles-ci n'étaient que pure bagatelle et Rita fut à nouveau devant lui.

— Bonjour, Konrad. Comme je suis heureuse que tu sois venu.

La même voix rauque et sensuelle qu'avant. Il retrouva soudain les mots de sa jeunesse :

— Bonjour, ma belle Rita. As-tu envie d'aller boire un thé avec moi ?

Ils se mirent à rire et ce n'est que lorsqu'une voiture passa devant eux et que le chauffeur leur sourit qu'ils réalisèrent combien ils étaient proches l'un de l'autre. Il l'invita à dîner.

— Si toutefois tu as le temps ?

— J'ai tout mon temps. En fait, je ne travaille pas, mais j'aime bien me promener ici, sentir l'odeur de l'essence et noter des tas de petits détails, des choses de peu d'importance que d'autres pourraient faire aussi bien que moi.

— Oui, d'après ce qu'on m'a dit, ça t'appartient.

— La moitié est à toi, Konrad, je le sais bien.

Il mit la main devant la bouche de Rita, posa un doigt devant ses lèvres et l'incita délicatement à ne pas poursuivre.

— Tu es sûr ? J'ai déjà parlé avec mon comptable, et c'est...

Il répéta les mêmes gestes et elle le comprit.

— Tu n'as jamais raconté à personne ce qui s'est passé à l'époque ?

— Non.

— Moi non plus, mais il m'est arrivé d'en avoir très envie. Et toi ?

— Une seule fois, très récemment d'ailleurs.

— À ta femme ? Ta compagne ? Tes enfants ?

Elle cherchait manifestement à en savoir plus.

— Non, pas du tout, mais ne parlons pas de ça, on a tellement de choses à se dire.

— Oui, bien sûr… même si j'aimerais… en parler aussi.

Il ne lui répondit pas.

À son retour, la Comtesse chercha à savoir ce qu'il avait fait. Il ne voulait pas mentir et il était difficile de lui faire prendre la moitié d'une histoire pour la vérité.

— Elle veut te donner la moitié de son parking ! Mais pourquoi donc ?

— Pas concrètement, mais c'était effectivement son idée. Je lui ai prêté de l'argent dans le passé pour lui permettre de partir aux États-Unis. Elle traversait un cap difficile, je ne sais pas exactement pourquoi.

— Combien lui as-tu donné ?

— Je ne m'en souviens pas, mais c'était une somme importante.

— Mais d'où tenais-tu cet argent ?

— À l'époque, je faisais des paris au foot, comme tout le monde d'ailleurs.

— Et tu trouvais les treize gagnants ?

— Autrefois, c'était douze.

— Tu es un homme chanceux et généreux, Simon. Est-ce que tu dois la revoir ?

— Non, on ne le souhaite ni l'un ni l'autre.

Ils avaient beaucoup ri pendant le dîner. Ils s'étaient promis de se revoir, tout en sachant bien que ça n'arriverait pas.

— Finalement, est-ce que tu es allée à San Francisco ?

— D'abord, j'ai rencontré Ryan à New York. Son père était agent de change et extrêmement riche. Il m'a donné des conseils pour placer mon argent, et j'ai surtout acheté des actions IBM, c'était le moment idéal. Par la suite, on est allés vers l'ouest, et à ce moment-là, j'étais enceinte. On a habité un temps à Tiburon, une banlieue de San Francisco, et là je dois dire qu'on a bien profité de la vie, grâce à l'argent du beau-père. C'était une époque super. Évidemment, je pensais de temps en temps à toi, mais je ne pouvais pas t'écrire, et puis… peu à peu, tu es sorti de ma tête. Ce n'est que lors de mon retour au Danemark que tu es de nouveau entré dans ma vie, enfin de loin, quand je te voyais dans les médias.

— Quand est-ce que tu es rentrée ?

— Bien des années après, en 1993.

— Raconte-moi.

— On a fait partie de la Rainbow Family, tu sais, le People's Temple et Jim Jones ?

— Ceux qui se sont suicidés ?

— Oui, mais leur suicide est intervenu beaucoup plus tard. Oui, enfin, c'est une évidence, mais en fait… au début, c'était plutôt positif, les manifestations, l'engagement de tous, les activités sociales. Toutes les races étaient représentées, et d'une certaine manière, c'est ce dont j'avais toujours rêvé, mais progressivement, j'ai découvert des aspects concernant la religion, l'autorité, la sexualité qui ne me plaisaient pas, et tout ça a fini par s'accumuler. J'ai eu envie de partir, mais Ryan voulait rester.

Elle s'arrêta.

— Et ce n'était pas facile ?

— Mon beau-père – enfin, c'est comme ça que je l'appelais, mais tu sais, Ryan et moi n'étions pas mariés – venait régulièrement au camp pour essayer de nous en déloger. Je crois bien qu'il avait engagé la moitié des *bodyguards* de Californie. En fait, il détestait le People's Temple. Pourtant, Jim Jones ne nous retenait pas de force. Mais j'ai tout de même fini par rentrer à New York et c'est là que j'ai eu ma fille. Malheureusement, Ryan, lui, est parti en Guyane.

Le reste n'était pas captivant. Konrad écouta poliment. L'établissement à Sleepy Hollow sous les auspices du beau-père, sa fille, qui grandit et eut à son tour un enfant, le cours de ses actions – c'était le récit d'une vie sans drame, et riche en dollars. La seule chose qui l'intéressait, c'était son retour.

— Pourquoi es-tu rentrée ?

— Le Danemark me manquait. Il m'a toujours manqué, et… oui, dans ma famille, nous avons une tradition négative du côté des femmes. Tu te souviens que je n'aimais pas tellement ma mère, mais adorais ma grand-mère ?

— Oui, bien sûr.

— Ma fille est comme moi, et sa fille également. Teresa vit chez moi aujourd'hui, cela fait deux ans qu'elle est avec moi. Imagine-toi qu'elle parle déjà couramment danois.

— Je croyais que ce n'était pas si facile d'obtenir un regroupement familial.

— Ma famille a des relations, notamment à Washington. Au début, elle a été fille d'ambassadeur, sans que personne ne songe à demander qui étaient les parents, mais aujourd'hui, elle a un permis de séjour. C'est une fille charmante ; tu l'as entendue chanter, tu ne l'as pas trouvée fabuleuse ?

— Si, c'est le mot. Fabuleuse.

Ce fut Rita qui régla l'addition.

C'était dimanche, le deuxième jour du dernier mois de l'automne, et la Comtesse avait envie de le chouchouter.

— En novembre, il peut y avoir du verglas le matin, surtout plus au nord.

Konrad s'apprêtait à protester. Mais il avait complètement oublié le changement de mois et lorsqu'il regarda sa montre, il s'abstint de tout commentaire. Elle poursuivit sur un ton maternel :

— J'ai mis toutes les réservations que tu as faites sur Internet dans la boîte à gants. Tu pourras leur montrer si tu as un problème à l'hôtel.

— Tu sais, ce sont des auberges de jeunesse, des petites auberges sur le bord de la route, des petites localités.

— Fais attention sur la route et arrête-toi quand tu te sens fatigué.

— Nous avons fait le tour de la question, ma chérie.

Même lorsqu'il se fut assis dans la voiture de la Comtesse, elle continua de l'assaillir de questions :

— Tu n'as pas oublié tes comprimés ?

— Je les ai pris.

— Tu me promets d'appeler tous les jours ?

— Tous les jours, c'est promis. Maintenant, embrasse-moi, que je puisse partir avant l'heure de pointe.

— C'est dimanche, tu sais bien qu'il n'y a pas de bouchons. Alors, bon voyage à tous les deux.

Il sourit. Elle avait employé le pluriel en raison du tableau qui était posé sur le siège arrière. Après mûre réflexion, il avait choisi celui qui avait fait pleurer Pauline et l'avait fait encadrer. C'était aussi un de ses préférés. La photo qu'il avait d'abord gardée pour lui avait rejoint les autres, et ces dix-sept tableaux allaient maintenant être retournés à la succession. C'était ce que la Comtesse lui avait assuré.

— Alors, est-ce que je vais avoir droit à ce baiser ?

Elle le lui donna et il s'en alla.

Ce ne fut qu'après avoir passé le pont de l'Øresund qu'il eut l'impression que le voyage commençait vraiment. De Malmö, il suivit la côte du Kattegat vers le nord jusqu'à Göteborg. De là, il obliqua à l'intérieur des terres et fit son jogging au bord du lac Vänern. Puis il longea la rive occidentale du grand lac jusqu'à Karlstad, et poursuivit sa route vers l'est. En fin d'après-midi, il confirma la réservation qu'il avait faite dans une auberge de Gävle, au nord de Stockholm. Il avait décidé de faire une grande partie du chemin le premier jour, ce qui paraissait d'ailleurs logique. De plus, il savait que le paysage des forêts suédoises vu d'une voiture paraissait vite monotone, sinon oppressant. De longues routes toutes droites, bordées d'une succession de forêts des deux côtés, kilomètre après kilomètre, dans un espace désert, sans la moindre habitation, et une ouverture au bout de la route, qui s'éloignait au fur et à mesure que l'on progressait. Cette nuit-là, il dormit comme une souche.

Le lendemain, il suivit le golfe de Botnie en passant par Sundsvall et Umeå. Les feuillus disparurent du paysage, et plus tard, les conifères se firent aussi plus rares, petits et clairsemés. À deux reprises, il vit des aigles ; la seconde fois, il arrêta sa voiture et resta un long moment à admirer le vol majestueux du rapace planant très haut dans le ciel. Il passa la nuit dans une petite ville où il avait loué une chambre, presque au bord du golfe.

Il lui parlait souvent. Au début, il lui dit des bribes de mots sans grande signification, histoire d'animer un peu sa journée, puis vinrent des phrases plus longues, évoquant le paysage ou précisant l'endroit où ils se trouvaient. Quand il s'arrêtait, il la sortait de la voiture et la posait à côté de lui. Dans ces moments, il avait l'impression qu'ils étaient ensemble.

— Je t'aime, Lucy. Personne n'y peut rien, et ça ne servirait à rien de le nier. On se serait rencontrés à Copenhague, j'en suis certain. Par hasard, dans une boutique, dans la rue, dans le métro ou peut-être même dans un parc. Oui, dans un parc, un parc aurait été l'endroit idéal pour nous. Toi, avec ton beau sourire, tu aurais eu ton sac à dos, et moi, j'aurais eu le courage de te suivre, sans hésiter un seul instant. On aurait fait de l'autostop jusqu'ici, et on aurait passé une semaine ensemble… ou peut-être deux, mon Dieu, quelle importance ? On aurait eu tellement de temps devant nous qu'on aurait fini par arriver à bon port. Mais ils t'ont tuée, ils t'ont volé ton avenir et le mien avec.

C'était banal, mais ça faisait du bien. Des larmes aux yeux, il savoura chaque instant.

Le troisième jour, ils roulèrent vers le nord-est en direction de la Laponie. En passant le cercle polaire, il dit :

— Eh bien, tu es venue ici, ma douce. Tu ne verras pas le soleil de minuit cette année, il faudra que tu attendes l'été prochain, et d'ici là, tu devras te préparer à l'obscurité d'un long hiver. Je ne puis rien y faire.

Ils s'arrêtèrent à Karesuando et visitèrent l'église la plus septentrionale de Suède. Puis ils suivirent la route le long de la frontière finlandaise. La nature y était grandiose, impressionnante : des bouleaux persistants le long de rivières impétueuses, des étendues immenses où il n'y avait pas âme qui vive, une voûte céleste qui rendait humble tout être humain.

Ils atteignirent Treriksröset de nuit. Tel un guide touristique, il expliqua à sa passagère imaginaire :

— Ici, on peut avoir une jambe en Norvège, une en Suède et une en Finlande. *Tout en même temps*, comme mon vieux professeur de géographie avait coutume de dire, sans qu'aucun élève n'ose en rire. On va voir s'il avait raison.

Le lendemain, ils se levèrent de bonne heure et firent la fin du voyage, traversant une partie de la Norvège, là où la route en lacets suivait le tracé de fjords grandioses. Lorsqu'ils bifurquèrent en direction de Hammerfest, il tint à limiter ses attentes :

— Ils ont, j'en suis convaincu, fait le serment de ne jamais parler de toi. Mes collègues ne comprennent pas ce qu'un tel serment peut signifier, mais moi je le comprends. Au tout début, on se souvient de chaque mot, et puis, les mots se transforment peu à peu en une voix intérieure qui ne garde que le sens des mots. Année après année, l'engagement s'enracine dans la conscience, pour enfin faire partie intégrante de son être. Être une évidence. Ni bien, ni mal, mais impossible à rompre, de même qu'on ne peut changer son prénom, qu'on l'aime ou non. Maintenant, nous allons devoir aider l'un d'entre eux à se libérer de son angoisse, et l'amener à nous révéler l'endroit où ils t'ont enterrée, pour que tu puisses retrouver ton pays. Ensemble, on va y arriver.

Par la suite, il ne lui adressa plus la parole.

Hormis ses cheveux blancs et ses lunettes, Helena Brage Hansen n'avait pas beaucoup changé par rapport aux photos que Konrad Simonsen connaissait. Le jeudi matin, quand il arriva devant chez elle, il la vit remonter péniblement la côte avec son vélo. Il sortit de la voiture et l'attendit. Lorsqu'il se présenta, elle lui répondit calmement :

— Je m'attendais à ce moment, mais je n'ai malheureusement rien à vous dire. Alors, je crains que vous n'ayez fait ce long voyage pour rien.

— C'était un beau voyage.

— Oui, j'en suis sûre. Toutefois, je suis désolée, mais je ne souhaite pas vous parler.

— Je ne viens pas uniquement pour parler, je viens aussi dans l'espoir d'obtenir votre aide sur un point précis.

Il lui montra la photo. Elle l'observa longuement, si longuement qu'il eut presque une crampe dans le bras. Puis elle dit :

— Oh, mon Dieu !

Rien d'autre, juste ce petit cri de tristesse. Simonsen sentait qu'il devait laisser tomber le sujet concernant l'instigateur et les circonstances du meurtre. Peut-être le savait-elle déjà, et cela risquait de mettre un terme à l'entretien qu'il avait amorcé.

— Est-ce que vous m'aideriez à trouver un endroit où l'on pourrait accrocher ce tableau ? Je ne connais personne ici. De préférence dans une pièce comportant plusieurs fenêtres.

— C'est pour ça que vous êtes venu ?

— Oui, et aussi pour parler avec vous. Mais je suppose que maintenant il est inutile d'insister.

— Attendez.

Elle revint peu après vêtue d'une veste et portant un sac à dos. Il la suivit dans la ville et le long d'une montagne sur un chemin sinueux qui lui coupa le souffle. Ils passèrent devant un couple de rennes, qui ne semblèrent pas leur prêter attention, et elle salua un vieil homme qui se tenait devant un portant où séchaient des poissons. Sa démarche était rapide, et il essaya un moment de la suivre, puis il fut contraint d'y renoncer. Il devait aussi faire attention au tableau.

— Vous allez trop vite, il faut qu'on ralentisse.

Elle répondit à son souhait. Pendant plus d'une demi-heure, ils cheminèrent dans un paysage merveilleux. Des collines dorées, gris-noir, parsemées çà et là de zones recouvertes de mousse et de lichen ou de neige scintillante. Ils arrivèrent bientôt à un promontoire d'où ils dominaient la ville. La vue était unique et l'air était si pur, si cristallin, qu'il eut presque mal aux yeux en regardant autour de lui. Ils arrivèrent enfin devant trois maisons cachées dans une gorge creusée dans la montagne. Elle se dirigea vers la plus grande, entra sans frapper et, passant devant lui, monta un escalier. Le local dans lequel ils pénétrèrent était clair, bien aménagé, agréable. Dans le fond de la pièce, un homme écrivait sur son ordinateur, et lorsqu'il réalisa leur présence, il se leva d'un air gai et vint l'embrasser. Ils engagèrent toute une conversation en utilisant le langage des signes. Puis il tendit sans rien dire la main à Konrad.

— Kaare est journaliste financier free-lance, spécialiste de la Suisse, dit Helena Brage Hansen. Il a voyagé dans le monde entier, mais aujourd'hui, c'est à peine s'il va au village.

— Je comprends ça, quand on habite un tel endroit.

— Oui, en ce moment, c'est beau, mais plus tard dans l'hiver, c'est un peu trop sinistre à mon goût.

Ensemble, ils cherchèrent un endroit pour Lucy Davison. Cela prit du temps, car chacun avait son idée, mais ils finirent par se rallier à la proposition de Kaare. Il alla chercher des outils et le tableau fut bientôt accroché.

— Que dit-il ? demanda Konrad.

— Que vous devez goûter son schnaps à la myrtille.

— Je veux bien, mais juste une goutte. Je me remets d'une crise cardiaque, alors depuis, certains plaisirs me sont interdits.

Elle traduisit sa remarque et la réponse du journaliste.

— Kaare dit que le schnaps à la myrtille est bon pour le cœur.

L'ambiance était chaleureuse et les heures passèrent. La maison de Kaare était un endroit où l'on se sentait vite chez soi. À un moment, Helena Brage Hansen dit, presque en passant :

— J'ai réservé deux billets d'avion pour Copenhague à dix heures trente demain matin, mais il y a deux correspondances. Si vous venez me prendre de bonne heure, je vous aiderai à faire rapatrier votre voiture.

Ils ne dirent rien de plus à ce sujet et ne quittèrent la maison qu'en fin d'après-midi. L'inspecteur remarqua que la manière dont elle prenait congé de leur hôte indiquait qu'elle ne s'attendait pas à une longue séparation.

Le lendemain, elle se montra taciturne, sans pour autant témoigner de la moindre agitation ou d'une nervosité particulière. Ils ne se parlèrent pas sur le chemin de l'aéroport et ce n'est que dans l'avion qu'il lui demanda :

— Qu'allez-vous faire en arrivant à Copenhague ?

— Je crois que je vais aller directement à mon hôtel et dormir un peu.

— Et demain ?

— Je vais contacter mes anciens camarades.

— Mouritz Malmborg et Jørgen Kramer Nielsen sont décédés.

— Évidemment, on pouvait s'y attendre, si on se réfère aux statistiques.

— Qu'est-ce que vous allez leur dire ?

— Je vais essayer de fixer un jour où on pourrait se rencontrer.

— Vous savez où ils habitent ?

— Non, mais vous, vous le savez.

— Oui. Où aura lieu votre rencontre ?

— À Vesterhavsgård.

— Vous vous souvenez du nom ?

— Je me souviens de chaque seconde, et les autres aussi s'en souviennent.

— Chacun d'entre vous a fait une promesse aux autres ?

— Oui, mais on n'aurait jamais dû le faire, jamais. Et cette rencontre aurait dû avoir lieu plus tôt, bien plus tôt. Peut-être alors aurais-je pu avoir une vie normale, une vie valant la peine d'être vécue.

Il ne commenta pas son aveu, mais, un peu plus tard, il dit :

— Jørgen Kramer Nielsen a été tué.

Elle réagit de manière relativement modérée et il se dit qu'elle avait peut-être pris des calmants.

— Je crois qu'un de vous quatre l'a tué. Ou bien l'a fait tuer.

— Je ne crois pas.

— Pourquoi donc ?

— Je ne sais pas.

— Vous étiez leur chef ?

— Si vous voulez, mais seulement jusqu'à l'arrivée de Lucy. Elle a repris facilement le rôle.

— Est-ce que vous l'avez tuée ?

— Ce sera à vous de le décider.

— Mais c'est à vous que je le demande.

— Oui, nous l'avons tuée.

11

Le samedi, soit le lendemain de son retour de Norvège, Simonsen organisa un rendez-vous avec le prêtre.

— Tu ne crois pas que tu devrais te détendre un peu ? souligna la Comtesse. Cela doit pouvoir attendre jusqu'à la semaine prochaine. N'oublie pas que tu as un long trajet à faire.

Elle avait raison. Cela pouvait attendre, et il aurait peut-être même pu se passer de cette rencontre, qui n'aurait aucune incidence sur l'enquête et probablement aucune importance en soi. Pourtant, il s'était surpris à téléphoner au prêtre et avait fixé avec lui une heure de rendez-vous. Le prêtre n'avait pas paru étonné et n'avait même pas demandé les raisons de sa démarche. Il avait simplement trouvé un créneau dans son emploi du temps, sans bien entendu utiliser le mot.

— De quoi veux-tu lui parler ? demanda la Comtesse.

Elle était particulièrement douée pour toucher la corde sensible. Parfois, c'était utile, car cela l'aidait à voir plus clair en lui-même. En d'autres occasions, cela avait le don de l'irriter profondément et il avait l'impression d'être mis sur la sellette. Comme à présent. Il tenta d'être honnête :

— Je ne sais pas. J'ai simplement envie de m'entretenir avec lui, peut-être pour lui dire où j'en suis dans l'affaire de Lucy, lui préciser que nous nous rendons là-bas demain et que nous allons faire procéder à l'exhumation du corps.

À leur arrivée à Copenhague, Helena Brage Hansen s'était installée dans un hôtel sur Christianshavn et, quelques heures seulement après qu'ils se furent quittés, avait contacté Simonsen pour lui annoncer qu'elle et ses anciens camarades allaient se rendre à Vesterhavsgård dès dimanche. Il ne lui avait pas demandé qui étaient les autres, mais cela tombait sous le sens – il devait s'agir de Jesper et Pia Mikkelsen et de Hanne Brummersted. Il s'était juste assuré qu'ils viendraient seuls, sans avocat, et qu'aucune personne étrangère à l'affaire ne les accompagnerait. Elle le lui avait promis. Il avait ensuite prié Klavs Arnold d'éloigner de la colonie tous les enfants susceptibles de s'y trouver actuellement.

— Tu as l'air bien sûr de ton affaire, commenta la Comtesse.

Il l'était effectivement. Demain, on allait la trouver. *Au bout de presque quarante ans dans le sable.* Se rendant bien compte que cela avait un côté pathétique, il s'empressa de poursuivre :

— Je vais dire au prêtre que j'ai volé un de ses tableaux, et peu importe d'ailleurs qui en sera le propriétaire.

Il y avait un autre sujet qu'il souhaitait évoquer. Il voulait lui confesser… oui, *confesser* était le mot qu'il employait dans son for intérieur, car c'était ainsi qu'il devait, s'il le pouvait, envisager la question. Et la confession dont il s'agissait ne concernait ni l'affaire en cours, ni même, en l'occurrence, le prêtre. Néanmoins, Simonsen avait le sentiment que c'était une personne avec laquelle il était facile de parler, y compris pour évoquer des sujets délicats.

— Ça paraît raisonnable, dit la Comtesse.

C'était aussi son avis. Elle ne posa plus de questions et il eut tout juste le temps de faire un jogging avant le dîner.

La Comtesse avait pour ainsi dire mis les petits plats dans les grands et, même si ses talents culinaires n'étaient pas démesurés, c'était gentil de sa part. Cocktail de crevettes à l'avocat et sauce au fromage blanc faite maison. Culotte de veau accompagnée de légumes sautés et de quatre, oui quatre pommes de terre, type ratte, par personne. Elle avait voulu innover et avait déniché une bouteille de vin rouge sans alcool. Ils trinquèrent donc avant le repas, dégustèrent attentivement, tels deux sommeliers experts, la précieuse boisson, et devant son air joyeux, Konrad décida de ne rien dire. Ce fut elle qui prononça le jugement :

— On dirait du jus de fruits passé. J'ouvre une bonne bouteille, tu n'auras qu'à courir un kilomètre de plus demain. À propos, où en es-tu avec ton jogging ? Tu arrives à faire tout le parcours, maintenant ?

Il secoua la tête, non, il n'y arrivait pas encore, mais il était proche du but. Un peu plus tard, tandis qu'ils dégustaient le vin, il dit tout à coup :

— Je n'aurais jamais dû essayer de retrouver Rita. C'était une erreur, une grosse erreur.

Il but une gorgée et précisa :

— Quand je pense à elle maintenant, c'est uniquement de manière négative. Les derniers temps de notre vie commune ont été… assez spéciaux. Et ça me met hors de moi de penser à son parking. Si elle voulait faire un investissement, elle aurait pu choisir autre chose que…

Il ne finit pas sa phrase et dit d'un air pensif :

— À moins que je ne sois furieux parce qu'elle a vieilli.

— Toi aussi, tu as vieilli.

— Oui, c'est bien pour ça que je n'ai pas les moyens de voir mes rêves se briser. Et si tout se déroule comme nous l'espérons, je dois également voir Lucy… comme elle est aujourd'hui. Au fait, est-ce qu'elle est partie ?

Il inclina la tête en direction de la galerie. La Comtesse confirma qu'elle n'était plus là, et ce depuis plusieurs jours déjà.

L'adresse que lui avait donnée le prêtre était située dans une petite rue de Valby, près du parc Søndermarken. Pour s'y rendre, il avait donc pris le train de banlieue et s'était arrêté à la gare de Valby. L'adresse indiquée correspondait à une buvette des plus rétros, où l'on pouvait boire un café pour cinq couronnes, prendre une deuxième tasse pour trois, le sucre et la crème étant gratuits. Il n'y avait pas grand-chose à vendre dans le petit local doté de six modestes tables. Derrière le comptoir, une femme qui paraissait aussi âgée que l'établissement lui servit aimablement un café, l'assurant avant qu'il la paie qu'elle venait juste de le faire. Il s'assit à la table la plus proche et sirota son noir à petites gorgées, tout en sachant qu'en raison de son cœur, il aurait dû boire du thé, mais c'eût été un sacrilège d'exiger cela dans un tel lieu. Il était pour l'instant le seul client et avait donc le local pour lui. N'ayant pas apporté de lecture, il se contenta de regarder par la fenêtre. Dehors, il y avait du vent et le soleil projetait ses pâles rayons dans la rue tranquille et souriante. Aucune pensée particulière n'occupait son esprit, mais au bout d'un moment, il commença à se demander s'il ne s'était pas trompé sur l'heure du rendez-vous.

À cet instant précis, le prêtre arriva, s'excusant de son retard, et vint s'asseoir en face de lui. La vieille femme lui apporta une tasse de café avant même qu'il ait commandé. Simonsen se dit qu'il était peut-être connu dans ce modeste endroit, peut-être même était-il un habitué. Peu inspiré, il lui posa la question.

— Vous venez souvent ici ?

Il montra du doigt la tasse du prêtre et se sentit indiscret.

— Je connais deux personnes dans le quartier à qui je rends visite quand j'en ai le temps. Alors, j'en profite en général pour venir prendre un petit café ici. C'est le seul endroit où je bois du café, car sinon, j'ai l'habitude de prendre du thé, mais c'est en quelque sorte devenu une tradition.

— Ah, très bien.

Simonsen trouvait la situation gênante et jugea la pause qui s'ensuivit bien trop longue. Mais il eut l'impression que le prêtre avait senti son malaise, car il se mit à parler des gens à qui il rendait visite. Des individus vivant seuls, des êtres devenus inutiles, contraints à présent de vivre dans le passé. *Que voulez-vous ?* La question naturelle qui l'aurait embarrassé ne fut pas posée. Lorsque le prêtre eut terminé, Simonsen prit la parole à son tour. Il évoqua Helmer Hammer, en évitant soigneusement, toutefois, de citer le nom du chef de cabinet. Le prêtre l'écouta d'un air intéressé.

— Eh bien, dit Simonsen, dès que ce haut fonctionnaire m'eut informé que votre Église désirait acquérir les tableaux de Lucy, nous avons au sein de la brigade criminelle échafaudé les hypothèses les plus insensées. C'est ainsi que les choses se passent dans mon service, tout – quel que soit le sujet concerné – est passé au crible avec le plus grand scepticisme. Nous avons ça en nous.

Le prêtre hocha la tête en signe d'approbation. Il était évident que la police criminelle ne pouvait accepter tous les renseignements qu'elle recueillait sans les vérifier. L'inspecteur lui raconta que Pauline Berg – *un de mes plus jeunes collaborateurs*, précisa-t-il –, fatiguée des spéculations théoriques, avait pris son téléphone et appelé l'*officialis* anglais, ce fonctionnaire catholique qui avait présenté à la succession de Jørgen Kramer Nielsen une offre concernant les affiches représentant Lucy Davison, et lui avait carrément demandé de lui fournir une explication. Il termina en disant qu'elle l'avait obtenue. Le prêtre reprit la parole en souriant :

— Notre organisation, Missing Children, qui est située à Liverpool, a hérité d'un million et demi de couronnes de Jørgen. C'est un montant non négligeable, et il se trouve que cet argent tombe fort à propos. Actuellement, en effet, le département de Missing Children à Liverpool a ses bureaux dans l'arrière-cour d'un bâtiment à rénover sur Romer Road, à Kensington, et le personnel s'y trouve fort à l'étroit. Ils viennent donc d'acheter de superbes locaux dans le centre, sur Rydal Avenue à Formby, des locaux dont l'aménagement est en cours. J'avais donc pensé que ce serait l'endroit idéal pour accrocher les photos de Lucy. C'est pour cette raison que j'ai contacté cet *officialis*, comme vous l'appelez. Je le connais personnellement et je sais qu'il a été dans le passé directeur de Missing Children à Liverpool, et… eh bien, j'ai su prêcher pour ma chapelle.

Simonsen appuya ses bras sur la table et se pencha légèrement en avant.

— Lucy !

Le prêtre suivit son exemple. S'accoudant sur la table, il croisa les mains et appuya le menton sur ses pouces. Son regard était direct et presque amical.

— Oui, Lucy.

— Demain, je saurai également ce qui lui est arrivé, à Esbjerg, il y a si longtemps.

— Je l'espère. Dites-moi, est-ce que vous aimez la soupe à l'oignon ?

Simonsen rit.

— Cela fait longtemps que je n'ai pas été envoyé paître avec autant d'élégance. Et pour répondre à votre question, eh bien oui, j'adore la soupe à l'oignon.

Le prêtre marchait devant, il avait dit que ce n'était pas loin. Ils arrivèrent dans une petite rue bordée de villas et, tout de suite après, tournèrent à droite dans une allée.

— Mon frère est cuisinier, il travaille ici à la cantine. C'est un endroit formidable, n'est-ce pas ?

Simonsen regarda autour de lui. De grandes halles, des bâtiments anciens parfaitement restaurés, des pavillons modernes, créant un ensemble si harmonieux qu'on avait l'impression de se promener dans un village. Un village plein d'activité, où les gens faisaient des allées et venues entre les maisons, seuls ou en petits groupes, bien qu'on fût le week-end. Ils passèrent devant un groupe de touristes et entendirent le guide qui les accompagnait leur asséner en criant ses informations en anglais. Il agrippa le prêtre par le bras pour le retenir.

— Dites-moi, où sommes-nous ?

— À Nordisk Film, vous n'avez pas vu la pancarte ?

Simonsen secoua la tête.

— Et moi qui croyais bien connaître Copenhague ! D'autant que j'ai habité à Valby pendant des décennies, et pourtant, je ne suis jamais venu ici.

— Il faut dire que l'endroit est un peu en retrait, c'est d'ailleurs sans doute ce qui fait son charme. Saviez-vous que Nordisk Film est la société cinématographique la plus ancienne du monde ? Je vous raconterai son histoire tout à l'heure, mais pour le moment, nous allons manger notre soupe. Attendez-moi ici.

Le prêtre disparut derrière une porte et revint peu de temps après avec deux bols de soupe dans les mains. Il en tendit un à Simonsen et les deux hommes avancèrent lentement dans une ruelle située à l'arrière de deux bâtiments, le prêtre devant. La ruelle débouchait sur une pelouse où ils virent trois maisonnettes côte à côte qui faisaient penser aux cabanes que l'on trouve souvent près des bacs à sable. Elles n'étaient du reste pas beaucoup plus grandes. Chaque maison avait un nom, inscrit sur une plaque en bois suspendue au-dessus de la porte. *Foi*, *Espoir* et *Amour*. L'inspecteur se vit offrir la possibilité de choisir. Il montra celle du milieu.

— Alors, prenons l'*Espoir*. À quoi servent ces cabanes ?

— Surtout à des scénaristes qui ont besoin de quelques heures de calme.

Les deux hommes s'introduisirent dans la cabane et trouvèrent une place pour s'asseoir. C'était juste, mais ça allait. Simonsen s'assit sur l'unique chaise de l'abri, le prêtre s'installa sur un lit de camp à côté de lui. Pendant qu'ils mangeaient, le prêtre évoqua Ole Olsen, le fondateur de Nordisk Film, ce personnage haut en couleurs tout à la fois négociant, créateur d'entreprise, collectionneur et cabotin de première.

L'inspecteur l'écoutait. Brusquement, il déclara :

— J'ai conservé une des photos de Lucy. Le service de Missing Children à Liverpool devra donc se contenter de dix-sept photos, mais à l'origine, il y en avait dix-huit.

Il avait appréhendé la réaction du prêtre qui aurait très bien pu le dénoncer pour vol. C'était bien de cela qu'il s'agissait. Mais il s'inquiétait à tort, car son interlocuteur se contenta de dire calmement :

— Oui… bien entendu, neuf plus neuf font dix-huit, mais dans le cas présent, ne peut-on pas dire que dix-sept feront l'affaire ?

Il le savait donc déjà. Neuf tableaux sur le mur du fond et neuf de l'autre côté. Comme il l'avait lui-même précisé, il avait passé un certain temps dans l'escalier de Kramer à observer sa pièce aux miroirs. Simonsen évoqua son déplacement à Hammerfest et lui raconta comment ils avaient placé le tableau dans le bureau de Kaare tout en haut de cette montagne. Le prêtre se félicita de l'endroit choisi et l'interrogea sur son voyage. Dans sa jeunesse, il avait lui-même été à Tromsø. Bientôt, leur conversation prit une tout autre direction et le tableau manquant fut vite oublié. Il évoqua prudemment Rita, pour tâter le terrain. Le prêtre l'écoutait sans beaucoup réagir.

— C'est une histoire datant de cette époque que je souhaiterais vous raconter.

— Je vous en prie.

— Pas maintenant, je préférerais plus tard. Je ne suis pas encore… prêt, devrais-je dire. Mais si une autre occasion se présentait… ?

— Je suis sûr qu'elle se présentera.

Ils prirent congé dans la rue, devant les studios. Simonsen, qui n'avait posé aucune question concernant son enquête, fit alors une tentative :

— J'avais pris quatre photos des élèves avec qui Lucy et Jørgen Kramer Nielsen se trouvaient à Esbjerg, mais je n'ai pas eu le temps de vous les montrer.

— Ça ne fait rien, de toute façon, je n'en connais aucun.

— C'est que l'un d'eux a tué Jørgen Kramer Nielsen.

— Vous êtes un brillant enquêteur. Je fais confiance à votre jugement.

Ils se serrèrent la main. En retournant à sa voiture, Konrad Simonsen était d'excellente humeur. Il était content d'avoir pris le temps de venir à ce rendez-vous avec le prêtre et encore plus satisfait de ce qu'il lui avait dit. Plongé dans ses pensées, il marchait d'un air si distrait qu'il faillit presque dépasser la gare. Ce n'est que lorsqu'il entendit un train arriver sur le quai au-dessous de lui qu'il réalisa qu'il devait faire demi-tour. Jesper Mikkelsen, Pia Mikkelsen, Hanne Brummersted, Helena Brage Hansen – *je fais confiance à votre jugement*. C'était une drôle de formulation. Optimiste, au demeurant. Il traversa la rue et se dirigea vers l'escalier donnant sur le quai, conscient qu'il allait devoir se montrer à la hauteur. Il avait déjà bien avancé dans son enquête, se disait-il. Et c'était vrai qu'il était un *excellent enquêteur*.

Ce dimanche 9 novembre, il était huit heures et demie passées. Un fort vent d'ouest faisait ployer les branches des sapins et, dans le ciel, les nuages fuyaient à toute allure. Le jour n'avait pas encore vraiment commencé et il faisait froid. L'inspecteur frissonna et jeta un regard oblique sur Pauline à ses côtés. Elle n'était pas assez couverte, mais ne semblait pas avoir froid.

— Au fait, pourquoi nous as-tu choisis nous, Arne et moi ?

La veille, dans la voiture, en route pour Esbjerg, elle avait déjà posé la question et, après le dîner à l'hôtel, elle l'avait à nouveau questionné et, les deux fois, il l'avait ignorée. *Ça s'est fait comme ça*, et il avait changé de sujet. Plus tard, Pauline étant partie se coucher, et alors qu'il buvait une eau minérale au bar en compagnie d'Arne, celui-ci l'avait également interrogé mais s'était heurté à une fin de non-recevoir.

— C'est la troisième fois que tu poses la question, dit-il vaguement irrité. Ce n'est pourtant pas si important.

— Pour moi, si.

Elle passa sa main sous son bras. Il se libéra et expliqua :

— La Comtesse se trouvait discréditée en raison de sa mauvaise relation avec Hanne Brummersted, mais c'est elle que j'aurais voulu avoir avec moi.

— Est-ce que ça l'a contrariée ?

— Je ne peux pas me permettre de tenir compte de considérations personnelles. Elle doit l'accepter, et c'est ce qu'elle fait, car c'est une pro. Et toi, tu es là parce que je voulais avoir une femme avec nous.

C'était pur mensonge. Il avait en réalité écarté la Comtesse pour des raisons personnelles. C'était très peu professionnel, mais c'était ainsi. Il ne voulait pas qu'elle soit présente lorsqu'il trouverait Lucy. Au début, il avait même envisagé d'y aller seul, mais avait ensuite abandonné l'idée. Il avait besoin de la présence d'un collègue pour surveiller les réactions des quatre individus qui, dans un moment, allaient se trouver réunis à nouveau après quarante ans de séparation. Surveiller leurs réactions, au sujet non pas de Lucy Davison, mais de Jørgen Kramer Nielsen.

— Et pourquoi Arne et pas Klavs ? demanda Pauline.

— Parce que Klavs déménage à Copenhague, entre autres.

— Je suis heureuse de l'apprendre.

Il ne saisissait pas très bien pourquoi elle était heureuse, mais il murmura un *bien* puis regarda le paysage qui les entourait. Ils étaient installés à l'abri derrière un bûcher devant l'entrée principale de la maison des scouts, où le vent soufflant en rafales soulevait par intervalles le carton bitumé et hurlait dans les coins. Le vent était encore plus puissant qu'avant, lui semblait-il, et pourtant les météorologues avaient annoncé le contraire. Pauline Berg piétina un peu le sol sablonneux, puis remarqua :

— Je croyais que c'était pour me donner une chance de me retrouver avec Arne.

— Ah bon ! Eh bien, ce n'était pas le cas.

— Je crois que c'est aussi ce que pensait Arne.

Il se tourna vers elle.

— Tu ne pourrais pas essayer, au moins dans les heures qui vont suivre, de te concentrer sur autre chose que ta petite personne ?

Il oubliait parfois comment elle pouvait être. Surtout quand elle avait été normale pendant une période, comme avant son drame. Le ton de sa voix changeait, comme si elle citait à contrecœur le passage d'un livre.

— Quand tu es resté chez moi la fameuse nuit, et que je dormais, tu n'as pas eu envie de te coucher dans mon lit ?

— Arrête un peu, Pauline. Non, et tu le sais très bien. Mais pour l'instant, j'aurais surtout envie de te renvoyer chez toi.

Il émit un son nasal moqueur, regrettant déjà sa réaction. Il était clair qu'elle cherchait à le provoquer et qu'il aurait dû s'abstenir de lui répondre. Il centra son irritation sur un autre sujet :

— Bon sang, où est donc passé Arne ?

— Il est allé aux toilettes.

— Je sais bien. Et je sais aussi qu'il y a environ dix mille sapins autour de nous, il aurait bien pu en choisir un.

Elle passa une nouvelle fois sa main sous son bras. D'un air conciliant, elle souligna que n'étant pas un homme, elle n'avait aucune idée sur la question. Puis elle serra son avant-bras, retirant ensuite sa main avant qu'il n'ait le temps de se dégager. Soudain, ils entendirent le bruit d'une voiture et cessèrent de parler.

Quelques instants plus tard, une Citroën bleue arriva en crissant sur le parking situé à gauche de la maison des scouts. C'était celle de Hanne Brummersted. Ils avaient prévu qu'Arne irait l'accueillir. L'inspecteur poussa Pauline en avant.

— Si Arne n'est pas là, tu vas devoir…

À cet instant précis, Pedersen apparut à l'angle de la maison. Simonsen ne dit rien et regarda la femme entrer dans la salle où Helena Brage Hansen était déjà installée. Cette salle commune était la pièce que ses camarades et elle avaient utilisée lors de leur séjour de 1969. Quelques instants plus tard, Arne revint vers eux.

— Elle a l'air sereine. Tu n'auras pas de problèmes avec elle.

— Sereine ? demanda Simonsen.

Il précisa son propos, sans que cela ne devienne beaucoup plus clair.

— Comment se sont passées les retrouvailles ?

— Distantes et réservées.

— Elles se parlent ?

— Comment pourrais-je le savoir ? Tu ne m'as jamais appris le don d'ubiquité.

— Je demandais si, à ton avis, elles se parlaient.

Pedersen hésita et Pauline secoua la tête, comme si elle refusait l'explication de deux écoliers égarés. Puis elle franchit les quelques mètres qui les séparaient de la pièce où se trouvaient les deux femmes et regarda par la fenêtre. Quand elle revint près d'eux, elle précisa :

— Non, elles ne se parlent pas. La médecin-chef regarde dans le vague et l'autre toute maigre écrit sur son portable.

Arne demanda d'un air indigné :

— Dis-moi, tu ne connais même pas leur nom ?

Pauline serra les poings, presque comme si elle avait voulu lui mettre un coup. Bien sûr que si. Il voulait peut-être lui faire passer un examen ? Elle marqua une courte pause et, alors que d'un ton grincheux elle citait les noms des deux femmes, le mobile de Simonsen vibra dans sa poche intérieure. Il trouva non sans mal le SMS que Helena Brage Hansen venait de lui envoyer. Il le lut, puis informa ses collègues :

— Les Mikkelsen ne seront pas là avant une demi-heure. Ils ont été retardés.

Pedersen avait trouvé une salle à laquelle on pouvait accéder par le côté de la maison. Une pièce chauffée. Et il s'en alla, regardant en chemin Konrad en levant les yeux au ciel avec un signe en direction de Pauline Berg. Elle le suivit du regard, puis demanda gentiment à son supérieur :

— Est-ce qu'on ne devrait pas faire le tour du terrain ?

Il hésita, et elle raconta en murmurant :

— J'étais en ville vendredi, et j'ai rencontré un mec dans un bar. Tu sais ce qu'il m'a dit ? Il a trouvé le moyen de me faire remarquer que j'avais des hanches faites pour la maternité. Tu te rends compte ! Des hanches faites pour être mère !

Simonsen ne réagit point et esquissa seulement un sourire en réponse à ses rires exaltés. Et tout d'un coup, elle changea complètement de sujet :

— Qu'a dit le prêtre sur Kramer quand tu l'as auditionné hier?

— Ce n'était pas une audition. Tu as parlé avec la Comtesse?

— J'ai essayé de t'appeler, pendant que tu étais avec lui. Bon, tu dis que ce n'était pas une audition? C'était quoi, alors?

Simonsen songea que la meilleure manière de décrire cette rencontre serait de dire que c'était une ébauche qui lui permettrait peut-être un jour, si l'occasion se présentait, de raconter le secret qu'il avait gardé pendant des années.

— Tu ne veux pas aller rejoindre Arne? lui demanda-t-il. J'aimerais bien être un peu seul.

Elle le quitta sans plainte ni mauvaise humeur. Quelle frustrée. Il la regarda s'éloigner et se replongea dans ses pensées.

Il ne se souvenait pas précisément du moment, mais ce devait être autour de la Saint-Jean, car lorsque le film fut terminé et qu'ils quittèrent le cinéma, il faisait encore jour. Quant au lieu, c'était peut-être le Grand Teatret dans la rue Mikkel Brygger, mais il n'en était pas sûr non plus. Il se rappelait en revanche très bien du film, *Easy Rider* avec Peter Fonda et Dennis Hopper dans les rôles de deux jeunes motards faisant la traversée des États-Unis d'ouest en est.

En sortant du cinéma, elle s'était jetée sur une machine à sous, une de celles où l'on pouvait guider une pince au-dessus d'un monceau de jouets pour tenter d'en attraper un. Elle s'était arrêtée au beau milieu de la foule, l'air perdu, et mettait machinalement des pièces dans l'automate, repêchant des petits ours en peluche insignifiants. Elle en avait attrapé trois, tous de couleur verte, dont deux en un seul coup. Mais l'exploit n'avait provoqué aucune réaction chez elle. Et puis tout d'un coup, elle s'était abandonnée dans un flot de paroles.

Elle voulait partir, aller en Amérique. Ils allaient partir ensemble, commencer une nouvelle vie, tout seuls. C'est ça qu'ils devaient faire – aller aux États-Unis, partir loin du Danemark. Elle pourrait chanter et jouer de la musique, et lui…

il travaillerait quelque part. Ils auraient sûrement une bonne vie, elle en était certaine. Mais aux États-Unis, pas ici au Danemark.

Quand il se remémorait cet épisode, il lui semblait qu'elle s'était montrée aussi sereine et réfléchie qu'exaltée et maniaque. Ce n'était pas possible, mais c'est ainsi qu'il se souvenait d'elle.

Elle utilisa ses derniers centimes. Sans résultat. Elle n'avait pas fait beaucoup d'efforts. Puis elle dit :

— La semaine prochaine, je dois aller porter de l'argent en Allemagne. Je vais le voler et me tirer avec.

Il ne fit pas de commentaires, secoua juste la tête, sachant pertinemment qu'elle ferait ce qu'elle disait. Ils rentrèrent chez lui, abandonnant les peluches sur la machine.

Le lendemain, il se fit porter malade ; c'était la seule fois de sa carrière où il avait filouté. Ils se retranchèrent dans son appartement, et, le jour suivant, il essaya de la faire renoncer à cette entreprise désespérée. Ensuite, il alla chez un libraire pour acheter six cahiers et, les quatre jours suivants, elle passa son temps à écrire. Personnes, noms, dates. Lieux, entretiens – tout ce qu'elle se rappelait, jusque dans le moindre détail. Précisant les jours où elle transportait l'argent, le montant, l'identité de la personne qui le lui avait remis, la destination et le nom de la personne à laquelle elle était censée le remettre, de celle qui établissait les comptes, etc. Quand il y repensait aujourd'hui, il considérait que cet événement avait constitué son premier, et plus difficile, interrogatoire. Lorsqu'elle eut achevé son compte rendu, il le relut attentivement, lui posa quelques questions complémentaires, ajoutant ses réponses dans les cahiers. Elle avait collaboré avec lui, désillusionnée qu'elle était, mais sans rien lui dissimuler.

Ce fut une leçon qu'il ne devait jamais oublier : l'importance pour le responsable d'un interrogatoire de se mettre totalement dans la peau de son témoin, de comprendre et d'accepter les sensations de son interlocuteur, même les éprouver dans ladite situation. Bizarrement, ce fut Rita qui, lors de l'une de leurs rares pauses, releva la première ses qualités :

— Tu es doué pour ça, Konrad.

C'était un simple constat, mais elle l'exprimait avec une certaine tristesse. En dehors des interrogatoires, la distance entre eux était flagrante. Et d'ailleurs, ils ne dormaient plus ensemble.

Lorsqu'ils eurent terminé, il contacta Kasper Planck qui les avait déjà aidés et qui accepterait peut-être de les aider à nouveau. Sinon qui ? Il ne connaissait personne d'autre.

Tout tremblant et hésitant, il avait retrouvé l'intéressé devant le commissariat de Store Kongensgade.

Ils étaient allés faire un tour sur la Larsens Plads, près du pont Kvæsthusbroen et avaient fait les cent pas sur les pavés, pendant qu'il lui expliquait l'affaire. Kasper Planck avait pris les cahiers, grognant d'un air renfrogné comme un professeur principal à qui l'on remettait une rédaction en retard. Deux jours plus tard, ils s'étaient retrouvés au même endroit, cette fois sur un banc. Il tombait une légère bruine. Planck avait apporté un parapluie. Pour lui-même. Il avait commencé l'entretien en lui posant la question essentielle :

— Est-ce que tu veux aussi aller aux États-Unis ?

— Non.

Il avait retourné cette question dans sa tête, n'ayant pratiquement pas fermé l'œil de la nuit. Il avait longuement pesé le pour et le contre. Mais là, la réponse lui était venue subitement et, aussitôt prononcée, il sut que c'était vrai.

— Je m'en doutais.

Et Kasper Planck avait des preuves à l'appui de ses assertions. Il lui rendit les cahiers et quelques feuillets – trois pages écrites à la machine comprenant des questions complémentaires, ainsi qu'une seule demande de visa pour les États-Unis et un formulaire par lequel Simonsen faisait sa demande de mutation à la police criminelle. Planck commenta :

— Je soustrais huit jours sur tes vacances, quand tu nous rejoindras. Je n'accepte pas les filouteries.

— Huit jours ? Mais je n'ai été absent que cinq.

— Les trois autres, c'est pour t'apprendre à ne plus le faire.

Alors, Planck lui expliqua ce qu'il devait faire et lui donna un plan qu'il suivit à la lettre. Il alla chez le libraire acheter deux autres cahiers dans lesquels Rita nota ses réponses aux questions qui figuraient sur la liste. Elle compléta sa demande de visa et il reçut son passeport. À ce stade, elle avait compris qu'elle devrait voyager seule, mais ils n'en parlèrent jamais.

Au commissariat de Bellahøj, il remit la moitié des cahiers ainsi que les documents de Rita à un homme âgé portant des lunettes en écaille sur un visage impénétrable. L'homme, un représentant des RG, prit quelques minutes pour examiner le matériel. Il ne fit aucun commentaire sur la demande de visa, se contentant de hocher la tête presque imperceptiblement, et donna à Simonsen un rendez-vous la semaine suivante, comme s'il s'agissait d'un rendez-vous chez le dentiste.

C'est ainsi qu'un beau soir d'été propice à la mélancolie, à la résidence universitaire de Grønjord, il lui avait remis son passeport et son visa. Elle pleura un peu et demanda d'un air triste :

— On fait l'amour ?

Sous-entendu, pour la dernière fois. Il refusa.

— Alors, qu'est-ce qu'on fait ?

— Il ne nous manque plus que l'argent.

Il avait fait le tour de la maison et s'était sans le vouloir retrouvé à l'arrière du parking. Quand une BMW s'engouffra à sa gauche et vint se garer devant la maison près de lui, il se retourna presque affolé. Pia Mikkelsen, assise à l'arrière, en sortit, suivie de près par son mari. L'avocate n'était pas avec eux. Il se retourna et partit dans le sens inverse sans prendre la peine de les saluer. Après ce petit détour, il arriva devant l'entrée principale de la colonie, où ses deux collaborateurs l'attendaient. Il les regarda gravement dans les yeux l'un après l'autre, puis il se concentra et entra dans la maison.

Les quatre vieux amis, y compris le couple, s'étaient assis aussi loin que possible les uns des autres. Hanne Brummersted lisait sans enthousiasme un magazine, tandis que les autres regardaient dans le vague. On sentait la gravité du moment. Derrière eux, un petit-déjeuner les attendait et Simonsen remercia en silence la mairie d'Esbjerg. Il se mit alors au milieu de la pièce et fit une introduction d'un ton léger, proche de la provocation.

— Bonjour à tous et merci de votre présence. Je comprends en vous regardant que vous saisissez la gravité de la situation. Il y a cependant une bonne nouvelle, car je peux vous assurer que dans un moment, lorsque vous aurez déballé tout ce que vous avez sur le cœur, vous allez retrouver le sourire et vous sentir de nouveau à l'aise. Notamment lorsque vous déciderez de retourner faire un tour dans votre vieille école…

Helena Brage Hansen l'interrompit. Ses mots tombèrent comme un claquement de fouet, cinglants et précis.

— Referme ce journal, Hanne. Qu'est-ce que tu imagines ?

La médecin-chef s'exécuta dans l'instant, et on la vit rougir.

— Je vois que rien n'a changé, dit l'inspecteur, que tout est comme dans le bon vieux temps. Je n'ai rien à ajouter. Maintenant, c'est à vous de parler.

Comme il s'y attendait, ce fut Helena Brage Hansen qui prit la parole :

— Nous avons besoin de dix minutes entre nous, j'espère que ça ne pose pas de problème.

Il n'avait pas le choix. Il se retrouva donc l'instant d'après dehors avec ses deux collègues. Le vent s'était un peu calmé et deux hélicoptères de l'armée passèrent presque au-dessus de leurs têtes. Ils levèrent les yeux machinalement. Lorsqu'ils se furent éloignés, Pedersen demanda :

— Pourquoi les provoquer ? Est-ce que c'était opportun ?

— Je l'ai fait exprès.

— Oui, j'ai bien vu, mais pour quelle raison ?

— Pour ne pas qu'ils s'imaginent que je suis leur oncle préféré. Il s'agit d'éclaircir deux décès, ils ne sont pas là pour s'amuser.

Pauline renchérit sur les réserves d'Arne.

— Je peux t'assurer qu'ils ne se font aucune illusion là-dessus. Mais tu prends le risque qu'ils se mettent en colère et refusent de nous parler.

— Non, je ne crois pas. Ils ont décidé eux-mêmes de venir à ce rendez-vous et savent pertinemment qu'ils ne pourront pas partir avant de nous avoir raconté ce qui s'est passé et indiqué l'endroit où Lucy a été enterrée. Psychiquement, ils ne pourront pas le supporter, après avoir passé deux jours à accepter l'idée. Je suis persuadé que c'est un grand soulagement pour eux, ou plus exactement pour trois d'entre eux.

Pedersen changea son angle d'attaque :

— Je partage ton analyse. Mais quand tu dis trois, est-ce parce que tu penses que celui ou celle qui a tué Kramer a d'autres intérêts ?

— Oui, et je veux tout – quand on tient la poule, il faut la plumer – et c'est pour aujourd'hui.

— Ça ne paraît pas irréaliste. À votre avis, qu'est-ce qu'ils font là-dedans ?

Pauline haussa les épaules. Qui sait ?

— Ils renoncent au serment qu'ils se sont fait il y a quarante ans, dit Simonsen.

Et quelques instants plus tard, il ajouta :

— Veillez à bien surveiller les deux qui vous ont été attribués et ne relâchez surtout pas votre attention.

Il avait été décidé que Pauline observerait Hanne Brummersted et surtout Helena Brage Hansen. De son côté, Arne Pedersen suivrait les réactions du couple. Une attitude physique involontaire, un regard suspect, un lapsus, un tremblement nerveux. Simonsen était convaincu que le meurtrier du postier ne parviendrait pas à sauver la face.

Helena Brage Hansen apparut à la porte et leur dit d'entrer.

L'ambiance était lourde. Les trois femmes pleuraient en silence et Jesper Mikkelsen était comme pétrifié. Il fit toutefois un effort sur lui-même et, s'adressant à l'inspecteur, précisa :

— Nous allons tout vous dire, mais nous avons besoin de votre aide. Nous pensions que vous pourriez commencer par nous questionner et ensuite nous pourrions compléter au fur et à mesure. Ce n'est pas…

Sa voix tremblait et il regarda au loin avant de terminer sa phrase :

— … évident pour nous.

La demande semblait raisonnable. Simonsen resta debout et se tourna vers l'homme sans essayer de se montrer aimable.

— Dans ce cas, j'aimerais que vous me montriez d'abord l'endroit où vous avez enterré Lucy Davison.

— Il n'y a plus aucune raison de vous le cacher. Nous l'avons enterrée sous le feu de camp.

— Maintenant !

Jesper Mikkelsen s'exécuta, tandis que les femmes restèrent assises. Simonsen le suivit. L'homme ne pleurait pas, mais il fut pris de petits hoquets qui l'empêchaient de parler. Le but n'était pas pour Simonsen de faire une démonstration de force ; l'endroit du feu de camp avait pu être changé bien des fois en quarante ans.

Ils firent vingt mètres sur un sentier et arrivèrent à destination. L'homme montra le centre du bûcher, là où les cendres et des bûches à moitié consumées étaient entourées d'une couronne de pierres.

— C'est ici ?

Il hocha la tête.

— Vous êtes certain ? Le feu de camp était peut-être situé ailleurs à l'époque.

Mikkelsen regarda autour de lui et bredouilla avec difficulté :

— Je suis certain.

— À quelle profondeur l'avez-vous enterrée ?

Il leva une main au-dessus de sa tête. Simonsen estima qu'il était question de deux, trois mètres.

Ils rejoignirent les autres. Les femmes pleurnichaient toujours, mais Hanne Brummersted et Helena Brage Hansen avaient saisi un petit pain. Mikkelsen prit un verre de jus de fruits avant de se rasseoir.

— Pour votre information, dit l'inspecteur, vous aurez beau pleurer, geindre, prier et hurler autant que vous voudrez, il n'empêche que vous allez devoir avouer la vérité et le rôle que chacun a joué dans l'affaire. Alors, je vous conseille fortement de reprendre vos esprits, ce sera plus simple pour tout le monde. Commençons par le commencement. Ainsi, vous étiez dans la même classe au lycée de 1967 à 1969. Dans ce lycée, vous avez créé un club que vous avez appelé le Cercle des cœurs solitaires. Les autres élèves le nommaient les Cœurs. Vous aussi ?

— Oui, c'est nous qui avions raccourci le nom, l'autre était trop long, répondit Helena Brage Hansen.

— C'est vous qui avez constitué ce groupe ?

— Oui.

— Qui de votre classe en était membre ?

— Nous quatre qui sommes ici, plus Jørgen, Mouritz et Bendt.

— Bendt ? Est-ce qu'il s'agit de Bendt Schultz ?

— Oui, je crois que c'était son nom, mais je n'en suis pas sûre.

— Oui, c'est ainsi qu'il s'appelait, confirma Hanne Brummersted, dont la mémoire s'était visiblement améliorée depuis ses deux auditions. Konrad s'abstint de tout commentaire ; en revanche, il lui dit :

— Passons à vous un moment. Est-ce que Bendt Schultz est venu ici à Vesterhavsgård avec vous ?

— Non, il était malade.

La médecin-chef avait un air pitoyable, presque suppliant. Insensible, Simonsen poursuivit :

— Lorsque vous êtes rentrés, lui avez-vous dit ce qui s'était passé ?

— Non, bien sûr que non.

Il se tourna de nouveau vers Helena Brage Hansen.

— Bien, revenons aux Cœurs. Pourquoi avoir constitué ce cercle ?

— Pour que ceux qui étaient laissés de côté puissent aussi avoir une communauté.

— Laissés de côté ? Comment ça ?

— Laissés de côté par la classe, lors des fêtes, dans les conversations… en dehors de tous les mouvements, y compris les plus flous, les hippies, les provocateurs, exclus des rassemblements où on chantait et jouait à la guitare, des concerts… de tout.

— Vous étiez victimes de harcèlement ?

— On n'utilisait pas ce mot à l'époque. Disons simplement que, alors que nos soi-disant camarades de classe prêchaient l'amour et la solidarité, ils savaient aussi faire preuve d'une étonnante méchanceté. Nous avons tous vécu des histoires ou des épisodes que nous avons gardés en nous toute notre vie… comme celle-ci.

Simonsen pivota et, désignant du doigt Hanne Brummersted :

— Racontez-moi votre histoire, dit-il.

Mais il n'obtint pas l'effet de surprise escompté. La médecin-chef s'exécuta aussitôt. Elle psalmodia d'une voix triste :

— En seconde, j'ai essayé pendant un temps de me comporter comme les autres. Une fois je suis allée en classe sans soutien-gorge. Ce jour-là, le hasard a voulu qu'on nous photographie. Eh bien, quelqu'un a écrit une lettre au ministère de la Justice pour me dénoncer. Pratiquement tous les élèves de la classe avaient signé la lettre. Ça se passait avant que soit levée l'interdiction de la pornographie en images, qui n'est intervenue qu'un an ou deux plus tard. Ils m'ont accusée de comportement obscène. Ils ont accroché la réponse du ministère dans la classe et ont même envoyé une copie à mes parents. Ensuite, ils ont continué pendant longtemps à m'appeler Nia, qui signifiait *nipples in agony*, ce qui m'évitait tout de même d'être qualifiée de *gros boudin* ou de *vierge au lard*. Et il y a eu des quantités d'autres épisodes tout aussi désagréables. Je crois que le pire s'est produit lorsqu'ils m'ont fait cadeau d'une poêle à frire pour mes dix-huit ans. Je pleurais toute la journée, même si en ce temps-là, j'avais déjà les autres pour me soutenir.

Elle fit un geste en direction de ses trois anciens camarades.

Simonsen pouvait difficilement ne pas compatir.

— C'est donc pour faire barrage à ce genre d'actions que vous avez constitué les Cœurs.

Sans y avoir été invitée, Pia Mikkelsen voulut intervenir :

— Le pire, c'est qu'au début, nous aussi nous participions à ces moqueries pour tenter de plaire. Par exemple, j'ai signé la lettre à laquelle Hanne fait allusion. En revanche, en terminale je n'ai pas hésité à crier après ceux qui avaient choisi la poêle et, d'ailleurs, j'avais aussitôt retiré ma participation au cadeau de la classe. Mais il est certain que les Cœurs étaient en somme un pis-aller, un endroit où l'on pouvait aller parce que personne d'autre ne voulait de nous.

Les trois autres hochèrent la tête, même Helena Brage Hansen l'approuva et ajouta :

— C'est vrai que le physique était un critère essentiel, mais il ne s'agissait pas uniquement de ça, on devait aussi penser, agir, sentir comme eux et partager leurs opinions. Celui qui ne se pliait pas à cette discipline n'avait pas la vie facile, et les problèmes venaient aussi des jeunes professeurs. C'était terriblement injuste.

L'inspecteur estima qu'il était parvenu à dégager l'essentiel, et que la situation n'était pas très différente de l'image qu'il s'en était faite. Ceci dit, ses interlocuteurs ne pouvaient pas vraiment être qualifiés de martyrs, et ils avaient tout intérêt à forcer le trait et à apparaître comme victimes pour atténuer un tant soit peu la douleur qui les attendait.

Il poursuivit :

— Le vendredi 13 juin 1969, vous aviez tous les six passé votre avant-dernier oral et alliez bientôt devenir bacheliers. Il ne vous restait plus que l'examen de maths, que vous deviez passer une semaine plus tard, le 20 juin. Qui souhaite continuer ?

Jesper Mikkelsen se porta volontaire.

— Nous avions depuis longtemps décidé de prendre quelques jours de vacances pour réviser ensemble. Aucun d'entre nous ne risquait d'échouer, donc la situation n'avait rien de dramatique, mais c'était notre matière principale et la note obtenue pouvait conditionner les études que nous allions entreprendre ensuite. Hanne, par exemple, voulait absolument être médecin, et elle devait avoir au moins quatorze, et si possible plus...

Simonsen l'interrompit.

— Vous vous en souvenez, si longtemps après ?

— Je me souviens de chaque instant de ce séjour et, depuis, il ne s'est pas passé un jour sans que j'y pense. Je me souviens des rêves que je faisais la nuit et je me souviens aussi du prix de nos billets de train.

— Bien, continuez.

— Helena avait loué la colonie par l'intermédiaire de son père. Les scouts ne l'utilisaient que pendant les week-ends, en dehors des périodes de vacances s'entend, et nous n'avions rien à payer. Étant très brillant en maths, Jørgen devait en quelque sorte faire office de prof. Pia et lui avaient établi un programme de révisions très strict, il n'était donc pas question de vacances. Nous sommes arrivés à Vesterhavsgård le dimanche soir, par conséquent le 15 juin, et nous avions fait le trajet d'Esbjerg à Nørballe en car.

Il s'arrêta.

— Continuez.

— Quelqu'un ne pourrait-il pas prendre la relève ?

— Continuez, je vous prie.

— Le lundi, nous avons travaillé la moitié de la journée. De manière si efficace que nous étions en avance sur le programme… alors, Jørgen et Mouritz sont allés à Esbjerg pour faire des courses, et les autres ont continué à réviser. Je me rappelle qu'il s'agissait d'intégrales. Ils sont partis sur deux bicyclettes empruntées aux scouts.

— Mouritz n'allait pas poursuivre ses études ?

— De nous tous, il était celui qui avait le moins besoin d'obtenir de bonnes notes. Il allait entrer dans la société de son père, et ce quelles que soient ses notes. Et puis Jørgen n'aurait pas pu rapporter seul toutes les courses.

— Il y avait une épicerie plus près d'ici. Pourquoi n'y alliez-vous pas faire vos courses ?

— Elle était beaucoup plus chère, Helena le savait bien, et, de plus, nous n'avions pas beaucoup d'argent à l'époque.

Il laissa Mikkelsen souffler et désigna Helena Brage Hansen pour qu'elle prenne le relais.

— Ils sont rentrés un peu après trois heures, expliqua-t-elle tranquillement, accompagnés d'une jeune Anglaise qu'ils avaient rencontrée à Esbjerg. Elle était sur le porte-bagages de Jørgen. C'était Lucy.

— Lucy Selma Davison ?

— Oui, Lucy Selma Davison, mais on l'appelait simplement Lucy.

Simonsen commenta bien inutilement, *naturellement*. Personne ne broncha.

— L'un d'entre vous a-t-il besoin d'une pause ? demanda-t-il ensuite.

La réunion n'avait commencé que depuis dix minutes, mais ils acceptèrent tous la proposition. Pauline et Arne jetèrent un regard étonné sur Simonsen. Celui-ci ignora leur protestation silencieuse et fit comprendre à ses deux collaborateurs qu'ils devaient rester là. Lui-même sortit prendre l'air, car il en avait grand besoin. Le temps avait complètement changé. Le vent avait tourné et une éclaircie arrivait par l'est, laissant présager une journée d'automne ensoleillée. Il se dirigea à pas lents vers le feu de camp, y resta quelques minutes, les mains croisées, et regretta de ne pas connaître de prière.

De retour dans la colonie, il demanda à Pia Mikkelsen de continuer. Elle était restée plus ou moins silencieuse jusqu'à présent et il tenait à ce que chacun puisse s'exprimer.

Il lui fallut un certain temps pour commencer son récit, mais personne ne pouvait l'aider, ni lui, ni les autres. Alors les appels qu'elle lança de ses yeux inquiets furent vains. Finalement, elle parvint à surmonter sa peur :

— Elle nous fascina tous, dès le début. Elle représentait tout ce que nous n'étions pas : elle était jolie, pour ne pas dire belle, libre et impulsive, c'était une jeune Anglaise de Liverpool. Mais le plus important pour nous, c'était qu'elle voulait bien être avec nous. Elle était gentille, s'intéressait à chacun et nous n'étions pas habitués à ça. Par exemple, Mouritz pouvait à peine parler quand il était nerveux, il rougissait, on aurait dit qu'il avait perdu la parole. Et le fait qu'il soit obligé de parler anglais, de surcroît à une fille comme elle, compte tenu de son apparence... si vous me comprenez ?

Simonsen la comprenait parfaitement.

— Nous étions assis sur l'herbe, enfin, pas tous, il me semble.

— Jørgen et Helena préparaient le repas, du porc grillé avec une sauce au persil, intervint Jesper Mikkelsen.

— C'est bien possible, en tout cas, il s'est mis à parler de l'entreprise que possédait sa famille, et il a raconté ce qu'il allait faire après les grandes vacances, aussi clairement qu'il l'a pu. En marquant des pauses affreusement longues, encore plus longues que d'habitude. Et puis Lucy a posé sa tête sur ses cuisses, sans rien dire, et ça n'a pas arrangé les choses, car il a eu évidemment encore plus de mal à parler, je crois même qu'il a renoncé complètement, mais son expression avait changé et soudain, il a paru heureux.

Helena Brage Hansen intervint à son tour.

— En un rien de temps, il ne fut plus question que d'elle. Personne ne parlait plus de mathématiques, notre examen était devenu secondaire, il n'y avait plus qu'elle qui comptait. C'était comme si elle avait pris possession de nous, non de son propre gré, mais parce que nous l'avions bien voulu. Nous n'étions évidemment liés par aucun engagement formel, mais en cas de désaccord, c'était souvent moi qui avais le dernier mot. Et puis, tout d'un coup, nous avons suivi l'avis de cette jeune Anglaise que nous connaissions à peine. Un quart d'heure avant la fin du repas, elle a suggéré que nous allions faire un tour et c'est ce que nous avons fait, en nous tenant tous par la main. C'était aussi nouveau pour nous cette façon de faire. Ça peut paraître insignifiant, mais pour nous c'était… comment dire ?… excitant, plus passionnant en tout cas que de devoir dîner à l'heure.

— Est-ce que vous lui avez demandé combien de temps elle comptait rester ? demanda l'inspecteur.

— Je ne crois pas, mais elle avait monté sa tente, il était évident qu'elle avait l'intention de passer la nuit là.

— Pourquoi ne dormait-elle pas à l'intérieur ? Il y avait assez de place pour tout le monde.

Helena Brage Hansen secoua la tête et tous tournèrent la tête vers Jesper Mikkelsen, qui dit :

— Elle préférait dormir dehors parce qu'il y faisait plus frais.

À la surprise générale, ce fut Hanne Brummersted qui poursuivit :

— On n'a pas beaucoup révisé ce jour-là. Le soir, elle a joué de l'harmonica et chanté pour nous devant le feu de bois. Parfois, on chantait avec elle, et elle nous a appris aussi quelques chansons qu'on ne connaissait pas, je crois que c'étaient des comptines. À un moment donné – pas très tard – elle s'est calmée, elle était fatiguée après la traversée. On a essayé de reprendre nos révisions, mais on avait tous du mal à se concentrer, alors on a décidé qu'on se lèverait tôt le lendemain matin. On savait bien – sans l'avoir exprimé explicitement, je crois – que nos révisions de maths risquaient d'être compromises, du moins à partir du réveil de Lucy.

Pia Mikkelsen ajouta :

— Moi aussi, j'avais plus envie d'être avec Lucy que de faire des maths, et j'imagine que les garçons pensaient la même chose. D'ailleurs c'était visible.

— On était tous dans le même état d'esprit, indiqua Hanne Brummersted, vexée d'avoir été interrompue.

— Est-ce que vous vous souvenez d'avoir parlé d'elle une fois qu'elle dormait ? demanda Simonsen.

Ils secouèrent la tête. Même Jesper Mikkelsen fut obligé de le reconnaître.

— Pourquoi cette question ? demanda-t-il. Quelle importance ?

L'inspecteur dit sèchement :

— C'est moi qui vous interroge, et vous qui répondez. Le motif de mes questions ne vous regarde pas. Contentez-vous de vous efforcer de dire la vérité, aussi clairement que possible. Nous arrivons donc au jour d'après, je présume. Nous sommes le mardi 17 juin, et si ça peut aider votre mémoire, je vous dirai que le temps à Esbjerg était typique pour un été danois : ciel nuageux, ondées alternant avec des périodes ensoleillées, température de dix-neuf degrés, un peu plus basse près des côtes. Par conséquent, un jour peu propice aux promenades en tenue légère. J'aimerais que vous poursuiviez.

Il désigna Hanne Brummersted du doigt.

— On s'était levés tôt et on avait eu le temps de réviser un peu en début de matinée. Lucy s'était réveillée assez tard. On était dans la salle à manger quand elle est arrivée. Elle a pris son petit-déjeuner avec nous, ensuite elle est allée dans la salle de bains. J'y étais aussi et j'ai dû lui expliquer comment faire pour avoir de l'eau chaude. Il y avait une sorte de compteur dans lequel il fallait introduire dix centimes pour avoir de l'eau chaude pendant quelques minutes. Alors, on a récolté quelques pièces pour elle. Elle n'avait pas de monnaie. Elle a pu se laver et, pendant ce temps-là, on a continué nos révisions, jusqu'au moment où elle est sortie... c'est à partir de ce moment que... elle est entrée dans le réfectoire...

Elle se mit à pleurer et essaya de vaincre son émotion.

— ... non, je voudrais raconter la suite, mais c'est un peu difficile. Eh bien, elle était nue. Elle est apparue comme ça, nue, son pyjama et ses sous-vêtements roulés dans sa serviette mouillée, comme si c'était la tenue la plus naturelle du monde. Elle nous a demandé ce qu'on allait faire pendant la journée.

— Est-ce qu'elle essayait de vous provoquer ? Est-ce qu'elle plaisantait ou cherchait à vous déstabiliser ?

— Non, pas du tout. Pour elle, il n'y avait rien à expliquer, pour nous, c'était différent. On l'a dévisagée comme si on n'avait jamais rien vu de tel. Quant aux garçons, même dans leurs rêves les plus fous ils n'auraient pu imaginer se trouver dans une telle situation.

— Si, justement. Dans nos rêves les plus fous, précisa Jesper Mikkelsen.

— Enfin, en tout cas elle était là devant nous, et quand elle s'est rendu compte qu'on l'observait… ou plutôt, mon Dieu, que nous étions bouche bée devant elle, elle s'est mise à rire et… je ne me souviens plus des mots précis, mais elle nous a dit qu'on devrait apprendre à vaincre notre timidité, *don't be so shy*, ce sont les mots qu'elle a employés, je crois. D'un seul coup, c'était devenu le programme de la journée.

— C'est elle qui l'a décidé ?

— Elle, et nous avec. Nous étions tous pareils et prêts à essayer.

Helena Brage Hansen reprit la parole :

— C'était tout un programme, mais en même temps ça nous paraissait terriblement passionnant, et ça nous excitait, aussi, sexuellement. On allait enfin pouvoir découvrir tout ce que nos camarades avaient voulu nous cacher, du moins c'est comme ça qu'on le voyait. La vérité était sans doute très différente. Aucun d'entre nous n'était très expérimenté sur le plan sexuel. On n'avait en fait aucune expérience, et on n'aurait jamais découvert de nous-mêmes… comment dire ? ce qu'était l'impudeur. Lucy a été le catalyseur, mais pour elle, c'était plus par jeu que pour le sexe.

Simonsen désigna à nouveau Hanne Brummersted du doigt.

— N'était-elle pas consciente de l'effet qu'elle produisait sur vous ?

— On pensait qu'elle connaissait tout ce dont elle nous parlait, tout ce qu'on avait lu ou tout ce qu'on nous avait raconté sur l'amour libre, les orgies des hippies, les groupes échangistes, les salles de rencontres dans les communautés, les partouzes entre amis, ces choses qui existaient à peine mais dont les journaux parlaient pour attirer et allécher leurs lecteurs et gonfler leurs ventes. On était naïfs, évidemment. Mon Dieu, elle n'avait que dix-sept ans et elle n'avait aucune idée des réactions qu'elle suscitait en nous. On ne savait pas où on allait et encore moins quand il fallait s'arrêter.

— Vous avez retiré vos vêtements. J'ai vu une photo prise par Jørgen Kramer Nielsen.

— Pas tout de suite. Pour nous, il s'agissait de vaincre un tabou, surtout nous les filles, qui n'arrivions pas à la cheville de Lucy. Mais au bout d'un moment, on a fini par se promener tout nus. On essayait d'être fiers de nos corps, et au début, les garçons étaient... enfin, ils bandaient, mais ça l'a fait rire, alors on a ri nous aussi. Peu à peu, ça nous a semblé très naturel. À un moment, le postier est venu nous apporter un paquet ; c'était un gâteau que la mère de Mouritz envoyait à son fils. Lorsqu'on a entendu son vélo, on est tous sortis pour aller à sa rencontre.

— Mais vous n'aviez pas d'activités sexuelles ?

— Pas à ce moment-là. C'est arrivé plus tard, mais ça planait évidemment dans l'air. Tout le monde y pensait, sauf peut-être Lucy.

— Il s'est donc passé autre chose ?

— On s'est mis d'accord pour se procurer des bières. Lucy nous a fait faire un pot commun, elle y a mis de l'argent et on a dû y aller de notre poche nous aussi. Ensuite les garçons sont allés chez l'épicier. Quand ils sont rentrés, on a allumé le feu de camp et bu de la bière. C'était en fin d'après-midi.

— Et vous étiez toujours nus ?

— Non, plus à ce moment-là, il faisait trop froid. C'est alors que Troels est arrivé. Il était atteint du syndrome de Down, bien que, à l'époque, on employât encore ce terrible mot de mongolisme. Quant à Lucy, elle l'appelait Happy Troels. Helena l'avait déjà rencontré et savait qu'il était inoffensif, alors on l'a gardé avec nous et on lui a même donné une bière. Ensuite, il a bu un soda, parce qu'on ignorait comment il pourrait se comporter si on le faisait trop boire. Plus tard, quelqu'un l'a appelé de la ferme voisine en sifflant. Vous imaginez ça, le siffler comme un chien. En tout cas, il est retourné chez lui, et nous, nous sommes rentrés à l'intérieur. On avait déjà bien bu, sans être soûls, quand on a eu l'idée de faire un strip poker, même si ça n'avait pas beaucoup de sens, puisqu'on s'était baladés nus presque toute la journée. D'ailleurs, on a vite laissé tomber la partie, mais Lucy connaissait un jeu qu'elle voulait nous apprendre.

Elle s'interrompit et regarda autour d'elle. L'inspecteur eut le sentiment qu'elle avait fait le récit de cette partie de l'histoire dans l'espoir qu'un autre prendrait le relais pour raconter la suite.

— Continuez, lui dit-il.

Elle obéit, d'un air résigné, mais sans leur épargner les détails :

— Le jeu se jouait avec quatre dés, c'était évidemment un jeu de hasard, mais il consistait aussi à lancer ses dés en l'air et à les rattraper dans des gestes de plus en plus compliqués, comme dans le jeu d'osselets danois. Le perdant devait faire ce que le joueur précédent décidait, des choses de plus en plus osées ou risquées, en fonction du nombre de fois où il avait perdu.

— Quelles choses ?

— Des choses sexuelles, de plus en plus intimes. D'abord, on devait se déshabiller complètement, ensuite on passait à des gestes plus érotiques, bien plus érotiques. Enfin, inutile d'entrer dans les détails, je crois.

— C'est justement le moment d'entrer dans les détails. D'autant que vous êtes médecin, vous pouvez donc prendre une distance *clinique*.

Elle n'était pas en colère, mais lui jeta un regard affligé.

— Au début, c'était juste des attouchements, ceux qui avaient perdu se mettaient deux par deux, tandis que les autres regardaient, et puis ça a dégénéré. À un moment, Troels est réapparu et a dit qu'il voulait jouer aussi. Quand il nous a vus faire, il a enlevé son pantalon, il s'est planté devant nous, le sexe en érection, et s'est mis à se frotter. Ensuite, quand est venu mon tour de perdre, j'ai dû le caresser. C'était une erreur, une grosse erreur. Il est parti un peu après et nous avons poursuivi nos ébats et tout a dégénéré. On a fait des choses qu'on n'aurait jamais dû faire – attouchements, pelotage, baisers, fellations et j'en passe.

— Est-ce que c'est Lucy qui vous faisait faire ça ?

— Non, pas du tout, elle trouvait ça drôle et elle jouait avec nous, mais elle perdait rarement, elle était douée pour rattraper les dés, bien meilleure que nous. Je me souviens qu'une fois elle s'est déshabillée alors qu'elle n'y était pas obligée.

— Ce qui veut dire qu'elle n'a pas eu de contact physique avec vous ?

— Pratiquement pas. Je me souviens qu'elle m'a embrassée à un moment où nous étions toutes les deux nues, et elle a caressé le sexe de Jørgen pendant qu'on comptait jusqu'à vingt. Mais à ce moment-là, on n'y pouvait plus rien. Pia et Jesper avaient déjà fait l'amour, ensuite ça a été mon tour avec Mouritz. J'étais vierge, alors j'ai saigné et ça m'a fait mal, mais la douleur, je l'ai gardée pour moi.

Simonsen se tourna vers Helena Brage Hansen.

— À vous entendre, on a l'impression que certains au moins auraient voulu arrêter. J'ai lu les réponses que vous rédigiez dans la rubrique des scouts. Vous étiez déjà une fille mûre et raisonnable, capable de refuser ce qu'elle n'aimait pas. Pourquoi n'avez-vous pas mis le holà ? Vous auriez pu partir.

Elle répondit sans hésitation :

— L'alcool y était sans doute pour quelque chose, mais ce n'était pas la raison principale. On voulait continuer à jouer, parce qu'on espérait que Lucy allait perdre, perdre vraiment. Pour les garçons, le motif était évident, et nous les filles, on était déjà allées si loin – jusqu'au bout, en fait – et on se disait que son tour devait aussi arriver. Qu'elle aussi devait y passer.

— Est-ce que ça s'est déroulé comme ça ?

— Non.

— Elle a triché ?

— Non, elle était trop douée.

— Comment tout ça s'est-il terminé, alors ? Avez-vous aidé un peu la chance ?

— Non, aucunement. Pia s'est sentie mal et a vomi et à un moment, les garçons étaient… KO. Et puis, il n'y avait plus de bières, alors on est allés se coucher.

— Vous êtes allés dormir ?

— Oui.

— Et Lucy ?

— Elle est allée dans sa tente.

— Il ne s'est rien passé d'autre ?

— Non, pas avant le matin suivant.

— Ah. Racontez-nous.

— On s'était levés encore une fois plus tôt qu'elle. Ça a été une matinée terrible. On avait tous honte, on était incapables de se regarder dans les yeux, alors on s'est réfugiés dans les maths en ne souhaitant qu'une chose, rentrer chez soi. Je crois qu'on en voulait aussi à Lucy, parce que c'est elle qui avait tout enclenché sans vraiment participer. En tout cas, c'est ce que je me suis dit.

L'inspecteur jeta un regard interrogateur autour de lui. Ils hochèrent tous la tête, confirmant ses dires.

— Et c'est alors que Troels est revenu pour la troisième fois. Il avait la main dans le pantalon, il n'y avait pas de doute sur ce qu'il voulait. D'abord, on a pensé s'en débarrasser et puis on a eu l'idée de l'envoyer voir Lucy.

— Non !

— Si, malheureusement. On s'est dit qu'il fallait qu'elle goûte maintenant à ce qu'elle nous avait prescrit. On s'est mis à la fenêtre et on l'a vu entrer dans la tente, mais c'est tout. Et puis, au bout d'un moment, on l'a vu ressortir et s'en aller.

— Vous espériez qu'il la viole ?

— Non, absolument pas. On se disait qu'elle pouvait bien s'occuper de Happy Troels comme Hanne l'avait fait la veille, mais comme il ne se passait rien, on a repris nos révisions de maths et on s'est occupés de notre mal de tête, physique et moral. Ce n'est qu'après le déjeuner qu'on a pensé qu'il avait pu se passer quelque chose. On l'a appelée, et comme elle ne se levait toujours pas, on est allés voir dans sa tente. C'est là qu'on l'a trouvée sans vie. Elle était morte. Il l'avait étranglée.

— Écoutez, six individus ne peuvent pas avoir la même idée au même moment. Qui a eu l'idée d'envoyer ce gamin dans sa tente ?

— Je ne m'en souviens pas. Je me souviens seulement qu'on était tous d'accord.

Jesper Mikkelsen, lui, s'en souvenait.

— C'est moi, dit-il, d'une voix faible mais compréhensible.

L'audition se poursuivit, révélant des faits prévisibles, mais encore plus tristes.

Pia Mikkelsen en fit le récit avec précision :

— On a été pris de panique, tout simplement. On aurait évidemment dû appeler la police et lui raconter ce qui s'était passé, mais on n'a même pas envisagé cette possibilité. Seule l'idée que nos parents pourraient apprendre ce qu'on avait fait nous paraissait insupportable, sans parler du sort qui nous attendait. Alors, on a décidé de l'enterrer et j'ai proposé qu'on la mette à l'emplacement du feu de camp. Je me disais que si on creusait assez profondément, les chiens ne pourraient pas la trouver. Les garçons ont travaillé comme des fous et nous, les filles, on a fait un paquet avec la tente et le sac à dos. Et comme on n'avait pas de place pour son manteau afghan, on l'a brûlé dans le feu.

— Qu'avez-vous fait de son corps ?

— On l'a sorti de la tente et recouvert d'un drap, puis on a posé des pierres dessus pour qu'il ne s'envole pas.

— Était-elle habillée ?

— Elle avait une culotte. On la lui a retirée et on l'a mise dans un sac. On pensait qu'avec le temps son corps disparaîtrait, mais pas ses vêtements.

— Qu'est-ce que vous aviez l'intention de faire de ses affaires ?

Jesper Mikkelsen les interrompit :

— On a aussi retiré les traces de sperme sur sa cuisse. Troels avait éjaculé sur elle, mais ne l'avait pas violée. Il l'avait seulement tuée.

Simonsen se retourna vers lui en un éclair. Mikkelsen parvint cependant à l'empêcher d'exprimer sa colère :

— Je m'excuse, ce n'est pas ce que je voulais dire. Je voulais juste souligner qu'elle n'avait malgré tout pas été violée.

L'inspecteur accepta son explication et s'adressa à nouveau à Pia Mikkelsen.

— Alors, ses affaires ?

— D'abord, on a pensé les jeter dans la mer, mais on y a finalement renoncé. Puis, on s'est rappelé qu'elle avait écrit une carte postale qu'elle n'avait pas eu le temps d'envoyer et on l'a retrouvée. Sur la carte, elle disait qu'elle allait se rendre en Norvège pour voir le soleil de minuit. C'est comme ça que Helena a eu l'idée d'apporter ses affaires en Suède et de poster sa carte de là-bas. On a pris son sac à dos et sa tente et on est partis en train pour Copenhague.

— Qui est allé en Suède ?

— Hanne et Jørgen.

L'inspecteur se tourna vers Hanne Brummersted.

— Pourquoi vous ?

— Parce que j'avais mon permis. Pour ce qui est de Jørgen, il pouvait m'aider. Il s'était d'ailleurs proposé spontanément.

— Ce n'était pas mieux d'y aller seule ? Il ne pouvait pas tellement vous aider.

— Vous avez raison, je m'en rends compte aujourd'hui, mais à ce moment-là, on avait estimé que ce serait mieux d'être deux.

— Et la voiture ? les examens ?

— J'ai dit à mon frère aîné que j'étais tombée enceinte et je lui ai demandé de me prêter de l'argent pour l'avortement. C'est comme ça qu'on a pu louer une voiture. À la maison, j'ai raconté que mon examen avait été reporté d'une semaine et que je retournais à Esbjerg pour terminer mes révisions. Plus tard, je leur ai annoncé que je m'étais trompée et je me suis présentée à l'examen de rattrapage au mois d'août.

— Et vos parents vous ont crue ?

— Non. Ils croyaient que j'étais enceinte et que je m'étais fait avorter. C'était le but, d'ailleurs. Mais j'ignore ce que Jørgen avait trouvé comme excuse. Pendant le trajet, je conduisais, je dormais, étape après étape, et on ne se parlait pratiquement pas. À un arrêt, on a posté la carte et on est repartis, et puis finalement on a trouvé une forêt où on a monté la tente. Ensuite, on est rentrés.

— Il y avait de l'argent dans son porte-monnaie.

— On y avait mis quelques billets suédois, je ne me souviens plus combien, mais je me rappelle qu'on mettait toujours des gants pour ne pas laisser d'empreintes. Des gants en caoutchouc jaunes, très serrés, c'était presque insupportable.

Simonsen ordonna à Jesper Mikkelsen de poursuivre :

— Quand la tombe fut prête, on l'a jetée dans le fond et recouverte de terre. Avec les restes du feu où on avait brûlé son manteau. Ensuite on a battu le sol avec un piquet, mais comme la terre était sablonneuse, c'était facile. Pour terminer, on a remis les pierres en cercle et on a allumé un grand feu pour faire de la cendre.

— C'est tout? Enterrée, disparue. Et vous êtes retournés à vos maths?

— On ne voulait pas rentrer plus tôt que prévu, donc on est restés. Mais je ne crois pas qu'on a beaucoup révisé.

— Le lendemain n'était donc pas une partie de plaisir?

— Comme tous les jours depuis.

— Vous ne nous avez encore rien dit de votre promesse, ce serment? Comment l'appelez-vous?

— Un pacte, nous avons conclu un pacte. C'était l'idée de Helena. On s'est mis autour du feu de camp…

— La tombe de Lucy Davison, pas le feu de camp! dit Simonsen d'un ton grinçant.

— Pardon. On s'est mis autour de la tombe de Lucy et on a répété à l'infini : On ne parlera jamais de ça. On ne parlera jamais de ça. On ne parlera jamais de ça…

Une longue pause s'ensuivit. Ils étaient arrivés à la fin du voyage, et à présent tous les regards étaient posés sur l'inspecteur. Hanne Brummersted et Pia Mikkelsen s'étaient remises à pleurer.

— Qu'est-ce qui va nous arriver? demanda Helena Brage Hansen quelques instants plus tard.

— Vous serez auditionnés individuellement à Copenhague. Ensuite, je devrai décider, en accord avec le procureur, ce qu'il convient de faire de vous. Peut-être rien, c'est malheureusement une issue vraisemblable, mais si vous voulez dire ici et maintenant, eh bien… c'est… attendez, c'est presque plus simple de vous le montrer. Un instant plus tard, il revint muni de quatre pelles.

Il leur fallut plus de trois heures. Simonsen ne fit preuve d'aucune compassion. Ils eurent certes le droit de faire une pause pour manger, boire et se reposer, afin qu'ils ne tombent pas de fatigue. En dehors de ça, il n'y avait aucune excuse qui vaille. Ils s'accommodèrent tous de ce travail forcé. Arne et Pauline, qui n'avaient rien dit pendant des heures, s'étaient reculés et observaient la scène de loin. La terre sablonneuse se dérobait sans cesse sous leurs pieds et le trou avait plus la forme d'un cratère que d'un puits. Vint toutefois le moment où ils durent creuser par deux à tour de rôle. Konrad Simonsen avait espéré qu'ils bénéficieraient d'un temps ensoleillé, mais il n'en fut rien. Le ciel s'obscurcissait, et on pouvait s'attendre à un nouveau changement de temps. En début d'après-midi, alors que la lumière perçait dans le ciel uniformément gris, le sable devint noir. Il reprit les pelles et leur tendit un seau. Ils continuèrent à creuser avec les mains. Ce fut Jesper Mikkelsen qui la toucha en premier. Il se releva sans mot dire. L'extrémité d'un fémur pointait hors de la tombe.

Simonsen les interrompit.

— Ça suffit, les techniciens feront le reste. Maintenant, il ne nous reste plus qu'à identifier le meurtrier de Jørgen Kramer Nielsen.

12

— Aucun d'eux !

La conclusion était évidente, mais Pedersen et Pauline laissèrent Simonsen la tirer. Ils ne pouvaient se prononcer qu'au sujet des témoins qu'ils avaient eu la charge d'observer : Hanne Brummersted et Helena Brage Hansen pour l'une, et le couple Mikkelsen pour l'autre. Quelque chose ne va pas, songea Simonsen. Il se leva et, d'un air frustré, fit les cent pas dans l'espace réduit de son annexe. Inquiète, la Comtesse le suivait des yeux. Assis dans le sofa, les deux autres collègues regardaient ailleurs, attendant la suite des événements, tandis que Simonsen se demandait s'il n'avait pas commis une erreur en leur demandant de l'accompagner à Esbjerg. Très occupé à établir rapports et budgets, Pedersen connaissait à peine l'affaire. Quant à Pauline, avec qui il était déjà difficile de travailler en temps normal, son état semblait s'aggraver. Il se rassit, absorbé par une pensée pour le moins négative – *putain de mardi*.

La Comtesse se hasarda à demander :

— Alors, Simon, qu'est-ce qu'on fait maintenant ?

— On reprend tout.

Il montra du doigt Pedersen et celui-ci demanda d'un air incertain :

— Tu veux que je répète ce que je viens de dire ?

— Oui, c'est en somme ce que je voulais dire quand je parlais de *reprendre*.

Pauline Berg secoua la tête.

— C'est débile, on t'a tout dit il y a cinq minutes à peine.

— Si tu considères que mon enquête est débile, tu n'as qu'à partir, grommela Konrad Simonsen.

Il montra la porte de son bureau.

— De toute façon, ton sort ne me concerne pas, du moins jusqu'à l'année prochaine, et je peux très bien me passer de toi.

La Comtesse se voulut conciliante. *Allons, Simon, allons.* Pauline fit la moue, mais ne bougea pas. Arne Pedersen exposa à nouveau, comme il en avait été prié, les observations qu'il avait faites à Esbjerg deux jours auparavant.

Pia et Jesper Mikkelsen avaient par moments paru psychiquement sous pression. Aucun des deux, cependant, ne semblait avoir d'éléments à cacher concernant Jørgen Kramer Nielsen. Ils n'avaient pratiquement pas communiqué de la journée, n'avaient échangé aucun regard complice, et n'avaient en somme montré aucune attention particulière l'un vis-à-vis de l'autre. Surtout, aucun des deux n'avait réagi lorsque le nom du postier avait été évoqué. Pedersen passa deux ou trois exemples qui figuraient dans ses notes et conclut d'un air désolé :

— À moins d'imaginer qu'ils sont particulièrement doués pour la comédie, plus encore que les suspects que j'ai pu interroger dans le passé, je suis convaincu qu'ils n'ont pas tué ton postier et qu'ils n'ont pas non plus été les instigateurs du crime.

Simonsen ressemblait à un avare qui venait de recevoir cinq enveloppes à fenêtre. Son collègue donnait presque l'impression de vouloir s'excuser, mais il maintint sa conclusion :

— Je sais bien que ça ne te plaît pas, Simon, mais je te répète qu'ils n'ont tué personne.

Les yeux de Simonsen flamboyèrent, et la Comtesse s'empressa d'ajouter :

— En dehors de Lucy Davison, bien entendu.

Le récit que fit Pauline des réactions de Hanne Brummersted et de Helena Brage Hansen ressemblait à s'y tromper à celui de son collègue. Aucune des deux femmes, indiqua-t-elle, n'était impliquée dans le meurtre de Hvidovre.

Simonsen secoua de nouveau la tête, montrant par là même qu'il ne la croyait pas. Puis il posa des questions sur Hanne Brummersted. Il avait longtemps estimé que la médecin-chef était le suspect le plus plausible.

— Comment a-t-elle réagi lorsque j'ai dit qu'il ne restait plus qu'à trouver le meurtrier du postier ?

— Elle n'a pas réagi. Elle était totalement pétrifiée à la vue du cadavre.

— Et quand j'ai évoqué le serment qu'ils s'étaient fait et dit que l'un d'entre eux avait dû le rompre ?

— Là, je crois qu'elle n'a pas compris ce que tu voulais dire. Moi non plus d'ailleurs, et je n'étais pas la seule.

Il décida alors de changer de sujet, d'essayer un autre angle d'attaque. Il frappa dans ses mains et dit d'un ton optimiste :

— Bien, alors laissons leurs réactions de côté un instant et essayons d'avoir une vision plus globale de l'audition. Qui vous a fait la plus forte impression ?

Il regarda ses deux collègues d'un air interrogateur. Ce fut Pauline Berg qui répondit.

— Toi. Surtout quand tu les as laissés creuser la terre pour retrouver le cadavre. J'ai trouvé ça inutile et cruel.

— Ils ont tué une adolescente.

— Une adolescente qui a complètement absorbé ton esprit au cours des derniers mois, et que tu comptais venger quand l'occasion se présenterait. En outre, ce n'est pas eux qui l'ont tuée, c'est le faible d'esprit.

Haletant et sentant la colère monter, il dut prendre sur lui pour ne pas élever la voix. La courte pause qui s'ensuivit lui fit encore plus mal, car il réalisa que ni la Comtesse ni Arne ne la remettaient à sa place. Cela ne pouvait signifier qu'une chose, ils étaient d'accord avec elle mais n'osaient pas le dire.

Il était sur le point de partir sous le coup de la colère, de quitter son propre bureau et de les laisser à leurs conclusions minables pour qu'ils aient tout le loisir de prendre conscience de leur incompétence. Toutefois, il opta pour une solution qui lui parut bien meilleure. Il leur donna des ordres :

— Arne, revois leurs alibis. Je sais qu'on l'a déjà fait, mais je crois qu'il faut les réexaminer, et peu m'importe que ce soit la deuxième ou la dixième fois. Fais en sorte que les quatre témoins nous autorisent par écrit à fouiller leur logement et éventuellement leur résidence de vacances. Veille aussi à confier les fouilles à des spécialistes. Pour le bon ordre, informe la police norvégienne de notre démarche, mais envoie à Hammerfest trois policiers de chez nous dès que tu auras obtenu la signature de Helena Brage Hansen.

Las, Pedersen accepta. Il se tourna vers Pauline et, d'un ton froid et strictement professionnel, lui dit :

— Pauline, veille à ce que les témoins restent à Copenhague au moins jusqu'à la fin de la semaine. J'ai l'intention de les cuisiner jusqu'à ce que l'un d'eux craque. Et ils ont intérêt à venir à mes convocations à l'heure fixée. Sinon, ils risquent de voir le meurtre de Lucy Davison faire la une des journaux du matin avec leurs photos étalées sur plusieurs pages. Si tu vois qu'ils doutent de la véracité de ces menaces, conseille-leur de se souvenir de la beauté de Lucy. Demande-leur s'ils ne pensent pas qu'elle peut faire augmenter les tirages. Et si ce n'est pas suffisant, je prierai le procureur de les poursuivre pour homicide involontaire, viol collectif, traitement indécent d'un cadavre et enterrement illégal d'un individu en dehors d'une terre chrétienne.

— Et à qui ça va profiter ? demanda Pauline d'un ton agressif.

— À moi, répondit Simonsen en frappant du poing sur la table basse devant lui. Et toi, Comtesse, essaie d'obtenir des attestations médicales qui devront déterminer si Troels Høst, le garçon au syndrome de Down, qui selon vos dires a tué Lucy, aurait normalement réagi comme vous le prétendez. D'après mes informations, les individus atteints de cette maladie sont pacifiques et aucunement dangereux. C'est d'ailleurs la première fois que j'entends qu'un tel… individu a commis un meurtre. Il me faut des informations provenant d'au moins deux sources indépendantes.

Il se leva et tapa à nouveau dans ses mains.

— À vous de jouer !

Arne Pedersen et Pauline Berg quittèrent le local sans faire de commentaires, tandis que la Comtesse resta. Il s'affala dans le sofa à côté d'elle. Bizarrement, il pensait à Pauline, qui l'avait mis tellement en colère quelques instants plus tôt, mais il n'éprouvait plus d'irritation à son égard. Ce qu'il ressentait était un sentiment autre, un sentiment indéfinissable. Il secoua la tête pour chasser son image et, n'y parvenant pas, se mit à parler de Lucy Davison.

— J'étais là quand les techniciens ont rassemblé ses restes, pris des photos, et mis chaque os prélevé dans ces fameuses boîtes en zinc. Quand ils ont sorti le crâne, je l'ai trouvé beau. Oui, c'est ce que j'ai pensé. Une forme parfaite et des dents blanches et régulières.

La Comtesse esquissa un petit sourire et dit sur le même ton :

— On ne pourrait pas dîner dehors ce soir ? Dans un endroit sympa, à Helsingør peut-être. J'en ai bien besoin.

Il avait décidé de procéder lui-même à l'audition des quatre témoins. En consacrant une heure à chacun, et avec un intervalle d'une demi-heure entre chaque interrogatoire, pour qu'ils ne se rencontrent pas. Il soupçonnait surtout Hanne Brummersted, la médecin-chef, qui avait été si arrogante lors des premières auditions. À présent, elle avait les yeux brillants et ressemblait à quelqu'un qui avait passé une nuit blanche.

— Le moment n'est-il pas venu de soulager votre cœur ? Nous savons que vous avez été en contact avec Jørgen Kramer Nielsen. Cela figure à plusieurs endroits dans son journal intime, dit-il d'une voix paternelle.

Elle secoua la tête d'un air las.

— Ce doit être une erreur, je ne l'ai pas revu depuis notre expédition en Suède. Pas une seule fois… d'après mes souvenirs.

Il la harcelait de questions.

— D'après vos souvenirs ? Allons.

La tension monta considérablement, mais l'explication qu'elle donna était sans intérêt. Il était possible qu'à la fin des années 1990, peut-être en 1997, elle l'ait croisé chez Ikea à Gentofte. Mais elle l'avait évité et était partie sans qu'il l'ait vue, elle en était convaincue.

— Pourquoi l'a-t-il mentionné dans son journal, alors ? Comment l'expliquez-vous ?

Elle n'avait aucune explication à donner, elle aurait bien voulu savoir, mais ne pouvait trouver de raison. Elle ne réalisa sans doute pas qu'il lui avait menti à propos du journal.

Il fut un peu plus prudent avec Helena Brage Hansen. Il ne voulait pas, en effet, qu'elle s'écroule si, comme son frère l'avait mentionné, cela lui arrivait dans des situations de stress. Il lui demanda donc calmement, comme si le jeu était terminé, mais qu'il n'avait personnellement rien à lui reprocher :

— Jørgen Kramer Nielsen est allé vous rendre visite en Norvège. Quand est-il venu la première fois ?

— Non, pas du tout, il n'est jamais venu en Norvège, du moins, chez moi.

— Est-ce vous qui êtes venue le voir à Copenhague ?

— Mais vous vous trompez, nous ne nous sommes pas revus, nous n'avons plus été en contact depuis… cette année-là.

— Les relevés téléphoniques ne mentent pas, Helena.

— Ce doit être une erreur. Je vous demande de vérifier vos informations, car nous ne nous sommes jamais appelés.

Il tenta ensuite de dresser les Mikkelsen l'un contre l'autre. Jesper Mikkelsen pleura durant la majeure partie de l'interrogatoire. Le mouchoir qu'il tenait dans la main était de plus en plus chiffonné à mesure qu'il parlait. Simonsen était irrité de le voir essuyer ses yeux éplorés. Il songea à Lucy et le peu de compassion qu'il éprouvait pour l'homme en face de lui disparut aussitôt.

— Arrêtez vos simagrées. Trouvez-vous plutôt un bon avocat.

— Je croyais que vous ne le souhaitiez pas.

— Non, mais vous en avez besoin. Vous ne pensez tout de même pas que votre femme va vous couvrir éternellement. Compte tenu de vos relations, vous avez été bien naïf de le croire.

Il se mit à pleurer et avait du mal à trouver ses mots.

— Châtiez-moi pour le meurtre de Jørgen. Bien que je ne sois pas coupable, je mérite sans aucun doute d'aller derrière les barreaux.

Pia Mikkelsen fut la seule à essayer de se défendre :

— Vous ne comprenez pas que je n'ai rien à voir avec le meurtre de Jørgen ?

— C'est vous qui étiez en contact avec lui.

— C'est faux.

Simonsen tapa la paume de la main sur la table et se mit à crier. Alors, elle s'effondra en larmes à son tour.

Le soir, il dîna avec la Comtesse dans un petit restaurant italien dans le centre de Helsingør. Anna Mia était de la partie, car la Comtesse l'avait appelée, à moins que ce ne fût l'inverse. Simonsen ne parvint pas à le savoir.

La nourriture était bonne sans être transcendante, et les prix raisonnables, ce que la Comtesse fit remarquer dès qu'ils eurent commandé thé et café. Anna Mia s'étonna :

— Je ne te comprends pas, Nathalie. Tu possèdes des millions, et d'habitude tu dépenses sans compter, mais chaque fois que nous allons au restaurant, tu parles rapport qualité/prix comme si chaque centime importait. Tu n'as pas mangé à ta faim dans ton enfance ou quoi ?

La Comtesse se mit à rire. Non, ce n'était pas le cas. Anna Mia continua dans le même style :

— Tu n'es peut-être pas obligée de payer chaque fois. Papa pourrait payer de temps en temps… ou moi, d'ailleurs, pourquoi pas.

La dernière remarque arriva après un moment d'hésitation.

— Je croyais que tu épargnais.

— Oui, c'est vrai, mais je suis loin du compte.

Simonsen fut tout à coup présent. Il avait regardé par la fenêtre sans suivre la conversation. Il pensait de nouveau à Pauline Berg, comme une voix ou une sensation… c'était difficile à préciser, mais ça lui arrivait de plus en plus souvent.

— Comment ça, épargner ? demanda-t-il à sa fille.

Anna Mia secoua la tête d'un air résigné.

— Peu importe. De toute façon, avec les prix des maisons dans les environs de Copenhague, c'est quasiment impossible. Enfin, je pense surtout aux appartements. J'arriverai jamais à économiser assez pour pouvoir payer les mensualités.

— Tu n'es pas bien là où tu es ?

La Comtesse secoua la tête, un léger sourire aux lèvres.

— Arrête, Simon.

On aurait dit qu'elle lui demandait de ne pas nier l'évidence. Il la suivit, comprenant qu'elles avaient raison.

— Moi aussi je vieillis, tu sais, expliqua Anna Mia à son père. Mais c'est carrément impossible de vivre dans le centre, à Frederiksberg ou à Valby. Des fois, je me dis que je pourrais aussi aller m'installer à Aarhus ou même à Aalborg. Là-bas, les prix sont plus raisonnables.

La Comtesse la soutint :

— Oui, ça pourrait être une idée de voir autre chose que Copenhague pendant quelques années. On peut y faire un saut un jour et regarder les appartements, si tu veux. J'adore ce genre d'aventure.

— Ce serait super.

Anna Mia était contente, mais Simonsen l'était moins. Il fit un long exposé présentant les arguments en faveur de la vie dans la capitale. C'était un avantage énorme pour la carrière, sans oublier la présence des amis et relations. Il fallait aussi qu'elle prenne en compte les distances existant dans le Jutland, beaucoup plus longues que ce à quoi elle était habituée. Elle devait donc intégrer les frais de voiture dans son budget, ce qui faisait que, l'un dans l'autre, s'installer là-bas ne pouvait constituer une économie.

La Comtesse voulut à nouveau l'aider :

— Je pourrais te revendre ma voiture pas cher. Je compte justement la changer d'ici quelques mois. Ça nous permettra de te voir plus souvent, même si ce ne sera plus comme avant.

Quelques secondes plus tard, Simonsen fit lui aussi une proposition. Il avait un appartement qui, pour être honnête, ne lui servait plus beaucoup. Anna Mia posa sa main sur son bras :

— Mais c'est le tien, papa. Et tu es tellement attaché à Valby…

Elle avait sans doute raison, mais il n'y était allé que de rares fois au cours des deux derniers mois – juste pour prendre son courrier. Par ailleurs, il pensait depuis longtemps qu'il devait se passer quelque chose dans sa vie, et c'était peut-être l'occasion. Ça valait la peine de voir s'ils ne pourraient pas trouver un arrangement.

La Comtesse prit la relève, très excitée. Elle connaissait un avocat qui était rompu à ce genre d'accords. Anna Mia achèterait l'appartement à un prix intéressant, elle-même ferait un apport et Simon mettrait de l'argent de côté pour qu'il soit à tout moment en mesure de trouver un nouvel appartement le jour où il ne pourrait plus la supporter. Elle agita les mains devant elle comme pour prévenir ses protestations. Elle avait bien le droit de faire un investissement, et si Anna Mia ne reprenait finalement pas la voiture, dans ce cas, elle n'aurait pas à en racheter une autre.

Comme ils n'avaient pas bu d'alcool pendant le repas, elle commanda trois calvados tout en continuant à parler. Anna Mia confirma que, tout compte fait, Aalborg était peut-être un peu loin et estima que ce serait formidable si cette deuxième solution pouvait marcher.

La Comtesse leva son verre :

— Bien sûr que c'est possible. Je demande à l'avocat de venir nous voir demain soir. Tchin ! Tchin !

Les deux femmes trinquèrent, puis Anna Mia se tourna vers son père :

— C'est rudement sympa de trinquer avec nous, alors que d'habitude tu ne bois pas d'alcool. Allez, on boit le coup de l'amitié, comme on faisait dans le temps, d'accord ?

Ils trinquèrent et dégustèrent leur calva.

Les auditions qui suivirent ne donnèrent aucun résultat. Il avait tout essayé, cris, vociférations, implorations, avait eu recours à tous les pièges possibles, mais rien n'y avait fait. Le meurtrier de Jørgen Kramer Nielsen se cachait toujours parmi eux et il le faisait avec art. Ni les perquisitions, ni la surveillance et les écoutes téléphoniques qu'il était parvenu, non sans mal, à mettre en place, ne permirent d'aboutir. Aucun des suspects n'était en contact avec les autres, et aucun d'eux n'avait des conversations douteuses. Après trois semaines d'un rude labeur, il se retrouvait au point de départ.

Il y avait des jours où Simonsen avait l'impression que tout le monde, la Comtesse la première, complotait contre lui. Même Klavs Arnold, qui jusque-là l'avait soutenu, avait changé de camp. Le jeudi, il prit à nouveau le taureau par les cornes. Il réunit ses collaborateurs pour faire le point et pour leur rappeler que, bien qu'ils ne veuillent pas accepter sa thèse selon laquelle un des Cœurs avait tué Kramer, il demeurait responsable de l'enquête et décidait seul de la marche à suivre.

Il répéta volontairement ses arguments et éprouva un certain plaisir à voir les visages fatigués et les regards las de ses collègues, autant de réactions auxquelles il s'attendait.

— Le Cercle des cœurs solitaires, le Cercle des cœurs solitaires, répéta-t-il en martelant les mots, c'est en son sein que nous devons concentrer nos recherches. L'un d'eux a fait la peau à Jørgen Kramer Nielsen, il se peut aussi que tous aient participé à la liquidation. Par conséquent, il existe quelque part un lien qu'il nous faut identifier. J'attends vos suggestions.

Son intonation fulgurante n'eut aucun effet sur eux. Ils étaient en complet désaccord avec lui, et ce fut Klavs Arnold qui l'exprima en premier, d'une façon simple et directe :

— Tu te trompes et tu refuses de le reconnaître. Ton obstination est actuellement le principal frein qui nous empêche de trouver le meurtrier de Jørgen Kramer Nielsen.

Pedersen se voulut plus diplomate :

— Je suis désolé, mais je ne crois pas qu'il y ait de lien. Plus aujourd'hui.

Il indiqua que les perquisitions constituaient une perte de ressources. Et il utilisait le terme *ressources*, et non celui de temps ou d'énergie. C'était, se dit Simonsen, la vision qu'il avait des êtres humains. Il l'écouta donc d'un air dégagé exposer les résultats négatifs de l'enquête et réaffirmer la véracité des alibis de Helena Brage Hansen et de Jesper Mikkelsen concernant la période où le meurtre de Hvidovre avait dû avoir lieu.

— J'ai lu et relu tes auditions, conclut Arne, je me suis efforcé de voir les faits avec un œil neuf, mais il me semble que tout colle. En ce qui concerne le drame qui a touché Lucy Davison, ils ont joué cartes sur table, donné tous les détails et éclairci tout ce qui devait l'être.

— Je ne parle pas d'Esbjerg, mais de Hvidovre.

— Je sais, mais à mon avis, ils n'ont rien à voir avec ce qui s'est passé à Hvidovre. J'en veux pour preuve le fait que nous n'ayons pas pu établir le moindre lien entre eux, et qu'il apparaît qu'aucun d'entre eux n'a été en contact avec Jørgen Kramer

Nielsen. Cela veut bien dire que ces liens n'existent pas, et qu'il peut encore moins être question d'un complot.

La Comtesse remua le couteau dans la plaie :

— Tu fais fausse route, Simon. Chaque fois que nous les avons interrogés sur la mort du postier, ils ont fait des réponses logiques sans hésitation ni détour. Et pourtant tu dois admettre que tu n'as pas été tendre avec eux, c'est le moins qu'on puisse dire.

— Toi aussi, un temps, tu as eu Hanne Brummersted dans ta ligne de mire.

— C'est vrai, et d'ailleurs je n'ai jamais caché ma réserve à son égard, mais elle n'est pas coupable du meurtre de Kramer. Par ailleurs, j'ai eu des précisions sur le comportement sexuel des gens atteints du syndrome de Down.

Il était sur le point de l'interrompre, car il estimait que cela pouvait attendre, que ce n'était ni le moment ni le lieu. Mais avec une efficacité agaçante, elle avait déjà sorti une petite note qu'elle présenta d'un air pédant.

Ce type de malades perdait souvent, à des degrés divers, le contrôle de soi. De tels patients avaient notamment du mal à interpréter les comportements et les paroles d'autrui et avaient généralement des difficultés à évaluer les situations. Sur le plan sexuel, ils aimaient la promiscuité et le fait de se dénuder ou de se masturber en public était pour eux chose courante, en raison de leur comportement déviant. Cela pouvait les conduire à des attitudes indécentes, humiliantes ou à des violences physiques. Il était donc très possible que Troels Høst ait tué Lucy Davison. Non parce qu'il le souhaitait, mais parce qu'il avait perdu le contrôle de la situation.

Simonsen la remercia d'une voix brusque et tenta de nouveau de s'opposer à eux :

— Est-ce que vous pensez vraiment que nous sommes face au meurtre d'un homme qui, par ailleurs, est coresponsable du décès d'une jeune fille et que ces deux faits ne sont pas liés ? Songez seulement au caractère fort heureusement exceptionnel des meurtres qui ont lieu au Danemark, et dites-moi si vous croyez qu'une telle coïncidence, unique et jamais vue, puisse se produire.

L'essai ne fut pas transformé. Ils y croyaient, ce qu'ils confirmèrent en formulant un *oui* clair et limpide.

— Il doit y avoir un détail qui nous a échappé.

Ils secouèrent la tête en silence. Ils étaient convaincus du contraire.

— J'aimerais pouvoir t'aider, mais je ne sais pas comment.

C'était Pauline Berg qui parlait, et elle avait l'air sincère. Il n'avait rien à lui répondre.

Konrad Simonsen passa la journée du lendemain à élaborer diverses théories, toutes aussi invraisemblables les unes que les autres. L'une de ces hypothèses était cependant suffisamment intéressante pour qu'il veuille en discuter avec d'autres, et ce fut Arne Pedersen qu'il aborda.

— Écoute-moi un instant, Arne. Suppose que Jørgen Kramer Nielsen ait été malade, et qu'il ait su sa mort proche. Étant en bonne santé, il n'aurait pas violé ses promesses de jeunesse, mais tiraillé par sa foi catholique, il aurait voulu faire table rase pour arriver devant le Seigneur. Il est possible qu'il ait laissé une lettre dans laquelle il explique comment Lucy Davison est morte. Grâce à ses contacts dans le milieu médical, Hanne Brummersted apprend son état, va le voir et lui tord le cou pour éviter le pire. Ça te semble logique ?

— Comme une équation à deux inconnues. Est-ce qu'il était souffrant ?

— On doit pouvoir le savoir.

Au bout de deux heures perdues à passer quelques coups de fil, il dut en conclure que rien n'indiquait que le postier ait eu un pied dans la tombe. C'était l'avis du prêtre, qui n'avait rien entendu à ce sujet, celui du chef du bureau de poste, qui avait précisé que son employé s'était montré irréprochable. De la même manière, ni le médecin du défunt ni les hôpitaux de la région n'avaient été contactés et l'inventaire de ses biens ne comportait aucun médicament, hormis un flacon de Panodil, qui n'avait d'ailleurs pas été ouvert. Il ne restait donc à l'inspecteur que des billets perdants dans les mains, et il pouvait dire adieu à sa belle théorie. Il se rappela qu'il devrait en informer Pedersen, puis cela lui sortit aussitôt de l'esprit.

En revanche, les arguments que vint présenter Pauline Berg n'étaient pas dénués d'intérêt. Elle ne cacha pas qu'elle appartenait, pour reprendre ses termes, au camp majoritaire. Elle avait néanmoins pris très au sérieux sa demande et avait essayé de trouver des idées valables. Un matin, il la trouva qui l'attendait assise dans le sofa de son annexe. Il lui fit une remarque sur sa tenue, réalisant tout à coup qu'elle avait été un problème à la fois pour elle et pour lui quelques mois auparavant. Il n'y avait plus pensé ensuite, mais ça lui revenait à l'esprit à présent :

— Tu portes de nouveau tes anciens vêtements, ceux que tu avais avant…

Il marqua un temps d'arrêt et pesta contre lui-même. Elle finit sa phrase :

— Avant que je sois kidnappée et torturée. Oui, c'est vrai, et alors ?

— Rien. Je me demandais juste si tu commençais à aller mieux.

— Ça va comme ça a toujours été, avec des hauts et des bas. Mais je préfère ne pas en parler, en tout cas pas aujourd'hui.

Il respecta son souhait, s'excusa et se le reprocha aussitôt, car c'était inopportun.

— Il y a deux choses, Simon, dit-elle. D'abord, est-ce qu'on ne pourrait pas imaginer que l'un de ceux qui ont participé à ce séjour à Esbjerg revenait à la colonie de temps en temps, comme Kramer, et qu'un jour, il est tombé sur le sac qu'il dissimulait ?

— Il était bien caché, mais on ne peut évidemment pas exclure une telle hypothèse.

— D'après ce que je vois, nous n'avons pas recoupé les empreintes de ceux que tu soupçonnes avec celles qui sont en notre possession.

— *Ceux que* nous *soupçonnons*. Il avait dû lui expliquer que ceux qu'il soupçonnait étaient considérés comme suspects par la brigade criminelle et donc par tous ses membres. Mais il l'avait aussi complimentée pour sa contribution et fait une note. Elle s'illumina, il y avait des jours comme ça.

— Ils ont tous été très marqués par ce qu'ils ont vécu lors de ces vacances, poursuivit-il. Il n'est donc pas exagéré de prétendre que cela a eu une influence sur leur vie.

— Je suis d'accord.

— Jørgen Kramer Nielsen avec ses mathématiques et ses tableaux, Hanne Brummersted en travaillant toute sa vie sur les diagnostics et les aspects génétiques du syndrome de…

Il s'interrompit.

— Oui, je te suis. Et puis ?

— Il nous manque Mouritz Malmborg. Nous avons complètement oublié de voir quelle influence la mort de Lucy Davison avait pu avoir sur lui. Et surtout, je ne crois pas que nous ayons procédé à une analyse critique des conditions de sa mort.

Simonsen fit une nouvelle note, réfléchit en grommelant et félicita une nouvelle fois Pauline. Il se demanda si c'étaient les compliments qui la motivaient, si c'était pour cela que, contrairement à son attitude habituelle, elle mettait tant d'énergie à présenter ses arguments. L'énergie dont elle faisait preuve était en tout cas bien supérieure à celle de ses collègues. À l'occasion, il faudrait qu'il en parle à la Comtesse.

Toutefois, les deux questions furent éclaircies avant même la fin de la matinée. On n'avait trouvé aucune empreinte des suspects ni sur le sac ni sur les autres effets de Kramer, et si la mort de Mouritz Malmborg était le résultat d'une mise en scène, il s'était agi d'un film à grand spectacle, car le montage comprenait tout de même un chauffard italien éreinté et deux poteaux électriques renversés. Simonsen rentra chez lui pour faire un jogging.

Anna Mia l'attendait, en tenue de sport et d'humeur joyeuse. Le temps était parfait : frais sans être glacial, calme, avec une bruine légère qui aurait un effet bienfaisant pendant leur course. Ce jour-là, il avait décidé de courir tout le long du parcours, persuadé d'en être capable et déterminé à partager son succès avec sa fille.

Ils couraient, elle parlait, et lui économisait son souffle.

— C'est sympa de m'avoir dit de venir. Quelle distance te reste-t-il à parcourir pour réussir à faire tout le parcours en courant ?

Il fit un signe avec le pouce et l'index. Elle comprit et s'arrêta de parler. Et puis, ayant parcouru cent mètres, elle reprit :

— Écoute, tu n'es pas obligé de me répondre, mais je trouve que c'est bien que tu aies trouvé cette fille.

— Merci.

— Et tout le monde dit que tu vas aussi élucider l'affaire du postier.

— Ah bon.

— Mais c'est dommage, tu n'es pas prestidigitateur.

— Non, c'est clair.

Il commençait à transpirer et la sensation si agréable d'une course contrôlée se répandit dans son corps et son esprit. Ils coururent en silence dans les petites rues bordées de villas et, quelques instants plus tard, il atteignit le point de mi-parcours pour la troisième fois sans faire de pause. Il s'était tellement forcé qu'il se sentait transpercé de douleurs.

— Comment te sens-tu ? Ça va ?

Il ne répondit point, et elle crut qu'il l'invitait à poursuivre :

— Si tu ne débrouilles pas l'énigme du postier, personne n'y peut rien. Tu n'es pas obligé de correspondre à l'image débile que les gens ont inventée. Il ne te reste plus qu'un ou deux kilomètres. Ouah, c'est super.

Il avait du mal à se concentrer. Il se disait qu'on devrait supprimer le mot *kilomètre*, et que l'interdiction de battre ses enfants avait été prise sans mûre réflexion, mais pour le reste, il avait du mal à trouver une cohérence. Et il avait surtout du mal à respirer. Il se tortura l'esprit en courant dans la rue d'après, tourna à gauche en sachant que s'il relevait la tête et réalisait le chemin qui lui restait à parcourir, il s'arrêterait sur-le-champ. Puis une voiture arriva. Elle s'avançait lentement sur la voie opposée et il eut tout le temps de l'observer : c'était un cabriolet Wartburg 1969, qui avait bien entendu été restauré. Il s'arrêta.

— Concentre-toi, Rita.

Rita et lui s'étaient levés de bonne heure et ils avaient commencé sur la place de l'Hôtel-de-Ville où ils avaient trouvé un banc à côté d'un arrêt de bus donnant sur Vester Voldgade. C'était l'endroit idéal pour s'exercer. Elle ne connaissait aucune marque de voitures, et lui les connaissait toutes, mais il ne devait lui en faire reconnaître qu'une, ce qui n'était pas si facile, d'autant qu'il ne voulait pas lui en dire la raison. Elle lui avait demandé avec précaution, soumise, comme elle avait été toute la semaine :

— Mais pourquoi est-ce que je dois faire ça, Konrad ? Je n'y connais rien aux voitures.

Il la supplia. C'était comme ça, et si elle pouvait parcourir une partie de l'Europe pour remettre de l'argent à des individus suspects dans un but qu'elle ne connaissait même pas, elle devait pouvoir apprendre à reconnaître une marque de voitures s'il le lui demandait. Il aurait pu ajouter que, pour le coup, ça ne risquait pas d'entraîner la mort d'innocents, mais il ne le fit pas. Elle l'avait suivi, se concentrant sur le flux de voitures typique des heures de pointe, mais il était évident que son ignorance freinait sa motivation. Elle se débrouillait très mal, se trompait en permanence, d'une manière parfois ridicule, notamment quand elle désignait une Datsun ou une Chrysler, qui n'avaient pourtant rien à voir avec une Wartburg cabriolet. Il écarta les bras d'un air résigné en direction des deux lurs en bronze posés sur leur piédestal au-dessus de leurs têtes. Elle s'excusa en prenant une voix de petite fille :

— Je fais ce que je peux.

Elle fit un nouvel essai et cette fois trouva la bonne voiture, alors il la félicita. Elle laissa cependant passer les deux cabriolets suivants. Il avait prévu de consacrer toute la journée à ce projet, mais commençait à douter que ce soit suffisant. Peu à peu, la situation s'améliora, et à la fin de la matinée, elle avait déjà fait de gros progrès. Il lui demanda si elle avait fait ses bagages et accompli toutes ses démarches. Elle le lui confirma. Elle lui raconta qu'elle allait le lendemain faire ses adieux à quelques-uns de ses vieux amis. Elle devait les retrouver dans le Kongens Have et elle espérait qu'il viendrait. Et le surlendemain, elle s'envolerait de Copenhague en Jumbo Jet pour New York. Elle montra un cabriolet Wartburg qui passait devant eux. Tout était prêt, valises, passeport et visa. Tout, sauf l'argent.

— Tu vas me manquer.

Elle semblait sincère. Il lui dit que, de toute sa vie, il n'avait jamais rencontré une fille comme elle. *De toute sa vie*... c'était comique d'y repenser aujourd'hui, car mon Dieu, il n'avait qu'un peu plus de vingt ans. Elle essayait de paraître optimiste :

— Eh bien, tu viendras me voir. Tu le promets, hein ?

Bien sûr qu'il irait, elle pouvait compter sur lui.

Il était moins ému qu'elle. Quelque part, il ressentait son départ comme une libération, et en même temps, il avait aussi l'impression de l'aimer. Suffisamment en tout cas pour être catastrophé à l'idée qu'elle allait devoir recommencer à zéro aux États-Unis, sans moyens... sans argent.

Une fois qu'il eut l'idée, il n'eut plus un instant d'hésitation. D'autant que ça ne présentait pratiquement aucun danger et que c'était facile et simple – bien qu'il sût mieux que tout autre que les prisons danoises étaient remplies de criminels qui avaient cru la même chose.

Elle fit une répétition sur le parking proche de la gare de Nørreport et des rues situées derrière Grøntorvet du côté de Nansensgade, qu'ils parcoururent à vélo. Elle put sans hésitation désigner les quatre cabriolets Wartburg devant lesquels ils étaient passés.

Son baptême du feu eut lieu le lendemain. Ils étaient postés devant une cabine téléphonique dans une rue endormie de Copenhague. La rue était barrée, ils ne pouvaient pas espérer mieux. Il y avait des petits commerces et des enfants qui jouaient sur le trottoir, et aucune circulation.

Lorsque la voiture arriva et passa devant eux, il lui montra discrètement le véhicule en lui donnant des ordres précis :

— Reste dans la cabine ! Si tu vois que le cabriolet rouge tourne, tu m'appelles. Laisse sonner trois fois, raccroche et rentre chez toi.

Il entra dans la cabine, mit une pièce de dix centimes dans la fente, fit deux fois un numéro et laissa sonner longtemps. Personne ne décrocha. Il raccrocha et réitéra ses recommandations :

— Dis-moi le numéro.

Elle obéit.

— Encore une fois.

Elle redonna le même numéro.

— Le cabriolet Wartburg rouge, ensuite tu appelles ce numéro. Laisse sonner trois fois, raccroche et rentre à la maison.

Il répéta l'ordre deux fois encore et elle le redit après lui. Puis il s'en alla.

Dans cette rue aux villas chics de Søllerød, trente-cinq ans plus tard, il prit sa défaite avec sang-froid. Ses poumons pompaient l'air comme des soufflets pour oxygéner son corps épuisé. Les mains appuyées sur les cuisses, il avait mis sa tête entre les jambes, mais le mental était excellent. Anna Mia l'encouragea :

— C'est OK, papa. Tu as fait ton maximum aujourd'hui, la victoire est proche. Dans deux semaines, tu feras tout le parcours en courant, c'est sûr ! Tu as donné tout ce que tu pouvais, personne ne peut t'en vouloir. Crois-moi, tu vas retrouver la forme.

Bien qu'il eût mal partout, il était rentré en courant.

Le samedi 15 novembre 2008, par un beau jour flamboyant marquant la fin de l'automne, le Danemark fit ses adieux à Lucy Selma Davison. Pour Konrad Simonsen, ce fut un jour difficile.

La Comtesse l'avait soutenu moralement et lui avait donné quelques conseils pour sa tenue. Il allait mettre pour la première fois le costume qu'elle lui avait offert. Elle l'avait traîné avec elle chez un tailleur du centre-ville, dont la petite boutique très chic ressemblait à une de ces expositions que l'on voit au musée des Arts décoratifs. Un monsieur très distingué avait pris ses mesures, en lui tâtant le ventre avec un doigt tendu et il avait eu l'impression de lui servir de mannequin. Il avait eu droit à trois séances d'essayage avant que le tailleur et la Comtesse fussent satisfaits. Toutefois, ni l'un ni l'autre ne lui avaient demandé son avis et on ne lui avait pas non plus laissé voir la facture. Cela étant, il était aujourd'hui content de s'être donné tout ce mal, car autrement, il aurait dû mettre son uniforme qui, depuis qu'il avait fondu, aurait sans doute pendouillé de tous côtés.

— Tu es sûre que c'est convenable de venir avec des fleurs ?

— Oui, j'en suis sûre et certaine.

— Mais je ne la connaissais pas.

— Raison de plus pour apporter des fleurs.

— Tu penses que les autres vont aussi en apporter ?

— Non.

— Mais alors, est-ce que ce n'est pas ridicule ?

— Non.

La préfète et un membre taciturne du ministère des Affaires étrangères étaient présents en tant que représentants officiels, Konrad était là à titre officieux. Quelque temps auparavant, le résultat des tests ADN de la jeune fille et de ses parents avait été rendu public, permettant de confirmer son identité. En dépit de leur âge, George et Margaret Davison avaient tenu à venir à Copenhague et à raccompagner la dépouille de leur fille dans leur pays. L'État danois s'était empressé de leur adresser une invitation et avait pris en charge l'achat du cercueil. Le corbillard s'avança jusqu'à l'avion et attendit.

— Quelle idée délicate de venir avec des fleurs, dit la préfète.

Simonsen ne se sentait pas délicat du tout, plutôt nerveux, notamment parce qu'en raison de son anglais déjà limité, il serait bien incapable de comprendre l'accent de Liverpool.

— Si les parents s'adressent à moi, vous me traduirez.

— Naturellement, Simon.

— Ou vous répondrez à ma place.

L'homme des Affaires étrangères dit brusquement :

— Bienvenue au Danemark, le royaume des flics intelligents.

— Nous nous passerions de votre arrogance, grommela la préfète.

Et s'adressant à Simonsen :

— Vous devriez aller déposer ces fleurs sur le cercueil, Simon.

Les autres passagers montèrent dans l'avion, le capitaine se mit à côté de la préfète, tandis que le copilote entrait dans l'avion. Peu après arriva la voiture conduisant les parents de Lucy Davison. Le père était courbé et presque aveugle. La mère avait le dos rond, mais paraissait en meilleure forme. Simonsen alla les saluer et leur présenta ses condoléances, puis il recula de quelques pas, souhaitant que tout soit bientôt terminé, mais ce qui ne dura que quelques minutes lui sembla une éternité, et ce sentiment ne fit qu'empirer lorsque la préfète conduisit Margaret Davison jusqu'à lui.

— Vous n'avez pas besoin de parler, Simon. Contentez-vous de l'écouter.

La vieille femme l'observa longuement de son regard bleu pâle, tout en tenant sa main de ses doigts déformés.

— *God bless you, mister Simonsen, God bless you*, dit-elle alors d'une voix faible.

Ils portèrent le cercueil de Lucy Davison sur les quelques mètres qui séparaient la voiture du tapis roulant. Il regarda tristement le toboggan lorsqu'ils posèrent le cercueil. Ses os allaient-ils se retrouver sens dessus dessous dans le fond du cercueil ou bien les techniciens de la police scientifique l'avaient-ils mise dans un sac en plastique ? Dans l'ignorance, il craignit un instant d'entendre le bruit macabre de leur chute, mais rien ne se produisit. En montant dans la cale, le bouquet de Simonsen tomba du cercueil. Il glissait de bas en haut comme s'il ne pouvait décider s'il voulait aller en Angleterre ou demeurer au Danemark. Il songea que le cercueil était beaucoup trop léger.

La Comtesse vint le chercher. D'abord, il resta silencieux. Il s'était brusquement mis à penser à Pauline Berg, ayant soudainement la sensation d'avoir éclairci un lien, une vérité manifeste. Il avait eu la même impression quelques jours auparavant. Il était comme un mathématicien qui, tout d'un coup, trouve la solution d'un problème sans en avoir encore vérifié les calculs intermédiaires.

— Qu'est-ce qu'il y a ? demanda la Comtesse. Tu as l'air encore plus absent que d'habitude. Était-ce si pénible ?

— Non, c'est Jørgen Kramer Nielsen qui me tourmente.

— Tu ne peux pas tout réussir. La vie n'est pas ainsi, tu devrais le savoir.

— Oui, je sais. C'est étrange de constater que tout le monde s'est mis d'accord pour m'expliquer que j'ai des limites, ce que je sais pertinemment.

— *Tout le monde* – je dois en faire partie. Sinon, de qui s'agit-il ?

— Anna Mia hier, lorsque nous courions ensemble.

— Ah bon ! Écoute, Simon, Anna Mia est ta fille, ce n'est pas *tout*...

Il l'interrompit d'un air agacé.

— Désolé, c'était juste une façon de dire.

— Tu es tout excusé ! Quel est ton problème à propos de Kramer ? Est-ce parce que nous sommes en désaccord avec toi ? Pourtant, d'habitude, ça ne te gêne pas.

— Non, pas du tout. De toute façon, ce différend est très clair : j'ai raison et vous avez tort. Non, c'est autre chose. C'est plutôt que j'ai mauvaise conscience. Tant qu'il était question de Lucy Davison, mon engagement était total et même parfois excessif. Maintenant qu'il s'agit seulement de Kramer... tu vois, je dis *seulement*, ça en dit long sur mes pensées. Jørgen Kramer Nielsen va une fois encore être un perdant. Quand il était vivant, pas une âme ne s'intéressait à lui et à présent qu'il est mort... pour être honnête, je n'ai plus du tout envie de savoir qui l'a tué. Et pourtant, il faut que je reprenne tout à zéro, en suivant mes propres intuitions.

— Ne viens-tu pas de me dire que tu étais persuadé de l'existence d'un lien entre les deux affaires, Esbjerg et Hvidovre ? Et que nous étions tous des idiots ?

— C'est clair qu'il y a un lien, mais ça ne veut pas forcément dire que je vais le trouver. Et quant à ton histoire d'*idiots*, tu noteras que je n'ai jamais prononcé le mot.

— Non, je le sais bien, Simon. Mais tu es tellement sûr de toi, qu'on peut parfois prendre ça pour une provocation.

— Ce n'est tout de même pas ma faute si j'ai raison.

Ils roulèrent un moment en silence. Puis il dit :

— Est-ce qu'on va se disputer ?

— Non, mais en arrivant à la maison, il faudra que tu ailles courir.

Ce n'était pas une mauvaise idée.

Le dimanche soir, il s'était rendu à Valby en se disant qu'il allait dormir dans son lit une dernière fois. Il avait habité là pendant plus de vingt ans. Pourtant, il ne se sentait plus vraiment chez lui dans cet appartement. Il fit le tour du living, presque comme un étranger, réfléchissant aux meubles qu'il allait garder et à ceux dont il allait se séparer. Il eut pourtant du mal à se concentrer, car d'autres pensées l'assaillirent à ce moment-là. Celle de Pauline Berg, qui ne le quittait pas – il jura intérieurement. C'était comme si, après avoir dit définitivement adieu à Rita et à Lucy – car il était bien question d'adieu –, la place s'était libérée pour elle. Il tenta de se concentrer sur son buffet, une masse énorme qu'il avait héritée de son arrière-grand-mère. Il ouvrit une des portes, mais fut aussitôt distrait par l'image de Pauline, dont le beau visage vaguement en colère apparaissait devant ses yeux.

Il ne parvint pas à dormir. À deux heures et quart, résigné, il se leva et s'habilla. Puis il mit son écharpe, son bonnet et son ciré bien chaud. La nuit était calme mais glaciale, et quand il sortit de l'immeuble, ses joues furent saisies par le froid et il dut se secouer. Il marcha à pas lents dans les rues vides et obscures et eut peu à peu le sentiment de se réconcilier avec ses pensées. Dans la pénombre, les façades paraissaient anonymes et uniformes, et il se sentait à l'aise dans ce décor. Passant devant un minable troquet, il entendit soudain non pas les divagations de soûlards, mais une assez belle voix de basse qu'accompagnait un piano désaccordé. Il jeta un regard curieux à l'intérieur, mais ne put rien distinguer et bientôt, le chant cessa et la rue redevint calme. Ce fut un long tour.

Sur le chemin du retour, dans une rue donnant sur Pile Allé, il fut malgré lui témoin d'un autre épisode. Trois mètres devant lui, une porte s'ouvrit et un gardien en blouse grise sortit en poussant devant lui un être chétif, qu'il tenait par le col en criant pour le faire avancer. Simonsen les suivit. Le gardien lâcha l'homme sur une marche de l'autre côté de la rue. Il roula par terre, probablement ivre.

— Qu'est-ce qui se passe ? Vous ne pouvez pas le laisser ici dans ce froid.

Le gardien se rengorgea. S'il avait un problème, il pouvait aussi lui donner un bon coup. Simonsen lui montra calmement sa carte et vit que l'homme n'avait pas abandonné l'idée de le frapper, il devait être facile à allumer.

— Essayez donc, et je vous garantis un abri aux frais de la reine pendant les trois mois à venir.

L'homme se reprit et grogna :

— J'étais descendu voir la chaudière, le feu s'était de nouveau éteint. Et je l'ai trouvé là dans la cave, ils s'infiltrent partout, ces foutus SDF. Et moi, j'ai aucune envie de l'avoir chez moi. S'il vient à crever dans mon immeuble, ça va me créer les pires ennuis. J'ai déjà fait l'expérience, alors merci.

— Fichez le camp avant que je vous arrête pour non-assistance à personne en danger.

Le gardien disparut. Simonsen se baissa pour jeter un coup d'œil au SDF. Un moins que rien, une âme perdue, un être en trop dont personne ne voulait. L'homme n'avait presque rien sur lui, alors il enleva son manteau et l'en recouvrit. Puis il appela police secours.

Il connaissait les statistiques. De plus en plus de gens étaient mis à la rue parce qu'ils ne pouvaient pas payer leur loyer. Le chiffre avait presque doublé en cinq ans. Et la crise financière risquait d'aggraver encore la tendance. Il soupira et recula d'un pas. L'homme sentait mauvais.

Et tout d'un coup, en moins de quelques secondes, il comprit tout.

Qui en profite ? C'est ce qu'elle avait dit, c'est pour cela qu'il ne parvenait pas à l'oublier. Non parce qu'il la confondait avec les autres personnages de femmes, mais pour cela. *Cui bono ?* Qui en profite ? Le point de départ le plus vieux du monde pour commencer une enquête. Merci, chère Pauline, merci !

Le fourgon de police arriva peu après. Il demanda aux policiers de le conduire d'abord à la préfecture de police. C'était ridicule puisqu'il n'aurait mis qu'un quart d'heure pour aller chercher sa voiture. Mais ce qu'il avait à faire était si passionnant qu'il ne pouvait attendre. Ses collègues baissèrent les vitres et d'un geste vif portèrent le vagabond endormi sur le siège arrière. L'un d'eux demanda :

— C'est votre manteau ?

Il confirma.

— On a un sac en plastique dans le coffre, on peut vous le donner.

Une pensée généreuse, il n'aurait ainsi qu'à porter le sac au pressing. Mais il ne l'avait pas mis pendant plus d'une année, alors après tout :

— Non, je le lui laisse.

Arrivé à la préfecture, Simonsen traversa à grands pas le bâtiment qui menait à son bureau. Il ouvrit la porte, alluma la lumière, trouva le dossier qu'il cherchait, et, fouillant un peu dans les documents qui s'y trouvaient, tomba sur ce qu'il cherchait avec tant d'enthousiasme. Il lut les quelques lignes du feuillet et, laissant son regard voguer dans le bureau, sourit d'un air satisfait.

Cui bono ?

Le lendemain, Simonsen arriva au bureau en fin de matinée. Il disposa tous les classeurs concernant l'affaire du postier sur le rebord de sa fenêtre. Il y avait juste la place pour les dix-neuf dossiers. Il se dit à cet instant que lorsque la brigade criminelle se saisissait d'une affaire, on avait au moins l'assurance qu'elle saurait produire des dossiers. Puis il se mit à tourner en rond, lentement, nonchalamment et d'humeur radieuse, son regard voguant du sol au plafond.

Pauline Berg vint le voir une heure plus tard. Il était assis sur son bureau, son pistolet à agrafes à la main, en train de viser une tasse à café qu'il avait posée par terre. Le bureau était plein d'agrafes. Elle le regarda d'un air sceptique.

— Qu'est-ce que tu fais ?

— Je bosse.

Il tira un coup et toucha le bord de la tasse.

— Le secret est de trouver l'angle exact et de tirer lentement pour ne pas savoir quand le coup partira. C'est bien connu, mais deux choses manquent, tu devines lesquelles ?

Il tira de nouveau et toucha le fond de la tasse.

— C'est la vingt-sixième fois sur cent seize, je crois que je ne me débrouille pas si mal. Bon, qu'est-ce que tu voulais me dire ?

— Qu'Arne serait hyper-content si tu pouvais l'aider à rédiger un mémo.

— Un mémo, oh là là – ça a l'air sérieux. Mais pourquoi est-ce qu'il ne vient pas lui-même ?

— Ben, c'est justement parce qu'il est en train de bosser dessus.

— Tu sais, moi aussi, je suis très occupé.

Il toucha à nouveau l'intérieur de la tasse.

— *L'énergie* et *la chance*. Voilà les deux dernières choses, *l'énergie* et *la chance*.

— Alors, tu viens ?

— Oui, oui, je viens. Dis-moi, est-ce que tu pourrais aller me chercher une ou deux boîtes de munitions dans le dépôt, pendant que j'aide Arne à finaliser son important mémo ?

— Tu es sérieux ?

— Non, en revanche ce serait bien que tu me trouves l'adresse de ton amie, l'excitée de service qui a volé – ou plutôt n'a pas volé – le mobile de Kramer. J'aimerais beaucoup la recontacter.

— Son adresse privée ?

— Ce n'est pas nécessaire, son mail suffira.

— Pourquoi tu ne l'appelles pas ?

— Avec une telle personne, je crois qu'il est préférable de communiquer par mail. Elle aura le temps de la réflexion sans avoir à craindre que je ne cherche à la coincer pour l'histoire du téléphone.

Il mit son arme de côté et suivit Pauline. Elle aussi avait l'air de bonne humeur, d'être *dans une bonne période*, aurait-elle sans doute dit elle-même. Dans le couloir, il lui demanda :

— Tu ne voudrais pas remettre un peu d'ordre dans mon bureau ?

— Dans tes rêves.

— Il y a des choses plus drôles à faire que de tirer sur une tasse.

— C'est un autre sujet.

Il trouva Pedersen assis devant son ordinateur, l'air apathique et le regard vide. Il le prit par les épaules, *courage, camarade*, il venait l'aider. *Mon Dieu, un simple mémo, deux hommes comme eux devaient être capables de le finaliser en un rien de temps.* Arne revint sur terre :

— Je n'ai jamais eu d'affaire qui m'ait demandé autant de travail de synthèse que cette fusillade dans l'école de Marmorgade. On n'a pas mis longtemps à établir les faits, mais c'est au moins le cinquième rapport que j'écris pour tenter de préciser ce que l'on peut faire pour éviter qu'un tel événement ne se reproduise. Même si, en réalité, on ne peut pas faire grand-chose, je ne peux pourtant pas le coucher noir sur blanc.

Simonsen était de son avis. La prévention des fusillades en milieu scolaire ne relevait sans doute pas de la compétence de la brigade criminelle.

— Il ne s'agit pas tellement de cette note, poursuivit Pedersen d'un air triste. Mais c'est vrai que je suis en panne, et que j'apprécie ton aide. En fait, j'étais en train de penser à quelque chose.

— Dis-moi de quoi il s'agit, mon cher Arne, j'ai tout mon temps.

— Eh bien, quand je suis passé dans la classe après que les trois cadavres ont été retirés, j'ai remarqué ces petits morceaux de verre qui étaient restés par terre après le tir dans les fenêtres. Ils crissaient sous mes pieds quand j'ai fait le tour de la salle.

— Crissaient sous les semelles, je vois. Je vois bien la scène, tous ces morceaux de verre qui crissaient sous tes chaussures à chacun de tes pas.

— Je suis resté longtemps sur place, en pensant aux méfaits que le harcèlement et l'exclusion pouvaient causer sur les enfants et les adolescents, à l'influence et aux conséquences dramatiques que de tels événements peuvent avoir sur ceux qui les subissent. Je me doutais bien que Robert Steen Hertz avait été rejeté en raison de son obésité. Et dans l'affaire d'Esbjerg, si les lycéens de leur classe avaient témoigné d'un minimum d'intérêt envers les Cœurs, la jeune Anglaise n'aurait jamais été tuée.

Simonsen lui donna raison. La comparaison était sensée et méritait réflexion. Pedersen lui jeta un regard oblique méfiant, mais ne crut pas y percevoir la moindre ironie.

Il abandonna néanmoins le sujet et se mit à parler de son mémo.

Les jours suivants, Simonsen demeura d'excellente humeur, y compris chez lui. Il voulut notamment expliquer à la Comtesse et à Anna Mia les notions d'énergie et de chance. Et le fit, de son propre avis, de manière approfondie et en faisant preuve de la plus grande pédagogie.

— Ah papa, si j'avais pu hériter – ne serait-ce que d'un soupçon – de ton génie ! Mais qu'est-ce que tu as trouvé sur le postier ? Enfin, si tu as trouvé quelque chose ?

La Comtesse y alla de son commentaire. Bien sûr qu'il avait trouvé quelque chose. Il avait tourné en rond pendant trois jours, pâle et anéanti, et brusquement, une énergie débordante l'avait envahi.

Elle se tourna vers lui.

— Où es-tu donc allé aujourd'hui ? La dernière personne qui t'a vu à la préfecture est Pauline. Il paraît que tu jouais et que tu avais l'air euphorique.

— Police scientifique à Vanløse, chez Kurt Melsing, la majeure partie de la journée, et sans doute aussi demain. Leurs examens apportent des informations d'une richesse incroyable. Et ils sont si compétents que la moitié de leurs résultats suffiraient largement. Imaginez qu'ils ont une machine dans laquelle on peut introduire n'importe quelle sorte de tissu, on la fait tourner et paf, elle donne sa composition. Ça s'appelle un chromato… quelque chose. Si on y introduit par exemple une gomme, elle crache toute une série de courbes compliquées. Il n'y a pas de quoi paniquer, car les courbes en question ont toutes des noms et numéros ordinaires, comme hydroxyde-1-2-xyd-3-phénol, etc. On introduit ces noms et ces chiffres dans un ordinateur, la magie se produit, et bing – c'est une gomme. Notez aussi que la machine coûte moins d'un million.

— OK, j'ai compris, tu ne veux rien dévoiler pour l'instant. Dis-nous au moins quand tu pourras en dire plus.

— Oui, papa, s'il te plaît. Moi aussi, j'ai hâte de savoir.

— Patience, mesdames, patience. Tout vient à point à qui sait attendre, et comme dit le proverbe danois, on peut même devenir reine de Suède. Évidemment, vous êtes deux, mais la Suède est un vaste pays. Un beau et grand pays. Ça devrait vous suffire. L'une aura le Nord, l'autre le Sud. Et vous pourrez même changer de temps à autre.

Anna Mia renonça :

— Tu sais que tu ferais un pitoyable roi ! Et si tu veux, je peux aussi trouver un autre père. Viens, Nathalie, il ne mérite pas notre présence.

La rumeur ne fut pas longue à se propager dans les couloirs de la préfecture de police. On disait que Simonsen avait résolu l'affaire du postier. Tous tenaient l'info d'un collègue, qui l'avait appris d'un collègue qui le tenait de source plus que sûre. Quelques mois auparavant, personne n'aurait eu l'idée de s'intéresser à la mort de Kramer, maintenant la foule grouillait autour de sa tombe. La Comtesse n'arrivait pas à travailler. Ils déboulaient l'un après l'autre dans son bureau et c'était à qui présenterait les prétextes les plus farfelus, tous prétendant que, puisqu'ils étaient là, ce serait trop bête de ne pas profiter de l'occasion pour avoir les dernières nouvelles concernant l'affaire de Hvidovre. Elle finit par mettre un écriteau sur sa porte sur lequel elle indiquait brièvement mais clairement qu'elle n'avait aucune information. Et lorsqu'elle vit que ça n'était pas d'une grande aide, elle rentra chez elle. La préfète eut également le réflexe de passer devant le bureau de Simonsen, juste histoire de prendre de ses nouvelles. Elle aussi, cependant, pourrait être reine de Suède, qui ne tarderait pas à être un pays bien divisé.

— Promettez-moi que j'aurai l'information en premier, dès que vous serez prêt.

— J'en fais la promesse solennelle.

— Remarquez, ce n'est pas parce que… en principe, je n'ai pas besoin d'être informée dans l'instant, mais on ne parle que de ça dans toute la maison, alors… vous connaissez le problème.

— Comme ma poche, dit Simonsen sans avoir la moindre idée de ce dont elle parlait.

Le soir même, il envoya une missive à ses collaborateurs, les convoquant à une réunion le lendemain matin à huit heures, en sachant pertinemment que l'invitation arrivait un peu tard et que l'heure choisie était fixée un peu tôt, mais il jugea que les deux se contrebalançaient. Tous répondirent à l'appel et arrivèrent à l'heure dite. Lui fit son apparition avec deux minutes de retard, les bras encombrés d'un grand carton venant de la boulangerie et d'un sac de carottes épluchées.

Il se mit au milieu de la pièce, frais et dispos, tel un prédicateur du réveil.

— Je vous remercie tous d'être là. Comme vous le savez peut-être, après ma crise cardiaque, j'ai dû changer pas mal de choses dans ma vie. Par exemple, je cours tous les jours et le premier jour où ça a marché… je dis *marché*, car c'est bien ce que j'ai fait ce jour-là…

Il passa dix minutes à illustrer son triomphe : la veille, il avait couru tout le long du parcours ! Puis il leur offrit des viennoiseries et des carottes bio.

Il leur fallut le temps de la réflexion.

— C'est tout ? questionna Klavs Arnold. Tu n'as rien d'autre à nous dire ?

— Écoute, je ne fête pas mon anniversaire, mais si tu es vraiment déçu du caractère modeste de cette réunion, j'ai une boîte de raisins secs dans mon casse-croûte.

Ils s'échappèrent sur-le-champ, craignant d'autres plaisanteries du même style. Dans le couloir, ils croisèrent une préfète furieuse. Pedersen l'arrêta et expliqua la situation. Simonsen lui offrit une carotte.

La réunion du lendemain fut plus grave. Ils étaient tous présents à nouveau, conscients du fait que l'épisode de la veille ne se renouvellerait pas, pour la bonne raison que leur chef avait à présent une attitude autrement sérieuse. Il leur distribua d'abord une note relativement épaisse, dont le contenu semblait à première vue plutôt ardu.

— De quoi s'agit-il, Simon ? dit la Comtesse en fronçant les sourcils. Une thèse de physique ? Ou quoi ? Je n'ai jamais rien vu de tel. Qui peut comprendre ce genre de documents ?

Il ne répondit pas et commença à parler sur un ton solennel :

— Tout d'abord, je voudrais vous remercier pour votre collaboration dans cette affaire, pour votre excellent travail. Parfois accompli contre mes indications plutôt que sur mes ordres. Je le regrette et vous prie de m'en excuser. Venons-en à la note. Il est vrai qu'elle contient pas mal de symboles, mais cette fois-ci, Kurt Melsing a estimé qu'il était essentiel que l'on dispose de tous les éléments permettant de conclure ce dossier et il est vrai que la lisibilité du texte en pâtit un peu.

— Tu dis un peu, s'exclama Pauline d'un air sceptique. Ta note, c'est du pur volapuk.

— Absolument pas. Il y est question de maths et de physique mécanique, d'anatomie et de physiologie. Newton et Hippocrate, pourrait-on dire. Mais il serait peut-être plus simple de commencer par la conclusion. Après tout, c'est ça l'essentiel.

Il feuilleta sa note et cita la fin :

— *Cela signifie que, sous réserve que les hypothèses énumérées dans les calculs et les résultats des mesures soient exactes, la position du corps en bas de l'escalier provient, selon la plus grande des probabilités, d'une cause accidentelle.*

La Comtesse demanda d'un air étonné :

— Est-ce que ça signifie que Jørgen Kramer Nielsen aurait finalement trébuché ?

— Jørgen Kramer Nielsen a trébuché et s'est cassé le cou en tombant dans l'escalier. Il n'y a désormais plus aucun doute possible sur ce point.

— Quel idiot ! s'exclama Pedersen.

— Attention tout de même, ce n'est pas sa faute s'il n'a pas été assassiné.

— Pas lui, bien sûr ! je voulais dire Hans Ulrik Gormsen et sa belle-mère débile.

— Ah bon, d'accord. Mais n'oublie pas que cette enquête a tout de même permis d'aboutir à des résultats positifs. On ne peut donc pas dire que nous avons perdu notre temps. Mais je devrais peut-être parcourir le rapport, extraire les grandes lignes, pour que vous en saisissiez bien l'idée. En somme, c'est Melsing en personne qui l'a rédigé. Il a divisé le cas en onze phases, chacune étant accompagnée de dessins et de comparaisons qui constituent les outils qu'on utilise actuellement pour calculer l'influence des forces pertinentes. Les flèches bleues sont les vecteurs indiquant la vitesse relative aux différentes parties du corps traitées séparément – il s'agit donc purement et simplement de géométrie dans l'espace, où la marche est traitée comme un système de coordonnées – et vous en avez une illustration sur l'annexe 6.

Pedersen abdiqua et referma le rapport. Klavs Arnold essaya, une nouvelle fois en vain, de poursuivre la discussion :

— De quelle masse de nombres s'agit-il au-dessus de chaque… as-tu dit équations de nombres complexes ? Je pense à ceux qui se trouvent dans la longue parenthèse.

— Bien vu, Klavs. Ce point est décisif. C'est une vue d'ensemble des paramètres mesurés analytiquement, et tu peux dans les annexes 4 à 11 voir quels paramètres sont couplés à telles valeurs à un moment donné. Pour donner un exemple, on a stipulé que le coefficient de friction cinétique entre la moquette et le défunt était de 1,2 avec une marge d'erreur de 0,8 pour cent. À une température de dix-huit degrés Celsius.

La Comtesse était méfiante :

— Excuse-moi, mais ça ressemble beaucoup à une couverture.

— Oui, et c'en est une. La conclusion est correcte sur la base de ces hypothèses, mais Melsing a également voulu… protéger un stagiaire qui a malheureusement fait une erreur en utilisant l'application sur laquelle repose tout ce raisonnement. Depuis, Melsing a suivi une formation sur ce programme, et il a appris à l'utiliser en *mode de rétro-ingénierie*, comme on dit. Alors que l'étudiant avait essayé diverses hypothèses pour arriver au résultat final, Melsing a intégré le résultat final et demandé au programme de calculer les points de départ possibles. Ça peut paraître technique, mais en réalité, c'est un aspect décisif. Et s'il a souhaité présenter ses résultats sous cette forme – que l'on peut qualifier de calculs mathématiques et physiques –, c'est notamment pour prévenir toute critique venant des experts-comptables. Nous avons bien sûr consacré pas mal de ressources en raison de la première hypothèse formulée par le stagiaire.

Le scepticisme de la Comtesse se transforma soudainement en un chaleureux sourire.

— Je ne suis pas sûre que ce soit à moi de le dire, fit-elle, mais je le dis quand même : Félicitations, Simon, tu as finalement réussi à élucider les deux affaires.

Tous applaudirent à ces mots, une affaire résolue était résolue, quel qu'en soit le contenu.

— Merci, dit Simonsen après avoir regardé sa montre, mais j'ai encore quelque chose à ajouter. Il y a quelques jours, j'ai joué le clown devant vous. Eh bien, j'espère que vous avez aimé la représentation, mais à présent le show est terminé. Le Cercle des cœurs solitaires, le Cercle des cœurs solitaires, oui, le Cercle des cœurs solitaires, c'est ce que je vous ai rabâché aux oreilles. Pourtant, vous aviez raison et j'avais tort. Il n'y avait aucun lien direct entre les deux affaires, et je déplore mon obstination et… eh bien oui, j'ai envie de vous remercier tous encore une fois.

Comme si elle n'avait pas encore bien réalisé la situation, Pauline demanda :

— Parce que c'est fini ?

— Non, pas tout à fait, mais on peut dire que le dénouement est proche. J'ai promis à votre chef de l'informer, ce que je vais faire dans un moment. Évidemment, j'aurais dû la tenir au courant en premier, mais c'est vous qui avez eu la primeur. Alors, bouche cousue jusqu'à mon retour. Et si elle ratifie le rapport, on pourra dire que c'est fini.

— C'est sûrement ce qu'elle va faire, remarqua la Comtesse. Tu ne crois pas, Arne ? Tu la connais mieux que nous.

— Certainement. Qu'est-ce qu'elle peut faire d'autre ?

13

Le 21 novembre, un vendredi, le temps était calme et gris sur Copenhague. La capitale avait connu une nuit de violences. Le bilan de la journée faisait état d'une fusillade à Nørrebro – fusillade qui s'était produite dans le milieu des immigrés et avait des ramifications chez les rockers ; celle-ci avait fait trois blessés, dont un grave – et d'un meurtre au couteau dans une discothèque d'Amager. Mais la situation allait encore s'aggraver. Le matin, une jeune économiste, expert financier dans une grande banque, fut assassinée alors qu'elle sortait de chez elle pour se rendre à son bureau. Le meurtrier était un malade mental de quarante-quatre ans, habitué de l'aide sociale, que l'on avait la veille au soir laissé sortir des urgences psychiatriques muni de quelques médicaments et d'une ordonnance. Non pas parce qu'il n'avait pas besoin d'aide, car il en avait besoin au plus haut point, mais en raison du manque de lits. Un manque chronique dont on pourrait bientôt célébrer le quinzième anniversaire. Le meurtre, intervenu par hasard et sans le moindre motif, avait en outre été d'une grande violence, car la victime, au demeurant enceinte, avait été piétinée à mort. Pire encore, le crime avait eu lieu sur Hambros Allé à Hellerup. D'habitude, ce genre de drames se déroulaient plutôt dans des quartiers défavorisés – des blocs d'immeubles éloignés du centre-ville, des zones provinciales désertes – mais rarement dans des quartiers privilégiés où l'on avait les moyens de se payer des traitements privés pour guérir aussi bien les maladies du corps que les maux de l'esprit. Et donc, sûrement pas dans la commune de Gentofte, où était situé Hellerup, et où dans un rayon de quelques centaines de mètres à peine habitaient une brochette de parlementaires, au moins trois présentateurs-vedettes de la télévision et deux rédacteurs en chef. Ce crime matinal était si sordide qu'il constitua pour les médias un *Breaking News* tout trouvé. Un ministre fut invité dans le studio, la mine grave, pas du tout composée. Rendez-vous compte, sa propre fille habitait le quartier.

Après avoir, comme il le faisait chaque matin, parcouru les nouvelles, Simonsen arrêta le télétexte. Il regarda ensuite le début de l'interview avec le ministre, puis demanda à Pauline, assise dans l'autre angle du sofa :

— J'éteins. Tu n'as rien contre ?

— Rien du tout. Je préfère ne pas entendre tous ces discours fumeux.

Il éteignit.

— On dit que la Comtesse et toi allez prendre des vacances, indiqua-t-elle.

— Peut-être que je vais en prendre, je ne sais pas encore.

— Bon, eh bien, bonnes vacances en tout cas. Quel est le programme pour aujourd'hui ?

— Dans une heure, Melsing et moi allons chez la préfète de police pour faire à Hans Ulrik Gormsen et à sa belle-mère – tu te souviens, celle de la commission des affaires juridiques – un résumé spécial de l'affaire du postier. Si tu veux, tu peux venir avec nous.

— Est-ce que tu as besoin de moi ? demanda-t-elle d'un air indifférent.

— Non, pas vraiment. Mais je ne veux pas que tu te sentes mise à l'écart. En dehors de moi, tu es la seule à avoir suivi l'affaire du début à la fin.

— Vous allez leur présenter ce charabia mathématique ?

— Oui, bien entendu. Cela dit, tu n'as pas besoin de décider maintenant. Viens simplement si tu en as envie.

Elle n'avait aucun désir de cette sorte.

La présentation se déroula exactement comme prévu. Aucun des présents ne comprit un mot à l'affaire.

Ayant distribué des exemplaires de son rapport, Kurt Melsing leur parla ensuite des applications HOMS, de ses équations et de leurs paramètres physiologiques et physiques qui aboutissaient à une conclusion solidement fondée, montrant que le décès de Jørgen Kramer Nielsen était dû à une mort naturelle provoquée par une chute dans son escalier. Seul le sentiment de politesse bourgeoise qui les animait empêcha ses trois distingués visiteurs de fuir le bureau en courant.

Simonsen fit preuve d'une extrême amabilité :

— Souhaitez-vous que je reprenne mon exposé ? Il est possible que ce soit difficile de tout saisir en une fois.

Aucun d'eux ne le désirait.

Il se tourna vers Hans Ulrik Gormsen.

— Vous voulez peut-être exprimer les choses d'une manière plus concrète ?

La députée trouva que c'était une idée lumineuse et regarda l'ex-policier qui était à l'origine de toute cette affaire. Celui-ci feuilleta fiévreusement ses notes et expliqua ensuite, les joues légèrement rouges :

— Eh bien, il est absolument certain que l'homme est tombé dans son escalier. C'est ce que prouvent les chiffres, sans aucun doute possible. D'autant que cette certitude est basée sur des données scientifiques.

La belle-mère était rayonnante. Son beau-fils était un grand communicant. Simonsen ramassa les rapports.

Le samedi, l'inspecteur déménagea de son appartement de Valby. Il avait appréhendé ce moment, mais sa mélancolie laissa vite place à la joie lorsqu'il vit Anna Mia si heureuse de son nouvel intérieur. Quant au déménagement, il se fit rapidement, car la Comtesse avait loué des déménageurs et, en un rien de temps, l'appartement fut vidé et ses affaires soigneusement entreposées dans son ex-galerie.

Le lendemain matin, il fit un saut à la préfecture et prit une heure pour mettre de l'ordre dans ses affaires, pour ne pas avoir à le faire au retour de ses congés. Il termina un ou deux rapports qu'il avait tardé à achever et fit en sorte que le dossier soit archivé en bonne et due forme. Puis il repartit en compagnie de Klavs Arnold, qui était aussi venu travailler pour terminer l'aménagement de son bureau. Il avait promis au Jutlandais de l'accompagner à Farum.

— On va passer par Valby, dit Simonsen, je dois donner des clefs à ma fille.

Klavs Arnold accepta, ça ne lui posait aucun problème. De toute façon, il ignorait complètement où se trouvait Farum et encore plus Valby.

Il l'accompagna jusqu'à l'appartement. Il voulait voir la fille de son supérieur. Simonsen monta devant lui et réalisa que la porte était ouverte. On entendait le vacarme d'un marteau. Ils entrèrent et se dirigèrent vers la cuisine, d'où venait le bruit. La moitié des éléments étaient démontés et posés en vrac sur le sol. Deux jambes vêtues d'un jean bleu et d'une paire de baskets surgirent d'un placard. Des jambes qui n'appartenaient pas à Anna Mia. Du placard, une voix dit :

— Tu peux me passer la pince à levier, chérie ? Elle est sur le rebord de la fenêtre.

Une main se tendit vers lui. Simonsen y posa une clef anglaise.

— Merci, mais c'est pas ça. Elle est bleue et ressemble… ben, à une pince à levier.

Konrad avait préparé un tournevis, mais n'eut pas l'occasion de s'en servir. L'homme se décida à aller chercher l'outil qu'on lui demandait et sortit à quatre pattes et à reculons.

Les deux hommes s'observèrent. Klavs Arnold regarda autour de lui et dit sèchement :

— J'espère que vous savez ce que vous faites.

L'homme, âgé d'environ vingt-cinq ans, avait des cheveux bruns mi-longs et des yeux bleu clair. Il portait une chemise de bûcheron et prétendait s'appeler Oliver.

Simonsen lui tendit la main d'un air distant et le garçon la serra fermement.

— Anna Mia est descendue acheter des jus de fruits, précisa-t-il d'une voix oppressée. Elle revient dans un instant.

— Chérie ? demanda Simonsen.

Il se présenta. Il était charpentier, ce qui répondait de manière satisfaisante à la question de Klavs Arnold. Il connaissait Anna Mia, *enfin votre fille*, depuis l'été et habitait Rødovre. Il avait avec un camarade une petite entreprise de charpenterie. Un flot de paroles assez incohérent s'ensuivit ; toutefois, Konrad Simonsen décida qu'il lui convenait. Il lui passa la clef anglaise et se dégagea avec précaution de l'amas de lattes pour sortir de la pièce. Arrivé à la porte, il se retourna :

— Et, au fait, j'ai juste une chose à ajouter : si vous ne traitez pas ma fille correctement, je mettrai toute la police à vos trousses. Mais vous l'avez bien compris ?

Oliver sourit et hocha la tête.

— Et alors, mon gars, vous n'aurez aucune chance. Bon courage.

Simonsen flânait dans les plates-bandes.

Dimanche aux environs de midi, il avançait à genoux sur la terre humide entre les tiges mortes et sans fleurs devant la Comtesse qui, selon son habitude des week-ends, retirait les feuilles séchées de ses massifs. Il oublia le discours bien préparé à l'instant même où il prit cette position et ne pouvait plus s'échapper. Alors, il lui demanda avec des mots tout simples si elle voulait l'épouser. Dans la demi-seconde qui suivit avant qu'elle réponde oui, il eut l'impression que le temps s'était arrêté.

— Je croyais que tu ne me ferais jamais ta demande, Simon. Mais mieux vaut tard que jamais. Viens, on rentre, on va fêter ça.

— Euh, j'ai aussi un cadeau.

Il avait posé chaque photo sur une chaise en les orientant vers la lumière pour les présenter de manière optimale. C'étaient deux clichés des gravures rupestres de la calotte glaciaire du pôle Nord. Kaare, l'ami muet de Helena Brage Hansen, lui avait montré comment, en frottant énergiquement sur du papier blanc avec les racines d'une certaine variété de mousse, on pouvait donner aux contours une belle couleur brun-rouge. À son retour, il avait fait encadrer les deux tableaux.

Ravie, la Comtesse demanda :

— Est-ce que tu sais ce qu'elles représentent ?

— Des hommes fêtant le retour du soleil, du moins d'après Kaare.

Dans la soirée, ils s'installèrent dans le sofa et regardèrent la télévision.

— Je vais à Liverpool jeudi, dit-il brusquement. Je veux assister aux obsèques de Lucy Davison. La cérémonie a lieu à onze heures à l'église Walton, et j'ai trouvé sur une carte l'endroit où elle se trouve. Si je prends le vol du matin, je peux faire l'aller et retour dans la journée.

Elle ne lui répondit pas, et il crut un instant qu'elle était contrariée qu'il y aille seul. Pourtant, cela ne lui ressemblait pas. Puis elle dit de manière énigmatique, comme se parlant à elle-même :

— Tu m'as fait un beau cadeau de fiançailles. Peut-être puis-je te rendre la pareille, bien que les billets risquent d'être vendus depuis longtemps… attends, Simon, je reviens dans cinq minutes.

Les *cinq minutes* se transformèrent en une heure et demie. Quand elle revint, il sommeillait et elle dut le réveiller.

— Eh bien, finalement, ça a marché. Nous allons faire notre voyage de fiançailles. Alors, ton départ est avancé d'une journée.

Il bâilla et secoua la tête. Elle éteignit la télé qui marchait encore.

— Qu'est-ce qui se passe ?

— On va voir un match de football mercredi soir.

— À Liverpool ?

— Oui, tu peux déjà te réjouir.

— Mais je n'aime pas le foot.

— Tu aimeras sûrement, c'est beaucoup, beaucoup plus que du foot. Je te le promets.

Mais tout n'était pas idyllique. Au milieu de la conversation sur leur futur mariage, des mots tendres qui s'étaient multipliés depuis la demande en mariage et de leur foi commune en un avenir clair, subsistait un motif d'inquiétude. La Comtesse l'interrogea sur l'affaire du postier, sur des détails illogiques qu'elle ne comprenait pas et qu'il devait préciser. Et il était contraint de constater que, chaque fois qu'il donnait une réponse relativement satisfaisante à une question, elle en posait deux sur un autre point. Il avait le sentiment qu'elle l'auditionnait, et c'est un peu ce qu'elle faisait, quoique sur le ton de l'ironie, ce qui indiquait d'ailleurs qu'elle ne croyait plus à ses explications. Finalement, il n'y avait plus d'autre solution que d'avouer :

— D'accord, Melsing et moi n'avons pas dévoilé toute la vérité.

Son ironie était sans merci :

— Si tu ne me l'avais pas dit, je n'aurais jamais pu imaginer une telle chose.

— Je te promets de tout te dire un jour.

— Quand ?

— Patience, patience. Si tu sais attendre…

Elle l'interrompit d'un air irrité :

— Ne me redis pas ce genre de bêtises une autre fois, Simon.

Konrad Simonsen n'était pas homme à se laisser impressionner, mais Anfield le subjugua. Dès le premier instant, il fut fasciné par les chants – dont il ne comprenait pas un mot – et surpris par l'ambiance euphorique qui y régnait et par le sentiment d'égalité et de fierté qu'exprimaient les spectateurs, d'une manière qui ne lui parut ni arrogante ni bêtement agressive.

— Je vois que ça te plaît !

— C'est fascinant. Je trouve ça formidable.

La Comtesse fit un grand geste de la main en direction des tribunes. On aurait dit que le public lui appartenait.

— *This is Anfield*, dit-elle.

— Pourquoi dis-tu ça ?

— Pour rien. Je t'avoue que je me réjouissais à l'idée de t'amener ici. Je savais que ça te plairait.

— C'est génial. Est-ce qu'ils chantent tout le temps comme ça ?

— Pratiquement. Tu sais, ils s'y connaissent ici. N'oublie pas que c'est le berceau d'un groupe très célèbre…

Il ne saisit pas l'allusion. Elle lui montra les gradins situés au bout du terrain et précisa :

— Cette tribune là-bas s'appelle The Kop. C'est à ses spectateurs que revient le privilège de choisir les chants et de décider du moment où le public doit chanter.

— Et notre tribune, comment s'appelle-t-elle ?

— Je ne crois pas qu'elle ait de nom. Si, attends, c'est le Paddock, mais l'endroit n'a rien de particulier.

— Depuis combien de temps sais-tu tout ça ?

— Qu'est-ce que tu veux dire ? Il n'y a rien de secret là-dedans.

— Non, non, bien sûr, je suis stupide. Je me disais juste que j'aurais dû venir ici depuis longtemps.

— Oui, je te comprends. Mon père avait coutume de dire : *Tu n'auras vraiment vécu que lorsque tu auras admiré les Pyramides, aimé au clair de lune et vu Liverpool jouer à Anfield Road.*

Soudain, elle se mit à crier avec la foule. Konrad regarda derrière lui, devant lui, puis jeta un regard circulaire dans le stade. Il vit alors des dizaines de milliers de spectateurs agiter une myriade de foulards rouge et blanc au-dessus de leurs têtes en signe d'amour et de reconnaissance, formant ainsi un véritable océan de joie. Le match de foot l'intéressait moins.

— Ça vaut le déplacement. Est-ce qu'ils ont marqué ?

— Non, pas encore. Mais rassure-toi, quand ils marqueront, tu t'en apercevras !

Il acquiesça et leva à nouveau son regard vers le haut des gradins. Puis il demanda en plaisantant :

— Est-ce que tu as aussi vu les Pyramides et aimé au clair de lune ?

— Non, mais c'est la neuvième fois que je viens à Anfield.

L'enterrement de Lucy Davison n'émut pas vraiment Simonsen. Il lui avait dit adieu à l'aéroport de Kastrup et ne souhaitait pas s'impliquer davantage dans cette affaire. Même au moment de la prière et de la bénédiction, lorsque son corps fut porté jusqu'à la tombe et mis en terre, il n'éprouva aucune émotion particulière. C'était certes une belle cérémonie et l'assemblée était nombreuse, mais il préféra se tenir à l'écart, assis au fond de l'église, et s'arrangea pour être un des premiers à sortir lorsque l'office fut terminé. Personne n'eut l'air de le reconnaître ou de s'étonner de sa présence. Il alla attendre en face de l'église, et pour la première fois depuis longtemps, il eut envie d'une cigarette. Apercevant soudain l'homme à qui il voulait parler, il traversa la rue à grandes enjambées pour le rattraper.

— Alors, on se retrouve, lui dit-il.

Le prêtre tourna la tête, et son visage enjoué s'épanouit dans un large sourire, comme s'il venait de retrouver un vieil ami.

— Quelle bonne surprise! Eh bien oui, on se retrouve.

— *La rencontre entre deux êtres humains*, n'est-ce pas l'expression que vous aviez employée?

— Oui, exactement. *La rencontre entre deux êtres humains.*

— Avez-vous un moment? J'ai quelque chose à vous raconter, et puis je voudrais vous poser quelques questions.

— J'ai tout mon temps. Est-ce qu'on va prendre un verre dans un pub?

— On peut aussi marcher, avec ce beau temps.

— Y a-t-il un endroit que vous voulez voir?

Ce n'était pas le cas, car Simonsen ne connaissait pas la ville. Ils décidèrent donc de se promener simplement dans le quartier. Ils firent quelques pas en silence, puis l'inspecteur dit :

— Il y a une histoire que je voulais depuis longtemps vous raconter. J'ai failli le faire à Valby, mais je crois que le moment présent est encore plus opportun.

— Je vous écoute.

— Ça n'a rien à voir avec l'affaire qui nous intéresse. La vérité dont il s'agit est d'ordre strictement privé, et j'avoue ne pas savoir pourquoi c'est à vous que je fais cet aveu. C'est sans doute le fruit du hasard.

— Je vous écouterai tout de même.

— L'affaire se passe en 1972. Cette année-là, ma petite amie eut des problèmes. Je dois vous dire que nous formions un couple plutôt hétérogène : moi, policier et elle, activiste.

Il raconta de quelle manière Rita, après le massacre survenu lors des Jeux olympiques de Munich, avait soudain eu le désir fou de couper les ponts avec son milieu, du moins avec le cercle politique auquel elle appartenait. Ce n'était pas tout à fait exact, car elle n'avait en réalité eu cette idée qu'un an plus tard, mais ça facilitait son exposé et ne changeait rien au fond des choses.

— Elle voulait partir aux États-Unis, commencer une nouvelle vie, mais elle n'avait pas d'argent et la manière dont elle voulait s'en procurer était… comment dire, à la fois naïve et dangereuse.

— C'est souvent le cas, quand on veut gagner de l'argent rapidement.

— Oui, je suis d'accord avec vous. Malheureusement, ou peut-être heureusement, je ne sais lequel de ces mots convient, mes idées en la matière n'étaient ni naïves ni particulièrement dangereuses. Il est vrai que vous n'étiez pas bien vieux à l'époque, mais vous savez qu'au début des années 1970, les luttes sociales furent légion.

Il expliqua alors qu'à l'époque, toutes sortes de groupes faisaient grève pour mille et une causes, d'ordre politique ou social. Ces grèves avaient le plus souvent pour objectif d'obtenir des augmentations de salaires, mais certaines visaient simplement à exprimer sa solidarité avec d'autres grévistes. Il arrivait aussi qu'on mette toutes les revendications pêle-mêle dans un grand sac. Personne ne savait plus alors quel était le motif de la grève, mais tous y participaient.

— On les appelait des *grévistes sauvages*, et ma foi, je dois dire que sauvages, ils l'étaient parfois. Ils ne se sont néanmoins jamais mis dans l'illégalité, contrairement à ce que certains ont pu prétendre.

— Non, au Danemark, on n'utilise pas la force pour faire travailler les gens, pas plus à l'époque qu'aujourd'hui.

— Dieu merci !

En réalité, certaines de ces grèves avaient partiellement ou totalement échappé au contrôle des syndicats. Certaines étaient conduites par des groupes *ad hoc*, constitués au hasard à la suite d'initiatives prises par des présidents d'associations, des états-majors de mouvements activistes, etc. Il illustra son propos en citant les exemples qui lui revenaient en mémoire. C'était aussi une époque de forte solidarité et les grévistes avaient souvent la visite d'un individu qu'on appelait l'*homme au carton*. Ça permettait de verser aux travailleurs une partie des salaires perdus en raison de la grève.

— Il y avait de l'argent dans le carton ? demanda le prêtre.

— Absolument, et même beaucoup d'argent.

Cependant, tout se passait dans la plus grande discrétion, car autrement le donateur – surtout s'il s'agissait d'un autre syndicat – aurait pu se faire condamner aux prud'hommes, et dans ce cas, l'amende risquait d'être salée. Il lui expliqua que, selon la version officielle, un inconnu très riche avait un jour fait un don important, mais qu'on n'en savait pas plus. Puis il poursuivit :

— Remarquez bien que l'argent était apporté dans un carton, jamais dans un sac en plastique ou un sac à dos. Il fallait que ce soit un carton.

— Langage codé qui signifiait : *ne rien voir, ne rien entendre, ne rien dire.*

— Oui, exactement.

Le prêtre l'écoutait attentivement. Simonsen continua son récit, précisant que le réceptionnaire de ces cartons était de préférence le délégué général de la zone en grève. Pour des raisons évidentes, ils n'établissaient aucune comptabilité et ne déposaient jamais l'argent dans une banque, car cela aurait permis de retrouver les traces des personnes impliquées. Ils étaient donc contraints de se faire mutuellement confiance.

— Bref, il n'était pas besoin d'être très futé pour savoir qui, à la fin du mois, avait des tiroirs regorgeant littéralement d'argent.

— Je vois.

— Le délégué sur qui mon choix s'était porté avait un appartement situé au quatrième étage d'un immeuble de Nørrebro, et il y vivait seul.

Il avait volé un vélo trouvé sans antivol à la gare centrale, et s'en était allé en pédalant, loin de Rita et de la cabine téléphonique. Deux cents mètres plus loin, il s'était engagé sous un porche et était descendu de vélo. Puis il s'était rendu dans l'arrière-cour pour le ranger dans l'abri, sachant pertinemment qu'un homme qui gare son vélo et installe un antivol n'attire pas l'attention d'autrui. Il avait regardé autour de lui. Il n'y avait personne dans la cour et rien ne bougeait dans le bâtiment du fond. D'un pas décidé, il s'était alors dirigé sans se presser vers la porte du bâtiment sur cour, l'avait ouverte et était entré. Comme prévu, il avait marqué un temps d'arrêt, car il s'était imaginé qu'à ce moment précis, il aurait besoin de calmer son anxiété, mais à sa grande surprise, il réalisa qu'il n'était aucunement nerveux. Il compta cependant jusqu'à trente, puis monta au quatrième.

Collant l'oreille contre chacune des deux portes de service, il était resté là un moment sans pouvoir identifier le moindre bruit. Puis il avait sorti ses outils de son sac à dos. Il n'eut besoin que du crochet, car la porte était munie d'une serrure ordinaire sans aucun dispositif de sécurité et il réussit donc à l'ouvrir en quelques secondes. Il était entré dans une petite cuisine, où la vaisselle de la veille traînait encore dans l'évier. L'appartement était petit, ne comprenant qu'un séjour, une entrée et une chambre, et il eut vite fait de s'assurer qu'il n'y avait personne. Ouvrant la porte principale, il avait cassé une allumette qu'il introduisit dans la serrure et l'avait refermée avec précaution. Cela lui laisserait largement le temps de s'enfuir si le propriétaire de la Wartburg Cabriolet rentrait soudainement chez lui, et que pour une raison ou une autre, Rita ne l'appelait pas. Puis il s'était mis à fouiller systématiquement tous les recoins, avec des gestes rapides et efficaces, en prenant soin de ne rien déranger.

Le délégué général avait mis son argent dans le deuxième tiroir de la commode de la chambre. Il avait enfoui les liasses de billets dans neuf chaussettes bien cachées au fond du tiroir. Simonsen avait entrouvert l'une d'entre elles et réalisé qu'il s'agissait de grosses coupures usagées – on ne pouvait rêver mieux. Il avait mis les chaussettes dans son sac à dos et refermé le tiroir, puis il avait quitté l'appartement.

Le prêtre conclut d'une voix calme et sans vouloir le juger :

— Vous avez volé l'argent qu'il avait dans sa commode ?

— J'ai tout raflé. Il y avait près de trois cent mille couronnes, ça représentait une petite fortune à l'époque, et aujourd'hui ça vaudrait dix fois plus. Comme je l'avais prévu, il n'y eut jamais de plainte. Le problème a dû être réglé en interne, et j'imagine que ça n'a pas été drôle pour ce malheureux. C'est surtout ça qui me tourmentait, pas tellement le fait d'avoir volé l'argent d'autrui. Je dois vous avouer que je n'avais pas tellement mauvaise conscience. Ce qui me préoccupait surtout, c'était la nécessité de transférer au plus tôt l'argent à ma petite amie en Amérique et de m'assurer qu'il lui parviendrait en temps voulu. Ce ne fut pas une mince affaire.

— Évidemment, je ne peux pas vous dire que ce que vous avez fait est bien, surtout en étant policier, mais je suppose que vous le savez depuis longtemps ?

— Bien sûr. C'est aussi pourquoi, pendant des années, j'ai essayé d'enfouir tout ça au fond de ma mémoire. Et puis il s'est passé tellement de choses dans ma vie ces dernières semaines que ce vol est, si je puis dire, remonté à la surface. Il y a eu d'abord cette affaire avec Lucy Davison, dont la mort fortuite, si insensée, a marqué à jamais la vie de tant d'êtres. On aurait dit qu'on pouvait jouer sa vie aux dés. Je veux dire que si j'avais été pris ce jour de 1972, ma vie aurait pris une tout autre tournure.

— Je ne pense pas que ce qui arrive soit dépourvu de sens comme vous semblez le croire. Je ne suis pas en mesure de tout expliquer, loin de là, mais lorsque vous avez volé l'argent, Lucy Davison était déjà sous terre depuis plus de trois ans. Alors, le fait que vous n'ayez pas été découvert n'est peut-être pas fortuit, il était peut-être écrit que vous deviez la retrouver un jour. Qui sait ?

— C'est presque aussi terrifiant !

— Vous trouvez ? Je ne le pense pas. Je ne pense pas non plus que vous deviez avoir tant de remords. J'imagine que pendant toutes ces années, vous n'avez pas commis d'autres vols.

— Bien sûr que non.

— Alors, tout ce que je peux dire, c'est que j'ai écouté votre histoire – j'ai été témoin du pire épisode de votre existence – mais il ne m'appartient pas de vous juger. Par ailleurs, si l'on examine votre vie dans la durée, votre faute demeure une bagatelle.

— Un scrupule ? N'est-ce pas ainsi que vous nommez les péchés véniels ?

Le prêtre rit et répondit :

— Si. Alors, disons que c'en est un.

Simonsen sourit et ajouta :

— J'avais besoin de me confier à quelqu'un. Même ma compagne ignorait les détails de cet épisode, mais au cours des derniers mois, j'avoue que j'ai eu du mal à garder ça pour moi, c'est pour cette raison que je vous ai tout raconté.

— J'en suis heureux.

— Ne vous méprenez pas. Il ne s'agit pas d'échanger des secrets.

— Loin de moi une telle idée !

Ils firent quelques pas en silence, chacun rassemblant ses idées en vue du second acte qui allait bientôt commencer. Soudain, ils se retrouvèrent devant Anfield. Simonsen lui montra les bâtiments du stade :

— J'étais là hier soir, je les ai tous entendus chanter, dit-il.

— Oui, j'ai vu à la télévision ce matin que l'armée anglaise avait gagné la guerre !

— Ce n'était pas un combat, pas le moins du monde. Je n'ai jamais rien vécu de tel, je ne parle pas du match, car je n'y connais rien en football. Je parle de l'atmosphère. Nous sommes demeurés dans le stade pendant que la foule s'en allait. Il fallait que je reste là, que je m'imprègne encore de cette ambiance… jusqu'au moment où un contrôleur est venu nous prier de quitter les lieux.

— Moi, j'ai lu le compte rendu dans le journal, c'est plus rapide.

À son grand étonnement, l'inspecteur remarqua, presque en bougonnant :

— Oui, mais ce n'est pas la même chose.

— Non, bien sûr. Mais ici, les gens sont tous des fanas de foot, alors j'ai parfois envie de me moquer d'eux. Je vous avoue toutefois que j'y ai vu pas mal de matchs.

— J'aurais voulu pouvoir chanter avec eux.

— Ça viendra avec le temps.

— Est-ce que vous connaissez tous ces chants ?

— Quelques-uns, et bien sûr le plus emblématique. Je vous le chanterai peut-être plus tard. Mais j'imagine que ce n'est pas de football que vous souhaitiez me parler.

— Non, vous avez raison. Vous voulez que je vous dise comment j'ai trouvé la vérité ? C'est assez drôle, en fait.

— La vérité avec un grand V. Ce n'est pas rien ! Dites-moi tout.

Il ne savait pas par où commencer. Après son expérience nocturne à Valby, il avait trouvé l'énigme, mais il lui fallait à présent reconstituer l'ordre dans lequel les événements s'étaient déroulés. Il évoqua l'épisode lors duquel la policière s'était approprié le mobile de Jørgen Kramer Nielsen. Il l'avait récemment contactée et avait ainsi pu vérifier un détail qui aurait dû attirer son attention au départ, mais qu'il avait négligé.

— Lorsque vous avez trouvé le corps de Jørgen, vous lui avez fermé les yeux, n'est-ce pas ?

— Oui, c'est exact.

— Ça aurait pu être le fait du hasard. Néanmoins, quelle que soit la raison de son décès – assassinat ou chute –, il aurait logiquement dû avoir les yeux ouverts quand nous l'avons retrouvé. Pourtant, ses yeux étaient fermés.

— Je n'avais pas pensé à cela. D'ailleurs, pour moi, c'était un geste naturel.

— *Cui bono ?* À qui profite le crime ? C'est cette formule qui m'a mis sur la voie. La réponse était évidente : à moi-même.

Il avait retrouvé la dépouille de Lucy Davison, et celle-ci avait été reconduite dans son pays. C'était un dénouement satisfaisant, pour lui-même comme pour le prêtre. Il voyait désormais l'homme qui marchait à ses côtés sous un nouveau jour, surtout depuis qu'il avait relu le rapport de l'audition qu'il avait faite de lui et de l'évêque. Le témoignage du prêtre était surprenant. À aucun moment, il n'avait menti, pas une fois il n'avait trahi son devoir de réserve, et en même temps, il avait réussi à laisser la police prendre ses désirs pour des réalités. Il avait donné l'impression qu'on l'avait forcé à avouer qu'il connaissait Lucy Davison et qu'il savait qu'elle était morte. Simonsen lui apporta toutes les précisions nécessaires et conclut en souriant :

— D'un autre côté, c'est conforme à ce que l'on peut attendre d'un homme ayant reçu deux années de suite un prix de rhétorique au séminaire.

— Vous êtes bien renseigné.

— Absolument.

— Il se peut que nous ayons eu des intérêts communs lors de cette audition.

— C'est certain. Simplement, nous ne le savions pas, alors que vous, vous le saviez. Est-ce que vous connaissez l'histoire de Mefisto à *Ekstra Bladet* ?

Le prêtre connaissait parfaitement cette histoire, mais Simonsen tint à la raconter. Erling Olsen, un haut fonctionnaire extrêmement compétent – que l'on surnommait d'ailleurs la Chouette Olsen –, était ministre du Logement dans le gouvernement Anker Jørgensen. Il était aussi chroniqueur politique pour le journal *Ekstra Bladet*, qu'il faisait bénéficier d'articles bien sentis signés Mefisto. Personne ne savait exactement qui se cachait derrière ce pseudonyme, mais on supposait qu'il s'agissait d'une personnalité politique de haut niveau. La rumeur courait que le chef du gouvernement, voyant se réduire la liste des personnes susceptibles d'être concernées, avait lors d'un Conseil des ministres demandé très directement à Erling Olsen s'il était Mefisto. Le ministre du Logement avait répliqué d'un air indigné que *c'était là une bien curieuse idée*. Et l'incident fut clos. Simonsen dit alors :

— Je n'ai jamais pensé que vous pourriez me mentir. Alors, quand vous avez affirmé que vous n'aviez pas déplacé le corps de Jørgen Kramer, je vous ai cru. Jusqu'à cette nuit où j'ai réalisé que vous n'aviez en réalité jamais prononcé de tels mots. Lorsque nous étions dans votre jardin, je vous avais demandé si vous aviez changé le corps du défunt de place ou si vous aviez d'une manière ou d'une autre modifié sa position. À cela vous m'aviez rétorqué – et je cite de mémoire – *Pourquoi donc l'aurais-je fait ?* Puis vous avez pris le soin de confirmer que votre voisin étant indubitablement mort, vous ne pouviez plus rien pour lui. C'était une évidence, mais vous n'avez jamais dit que vous n'aviez pas touché au corps. C'est pourtant l'impression que j'avais eue. Notre ancien ministre du Logement vous féliciterait à coup sûr de la limpidité de votre réponse.

Un peu sur ses gardes, le prêtre répliqua :

— Vous avez l'air d'en savoir long sur cette histoire. On dirait même que vous en savez beaucoup plus que moi.

Simonsen sourit.

— Trêve de modestie ! Cela étant, le moment est peut-être venu de faire le point sur nos connaissances respectives. Lorsque vous êtes rentré de vacances, vous avez trouvé le corps de Kramer gisant dans l'escalier. Il avait fait une chute et s'était brisé la nuque. Soulignons bien que la chute s'était produite dans le grand escalier, qui comporte treize marches et aboutit à votre palier, et non dans le petit escalier du haut, qui part de son palier. En voyant votre voisin mort devant votre porte d'entrée, vous vous êtes dit que les chances de retrouver Lucy Davison et de pouvoir l'enterrer s'évanouissaient à jamais. Cette histoire pesait sur votre conscience, comme elle pesait sur Kramer, mais vous étiez tous deux liés par une promesse sacrée que vous ne pouviez rompre. Alors, vous avez eu une idée. Vous avez porté son corps sur le repos qui se trouve entre les deux escaliers, et ensuite seulement, vous avez appelé une ambulance. Dans l'escalier, son mobile est tombé de sa poche, mais vous n'y avez pas prêté attention. En modifiant la place du corps, vous espériez que la police jugerait qu'il y avait quelque chose de louche et examinerait son passé de plus près, et qu'ainsi le lourd secret qu'il avait si longtemps caché serait dévoilé. C'est précisément ce qui s'est passé, exactement comme vous l'aviez imaginé. Il y a cependant une chose que je ne saisis pas : pourquoi ne pas avoir monté son corps jusqu'à son propre palier au lieu de le déposer sur le repos ?

— Ça fait plaisir de voir que votre science immense a malgré tout ses limites.

— Vous ne répondez pas à ma question. Vous avez cependant eu de la chance, une sacrée chance. Car si le début de l'enquête n'avait pas été si chaotique, l'équipe technique aurait à coup sûr trouvé la vérité en moins de quarante-huit heures.

— Je note que vous vous référez souvent aux notions de chance et de malchance.

— Telle est ma vision du monde. Néanmoins, si vous le voulez, nous pouvons parler de *pressentiment divin*, à moins que vous n'ayez une meilleure formulation.

— *Pressentiment divin*, l'expression est parfaite. J'y souscris volontiers.

— Alors, nous sommes d'accord. Quoi qu'il en soit, nous étions persuadés que l'absence de preuves physiques était due au manque de temps et au fait que les lieux avaient depuis été nettoyés de fond en comble. Plus tard, nous avons trouvé des cellules de peau dans le tapis du grand escalier, exactement à l'endroit où nous pensions pouvoir trouver des éléments de preuve, ce qui vous lave de tout soupçon, même si je reconnais ne jamais vous avoir cru coupable.

Ils arrivèrent à un croisement. Simonsen regarda machinalement à gauche, puis, s'avançant sur la chaussée, faillit se faire renverser par la voiture qui arrivait. Le prêtre le retint heureusement par l'épaule.

L'inspecteur réfléchit un instant, puis déclara :

— Un point éveille ma curiosité. La première fois que je vous ai auditionné, j'ai cru… comment dire… vous avoir piégé, en raison du devoir de confession qui vous liait à votre évêque. À présent, j'en suis moins sûr.

— Il ne faut pas. Je n'étais pas préparé et je suis tombé dans le piège, il faut bien dire assez infâme mais efficace, que vous m'aviez tendu.

— *La rencontre entre deux êtres humains.*

— Oui, *la rencontre entre deux êtres humains.*

Ils reprirent leur marche en silence, traversant maintenant des rues plus étroites. Le paysage urbain y demeurait tout aussi varié : rangées de petites maisons mitoyennes – conformes à l'image qu'un touriste normalement constitué pouvait avoir de l'Angleterre –, imposantes demeures du XIXe siècle, modestes boutiques de détail, dont le propriétaire se tenait fièrement sur le pas de la porte, et grands immeubles ultra-modernes aux façades lumineuses en verre chromé. Un mélange troublant, mais assez réussi, de beau et de moins beau.

Le prêtre demanda soudain :

— Qu'est-ce qui va se passer maintenant ?

— Rien du tout.

— Rien du tout ? Je m'en tire à bon compte, alors !

Il avait raison, il s'en tirait à bon compte. D'après le paragraphe 125 du Code pénal, il aurait pu écoper d'un à deux ans de prison pour ses agissements et, dans le meilleur des cas, il aurait été contraint de payer une amende faramineuse. C'est pourquoi Simonsen et Kurt Melsing avaient déployé tant d'efforts.

— Je suis content que vous ayez déplacé le corps de Kramer, et le fait de savoir s'il est tombé du grand escalier ou du petit est accessoire. Mon collègue de la police technique est d'accord avec moi sur ce point. Il a d'ailleurs rédigé un rapport précisant que la chute s'est produite dans le petit escalier. Le plus drôle, c'est que ses calculs sont bons.

— Ça paraît bizarre.

Simonsen lui présenta le programme informatique très avancé que le FBI avait développé et conclut :

— Si les données sont exactes, on peut en déduire que la chute peut aussi s'être produite dans le petit escalier.

— Le sont-elles ?

— Un lecteur perspicace, s'y connaissant en mathématiques et en physique, s'étonnera peut-être d'un minuscule détail. Vous êtes très cultivé, vous connaissez donc sûrement la constante physique *g*.

— De quel *g* s'agit-il ? Si vous pensez à G, vous faites référence à la constante de gravitation. Alors que comme vous le savez, *g* désigne l'accélération de la pesanteur – que l'on appelle communément la *gravitation*, soit 9,81 mètres par seconde, si ma mémoire est bonne.

— Impressionnant ! Il s'agit ici de pesanteur et figurez-vous que c'est un des très nombreux paramètres de ce programme informatique que l'on peut modifier. On ignore pourquoi ; qui sait, c'est peut-être pour être un jour capable d'éclaircir les crimes qui se produiront sur la Lune ! Quoi qu'il en soit, il s'avère qu'en augmentant de trente pour cent seulement le chiffre de la pesanteur, une chute survenue dans l'escalier d'en haut semble tout à fait logique compte tenu de la position dans laquelle on a retrouvé le corps de Kramer et… oui, il est vrai que vous connaissez les lieux mieux que tout autre… ces escaliers ne paraissent-ils pas de temps en temps un peu raides ?

— Je ne l'ai pas remarqué, bien que, maintenant que vous me le dites, il soit vrai qu'on peut les trouver raides. Ça n'a étonné personne ?

— Pas jusqu'à présent, et je doute que ça change. En général, les gens se contentent de lire la conclusion des rapports, le contenu même leur semblant trop complexe et ennuyeux. Par conséquent, la cause de la mort de Jørgen Kramer est bel et bien enterrée dans la science mathématique. C'est assez drôle ! Toute sa vie durant, il a caché un lourd secret et utilisé les mathématiques pour lutter contre ses démons, et aujourd'hui, ce sont les mathématiques qui vont garder le secret des circonstances de sa propre mort.

Simonsen leva la main dans un geste de défense.

— Je sais bien que vous n'êtes pas en mesure de répondre au premier point, et je ne voudrais pas donner l'impression de trop vous tourmenter. Ce qui me frappe pourtant, c'est l'ironie du sort. Je dois par ailleurs vous avouer qu'il y a une personne à qui je dirai la vérité et avec qui j'évoquerai cette étrange coïncidence, mais elle sait garder les secrets tout aussi bien que vous.

Ils passèrent devant une église, et le prêtre s'arrêta un instant pour la contempler. Puis il dit d'un air mélancolique :

— J'adore les mathématiques et la physique et, dans un tout autre registre, je suis aussi un passionné de rhétorique. Ce qui m'étonne toujours chez les individus qui se vouent aux sciences naturelles, c'est qu'ils ne doutent jamais de leur infaillibilité, en particulier s'agissant de logique. Si quelque chose est logique, ils considèrent que c'est vrai. Toute autre science ou vision du monde doit alors s'incliner. Il y a une certaine arrogance à vouloir affirmer que toute chose vraie est logique, et que toute chose logique est vraie.

Ne sachant que répondre, l'inspecteur garda le silence. Le prêtre lui demanda :

— Je reconnais que vous avez su entourer votre enquête d'un beau ruban de logique, mais il y a une chose que j'aimerais savoir : me connaissant, même si ce n'est que superficiellement, avez-vous réellement pensé que, rentrant chez moi et trouvant un homme mort sur mon palier, je me suis aussitôt dit que je pouvais profiter de sa mort pour manipuler la police et la conduire sur la voie d'une autre victime ? Je sais que votre esprit logique raisonne ainsi, mais que dirait Konrad Simonsen s'il se fondait sur sa connaissance vraie de l'âme humaine ?

Simonsen continua de marcher en silence. Puis il répondit d'un air hésitant :

— Non, ce n'est pas exact. J'ai toutefois la certitude que vous avez déplacé son corps. Alors, comment les choses se sont-elles passées ?

— Oui, c'est vrai. Mais je ne suis pas sûr que vous compreniez pourquoi je l'ai fait.

— Essayez toujours de m'expliquer.

Le prêtre éprouva à son tour le besoin de faire quelques pas en silence avant de s'exprimer :

— Jørgen gisait à l'ombre, au bas du grand escalier, comme vous l'avez très justement précisé. Je lui ai donc fermé les yeux, je me suis agenouillé à côté de lui et j'ai dit une prière. Alors que je m'apprêtais à rentrer chez moi pour appeler une ambulance, j'ai levé les yeux et vu une lumière sublime percer au travers des vitres du repos, prête à nous illuminer. Des rayons verts, jaunes, rouges et bleus – se reflétant dans le vitrail – déclinaient toutes les nuances de l'arc-en-ciel et semblaient vouloir nous baigner de leur lumière. Je suis resté longtemps là à les admirer. Je crois que j'ai senti comme un appel. C'est pourquoi j'ai décidé de le porter de l'ombre vers la lumière, et lorsque j'ai eu allongé son corps sur le repos, une indicible paix s'est emparée de moi, une joie inexprimable que je n'avais jamais éprouvée auparavant. Je sus à cet instant que j'avais accompli mon devoir.

Simonsen accepta sa version des faits. Elle correspondait mieux, beaucoup mieux que toute autre à la situation.

Ils n'avaient plus rien à se dire et pourtant, ils continuèrent de marcher ensemble. Comme un disque rayé qui continue à tourner sans fin, alors que la musique est finie. L'inspecteur ajouta cependant :

— *Road, street, place, avenue, way, drive* – que de noms pour qualifier une rue… je crois que même en disposant d'un mois, je n'arriverais jamais à retrouver mon chemin !

— Et vous oubliez *park, lane, grove, hey, croft* et *close*. Je vous l'accorde, il y a de quoi se sentir perdu.

— Comment trouve-t-on le mot qui convient ?

— Je n'en ai aucune idée.

Arrivés sur Croxteth Lane, le prêtre dit :

— Quand Missing Children aura ouvert ses nouveaux locaux sur Rydal Avenue, on pourrait peut-être revenir ici. Cela vous permettrait de voir comment les portraits de Lucy y sont présentés. Le résultat sera sûrement très émouvant.

Simonsen était d'accord. Il précisa :

— On pourrait en profiter pour aller voir un match de foot. J'ai très envie de me replonger dans cette ambiance si spéciale.

— C'est le cas de tous ceux qui sont un jour venus à Anfield, et j'en fais partie… C'est une excellente idée.

Simonsen changea de sujet :

— Dites-moi, savez-vous à quelle période de l'année, dans le Nord de la Norvège, le soleil est au plus haut dans le ciel ?

— À la Saint-Jean, lorsque l'inclinaison de la terre est la plus forte. C'est ainsi dans tout l'hémisphère nord.

Ils évoquèrent le voyage de Konrad à Hammerfest, ainsi que son passage à Valby.

— Est-ce que vous ferez une prière pour Lucy à la Saint-Jean ?

— Bien entendu, mais vous aussi, vous pouvez prier.

— Je ne connais aucune prière.

— Alors, trouvez-en une. Ce sont souvent les plus belles.

Ils arrivèrent devant Knowsley Park et s'engagèrent sur les chemins qui serpentaient à travers le parc, parmi les arbres sombres et presque dénudés.

— Vous m'avez promis de me chanter une chanson.

Le prêtre acquiesça. De sa voix de ténor, agile et claire, il entonna l'air qu'il connaissait si bien :

When you walk through a storm
Hold your head up high
And don't be afraid of the dark
At the end of the storm
Is a golden sky
And the sweet silver song of a lark
Walk on through the wind
Walk on through the rain
Tho' your dreams be tossed and blown
Walk on, walk on

With hope in your heart
And you'll never walk alone
You'll never walk alone

En passant devant eux, des promeneurs leur adressèrent un sourire. Le prêtre reprit alors le refrain :

Walk on, walk on
With hope in your heart
And you'll never walk alone
You'll never walk alone

Et Konrad Simonsen entonna à son tour le couplet. Il chantait faux et il avait du mal à suivre le rythme, mais ça n'avait pas d'importance. Car à présent, ils étaient deux à chanter. À deux, ils formaient un chœur.

DANS LA MÊME COLLECTION

MORTE LA BÊTE

Le jour de la rentrée, deux enfants découvrent un spectacle cauchemardesque dans le gymnase de leur école. Cinq corps d'hommes ont été mutilés à la tronçonneuse avant d'être pendus au plafond dans une mise en scène d'une précision terrifiante. L'inspecteur en chef Simonsen interrompt aussitôt ses vacances avec sa fille et rentre à Copenhague pour prendre la direction de l'enquête. Dès les premiers interrogatoires, l'étrange concierge de l'école, un marginal qui dissimule un esprit retors derrière un alcoolisme de façade, tient des propos contradictoires et délibérément provocateurs...

L'identification des corps est compliquée par leur état de mutilation, mais l'ablation systématique des parties génitales ressemble à une signature. Au même moment, un riche entrepreneur victime d'abus sexuels dans sa jeunesse lance une vaste campagne de communication pour dénoncer le laxisme de la justice danoise vis-à-vis des pédophiles. L'opinion publique s'empare du débat, menaçant de parasiter l'enquête. Le concierge, de son côté, échappe à la surveillance de la police et achève définitivement de brouiller les pistes... Simonsen, qui a trop d'expérience pour ne pas se méfier des coïncidences, comprend qu'il a affaire à un plan de grande ampleur dont il ne connaît encore ni les tenants, ni les aboutissants...

Dans ce premier roman intense et foisonnant, Lotte et Søren Hammer construisent une intrigue millimétrée et roublarde sur un sujet encore largement tabou au Danemark. Dressant le portrait d'une opinion qui prend fait et cause pour des meurtriers, les auteurs renvoient le lecteur à ses propres certitudes éthiques.

LE PRIX À PAYER

Sur l'indlandsis groenlandais, une délégation emmenée par la ministre danoise de l'Environnement et la chancelière allemande, venue constater les conséquences du réchauffement climatique, découvre le cadavre d'une jeune femme libéré par la fonte des glaces. La victime est agenouillée, les chevilles et les poignets attachés. Comment est-elle arrivée jusqu'ici ? Pourquoi l'assassin l'a-t-il forcée à prendre cette position avant de l'étouffer en lui mettant la tête dans un sac plastique ?

Le chef de la brigade criminelle de Copenhague, Konrad Simonsen, est dépêché sur les lieux. Les circonstances du crime, qui remonte à plus de vingt-cinq ans, lui rappellent une affaire survenue quelques années plus tôt. Un homme avait été rapidement appréhendé. Il s'était donné la mort peu après son arrestation et l'affaire avait été classée. Or cet homme ne peut avoir commis les deux crimes. Simonsen a donc poussé un innocent au suicide, tandis que le véritable meurtrier court toujours. Qui sait combien de victimes il a pu faire tout au long de ces années ?

Dans cette seconde enquête de Konrad Simonsen et de son équipe, Lotte et Søren Hammer mêlent les rebondissements multiples d'une intrigue haletante à la vie fourmillante d'une équipe de police. Confrontant leur héros aux conséquences de ses fautes, ils livrent un polar glacé et grinçant.

Pour en savoir plus sur la collection Actes noirs,
tous les livres, les nouveautés, les auteurs, les actualités,
lire des extraits en avant-première :

actes-sud.fr
facebook/actes noirs
application Actes noirs disponible gratuitement sur
l'Apple Store et Google Play

Ouvrage réalisé par l'atelier graphique Actes Sud, achevé d'imprimer sur Roto-Page en octobre 2013 par l'Imprimerie Floch à Mayenne pour le compte des éditions Actes Sud, Le Méjan, place Nina-Berberova, 13200 Arles.
Dépôt légal 1re édition : novembre 2013.
N° impr. : 85727
(Imprimé en France)